U0438309

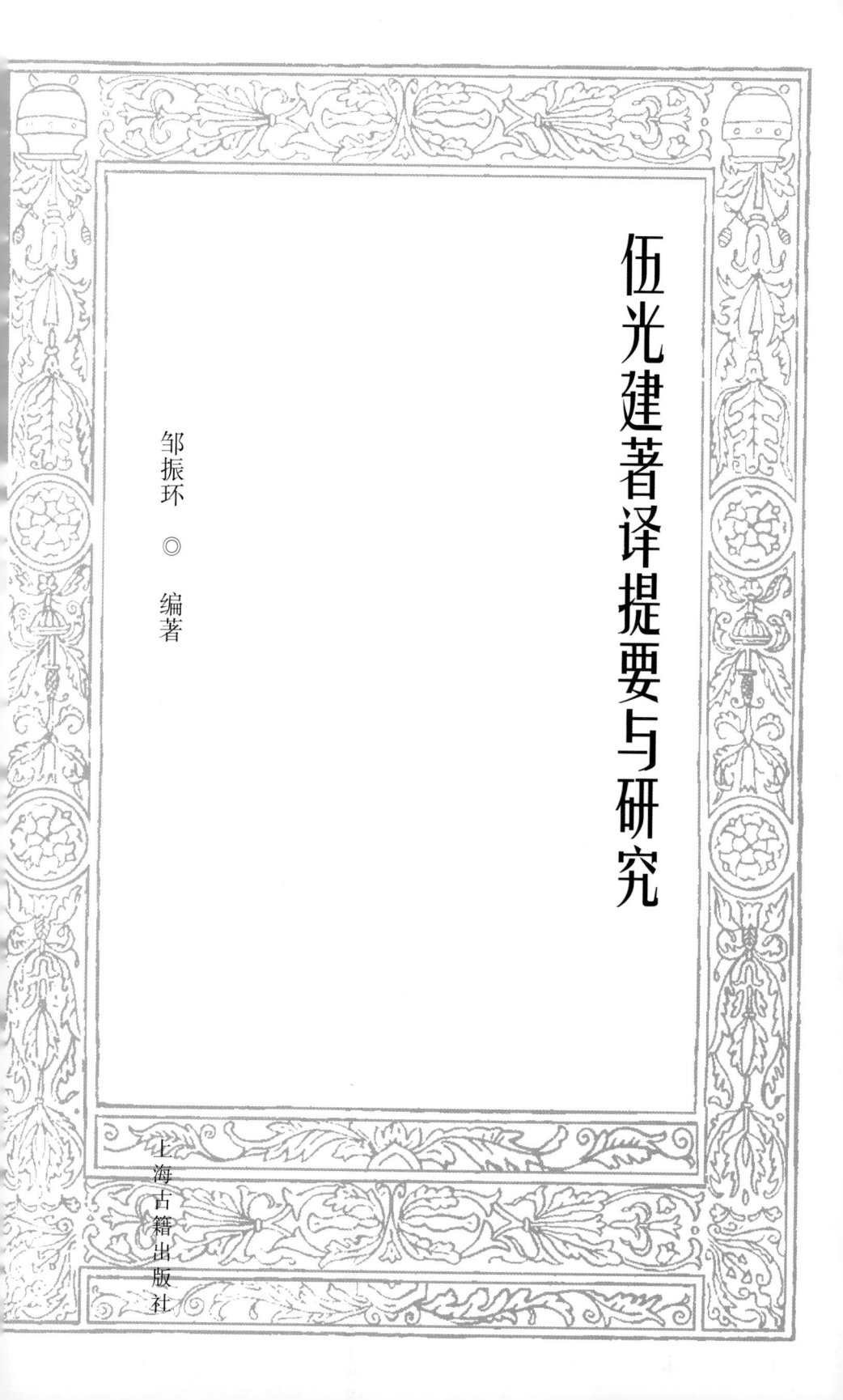

伍光建著译提要与研究

邹振环 ◎ 编著

上海古籍出版社

图书在版编目(CIP)数据

伍光建著译提要与研究 / 邹振环编著. -- 上海：上海古籍出版社，2024.7
ISBN 978-7-5732-1143-9

Ⅰ.①伍… Ⅱ.①邹… Ⅲ.①伍光建(1867-1943)—译文—研究 Ⅳ.①I11

中国国家版本馆 CIP 数据核字(2024)第 078962 号

伍光建著译提要与研究

邹振环　编著

上海古籍出版社出版发行

(上海市闵行区号景路 159 弄 1-5 号 A 座 5F　邮政编码 201101)

(1) 网址：www.guji.com.cn
(2) E-mail：guji1@guji.com.cn
(3) 易文网网址：www.ewen.co

常熟市人民印刷有限公司印刷

开本 635×965　1/16　印张 26　插页 16　字数 350,000

2024 年 7 月第 1 版　2024 年 7 月第 1 次印刷

ISBN 978-7-5732-1143-9

I·3830　定价：138.00 元

如有质量问题，请与承印公司联系

作者简介

邹振环　　祖籍浙江鄞县，1957年出生于上海。1978年考入复旦大学历史学系，完成学士、硕士学习后留校任教。1995年在职攻读历史地理学博士，1999年获历史学博士学位。现任复旦大学历史学系特聘二级教授、博导。兼任复旦大学中外现代化进程研究中心研究员、香港中文大学翻译研究中心名誉研究员、中国中外关系史学会副会长、上海文史研究馆馆员等职。曾任埃尔兰根—纽伦堡大学、罗马大学、台湾大学、政治大学、新竹清华大学、香港中文大学、关西大学客座教授，台北故宫博物院客座研究员。曾赴英国、德国、意大利、美国、澳大利亚、日本、韩国、斯里兰卡、菲律宾等国，以及台湾、香港、澳门等地进行访学与交流。著有《世界想象：西学东渐与明清汉文地理文献》（2022年）、《再见异兽：明清动物文化与中外交流》（2021年）、《20世纪中国翻译史学史》（2017年）、《疏通知译史》（2012年）、《晚明汉文西学经典：编译、诠释、流传与影响》（2011年）、《西方传教士与晚清西史东渐》（2007年）、《晚清西方地理学在中国——以1815至1911年西方地理学译著的传播与影响为中心》（2000年）、《20世纪上海翻译出版与文化变迁》（2000年）、《影响中国近代社会的一百种译作》（1996年，2008年增订本）等论著多种，在《历史研究》《复旦学报》《世界历史》《近代史研究》《中华文史论丛》等海内外中外文刊物上发表学术论文百余篇。论著多次获上海哲学社会科学优秀论著奖、华东地区优秀著作奖和全国高等学校科学研究优秀成果奖。

伍光建

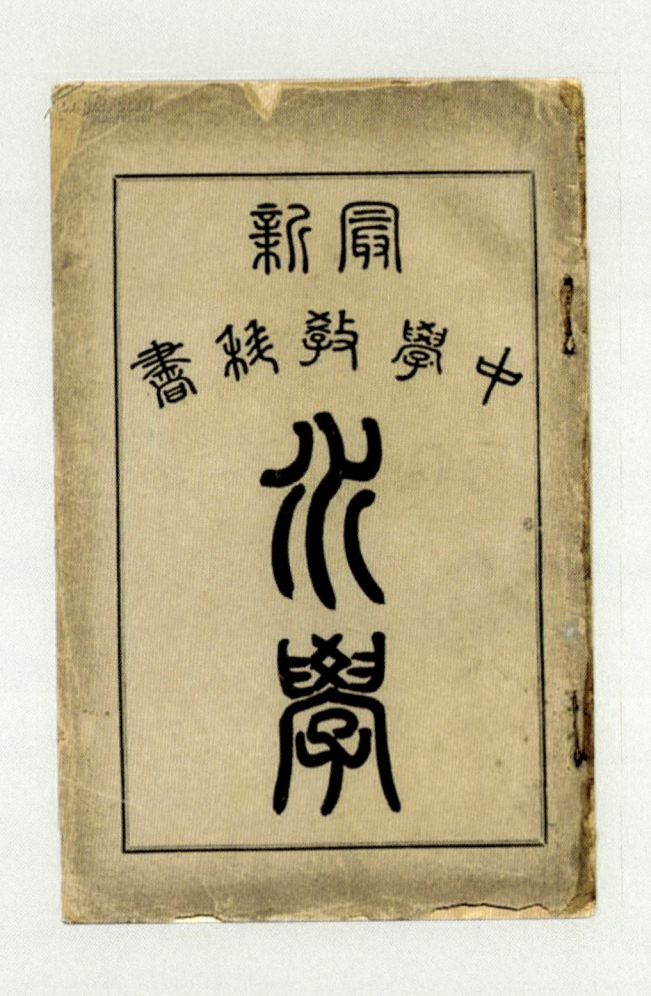

《最新中学教科书·水学》书影

西史紀要序

人有血氣心知之性則不能無爭，故自旨草昧以迄於今，皆人與人爭羣與羣爭，國與國爭之世界。智狀愚強狡弱暴寡之不平，無日無之，賢要之君作焉，亦不制刑政崇禮教以安內攘外，具得其道者多治失其道者多亂，此天下各國史記之所同也，歐洲與我羣同也，其國史政家殊尤其俗趨俗，靡不歷盡富愈強剝，分損益之間，不能與我異至近世而尤以俗趨目愈顯其化均也。法網雖密不禁豪富姦富忠其中之貴者以仁義濟絕為忠其有治國之責者，務開疆殖民竟為富強，不得不捐禮讓而貴戰爭以兼併能事，殺人之具愈工滅國之術愈巧。國於今日其道盡亦雖矣雖然，變貧弱為富強易嘗不本乎道德，為之有故行之有道然其，頗有可觀為不搆壽兩采披四籍於諸國治亂之由舉其宏綱撮其大要譯成書聊，備治國聞者觀覽焉。

宣統二年九月新會伍光建序

西史紀要凡例

一此編約分三期，第一期自開闢至耶穌紀元四百七十六年，西羅馬渡亡為古代史，第二期至一千四百五十三年土其滅東羅馬止為中代史，第三期至英國南非洲之役止為近代史。

一編中有一節而包舉數代之事者，有一事而分列數節者，固潮流往詳略異聞亦以提要鉤元，不能不斷繁補略也。

一亞歐兩洲之交涉如問教之興蒙古西征等事通行西史或並不論列或語焉不詳今博采專家著述以補其闕。

一人類事有時原不關一國之重輕然有因此而覽見其時之風俗禮教者間亦採入。

一書中偶引神怪之言，正以見當時之愚信非好談神怪也。

一讀史不宜經於發論為其以一人之見目定後人心目也然遇有議論宏大著，亦采采備覽。

一所採史論及禮世論人頗有與吾主不同者間亦錄之，正以示政異俗殊風尚固自不同也。

一探錄史論只舉菁華浮辭概從刪節。

《西史紀要》第一編書影

泰西進步概論

歷史叢書

馬爾文著
伍光建譯

《泰西进步概论》书影

萬有文庫
第一集一千種
王雲五主編

維克斐牧師傳
歌士米著
伍光建譯

商務印書館發行

《维克斐牧师传》书影

《霸术》书影

世界文学名著

克阑弗

格士克夫人著
伍光建译

CRANFORD
By
E. C. GASKELL

《克阑弗》书影

《法国大革命史》书影

造谣学校　伍光建 译　梁实秋 校并序

The School For Scandal

A comedy written by Richard Brinsley Sheridan

《造谣学校》书影

《伦理学》书影

狭路冤家

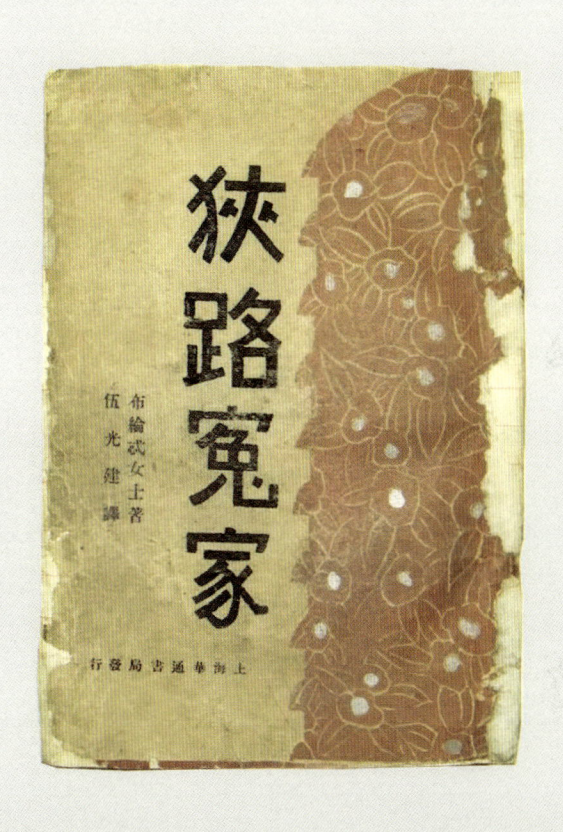

布纶忒女士著
伍光建譯

上海华通书局發行

《狭路冤家》书影

《俾斯麦》书影

《拿破仑日记》书影

世界文學名著

洛雪小姐遊學記

（上）

夏綠德布倫忒著
伍光建譯

VILLETTE
By
CHARLOTTE BRONTË
Translated by
WOO KWANG KIEN

《洛雪小姐游学记》书影

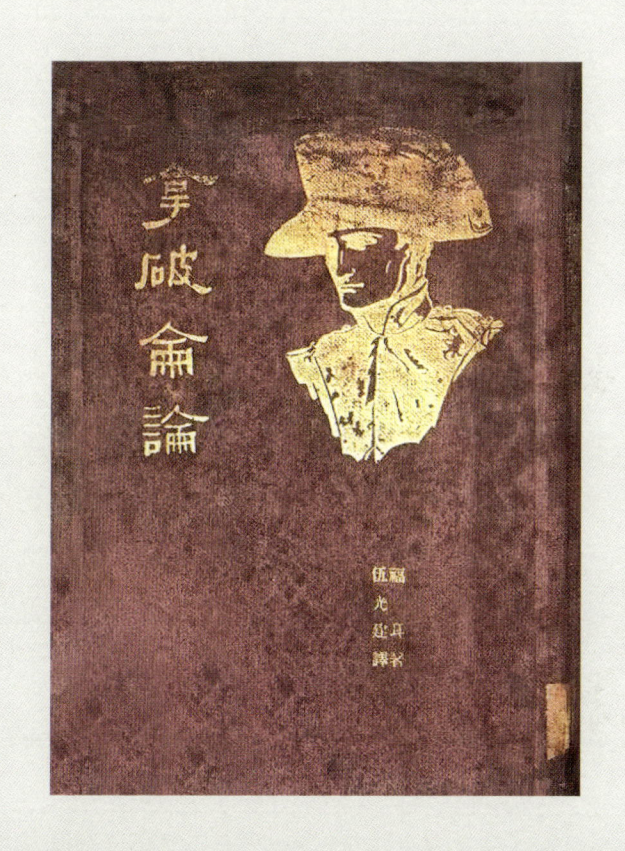

《拿破仑论》书影

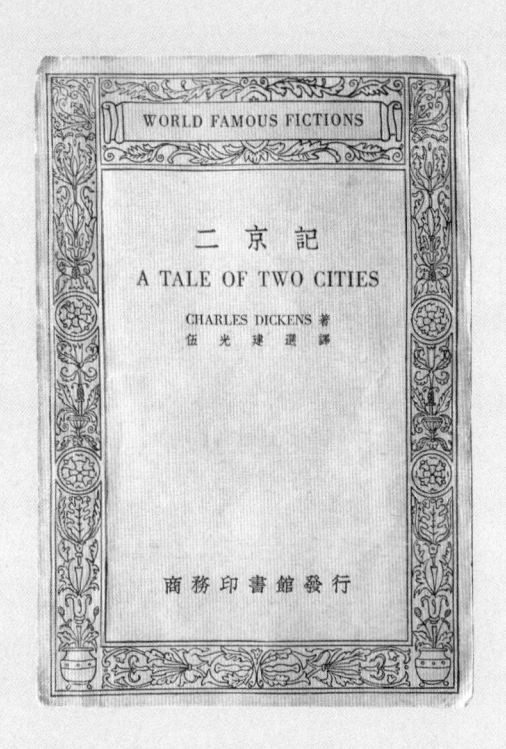

WORLD FAMOUS FICTIONS

二 京 記
A TALE OF TWO CITIES

CHARLES DICKENS 著
伍光建 選譯

商務印書館發行

《二京记》书影

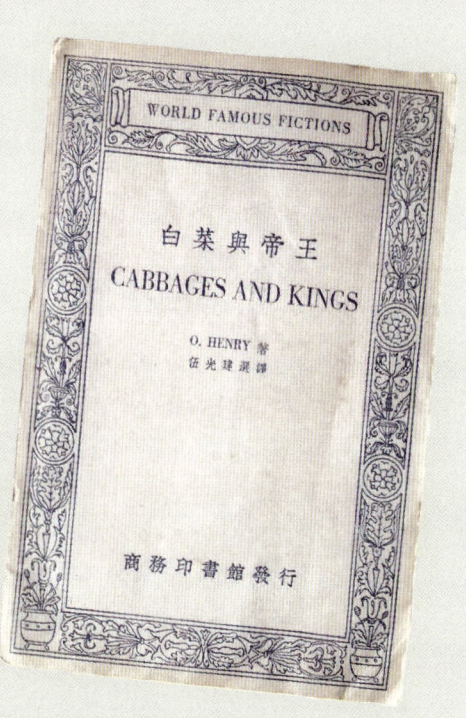

《普的短篇小说》书影　　　　　《白菜与帝王》书影

《孤女飘零记》书影

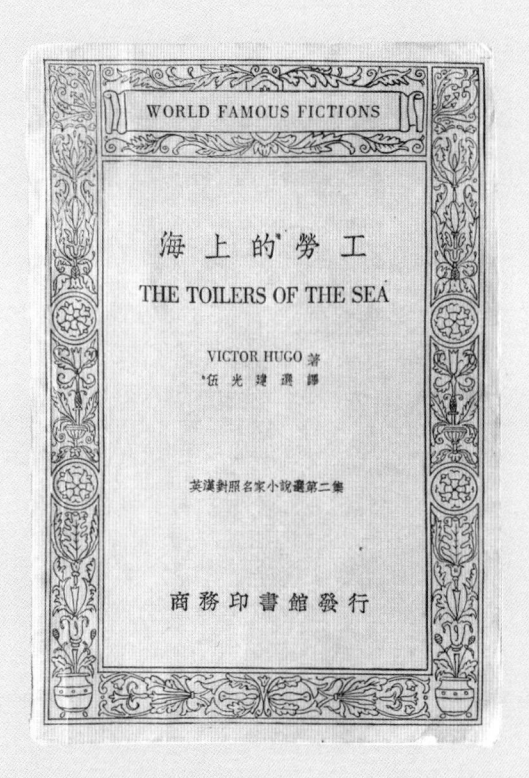

WORLD FAMOUS FICTIONS

海上的勞工
THE TOILERS OF THE SEA

VICTOR HUGO 著
伍光建選譯

英漢對照名家小說選第二集

商務印書館發行

《海上的劳工》书影

汉译世界学术名著丛书

一六四〇年
英国革命史

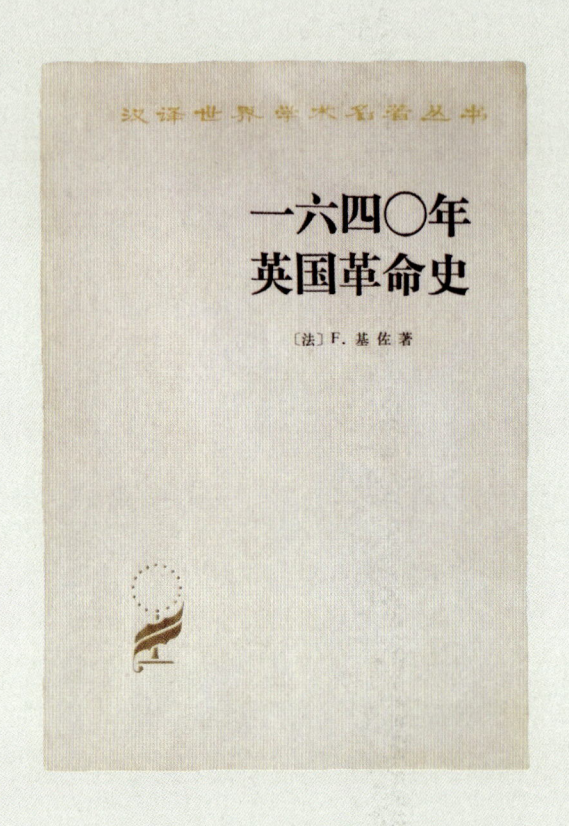

〔法〕F. 基佐 著

《一六四〇年英国革命史》书影

序　言

　　20世纪80年代起,文坛、学界关于作家和学者的研究逐渐形成高潮,寻找历史上的失踪者成了很多学人撰写论著的主题词,这其实是中国政治大气候的变化造成的,谈不上所谓"失踪"。但伍光建则真可算是被学界遗忘,成了中国翻译史上的"失踪者",正如台湾学者赖慈芸所言:"这样一位杰出、多产、风格独特的译者,似乎被现代的读者遗忘了。"①伍光建外孙女邓世还强调应该"拂去百余年蒙罩着伍译的历史沙尘,重新介绍、认识这位伟大的翻译家"。②

　　现在一时竟想不起是什么缘由使我对伍光建这一译家及其著译产生了如此之大的兴趣,首先应该是因20世纪80年代初选择《清末译书及其特点》一题作为大学本科的学士论文,在查阅多种译书目录过程中多次发现他的译著。严复、林纾和伍光建堪称清末民国三大翻译家。1991年,郑逸梅在《翻译权威伍光建》一文中指出:虽说中国翻译家众多,"然以代表性来谈,还得推崇严复和林琴南、伍光建鼎足而三了"。③伍光建译作就内容题材而言,以文学为主,兼及历史、传记、哲学、政治,且还有科学读本和英语读本,似乎还是严、林两家的综合。严译名著有《原富》《法意》《群己权界论》《社会通诠》和《名学浅说》等西学名著,涉及哲学社会科学诸领

---

① 赖慈芸:《亦译亦批:伍光建的译者批注与评点传统》,《编译论丛》2012年第五卷第二期,页1—29。
② 邓世还:《伍光建在近代翻译史上的杰出贡献》,《五邑大学学报》(社会科学版)2011年第2期;邓世还:《中国近代翻译创新先驱伍光建》,《五邑大学学报》(社会科学版)2014年第1期。
③ 郑逸梅:《郑逸梅全集》(第四卷),黑龙江人民出版社,1991年,页313。

域,伍光建非文学译著的取材似乎与严译有某种互补关系;而与林译相比,同样如此。自1899年林纾与人合译法国小仲马的《巴黎茶花女遗事》,至1919年共翻译小说作品约百部,包括了莎士比亚、狄更斯、雨果、巴尔扎克、小仲马、斯宾塞、列夫·托尔斯泰、易卜生、塞万提斯、斯托夫人等人的文学名著,伍译恰恰多为林纾尚未译出的小说名家的作品。伍译让近代国人在研读中国旧经典和文学作品之外,发现了一个新天地,更于严译、林译之外让近代国人看到了一个现代新世界。伍译的生产从清末持续到民国相当长的时期内,与严译、林译不同之处还在于,伍光建不再使用严译、林译桐城派的古文译法,而采用通俗的白话文体,从而使其译作给中国读者打开了一个面向西方世界的更大、更宽的新窗口。可以说,他将创造性的翻译和创作作为精神载体,丰富了中国近现代的启蒙思潮,开启了新时代的民智。不难见出,在近代西学翻译史上,伍光建的重要性不言而喻。如果说三位著译有什么共同点的话,那么就是严译、林译和伍译,绝大部分都是在商务印书馆出版的。在严译、林译和伍译绍介西学的过程中,商务印书馆成为三大翻译家译作出版的重镇,其功莫大焉。

译者是一个时代探寻异域的眼睛,在破解源文化和目的地文化时起着重要作用。伍光建的著译作为中国近现代翻译出版史上丰富的汉译文献的组成部分,也是晚清民国时期所兴盛的"向西方寻找真理"的时代潮流的一抹浪花。伍著、伍译究竟有多少,目前学界的看法仍不一致,对伍译品种数量出现不同的统计。早在1980年,伍蠡甫称其父毕生译有西方科学、哲学、史学、文学等方面的著作达一百三十余种(其中已刊一百余种),约一亿字之多。①

---

① 伍蠡甫:《前记》,载《伍光建翻译遗稿》,人民文学出版社,1980年,页1。伍蠡甫称其父一生译书"一万万字",关于伍光建一生是否能译述如此之多数量的译作,学界曾有过疑问。本人的分析见之《译坛圣手伍光建》(《新民晚报》1995年9月19日第10版),后经张经浩《译近亿字不可信》(《新民晚报》1995年11月11日第1版)质疑,笔者的回应可见拙文《老当益壮伍光建》(邢建榕主编:《民国文坛名流归宿》,上海书店出版(转下页)

"一百三十余种"一说首先被1984年出版的马祖毅《中国翻译简史："五四"以前部分》所引用,不过马祖毅《简史》中的这一段叙述亦有很多错讹,如称伍译"英汉对照名家小说选"有十册一说,虽多被后人引用,但其实是不准确的。①邓世还于2010年第1期《新文学史料》上发表了《伍光建生平及主要译著年表》,为研究伍光建的译著提供了若干资料,功不可没。邓文说明"主要依据《伍光建先生追悼会缘起》及国家图书馆馆藏书目所制",但因时代久远,史料留存极少而难免有遗漏或失误,如该文称1900年编写九种新式物理学教科书,所列英文课本《英译名著精选》一书等;其中很多出版物的书名及其所列时间都明显不确,如1910年编写《西史纪要》(第一编),1919年编著《耶稣事略》,《侠隐记》《续侠隐记》初版时间被系于1923年,称"英汉对照名家小说选"为20种,等等,亦属误录。②汪杨文的《〈伍光建生平及主要译著年表〉修正与补遗》(《新文学史料》2019年第3期),对邓文中的错误作了若干补正。

目前笔者统计出伍光建著译比较准确的品种数,为184种,迄今正式面世的136种,涉及小说、剧本、诗歌、札记58种,还有英汉对照的小说读本43种,两者相加有101种之多;另外还有15种历史、传记类著作,8种哲学、伦理、政治著作,5种科学教材和7种英语读本,遗稿48种。可以说在内容上兼具严译和林译,不仅有林译小说已译介过的狄更斯、雨果、巴尔扎克、大仲马、列夫·托尔斯泰、塞万提斯等作家的作品,还有林译不曾译介过的德国歌德、阿诺德·茨威格,法国伏尔泰、莫泊桑,英国菲尔丁、哈代、艾米丽·勃朗特、夏洛蒂·

(接上页)社,1999年,页299—303)。知网百科的"伍光建"条称:"伍光建是我国近代历史上著名的翻译家,是白话文翻译第一人,为中国的翻译事业做出了突出的贡献。他一生翻译文字达数亿之多。"而"数亿"之说,当不可信,有关伍译书数字的推测,仍需要有具体数据的支持。

① 马祖毅:《中国翻译简史:"五四"以前部分》,中国对外翻译出版公司,1984年,页317—319。

② 邓世还:《伍光建生平及主要译著年表》,《新文学史料》2010年第1期。邓文中不少错误已为汪杨文《〈伍光建生平及主要译著年表〉修正与补遗》(《新文学史料》2019年第4期)所修正,不过该文称"英汉对照名家小说选"共40种等,亦有若干不确处。

勃朗特、乔治·艾略特、萨克雷、斯蒂文森、乔治·吉辛、李敦、毛姆、玛丽·柯勒律治，美国霍桑、爱伦坡、梅尔维尔、库柏，俄国契诃夫、陀思妥耶夫斯基、阿尔志跋绥夫，西班牙伊巴尼斯，丹麦安徒生、雅阔布森的小说，以及理查德·谢立顿、奥利弗·高尔斯密的戏剧。既有中古时期的意大利薄伽丘，也有与伍光建同时代的欧美作家，如英国高尔斯华绥、祁贝林、威尔士、法郎士、爱德华·奥本海姆、欧·亨利、辛克莱·刘易斯，以及意大利邓南遮、挪威温赛特、瑞典斯特林堡等人的文学经典。伍光建所译小说的作者，有不少当年已获诺贝尔文学奖，其中《野兽世界第二集》的作者英国祁贝林（Joseph Rudyard Kipling，1865—1936，今译约瑟夫·罗德亚德·吉卜林，1907年获诺贝尔文学奖）、《红百合花》的作者法国安那图勒·法兰西（Anatole France，1844—1924，今译阿纳托尔·法朗士，1921年获诺贝尔文学奖）、《金奈》的作者挪威安赛特（Sigrid Undset，1882—1949，今译西格丽德·温塞特，1928年获诺贝尔文学奖）、《大街》的作者美国留伊斯（S. Lewis，1885—1951，今译辛克莱·刘易斯，1930年获诺贝尔文学奖）、《置产人》的作者英国伽尔和提（John Galsworthy，1867—1933，今译约翰·高尔斯华绥，1932年获得诺贝尔文学奖）等，可见伍译在选题上有着非同一般的文学眼光。

在政治、哲学、历史和传记方面，伍光建译出意大利马基雅维利的《霸术》（今译《君主论》）、荷兰斯宾诺莎的《伦理学》、英国休谟的《人之悟性论》（今译《人类理解研究》）、法国马德楞的《法国大革命史》、英国历史学家马尔文的《泰西进步概论》、德国卢特维喜的《俾斯麦》和法国艾黎·福耳的《拿破仑论》等。上述译品都是这些著作在汉文文献系统的第一次输入。在西学名著方面，可以说他的译作是对严译的实实在在的补充。另外他还编译了相当数量的科学读本和英语读本，在编译英汉对照名家小说方面，切切实实地推进了清末民国时期的科学教育和英语教育。

旧译重印和故译新编是译本具有生命力的重要标志之一，伍译在相当长的时期内对学界和读书界仍有很大的影响。20世纪70年代的台湾地区就有伍译盗版①和新印本。② 80 年代以来大陆重印的伍译旧作有：大仲马原著、伍光建译述、茅盾和马丹等校注的《侠隐记》《续侠隐记》（湖南人民出版社、岳麓书社，1982 年），《侠隐记》还有上海大学出版社 2014 年"近代名译丛刊"版、中国文史出版社 2020 年新版等其他版本，时代文艺出版社 2013 年还推出过改名《三个火枪手》的伍译重印本。英国夏洛蒂·勃朗特的《简·爱》（时代文艺出版社，2013 年）、英国艾米莉·勃朗特的《狭路冤家》（上海三联书店"民国世界文学经典译著"文献版，2018 年。之前亦有改名《呼啸山庄》的时代文艺出版社 2013 年版）、夏洛蒂·勃朗特的《洛雪小姐游学记》（上海三联书店"民国世界文学经典译著"文献版，2018 年）、英国萨克莱《浮华世界》（上海三联书店"民国世界文学经典译著"文献版，2018 年）、英国歌士米著《维克斐牧师传》（上海三联书店"民国世界文学经典译著"文献版，2018 年），以及英国亨利·菲尔丁《大伟人威立特传》（上海三联书店"民国世界文学经典译著"文献

---

① 赖慈芸在《埋名异乡五十载——大陆译作在台湾》（《东方翻译》2013 年第 1 期）一文统计了 1949—1987 年前后 40 年台湾戒严时期，台湾地区的出版社为了应付所谓的《戒严法》，将伍光建的译作篡改译者的真实姓名，进行翻印。有些出版社也借此利用两岸不相往来，搞不支付版权费的无本生意。伍译最早被篡改者翻印的是 1959 年台北启明出版社翻印的《俾斯麦传》，署名启明编译所。20 世纪 60—70 年代此种情况最多，如台北五洲出版社的《坠楼记》（1963 年）、《格利佛游记》（1963 年）、《启示录的四骑士》（1963 年）、《双城记》（1963 年）、《唐·吉珂德》（1963 年）、《红百合花》（1964 年）、《唐姆琼斯》（1964 年）、《甘地特》（1964 年）、《金奈》（1964 年）、《维廉迈斯特》（1964 年）、《亚当贝特》（1966 年）、《死的胜利》（1966 年）、《十日谈》（1966 年）、《克罗狄阿》（1966 年）、《大街》（1966 年）、《安维洛尼伽》（1966 年）、《罪与罚》（1969 年）、《红字》（1969 年）、《泰丕》（1971 年）、《白菜与帝王》（1971 年）、《显里埃斯曼特》（1971 年）、《置产人》（1971 年）、《蒙提喀列斯突伯爵》（1971 年），译者"伍光建"的名字全部被改为"孙主民"，台北正文出版社有《费利沙海滩》（1971 年），署名也是"孙主民"；《汤姆历险记》（1973 年），署名改为"刘振文"。改头换面的伍译新版，尚未统计在内。
② 香港进修出版社 1957 年有伍译《十日谈》，1959 年有《汤姆琼斯》（伍译书名《妥木宗斯》）、《唐·吉诃德》（伍译书名《疯侠》）《格利佛游记》（伍译书名《伽利华游记》）、《红百合花》、《红字》（伍译书名《红字记》）、《蒙提喀列斯突伯》，1960 年还有《克罗狄阿》《甘地特》《启示录的四骑士》。香港商务印书馆 1964 年有《孤女飘零记》。台北商务印书馆 1965 年有《法国大革命史》，1966 年有《孤女飘零记》《浮华世界》《十九世纪欧洲思想史》《俾斯麦》《约瑟·安特路传》等，1971 年有《洛雪小姐游学记》，1974 年有《十九世纪欧洲思想史》，1977 年有《侠隐记》，2012 年有《三剑客》（即《侠隐记》）等新印本。

版,2018年)都有不同形式的重印本,首次推出的英国爱德华·奥本海姆著《一个王后的秘密》(湖南人民出版社,1982年;中国文史出版社,2020年)是新印本;法国基佐《1640年英国革命史》(商务印书馆"世界汉译学术名著",1985年)、英国木尔兹著《十九世纪欧洲思想史·第1编(全2册)》(中央编译出版社,2021年)、法国马德楞《法国大革命史:关于法国革命进程的总记录》(人民日报出版社,2014年)、卢特维喜《俾斯麦传》(知识产权出版社,2015年)、法国福尔著《拿破仑》(时代文艺出版社,2013年)、法国拿破仑著《拿破仑日记》(中国言实出版社、时代文艺出版社,2013年重印本;中国文史出版社,2020年重印本)、英国摩特蓝《债票投机史》(上海社会科学院出版社"民国西学要籍汉译文献",2016年)等历史和传记,以及荷兰斯宾诺莎《伦理学》(上海社会科学院出版社"民国西学要籍汉译文献",2017年)等,都分别有新形式的重印本。

最早注意选收伍光建遗作的是1980年人民文学出版社编刊的《伍光建翻译遗稿》,伍光建之子伍蠡甫在该书"前记"的基础上又写了《伍光建与商务印书馆》,①对伍光建作了最初的研究。之后从翻译文献的角度认识伍光建的是1990年上海书店推出的施蛰存主编的《中国近代文学大系·翻译文学卷》,该书第一卷中选录的译作是《法宫秘史》的一卷,其中的《编选说明》指出:"伍光建以'君朔'的笔名译了两部大仲马的历史小说:《侠隐记》正续编和《法宫秘史》前后编。他用那个白话文译述,文笔信达雅净,可以作为早期白话文译本的规范。只因每部都有30万字,无法全文选录。本集只选了《法宫秘史》的一卷。"②第一集的长篇导言,虽然没有专门讨论伍译在翻译文学史上的地位,但开篇图版的第一、二幅就是伍光建像(图版说明:用白话文翻译西方文学作品的近代著名翻译家)和伍蠡甫珍藏的林纾绘图镌刻题赠伍光建的铜质墨盒拓片。编者不仅在长篇小说部

---

① 商务印书馆编:《1897—1987商务印书馆九十年——我和商务印书馆》,商务印书馆,1987年,页76—82。
② 施蛰存主编:《中国近代文学大系·翻译文学集》第一卷,上海书店,1990年,页31。

分将伍光建的《法宫秘史》置于篇首,列在林译《巴黎茶花女遗事》之前,而且在《法宫秘史》解题中指出:"伍光建诸译本皆据英文本译出,又皆用白话文译,使林纾之依据口译,作文言古体,于原本当更能信达传真。"①

近年来学界陆续出版有伍光建的"故译新编",近期出版的伍光建的译作辑集主要有两种,第一种是由谢天振编选的《伍光建译作选(故译新编)》(商务印书馆,2019年)。其中精选伍光建翻译的19部小说,短篇小说包括的英国托马斯·哈代、格伦维尔·默里、乔治·吉辛等,美国霍桑、爱伦·坡等,法国莫泊桑及丹麦安徒生等作家的作品,其中有15个短篇均来自《伍光建翻译遗稿》。此外尚有两种长篇小说节选:一为夏洛蒂·勃朗特《孤女飘零记》(《简·爱》)第二十五章《订婚》,该章有简·爱和罗切斯特的经典对话片段;一为陀思妥耶夫斯基《罪与罚》第一部第七回,该部分系犯罪心理描写的典范。第二种是浙江大学中华译学馆(许钧、郭国良总主编)的《中华翻译家代表性译文库·伍光建卷》,由张旭、肖志兵编,2021年由浙江大学出版社出版。全书分导言、代表性译文和译事年表三大部分。其中第二部分为伍光建的代表性译文,根据伍光建译作涉及的具体领域,分为四编:短篇小说(收录《当金刚钻》《瞎子》《有利可图的事》《蒙面牧师》《梦外缘》《馋嘴妇人》《某宫秘史》《议员调情之结果》《秘密结婚》《恋爱与面包》《不自然的选择》《旧欢》《离婚》13种)、长篇小说(收录《侠隐记》《劳苦世界》《狭路冤家》3种节选)、戏剧(收录《诡姻缘》《造谣学校》2种)、政治学著作(仅选入《霸术》)。

较早堪称研究成果的,还可以林煌天主编的《中国翻译词典》中署名"陈袁菁"撰写的"伍光建"长篇词条为代表。② 1998年伍光建的翻译成绩受到了文学史家的重视。郭延礼的《中国近代翻译文学概

---

① 施蛰存主编:《中国近代文学大系·翻译文学集》第一卷,页4。
② 林煌天主编:《中国翻译词典》,湖北教育出版社,1997年,页738—739。其中的"伍光建"词条,一千余字,错误多多,出生年误写1866年,实际上是1867年。(参见伍季专口述、邹振环整理《回忆前辈翻译家、先父伍光建》,载《上海文史资料选辑》第六十九(转下页)

论》一书讨论过"五四"前伍光建的文学翻译活动,指出伍译白话文要晚于周桂笙的《毒蛇圈》和徐念慈的《黑行星》,不过认为伍译的白话译文较之前两者"要纯熟得多";并将伍译《侠隐记》与李青崖译《三个火枪手》进行比勘,觉得"伍译还是较好的译本"。① 陈平原的《二十世纪中国小说史》一书也有专条述及伍光建,称"清末民初所译小说种数很少,但都是大部头著作,四种合起来将近二千三百页"。陈氏对伍译长篇的评价很高,称其所译"故事曲折有趣的历史小说,自是当时风尚所然,难得的是译者外文、中文基础都很好,加以用白话翻译,译文生动传神,一时大受欢迎。伍氏的白话译文,略带文言腔,句子简短精练,朴素而又风趣"。② 准确地讲应该是说"清末",民初伍氏尚无译书,而所谓"都是大部头著作",是不知晓伍氏早期译有短篇小说,最早见之《中外日报》。较早将严译、林译和伍译放在一起讨论的是张人凤,他在《智民之师·张元济》(山东画报出版社,1998年)一书中有一小节专门讨论严复、林纾、伍光建,认为张元济受到三位翻译家的启发与帮助,反过来又帮助他们出版译作,是他人生线条上"着墨浓重的三笔"(页96—104)。第一部述及伍光建文学翻译成就的是谢天振与查明建主编的《中国现代翻译文学史》(上海外语教育

(接上页)辑,上海文史资料编辑部,1992年,页84—89)。《回忆前辈翻译家、先父伍光建》一文中称伍光建字"昭展","昭展"为"昭扆"的误写;伍光建去世在1943年6月10日,文中称6月12日,应为伍季真女士误记。或有论著将伍光建出生年代误记为1868年,如许全胜《沈曾植年谱长编》,中华书局,2007年,页25。伍季真的回忆已经面世,可见作者撰写时不善于吸收最新的成果。伍光建是1884年从北洋水师学堂毕业的,该词条误写成1886年;而1886年赴英留学的时间也被错记成1887年,1890年伍光建回国的时间也被错成1891年。陈袁菁在编纂这一词条前并未排比伍光建的简要生平资料,最不可理解的是作者完全没有查核基本资料,称伍光建编有《英文习语辞典》,其实伍光建编纂过的唯一的一本英汉辞典是《英汉双解英文成语辞典》。且伍光建最早也是最出名的译作《侠隐记》《续侠隐记》,分别是初版于1907年7月与11月,陈袁菁却将之误列在1908年。

① 郭延礼:《中国近代翻译文学概论》,湖北教育出版社,1998年,页396—405。
② 陈平原:《二十世纪中国小说史》,北京大学出版社,1998年,页47—48。顺便指出,陈书在清理早期翻译小说时注意到了《申报》所刊的《谈瀛小录》(斯威夫特《格列佛游记》的第一部分译文)和《一睡七十年》(欧文《瑞普·凡·温克尔》的译文,页24),不过作者误将阴历4月15—18日、4月22日,按照阳历计算时间了。

出版社,2004年),该书有关伍光建译作的讨论虽然比较浅显,但确是第一次较为密集地论述了伍光建及其译作。①

目前编者所见全面讨论有关伍光建生平和译事研究最为翔实的篇文,以王建开的《伍光建》一传,②及张旭、肖志兵所编《中华翻译家代表性译文库·伍光建卷》的导言为最深入。③ 王建开的《伍光建》小传,分生平简介、伍光建的翻译成就、伍光建译作特色、对伍光建翻译艺术的评价、伍光建译作的影响几大部分。作者根据《商务印书馆通信录》1934年第399期发布的预告("营业部第76号通告")等统计"英汉对照名家小说选"总计41种,"按国别分布为:英国12部、美国9部、俄国4部、法国5部、德国3部,其他欧洲七国作品各1部"(页7),非英美的作品均通过英译本选译。不过该传记仍存在许多错漏,如称伍光建编有《英文习语辞典》(页3—4),这是传主未曾编著过的辞典;称1929年伍光建任驻美公使伍朝枢的秘书,1931年离任回国并退休(页5),这一记述未知所据。由张旭、肖志兵编的《中华翻译家代表性译文库·伍光建卷》(浙江大学出版社,2021年)一书分导言、代表性译文和译事年表三大部分。"导言"包括伍光建生平介绍、伍光建主要翻译作品简介、伍光建的翻译理论及其实践、伍光建翻译的特色、伍光建翻译的主要影响、版本选择说明和编选说明。第二部分为伍光建的代表性译文,根据伍光建译作涉及的具体领域,收录短篇小说、长篇小说、戏剧和政治学著作。第三部分译事年表最具特色,把伍光建的主要翻译实践活动按时间顺序排列,包括年代与发表渠道等,不过其中有关1929年出任驻美公使伍朝枢秘书一事,沿袭了王建开的说法,亦未经考证,恐系误记。有关伍光建的著译,王文与张文仍无全面系统和准确的梳理,算不上是较为翔实的译著系年。

---

① 谢天振、查明建主编:《中国现代翻译文学史》,上海外语教育出版社,2004年,页63—64、17、21、39、181、229、306、350、381、393。
② 方梦之、庄智象主编:《中国翻译家研究(民国卷)》,上海外语教育出版社,2017年,页1—24。
③ 张旭、肖志兵编:《中华翻译家代表性译文库·伍光建卷》,浙江大学出版社,2021年。该书的导言和译事年表两部分,有涉及伍译的统计。

笔者本科论文的指导教师陈匡时教授经常告诫我：在选择研究论题和治学方法上应秉持详人所略、略人所详的原则。传统目录学特别重视文献的分类和提要，重视"录"，即解题、提要。"录"能更好地发挥"辨章学术，考镜源流"的作用，具有研究版本、揭示内容、订正讹误、考察存佚、叙述源流等丰富的学术内涵。译著者的著译提要是切入一个译著者生平和事业研究的最为有效的途径。因此，本提要不仅做"目"，也做"录"，以期将"目录"这一学术文体的价值充分发挥出来，为伍光建研究建立起跨语际、跨文化、跨学科的知识系统。

作为近代翻译史上显赫的译家，严复和林纾都已有较为翔实的年谱、著译提要和资料集，而伍光建自1943年仙逝以来，不仅一直没有简要的年谱，连基本的著译系年和书目提要都未具备，甚至一些辞书上的"伍光建"词目大多也充满讹误。笔者进入研究生阶段，受邀开始撰写张元济传记，伍光建和张元济无疑是知交，在搜集张元济生平资料的过程中，不断接触到伍光建的材料，这也是促发我着力搜集整理伍光建著译和生平资料的一个原因。张元济哲嗣树年先生是热心人，我把自己搜集整理伍光建生平、著译的心愿告诉他之后，他不仅鼓励我，还热心为我介绍了伍光建哲嗣中仍健在的三子伍蠡甫和小女儿伍季真。我先后两次拜见伍蠡甫先生，请教资料情况，[①]并为伍季真女士作了关于其父的口述。[②] 感谢两位老人的鼓励和慷慨支持，特别是伍季真女士把她珍藏的伍光建的照片和书札等资料相赠。伍光建作为清末民国时期重要的译家，整理其著译提要，可以成为译家和翻译事件互动研究的一个显例。感谢王宏志教授的邀约，2015年12月17—19日，在香港中文大学翻译研究中心主办的"中国翻译史进程中的译者·第一届中国翻译史国际研讨会"上，我应邀以《建构物理学新知识的译者：伍光建与〈最新中学物理教科书〉》为题，作了主题报告。其间我还指导学生毕晓燕完成了一篇研究伍光建英译

---

① 邹振环：《我两次拜见翻译家伍蠡甫先生》，《世纪》2020年第3期。
② 伍季真口述，邹振环整理：《回忆前辈翻译家、先父伍光建》，《上海文史资料选辑》第六十九辑，页84—89。

《英汉对照名家小说选》的硕士论文，她从这一英汉对照的文献出发，首次梳理了伍光建的汉译资源，并注意到了伍译译注的若干特点。① 该文的资料梳理和问题意识受到了学界的重视，黄艳群、项凝霜《论译者注之阐释功能——以伍光建英译〈英汉对照名家小说选〉为例》(《西华大学学报(哲学社会科学版)》2016 年第 1 期)正是在毕晓燕一文的基础上，进一步对该套丛书译注进行分类梳理，从释名物、释典故、释文化、释情节和释词义这五大方面进行探讨，进而帮助读者更好地了解译者注的阐释功能。

伍光建从沐浴着海洋文化的广东一隅走出来，北上考入近代早期著名的新式学堂——北洋水师学堂，师承著名翻译家严复，与其老师不同的是，他几乎从未参加过科举考试。留英回国后他的人生轨迹一直在"从政"和"为学"两条道路上游走，加入外交部，作为译员参与《马关条约》的谈判；入职南洋公学，担任提调，教授科学和英文；作为翻译官，参与清末新政的考察，为立宪撰著呼吁；担任清廷有关澳门划界谈判、海军事务处顾问官；民国初年先后出任黎元洪、冯国璋两位总统顾问、财政部顾问、财政部参事、盐务署参事，以及盐务署稽核所英文股股长长达十年，受命起草稽核章则，保全国家利益颇多。随着政治热情的逐渐消退，翻译西书、编纂教材、启迪民智并最终达成强国富民的心愿，成为他后半生的重要选择。他撰写《西史纪要》，翻译西方小说，编纂最新物理学教科书和英汉对照读本，为推进中国文化的现代化竭尽全力。

从 1897 年在《国闻汇编》上发表《欧洲政治略论》、1902 年与李维格合作译出《格致读本》《政群源流考》算起，到 1943 年去世，伍光建的文字著译生涯持续了 40 余年，其中有著有译，以译为主，很多著作文字是附注于译作的，如译者的传略。著作主要出现在清末，重要著作的篇文大多为政治论述，如刊载于 1897 年《国闻汇编》上的《欧洲

---

① 毕晓燕：《近代文献翻译史上的"伍译"——以伍光建译"英汉对照名家小说选"为个案分析》，复旦大学硕士论文，2010 年。

政治略论》、刊载于 1906 年《政艺通报》上的《英国宪法论》,以及连载于 1912 年《大陆报》(China Press)英文本和刊载于《太平洋报》上的中文本《中华民国承认问题》;涉及科学和英语读本的重要中英文著作,主要有 1904—1906 年商务印书馆推出的《最新中学物理教科书》、1907 年出版的《最新理科教科书·高等小学用》、1910 年出版的《西史纪要》(第一编)、1905—1907 年商务印书馆出版的《帝国英文读本》(1—5 卷)、《英文范纲要》(1908 年)、《英文范详解》(1909 年)以及《英汉双解英文成语辞典》(1917 年)。

从书后附录一《伍光建著译出版年代分类统计表》可以看出,除了 1919—1923 年五年空出外,其他年份基本上每年都有著译面世。刊载于《国闻汇编》1897 年 12 月 8 日第 1 册上的《欧洲政治略论》一文,是目前所知伍光建最早的著述。1907 年连载于《中外日报》的《母猫访道》和商务印书馆推出的《侠隐记》《续侠隐记》是其文学翻译的起点,一直到 1924 年才有《侠隐记》沈德鸿校注本,算是伍氏重返翻译出版界,次年由商务印书馆推出英国作家歌士米的《维克斐牧师传》。或以为伍光建的翻译活动被中断了十余年,①其实这是一种误解,1904—1906 年商务印书馆推出的《最新中学物理教科书》和 1910 年出版的《西史纪要》(第一编),其中大部分内容都是编译自西方著述的原本。可以说伍光建一生的著译工作是持续不断的,由附录《伍光建著译出版年代分类统计表》也可看出,伍光建的著译出版有几个高峰时期:首次出现在 1907—1908 年,以连载于《中外日报》上的小说及《侠隐记》《续侠隐记》《法宫秘史》为代表;大约在 1929—1931 年再度出现高峰,可以《诡姻缘》《造谣学校》《山宁》《列宁与甘地》《伦理学》等为代表;而 1934—1936 年则处于译刊的顶峰,以"英汉对照名家小说选"为代表,伍译有影响的译作的面世大部分都出现在这三个

---

① 赖慈芸认为晚清伍光建小说译作只有 4 种(参见氏著《亦译亦批:伍光建的译者批注与评点传统》,《编译论丛》2012 年第五卷第二期,页 1—29),显然不确。《侠隐记》《续侠隐记》《法宫秘史前编》及《后编》,加上短篇小说《母猫访道》《瓶里小鬼》《打皮球》等,清末伍译长篇、短篇小说至少有七种。

高峰时期。

著译是伍光建一生最重要的事业，也是他毕生"为学"的一种方式。"从政"和"为学"——核心是"以译为学"的两条曲线，勾勒出伍光建清末民国几十年人生的重大转折，在他人生的每一个阶段，无论是参与外交以改善政制，服务海军、财政部门以清理国家政务等，还是担任公学教习以培养人才，译书输入西学方面，他总是以译者的角色勉力而为，对清末民初的政治和文化都有着积极的影响。或以为商务印书馆的西学出版物大致涉及译书、教科书、辞书等几大类型，在商务出版物中占据极重要位置的译书，就留下了伍译的深刻印迹。与商务印书馆输入欧风美雨相伴随，伍译与严译、林译三译并立，开创了清末民初译书的蓬勃局面。伍光建是严复的学生，而严复与林纾既是同乡又是挚友，伍光建又是林纾的译书同道，三人关系非同寻常。译才并世数严、林，严译名著和林译小说几乎悉数归商务出版，而伍译的大部分亦通过商务印书馆面世。在这一"莽莽欧风卷亚雨"的转折时代，伍光建不仅像林纾一般，大量编译西方文学，还仿效严复，引入历史、政治、哲学和经济著译，努力把世界介绍入中国。

清末民国时期，商务印书馆一直是各种教科书及教学参考书生产的大户。1902年编译所成立之前，在夏瑞芳的策划下，就以《华英初阶》《华英进阶》等一批英文教科书一炮打响。1902年编译所成立以后，在张元济的悉心规划和主持下，更是率先推出《最新国文教科书》，并大获成功。以此为起点，商务一方面大力倡导"教科书革命"，另一方面延聘富有教育经验的硕学大家，按学制规定，分类纂辑，推出一整套包括国文、修身、算术、历史、地理、格致等学科在内的《最新教科书》及《教授法》。其中就有伍光建编译的《最新中学物理学教科书》和《帝国英文读本》，以及《英文范纲要》和《英文范详解》两部英文文法书。20世纪30年代中期，他应约为商务印书馆编选了一套"英汉对照名家小说选"，为教育界提供了一套适宜于中学生学习英文的最佳读本。以"最新"为题的各种不同层次的教科书风行一时，奠定了商务印书馆在新书业中的优势地位。

辞书编刊亦是商务印书馆建树颇多的领域，早在创立之初，商务就曾于1899年和1901年相继推出《华英字典》《（商务书馆）华英音韵字典集成》《英汉大辞典》，三者中前者系邝其照英汉辞典的改编本，出版后"几于人置一函"；中者由谢洪赉据德人罗存德本等词典编译；后者是颜惠庆主编的一部在学界有着广泛影响的权威英汉辞典。1902年商务编译所设立后，张元济更致力于网罗辞书人才，斥巨资编纂、出版各类权威工具书，如《新字典》《辞源》《中国人名大辞典》《中国地名大辞典》，以及《植物学大辞典》《动物学大辞典》等自然科学专业学科辞典。在商务英汉辞典的编刊方面，伍光建也是贡献卓著，不仅编译了《英汉双解英文成语辞典》，还校订《汉英新辞典》，特别是为《植物学大辞典》写了长篇序言，该辞典为中国植物学界的空前巨制，集13人之力，历时12年之久，凡300余万字，蔡元培称"吾国近出科学辞典，详博无逾于此者"，为中国近代植物科学辞书的开山之作，于增进动、植物科学研究的贡献极大，至今仍有一定的参考价值。在清末民初知识大爆炸的时代，这些英汉辞书和专门工具书的编刊，将域外各种新旧知识进行权威分类与精准释义，便于读者系统、准确地了解相关新知识，使商务印书馆成为英汉辞书等最为重要的生产基地。

著译提要既是译家个人生平传记的重要构成，也是译家个人的著译史和思想史。傅斯年有言："新史料之发见与应用，实是史学进步的最要条件。"[①]为编纂伍光建著译提要，编者通过图书馆、互联网和数据库广泛搜罗各种图书、期刊，特别注意搜集和整理旧史料，吸纳既有的零散个案研究成果，同时也发现了以往学人不曾注意的新资料，以此为基础，逐个条目、逐项内容进行查询和考述，首次系统地清理了伍光建一生的汉译著译史料。本书力求做到以下几点：1. 资料性。著译提要中将伍光建所有能搜集到的著译资料，以译著为主体，同时包括作者、接受者（涵盖读者，作为赞助者的出版机构、社团，

---

① 傅斯年著，雷颐点校：《史学方法导论》，中国人民大学出版社，2009年，页33。

重要报刊上的广告等)应收尽收,重要的篇文(如早期发表在杂志上的论文和序文)作长篇摘录,以尽可能完整呈现所搜集的文献,并择要撰写内容提要、著译经过和发表后的影响等。对相关译作、文章、序跋,以及周边资料、出版情况作撮要、概述、校订和摘录。2. 权威性。审慎处理各种著译资料,以书札、档案为先,尊重译家翻译活动的第一手文献,按原著者、译介者、作品/文章名、文体、国别、刊物等方面进行分类考订。如《民国时期总书目·外国文学》误将翻译家奚若(1880—1914)的译作《天方夜谭》标为伍光建。相关信息以类相从,条其篇目,以便集中掌握伍著、伍译的基础信息。3. 学术性。凡是与伍光建译著密切相关的人物和事实以及相关考订(吸收前行研究的结论),特别是翻译批评者所撰写的书介、书评(包括前人完成的书目提要)亦予以收录,并对同一时期和后来出现的同书异译进行比勘,以脚注的形式出注或加以说明,以示各有所本。4. 系统性。每种著译提要的分类按年月日全面、系统、具体、翔实地予以记载,并翔实说明译本是全本、节本、缩写本还是英汉对照本,以便读者对译家译著的来龙去脉有全面的了解。

凡　　例

1. 书目收录范围：凡是经眼的伍光建所有著译书目（含部分篇文），均予以收录。凡跨年度出版的译本、读本，仅记首刊年代一次；但以不同形式再版，且有若干修改重订者，则重复记录数据，如《西史纪要》《最新物理学教科书》《中国英文读本》等。

2. 书目提要分类：收录著译凡184种（至今正式出版的136种）所有著译书目采用简要分类排列，按"文学"（包括小说、剧本、诗歌、札记；58种）、"英汉对照小说"（43种）、"历史·传记"（15种）、"哲学·伦理·政治"（8种）、"科学教材"（5种）、"英语读本"（包括编纂和校订的英汉词典等；7种）、"遗稿"（未刊，48种）分为七大类。同一分类下，再按初版时间先后排列编号。

3. 提要收录内容：凡能寻找到译本原本者均一一注明。每一著译条目提要，包括其译作原名和今译名、作者原名和今译名、译介者原名、书名译名或今译名、译著出版机构、出版时间、著译的主要内容、学界重要的评论等。凡伍光建撰有《作者传略》者，均全文收录。

4. 书目版本信息：提要著录著译各种版本和印次。凡未亲见者均注明资料来源，如其中的"文学""英汉对照读本"两类著录的版本信息，有来自北京图书馆编的《民国时期总书目（1911—1949）》"外国文学"（书目文献出版社，1987年）、"语言文字"（书目文献出版社，1993年）、"历史·传记·考古·地理"（书目文献出版社，1994年）、"哲学·心理学"（书目文献出版社，1991年）分册，编者在版本信息后特别注明"外国文学""语言文字""历史·传记·考古·地理""哲学·心理学"等分册信息，以便研究者进一步核查相关书目的著录信息。

5. 书目提要注释：包括原作者的生平和代表作、评论者的相关资料、刊载伍著的重要刊物、出版伍译的机构等，均注明资料来源。凡各类词典上资料不全者，多依网络资料予以补充。

6. 书目引用文献：附录二著录引用文献所有信息，包括著者、译者、书名、出版地点、出版社、出版时间、页码（期刊卷号）。全部文献按照著者姓氏首字母顺序排列。

目　　录

序言	1
凡例	1

文学（包括小说、剧本、诗歌和札记） …… 1

001-01	母猫访道	3
002-02	瓶里小鬼	5
003-03	打皮球	6
004-04	侠隐记	6
005-05	续侠隐记	13
006-06	法宫秘史前编	17
007-07	法宫秘史后编	20
008-08	侠隐记（校注本）	23
009-09	维克斐牧师传	27
010-10	续侠隐记（校注本）	30
011-11	狐之神通	30
012-12	劳苦世界	32
013-13	大伟人威立特传	36
014-14	克阑弗	40
015-15	约瑟安特路传	45
016-16	杜巴利伯爵夫人外传	50
017-17	造谣学校	51
018-18	诡姻缘	55

019-19	旧欢	57
020-20	山宁	62
021-21	狭路冤家	63
022-22	《秘密结婚》及其他短篇实事小说七篇	66
023-23	浮华世界	70
024-24	洛雪小姐游学记	73
025-25	夺夫及其他	78
026-26	喜剧二种：一. 审天帝（Zeus Cross-examined）、二. 鬼话第十章（Dialogue of the Dead X）	78
027-27	又男又女的特安	80
028-28	情痴	82
029-29	母子之间	83
030-30	故事（两则）：一. 两个问题、二. 阿立比	84
031-31	庇得和坎宁	86
032-32	大鼓	89
033-33	村学究所说的故事	89
034-34	孤女飘零记	90
035-35	圣水	94
036-36	少年维特之烦恼	95
037-37	蚂蚁和蚱蜢	97
038-38	尼姑从军记	99
039-39	同母异父兄弟	102
040-40	买旧书	102
041-41	维提克尔归隐	103
042-42	素第的新娘子	104
043-43	好贵的一吻	105
044-44	当金刚钻	105
045-45	一个舍不得死的国王	106
046-46	隐士	107

047－47	暴发户	108
048－48	瞎子	108
049－49	有利可图的事	109
050－50	不祥的马夫	109
051－51	点头	110
052－52	野天鹅	111
053－53	影子	112
054－54	蒙面牧师	112
055－55	新年旧年	114
056－56	梦外缘	114
057－57	一个王后的秘密	115
058－58	续侠隐记	117

英汉对照小说 ····· 119

059－01	维克斐牧师传译注（英汉对照）	121
060－02	悲惨世界	122
061－03	二京记	123
062－04	末了的摩希干人	125
063－05	财阀	127
064－06	坠楼记	130
065－07	阿当贝特	133
066－08	妥木琐耶尔的冒险事	135
067－09	妥木宗斯	138
068－10	罗马英雄里因济	140
069－11	显理埃斯曼特	142
070－12	安维洛尼伽	144
071－13	普的短篇小说	146
072－14	置产人	149
073－15	费利沙海滩	151

074 - 16	白菜与帝王	153
075 - 17	大街	156
076 - 18	红字记	158
077 - 19	希尔和特	161
078 - 20	野兽世界第二集	163
079 - 21	旅客所说的故事	165
080 - 22	泰丕	168
081 - 23	伽利华游记	171
082 - 24	甘地特	173
083 - 25	海上的劳工	176
084 - 26	蒙提喀列斯突伯爵	179
085 - 27	罪恶与刑罚	182
086 - 28	克罗狄阿	184
087 - 29	维廉迈斯特	186
088 - 30	疯侠	188
089 - 31	红百合花	192
090 - 32	金奈	194
091 - 33	巴尔沙克的短篇小说	196
092 - 34	在山上	199
093 - 35	革命故事	200
094 - 36	洛士柴尔特的提琴	202
095 - 37	死的得胜	205
096 - 38	十日谈	207
097 - 39	甘特巴尔利的圣妥玛	210
098 - 40	托尔斯泰短篇小说	212
099 - 41	尼勒斯莱尼	215
100 - 42	结了婚	217
101 - 43	启示录的四骑士	219

历史·传记 ·················· 223

- 102－01　西史纪要（第一编） ·················· 225
- 103－02　耶稣事略 ·················· 230
- 104－03　西史纪要（第二编） ·················· 233
- 105－04　西史纪要（二卷合本） ·················· 237
- 106－05　法国大革命史 ·················· 244
- 107－06　泰西进步概论 ·················· 249
- 108－07　列宁与甘地 ·················· 253
- 109－08　俾斯麦 ·················· 259
- 110－09　拿破仑日记 ·················· 261
- 111－10　债票投机史 ·················· 264
- 112－11　十九世纪欧洲思想史（第一编） ·················· 266
- 113－12　拿破仑论 ·················· 271
- 114－13　十九世纪欧洲思想史（第二编） ·················· 274
- 115－14　十九世纪欧洲思想史（第一、第二编） ·················· 275
- 116－15　一六四〇年的英国革命史 ·················· 277

哲学·伦理·政治 ·················· 281

- 117－01　欧洲政治略论 ·················· 283
- 118－02　政群源流考 ·················· 285
- 119－03　英国宪法论 ·················· 287
- 120－04　中华民国承认问题 ·················· 293
- 121－05　霸术 ·················· 294
- 122－06　伦理学 ·················· 297
- 123－07　人之悟性论 ·················· 305
- 124－08　饭后哲学 ·················· 308

科学读本 ·················· 311

- 125－01　格致读本 ·················· 313

126-02 最新中学物理教科书 ………………………………… 314
127-03 最新理科教科书·高等小学用 ……………………… 320
128-04 中学物理教科书 ……………………………………… 320
129-05 植物学大词典·序言 ………………………………… 321

英语读本(包括编纂和校订的英汉词典和汉英词典) ………… 327
130-01 帝国英文读本 ………………………………………… 329
131-02 英文范纲要 …………………………………………… 334
132-03 英文范详解 …………………………………………… 337
133-04 中国英文读本 ………………………………………… 339
134-05 英文范纲要(修订版) ………………………………… 340
135-06 英汉双解英文成语辞典 ……………………………… 341
136-07 汉英新辞典 …………………………………………… 344

遗稿(未刊) ……………………………………………………… 347
(一)历史·传记·政治·经济 …………………………………… 349
137-01 后罗马史 ……………………………………………… 349
138-02 英国第二次革命史 …………………………………… 350
139-03 古希腊英雄记 ………………………………………… 355
140-04 俄皇大彼德本纪 ……………………………………… 355
141-05 西史纪要(第三编) …………………………………… 356
142-06 英国史——查理一世 ………………………………… 356
143-07 英法两宫秘史 ………………………………………… 356
144-08 拿破仑 ………………………………………………… 356
145-09 约瑟伏西 ……………………………………………… 357
146-10 第一次欧战的缘起 …………………………………… 357
147-11 福煦 …………………………………………………… 358
148-12 七月十四 ……………………………………………… 358
149-13 洛约翰传 ……………………………………………… 358

150-14	近代政治学说	358
151-15	中国人致英国人书	359
152-16	英国地方自治纪略	359
153-17	英伦银行纪略	359
154-18	丹巴尔银行志	359
155-19	荷法美英德银行志	359
156-20	中国人致英国人书	360
157-21	论画书	360

(二) 文学 ………………………………………………… 361

158-22	失落的密码	361
159-23	破尔西的制时钟工人	361
160-24	网球	361
161-25	包办税款	361
162-26	在方旦卜禄	362
163-27	伊西安登天	362
164-28	素不相识的人	362
165-29	伯爵夫人的马车	362
166-30	一个公主的宗教	362
167-31	灰袍将军	363
168-32	吉卜拉	363
169-33	朱理罗曼	363
170-34	义子	363
171-35	阿布大拉的国	363
172-36	梦魇	364
173-37	侯爵夫人	364
174-38	一只小猎狗	364
175-39	伯林之围	364
176-40	大红宝石	364
177-41	停妻	364

- 178 - 42 奇梦 ·· 364
- 179 - 43 买党奇闻 ··· 365
- 180 - 44 弃 ··· 365
- 181 - 45 怀特查普尔 ·· 365
- 182 - 46 第十一号房 ·· 365
- 183 - 47 隐士弃儿 ··· 365
- 184 - 48 冒充医生 ··· 365

附录一 伍光建著译出版年代分类统计表 ······························ 366
附录二 引用文献 ·· 368

后记 ··· 385

文　学

（包括小说、剧本、诗歌和札记）

001-01　母猫访道

《母猫访道》(The Cat's Pilgrimage，又译《猫的朝圣之旅》)，连载于《中外日报》1907年2月16—23日"新译小说"栏，署名"君朔"翻译。①

这是一篇寓言故事，全篇分四个部分，通过母猫与狗、猫头鹰等对话，说出时人对新知识的追求。伍光建称该篇"讲的正是当时中国读书人所向往的'新学'，'物竞天择，适者生存'"，"英国批评界认为，弗劳德文笔精纯而又自然，胜过吉朋(Gibbon)、麦考莱(Macaulay)或卡莱尔(Carlyle)"。《母猫访道》《瓶里小鬼》《打皮球》三篇小说均未说明翻译所据的原文本，伍蠡甫在《伍光建翻译遗稿》的"前记"中说明："当时较多取材于英国弗劳德的《大问题小议论》(Short Studies

---

① 伍蠡甫：《前记》，《伍光建翻译遗稿》，人民文学出版社，1980年，页2。参见 James Anthony Froude, *Short Studies on Great Subjects*, Spottiswoode & Co., 2007, pp.419-432。弗劳德(James Anthony Froude, 1818—1894，又译夫鲁德)，曾就读于威斯敏斯特公学和牛津大学奥里尔学院，1842年被选为埃克塞特学院研究生，系英国著名历史学家卡莱尔的弟子。卡莱尔去世后弗劳德成为他遗稿的唯一管理人。参加过复兴基督教会传统、改变现有宗教礼仪的"牛津运动"。1892—1894年出任牛津大学近代史钦定讲座教授。编有卡莱尔《回忆录》(*Reminiscences*)和《珍妮·魏尔希·卡莱尔夫人追忆录》(*Memorials of Jane Welsh Carlyle*)，著有两卷本的《托马斯·卡莱尔前四十年史》(*Thomas Carlyle, A History of the First Forty Years of His Life*, 1882)和两卷本的《托马斯·卡莱尔在伦敦的生活》(*Thomas Carlyle, A History of His Life in London*, 1884)、《信仰的因果》(*The Nemesis of Faith*)、《登博的两个领袖》(*The Two Chiefs of Dunboy*)等。所谓《英国新史》是指其以20年时间完成的十二卷本《从武尔塞的垮台到西班牙无敌舰队的失败的英国史》(*History of England from the Fall of Wolsey to the Defeat of the Spanish Armada*)，该书前两卷出版于1856年，随后1858、1860、1863、1866、1870年每年出版两卷。(参见[英]乔治·皮博迪·古奇著，耿淡如译《十九世纪历史学与历史学家》下，商务印书馆，1998年，页538—548；[美]J.W.汤普森著，谢德风译：《历史著作史》上卷，商务印书馆，1996年，第一分册页414—422。)

on Great Subjects)，读者最喜爱的是几篇寓言故事，例如《母猫访道》。"①该小说叙述一只死了丈夫唐穆的母猫，到处寻找各种飞禽走兽，想了解狗、狐、牛、猫头鹰、鹰隼等关于"快活"和"天职"的看法。小狗称自己吃饱喝足，睡在柔软的褥子上打呼噜就是一种快活。何况得了自由，是需要自由找饭吃。但是猫则认为："若是除了吃饭、睡觉之外，就没别的事体，我觉得太无谓了。天生我们，不是这样就算了的。从前有我们是有所谓的，将来一定也是有所谓的。我若是找不出个道理来，我是不得快活的，我是不罢手的。你看地球上的人，来了不过几千年，我们来了几十万年了，我们的资格比他们老，我们的知识，要比他们好。"于是猫再去问鸟，鸟认为唱歌即快活，他劝猫去唐穆的坟前唱歌，这样就可以轻松一些。猫称自己是不会不快活地咕咕直叫，于是鸟就飞走了。猫找到没精打采嚼着草的牛去讨论"有什么法子可以快活"，牛称尽自己天职，天职就是找饭吃。猫找到猫头鹰继续来讨论快活和天职，猫认为"灵变"的猫头鹰是坐在天神肩膀上，可以从天神这里得到教诲。猫告诉猫头鹰自己是吃小老鼠的，猫头鹰说养身的东西你是有了，你现在要的是养灵魂的东西。猫说自己需要寻找猫的天职，但是飞禽走兽没有一个能够说清楚，于是猫甚至埋怨猫头鹰是在天神肩膀上睡着了。猫头鹰则说只要知道我们什么都不懂，我们的知识就算是登峰造极了。猫愤愤不平，甚至想把猫头鹰给吃了。正在这时他看到一只野兔，猫想把他吃了，野兔讨

---

① 伍蠡甫：《前记》，《伍光建翻译遗稿》，页 2。《母猫访道》是伍光建翻译出版的第一篇短篇小说。《大问题小议论》(Short Studies on Great Subjects)是一本文章的结集，全书分两卷，初版在 1867 年，1872 年由 Scribner, Armstrong & Co.出版第二版，2004 年该书还有 Kessinger Publishing 的重印本。全书包括《历史科学》、《伊拉斯谟和路德的时代》、《苏格兰宗教改革的影响》、《基督教理念》、《自由讨论的神学以及困难的抗辩》、《批评与福音的历史》、《乔恩的书》、《斯宾诺莎》、《寺院的解散》、《被遗忘的杰出人物》、《荷马》、《圣徒的生活》、《有代表性的男人》、《狐狸雷纳德》、《母猫访道》、《寓言两篇：狮子和牛·农夫和狐狸》、《面包、水果与树的寓言》、《赔偿金》、《英国修道院记事》、《Eomanism 的复兴运》、《黑海研究》、《在意大利最后的社会》、《卢西恩》(Lucian，其中包括与死者的对话、与海神的对话、与上帝的对话和与妓女的对话)、《恺撒帝》、《在利用一个土财主》、《政党政治》、《南非杂志中的一页》等。

饶,称自己也是有天职的,即照应自己的七只小兔。猫希望去看看这七只小兔,兔认为猫是不会放过七只小兔的,称你饶了我,我就快活了。猫放走了兔子,又遇上了狐狸,狐狸正在享用一只肥鹅,他和狐狸又讨论快活问题。狐狸称人类对自身做的事也知道是不对的,多是自己骗自己;凡是不用强权对待人的,他们为人就不肯公道。你可以问问替他们拉车的马,供他们口腹的羊,天地间只有一条大理,即"弱肉强食"。人比动物聪明,故此人能用动物,老虎吃人同人食羊是一样的公道。最后猫回到了原初狗的居处,狗认为猫在树林里跑了一天,所得到的道理,就是做事吃饭,各自快活。

002－02　瓶里小鬼

《瓶里小鬼》,连载于《中外日报》1907年2月24日至3月7日"新译小说"栏,署名"君朔"翻译的中篇小说。

这是一篇寓言,主人翁克奥碰到一个黑胡子、秃头的中年人,进入该中年人的一间绝顶讲究的大房子,中年人称这所大房子是通过一个古怪的玻璃小瓶得来的。他说多少年前这个小瓶卖得很贵,现在则愿意五十元钱卖给克奥,且克奥则可以想什么要什么,事实上是瓶里有一小鬼。克奥与朋友鲁巴格商议准备到家乡夏威夷建造房屋,但带着瓶子回到家乡的克奥发现檀香山的伯父和堂兄莫名其妙地死去,鲁巴格还是劝说克奥在夏威夷建造房屋。后来克奥在海边遇到了柯古阿,两人后来结为夫妇,一起乘船到了美国旧金山。尽管瓶中小鬼一路给他们解决了很多困难,给他们带来了金钱,但瓶中小鬼又一直像魔障一样围绕着他们。克奥不幸去世,柯古阿则因为带着瓶中小鬼被视为"妖妇",最后她把小瓶给了岛上一位穷老无归、流落街头的老人,并一一告知了小瓶之事。小说采用了当时尚未占据主导地位的白话文,如主人翁克奥与他钟情的女子柯古阿有一段自由恋爱的对话:"那女子大笑道:'你倒要先问我,你娶过亲没有?'克奥道:'我没娶过亲。我从来不想娶的,此刻忽然改了意思了。我老实告诉你,我在这个路旁碰见你,看见你两只眼,就同天上两颗小星子一样。我的心就同雀子一样,飞到你身上了。你若是不喜欢我的话,就老老实实的告诉我,我就走我的路。你若是看我不比别人坏,你也老实告诉我,我就去找你的父亲'。"①

003-03 打皮球

《打皮球》,连载于《中外日报》1907年3月8—14日"新译小说"栏,署名"君朔"翻译。

该小说的特点是以第一人称的全知视角,叙述法国当时的阔人流行在家养个打小球的好手,法国王上自然也不例外。有一次王上要求自己管球的好手与西班牙人狄爱各比赛,赌二十个柯朗(钱名)的输赢,为王上管账的梅安发现了其中可能有西班牙人行刺王上的奸计。到了规定的比球时间,王上同一班贵族大臣和女客都到达了观球的比赛场,球场非常热闹,有说有笑,王上突然跳起来跑到球场内要求与狄爱各对手。而梅安则把狄爱各的手给弄伤了,成功地阻止了一起谋杀事件。小说也采用了当时尚未占据主导地位的白话文,如西班牙人狄爱各首次出场时的文字是这样的:"这个人身材短小,脸色带青,两眼却甚流动,衣裳倒干净,却破了好几处,都缝好了,是个穷人的样子。他到我眼前恭恭敬敬的鞠了躬,手上拿着小帽,等我开口。他的举动虽是谦下的很,却是十分安详。我心里未免犯疑,我就客客气气的问他名字,他说叫狄爱各。"②

004-04 侠隐记

《侠隐记》(Les Trois Mousquetaires,1844年,又译《三剑客》《三

---

① 《中外日报》丁未(1907年)正月十六日第一版。
② 《中外日报》丁未(1907年)二月初一日第一版。

个火枪手》等),法国大仲马著,①署名"君朔"翻译。上海商务印书馆作为"义侠小说"初版于 1907 年 7 月,1915 年 10 月三版,收录于"说部丛书"第二集第 48 编。("外国文学"分册,页 132)另有台湾商务印书馆 1977 年版、上海大学出版社 2014 年"近代名译丛刊"版、中国文史出版社 2020 年新版。

《侠隐记》是依据《三个火枪手》法文版的英译本 The Three Musketeers 转译的,伍译所据系何种英译本并未交代,已知当时流行的有 1903 年 Methuen 出版的 Alfred Allinson 英译本,该版除利用了 1853 年伦敦出版的 William Robson 英译本外,还参考了之前修订过的 Baudry 等版本,从而成为当时新近出版的最为完善的英译本。② 伍光

---

① 1907 年商务印书馆出版的《侠隐记》是伍光建翻译出版的第一篇长篇翻译小说。《侠隐记》作者大仲马(Alexandre Dumas, 1802—1870。因为 1898 年林纾已将 Alexandre Dumas fils 译为"小仲马","仲马"是林纾用闽南语按照法文 Dumas 的不准确发音之后郁达夫在上海光华书局 1926 年出版的《小说论》中译为"提油马",魏易在 1933 年商务印书馆出版的《苏后玛丽惨史》中译为"杜马"。但由于林译的巨大影响,后人多乐意沿用林译法,而将其译成"大仲马")是法国 19 世纪积极浪漫主义作家。其祖父恩都奈·亚历山大·达维·拉·班来泰尔侯爵(Antoine Alexandre Davy, Marquis de la Pailleterie)与黑奴女子玛利亚·萨·仲马(Marie Cessete Dumas)结合生下亚历山大·仲马(Thomas Alexandre Dumas),受洗时用母姓"仲马",即大仲马之父。法国大革命爆发后,亚历山大·仲马屡建奇功,当上共和政府将军。父亲亚历山大·仲马去世后,大仲马和母亲过着极为困难的日子,仅赖母亲自设的小杂货铺博些小利,敷衍生活。家庭出身和经历使大仲马形成了反对不平、追求正义的叛逆性格,他终生信守共和政见,反对君主专政,憎恨复辟王朝,不满七月王朝,反对第二帝国。大仲马自学成才,是法国才华横溢的高产作家,一生写出各种类型的作品达 300 卷之多,主要以小说和剧作著称于世。著名的剧本有《亨利第三》(1829 年),这出浪漫主义戏剧上演后,使其一夜成名。大仲马创作的小说多达百部,大都以真实历史作背景,以主人公的奇遇为内容,情节曲折生动,出人意料,堪称历史惊险小说。类似《基督山伯爵》那样异乎寻常的理想英雄、急剧发展的故事情节、紧张的打斗动作、清晰明朗的完整结构、生动有力的语言、灵活机智的对话等,构成了大仲马小说的特色。其小说多以历史故事为题材,长达上千万字,堪称世界文学史上的一大奇观。最著名者当推"达特安三部曲"。参见邹振环《伍光建译〈侠隐记〉与茅盾的校注本——兼谈西学译本校注之副文本》,《澳门理工学报》(人文社会科学版)2017 年第 2 期。

② Introduction, Alexandre Dumas, *The Three Musketeers*, Translated and with an introduction by Lord Sudley, T. and A. Constable Ltd, Edinburgh, 1852, pp.21-22.

建可能就是利用这一英译本作为翻译底本的。① 全书除作者自序外，共四卷六十七回。

卷一：第一回　客店失书　　　　　第二回　初逢三侠

　　　第三回　统领激众　　　　　第四回　达特安惹祸

　　　第五回　雪耻　　　　　　　第六回　路易第十三

　　　第七回　四大侠之跟人　　　第八回　邦那素夫妻

　　　第九回　邦那素被捕　　　　第十回　老鼠笼

　　　第十一回　达特安之爱情　　第十二回　巴金汗公爵

　　　第十三回　入狱　　　　　　第十四回　蒙城人

卷二：第十五回　廷辩　　　　　　第十六回　搜书

　　　第十七回　主教之手段　　　第十八回　懦夫出首

　　　第十九回　送信　　　　　　第二十回　抢照杀人

　　　第二十一回　金刚钻　　　　第二十二回　跳舞会

　　　第二十三回　第一次幽期密约　第二十四回　大失所望

　　　第二十五回　摩吉堂猎酒　　第二十六回　阿拉密谈经

　　　第二十七回　阿托士之妻　　第二十八回　赌马

　　　第二十九回　办行装之为难

卷三：第三十回　达特安追寻密李狄

　　　第三十一回　达特安会密李狄

　　　第三十二回　老状师之款待

　　　第三十三回　密李狄之秘密信

　　　第三十四回　阿拉密同颇图斯之行装

---

① 1924 年 4 月，茅盾亲自为这两本译作校注，并写有《大仲马评传》编在卷首，仍由商务印书馆出版。王森然在《严复先生评传》一文中称伍译《侠隐记》"可作为白话翻译品之代表"（王森然：《近代二十家评传》，书目文献出版社，1987 年，页 101）。当时此书影响极大，不仅受到《新青年》的褒扬，还被教育部列为"新学制中学国语文科补充读本"。此后商务印书馆又于 1927 年 1 月、1930 年 4 月、1932 年 10 月、1947 年 3 月多次重印。1982 年和 1984 年，湖南人民出版社两次再版，印数分别高达 328 301 册和 341 300 册。1999 年，吴岳添编选的《大仲马精选集》将伍光建译的《侠隐记》收录在内。

第三十五回　达特安报仇之法
第三十六回　密李狄报仇
第三十七回　密李狄之隐事
第三十八回　阿托士办行装的钱
第三十九回　路逢邦氏　　第四十回　　达特安会主教
第四十一回　战场遇刺客　第四十二回　十二瓶好酒
第四十三回　火枪手遇主教　第四十四回　主教之诡计
第四十五回　夫妇密谈　　第四十六回　奇赌
第四十七回　吃早饭的地方　第四十八回　威脱的家事
卷四：第四十九回　密李狄　　第五十回　　威脱与密李狄之密谈
第五十一回　巡查　　　　第五十二回　监禁之第一日
第五十三回　监禁之第二日　第五十四回　监禁之第三日
第五十五回　监禁之第四日　第五十六回　监禁之第五天
第五十七回　末了一段把戏　第五十八回　逃走
第五十九回　行刺　　　　第六十回　　找寻邦氏
第六十一回　比东庵　　　第六十二回　密李狄之布置
第六十三回　太迟了　　　第六十四回　红衣人
第六十五回　问罪　　　　第六十六回　正法
第六十七回　达特安

故事原型出自17世纪一本中篇小说《国王第一火枪队邦统达特安回忆录》，作者搜集了大量的史料，对17世纪30年代路易十三时代的社会风俗作了简明真切的描述。小说从红衣主教立殊理（今译黎塞留）担任宰相的第二年即1625年说起，叙述了17世纪法国教会和王室争权，立殊理企图揭露王后的秘密恋爱，造成国王和王后的不和从而削弱王室的势力。忠于王后的亲兵达特安和三个火枪手，历尽千辛万苦为王后转送一串项链给英国首相白金汉，从而机智地挫败红衣主教的阴谋。

《侠隐记》中的四个人物形象比较立体，各有特色。达特安勇敢潇洒，善于联络朋友，功利心重，在天真底下藏着圆滑；阿托士不爱讲话，沉着老练，意志坚强，甘愿为理想献身；颇图斯风流倜傥，喜欢被贵妇人包养，心宽体胖，心机较少；阿拉密博学多闻，藏而不露，失意时遁入空门，得意时东山再起，两不耽误，一副酒肉和尚模样。他们的四个仆人，都可以说是主人的影子，也刻画得很有生气。此外，立殊理主教的阴险和老谋深算、邦那素的势利，也刻画得比较逼真。然而，《侠隐记》中刻画得最出色的人物却是"毒辣"的密李狄，应该算作文学史上最令人难忘的女性形象之一。

《侠隐记》的开头非常精彩：一个少年，一匹瘦马，一场冲突，立刻吊起读者胃口。除主要情节外，《侠隐记》中的一些小细节也很有趣，如颇图斯在吝啬鬼家吃"老爷鸡"的那一段，自然会让人联想到《基督山恩仇记》中庇皮诺花十万法郎买"高价鸡"吃的情节，虽然同样是吃鸡，颇图斯和庇皮诺却吃得各有奇趣，令人捧腹。阿托士和仆人把自己锁在酒窖里吃喝的细节也很好玩。伍译取三位主角均为隐名侠士之意，将书名译为《侠隐记》。

《侠隐记》基本没有移用西方的标点符号，偶尔采用省略号。对于英语的从句结构，《侠隐记》一律采用"拉直"的方式，即完全用汉语结构表达原意。伍译《侠隐记》出现的专有名词多为人名和地名，人名如达特安、阿拉密、阿托士、巴金汉（公爵）、特拉维、密李狄、卢时伏、路易第十三、波那朱、巴兰舒、巴星、摩吉堂、伽塞克、克有萨、毕克拉、邦那素、拉波特、康士旦、施华洛（夫人）、法兰瑣、显理第四、红衣教主立殊理、旁培、代吉隆、波特里（夫人）、索鲁门、阿格士丁、阿奇理、爱则克士等；地名如蒙城、喀士刚尼、安敦门、卢弗宫、哥林布街、罗森堡、巴士狄等。另外还有货币的名称：柯朗、毕士度、路易、酥。《侠隐记》对专有名词的翻译却相当慎重。伍译《侠隐记》对专有名词大多采用音译；不影响"大局"的专有名词，大多被删去。

该书出版后多次再版，1915年10月出第三版，并与"林译小说"一起被编入商务印书馆的"说部丛书"第二集。五四运动后白话小说流行，《侠隐记》也销路大畅，甚至受到当时的先锋刊物《新青年》的褒扬。① 1907年《申报》刊登商务印书馆出版广告：

> 法大仲马著《侠隐记》，中国君朔译。法国小仲马所著《茶花女》小说久已脍炙人口，然其文名尚不逮乃父大仲马。是书为大仲马所著，号称一时名作，中叙法王路易第十三时代特拉维火枪营之四少年冒险善斗，与红衣教士反对，几失败于女侦探之手，虎口余生，结成团体，竞争于枪林弹雨中。而其生平各有恋爱种种，巾帼魔力、须眉侠肠，诙谐处令人喷饭，激烈处令人起舞，小说中大观也。洋装四册一元五角。②

1920年有论者在《申报》撰文称：

> 诸君记得大名鼎鼎的文化运动家胡适之先生在他的短篇小说批评里说过几句话么，他说商务书馆里《侠隐记》是小说中第一枝好译笔，比林琴南好得多的多。因他这一介绍，正秋就去买《侠隐记》看。看见全部情节真好，而且结局于中国人心大有关

---

① 据伍蠡甫言，伍光建以白话文翻译小说，正是受到了张元济的鼓励与支持："张元济对父亲开始用白话从事原文翻译，极感兴趣。为了更加充实，建馆以后的出版计划决定除教科书外，兼顾一般读物，特别是文学读物，其中白话翻译既然大有前途，就鼓励先父继续为之。"（伍蠡甫：《伍光建和商务印书馆》，商务印书馆编：《商务印书馆九十年（1897—1987）：我和商务印书馆》，商务印书馆，1987年，第79页）此外，伍蠡甫还对其父的翻译特色进行了总结，称伍光建翻译《侠隐记》《续侠隐记》时"效仿《水浒》的艺术风格，译笔力求生动精练，对话有神，见出人物个性"。伍氏的译作虽然不多，但是其社会影响之广泛并不逊色于林纾。此外，其所遵循的尽量忠实于原著的翻译风格，也与我们今人所提倡的更为接近。胡适就曾经高度评价伍光建所采用的"新白话"译法，甚至认为其功劳高于林纾："我以为近年译西洋小说，当以君朔所译诸书为第一。君朔所用白话，全非抄袭旧小说的白话，乃是一种特创的白话，最能传达原书的神气。其价值高出林纾百倍。"伍光建所译的白话《侠隐记》《续侠隐记》，民国年间由茅盾标点加注之后，不仅收入了商务的"万有文库"，而且还与林纾所译文言《撒克逊劫后英雄略》《拊掌录》同时成为高级中学补充读本，可以说这是对伍译一种很高的肯定。虽然伍光建翻译的正续《侠隐记》并非伍蠡甫所言，"这是中国第一部白话翻译小说"，但是如果将其称为"中国影响最大的第一部白话翻译小说"当非虚言。参见邹振环《伍光建译〈侠隐记〉与茅盾的校注本——兼谈西学译本校注之副文本》，《澳门理工学报》（人文社会科学版）2017年第2期。

② 《申报》1907年8月4日，第5页。

系,对家庭,对社会,对军人,对政客,都有狠好捧喝。所以把他编出戏来演一演,但是书同戏大有分别。不得不随戏剧意味去取材料,或恐点金成铁,故此改名《情人》,不叫《侠隐记》受过,这是编者的苦心,望大家原谅原谅。时势变了,我要劝劝各位看戏不要盲从,一样寻快乐,一样游戏,一样花钱,应当要拣选有点意思的地方去,不但自己不必看无益身心的戏,而且还该劝劝家人亲友不可费时伤财,去眩惑耳目,与其看无价值的戏,还不如看我们这部《侠隐记》变相的《情人》。①

同年《申报》还报道了正在上海上演的《四大侠为美人复仇》一场戏,称:

> 取材于《侠隐记》。《侠隐记》是部小说,这部小说并不是无宗旨、无意义的,所以胡适之先生非常之称赞的。看了是能加高看戏程度的。密李狄是前四本情人的重要分子,看过前三夜戏的人,都要晓得他的结局。今夜的戏就是结束密李狄的,而且借一场梦来衬托书中的倒插笔,把密李狄一生一世的事情都描摹出来,而且做的是开口的梦。无论有无智识的看客一定都看得明白的,请老看客不要错过这一本,因为有承上接下的关系哩。我要做看客的话,决不看无益的各种戏,必要看这种戏的。②

金庸(1924—2018)称自己年轻时代最爱读的三部书,一是《水浒传》,二是《三国演义》,三就是伍译《侠隐记》和《续侠隐记》。在《探求一个灿烂的世纪:金庸/池田大作对话录》中,金庸认为虽然大仲马"不少著作水准甚低,结构松懈,人物描写低劣(许多是庸手代作)",但"《三个火枪手》三部曲、《基度山恩仇记》、《黑色郁金香》、《玛格烈

---

① 《可称外国西太后,胜过拿破仑多多》,《申报》1920年4月15日,第5页。
② 《申报》1920年4月19日,第8页。

王后》等"都很精彩,其中"最好的恐怕是《三个火枪手》"。他说在中外所有作家中,自己最喜欢的的确是大仲马,而且是从十二、三岁时开始喜欢,直到如今,从不变心:"大仲马另一部杰作《三剑客》,中国有伍光建非常精彩的译本,书名叫作《侠隐记》,直到今天,我仍觉得译得极好。我有时想,如果由我来重译,一定不会比伍先生的译本更好。""不过此书的续集《续侠隐记》,译笔似就不及正集,或者伍先生译此书时正逢极忙,或者正集既获大成功,译续集时便不如过去之用心了。"金庸甚至说:"《侠隐记》一书对我一生影响极大,我之写武侠小说,可说是受了此书的启发。法国政府授我骑士团荣誉勋章时,法国驻香港总领事 Gilles Chouraqui 先生在赞词中称誉我是'中国的大仲马'。我感到十分欣喜,虽然是殊不敢当,但我所写的小说,的确是追随于大仲马的风格。"他说《侠隐记》"全书风格不像西方小说而似乎是一部传统的中国小说。达太安机智火爆、勇不可当,有如《三国演义》中的常山赵子龙;颇图斯肥胖大力,脑筋不大灵,颇似张飞、李逵;亚岛士品格高尚、潇洒儒雅,是周瑜和小李广花荣的合并,是最令人佩服的人物;阿拉密神神秘秘、诡计多端,有点像《七侠五义》中的黑妖狐智化……我喜欢和崇敬亚岛士更甚,他比关羽更加真实,更有侠气。……《侠隐记》虽然并没有教我写人物……但却教了我怎样活用历史故事"。① 中山大学历史系教授邱捷晚年回忆自己早年的阅读经历时还提及伍光建的旧译本《侠隐记》,称其"是一个节译本……这本发黄的小说也是难借到的书"。②

005-05 续侠隐记

《续侠隐记》(Vingt ans après,1845 年,今译《二十年后》),法国大仲马著,伍光建以"君朔"之笔名翻译。商务印书馆将其作为"义侠

---

① 金庸、池田大作:《探求一个灿烂的世纪:金庸/池田大作对话录》,台北远流出版事业股份有限公司,1998 年,页 279—282、296、297—300。
② 邱捷:《有一本书改变了我的命运》,《羊城晚报》2021 年 11 月 21 日。

小说"初版于 1907 年 11 月,("外国文学"分册,页 132)1915 年 10 月三版,编入"说部丛书"第二集第 49 种;台湾商务印书馆,1977 年;台湾远景出版社,1978 年 5 月初版,1988 年 1 月再版;湖南人民出版社,1982 年。

全书九十八回。

第一回　马萨林	第二回　巡夜
第三回　庐时伏荐达特安	第四回　王后同主教
第五回　达特安同主教	第六回　四十岁之达特安
第七回　巴兰舒遇救	第八回　半个金钱之力
第九回　达特安遇阿拉密	第十回　德博理教士
第十一回　游说	第十二回　达特安访颇图斯
第十三回　颇图斯有奢望	第十四回　摩吉堂
第十五回　阿托士父子	第十六回　波拉治堡
第十七回　阿托士的外交手段	第十八回　波孚公爵
第十九回　波孚在狱里的行为	第二十回　吉利模看守波孚
第二十一回　拉勒米嘴馋	第二十二回　阿托士夜遇丽人
第二十三回　司克朗	第二十四回　别子赠剑
第二十五回　波孚越狱四十法之一	第二十六回　达特安告奋勇
第二十七回　追赶波孚公爵	第二十八回　四侠相逢
第二十九回　聚会之预备	第三十回　折剑解围
第三十一回　洛奥尔救人	第三十二回　树林遇盗
第三十三回　凶恶和尚	第三十四回　冤家路窄
第三十五回　吉利模开口	第三十六回　洛奥尔初见王爷
第三十七回　杯酒调停	第三十八回　查理第一来信
第三十九回　克林维勒之来信	第四十回　英后求马萨林
第四十一回　吉士报捷	第四十二回　威脱会侄
第四十三回　慈父孝子	第四十四回　英后求救
第四十五回　可惜不杀	第四十六回　贺捷闹事

第四十七回	花子头目	第四十八回	布舍里之高楼
第四十九回	民变	第五十回	围宫
第五十一回	报复之策	第五十二回	达特安见王后
第五十三回	主教出险	第五十四回	达特安保驾
第五十五回	卖草	第五十六回	阿托士的秘密信
第五十七回	苏格兰麦国王	第五十八回	报仇人
第五十九回	克林维勒	第六十回	四侠相遇于英国
第六十一回	达特安之暗号	第六十二回	树林会议
第六十三回	祝寿	第六十四回	达特安用计
第六十五回	斗牌	第六十六回	伦敦护驾
第六十七回	维明德	第六十八回	改装通信
第六十九回	冒充木匠	第七十回	法场托孤
第七十一回	戴面具人	第七十二回	秘密房子
第七十三回	比剑	第七十四回	闪电
第七十五回	偷酒	第七十六回	逃命
第七十七回	水上报仇	第七十八回	浮海
第七十九回	同归巴黎	第八十回	见英王报信
第八十一回	说降	第八十二回	查林登
第八十三回	救友	第八十四回	王后负义
第八十五回	法国真王上	第八十六回	阿托士被捕
第八十七回	困兽	第八十八回	甘明则报信
第八十九回	颇图斯有神力	第九十回	捉人替代
第九十一回	藏金窟	第九十二回	活捉马萨林
第九十三回	主教签约	第九十四回	达特安能辩
第九十五回	王后签约	第九十六回	回銮
第九十七回	劫驾	第九十八回	四侠分散

　　故事的主角仍然是《侠隐记》中的达特安及其三个好友,他们在全书中起着穿针引线的作用。该书写了1648年他们在中年时参与

了震撼法、英王朝的法国投石党反对摄政王后和首相的政变经过,细致地刻画了以机智勇敢的达特安为首的火枪手为保卫王后和国王不顾个人安危的英雄事迹,以及二十年前被他们处死的密李狄的儿子摩尔东为母报仇而展开的一场殊死斗争。达特安找到失散二十年的三位火枪手朋友,当时他们分别参加保皇和倒皇两派,四人虽政见各异,但仍为了友谊互相支持,生死与共。红衣主教马萨林想起用达特安及其伙伴为自己服务。暴动爆发后,达特安去王宫接受任务。在那里,正巧投石党人向王后和马萨林提出要求,局势一触即发,达特安护送他们到圣日耳曼去避风头;他在王宫发现马萨林藏宝的秘密,于是迫使马萨林同意暴动者提出的协议以求和平;达特安又去见王后,向她晓以利害,使她同意提升他为火枪队队长,满足了他们的其他要求。其间,他们几次想营救被俘的英国国王查理一世而未果的情节格外精彩,读来惊心动魄。最后达特安挫败马萨林首相的阴谋。

1916年《申报》商务印书馆出版广告介绍《侠隐记》和《续侠隐记》:

> 义侠小说《侠隐记》四册一元五角,法大仲马著,君朔译。此书叙法皇路易第十世时特拉维火枪营之四少年冒险善斗,与红衣主教反对,几失败于女侦探手,而其生平各有恋爱,种种巾帼魔力,须眉侠肠,诙谐处令人喷饭,激烈处令人起舞。义侠小说《续侠隐记》四册二元,法大仲马著,君朔译。是书原名《二十年后》,中叙红衣主教马萨林与路易第十世母后事,四侠当其时,冒险奔波英法两国间,辄被仇家毒害,屡频于危,而竟百计出险,博取功名,此为二十年后四侠之历史。商务印书馆。①

在《探求一个灿烂的世纪:金庸/池田大作对话录》中,金庸也提及《续侠隐记》对他的影响。不过金庸认为《续侠隐记》"译笔似就不及正集,或者伍先生译此书时正逢极忙,或者正集既获大成功,译续集时

---

① 《申报》1916年4月28日,第14页。

便不如过去之用心了"。①

006-06 法宫秘史前编

《法宫秘史前编》(*Le Vicomte de Bragelome*,或译《小侠隐记》《布拉琪龙子爵》《布拉热洛纳子爵》,1850年),法国大仲马著,署名"君朔"翻译,商务印书馆作为"历史小说"于1908年4月初版,1915年9月再版,编入"说部丛书"第二集第83编。("外国文学"分册,页132)

前编上卷：第一回　商写情书　　　　第二回　洛奥尔送信
　　　　　第三回　洛奥尔私会路易宝　第四回　父子相会
　　　　　第五回　画师受气　　　　　第六回　无名客人
　　　　　第七回　英雄落魄　　　　　第八回　路易第十四
　　　　　第九回　查理第二　　　　　第十回　主教算账
　　　　　第十一回　马萨林之政策
　　　　　第十二回　路易第十四之秘事
　　　　　第十三回　玛理曼吉尼
　　　　　第十四回　达特安激路易　　第十五回　路易第十四之信
　　　　　第十六回　记得　　　　　　第十七回　达特安访阿拉密
　　　　　第十八回　达特安访颇图斯　第十九回　主仆谈生意
　　　　　第二十回　立合同　　　　　第二十一回　达特安招无赖
　　　　　第二十二回　达特安之布置　第二十三回　达特安卖鱼
　　　　　第二十四　回藏金　　　　　第二十五回　纽克士之古庙
　　　　　第二十六回　阿托士说满克　第二十七回　不见了大将
　　　　　第二十八回　私货　　　　　第二十九回　义释满克
　　　　　第三十回　大将军从天而降

---

① 金庸、池田大作：《探求一个灿烂的世纪：金庸/池田大作对话录》,页279—282。

前编下卷：第三十一回　满克拥戴之功
　　　　　第三十二回　达特安遇阿托士
　　　　　第三十三回　重金买剑　　第三十四回　钱多之累
　　　　　第三十五回　公主游河　　第三十六回　达特安之忧惧
　　　　　第三十七回　遣散水手　　第三十八回　金钱世界
　　　　　第三十九回　马萨林打牌　第四十回　　国事
　　　　　第四十一回　阿托士见路易　第四十二回　马萨林慷慨
　　　　　第四十三回　马萨林求续命　第四十四回　柯罗孛
　　　　　第四十五回　马萨林忏悔　　第四十六回　柯罗孛献策
　　　　　第四十七回　福奇献策　　第四十八回　一语值四千万
　　　　　第四十九回　一千三百万　第五十回　　柯罗孛新政
　　　　　第五十一回　真恋爱
　　　　　第五十二回　洛奥尔遇达特安
　　　　　第五十三回　达特安重当统带
　　　　　第五十四回　白利爱告密
　　　　　第五十五回　福奇之弟　　第五十六回　买酒
　　　　　第五十七回　放烟火　　　第五十八回　适意派
　　　　　第五十九回　来不及　　　第六十回　　教士献策
　　　　　第六十一回　圣母像酒店　第六十二回　大劫法场
　　　　　第六十三回　福奇奥达特安
　　　　　第六十四回　柯罗孛与达特安
　　　　　第六十五回　达特安出差
　　　　　第六十六回　在路上之达特安
　　　　　第六十七回　客店遇诗人

　　"达特安三部曲"的终结篇为《布拉热洛纳子爵》。"达特安三部曲"的主要人物自始至终是达特安与三个火枪手朋友：阿托士、颇图斯和阿拉密。其中《布拉热洛纳子爵》篇幅最长，分前编和后编，书中描述的情节发生在《续侠隐记》后的十多年，距离达特安初来巴黎已经三十多年了。此时达特安已是一个五十多岁的老人了,三十多年宫廷生活的历练早已把他练就得政治嗅觉极为敏锐。落难的英王查理二世来寻求法国国王的帮助,当他得知路易十四因为首相马萨林红衣主教的拒绝而未能给英王提供任何帮助时,愤而辞去了火枪队队官一职。在昔日仆人兼好友布朗舍的赞助下,雇佣了10个帮手,伪装成渔夫,绑架了当时握有重兵的苏格兰边防军首领满克将军,促成了将军与国王之间的和解,依靠满克把查理二世又送上了王位。这次行动使达特安获得了路易十四的赏识,在马萨林红衣主教死后,路易十四又重新重用达特安,同时他的三个伙伴的地位也今非昔比。阿托士因参与查理二世的复辟活动获得了金羊毛勋章,颇图斯则继续享受着奢华的男爵生活,阿拉密则投靠了参政总监富凯,为他出谋划策。阿托士与石弗莱斯夫人的私生子布拉琪龙子爵爱上了与他青梅竹马的拉维力小姐。本来四个伙伴们可以平静地过完余生,但两个人的出现又彻底打破了这种平静。嫁给路易十四的弟弟腓立公爵的英王查理二世之妹显理阿公主,其侍从女伴拉维力恰恰是布拉琪龙子爵的未婚妻,显理阿爱上了路易十四并双双坠入爱河。但为掩人耳目,公主又要路易十四假装追求拉维力,不料两人互生好感。显理阿得知后大发雷霆,并派人找回被路易十四以公务为由派到英国去的布拉琪龙子爵。子爵得知真相后伤心欲绝,在劝说拉维力回心转意无果后,他跟随博福尔公爵远征非洲,在一次战斗中以自杀式冲锋结束了自己年轻的生命。子爵的死让阿多斯悲痛万分,他在对儿子的呼唤声中病死。另一位关键人物是新任财政总管柯尔培尔,他眼红富凯的职位,唆使国王不停举办宴会,来向富凯索要活动用款,最终导致富凯的破产。而阿拉密斯则密谋在沃城晚会上用路易十四的孪生哥哥菲利普替换路易,从而保住富凯的地位。但这项阴谋因富凯的忠君思想而被阻止。菲利浦从此变成了铁面人。在三个伙伴相继离开后,达特安指挥法军进攻荷兰,一路势如破竹。最后在攻打一座要塞城市的时,已晋升为法国元帅的达特安不幸被炸死。

007－07　法宫秘史后编

《法宫秘史后编》，法国大仲马著，署名"君朔"翻译，商务印书馆作为"历史小说"于1908年4月初版，1915年9月再版，编入"说部丛书"第二集第84编。（"外国文学"分册，页132）

后编接续前编，上卷从第六十八回开始：

第六十八回　渡海	六十九回　岛上遇友
七十回　颇图斯筑炮台	七十一回　万斯出会
七十二回　万斯府主教	七十三回　达特安中计
七十四回　阿拉密之手段	七十五回　福奇大气柯罗亭
七十六回　达特安升官	第七十七回　孟小姐之手段
第七十八回　拌嘴	第七十九回　满尼甘
第八十回　梅力康之运动	第八十一回　格兰蒙公爵府
第八十二回　公主小像	第八十三回　哈华
第八十四回　巴金汗醋意	第八十五回　巴金汗之恋爱
第八十六回　看窗子	第八十七回　狄倭达与洛奥尔
第八十八回　罗连之评论	第八十九回　洛奥尔遇拉维力
第九十回　阿托士之为难	第九十一回　新耶吃醋
第九十二回　太后解围	第九十三回　好事多磨
第九十四回　达特安与狄倭达	第九十五回　巴士狄之管监官
第九十六回　福奇一轮四百万	第九十七回　阿拉密查监册
第九十八回　阿拉密探监	
第九十九回　巴士狄大监之第二唇楼	
第一百回　两个女朋友	第一百一回　卖首饰
第一百二回　白利爱夫人之妆奁	
第一百三回　沙滩比剑	
第一百四回　显理阿公主寻乐	

后编下卷：

第一百五回　罗链报复　　　　　第一百六回　奥林斯恨吉士
第一百七回　和事老　　　　　　第一百八回　吉士被逐
第一百九回　芳田浦　　　　　　第一百十回　群浴
第一百十一回　扑蝶　　　　　　第一百十二回　扑蝶之结果
第一百十三回　芳田浦之大跳舞　第一百十四回　三个花仙
第一百十五回　拉小姐露真情　　第一百十六回　路易追花仙
第一百十七回　路易之密事　　　第一百十八回　夫人游园
第一百十九回　吉士之狂爱　　　第一百二十回　阿拉密得密信
第一百二十一回　有条理的账房
第一百二十二回　爱安遇吉士
第一百二十三回　跳墙
第一百二十四回　梅力康与孟太理
第一百二十五回　孔雀店　　　　第一百二十六回　耶稣军教师
第一百二十七回　耶稣军　　　　第一百二十八回　洛奥尔出差
第一百二十九回　公爷高兴　　　第一百三十回　爱安说故事
第一百三十一回　夫人说故事　　第一百三十二回　拉小姐之信
第一百三十三回　拉小姐之恋爱

　　同《侠隐记》《续侠隐记》相比，《法宫秘史》写得似乎不那么紧凑，对话也游离于思想和性格之外，但总体上说，"达特安三部曲"场面浩大，人物众多，情节曲折，形象地反映了17世纪法国与英国的社会生活，描写当时宫廷、教会、王公贵族和市民之间的深刻矛盾，栩栩如生地刻画了各种人物的性格。四个火枪手机智老练、憨厚诚实、豪爽大度、倜傥温文的形象被表现得非常生动，具有浓厚的传奇色彩，情节曲折紧张，笔触细腻，语言洗练，引人入胜而富有很强的感染力。小说在不违背基本历史事实的前提下，成功地穿插了传奇故事，是大仲马的历史小说中较为符合历史实际的系列作品。曾朴1928年9月2

日在日记中写道：

> 我发现了！发现了君朔译大仲马的《白拉若纳子爵》（即《法宫秘史》前后编）没有译完。原书六卷，君朔只译了三卷又一章，半途而废，真是可惜。这部历史小说从《三枪卒》起经过《二十年后》直到《白拉若纳子爵》，统共十二册，皇皇巨制，本是不容易完成的，现在君朔只剩了三册，不免功亏，我写一封信去问问君朔，还高兴续完吗？如他不高兴，我来试试看。

9月11日他还记述曾与苏雪林再次讨论了《侠隐记》和《法宫秘史》：

> 我忽然提起君朔《侠隐记》到《法宫秘史》，实在没有译完，还剩三本没有译的话。女士道：我国讲英雄的书，差不（多）从《三国志》起一直到《水浒》，征东征西，都是帮助一个皇帝打天下，或是帮助一个类乎皇帝（的）野心家，差不多一个模型。只有《七侠五义》，却另换一个组织，所叙五鼠，各有专长，格局《侠隐记》。我疑心这部书和《侠隐记》有些关系。我问：这关系从那里来的呢？胡适之说，她答，这部书不过五六十前的作品，我恐怕那时天主教徒，已遍满多处，难保无教徒谈起《侠隐记》的情节来，有些文人听在肚里，就就中国的情形做出这部《七侠五义》来。女士这段议论，虽然毫无根据，觉得缥缈得很，不过事实却也有一条路在这里面，不能说他绝对没有的事。女士这种思想，很觉得聪明，充满了 imagination（法文：意为"想象""想象力"）。我觉得听了这些话，影象上非常的好。[①]

金庸也提及《达特安系列》中："第二部续集《勃拉才隆子爵》中，亚岛士对付国王路易十四的态度更加令人心折。这四侠聚在一起，

---

① 马晓冬选注：《曾朴日记手稿中的文学史料》，《新文学史料》2015年第1期，页92—108。

纵(西)[横]高歌,驰马拔剑,再加上一个艳如桃李、毒逾蛇蝎的美女密拉蒂,在法国国王的宫廷中穿插来去,欲不好看,其可得乎?"①

008-08 侠隐记(校注本)

《侠隐记》校注本,署名"伍光建译述,沈德鸿校注",商务印书馆,1924年4月初版。该校注本后多次再版,1927年二版,至1932年11月已先后印有五次,并收入"万有文库"。1932年商务印书馆还推出国难后第一版和第二版,作为"新学制国语文科补充读本",1947年3月第五版。("外国文学"分册,页132)另有湖南人民出版社1982年版。②

1923年沈德鸿(即茅盾,1896—1981)在商务印书馆编译所工作期间,选择伍光建所译大仲马的《侠隐记》和《续侠隐记》,进行了标点和校注。校注版前有沈德鸿写的《大仲马评传》,这是一篇关于大仲马及其"达特安三部曲"的深度研究。该文分"戏曲家与小说家""小传""对于他的批评很不一律"三部分,全文要言不烦地介绍了大仲马之行状以及当年法国浪漫主义与古典主义之争,高度评价了大仲马的成就,特别是驳斥了所谓"淫秽描写说""掠美代笔说""过时过气说""史事不确说"等批评,认为大仲马是"不世出的天才",原是不能用平常人的观念去看待他的,指出通过"达特安三部曲"表现了"那经历了三十年世情的达特安是如何的渐渐改变他对人和事的态度,实在很精妙,比得上近代最成功的心理派小说"。他特别指出:"历史小说本不定要真历史,只须没有'时代错误'的描写就是了。"在最后结尾评论一节中,他写道:"故总上所论述而观,对于大仲马小说的价值,应该是没有疑问的了。他是一个罕有的天才,是伟大的历史小说家;他吹活气到历史的枯骸内,创造出永久不死的人物,使每世纪的

---

① 金庸、池田大作:《探求一个灿烂的世纪:金庸/池田大作对话录》,页297—300。
② 邹振环:《伍光建译〈侠隐记〉与茅盾的校注本——兼谈西学译本校注之副文本》,《澳门理工学报》(人文社会科学版)2017年第2期。

人决不会忘记他。"①茅盾这种对于小说家大仲马客观、独立的判断，尽量不搀杂意识形态上的偏狭与苛责，去评论一个外国文学家的做法，足以成为今天文艺评论的楷模。茅盾为伍译《侠隐记》所做的校注工作，一是进行新式标点，其次是对其中一些重要的人名、地名、事项进行简要的注释。全书人名、地名译注较多，如人名"密李狄(Milady)，原注：这一个字的前面应该有一个夫家的姓；但是我们见原稿上是这么用的，也就不去改动了"。茅盾在注释中特别强调："密李狄一字有'夫人'之意，所以上面应该有一个夫家的姓。大仲马在本书自序中，假托本书乃从一旧抄本名《德拉费伯爵传》改作成的，所以此处的自注，说：'原稿上是这么用的。'"②关于地名，如："温雪(Windsor，今译温莎——引者注)，英国的一个镇。离伦敦十余英里，是古时英王的猎场。现在那处有许多宫，都是显理第二、显理第三、爱德华第三等朝的建筑。"③神话人物与基督教的掌故，如："阿奇理(Achilles，今译阿基利斯、阿喀琉斯——引者)，他是希腊古代大诗人荷马(Homer)所作史诗 Illiad 里的英雄，以神勇、正直、仁慈著称。他是 Myrmidon 王，从征 Troy 杀 Hector(最勇的 Troy 王子)后，因伤而死。"④"狄立拉(Deliah，今译迪丽拉、大利拉、黛利拉——引者)，据《旧约》，狄立拉(按通行本官话《旧约》作"大利拉")是以色列士师参孙(Samson)的情妇；当时非利士辖制以色列人，参孙得耶和华圣灵的感动，有大力，常与非利士相抗，非利士人极恨参孙，因重赂狄立拉，使以言哄参孙，侦得参孙所以有大力之秘密，以便设法破之。狄立拉三次设计侦参孙之秘密，皆失败；至第四次，始成功，参孙遂为非利士所执，剜其双目而囚之。"⑤重要的机构、事项和名物，如："卢弗宫(Louvre，今译卢浮宫——引者)：法京巴黎的一个古宫，据说始建于

---

① 沈德鸿：《大仲马评传》，[法]大仲马著，伍光建译述，沈德鸿校注：《侠隐记》，商务印书馆，1924年，页15—20。
② 同上书，页14。
③ 同上书，页203；
④ 同上书，页69。
⑤ 同上书，页197。

六二八年;后来历朝皇帝都有增修,路易十四所增修的尤多。这宫为世界大建筑之一,连排的房屋,计长一千八百九十一尺,现在改为美术馆。"①"罗阿富"(Palais-Royal)位于巴黎卢浮宫对面的一座迷人的宫殿,周边有安静的花园庭院,园内有精心修剪的玫瑰花丛、喷泉以及成行的绿树。原注称:"在立殊理未将此宫送给王上以前,此宫叫做'红衣主教宫'。"茅盾觉得原注释尚欠不足,他写道:"按:此宫乃立殊理于一六二九年到三六年所筑,后赠给路易十三。一七九三年,第一次共和政府成立,将此宫没收为公有;王室复辟后,奥林斯公爵购回,但在一八四八年革命时,又没收为公产;一八七一年,巴黎共产国起事(今译巴黎公社起义——引者),此宫被焚,但后又就原址修筑。现在此宫一部分辟为法兰西剧场了。"②有些名物,中国读者不熟悉,就需要专门加注,如:"柯朗(Crown),钱名。柯朗是英国古时钱名,和法国的 ecú(法国古钱名)价值相等,所以 Ecú 常常被译作柯朗;此书乃从英文转译,故依英译 Crown 又译为华音柯朗也。一个 Ecú 价值五法郎。"③"稣(Sou),法国的铜子,每枚值中国铜子一枚多。"④该书中有"伽普清教士(Capuchin)",这是指天主教方济会的托钵僧,而 Capuchin 这一词又是从 Capuche(所谓"嘉布遣斗篷",又称"僧帽猴")而来,茅盾这样注释道:"'伽普清'是 Capuchin 的音译;Capuchin 这字从 Capuche 而来,原是一种帽子的名儿,圣弗兰昔司(St. Francis)宗派中间有一派苦修的僧士都(带)[戴]这种帽子,所以人家就称呼这种僧士为'伽普清'。据教会的纪载,伽普清一支,是意大利的高僧名叫 Matteo di Bassi 的,在一五二六年所创立。Capuche 帽的形状,有长尖的顶和阔的边;据说圣弗兰昔司原本戴的这种帽子。伽普清教士的服装,除这可注意的帽子外,又有灰色或棕色的长袍。英国文学家司各德的诗,有云:'赤着脚,胡子很长;来的是一个

---

① [法]大仲马著,伍光建译述,沈德鸿校注:《侠隐记》,页 10—11。
② 同上书,页 216。
③ 同上书,页 10—11。
④ 同上书,页 69。

伽普清。'那末,伽普清教士大概又是常常赤足,并且不剃胡须——这都以表示他们的苦修而已。"①个别注释是增补被译者删去的内容,如阿拉密念了一首诗歌,伍光建认为太繁琐,删去了,茅盾又认为内容比较重要,于是加了一个注释:"译文里把这首诗删略了,我们现在把原文录在下面并译其大意。"茅盾不仅转录了法文原文,还提供了中文译文:"你们这些,当你们过着多烦恼的生活,/为过去的欢乐而哭泣的人们呀,/倘使你们拿着这些眼泪向上帝去哭,/那末你们的痛苦都可消除了,你们这些哭泣的人们!"②

1925年《申报》刊载商务印书馆出版广告介绍此书校注本:

> 《侠隐记》,二册定价一元四角,伍光建译,沈雁冰校注。《侠隐记》为法国大仲马杰作之一,描写法国朝廷之奢侈宫秘事及新旧教徒之争斗,而处处有侠客四人穿插其间,如生龙活虎,令人击节称快。伍君译以优美之白话,不失原书风韵。校注者复撰有《大仲马评传》刊于编首,极便参考。③

1936年商务印书馆还有郑振铎的推荐:

> 大仲马的小说,有的人以为不如他戏曲的重要,但他的小说"达特安三部作",实使他享受了不朽的盛名。——这部"达特安三部作"以《三剑客》开始,继之以《二十年后》及《白格隆子爵》,从达特安初到巴黎的日子写起,到他的死为止。其中的故事极富于戏剧性及吸引读者的能力。——这部《侠隐记》就是《三剑客》的中译本。以白话文译小说,伍光建先生是最早的成功者;这部小说乃是他最早的努力于翻译工作的结果。现在重印出

---

① [法]大仲马著,伍光建译述,沈德鸿校注:《侠隐记》,页20。
② 同上书,页226。
③ 《申报》1925年5月21日,第3页。

来,也还不失为一部重要的译品。①

直至1947年《申报》上仍有该书校注本的出版和销售的广告。

009-09 维克斐牧师传

《维克斐牧师传》(The Vicar of Wakefield,今译《威克菲尔德牧师传》),英国歌士米著,②商务印书馆1925年初版,1931年4月由商务印书馆列入"万有文库"第一集,1935年7月列入"世界文学名著",1947年3月列入"世界文学名著"("外国文学"分册,页65)、"新中学文库"再版。该书1958年9月由人民文学出版社重印。收入商务印书馆编辑出版的《中国近代文学文献丛刊·汉译文学卷》卷五六,2020年。

该书三十二回:

第一回	老牧师闲享家庭乐	第二回	好辩论两亲家失和
第三回	白且尔客店遇牧师	第四回	老牧师苦口戒浮华
第五回	唐希尔初识奥小姐	第六回	素绯雅无意露真情
第七回	奥维雅钟情唐希尔	第八回	白且尔谈诗砭流俗
第九回	唐希尔月夜宴佳人	第十回	出风头大煞风景

---

① 《郑先生对于本书之介绍》,《申报》1936年1月12日,第4页。
② 歌士米(O. Goldsmith,1730—1774,今译奥立佛·高尔斯密、哥尔德斯密斯),英国诗人、剧作家、小说家。出生在爱尔兰中部的帕拉斯,父亲是牧师。1749年毕业于都柏林大学三一学院,1752—1754年先后在苏格兰爱丁堡大学和荷兰莱顿大学学医。他曾带着一支长笛徒步漫游欧洲,1756年回到伦敦,后为生活而艰苦奋斗,在出版商和小说家塞缪尔·理查逊手下当编辑,又给《每月评论》杂志撰稿。1759年给一家小刊物《蜜蜂》撰稿时,渐渐作为文学批评家和散文家初露锋芒,先后结识了托马斯·珀西和约翰逊博士,成为约翰逊博士主持的文学俱乐部的成员。著有《世界公民》(原名《中国人信札》),该书假托一个中国人,把他在伦敦的见闻写成书信,寄回中国,讽刺了英国社会的风俗习惯、文学、各种社会类型以及他们的精神道德面貌。其风俗讽刺喜剧《好心人》(1789年)和《委曲求全》(1773年)在当时获得很大成功。参见上海辞书出版社编《外国人名辞典》,上海辞书出版社,1988年,页410。

第十一回	唐希尔设计害善良	第十二回	摩西卖马受局骗
第十三回	白且尔直言被驱逐	第十四回	老牧师卖马得废纸
第十五回	责负义牧师驱逐客	第十六回	普夫人巧计探真情
第十七回	奥维雅弃家私奔	第十八回	牧师寻女遇戏子
第十九回	老牧师戏园遇子	第二十回	佐之途穷游异地
第二十一回	投小店妇女相逢	第二十二回	老牧师住宅被焚
第二十三回	唐希尔依势赖婚	第二十四回	唐希尔讨债吓牧师
第二十五回	老牧师监狱遇故人	第二十六回	牧师讲道劝囚犯
第二十七回	愤酷刑牧师论改律	第二十八回	牧师倒运又遭殃
第二十九回	劝囚犯牧师讲大道	第三十回	救牧师白且尔露真相
第三十一回	唐希尔弄假成真	第三十二回	不过是一派结婚声

每回除了典雅的标题外,还有一个原文的译题,如第一回"叙维克斐牧师家庭,这一家人面貌思想大略相同";第二回"家庭不幸,君子不为贫贱所移";第二十九回"证明人世苦乐上,天分得很匀的,以苦乐的本性而论,在人世受苦的死后应享快乐";第三十一回"由从前的行善收今日以外的利益"等。该书讲述了一个乡村牧师受地主的欺压,他的女儿受地主的蹂躏,儿子也遭到迫害,全家入狱,后来地主的叔父才使他们全家苦尽甘来。作品批判了地主阶级欺压善良,也讽刺了资产阶级中下层人们的虚荣心。它带有感伤主义成分,极力写主人公的悲惨处境以打动读者。作者认为应该以道德改善社会,以仁爱待人,应安于淳朴的生活,带有相当浓厚的妥协性,并设问:类似像维克斐牧师这样为人师、为人夫、为人父,好教导人,又能守法,处富厚能单简、处贫贱能尊严的"英雄",在我们现在的繁华世界,还能被人喜欢吗?[1] 书有译者序、作者自序、用括号形式的夹批多达两百余则,如:"曲高和寡,往往冻馁而死;庸庸碌碌者,反享富贵。"[2]其中

---

[1] [英]歌士米著,伍光建译:《维克斐牧师传》,商务印书馆,1925年,页1。
[2] 同上书,页128。

有一条甚至提及"金圣叹":"若是金圣叹批,必说从村子无灯火,引起后文一片火光。"①不难见出,伍光建是有意识地在模仿古代评点家。伍蠡甫曾听其父常讲:"文章风格最贵平淡天真,质朴无华,英国作家中,十八世纪的艾迪生、斐尔丁都以简易见长,哥氏尤能似淡而实腴,虽雅而近人,译时要细心领会,传之笔下,实非易事。"②

伍光建在《译者序》中写道:

> 爱尔兰人歌士米,所著《维克斐牧师传》,久为欧美两洲人所好读。德国大文豪葛特(Goethe)暮年日记曰:偶然又检出《维克斐牧师传》,不免从头至尾,又读一遍,不禁回忆七十年前,余之获益于此书者最多,作者措语冷峭,而命意高远,存心恺悌,对于人事之过失,公平宽恕,受祸不减其驯良,遇变不失其常度。此皆余当少年正在构成人格之时所得最善良最美之教育也。(下略)英国大文豪司葛德(Sir Walter Scott)曰:我辈好读《维克斐牧师传》,少年时喜读之,老年时又喜读之,作者善以最妙之文,达最真最美之情感,又能以人的贞淫善恶,一归于天性,使读者气舒以平,尤使人追慕作者之为人。(下略)英国大小说家提喀利(Thackeray),谓英国文章家多矣,以歌士米之为人最为人所爱,又谓欧洲王公第宅,穷乡僻壤,无不有歌士米《维克斐牧师传》者。(下略)富士德(John Forster),为大小说家狄金士(Charles Dickens)作传,谓狄金士善描性情,用笔轻妙,不独能令读者赞美,且能令人爱作者之为人,以作者为可与歌士米为伍。(下略)作者自序,谓是书有一百处毛病,其实是美不胜收。故至今英美两国,仍作为英文课本,法国人之学英文者亦然。余前为商务印书馆编英文读本,已采若干段,少年亲友,多嗜读歌士米此作,但作者善于选字造句,语浅意深,其天怀

---

① [英]歌士米著,伍光建译:《维克斐牧师传》,页152。
② 伍蠡甫:《伍光建与商务印书馆》,《商务印书馆九十年(1897—1987):我和商务印书馆》,页76—82。

和易,即叙琐事亦往往语带诙谐,顺手拈来,多成趣语,易为读者所忽略,故略为批出,以期隅反。又书中所引典故及成语单调之不易解。亦择尤加注,以便读者。初译时在二十年前,或作或止,积有岁时。今全书告成,聊记数语于篇首。民国十四年大暑新会伍光建序。

010-10 续侠隐记(校注本)

《续侠隐记》校注本,大仲马原著,伍光建译述,沈雁冰校注,商务印书馆1926年1月初版,1927年3月再版,作为"新学制国语文科补充读本";商务印书馆1950年3版,列入"文学名著译丛"。

全书九十八回。校注方式类似《侠隐记》校注本,但注释内容明显减少。

011-11 狐之神通

《狐之神通》,德国约翰·沃尔冈·歌德(Johann Wolfgang von Goethe,1749—1832)著,署名君朔译。商务印书馆1926年8月初版,1933年12月编入"小学生文库"第一集再版,插图本。海豚出版社2012年有王云五主编"小学生文库"重印版。

歌德是18世纪中叶至19世纪初德国和欧洲最重要的剧作家、小说家和诗人。一生创作活动达60年之久,其主要作品有《浮士德》《少年维特之烦恼》《葛兹·冯·伯里欣根》《威廉·迈斯特》等。《狐之神通》原著为歌德的叙事长诗列那狐的故事,中译本改为故事,全书十二回。据英译本 Reynard the Fox 转译("外国文学"分册,页182),卷首有译者序言,序言写道:

《狐之神通》,原名曰《狐》,原为里巷歌谣,家传户诵,遍于欧洲各国,盖亦当时国风之流也。远起于第十一世纪,其后约百年,乃有成书。始发见于比国,未几欧洲各国,先后成书。所述事迹,大同小异;皆借狐之狡狯,以描写世情之险恶,寓言中之篇幅最长者也。日耳曼大哲学家、大诗人歌德(J. W. Goethe)本诸旧籍,以有韵之文,演成是书,诙谐四出,逸趣横生,大抵多饱阅世故之言,盖有深意存焉。英国有译本,行世已久,今以白话散文译之,亦少年初涉世者所宜知,不仅为茶余酒后之谈助已也。①

该书内容改编自《列那狐的故事》,描写狐狸如何运用狡诈和诡计做尽坏事但最后脱身的小说,故事情节荒诞不经,但却蕴含人情世故的道理。《列那狐的故事》是中世纪文学体系中的经典之作,与《玫瑰传奇》并称法国城市文学双峰,自15世纪起就成为畅销200余年的明星作品。该书作者将人类社会的各种社会角色赋予在各种动物的身上,刻画各种社会角色,尤其是上位者的丑陋和虚伪,非常生动形象,同时反映社会现实。全书共27章,通过27个精致迷人的小故事讲述了列那狐与大灰狼夷桑干、狮王诺博尔等一众动物之间的斗争,精彩地再现了中世纪时期法国城市居民的生活状态与个人智慧。在人类文学史上,狡黠迷人的列那狐是法国城市文学的高峰,用罕见的反英雄故事鼓舞人们笑对困境。该书系20世纪30年代商务印书馆出版的一套文库性质的小学生读物《小学生文库·童话类:狐之神通》。《列那狐》中译本依据的底本有季罗夫人版、威廉·卡克斯顿版、塞缪尔·菲利普斯·戴伊版、保兰·帕里版、让娜·勒鲁瓦-阿莱、歌德版。1498年有北部德意志方言本《Reynke de vos》出版,歌德据1752年由高特舍德(Johann Christoph Gottsched)译成德语版,用六脚诗体写成叙事诗。伍译本又据《狐之神通》英译本叙事诗改译成散文本。全书有若干插图。茅盾在《爱读的书》中也提及该书有伍光建译本。②

---

① [德]歌德著,君朔译:《狐之神通》,商务印书馆,1926年,页1。
② 转引自《茅盾文艺杂论集》(下集),上海文艺出版社,1981年,页1002—1006。

《申报》1926年年底有《狐之神通》的出版广告:"《狐之神通》为欧洲民间故事,来源甚古。其中包纳寓言,颇多以狐之经历,贯之乃灭尽针线之迹,通体为深刻之讥,绝妙之诙谐,取而读之,殊益神智,译笔简洁明快,尤为可爱。"①1927年《申报》3月还刊载署名"直民"写的书介:

> 昨天到四川路良友公司逢到老友包君,他正在翻一本书,见我到了就递给我道这本书:你不可不看。我接过来原来是一本《狐之神通》,是商务印书馆出版的。包君并且告诉:我这本书译笔非常流丽,译者君朔便是伍光建先生。伍先生译书素来用文言文,这本书却完全用语体,我便借这本书回来细看一次。这书的序文是很值得注意的。《狐之神通》原名曰《狐》,原为里巷歌谣,家传户诵,遍于欧洲各国,盖亦当时"国风"之流也。远起于第一世纪其后约百年乃有成书,始发见于比国,未几欧洲各国先后成书,各述事迹,大同小异,皆借狐之狡狯以描写世情之险恶,寓言中之篇幅最长者也。日耳曼大哲学家、大诗人歌德,本诸旧籍以有韵之文演成是书。……英国有译本行世已久,今以白话散文译之。……我们看到这篇序文便觉得西洋文学上的名著,大都自从"里巷""乡村"中收集得来的。这部书也是其中之一。有许多传说出产是一个地方,由这个地方传到那个地方,就加上了当地的地方色彩,便成为当地的。②

012-12 劳苦世界

《劳苦世界》(*Hard Times*,又译《艰难时世》),英国狄金生

---

① 《申报》1926年12月24日,第3页。
② 《书报介绍》,《申报》1927年3月8日,第19页。

(Charles Dickens,1812—1870,今译狄更斯)①著。

该书系《劳苦世界》(*Hard Times*)最早的中译本。先在商务印书馆 1926 年出版的《小说世界》②上连载。伍译《劳苦世界》第一、二卷,载《小说世界》第 13 卷第 14 期,页 1—8;第 13 卷 15 期,页 1—8;第 13 卷第 16 期,页 1—8;第 13 卷第 17 期,页 1—8;第 13 卷第 18 期,页 1—9;第 13 卷第 19 期,页 1—8;第 13 卷第 20 期,页 1—8;第 13 卷第 21 期,页 1—8;第 13 卷第 22 期,页 1—8;第 13 卷第 23 期,页 1—8;第 13 卷第 24 期,页 1—8;第 13 卷第 25 期,页 1—8;第 14 卷第 1 期,页 1—8;第 14 卷第 4 期,页 1—8;第 14 卷第 5 期,页 1—12;第 14 卷第 6 期,页 1—12;第 14 卷第 8 期,页 1—12;第 14 卷第 11 期,页 1—8;第 14 卷第 12 期,页 1—8;第 14 卷第 13 期,页 1—8;第 14 卷第 14 期,页 1—8;第 14 卷第 16 期,页 1—8;第 14 卷第 17 期,页 1—8;第 14 卷第 18 期,页 1—8;第 14 卷第 21 期,页 1—8;第 14 卷第 22 期,页 1—8;第 14 卷第 23 期,页 1—8;第 14 卷第 24 期,页 1—8;第 14 卷第 25 期,页 1—8。在《申报》1926 年 5 月 4 日第 2 页起至 12 月 31 日第 3 页有《小说世界》该译本的连载广告。1926 年

---

① 狄金生(Dickens,C.,1812—1870,今译狄更斯),英国小说家,出身于海军小职员家庭,10 岁时全家被迫迁入负债者监狱,11 岁就承担起繁重的家务劳动。曾在皮鞋作坊当学徒,仅上过几年学,全靠刻苦自学,16 岁时在律师事务所当缮写员,后担任报社采访记者,凭借勤奋和天赋创作出一大批经典著作。他常常用妙趣横生的语言在浪漫和现实中讲述人间真相,一生共创作长篇小说十余部,其中多数是近百万言的大部头作品,中篇小说二十余部,短篇小说数百篇,特写集一部,长篇游记二部,《儿童英国史》一部,以及大量演说词、书信、散文、杂诗。代表作有描写劳资矛盾的长篇小说《劳苦世界》(1854 年),展示了工业资本家对工人的残酷剥削和压迫,描写了工人阶级的团结斗争,并批判了为资本家剥削辩护的自由竞争原则和功利主义学说。描写 1789 年法国革命的《双城记》(1859 年),以法国贵族的荒淫残暴、人民群众的重重苦难和法国大革命的历史威力来影射当时的英国社会现实,预示这场"可怕的大火"也将在英国重演。其他作品还有《奥列佛·特维斯特》(又译《雾都孤儿》,1838 年)、《老古玩店》(1841 年)、《董贝父子》(1848 年)、《大卫·科波菲尔》(1850 年)和《远大前程》(1861 年)等。参见上海辞书出版社编《外国人名辞典》,页 242。
② 《小说世界》,周刊,叶劲风主编。1923 年 1 月 5 日创刊于上海,商务印书馆出版,主要刊载鸳鸯蝴蝶派的作品。1928 年第十七卷第一期起改为季刊,由胡怀琛主编。1929 年 12 月出至第十八卷第四期停刊。

12月初版单行本,1933年11月国难后一版,1935年6月国难后二版,编入"世界文学名著丛书"("外国文学"分册,页69—70)。上海三联书店2017年有编入"民国世界文学经典译著"重印本。

该书是19世纪最有影响的小说之一,由英国著名作家查尔斯·狄更斯著。小说叙述国会议员、所谓的"教育家"格莱恩以倡导了一套压制人性的教育方式而自鸣得意,富商庞德贝则以自我奋斗的成功者自居,他们有着共同的价值观——以功利主义作为生活原则,并且一起控制着小镇的经济体系与教育机构。正是基于"脚踏实地"的教育方式和"看重实际"的生活原则,格莱恩的女儿露易莎最后被迫嫁给了年长自己三十多岁的庞德贝,而儿子汤姆则成为一个行为放荡的浪子;也正因为"从实际出发"的功利主义生活原则,庞德贝吹嘘自己白手起家,竟不惜抛弃生母,假充孤儿,最终落得了众叛亲离的下场。伍光建将此书比较同一作家的不同作品:"迭更斯所著《劳苦世界》,篇幅较短,而用意独深,惨淡经营,煞费苦心。部署结构,无不先有成竹在胸。非如其他著作,落笔挥毫,任其所之,并不先谋布局者可比。"该小说结构严谨、语言精练,这一特点对早期西方评论家们而言是缺点,而对伍光建而言却是优点。不论是缺点还是优点,该书是一个以完整的意象系统构筑起来的象征主义作品,以中国古代白话小说为模板制作的最早的节译本。伍光建在"译者序"中称其所以看上这部小说是因为它"重天理人情","部署结构,无不先有成竹在胸"。换言之,他选择这部作品的原因有二:一是形式规整,布局巧妙,文字精练;二是注重道德,关注天理人心。这与中国古代白话小说的特点不谋而合。所以,伍译本采用了章回小说的体式,第一卷"播种",分十六回:一、最要紧的一件事,二、滥杀无辜,三、漏洞,四、班特比,五、领音,六、马戏,七、斯奶奶,八、不许诧异,九、西西,十、司提芬巴拉浦,十一、无出路,十二、老婆子,十三、勒奇,十四、一个大制造家,十五、父女,十六、夫妻;第二卷"收获",分十二回:一、银行,二、哈特厚,三、小狗,四、工人和同胞,五、厂东与工人,六、枯萎,七、火药,八、炸了,九、听到最末后一句话,十、斯奶奶的楼梯,十一、越降越低,十二、堕落;第三卷"收获",分九回:一、还有一样要紧的事,二、毫无道理,三、刚决,四、失踪,五、找着了,六、星光,七、捉狗子,八、经济哲学,九、结局。

译本主要留取原著的故事情节与人物,使译本读来更真实生动;把寓意深刻的原著通俗化迎合了大众读者的阅读趣味,有利于译本的接受与普及,但是这样的处理使译本与原著产生了一个重大的差异,译本把原著的"诗"变成了"史"。原著是一部象征性极强的文学作品,其完整的意象系统、象征性的人物和话语使得这部作品不仅不同于中国传统白话小说,也不同于英国传统小说。象征与意象赋予了这部小说"诗"的特性,伍光建把"诗"译成"史"是完全忽略了原著的象征性意象系统的重要作用。原著的意象和象征都是针对害人害己的功利主义思想的,消除了意象和象征,也就意味着减弱了对功利主义的嘲讽和批判。通过原著与译本的对比研究,可以了解原著众多的意象是以怎样的方式构建一个象征体系的,而对于这个体系的认识也有助于我们明辨象征与写实的差异。原著中意象的呈现有多种方式,有直接呈现物件的,如矿井、贫民区的梯子;有使用明喻的,如海、蛇、蚂蚁、童话中的宫殿、蓝胡子、透明体;还有使用暗喻的,如大象、斯奶奶的梯子、鹰(鸟嘴、爪子)等;有些意象既用明喻又用暗喻。不论以何种方式呈现,这些意象主要用于描绘和象征,使作品的语言更具想象力与张力。原著中的意象是反复出现的。《劳苦世界》保留了蛇、蚂蚁、斯奶奶的梯子等意象,省略了大象、海、童话中的宫殿、蓝胡子等意象,其他如鹰等则时有时无,随意性较大。伍光建的省译和改写让我们看到了一个有趣的现象:当西方的批评家们觉得因为篇幅短狄更斯才写出这么不像样的小说的时候,译者却认为还可以把它删节得更短,甚至断定只有删掉一些文字和比喻故事才更简练明快、更真实可信。狄更斯用意象和隐喻来造就一种"想象的理性",原著和译本《劳苦世界》之间在意象系统上的差异不仅显示出原作者和译者对

"小说"这种文学形式不同的看法,也反映出二者对文字功用的不同见解。小说的节译一般采用的都是留取主要故事情节和人物的方法,但有些小说可以省译、删节,有些则不可以,能否省译要看原著所采用的艺术技巧和文体。原著采用的象征主义的创作方法限制了译者的自由,原著大大小小的意象组成的意象网使得任何改动都会降低意象的累积效应。把一个"不真实"的象征主义作品改写得比较真实,对译者来说绝对不是件容易的事。①

013-13 大伟人威立特传

《大伟人威立特传》(History of the Life of the Late Mr. Jonathan Wild the Great,今译《大伟人江奈生·魏尔德传》),英国显理·斐尔丁著,②商务印书馆1926年12月初版。1933年5月商务印书馆国难后一版,编入"世界文学名著"出版。("外国文学"分册,页64—65)

主人公威立特在上小学时就有偷鸡摸狗的恶习和飞扬跋扈的作风,长大后结识了骗子拉·鲁斯伯爵,更是坑蒙拐骗无所不为,成了盗匪的窝主和臭名昭著的罪犯。他经常策划和指挥各种犯罪活动,还帮助同党逃脱法网。即使锒铛入狱后,仍竭力争夺控制其他囚徒的权利,成为其中一派的首领。深受其害的珠宝商人哈特夫利是其小学同学,威立特看中了哈特夫利的钱财和漂亮妻子,便千方百计地欲置哈特夫利于死地。在引诱哈特夫利太太失败后,他又捏造假证据使哈特夫利

---

① 柯彦玢:《〈艰难时世〉与〈劳苦世界〉:从"诗"到"史"的演变》,《外国文学》2013年7月第4期。
② 显理·斐尔丁(Henry Fielding,1707—1754,今译亨利·菲尔丁),英国小说家、戏剧家。出生于破落贵族家庭,早年就读于伊顿公学。他的作品展现出一种现实主义的讽刺风格,特别攻击治安法官和执法官吏,指出他们与伦敦底层社会的危险分子互相勾结,《大伟人威立特传》是根据第一手文献记载和材料完成的讽刺代表作,所著还有《约瑟夫·安德鲁斯》《弃婴汤姆·琼斯的故事》和《阿米莉亚》等。他和丹尼尔·笛福、塞缪尔·理查逊并称为英国现代小说的三大奠基人,奠定了直至19世纪末一直支配着英国小说的现实主义传统。他是英国第一个用完整的小说理论来从事创作的作家,被沃尔特·司各特誉为"英国小说之父"。参见[美]鲁宾斯坦著、陈安全等译校《从莎士比亚到奥斯丁》,上海译文出版社,1987年,页351—388;上海辞书出版社编:《外国人名辞典》,页471。

破产,并将其投入监牢。经过一场灾难,哈特夫利终于获释,夫妇团聚,而威立特则被送上了绞刑架。全书分四卷:

卷一:第一回　(楔子)此回总论记载天生所谓大伟人功业之益
　　　第二回　从破纸堆中追溯大伟人的家世
　　　第三回　大伟人威立特的生长与他的父母及他所受的教育
　　　第四回　威立特初涉世结交拉禄斯伯爵
　　　第五回　威立特同伯爵闲谈的问答
　　　第六回　威立特与伯爵之谈话
　　　第七回　威立特旅行回家此回最短时候虽甚长事实却甚少
　　　第八回　威立特因分赃现出惊人的伟大气概
　　　第九回　威立特访士那普小姐调情失败
　　　第十回　此回揭露利提西阿小姐的隐事未免令读者诧异
　　　第十一回　此回说些丰功伟业很可以比得上古今来历史土的大事还有几句话奉劝世上好寻花问柳的人
　　　第十二回　此回要说提西小姐的琐事读者也许不甚诧异又说一个极上等人兼叙威立特同伯爵的谈话
　　　第十三回　这是作者最得意之作内中有一段讲魔王极奇异的故事还有一段讲顾面子的事
　　　第十四回　继续前回
卷二:第一回　傻子的品格傻子的用处
　　　第二回　此回是说威立特非常伟大手段既串同伯爵骗同学又设法骗伯爵
　　　第三回　说的是爱情
　　　第四回　威立特找寻他的朋友找不着只好演说一番安慰自己
　　　第五回　大伟人所作的伟大事业
　　　第六回　大伟人演说帽子
　　　第七回　说威立特哈菲力两人所办的事的结果还有几封对付有人来借钱的信

第八回　我们的英雄把伟大的事业做得太大了

第九回　威立特之伟大举动及哈菲力对待儿女的情景威立特的妙计是人人都要惊奇称赞的

第十回　新奇可惊航海所遇的事

第十一回　小艇上大伟人的行为

第十二回　英雄遇救（节译）

第十三回　漂流海上的结局

卷三：第一回　哈菲力之可怜及他的徒弟的傻举动

第二回　哈菲力说了一篇话都是庸俗见解毫无伟大思想

第三回　我们的英雄向伟大的事业路上前进

第四回　一位少年英雄初出场作了许多大事

第五回　许多伟大事业历史小说都未有过的

第六回　法尔拔的行事同一件结婚的事

第七回　威立特利提西阿小姐未结婚前的琐事

第八回　威立特夫妇结婚后第十四日所说的话

第九回　评论上回威立特夫妇谈话有人要告威立特这卑劣计谋最为喜欢伟大事业的人所嫌恶

第十回　威立特光阴磊落见哈菲力哈菲力很忘恩的对待威立特

第十一回　一段深谋秘计今日政界的秘密很对之有愧色

第十二回　法兰理之过

第十三回　法尔拔令人诧异的举动这举动却与一位司那普小姐有关系读者也不免很注意

第十四回　我们的英雄演说的话很值得留传他一个部下的反常举动

卷四：第一回　一个监狱牧师所说的话值得用金字记载下来法兰理的奇特过失我们的大伟人遇着一件极可怕的事

第二回　国民忘恩负义威立特入狱还有几宗别的历史所无的事

第三回　牛吉监里的希奇轶事

第四回　哈菲力处死的文书到了威立特良心有点发现

第五回　各种事体

第六回　说遇恩赦的缘故

第七回　哈菲力太太经历的情形

第八回　哈菲力太太所历的情节

第九回　极奇怪的事

第十回　大吵

第十一回　哈菲力太太所经历的事的结局

第十二回　深念伟大事业的情形

第十三回　监狱牧师与威立刻特会谈的话

第十四回　威立特的伟大事业做到极点了

第十五回　论我们这位英雄的品格结束全书

伍光建在"译者序"介绍了作者的生平事迹，还称此书关乎世道人心：

> 英国散文小说自狄辅(Defoe)撰《鲁滨孙漂流记》，始草创模型，颇能写英人所富有之沉鸷独立性，而未描写世情，似若留以有待，其后十余年。斐尔丁(Henry Fielding)出，而后规模大具，后人莫能出其范围。斐尔丁者，贵族之裔，慷慨倜傥，学识渊博。行文殆有天授，三十以前好制杂剧，以能文称，而非其至者。其后读律，为县官，听断如流，善治盗，剧盗敛迹。听断之眼，著小说数种，描写天性，无微不照。今所译者，为其初著之《大伟人威立特传》。初有威立特者，无恶不作，窝藏盗匪，坐地分赃，官吏无可如何，其后受役捕盗，卒以犯案受极刑，斐尔丁假威立特名，著为小说，暴露恶人阴谋隐恶，燃犀远照，鬼怪无所逃形，寓嬉笑怒骂于庄言正论中，命意颇有合于吾国庄老微旨，不独能令读者论世观人，别具法眼，尤能令读者视恶人如毒蛇猛兽，洵为有益于世道人心之作也。斐尔丁所撰，尚有数种，行将选译其篇幅较长者，以为之继。民国十四年立冬君朔序。

杨家骆称：①

《大伟人威立特传》(Jonathan Wild the Great)伍光建译。此书主人公为一无恶不作之威立特，窝藏盗匪坐地分赃，官吏无可如何，其后受役捕盗，以陷人于罪为事，卒以犯案受极刑，书中暴露恶人阴谋隐恶，燃犀深照鬼怪无所逃形，寓嬉笑怒骂于庄言正论之中，能令读者论世观人，别具法眼。②

014－14 克阑弗

《克阑弗》(Cranford，又译《克兰福德》，1853 年)，英国格士克夫人③原著，由商务印书馆1927年3月初版，1933年9月国难后一版，

---

① 杨家骆(1912—1991)，江苏南京人。幼从舅父张夔卿习经史，治目录学。16岁毕业于东南大学附中高中部，后于国学专修馆肄业。少年时代即随祖父杨星桥编纂《国史通纂》，1926年祖父去世后，由他主持《国史通纂》的汇编。1928年进教育部图书馆工作，开始系统地研究目录学，颇有造诣。1930年春，正式从事出版工作，创办中国辞典馆和中国学术百科全书编纂馆并任馆长，负责中国专门研究学典和专门编辑学典的"中国辞典馆"，继续其父1908—1922年翻译《狄氏类典》的工作而编辑中国学典，1930—1937年间，出版的中国学典共25种，120巨册，4 000万字。因参与展览会，杨家骆开始与世界社合作。1937年抗战全面爆发后，世界社的同人也积极投身于"世界文化合作"，从事各国联合编刊世界学典的运动。1938年辞典馆同人为编纂学典中的一册"二次世界大战"，与中山文化教育馆合作，征集大宗抗战文献；1939年与教育部合作，编纂《教育百科全书》。1941年世界社、辞典馆、世界书局在香港签定"合作编刊世界百科全书合同"，同时，三机构与国立北平研究院曾交换函件，筹组"世界百科全书编刊委员会"。是年辞典馆完成了文史哲、艺术、史地、社会科学等学典也达8 000万字。1948年去台湾，先后在世界书局和鼎文书局任职。主编出版有《四库大辞典》《世界学典》《古今图书集成学典》《四库全书学典》《续四库全书学典》《先秦著述学典》《汉代著作学典》《魏晋南北朝著述学典》《清代著述学典》《民国著述学典》《民国以来出版新书提要》《中华大辞典》《中国文学百科全书》《丛书大辞典》《群经大辞典》《历代经籍志》等大型工具书。参见邹振环《李石曾与〈朝鲜学典〉的编纂》，载石源华主编《二十七年血与火的战斗》，人民教育出版社，1999年，页361—380。
② 杨家骆：《民国以来出版新书总目提要》，台北：李文斋，1971年，页481。
③ 格士克夫人(Elizabeth Cleghorn Gaskell，1810—1865，今译伊丽莎白·盖斯凯尔)，英国小说家。生于伦敦一牧师家庭，幼年丧母，被寄养在柴郡纳茨福德镇的姨母家，并到邻近的斯特拉特福德镇上学。1832年和曼彻斯特市的唯一神教派牧师威廉·盖斯凯尔结婚。代表作有《玛丽·巴顿》(1848年)，该书以英国当时的宪章运动和劳资冲(转下页)

编入"世界文学名著"。("外国文学"分册,页 68)该书上海三联书店 2018 年有重印。

全书凡十六回：

第一回　我们的社会　　　　　第二回　大佐
第三回　好些年前的一段爱情故事　第四回　探望一位老鳏夫
第五回　旧信　　　　　　　　第六回　可怜的比得
第七回　拜访　　　　　　　　第八回　贵夫人
第九回　布路耐　　　　　　　第十回　恐怖
第十一回　森妙布劳晤　　　　第十二回　订婚
第十三回　倒闭　　　　　　　第十四回　患难之交
第十五回　荣归　　　　　　　第十六回　一团和气

译文中还夹杂有译者的眉批。克阑弗镇,是 19 世纪初英格兰一个乡村小镇,居住着一群名门处女和古老家族的遗孀。这些女士们家道虽已式微,却一味崇尚不合时宜的贵族遗风。小镇看上去月圆人和,犹如世外桃源,然而由于时代风雨来袭,往日的生活方式出现了漏洞,从而就产生了一串奇妙的故事。小说刻画了一系列性格迥异、血肉丰满的人,有善良柔弱、多愁善感的马蒂小姐,性格外露、喜欢自我表现的波尔小姐,保守迂腐、顽固不化的贾米森太太,自命不凡、喜欢出人头地的詹肯斯小姐,为人随和、豁达大度的格伦米尔太太,忠厚老实、品德高尚的女仆玛莎,助人为乐、舍己救人的布朗上尉,吃苦耐劳、心地善良的杰西小姐,阿谀奉承、攀附上流的贝克小姐,秉性顽皮、风趣幽默的彼得先生。作者以其饱含讽刺但并非锋芒

(接上页)突为背景,描写了老工人约翰·巴顿及其女儿玛丽的生活和命运,此书出版后引起公众和文学界的注意。此后她陆续创作了《克兰福德》和《露丝》《北与南》《西尔维亚的恋人》及《妻子和女儿》等长篇小说。《克兰福德》和《妻子与女儿》等以狭隘、宁静、和睦的乡村小镇生活为题材(其原型为作者熟悉的纳茨福德镇),着重描写了女性经验。作者善于观察、捕捉并描写在不同社会处境中的人们的言行举止,并在戏剧性冲突中展开情节。参见上海辞书出版社编《外国人名辞典》,页 486。

毕露、尖锐无情的冷嘲,而是一种不无含蓄的喜剧性讽刺,以此来否定那些阻碍社会进步、束缚人思想的东西。小说细腻而独特的风格,别具匠心地为读者描绘出一个清奇古貌的世界——克阑弗镇,用幽默的笔调描写了这一小镇上目光短浅、幼稚天真的小市民中间发生的小小的悲喜剧,成为19世纪初叶英国偏僻、闭塞、守旧、落后的乡村小镇的典型。作者通过自己敏锐的观察,塑造了英格兰封建女性末裔的形象,艺术地再现了当时小镇的风俗人情和道德风尚。

《克阑弗》全书有伍光建天头眉批近两百则,如称:"家里有几本书就要自命为文学家,振京司小姐未免太自不量力了,又此回写这位小姐写得很酸腐,以后此等处尚多,读者留意。未读过几本书就要论文,世上这种人不少。"①第十一回称:"此段描写母亲爱子之情可谓深微俱达,不忍卒读。作者是女人,故能发挥如此深切,非男人作者所能达到。是以男人尤宜读女人著作,然后能知女人性情。"②很多回还有总批,如第三回总批称:"此回专写麻提小姐河巴洛两人性情,极难下笔,而作者若行所无事。"③第四回总批称:"先从一种特别的节俭的脾气,写到节省蜡烛,由节省蜡烛写到入梦,由入梦写到家信,曲折有致。"④

伍光建在"译者序"中写道:

> 膏粱文绣尚矣,而不如布帛菽粟之能久而用广也。富丽堂皇之文尚矣,用非其时,用非其事,则不相称。此平淡无奇、文从字顺之作,所以可贵也。格士克夫人,以能文称,为小说大家迭更斯(Charles Dicknes)、大文豪喀莱尔(T. Carlyle)、蓝得(W. S. Landor)所赏识。夫人之文,善叙事,条畅自然,不假雕饰,洵臻至善之域。(Attain to the perfection of easy natural

---

① [英]格士克夫人原著,伍光建译:《克阑弗》,商务印书馆,1927年,页14。
② 同上书,页176—177。
③ 同上书,页50。
④ 同上书,页81。

and unaffected English narrative),尤善叙琐事,能达难达之意。施于谈话尺牍,尤为合宜。夫人著作甚富,其最有名于世者,即今所译之《克阑弗》也。评其文者,谓其所著小说,能与诸大文豪之小说并传于世。予又以其颇类我国之《儒林外史》,故亟译之,略加评语,以饷读者。民国十五年丙寅小满伍光建序。

《申报》1927年有商务印书馆出版伍光建译《克阑弗》的广告:"Canskell夫人著作甚富,其最有名于世名,今所之《克阑弗》(Cranford)其作风颇与我国之《儒林外史》相近。"①1927年7月18日,《申报》刊载汪倜然介绍《克阑弗》的长篇书评:②

《克阑弗》(Cranford)却是一部好的作品,不过它底好处,不在于有奇特的结构,它底结构是简单散漫的,也不在于有活泼惊人的事实,它底一些事实都是平凡的日常能发生的,它底佳处是在于它底人物,它底人物都是平凡的不过是活的,如我们周围的亲戚朋友们一般的人物,各有各底历史境况、个性行为。读过这部书之后,我们仿佛和书中人做过朋友一样,这个是怎样的,那个是怎样的,我们都想象得出来,都不会忘记我们有时触得这

---

① 《申报》1927年7月1日,第3页。
② 汪倜然(1906—1988),原名汪绍箕,笔名倜然,祖籍黟县际联镇宏村。1922年起在郑振铎主编的《儿童世界》上发表童话。次年考入上海大同大学英文专修科,在《小说月报》上发表译文。1926年大学毕业后,历任复旦实验中学教师、中国公学大学部国文教授、中华艺术大学英文及西洋文学教授、世界书局编辑等。1931年"九·一八"事变后,应张竹严、曾虚白之邀,任《大晚报》要闻编辑、编辑主任、代主笔。《大晚报》被查封后在启明书局隐名当编辑。1945年秋《大晚报》复刊,任总主笔。1949年后加入上海翻译家协会,先后任上海市文化局文献博物馆科长、上海市文物保管委员会第二部副主任、上海美术专科学校图书馆主任。译有斯诺夫人尼姆·威尔斯访问延安时所写的《西行访问记》及《黑女寻神记》(萧伯纳著)、《木偶游菲记》(契勃尼著)、《意大利印象记》(巴甫连柯著)、《圣诞欢歌》(狄更斯著)、《俄国文学ABC》、《希腊神话ABC》、《托尔斯泰生活》、《天才底努力》、《心灵电报》、《白猿》、《银匙》、《天鹅之歌》,以及高尔斯华绥的《现代喜剧》三部曲等,主编《综合英汉新辞典》,另编有《论辩文作品》《明代文粹》《清代文粹》《现代文粹》。参见陈玉堂编著《中国近现代人物名号大辞典》,浙江古籍出版社,1993年,页404。

些人可笑,但有时又觉得这些人可怜。不过,不论在什么时候,读者总引起他们对于书中人的深切的同情心。这当然都是作者使读者这样的,这是作者底能力,这部小说虽然是不能说没有结构,不过结构散漫得很。书中没有一个主人公不过是由几个故事联合成的,这种小说正如中国普通会那些长篇小说一样,但是好坏相差得多远呵。中国底那些小说多仿佛是患的失魂病,忽而说到东,忽而说到西,应该少说的多说,应该多说的少说,浮话太多,中肯话太少,所以做得出"洋洋十万余言"的大文来。但是那位作者虽写了十万多字,却写不出一个半个有个性的人物,所以读到这些长篇小说时,颇有莫测高深之叹。中国长篇小说的坏处一言难尽,最大的坏处是"腐化",只能用不痛不痒无精打采的语句,写出几个不死不活没魂没血的人物来,被这些作者写出来的人物,简直是无一不腐化,这种腐化的作品,对于智识阶级的影响,不言可知。另外有些作者比较上有点天才,但是他们取的是才子态度、超人态度,他对于书中人物是轻视的,不表同情的,他底描写这些人物不是带点斥责口气,就是带着赞许的态度。这种的作家都不是艺术家,这种的作品都不是能引起读者底情绪的艺术品。《克阑弗》便不是这样,它底结构是散漫的,但是它有一致的精神,它底全部是团结成一片的,它有一致的背景,一致的空气,它没有一句废话,一句浮语。每用一句话,每述一件事,都能使人物底个性更浓厚。作者写这些人物底事迹,是带着诚挚的同情的态度。她仿佛是他们之中的个她,把她所看见的告诉读者,她有时用讥讽,但是和善的讥讽,不是刻毒的挖苦。书中有丰富的幽默,但这些幽默,只显出各人底个性弱点,及可爱之处。作者处处使我们对书中人物表深切的同情,激动我们底情绪。克阑弗是一个小村庄,这是很特别很有趣很富于个性的小村庄。①

---

① 《申报》1927年7月18日,第19、20页。

015-15 约瑟安特路传

《约瑟安特路传》(The Adventures of Joseph Andrews, 今译《约瑟夫·安德鲁斯传》), 英国显理·菲勒丁著,①商务印书馆 1928 年 4 月初版, 1933 年 4 月国难后一版编入"世界文学名著"。("外国文学"分册,页 65)作家出版社 1954 年有重印本,《约瑟安特路传》改名《约瑟夫·安德鲁传》。

《约瑟安特路传》译本的卷首有《约瑟安特路传原序》(节译)和译者序。全书四卷,卷一十八回,卷二十七回,卷三一回,卷四十六回。该书每回回目文字都很长,整段长句均无标点断句,不是同时代伍译的风格。

卷一:第一回　这回泛论作传的普通原理专论巴米拉传并及西巴尔诸著作家

第二回　这回说本书的英雄约瑟安特路的降生他的家世他的天性还有几句话说人的祖宗

第三回　这回说副牧师阿当士伺候寝室的女仆司利洛还说其余的人

第四回　这一回说到伦敦后的情形

第五回　这回说布比爵士死了他的夫人寡了之后的举动约瑟的清正

第六回　这回说约瑟写给他妹妹的信

第七回　这回说古人的名言又说女主人同女仆的谈话恭维(或挖苦)爱情的话

第八回　此回首先发表些妙文随后说布比夫人同约瑟见面的情形约瑟的好榜样恐怕我们现在这样的糟世界上的人学不来

---

① 显理·菲勒丁(Henry Fielding, 1707—1754, 即亨利·菲尔丁, 又译斐尔丁), 参见《大伟人威立特传》作者注。

第九回　这回说布比夫人同女仆司利洛谈话内中所说的话不是一读就能明白呢

第十回　这回说约瑟又写一封信他同总管事比得包晤的交涉他怎样的别离布比夫人

第十一回　这回说几宗预料不到的事

第十二回　这回说约瑟在路上所遇的令人惊奇的事向未坐过大车旅行的人是不很相信的

第十三回　这回说约瑟在客店养病所遇的事还有约瑟同这乡下的牧师所谈的话

第十四回　这回说接二连三发现的事

第十五回　这回说店主婆变了好说话些巴那巴同那外科先生怎样的要办贼还说从前未说过的几个人的事

第十六回　这回说强盗脱逃阿当士失望来了两位异常人阿当士与巴那巴相见

第十七回　这回说两个牧师同一个卖书人的谈话忽然客店里出了一件不幸的事因此发生店主婆同女仆的不甚好听的问答

第十八回　这回说女仆贝提的来历为什么闹出这场祸来

卷二：第一回　这回说著书为什么要分卷分回

第二回　这回说阿当士的记性真不好拖累了约瑟

第三回　这回说两个律师的意见阿当士探问店主奉的什么教

第四回　利诺拉跳槽的故事

第五回　这回说的有人在客店内争吵结果是阿当士满身是血

第六回　这回说利诺拉跳槽的结局

第七回　这一回很短但是阿当士却走了不少的路

第八回　这回说的是最可留意的阿当士所谈的话原来那打鸟的是个政治家

第九回　这回说那位打鸟的人大发议论自吹勇敢随后出了一件事把他的话打断了

第十回　这回说上回所说的结果阿当士又遇祸他打救的女人

是什么人

第十一回　这回说阿当士和芳耐到了法庭所遇的事这一回有许多学问

第十二回　这回说遇事的人很高兴读者也高兴

第十三回　这回说上流社会同下流社会的分别又说司利洛生气走了之后阿当士他们三个人的为难情形

第十四回　这回说阿当士牧师同特拉理牧师晤谈

第十五回　这回说的是阿当士又有一次善忘的结果

第十六回　这回说阿当士所遇的一件希奇事表示阿当士是个纯粹诚实人却欠处世的阅历

第十七回　这回说的是阿当士同店主人的谈话因为两个人意见不同几乎大吵幸亏约瑟芳耐走来相劝才免了出事

卷三：第一回　这一回是赞美传记的一篇序

第二回　这回说阿当士等晚上的奇遇

第三回　这回是主人说他的历史

第四回　这回说威理申过日子的方法还说一条狗的惨死同别的重要事

第五回　这回说阿当士同约瑟辩公学问题捣露一件不无可喜的事

第六回　这回说的是约瑟的议论说打猎的事又说阿当士幸免于险的事

第七回　这回说烧烤的事情形很合现在的时势

第八回　这一回有的读者以为太短有的又以为太长

第九回　这回说的是一场惊人的大血战可靠的正史上说的也不过这样

第十回　这回说诗人同戏子的谈话本书不相干不过是插科的意思

第十一回　这一回说的是阿当士劝约瑟当困难的时候应该的举动使读者看了得许多益

第十二回　这回说几件意外的事能令读者惊奇欢喜

第十三回　这回记的是当阿士同包晤的谈话比西巴尔你著作和其他许多人的著作有趣得多

卷四：第一回　这回说布比夫人同仆从到了宅子

第二回　这回记的是布比夫人同阿当士的谈话

第三回　这回说布比夫人同司扣律师商量的事

第四回　这一回很短而事多并说布比夫妇来探亲

第五回　这回说地方官问案和例案证据等事地方官和书吏们都该读的

第六回　这一回读者喜欢读多少就是多少听随读者的便

第七回　这回说的是哲学家的思想法国小说所无的又说布比正言相劝约瑟的话又说芳耐遇着一个荡子的事

第八回　这回记阿当士夫妇约瑟芳耐的谈话又记阿当士的几样行为恐怕有几位读者以为是卑劣无理不自然

第九回　这回说布比夫人同一位阔人访阿当士

第十回　这一回说的是两个朋友的故事凡男人们住在有两夫妇的人家可以学点乖

第十一回　这一回接续前回所说的故事

第十二回　这回的事恐怕读者不甚喜欢

第十三回　这回说布比夫人一面为爱情所牵一面又为骄傲所拒心里说不出那种种的难过又说众人晓得芳耐来历之后的结果

第十四回　这回说几件晚上所遇的事阿当士很遇了几次危险

第十五回　这回说约瑟的父母还同一个人来了什么疑团都解说明白了

第十六回　这是末一回了说的是欢乐的结局

《约瑟安特路传》抛弃了惯常的书信体，以作者的口吻直叙。帕米拉的兄弟约瑟去布比的家里当男仆，遭到布比夫人引诱。约瑟像其姐一样有美德，但远不如姐姐幸运，因为拒诱而被布比夫人逐走。约瑟从伦敦去乡村找他的情人、女仆芳妮，路上遇见本村牧师亚当斯,两个同行,又与去寻约瑟的芳妮相遇。小说从卷一第十回后主要写约瑟、芳妮、亚当斯三人在路上的经历,构成作品的主要部分。他们在路上遇到各色人物:客店老板、断路强盗、善良和邪恶的牧师、仁慈和自私的旅客、糊涂的治安法官、企图凌辱芳妮的乡绅、地主、管家、隐士、穷人等,对路上场景、画面的描写,反映了当时英国乡村社会的情况。作者还塑造出生动的有癖性人物——亚当斯牧师,他是个堂吉诃德式的人物,心地善良,爱打抱不平,但性情古怪,对人情世态缺少了解,相信好心会有好报,作者以这个不切实际的理想主义者来和社会恶习作对照。① 英国作家黑兹利特称该书"如此令人满意地描写了乔治二世统治时期的社会全貌和道德、政治、宗教感情,这在任何可靠的文献中都是找不到的"。② 叶维在文中对伍译《约瑟安特路传》有过具体而微的解读,指出译作中的许多问题:(1) 亨利·菲尔丁的小说《约瑟夫·安德鲁斯》,原名 The History of the Adventures of Joseph Andrews, and his Friend Mr. Abraham Adams, Written in Imitation of the Manner of Cervantes, Author of Don Quixote(《约瑟夫·安德鲁斯及其朋友亚伯拉罕·亚当斯先生的冒险故事》),伍氏未译出全名,也未作任何说明。③ 叶维认为,"遗漏或出无心,删削却是有意;二者的结果,都对不起原著"。(2) "without having any regard to the lovely part of the lovely girl which was on his back"一句,伍氏认为有伤风化,将其完全删去。(3) "did ever mortal hear of a man's virtue",伍译为"世人哪里有听见过什么人是有道德的",文中主人公约瑟拒绝贵妇的求欢,要保持自己的贞洁,夫人认为太不近情,所以生气,应译为:"谁听说过什么男人的贞操?"(4) "It is not for me, answered Joseph, 'to give reasons for what men do, to a gentleman of your learning …'"伍译:"约瑟答道,他们为什么要骗你这种有学问的人。我却说不出

---

① 伍光建译:《约瑟夫·安德鲁传》,作家出版社,1954年重印本。
② [美]鲁宾斯坦著,陈安全等译校:《从莎士比亚到奥斯丁》,页364。
③ 伍光建译:《约瑟夫·安德鲁传》。

来……"叶维将其纠正为:"我不配向你这样有学问的人,解释人家的行为……"(5)文中人物故意用法语说的句子,删去不译,导致译文不连贯。①

016-16　杜巴利伯爵夫人外传

《杜巴利伯爵夫人外传》(Life of Madame Du Barry),英国无名氏著,商务印书馆 1928 年 5 月初版,1933 年 2 月国难后一版,编入"世界文学名著"。("外国文学"分册,页 155)

该书为长篇小说,作者不详。杜巴利伯爵夫人(Madame du Barry,1743—1793,又译杜巴利夫人),本名玛丽-让娜·贝屈·德·康蒂尼(Marie-Jeanne Bécu de Cantigny),是法国国王路易十五的最后一位首席王室情妇,也是恐怖统治时期最知名的受害者之一。杜巴利夫人是私生女,父母属于下层阶级。早年曾在修道院中接受教育,在让·杜巴利的带领下进入上流社会。她在 1768 年引起路易十五的注意,1769 年进入路易十五世的宫廷,很快成为贵族圈子的成员。这个贵族圈子使有权势的外交大臣舒瓦瑟尔公爵倒台,她还支持大法官莫普的司法改革。路易十六世即位后,她被放逐到修道院。1793 年巴黎革命法庭宣判她为反革命,把她送上断头台。全书二十六回:

第一回　少年时代	第二回　入网
第三回　画像	第四回　杜瓦、拉靡
第五回　夜游	第六回　诬陷
第七回　囮媒	第八回　专宠
第九回　暗斗	第十回　夜宴
第十一回　媚内	第十二回　劲敌
第十三回　干政	第十四回　远贬

---

① 叶维:《伍光建译约瑟·安特路传》,《图书评论》1934 年第 2 卷第 11 期,页 11—26。

第十五回　颈串	第十六回　驾崩
第十七回　被贬	第十八回　情死
第十九回　隐居	第二十回　警报
第二十一回　盗案	第二十二回　构陷
第二十三回　告发	第二十四回　下狱
第二十五回　判辞	第二十六回　法场

译本采用圈点,书中夹有若干译者注。译者序称:

法宫女祸,其在前者无论矣。路易十四时,有玛提农夫人;路易十五时,有旁白多夫人,后有杜巴利伯爵夫人;路易十六时,有王后,牝鸡司晨,遗祸可谓烈矣!杜巴利夫人,生于田间,容颜绝代,以娼而入官闱,专宠六年,路易十五死未几,而大革命起,夫人为小人所构,斩首法场。当其失势退隐时,帝王如约瑟,名人如美国之法朗林等,不耻枉顾,盖亦一代之奇女子也。原书不知著作者姓名,亦不知何年刊行于英国,大抵采自当时记载,广掇逸闻轶事,颇饶兴趣,是其为大陆杰作丛刊之一,亦可见其价值矣。民国十五年立春君朔序。①

017-17　造谣学校

《造谣学校》(*The School for Scandal*, 1777),英国理查德·谢立顿(Richard Brinsley Sheridan, 1751—1816)著,新月书店② 1929

---

① [英]无名氏著,伍光建译:《杜巴利伯爵夫人外传》,商务印书馆,1928年。
② 新月书店,1927年7月徐志摩、宋春舫、徐新六等创办于上海福州路。首任经理余上沅,末任经理邵洵美。书店主要以出版新文学作品为主,主张唯美主义。出版物除《新月》月刊外,图书主要有徐志摩的《翡冷翠的一夜》《巴黎的鳞爪》《志摩的诗》《自剖》,梁实秋的《浪漫的与古典的》《骂人的艺术》《文学的纪律》,胡适的《白话文学史》(上卷)等。新月书店存续的六年时间里,出版图书近百种。1931年11月徐志摩因飞机失事意外身亡,加之次年淞沪抗战的影响,书店在经理邵洵美主持下艰难生存,至1933年底正式关闭。边春光主编:《出版词典》,上海辞书出版社,1992年,页545。

年 8 月初版。("外国文学"分册,页 55—56)

18 世纪英国启蒙时期的剧作家谢立顿的著名世态喜剧《造谣学校》,以"造谣学校"为背景,描写 18 世纪伦敦上层社会的一些现象,从而调整滥情与造谣的习气。所谓"造谣学校"并非指一所以"造谣"为宗旨的"学校",而是指一伙浅薄无识、时时拿搬弄是非当消遣的男女而言。全剧十四景和四个不同地点画呈现主副两个情节,主情节以索菲斯为中心人物,副情节以彼德爵士和狄索夫人为焦点,活灵活现地描写了以斯尼维尔太太(Lady Sneerwell)为首的一群麇集无聊、无事生非、以散播流言蜚语为乐的贵族男女,讽刺了当时表面温文尔雅的上层社会及其虚伪自私的特性。

20 世纪 20 年代,英国社会风尚剧颇受中国文学界人士喜爱。这一喜剧名篇由梁实秋校并序,[1]梁氏在《造谣学校》序中对伍译该剧评价甚高,称:

> 《新月》同人觉得很荣幸,于刊行《英文名著百种丛刊》之始就首选伍光建先生的译稿两种,一种是高尔斯密的《诡姻缘》(Goldsmith: *She Stoops to Conquer*),一种就是这一部谢立敦的《造谣学校》(Sheridan: *The School for Scandal*)。我们的丛书是条例上规定每一种译稿都要有一篇介绍性质的序文,每一种译稿都要有一个人负责校阅一遍。这部《造谣学校》的序文和校阅算是都由我勉强承乏了。现在我先说说我校阅的经过。伍光建先生恐怕是国内最有经验的翻译家了,他的译述极富,他的译笔实在是很灵活的,在顶困难的地方能有传神之

---

[1] 梁实秋(1903—1987),浙江省杭县(今杭州)人,出生于北京,原名梁治华,字实秋,笔名子佳、秋郎、程淑等。1923 年赴美留学,获哈佛大学文学硕士学位。1926 年回国后,先后任教于国立东南大学、国立青岛大学,任外文系主任。1949 年到台湾,任台湾师范大学英语系主任、所长、文学院院长。一生给中国文坛留下了两千多万字的著作,创造了中国现代散文著作出版的最高纪录,且是中国国内第一个研究莎士比亚的权威、中国翻译《莎士比亚全集》第一人。参见许祖华《翻译梁实秋》,台北:秀威资讯科技股份有限公司,2014 年。

妙,我校阅这部《造谣学校》,实在是自始至终很愉快的一件工作。伍先生用的本子是牛津大学出版部的《世界名著丛书》(World's Classics),经我参用 The Temple Dramatists 本比较研究,发现许多版本不同的地方。本来谢立顿的剧本是有许多不同的版本,他自己喜欢修改,同时戏院里的演员指导员也免不了随时窜动,所以版本自然不能一律,这是应该声明的。我将译稿全部校过,又和伍先生商酌一番,我们很审慎地把这一部杰作贡献给读者。

接着梁实秋就介绍谢立顿的生平和剧本,称作者的祖父是斯威夫特的朋友,写过《斯威夫特传》,其母也有许多很成功的戏剧和小说,他幼时读书并不十分用功。1770 年全家迁徙至英伦附近的贵族和时髦社区,1772 年他与著名歌唱家的女儿私奔,为此谢立顿不止一次和人决斗。1775 年其第一部喜剧《情敌》正式上演,1777 年《造谣学校》上演,立刻受到观众的欢迎,连续演出了 20 夜。在文学史上他并非第一流的作家,其戏剧也没有什么深刻的伦理含义,但他为英国喜剧开辟出一条新路,即所谓"伤感的戏剧",是一种"归返自然",这一戏剧运动的首领是高尔斯密,继起的就是谢立顿,"这两个爱尔兰的喜剧家为英国戏剧史上添上了一个新的时代,同时也可以说把英国的戏剧文学作了一个结束"。梁实秋赞赏谢立顿"最擅长的是那机警灵敏的对话,无论多么平凡的意思,经他一说,就来得俏皮,来得干净",《造谣学校》"虽然繁复,我们确可看出头绪,丝毫不感觉情节的紊乱",这出戏是活的文学,永远是喜欢戏剧人的一个极大的喜悦"。①另外,梁实秋在《谈话的艺术》一文中,称赞谢立顿的戏剧"布局之紧凑,对话之幽默、俏皮、雅洁,以及主题之严肃,均无懈可击,上承复辟时代喜剧的特殊作风,下开近代喜剧如萧伯纳作品的一派作风"。并引用伍光建的译文称赞这部剧:

---

① 梁实秋著,陈子善编:《雅舍谈书》,山东画报出版社,2006 年,页 262—265。

"英文 GOSSIP 一字原义是'教父母',尤指教母,引申而为任何中年以上之妇女,再引申而为闲谈,再引申而为飞短流长,而为长舌妇,可见这种毛病由来有自,'造谣学校'之缘起亦在于是,而且是中外皆然。不过现在时代进步,这种现象已与年纪无关。"他说:谢立丹在《造谣学校》中描绘的上层社会群像,其中亦不乏八卦的男子。正如该剧第二幕第三场中,薛爵士所言:"Sir Oliv. Ay, I know there are a set of malicious, prating, prudent gossips, both male and female, who murder characters to kill time, and will rob a young fellow of his good name before he has years to know the value of it.(薛爵士:我晓得有一群专好说人坏话的人,男女都有,专拿毁坏他人的名誉做消遣,少年人不晓得名誉可宝贵,往往被这一群人毁坏完了——伍光建译)"①新月书店更是在《英文名著百种丛书》的广告中称:"伍先生是当今国内最有经验的翻译家,其译笔极为灵活,往往遇顶困难的地方,能有传神之妙,为原著机警灵敏的对话生色不少。"商务印

---

① 梁实秋指出:"好的文学作品,不分古今中外,亦不拘是否反映了多少的时代精神,总是值得我们阅读的,谢立敦的《造谣学校》(Sheridan: *The School for Scandal*)即为一例。谢立敦是英国的戏剧作家,生于一七五一年,卒于一八一六年,原籍爱尔兰,英国有许多喜剧作家都是爱尔兰人。爱尔兰人好像是有隽俏幽默的民族性,特别宜于刻画喜剧中的人物。《造谣学校》是他的代表作,布局之紧凑,对话之幽默、俏皮、雅洁,以及主题之严肃,均无懈可击,上承复辟时代喜剧的特殊作风,下开近代喜剧如萧伯纳作品的一派作风,属于'世态喜剧'的一个类型。《造谣学校》主要布局是写两个性格不同的弟兄,弟弟查尔斯是一个挥霍成性的浪荡子,但是宅心忠厚、真性、善良;哥哥是表面上循规蹈矩、满口仁义道德的文质彬彬的君子,实则是贪婪伪善的小人。经过几度测验,终于露出了本来面目,显示了无所逃遁的真形,其间高潮迭起,趣味横生,舞台的效果甚大。像这样的布局,在戏剧中并不稀罕,但是背景的穿插布置颇具匠心,所以能引人入胜。最能令人欣赏的不是戏中所隐含的劝世的意味。戏剧不是劝善惩恶的工具,戏剧是艺术,以世故人情为其素材,固不能不含有道德的意义,但不必有说教的任务。此剧最有趣味的地方之一应该是司尼威夫人所领导的谣言攻势。此剧命名为《造谣学校》,作者寓意所在,亦可思过半矣。长舌妇是很普遍的一个类型,专好谈论人家的私事,嫉人有、笑人无,对于有名望、有财富、有幸福生活的人们,便格外地喜欢蜚短流长,总要'横挑鼻子竖挑眼'地找出一点可以訾议的事情来加以诽谤嘲笑,非如此则不快意,有时候根本是空穴来风,出于捏造。《造谣学校》一剧有很著名的一例。"《梁实秋文集》编辑委员会编:《梁实秋文集》第二卷,鹭江出版社,2002年,页391。

书馆也出版了苏兆龙翻译的英汉对照本,①浩然(夏康农)有《两种〈造谣学校〉的译本的比较》(《新月》1929 年第 2 卷第 6—7 期,页 197—200)。

018-18 诡姻缘

《诡姻缘》(She Stoops to Conquer,今译《屈身求爱》),英国奥利弗·高尔斯密著,②新月书店 1929 年 11 月初版。("外国文学"分册,页 55)

该书由叶公超校并撰有长序,③他认为英国哥尔斯密的《诡姻

---

① 苏兆龙(1907—2007),湖南慈利县象市镇人,出身贫寒。1927 年毕业于常德湘西艺术师范,考取上海美术专科学校艺术教育系,深得校长刘海粟器重。毕业后赴法国巴黎美术学院深造,因无法筹措昂贵的路费和学费而未能成行,留校任教。先后于上海美专、慈利简师、九澧联中、省立四师等校任美术、音乐教师,后任常德国信中学训育、教务主任、代校长。抗日战争时期与中共地下工作者张沈川共同组成"慈利抗敌流动剧团",先后演出 40 余场。期间创作抗日歌曲 40 余首,其中《湖南人守卫大湖南》轰动三湘四水,鼓舞了湖南人民的抗日信心。1938—1940 年,组织一批音乐、美术爱好者成立了"唤醒"书画社,创作抗日漫画、宣传画 80 余册,编着音乐、美术书刊 16 种,编导抗日文艺节目 50 多个,培训抗日骨干 400 余人。1949 年后在慈利一中任音乐、美术教员。苏兆龙也译出过《造谣学校》,夏康农还比较了伍光建和苏兆龙两个译本后,指出伍光建的译文更为可靠、顺畅。参见纪念苏兆龙先生诞辰一百周年编委会编《纪念苏兆龙先生诞辰一百周年 1907—2007》,2007 年刊本。
② 奥利弗·高尔斯密(Oliver Goldsmith,1730—1774),18 世纪著名的英国剧作家。不论是诗歌、小说、文章还是剧本,高尔斯密均能以嬉笑怒骂的形式讽刺时弊。他出身于爱尔兰中部的一个农家,父亲后来当过乡村牧师。高尔斯密生性诙谐,中学毕业后进入都柏林三一学院,21 岁取得学位。毕业会先后当过药店助手、教员等五六种职业,最后成为杂志店的校对,期间他结识了约翰逊博士和许多当代文人,如著名演员加利克(David Garrick)、哲学家伯克(Edmund Burke)和《罗马帝国衰亡史》作者吉本。他最著名的两出喜剧是《善性之人》(The Good-Natur'd Man,1768,又译《和蔼的人》)及《诡姻缘》(She Stoops to Conquer,1773,又译《屈身求爱》),前者首演大获成功。参见[英]奥利弗·高尔斯密著,伍光建译《诡姻缘》,叶公超序,新月书店 1929 年,页 1—17;上海辞书出版社编:《外国人名辞典》,页 410。
③ 叶公超(1904—1981),出生于江西九江,1918 年入天津南开中学,1920 年赴美国留学,获麻省赫斯特大学学士学位。后复转赴英国研习,1924 年获剑桥大学文学硕士学位。离英后,再赴法国巴黎大学研究院研究。1926 年归国,任北京大学英文系讲师。1927 年春,参与创办新月书店;同年任暨南大学外国文学系主任、图书(转下页)

缘》能由伍光建这位"翻译的老手"译出,"是读者修来的幸福",称伍光建"以前所译的作品都是很有价值的,这部当然也不失他的身份"。

该剧旨在讽刺滥情剧与虚华不实的时风。全剧以五幕八景三处地点来呈现主副两个情节,主情节以郝嘉斯小姐"屈身求爱"为焦点,副情节以韩士廷与奈维尔小组私奔为中心。这一喜剧讲述了传统背景下的一个英国式爱情故事。上门求亲的男主人公表面风流倜傥、巧舌如簧,却被假扮成女仆的小姐吸引,在一连串误打误撞中,小姐也渐渐认识到了男主人公真诚和正直的一面,决定"屈身求爱"。该剧充满诙谐的意趣和精彩的对白,体现了高尔斯密一贯的幽默、戏谑风格。剧本围绕着各个矛盾点,处理得很集中而巧妙,让读者不得不一直看下去,就为了知道作者最后究竟如何化解这些不大不小的误会与不和。该剧至少有三大优点:一是没有传统戏剧中做作的拘束,二是没有"感伤戏剧"中那种自觉的忧郁,三是人物描写的集中。即使隔了百多年再来读,还觉得内中的人物很自然,而没有丝毫的润饰和拘束,人物的会话也没有训世的责任,也没有在悲伤的烦闷里发泄,唯一的目的就是为了表示人物的个性,剧中的人物多少都有点幽默。该剧算是旧剧复兴中最持久的一出,高尔斯密的戏剧史对当时流行的英国"感伤戏剧"的打击,使英国戏剧的进步提前了二十年。①

――――――――――

(接上页)馆馆长,并兼吴淞中国公学英国文学教授。1929年任清华大学外国文学系教授。1935年复任北京大学英文系讲师。抗日战争时期随校南迁。1938年任西南联合大学外国文学系主任,1941年任中国国民党中央宣传部国际宣传处驻马来亚专员,1942年回国至重庆,后奉委为中央宣传部国际宣传处驻伦敦办事处处长,1946年返国。1947年起任国民政府外交部参事兼驻欧洲司司长、外交部常务次长、任庆贺缅甸独立特使。1949年后去台湾,先后任台湾地区"外事部门"政务次长、代理部务、"外事部门"部长。著有《介绍中国》《中国古代文化生活》《英国文学中之社会原动力》《叶公超散文集》等。参见陈玉堂《中国近现代人物名号大辞典》,浙江古籍出版社,1993年,页103。

① 参见[英]高尔斯密著、伍光建译《诡姻缘》,叶公超序。

019-19　旧欢

《旧欢》(*Haw Thorne*),英国哈代①、霍桑②等著,伍光建与黄维荣合作编译,③黎明书局 1929 年初版,④作为"黎明文艺丛书"最早之一种。

该书收录《旧欢》、《离婚》、《心狱》、《夺夫》(哈代)、《圣水》(霍桑)五篇短篇小说。全书可分为三组,第一组《旧欢》与《离婚》,内容新奇,但不流于荒诞,小说的结构看似散漫,但细读却是步步紧逼,组织得很精密。或以为此两篇属于《今古奇观》式的故事。第二组《心狱》与《夺夫》,⑤作者是哈代,取自《人生小讥讽》(*Lifes Little Ironies*)。这两篇的风格静穆而荒凉,别有一种趣味;与译者的译笔特别相宜,

---

① 托马斯·哈代(Thomas Hardy,1840—1928),英国诗人、小说家。一生共发表了近 20 部长篇小说,代表作有《德伯家的苔丝》《无名的裘德》《还乡》和《卡斯特桥市长》等。参见上海辞书出版社编《外国人名辞典》,页 377。

② 纳撒尼尔·霍桑(Nathaniel Hawthorne,1804—1864),美国心理分析小说的开创者,也是美国文学史上首位写作短篇小说的作家,被誉为美国 19 世纪最伟大的浪漫主义小说家。出生于美国马萨诸塞州塞勒姆,幼年丧父,同寡母一道住到了位于萨莱姆镇的外公家。自幼性格孤高自诩,顾虑多疑,童年的不幸生活使他内心有一种"痛苦的孤独感"。他对社会改革毫无兴趣,对资本主义经济迅速发展无法理解。外公家笃信基督教的清教,他由此受到了清教的影响。1825 年从波登大学毕业后,回到萨莱姆,创作并发表了几十篇故事和短篇小说。《红字》的出版巩固了他在美国文坛的坚实地位,也给后世以巨大的影响。代表作包括长篇小说《红字》《七角楼房》,短篇小说集《重讲一遍的故事》《古宅青苔》《雪影》等。参见上海辞书出版社编《外国人名辞典》,页 590。

③ 黄维荣,20 世纪 20 年代曾任澄衷中学历史教员,后任职于商务印书馆编审部,著有《外国史》等;译有威廉哈维著《心血运动论》《行为主义论战》,与伍况甫合译有《动物生活史》等;增订何炳松编著的《(修正课程标准)复兴高级中学教科书外国史(高中)》上、下册。

④ 黎明书局由伍蠡甫和孙寒冰、章益等一批复旦大学教师于 1929 年创办于上海,孙寒冰任总编辑,伍蠡甫任副总编辑和文学类书籍出版负责人,创办《世界文学》杂志,主编"英汉对照西洋文学名著译丛"等,抗战时期迁往重庆,胜利后返沪。肖娴《翻译家伍光建译介考论》(《上海翻译》2017 年第 1 期)一文称"伍光建曾为新月书店、华通书局、启明书局和商务印书馆供稿",其中"启明书局"应为"黎明书局"之误。

⑤ 哈代的《心狱》还收入《联合国文学名著:心狱》,署名胡适、伍光建、傅东华等译,铁流书店,1946 年初版。其中第一篇即伍译《心狱》,其次有杜衡、胡适、傅东华、胡仲持等所译的小说。

属于名作名译,很值得一读。第三组《圣水》,是美国心理分析小说的开创者纳撒尼尔·霍桑的作品。该小说描述了三位白头发、白胡子的老头子,分别是从一个富商沦落为穷光蛋的米特邦、喜欢寻欢作乐的陆军大佐克力古、破产的政客格士柯,和一位年轻时极为艳丽的老寡妇维雪理太太,在饮用回春泉水后变作少年少女,实现时光倒流的实验。三个男人的举动如醉如狂,一边追求美丽的寡妇,一边设想自己未来的发财计划。其主导者,是被视为"异人"的亥特格(今译海德格)医生,其自始至终展现出一副智者的姿态。结果四个人浑身打颤,慢慢恢复了原样,脸上的皱纹又回来了。经此试验,他们打定主意要去北美洲寻找圣泉,并且永远住在那里,不分日夜地喝圣水。如果借用荣格的智慧老人、人格面具及阴影三种原型细读故事,便可以看出亥医生借智慧老人的伪装,逃避真实自我,把自身欲望投射在他人身上的阴暗内心。霍桑的笔调含讽喻的笔致,异常冷隽,读后颇令人回味。

这里还可列举哈代《夺夫》一篇提要:在英国哈文浦的水手佐里认识了当地的两个女子:安美理和约安纳,安美理爱上了佐里,虽然约安纳对于佐里不很满意,她想嫁一个阔人,但是觉得如果嫁了佐里,也还体面。佐里在两个女人间不断摇摆,既同约安纳订了婚约,又与安美理约会。最后奉教虔笃的佐里履践了婚约。婚后两人生了两个儿子,并全副精神开店作买卖,但佐里不擅长经营,店铺生意不好,儿子只能在乡塾读书。而安美理则嫁给了本地很发达的商人立士特做了继室,并生了两个孩子,孩子进了大学校。约安纳对此非常妒忌,经常埋怨,于是佐里决定同人合股买一艘帆船,重新漂海,当船主出海赚钱。一次漂海回家,赚了几百元钱,但与安美理相比,约安纳心理极度不平衡。于是佐里建议将两个儿子带着一起出海赚更多的钱,并获得约安纳的同意,三人驾驶着名为"约安纳"的船扬帆出海,结果葬身大海。

该书前有黄维荣序:

本书的译者伍光建先生是译学界的老前辈。我觉得他的译笔的好处最紧要者有二端：一是自然。中英文组织不同，英文中形容词（区别词和疏状词），尤其是形容词用的仂语子语，大半可以放在被形容者之后，而在中文中每被放在被形容者之前，因此语气累赘，"的"字独多；所以虽是句斟字酌的忠直的译文，终为不惯于欧化体者所厌读。这个缺点，一在于英文不纯熟，不能控制它；恐怕稍加更动，便把原义译走了；因此，只能就其原来的组织，按了中文的顺序，依样葫芦的描出来，成了中非西的怪样子：生硬不自然之病，全不能免。二在于中文不通俗，译者写作的手段不逮原著者远甚，所以见了原文，便一字一句的记译，全不能利用中文中通常的言语来替代它。所以词皆新铸，读之觉得不顺适，而译者亦觉得非常吃力。伍先生的译文，句读都很短，长至二三十字而无句读的欧化句绝对没有。这是他能够把原文分拆了后，用中文的仂语子语来重写出来之故。他于原文很能控御，他写作的手段又纯熟，所以能不为原文所束缚而出之于自然。庖丁解牛，目无全牛。因此批大卻、道大窾，无不因其固然而游刃有余。伍先生的译笔确也有这种功夫。二是真率。伍先生虽把原文的句法拆散了重组，但也依了原来的文理，而不是矫揉造作的。所以我们觉得他的译文很真率，毫不吃力，而能保持原作的风味。他用的字面也极随俗，只要能够达出原意为止，总不在文字上作雕琢装饰的功夫；所以尤能加增真率的风味。这二点我以为是伍先生的译品不限于文学，文史哲三方面的东西都有。但我们觉得他的文学的译品，尤为脍炙人口，这是凡读过《侠隐记》《克兰弗》等译本者必能承认的。

这里所收的五篇小说，各有他们的面目。约言之，则可分为三组。第一组《旧欢》与《离婚》原是 *Queer Stories*，内容新奇，但不流于诞。它们的结构虽以间闲著笔，但都是一步紧一步一直到了篇尾的 Climax 而止，组织实很精密。读此可以悟到短篇小说的作法。第二组《心狱》与《夺夫》原著者是 Hardy。这篇的调子静穆而悲凉，别有一种趣味；与伍先生的译笔特别相宜。名作名译,尤为值得一读。第三组的《圣水》,是 Hawthorne 作的。他的含讽的笔致异常冷隽,令人读了感到有一种回味,曾闻某戏剧作家说,戏剧的组织都有一定的原型,譬如,悲剧的计有四十余种原型,无论如何写法,都逃不出这四十余个原型,不过枝叶各异罢了。小说方面当然也有它的模型;但我看这几篇东西确是都能不落寻常的窠臼,值得欣赏一下的。

伍先生的原稿上没有标点,这里的是我替他加上的。恐怕太草率了,累及译文,所以我标点的时候也很谨慎。但错误总是免不了的,且待发现之后,将来再行改正了。

伍先生译的短篇小说不很多。这也许是出版的第一种,较他译的长篇小说好似另有一种轻快的风味,或者可以说是本书的一种新贡献。凡爱读他的译品者当能辨之。一九二九年七月廿九日,编者黄维荣序。①

汪倜然在 1929 年《申报》上这样介绍该书:

最近才看到黎明书店出版的《旧欢》,包含他所译的短篇作品一共有五篇。这五篇显然是随便集成的,并没有一致的情调。《旧欢》《离婚》两篇是《今古奇观》式的故事。我觉得伍先生译这样的故事是再适当也没有的,所以这两篇译得最好。虽然我未见原文,不敢说译文是否十分忠实,但是译得实在流利极了,我们只要看《旧欢》底头几句就可以知道。……这本集子里还译了两篇哈代底作品,都是《人生小讥讽》(Lifes Little Ironies)里的。哈代底作品是不容易译的,内中有好些构造复杂、意义隐涩的句子,直译起来一定难以得到好的效果。伍先生逢得这种句子时,往往把句子组织稍加改变而意译出来,所以译文能够明白流畅。

---

① 罗选民主编的《外国文学翻译在中国》一书中述及"美国早期小说翻译在中国",除了提及霍桑的《红字记》外,伍译《汤姆·莎耶》等小说均未提及。

作者还将伍译与真美善书店出版的译本做了比较：

譬如有一句：伍译是：我却毫不动心的不娶他，不以为卑鄙，反以为胜利。那女子还生了一个孩子，我虽然给他赡养费，我却不受罪反叫女子受罪。(《旧欢》第五十页)而另一译文(见真美善书店出版《人生小讽刺》)，直译的是：是后来竟冷淡地毁了的，只以为这是桩漂亮事情，决不想做着卑鄙的行径，明知那可怜的牺牲者已经有了孩子，可是罪恶底偿付者并不是我，虽也曾给过金钱上的补助。比较起来后者虽较为详尽，前者却明白流畅得多了，而且也并未失去原意。但是有时候太简便了，却是不行的。譬如《心狱》(*For Consciences Saks*)那一篇，原文底头一段，伍先生完全不译；第二段共有五句，伍先生却只译了一个整句，三个子句，全段共有十六行，伍先生所译的只有七行光景，他所略去未译的就有一大半了。像这种节略未译的地方，全篇很多，所以统计起来，原文略去未译的大概有三分之一左右。这种情形看译文是再也看不出来的，因为译者节略的手段非常好，译文又非常流利，所以故事本体并未受伤，不露破绽，但是这种译法未免不忠于作者了。《夺夫》(*To Please His Wife*)那一篇亦有这样的毛病，看起来比别人的译文容易，句子短峭，意思明白，但是份量却不地道，删节的地方很不少，譬如这一篇底头一段，伍先生的译文是："有地天是冬天星期日下午，哈文浦地方，在一间圣雅各布教堂里，礼拜的事体也作完了，教校里的人站起来要走了。"(《旧欢》第八十四页)《人生小讽刺》一书底译文是："天池镇上圣詹姆士礼拜寺的内部，在一个寒冬的下午积聚着的云影底下慢慢儿黑暗起来了，这天是礼拜日。圣礼刚毕，讲台上牧师的脸蛋埋在他的手心里，参拜的群众发了声解放的轻叹，刚站起来预备散了。"(见《人生讽刺》中《取媚他的妻子》第二页)

作者认为：

把这两种译对看一下,我们觉得伍先生底译文又是"达"而不"信"了,这一篇也和《心狱》一样,差不多只译了原文底三分之二,这实在是可惜之至的事情。伍先生译哈代的东西实在是很适当的,但是何以不全译呢?这真是"美中不足"了。所以我们希望伍先生以后译别的作品时,把原文完全都译出来。①

020-20 山宁

《山宁》(*Sanine*,今译沙宁、萨宁),俄国阿戚巴瑟夫(Artzibashef)著,②华通书局 1930 年 1 月初版,8 月再版。③("外国文学"分册,页 270)

小说从主人公山宁返回家乡写起,到他乘火车离去结束,写的是他在家乡那段时间里的所作所为。山宁少小离家,性格在家庭之外养成,自由自在得像"旷野里的一棵树"。他对一切都抱着无所谓的态度,讨厌周围几乎所有的人,甚至自己的亲人。面对熟人的死亡,他每每无动于衷,认为世界上又少了一个傻瓜。他身材高大,健壮有力,聪明灵活,为所欲为,与此同时,他又很孤独无聊,漂泊不定。他与农夫的孙女一起过夜,月夜在河面的小船上占有了美丽的女教师卡尔萨维娜,甚至对自己的妹妹丽达也能生出一阵阵冲动来;他揍了

---

① 《申报》1929 年 11 月 17 日,第 31 页。
② 阿戚巴瑟夫(Михаи·лПетро·вичАрцыба·шев,1878—1927,今译阿尔志跋绥夫、阿尔齐巴舍夫),俄国颓废主义文学作家的代表。生于俄国南部的一个小县城,并在那儿度过了自己童年和少年时光。19 岁时迷恋绘画的他去了哈尔科夫绘画学校学习,期间曾自杀过,后转向创作之路。早期作品主要写精神堕落者的生活,一度以自由主义者立场反对沙皇的统治。代表作有《萨宁》《绝境》等。参见上海辞书出版社编《外国人名辞典》,页 291。
③ 华通书局是 1927 年成立于上海的综合性出版社,经理汪太玄,出版有胡也频的小说集《四星期》、戏剧集《别人的幸福》、《阿 Q 剧本》(陈梦韶改编)、《自然科学辞典》(郑贞文编)。1938 年与日本的三省堂书店合并,改为三通书局,经理改由日本人担任。出版《日华新辞典》《中日会话集》《基本日语读本》等。并独家出版汪伪政府编的小学教科书。边春光主编:《出版词典》,页 546。

军官扎鲁丁,粉碎了犹太青年索罗维伊契克的幻想,直接导致了这两个人的自杀。这一形象出现在俄国知识分子普遍感到失落与沮丧的年代,因此被看成俄国文化精英之整体"堕落"的象征。其内容有如此鼓舞人心的力量,人们称这部小说为"可怕的小说""放纵的小说"。泽民在《阿采巴希甫与〈沙宁〉》一文中称:该书对于意志麻痹的俄国人具有兴奋的效力,但把《沙宁》介绍给国人,"对于中国暮气沉沉的国民性,究竟有否廉顽懦立的效用",尚无法确定。① 与伍译同时问世的还有潘训(漠华)译的《沙宁》(光华书局 1930 年 2 月初版,"欧罗巴文艺丛书"之一)和郑振铎译出的《沙宁》(商务印书馆 1930 年 5 月初版,"文学研究会世界文学名著丛书"之一),三种译本均依据康纳安(G. Connan)的英译本转译的,不过郑译本由耿济之用俄文原本校改过。伍译本无译者的序跋,然而译载了英译者康纳安的《原序》,这篇《序》虽承认《山宁》是"一本叫人心里很不舒服的书",但认为"这本小说却有可贵的地方,虽乏爱情,却满纸都是爱生爱活。有许多人连《圣经》都说是一本秽书,他们所求的一种快乐,这本小说却不能给他们。这本书说兽性太多,不合他们的口味。凡是引诱卑劣情欲的书都是最有害的书,这本小说却不是的"。译者伍光建本身没有针对《山宁》的发言,看来是同意英译者观点的。②

021-21 狭路冤家

《狭路冤家》(Wuthering Heights,今译《呼啸山庄》),③英国厄密

---

① 泽民:《阿采巴希甫与〈沙宁〉》,《东方杂志》1920 年第 17 卷第 11 号。
② 胡从经:《〈沙宁〉书话》,《中国新文学丛刊》1986 年第 1 期,页 271—276。
③ 《呼啸山庄》是英国著名女作家艾米丽·勃朗特的代表作品,描写了弃儿希思克里夫被"呼啸山庄"的主人欧肖收养,欧肖的女儿凯瑟琳与他产生了炽烈的爱情。希思克里夫却遭到凯瑟琳哥哥亨德莱的虐待,为了资助希思克里夫,凯瑟琳嫁给了"画眉田庄"主人林敦,却由此引发了所有人的悲剧:报复心切的希思克里夫不但使亨德莱倾家荡产,还诱骗林敦之妹与他成婚加以虐待,凯瑟琳也凄然病逝。真挚、雄劲、粗犷、深沉、高朗,构成了该书的基本格调。

力·布伦忒（Emily Bronte，1818—1848，今译艾米丽·勃朗特）著，①华通书局1930年10月初版。（"外国文学"分册，页72）2013年时代文艺出版社有改名《呼啸山庄》的新印本，上海三联书店有"民国世界文学经典译著"文献版2018年新印本。

伍译《狭路冤家》是长篇小说《呼啸山庄》的第一个中文译本。"译序"称该书让"读者有时觉得阴风惨惨，毛发皆竖，有时读到忍心审理之处，读者屡次想抛丢不读，却又不能不读下去，只要读过一次，是绝不能忘记的"。译序还特别为读者推介了别种爱情：

> 读过有点难受。我也不欲译此书；后来一想，文学家既称为不朽之作，她的用意布局都是很新鲜的，写爱情尤其写得深刻，若拿许多言情小说来同这本书相比，他们所说的爱情，都好像是犊爱（英人称孩子们的恋爱为犊爱）。凡读过许多言情小说的人，不可不读此作，我故毅然译出。其易为言情小说所动的青年男女，尤宜读者。②

---

① 厄密力·布伦忒（Emily Bronte，1818—1848，今译艾米丽·勃朗特），19世纪英国作家与诗人，著名的勃朗特三姐妹之一，出生在约克郡靠近布拉德福的索顿。其父是个激进的保守党人，喜欢读书，在家里常谈论政治。受父亲的影响，姊妹、弟弟四个富有正义感，同情周围的穷人，也养成了良好的读书习惯。厄密力的写作，从诗开始。在着手创作《呼啸山庄》前的十六七年间还陆续写出诗文《贡代尔传奇》，这是一部充满浪漫情调的仿英雄传奇，虚构了贡代尔联合王国一个成员国的公主若西纳，最后成为联合王国女皇的传奇故事。参见上海辞书出版社编《外国人名辞典》，页363。

② 伍译《狭路冤家》是想突出复仇主题，是从男主角希斯克利夫的角度，那么，电影版本的译名《魂归离恨天》则突出了悲剧主题，是从女主角凯瑟琳的角度，名字透着浓浓的女权意识。1942年，上海商务印书馆出版了《呼啸山庄》的第二个中文译本，梁实秋的译名比第一个还要直白粗犷——《咆哮山庄》，直接把希斯克利夫的"日常动态"给展现出来了。抗战期间，另一位传奇女性，只比杨苡大5岁的作家、画家、编辑赵清阁，正投身救亡运动，为了激励民族斗志，首次将《呼啸山庄》搬上话剧舞台。由一个女孩创造了"第一"，梁实秋本人都敬佩至极。赵清阁的译名柔中带刚，叫《此恨绵绵》，化用自白居易的《长恨歌》中"此恨绵绵无绝期"一句，突出了民族大义与国家仇恨。这部五幕话剧在重庆、上海等地公演，在社会上产生了重大反响。1944年，重庆新中华文艺社出版了赵清阁的这个剧本。而到了1955年，杨苡定名为《呼啸山庄》的翻译版本，终于由平明出版社出版。从此，以方平、田心、宋兆霖等男性译者为主的50多个译本，一直沿用这个书名。

赖慈芸称赞伍光建译得好,译文"干脆利落,可惜后来的译者多半功力不及伍光建,令人惋惜"。称自己的译文比伍光建偏书面语一些,主要考虑到洛克伍德喜欢摆高级伦敦人架子,所以让他在日记里采用书面语,转述管家说故事时则偏口语,让两种文体的分野比较清楚一点。① 杨家骆有专门评论:

十九世纪的后半(页)[叶],英国文坛上产生了三位女作家,她们替英国小说界开了一条新的路径,这是便是布伦忒姊妹 Anne Bronte, Charlotte Bronte, Emily Bronte。她们底作品里没有"风花雪月"等美丽词句,也没有一般小说里面的"才子佳人"。她们的笔下,只是产生一些万恶而残忍的男子,和热情奔放的姑娘。她们写残忍的男子要过于魔鬼许多,写热情的女人也有另一种韵味。总之,在她们的笔下所产生的人物(Characters)也许在别的作家的作品里是很难见得到的。这三个女作家的性格很豪爽(或者也可以说是有点残忍),她们没有一点女人的意味,而且她们立志不嫁,卖文自活,三个人全是死于肺病,死的时候都不满四十岁。

Emily Bronte 小姐说她是个残忍的女子,实在不能算是过分。这里我用伍光建先生的译序中的一段话来证明:"……她有一次被狗咬伤,她跑入厨房,烧红一块铁条烧伤口;有一次她的狗不服从她,她就用空拳把狗降伏了。她的哥哥好酒,常醉,醉了简直就是个疯子,家里人谁也不敢接近他,惟她不厌不怕……"从这些字句里,我们便能看出这位小姐是怎样的一个人了。她所写的小说,只有《狭路冤家》,但使她成为英国的名作家的,也便是这书。

"Wuthering Height"意思是"多风雨的高原"。伍先生把她叫作"狭路冤家",这是他自己题的名字。可以说是不忠实;但不

---

① 赖慈芸译:《啸风山庄》,台湾远流出版社 2020 年繁体版。

能说不好,因为全部书里所说的,都逃不出"冤仇和报复"的范围。就是写男女底狂爱,作者也只是写成了一对"欢喜冤家"而已。(其实何尝是"欢喜"?)书中写一个野孩子希司克力夫(Heathcliff)恋着一位贵族的小姐咯德林(Catherine),希司克力夫是个天生魔鬼,他那残忍而阴险的行为,恐怕连鬼见了都会害怕。作者写他的凶暴,写他的贪残,他夺人家的产业,他又想杀人。总之,他是杀人不眨眼的魔王。咯德林是一位美丽而狂热的千金,她有媚人的眼,她有杀人的笑。他们是热烈地爱着。因为是地位的关系,因为是"有情人不成眷属"的关系,他们终于先后殉情,死在可怕的饥饿里——绝食。这种情节,就创了英国小说的新格。作者描写他们底凶暴而狂热的性格,无一句不是深刻的内心表现,若不加以深思,简直不会领略它底妙处。这书读了叫人害怕,叫人难过,这几块钱的书价,简直是换来了一些"不舒服"而已。

伍先生说"这书看了一遍,便不会忘记",这是真话。因为它给与我们的刺激太强了,倘若你愿意的说话,你可以恨,你可以痛骂,更可以狂哭。

一个女子能把一个恶人的心理写得这样,这也未始不是天才的表现。说得坏些,也就是因为她自己也是残忍的。我想:假使布伦忒小姐是个男子的话,也许他自己就是一个希司克力夫。①

022‐22 《秘密结婚》及其他短篇实事小说七篇

《〈秘密结婚〉及其他短篇实事小说七篇》(短篇小说选集),伍光

---

① 杨家骆:《民国以来出版新书总目提要》,页 615—616。段又今《〈呼啸山庄〉早期中译本研究——以伍光建〈狭路冤家〉为例》(同济大学文学院中文系硕士学位论文,2014 年 3 月)一文称伍光建精通英语、法语和西班牙语等多种外语,不知所据何在,伍光建精通英语,所有的译本均通过英语译本。

建选译,上海金马书堂 1930 年初版;①改书名《〈秘密结婚〉及其他短篇小说七篇》,华南出版社 1937 年出版。

内收《馋嘴妇人》《黑金钢钻》《某宫秘史》《议员情调之结果》《疑狱》《大出殡》《秘密结婚》七篇,译本均译自英国出版的《奇异小说集》(Queer Stories from Truth)一书,[英]格伦维尔·默里(Grenville Murray,1824—1881)著。② 小说均根据真人真事脱胎而来,情节奇而不离,怪而不诞,原作者都是英国当时社会名流大家,但因某种原因故意隐去了真姓实名。此列举其中三篇提要:

一、《馋嘴妇人》(The She-Epicure)。原著者不详,该篇讲述一位三十岁左右、一味消遣过日子的比得查林,向巴拉·米弗小姐求婚,巴拉的父亲告诉比得,自己的女儿有一个缺点,就是特别能吃,比得认为能吃并非缺点。结婚后,比得发现各个店铺送来的账单确实不少,但是两人吃吃喝喝,越长越胖,彼此谈论的话题就是谈饮谈吃。巴拉为了做好菜肴,把比得的讲稿剪碎了,于是比得借此发火,指责巴拉晚餐前还要吃插电冰激凌。受到批评的巴拉大哭,脾胃受到打击,满脸的愁容,并因此晕倒中风去世。比得为此伤悲不已,请厨师预备一顿美餐纪念巴拉。在预备面包夹鹅肝冻时,厨师不清楚巴拉生前是否放芥末,比得认为可以放,结果裹了缠尸白布的巴拉在棺材里两眼放光地说道:绝不能放芥末! 比得迅速下跪,赶快请厨师拿点最好的东西来。从此以后,比得只能一切都听太太摆布。

---

① 金马书堂,由早期中共上海地下党员、吕增祥的四子吕季超(1898—1932,或作吕彦介,字季刚),用继承自吕彦直的遗产所开设的出版机构,以印刷厂来掩护地下工作。推出的图书有戴望舒翻译的莎士比亚的著作《麦克倍斯》,高希圣、郭真著《各国社会党史纲》等。参见《吕彦直的家族成员》,https://zhidao.baidu.com/question/1577622725319362620.html,2019 年 9 月 21 日检索。

② 格伦维尔·默里(Grenville Murray,1824—1881),英国新闻记者、作家。白金汉第二公爵的理查德·格伦维尔(Richard Grenville)的私生子。曾在牛津的赫特福德学院(Hertford College)接受教育,后通过帕默斯顿勋爵(Lord Palmerston)的影响进入外交界,1851 年起任职于英国驻维也纳大使馆,曾任英国驻维也纳和君士坦丁堡外交使节随员,后任驻敖德萨总领事。其新文体的写作方法为反映社会上的里巷杂谈开创了一条新路。代表作有《流浪的英国人》《法国新闻出版史》及《小布朗》等。参见《素弟的新娘子》(Mr. Soday's Bride),收入《伍光建翻译遗稿》,页 123—132。

二、《某宫秘史》(The Pricess' Consort)。原著者不详,该篇讲述欧洲某大陆小邦的宫闱秘事。女主阿提米年轻时长得还算貌美,但脾气执拗,母后为其择婿,私产丰厚的欧洲各国的王子王孙求婚者被一概被拒绝。她说任何地位与其相等的均不嫁,她要选择的丈夫是愿意给她作附属品的。十八岁不到,母后去世,她成功继位。其亲信、女侍克士华希望嫁给林各吉伯爵,被阿提米一口拒绝。不久之后,她在克士华这里看到丙国的威廉王爵的照片,一见钟情,要求克士华为她牵线搭桥。而克士华已经爱上威廉王爵,但慑于女主阿提米的淫威,只能让他俩成婚。结果威廉与克士华当着女主面公开眉来眼去,导致女主与威廉当着侍从的面公开打斗。消息外传,一家报馆作了报道,遂被斥为乱造谣言。女主为了防止克士华与威廉眉目传情,决定让克士华嫁给林各吉伯爵,并让后者出任驻伦敦使馆一等秘书,并给克士华五十万马克作嫁妆。其实这是克士华、林各吉为达到彼此成婚的目的与威廉一起策划的一个局。

三、《秘密结婚》(A Clandestine Marriage)。原著者不详。该篇讲述麻查理大佐的儿子不幸去世,但不久有一位木匠来找他,称自己的女儿曾秘密与其子结婚,并生下一个儿子,并提供了结婚证书。麻查理决定请状师(律师)布尔帮助调查,状师调查过程中发现麻查理的儿子有一个随行侍从约瑟·倭特士,遂在《泰晤士报》等告白寻找倭特士。倭特士写信证明麻查理儿子的婚礼上他也在场。不过当麻查理与倭特士见面时,倭特士又说自己缺钱,希望麻查理给他一千英镑可以说出真相,并使麻查理摆脱困扰。同时,木匠父女也来找麻查理,说他们见到了死去的麻查理的儿子,但所说的装束和特征却与倭特士相符。事实上倭特士很爱木匠的女儿,借用他主人的姓名求亲,从而造成之前的乌龙。

小说前有庚午(1930年)七月署名仙吕的序言:

> 这本书内凡短篇小说七篇,都是从英国出版的 Queer Stories from Truth(奇异小说集)里择译出来。这部书有很多本,是 Truth 报上登载的小说单行本。
>
> 《诚报》(Truth)是英国有名的报纸,是一个很有钱的人所

办,是一个名副其实的报纸。报上所载的新闻都务求真确,批评尤其真切。就便是这些小说,都不是妄诞无稽的作品,的确都是当时实在的事情,或者是当时有权势的人,或者是相识的人,有种种原因不能公然发表,都借小说来宣布。或竟也有许多是寻常的趣闻,当作新闻登载没有什么味道,也把来作成小说。

这些小说的文笔结构都非常流利精巧,因为都是根据事实,所以情节奇而不离,怪而不诞,没有一点勉强牵凑的毛病。这些小说虽然很受人欢迎,作者虽然都是一时知识之士,但是因为隐着姓名,所以还没有人认为佳作译了出来,而且原本在中国是不经见的。

这本书的译者,伍光建先生,是不必我们介绍的了,他译这篇小说的动机,是由于偶然看了这些小说,非常觉得有趣,于是就一连译了好几篇(有两篇编入黎明书局初版的《旧欢》中)。

伍先生译这几篇已有好几年了,精力既满,文笔当然极酣畅,兴趣既高,神气也就愈完足。他本来是长篇小说的大手笔,对于这些短篇小品,当然游刃有余,毫不费力的一气呵成了。

现在出版界充满了外国语化的白话文,教读者闹得头昏脑晕,还是看不明白。便是意思都不能充分表现,到哪里去领略神气呢?这样的译笔要介绍外国学术书,已足以多费读者的神思和阻碍读者的兴味了。何况文艺是要在字里行间表现出无穷的神气来,这不但译笔,就是一般创作也是如此。这个缘故,大半由于作者不会说国语。

一个中国人,那有不会说中国话的呢?要知道方言的区别极大,尤其江浙两省的方言,和国语的句法大不相同。一般读者怩于乡土,就产生了那半吊子白话文来,实在看着吃力。

再把这半吊子白话去拙译外国文字,结果应当如何?无论译者的外国文字怎样深究,也是词不能达意,那般外国文字也是半吊子的双料半吊子,也就不必谈了。

伍先生的外国文是极其精深,若没有国文国语精深娴熟的根底,是决不能作出这样的文字来。

这不是捧我们伍先生,也不是介绍这本书,不过因这本书而引起对一般作者的希望,便是不要苟且从事于译著。至于读者,当然会具有选择的能力。

这本书原稿未经标点,是我们代为分段句读,也许有很多错误,只好待以后的改正。①

023‑23 浮华世界

《浮华世界》(Vanity Fair: A Novel without a Hero,今译《名利场》),英国萨克雷著,②商务印书馆1931年10月初版,1932年11月国难后一版,编入"世界文学名著"。1935年9月编入"万有文库"第二集。上海三联书店"民国世界文学经典译著·文献版",2018年。("外国文学"分册,页68)该书是在中国译介的第一个节译本。③

萨克雷是英国维多利亚时期的一位重要小说家,和狄更斯合称"小说双杰"。《名利场》是其长篇小说的经典代表作,作者除了描述温馨的感情外,尤其擅长用戏谑活泼的笔法,讽刺人事,使书中的角色跃然纸上。一段平凡的故事在戏谑、幽默的笔触下发人深省。伍光建作为该书第一位中文节译本的译者,伍译本还算神龙活现地刻画了家庭女教师以瑞比卡·夏普,这个浮沉于19世纪社交界的交际花,在名利场中

---

① 伍光建选译:《〈秘密结婚〉及其他短篇实事小说七篇》,金马书堂,1930年,页1—4。
② 萨克雷(William Makepeace Thackeray,1811—1863,今译威廉·梅克比斯·萨克雷),英国作家,出生于印度加尔各答,其父是任职于东印度公司的英国人。1817年父亲去世后,他被送回英格兰继续就读于私立小学,随后又转入查特豪斯的一所公立学校,在那里经常受人欺侮和鞭打。1829年进入剑桥大学三一学院,在剑桥大学只待了一年多就离开,没有取得学位。其早期小说有的描绘上流社会各种骗子和冒险家,有的讽刺当时流行的渲染犯罪行为的小说,主要有《当差通信》(1838年)、《凯瑟琳》(1840年)、《霍加蒂大钻石》(1841年)和《巴利·林登的遭遇》(1844年)。代表作《名利场》于1847年开始在《笨拙》杂志连载,副题是《没有英雄的小说》,不以一个出类拔萃的英雄为主角,连正面人物也很少。他主张小说应当描摹真实,而当时风行的一些小说却很不真实,因此他写了《名作家的小说》(1847年),模仿取笑风行的几部小说。杂文有《势利者集》,讲稿《十八世纪英国幽默作家》等。参见上海辞书出版社编《外国人名辞典》,页474。
③ 叶新在《19世纪英国著名作家的代表作中英出版时间差统计》中称《名利场》中译本出版时间在1957年,显然漏记了《浮华世界》的伍译本。参见氏著《简·奥斯丁在中国》,清华大学出版社,2020年,页6—7。

的冒险,她大胆泼辣,为求名利不惜代价,是英国小说中描写最为生动的文学形象之一。伍译节本译文存在一些误译、漏译和多译之处,与原文颇有出入。但将这一足以容纳一幅浩瀚社会全景的小说译介过来,还是贡献卓著,为人称道的。① 该书有作者自序,茅盾指出伍光建根据的英译本系美国赫次堡(M. J. Herzberg)节本,再加以删节。英译本已有删节,伍光建更是选译了其中的若干回。

第一回　吉西米勒
第二回　沙普本姐和塞力小姐预备同世界开仗
第三回　利贝克遇敌
第四回　绿丝囊
第五回　我们的多宾
第六回　服克斯和尔
第十四回　克洛里小姐见客
第十五回　利贝克的丈夫出现一短时期
第十六回　插针包上的一封信
第十七回　多宾怎样买了一座钢琴
第十八回　多宾拍买的钢琴是谁弹呀
第二十二回　结婚　一部分的密月
第二十五回　重要人物都以为该离开布来屯
第二十六回　在伦敦与茶坦木之间
第二十八回　阿力米亚到荷兰
第二十九回　"我撇下的女子"
第三十回　约瑟塞德力招呼他的妹妹

---

① 学界以《浮华世界》为例,讨论伍译优劣处的论文甚多,如:张莉、李凌子:《误译 漏译 多译——小评〈浮华世界序〉伍建建先生中译本》,《北方文学(下半月)》2011年第1期;朱荣荣:《伍光建先生译文评析——以〈浮华世界〉为例》,《新校园》(理论版)2015年第6期;罗乐:《从〈浮华世界〉到〈名利场〉》,《时代经贸》(学术版)2008年第6期。或有专门讨论伍译《浮华世界·作者自序》,参见吕帆《关于伍光健〈浮华世界〉序的翻译批评》,《大家》2011年12期;张瑞:《译作〈浮华世界〉中〈作者自序〉之翻译策略探析》,《文学界》(理论版)2012年第7期。

第三十一回　约瑟逃走　大战告终

第三十五回　寡妇和母亲

第三十六回　一年没得一文进款怎样过阔日子的方法

第三十七回　一年没得一文进款怎样过阔日子的方法

第四十回　克洛里氏承认贝克

第四十一回　贝克回去她祖上的老宅

第四十五回　在罕不什尔与伦敦之间

第四十八回　介绍读者入最好的社会

第五十三回　一场援救和一场祸事

第五十八回　我们的朋友多宾少佐

第五十九回　旧钢琴

第六十三回　我们碰见一个旧相识

第六十四回　说拉杂事

第六十五回　满纸都是事体和快乐

第六十六回　爱人的争吵

第六十七回　生死嫁娶诸事

茅盾曾经将伍译节本与原本进行对照，指出《浮华世界》和之前的《侠隐记》不同，《侠隐记》里没有整章的删节，而《浮华世界》删去了原书的第七至十三、十九至二十一、二十三、二十四、二十七、三十二至三十四、三十八、三十九、四十二至四十四、四十六、四十七、四十九至五十二、五十四至五十七、六十至六十二章，共计三十四章，约当全书之半。原著共 67 回，节本为 33 回。茅盾称以往读伍译的《法宫秘史》《续法宫秘史》，颇以为删节太多，不及《侠隐记》那样有精彩，然而与《浮华世界》比较，觉得还是《法宫秘史》较胜，他批评伍译节本应该依照"节本编制"的原则，把冗杂的章段缩紧，而不应当抽去完事，《浮华世界》的删节，"我们所得的印象是一本断手刖足的名著了"。① 《海光》杂志"新书介

---

① 茅盾：《伍译的〈侠隐记〉与〈浮华世界〉》，载《文学》1934 年第 2 卷第 3 期。转引自《茅盾文艺杂论集》（上集），上海文艺出版社，1981 年，页 416—423。

绍"中推荐的文学作品,就有萨克雷著《浮华世界》。① 其实伍译《浮华世界》的译名完全不输《名利场》,2003 年由韩凯臣(Kaichen Han)导演的彩色影片仍以《浮华世界》为名。

024 - 24　洛雪小姐游学记

《洛雪小姐游学记》(Villette,今译《维莱特》),英国夏罗德布伦忒②

---

① 有学者统计了上海商业储蓄银行图书馆 1933 年和 1934 年不同月份借阅图书分类统计表,并进行了系统整理。从统计数据来看,借阅小说、传记、文学类的最多,其次是社会科学类书籍。关于银行以及经济金融的书,都归在社会科学里。《海光》杂志几乎每期都会推出一个小栏目,即"新书介绍"。作者对 1934 年 6—11 月的新到书目作了统计,其中,6 月推荐中文书 47 种、英文 48 种,7 月推荐中文书 45 种、英文 26 种,8 月推荐中文书 52 种、英文 7 种,9 月推荐中文书 48 种、英文 7 种,10 月推荐中文书 28 种、英文 23 种,11 月推荐中文书 65 种、英文 10 种。六个月合计推荐中文书 285 种、英文书 121 种。其中,英文书籍的品种占了相当大比重。"新书介绍"推荐的中文文学作品,大部分是当时闻名一时的名作,如《秋天里的春天》(巴金)、《心病》(李健吾)、《妇心三部曲》(施蛰存)、《铁甲车》(戴望舒译)、《小坡的生日》(老舍)、《如薤集》(沈从文)、《一只手》(郭沫若)、《反攻》(张天翼)、《超人》(谢冰心)、《南北极》(穆时英)、《前路》(谢冰莹)等;亦有一些译作,如《浮华世界》(伍光建译)等。《海光》上有文章评述小说在职员中受追捧的原因:"银行职员的生活,太枯寂了,借此调剂,对于身心,都有极大的益处。从积极方面说,有一大半人,国文的通顺,不由于诵习教室内所讲解的书,而由于偷闲阅看小说。小说里边的悲欢离合,赤裸裸地表现着人生的片段,又最足以增加吾们的经验。从消极方面说,津津有味的看小说,至少可以少打几圈麻雀,减却几次无谓的酬酢,较之任何劝诫,更有效力。"参见《一个月来的图书馆》,转引自刘平《求知|民国时期的银行职员在读哪些书?》,澎湃新闻,2019 年 3 月 18 日。

② 夏罗德布伦忒(Charlotte Bront,1816—1855,今译夏洛蒂·勃朗特),生于英国北部约克郡豪渥斯的一个乡村牧师家庭。母亲早逝,8 岁的夏洛蒂被送进一所专收神职人员孤女的慈善性机构——柯士桥女子寄宿学校。15 岁进入伍勒小姐办的学校读书,几年后又在该校当教师。后来曾辗转做家庭教师,最终她投身文学创作的道路。1847 年出版长篇小说《简·爱》,轰动文坛。1848 年秋至 1849 年其弟和两个妹妹相继去世。在死亡的阴影和困惑下,她坚持完成了《谢利》一书,寄托了她对妹妹艾米莉的哀思,并描写了英国早期自发的工人运动。所著《维莱特》(1853 年)和《教师》(1857 年)两部作品均根据其本人生活经历写成。勃朗特姐妹作品的第一个全文译本——艾米莉·勃朗特(Emily Brontë)的《狭路冤家》(Wuthering Heights,今译《呼啸山庄》亦由伍光建于 1930 年译成,之后伍光建在 1932 年译出夏洛蒂·勃朗特《洛雪小姐游学记》(Villette),1935 年发表了《简·爱》节译本《孤女飘零记》,伍光建堪称是勃朗特姐妹作品在中国传播的功臣。参见冯茜《英国的石楠花在中国——勃朗特姐妹作品在中国的流布及影响》第二章,中国社会科学出版社,2008 年。

著,商务印书馆 1932 年 11 月初版,1933 年 7 月再版,列入"世界文学名著"丛书。("外国文学"分册,页 71)台湾商务印书馆,1971 年。上海三联书店"民国世界文学经典译著"文献版,2018 年。该书是夏洛蒂·勃朗特所著小说在华出版的第一个中译本。①

《洛雪小姐游学记》原著凡四十回,50 万字左右。全书四十回:一、比利屯,二、朴理纳,三、嬉戏的同伴,四、玛士孟小姐,五、新生计,六、伦敦,七、维理特,八、玛当贝克,九、伊西多,十、约翰医生,十一、看门的小屋子,十二、匣子,十三、不合时的喷嚏,十四、庆贺生日,十五、放长假,十六、旧友重逢,十七、比列屯夫人的住宅,十八、芥蒂,十九、观画,二十、音乐会,二十一、反动。以上为上册,以下下册:二十二、约翰的信,二十三、瓦实地,二十四、巴桑披,二十五、伯爵小姐,二十六、葬信,二十七、克里西大旅馆,二十八、表套,二十九、保罗先生生日,三十、保罗先生,三十一、女神,三十二、第一封信,三十三、保罗先生请客,三十四、圈套,三十五、订交,三十六、失和,三十七、阳光,三十八、黑暗,三十九、新知故交,四十、欢乐夫妻。

伍光建在"译者序"中写道:

> 夏罗德布伦忒撰《孤女飘零记》之后,又撰《洛雪小姐游学记》,后六年刊行,此两作齐名,或谓后作胜过前作,其描写爱情,不如前作之如火如荼,而更为深刻,其用意也迥不犹人。书中人物颇多,作者皆能传其神,无不活现于纸上。有批评玛铁努小姐,谓书中女人,无不犯恋爱病者,则未免言之太过,其实不过借此以剖解心理,为今日小说家开风气之先耳。民国十五年夏至日新会伍光建序。

1932 年年底《申报》有商务印书馆"日出新书一种"的广告称:

《洛雪小姐游学记》,Charlotte Bronte,*Villette*(世界文艺名

---

① 参见冯茜《英国的石楠花在中国——勃朗特姐妹作品在中国的流布及影响》,中国社会科学出版社,2008 年,页 43。冯氏认为伍译《洛雪小姐游学记》没有再版过,显然不确。

著),译者伍光建,版式六开本二册,定价一元八角,邮费五分挂号八分。内容提要:夏罗德布伦忒,为十九世纪英国最有名之女文华家,本书为其杰作之一,描写爱情,极为深刻,用意亦至卓越出群。书中人物颇多,作者绵能传其神,活现于纸上。现经伍先生译成中文,全书计二十余万言,文字畅达可诵。①

梁实秋有长篇书评,评伍译《洛雪小姐游学记》:

  伍先生是著述界的老前辈,对于翻译尤有贡献,所以我在未读他的译品以前,心里先就有了敬仰之意。伍译的小说很多,批评他的都说他的译笔流利,酣畅有余,这是一个显然的优点,凡是读过他的译本的人都能明白看出的。但伍译还有一个优点,便是他的选择很严。凡是他所翻译的小说,都是有些本身价值,值得介绍的。这本《洛雪小姐游学记》,是维多利亚时代英国一位女作家的最成熟的一部作品,在英国文学上享有盛名。其中有许多事迹是作者亲身所经历的,描写得非常深刻。它的结构,亦甚紧凑,更多有趣的穿插。因为字里行间不乏讽刺的意味,所以对话总是技巧而有趣。伍先生译这部书,充分表示了他所绝对不嫌缺乏的优点。但为求全之故,评者还想指出一些缺陷:第一是序文太短,未尽介绍之职。须知一个细心的读者,拿到一本好的作品,总要知道它的作者是谁,背景如何,因为这些可以增加他的研究兴趣。伍序仅百余言,对于这些未能顾及,甚至于使读者读了以后还不知道作者是男是女,确是美中不足之点,令人觉得遗憾。第二是删削太多,不免潦草塞责。大概伍先生还有一点好孩子脾气,喜欢追求故事的结果,所以赶快的要看结局如何,能缩短的便缩短,你那个跳过的便跳过,只要不妨害故事的进行,那么,丢掉若干字句或段落,满不在乎。除在一处(第三

---

① 《申报》1932年11月29日,第3页。

十六回末尾)声明不照译之外,对于其他的被弃部分,伍先生都很慷慨,一律不加说明的随便割爱!但是"仁者见仁,智者见智",伍先生所认为不妨牺牲的废物,有许多,从我们看来,却是很好的描写,或且流露着原著所愿表示出来的意见,经过了这样的翻译与删节,原作不免为之减色,似乎有点可惜。第三是性情太急,不耐覆按,以致字句尚有误译,就是欠妥欠通的地方亦属不免。对这一点,换了一个别的译者,我们尽可不说,因为倏忽之处,不过偶尔发现。第四是译本不用新式标点,以致原来的语气,多少不能充分表现。至于分段之不全照原文,我们可以视为当然,因为译者既把原文任意删节,便不能不把剩下来的断片酌予以并合。

接着梁实秋介绍了著者的生平,然后略述《洛雪小姐游学记》的故事纲要,认为或有引起读者兴趣的功效,最后大略指出伍译的错误遗落,以供读者参考。① 梁实秋在书评中介绍了该书的大概情节,认为这是夏洛蒂·勃朗特的最后一部作品,无论是创作思想还是艺术手法,都比以前的作品更为成熟。全书围绕女主人公洛雪小姐叙述。她是一个脾气古怪、有决断、能吃苦的女子,她一生都在外面流浪。她在干娘比列顿夫人那里遇到了其亲戚朴理小姐,相依为命的父亲离开后,她把自己的感情专一到比列顿夫人的儿子、十六岁的伽林身上,不久伽林随其父回去了。可惜两人青梅竹马的相伴只刚开了个头,洛雪也被接回到了父亲的身边。八年后洛雪到玛士孟小姐处做保姆,但不久玛士孟小姐去世,她不得不从乡下地方去到了伦敦,又从伦敦去讲法语的维莱特做女子寄宿学校的英语老师,在那里她遇到了保罗。夏洛蒂在书中写的几个不同女人,都与洛雪的选择形成了对比。玛士孟小姐因为一段爱情而孤独终身,永远回忆,最终成为枯槁的、毫无生命力的老人。因为一个偶然的机缘,洛雪重新与比列顿夫人相聚,并且认出了约翰医生便是少年伽林,十年之后他们重新

---

① 梁实秋著,陈子善编:《雅舍谈书》,页410—417。

亲近。保罗是一个执拗爽直而又热情的人,洛雪也渐渐窥见他的纯洁质朴,他们虽然经常吵架,但却越吵越互相了解。保罗的形象却是拜伦式英雄的转化,是一个内心受到创伤而被女性化的男性,他关注女性社会地位,注重女性的自我实现。保罗与洛雪的恋爱则呈现出与众不同的一种方式,经历了种种困难,最后洛雪与保罗结婚。该书的女主人公洛雪从许多方面看来,就是夏洛蒂·勃朗特本人的真实写照,应该说是经过艺术加工后的夏洛蒂的主要经历;洛雪用第一人称给读者所说的话,应该看作夏洛蒂对世人倾吐的心声。① 叶维在评论伍译《洛雪小姐游学记》时,概括了伍译删削的特点:"凡是他所译部分,都是非常浅显:稍微深刻或复杂一点的句子,都被漏译。如'解剖心理'(即心理描写)和描写风景的句子,无一不在淘汰之列;所剩下的,只是一个故事的钢筋水泥,砖石都已拆去。"②

杨家骆对伍译亦有评论,所据多依梁实秋的书评:

> 《洛雪小姐游学记》(Villette)在"世界文学名著"内。伍光建译。伍先生是著述界的老前辈,对于翻译尤有贡献,所以我在未读他的译品以前,心里先就有了敬仰之意。伍译的小说很多,批评他的都说他的译笔流利,酣畅有余。这是一个显然的优点,凡是读过他的译本的人都能明白看出的。但伍译还有一个优点,便是他的选择很严,凡是他所翻译的小说,都是有些本身价值,值得介绍的。这本《洛雪小姐游学记》是维多利亚时代英国一位女作家的最成熟的一部作品,在英国文学上享有盛名,其中有许多事迹是作者亲身所经历的,描写得非常深刻,它的结构,亦甚紧凑,更多有趣的穿插。因为字里行间不乏讽刺的意味,所以对话总是机巧而有趣。③

---

① 上海三联书店 2018 年有新版,列入"民国世界文学经典译著"。该书 1987 年有谢素台新译本,1994 年又有吴钧陶、西海新译本。
② 叶维:《再评伍光建译〈洛雪小姐游学记〉》,《图书评论》1933 年第 2 卷第 3 期,页 40—53。
③ 杨家骆:《民国以来出版新书总目提要》,页 458。

025‑25 夺夫及其他

《夺夫及其他》,英国哈代等著,伍光建与黄维荣合作编译,上海黎明书局1933年出版,即《旧欢》一书改名重版。收入商务印书馆编辑出版的《中国近代文学文献丛刊·汉译文学卷》第四十二卷,商务印书馆,2020年。

该书即《旧欢》(黎明书局1929年初版,作为"黎明文艺丛书"最早之一种)一书改书名、变更形式出版,收录《旧欢》、《离婚》、《心狱》、《夺夫》(哈代)、《圣水》(霍桑)5篇短篇小说。译本原文部分依据英国出版的英国格伦维尔·默里(Grenville Murray, 1824—1881) 著《奇异小说集》(*Queer Stories from Truth*)一书。

026‑26 喜剧二种:一. 审天帝(*Zeus Cross-examined*)、二. 鬼话第十章(*Dialogue of the Dead X*)

《喜剧二种:一. 审天帝(*Zeus Cross-examined*)、二. 鬼话第十章(*Dialogue of the Dead X*)》,希腊文学白银时代讽刺大师Lucian杰作,[①]

---

① 琉善(Lucian,约120—180),古罗马唯物主义者和无神论者,希腊语讽刺散文家。出身于叙利亚幼发拉底河畔一个贫苦的手工业者之家,少年时曾学过雕刻,后遍游小亚细亚西岸的以弗所、斯米尔纳等地,以及希腊、意大利等地,曾任律师、修辞教师、官吏,攻读了演说家、诗人和历史学家的著作,成为修辞学家。约164年到雅典定居,开始研究哲学,成了哲学家。其著作约有80种,讽刺古代社会瓦解时期各种宗教、哲学流派、修辞、文学等方面。恩格斯称他为"古希腊罗马时代的伏尔泰,对任何一种宗教迷信都一律持怀疑态度",其中也包括基督教。马克思指出:从琉善的作品中,可以看到当时的哲学家如何被人民看作是"当众出洋相的丑角,而罗马资本家、地方总督等如何把他们雇来养着作为诙谐的弄臣",古代希腊诸神也被他嘲笑得体无完肤。代表作《审天帝》《鬼话》,以及讽刺故事《伯列格林努斯之死》写流氓利用人们对基督教的信仰进行欺骗,《一个真实的故事》以荒诞不经的航海游记形式,讽刺当时的历史、游记、诗歌、哲学、考据等著作。琉善的作品反映了2世纪奴隶制社会开始瓦解时期奴隶主思想意识的崩溃,其散文风格轻快,富于机智,爱引用古希腊文学、历史、哲学中的辞句,也染上修辞的习尚。[古罗马]琉善著,罗念生、陈洪文、王焕生、冯文华译:《琉善哲学文选》,商务印书馆,1980年;林骧华主编:《外国学术名著精华辞典》(1),上海人民出版社,1987年,页517—518。

伍光建译,载《世界文学》1934年创刊号,①页27—35。

《审天帝》(又译《诸神的对话》)是西尼士克(Cyniscus,今译昔尼斯科斯)与薛乌斯(Zeus,即天帝,今译宙斯)之间的对话。昔尼斯科斯向宙斯提出了一系列尖锐的问题,反映了人间"善恶无报"的现象:如你到底为何要放过盗庙者、强盗,还有那么多无耻、暴戾、背信弃义之徒,却一遍遍地用雷轰一棵橡树、一块石头或一艘毫无过错的船的桅杆,还不时地击打一个老实、虔诚的路人?还有为何是苏格拉底而非墨勒托斯(Meletus)被交给十一人委员会;为何阴柔的萨达那帕罗斯(Sardanapalus)霸占了王位,而才华出众的戈刻斯(Goches)只因对他不满,就被钉死在十字架上?全篇以生动活泼的语言,剥掉了神的尊严。

《鬼话》(今译《死者的对话》)第十章是揆纶(Charon)和黑梅斯(Hermes)等诸鬼的对话,即《卡戎与黑梅斯的对话》(*Dialogue between Charon and Hermes*),从中可以看出2世纪的罗马社会业已沉醉于浮华生活,失去了以往奋发向上的精神,讽刺社会上的虚荣、欺骗、追求暴利的风气。黑梅斯(Hermes)是宙斯的儿子,专门给诸鬼送信、捧杯看门。

编者伍蠡甫撰有作者介绍:

> 琉善(Lucian of Samsata,一二〇—一八〇)做过雕刻师——他的舅父——的学徒,不当心打碎了一块云石板,挨了一顿打,偷着逃回家去。他梦中看见两个女人,代表雕刻和文学,各向他力说自家前途的美好,但他终于决定改走文学的路。他嘲笑人生的一切,他发现人过的日子和人掩饰着去过的日子,是绝然不同的两件东西。所以世上没有真和诚,他恨人,讽刺人,他深究哲学上许多

---

① 《世界文学》,1934年10月1日在上海创刊,伍蠡甫任主编,黎明书局出版。双月刊,设有评论、小说、论文、诗歌、译作等栏目,内容包括伍蠡甫单独翻译的《人谱》《凡尔哈仑的诗》《自传叙言》《可爱的剪影》《Carl Sandburg诗钞》《旷野之歌》《一个月夜》《人生的小故事三篇》《文章杂论五则》《诗一十六首》及与筱舟合译的《柏罗托里胡同》,与江之蕃选译的《Jean Francois Millet评传》等。仅仅出版6期,共1006页。1935年9月出版1卷6期后停刊。参见王桧林、朱汉国主编《中国报刊辞典(1815—1949)》,书海出版社,1992年,页258。

对立的思想,向他们一致鞭挞,尤以犬儒派最受他的攻击。他是怀疑者,弃绝任何的信仰。他十分注意修词,给人家写演说稿子,很能轰动,捉刀之费维持他的生活。晚年到埃及,据说当过代诉人,发了一笔财。他紧紧跟随雅典最好的模范——柏拉图及一群演说家——因此造成明晰通畅的作风,布满绝顶聪明的诙谐。麦加莱(Lord Macaulay)称他是雅典雄辩的俊语的末了一位大师。他责备人家不会用字,他说:"假使你从任何地方拾起一个生僻字,或者造出一个在你以为是好的字,你就使劲去应用它,并且你会认为一个大损失,假使你不能把它填在某一个空处,虽然有时候那里是绝不需要它。"他重要的著作有《鬼话》(Dialogue of the Dead)三十章,把来世、神道与以评价,断语都是"虚伪"。又有《信使》(True History)讽刺当时流行的游记的不实,他说自己到过月宫,冒险游过酒的河,干酪的山。这书影响后来的作家,有斯尉夫特的《伽利佛游记》(Swift: Gulliver's travels)、剌柏雷的《潘大古航行记》(Rabelais: Voyage of Pantagruel)和贝基勒的《往月中》(Cyrano de Bergerac: Journey to the Moon)。本文根据二佛勒氏(H. W. Fowler, F. G. Fowler)的英译本,二氏编订有《简约牛津字典》《袖珍牛津字典》《现代英语字典》(A Dictionary of the Modern English Usage)及《英语准则》(The King' English)等,是英语学的权威者。——F·W

027‑27 又男又女的特安

《又男又女的特安》,英国 Thornton Hall 著,①伍光建译,载《世界文学》1934 年第 1 卷第 2 期,页 247—254。

---

① Thornton Hall 是"笔名",其真实姓名为 William de Redman Greenwood(今译威廉·代·瑞德曼·格林伍德,1858—?),通常在作品中自称为"Thornton Hall, F.S.A.",其中 F.S.A.的全称为 Fellow of the Society of Antiquaries of London,即伦敦考古学会的会员。著有 Love Romances of the Aristocracy,Love Intrigues of Royal Courts,Romances of the Peerage 等。感谢马腾飞博士帮助查检!

Hall是律师,考古学会的会员,把欧洲历史上各代宫闱的秘闻,写成滑稽的、可笑的、可怕的故事。他对于淫秽的题材,能用十分谨慎通达的态度去处理。他有得意之作 Love Romances of the Aristocracy, Love Intrigues of Royal Courts 等等,本文译自后一部。它不是黑幕小说,更不是诲淫小说。它是很好的历史小说。——F·W

这篇小说是据历史故事改编的。主人翁特安是18世纪一个出名怪人,忽男忽女,有时是一个勇敢的军人,善用大刀,敌人见了闻风丧胆;有时却是一个迷人的美貌女人,看见她微露的脚踝就心醉了。有时他是一位富有外交手腕的严肃大使,有时又扮作一个首饰炫目的交际明星。他由男变女或由女变男。五十多年里,他一直是欧洲帝王的宫廷、贵妇的闺房、集市的茶楼酒馆里不断讨论一个隐谜。据说特安1728年10月出生于唐泥(Toonerre),一岁到四岁是男孩,四岁到七岁改扮女孩,七岁又改扮男孩,大学四年他是剑术和游戏的一把好手。获得法律学士后他成了一名律师。1749年其父临终前却称他为女儿。26岁的特安面目确如女子,于是他被法国路易十五的侦探长狄康悌王爵看中,改扮女子成为宫廷密探,为了和俄国伊丽莎白和好,特安就成了欧洲两大国之间的沟通者。俄国女皇为这位柔媚的女大使所迷恋,并被劝服帮助法兰西打赢了七年之战。第二年特安又以男性身份作为大使馆的秘书,受到了美妇们的恭维,但特安却上战场勇敢杀敌,屡获战功。晚年他在英国归隐,靠击剑谋生,不幸在与欧洲剑术名家圣乔治的比赛中失利。晚年贫困,靠当铺售物度日。1810年5月31日去世,据说遗体解剖证明特安是一个男性,但却有丰满的胸脯。

施落英编纂的《英国小说名著》,署名伍光建等译,上海启明书局[①]

[①] 启明书局1936年成立于上海,地点在福州路328号,创办人为世界书局的创始人沈知方之子沈志明。启明书局的读者定位,主要是中学生课外读物、工具书和一些世界文学名著的节译本,主要出版物有"苏联儿童文学丛刊"、《旧俄小说名著》、袖珍版《英汉四用辞典》等。抗战时期迁往桂林,抗战后迁返上海。1949年后以出版通俗读物为主,后并入通联书店。边春光主编:《出版词典》,页562。

1937年6月初版。该书为短篇小说集。其中除收入《又男又女的特安》(霍尔著,伍光建译)外,还收录《娱妻记》(哈代著,曾虚白译)、《迁士录》(高尔斯华绥著,傅东华译)、《手与心》(恩盖尔夫人著,胡仲持译)、《一套美丽的衣服》(威尔士著,胡仲持译)、《自杀俱乐部》(史蒂文生著,丰子恺译)、《一个穷的绅士》(吉辛著,朱湘译)、《半天玩儿》(赫胥黎著,徐志摩译)、《新娘之梦》(费尔坡兹著,叶启芳译)、《幸福王子》(王尔德著,徐志摩译)等11篇。上海三联书店,2018年。

028－28　情痴

《情痴》(Saint and Sinner),①载《文学》1934年第3卷第1期,②页297—305。

该小说讲述著名的画师保罗带着未婚妻来参加托尔博夫人的聚会,遇到了美貌多情的玛治——华能爵士的妻子,两人很快在彼此的谈话中找到了知音。托尔博夫人邀请玛治演奏提琴,却被玛治婉拒了,但是玛治却邀请保罗第二天去其家,单独演奏给他听。玛治娴雅、温润的态度吸引了保罗,她的演奏也是极能打动人的,但是玛治却不愿意为丈夫演奏。两人不久深陷情网,玛治邀请保罗一起去海边避暑胜地亥士丁。两人的恋情被玛治的姐姐发现,保罗对两人的爱情表示忏悔,而玛治认为两人没有什么过错,她说:"讲到爱情,圣人同罪人没有分别。"玛治认为保罗说这样的话还不如杀了她。保罗对自己的话表示后悔,但为时已晚,玛治吃了很多安眠药离开了人世。

---

① 原文选自英国出版的《奇异小说集》(Queer Stoies from the Truth)一书的第九集,[英]格伦维尔·默里(Grenville Murray,1824—1881)著。
② 《文学》,月刊,1933年7月1日在上海创刊。主编郑振铎、傅东华。设有社谈、论文、创作、翻译等栏目。1937年11月出至第9卷第4期因上海沦陷而停刊。参见王桧林、朱汉国主编《中国报刊辞典(1815—1949)》,页241。

029-29 母子之间

《母子之间》，英国哈代著，伍光建译，载《世界文学》1935年第1卷第3期，页401—409。

哈代短篇小说的杰作。主角母亲是村子里没有文化的侍女，是拓华柯牧师的侍女。拓华柯牧师娶出身微贱的素菲为妻，后来也给牧师造成极大的困扰。于是牧师教授素菲断文识字，学习文法，且与牧师有了共同的儿子仑多符。牧师去世后，作为寡妇的素菲无所事事，经常会想起年轻时追求过她的阿三，并且两人又因缘重逢。不过素菲觉得自己是牧师太太，不能与没有身份地位的阿三过于亲热，结果两人还是坠入情网。在英国最有名的一所大公学读书的儿子则认为母亲如果再嫁也应该嫁给上等人，而不是阿三这样贩卖鲜果的下等人。儿子对母亲说了很多轻蔑的话，并让母亲在十字架前发誓不嫁给阿三。儿子尽管成了牧师，学问成了，但人道主义则全然没有了。

伍蠡甫对哈代与小说有如下评论：

Hardy(1840—1928)是维多利亚朝文学的末了一位大师。他描写人生的一个原则，这个原则使从明暗两面表示着，明面是两性，暗面是自然的、宿命的力量。他毕生努力探寻命运的动律，但是其中的经过是如此，世间两性关系下悲惨丑态，引起这位诗人的苦闷，这位诗人因为没有深入社会基础的目光和知识，所以对于这些苦闷的解答，一齐诉诸命运，而命运的如何运转乃成小说的中心了。我们如果在他的作品里排除这宿命的气味，单看他用什么手腕描写两性的交涉，我们不能不叹服他的神技。两性间的缺憾和种种遗恨，从他笔下投入我们的血髓。凡在现代制度之下遭受这般伤痛的人，更会情不自禁，流着同情的心泪。Hardy的头脑虽然陈旧，他的心肠却是热烈，纵使宿命观笼罩他的一生。他的作品是十九世纪末欧洲资本主义文化的产物,那些作品更因为他的深刻的笔墨而能直投读者的心间。他捉着时代,但他不能推进时代,这自然是为了宿命观的障碍啊!本篇是他的短篇杰作。所谓儿子否认母亲再醮的可能,只存在男性的家长制度中。并且这否决的动机亦非由于母子多年相依难舍的感情,而是完全为了有损男家长的尊严。至于素菲嫁给拓牧师,也是发于社会制度给一般女子造成的仰攀的势利心,结果逃不了悲剧。设从爱的一元讲,阿三可算是英雄。他以蠢动展开他的恋爱史,以诚笃作收场;虽然她始终没有达到他的目的,作者已把他写成一个忠实可爱的人了。

自然主义反映的时代将要过去了。现在一切问题都急等着解答。所以像 Hardy 似地在写实之中着眼于自然的或宿命的伟力,也将成过去的作风了。我们在瞻瞩而且在计议未来的时候,不妨向着这位宿命论的大师,再度表示敬爱他的神技的意思。——F·W

030 - 30 故事(两则):一. 两个问题、二. 阿立比

《故事(两则):一. 两个问题、二. 阿立比》,俄国托尔斯泰(L. Tolstoy, 1828—1910)著,[①]伍光建译,载《世界文学》1935 年第 1 卷

---

① 托尔斯泰(L. Tolstoy, 1828—1910),俄国作家,出身于贵族家庭,1844 年入喀山大学东语系,攻读阿拉伯-土耳其语文专业,1847 年退学回故乡的自家地上作改革农奴制的尝试。1849 年在彼得堡大学参加法律系学士学位考试。1851—1854 年在高加索军队中服役并开始写作。1854—1855 年参加克里米亚战争。1855 年到彼得堡结识屠格涅夫和涅克拉索夫。1860—1861 年为遍访德国、法国、意大利、英国、比利时等考察欧洲文化。在伦敦结识赫尔岑,听狄更斯演讲,会见普鲁东。1863—1869 年创作了长篇历史小说《战争与和平》,以及里程碑式巨著《安娜·卡列尼娜》。19 世纪 70 年代末,其世界观发生巨变,写成《忏悔录》,80 年代创作了剧本《黑暗的势力》(1886 年)、《教育的果实》(1891 年),中篇小说《魔鬼》(1889 年)、《伊凡·伊里奇之死》(1886 年)、《克莱采奏鸣曲》(1891 年),以及短篇小说《舞会之后》(1903 年),1889—1899 年创作的长篇小说《复活》是他长期思想、艺术探索的总结。关于托尔斯泰生平,参见倪蕊琴《托尔斯泰生活和创作简表》,上海译文出版社编:《托尔斯泰研究论文集》,上海译文出版社,1983 年,页 525—560;早期研究可参见张闻天《托尔斯泰的艺术观》,《小说月报》1921 年第 12 卷号外《俄罗斯文学研究》。

第 4 期,页 599—602。①

第一则故事为《两个问题》,讲述有几个孩子在一条小溪旁发现一个东西,类似麦子,中间有缝隙有鸡蛋一般大,一个行客从孩子们手里买下,将之作为古董献给国王。国王请来博士,要他们解释是什么东西,博士们仅仅知道是一种麦子。国王要他们告知是什么年代、在什么地方出产这种麦子,博士们面面相觑,认为最好请教农夫。国王将同样的两个问题请教找来的农夫,这一似乎很老、脸色发白、驼背耳聋的农夫勉强听懂了国王的问题,表示未曾见过这样大的麦子,但可以询问其父亲。其父虽年纪大且耳聋,但较之儿子为好,仅扶一根拐杖,亦表示从未见过这么大的麦子,但是他听说其父说过少年时代的麦子很大。于是国王打发人将父亲的父亲找来,询问了同样的两个问题。结果,请来的祖父眼能见,耳能听,说话很清楚。他说自己多年前见过这么大的麦子,少年时代到处都是这么大的麦子,所种所收的都是这么大的麦子。国王还是提出两个问题:一是为什么以前有这么大的麦子,现在没有了? 二是为什么你儿子、孙子的身体反不如你健壮? 祖父回答:"这都是因为近来的人不肯自食其力,专靠他人劳力。从前的人们遵守上帝的法律过活。人们所有的都是自己的出产。"

第二则故事《阿立比》讲述一个富有、仁慈的农场主,深受自己的奴隶们爱戴。于是引起了魔鬼的妒忌,他指示一位名叫阿立比的牧羊奴隶,鼓动其他奴隶激怒主人,但其他奴隶并不受其蛊惑。阿立比决定亲自出马,他管理的绵羊是主人最喜爱的净种,其中有一头两角弯得很密的公羊是农场主最宝贵的,每当客人来参观时,主人总是会让大家来看这头值钱的公羊。那天客人来参观,主人要求阿立比将这头公羊捉住给客人表演,阿拉比却像一只雄猛狮子一样,闯入羊群,将这头公羊的两条腿先后折断,让它在客人面前哇哇乱叫,在一旁树上观战的魔鬼一时洋洋得意。客人们吃了一惊,主人也垂头丧

---

① 该文为复旦大学外文系外国文学研究室编《列夫·托尔斯泰著作中文译本及有关研究索引》所漏收。上海译文出版社编:《托尔斯泰研究论文集》,页 709—773。

气地黑着脸,一言不发。随后主人抬起头来,微笑地对阿拉比说:"你的主人吩咐你激怒我,但是我的主人的势力大过你的主人,我并不恼你,但是我要你的主人发怒。你怕我惩罚你,你久已想享自由;你既想自由,我今当着客人们的面还你自由。你喜欢往哪里就往哪里。"躲在树上的魔鬼咬牙切齿,沉沉地摔在了地上。

两篇文尾有伍蠡甫的附注:

> 所谓托尔斯泰的救世主义,并没有认清这恶世界的根本毛病,所以只有罗曼谛克的热忱,而没有什么具体的办法。托尔斯泰的夫人在她的《自传》里,给我们看准了托尔斯泰是怎样的一个人:"他追求真理的心情一天一天的尖锐化了。他总想把自己吊死了……那种反对现存的宗教、进化、科学、艺术的精神一天一天地强化,于是他就渐渐陷入惨淡的境地中……有一次他想要带着一个耕田的女人,秘密逃走,去开始新的生活;他对于这桩事,向我直认不讳。然而,早晨四点钟,他又回来了,他也不来看我,就倒卧在楼下他书房里的一张交椅上。"托夫人这天晚上恰巧要养孩子,肚里痛得厉害,却还跑下楼去看怎末样了。夫人记下来的是:"我不愿自己如何难过,我下楼去;然而他还是跟以前一样地惨淡,一句话也不和我说。那天早上七点钟,我们女儿亚历山大出世了。我永远不能忘记这一个六月的夜晚。"托尔斯泰的热忱使他没有片刻的安宁,他不知不觉地做出许多呆事,像似在舞台上演剧的一般:他补自己的靴子,他拒绝采用机器来耕田,他只使着木头锄犁、手转的打禾具等等。这里的两篇故事,也充分表示出他罗曼谛克的精神。——F·W

031-31 庇得和坎宁

《庇得和坎宁》,英国诗人瓦特·兰德著,①伍光建译,载《世界文

---

① 瓦特·兰德(Walter Savage Landor,1775—1864,又译沃尔特·赛维吉·朗德,(转下页)

学》1935年第1卷第6期,页829—839。

《想象对话》(Imaginary Conversations)是兰德最重要的多卷本散文著作,完成于1824—1853年间,书中假借古代人物两两对谈,泛论各种主题,以古喻今。其诗文风格从诗史到讽刺无不囊括,包括许多既清纯又强烈的歌词。作者借300多位历史人物和同时代一些名人之口,构思这些人物之间以及他与其中三位人物之间的近150场对话,海阔天空、饶有趣味地探讨各种话题。这些对话展现出的优美文笔、浪漫激情、丰富想象和深刻见解,奠定了他作为英国伟大文人的地位。本篇是《想象对话》中一章,庇得和坎宁两位的对话,主题是有关英国的政治和政局演进。本章两位对话的主角,一是庇得(William Pitt,1708—1778,今译老威廉·皮特),英国辉格党政治家、首相。其祖父罗伯特·庇得从印度发财回来,把威廉·皮特送到了剑桥大学,但他健康状况不佳,且越来越差,但仍能在第一骑兵禁卫团当掌旗官。可是其倾心于政治的朋友们——坦普尔家族、格伦维尔家族和利特尔顿家族——都以辉格党人的身份参加了政治活动,成了首相罗伯特·沃波尔的死敌。庇得27岁那年成为代表属于他祖父的老萨姆选区的议员。庇得开始向沃波尔进攻时,发表了一系列嘲讽得十分高明、抨击得十分凶狠的演说。庇得认为,英国应该鼓励贸易发展,贸易带来财富,而财富又加强了陆军和海军的实力。1754年,长期在议会占统治地位的辉格党群龙无首,作为辉格党少壮派的庇得认为这是他夺权的极好机会,他组织反政府力量,发表演说指责政府和王室的政策,以取得全国的支持。欧洲七年战争的最初几年,战争给英国造成了巨大的灾难。外交方面,法国获得了巨大的胜利,同奥地利结成了联盟。亲近国王的大臣都主张把主要兵力投入欧洲大陆战

(接上页)或作沃尔特·萨维奇·兰德),英国作家。出身贵族。个性极强,钟情于自然,热爱儿童、艺术。中年在意大利度过,那也是他最多产的岁月。精通罗马文学,许多著作都以拉丁文书写,再译成英语,追求语言的简洁、韵律,与当时的桂冠诗人华兹华斯同代。作品有抒情诗、剧本、英雄史诗,代表作为《伯里克利和阿斯帕西娅》(1836年)、《古希腊人》(1847年)、《英勇的牧歌》(1863年)等。参见陈国华、胡岑卉《从朗德〈一位老哲人的临终遗言〉诗的汉译看诗歌翻译中的变通》,《亚太跨学科翻译研究》2021年(第十一辑),页78—97。

场。1756年11月,庇得被任命为国务大臣之后干了五个月,期间招募了几个团的新兵,其中包括两个团的苏格兰高地兵。英国象征性地出兵支援汉诺威,以沿海袭击来驱逐陆军。但强大的英国海军却能够封锁法国的港口,切断敌方地中海舰队和大西洋舰队之间的联系。庇得的海上战略为建立一个商业大帝国奠定了基础。凭借制海权,英国舰队在世界各地占领法国的领地。七年战争中,庇得是英国的实际领导人,他的精力和战略眼光使得英国获得了一系列的胜利,改变了未来几个世纪的世界面貌。①

另一对话者坎宁(George Canning,1770—1827),英国杰出的政治家和外交家,父辈为爱尔兰地主。坎宁12岁进入贵族子弟学校伊顿公学读书,1787年进入牛津大学攻读法律。在大学里以思想激进闻名,他组织集会,发表演说。毕业后进入议会,全力支持小威廉·皮特内阁的政策,成为政治刊物《反雅各宾》周刊的撰稿人。1804年在海军部任职,1807年担任外交大臣,1827年坎宁出任首相。他既是一个孤立主义者,又是一个干涉主义者,也是一个民族主义者。虽然他担任首相的时间较之其他所有的首相都要短,但被认为在外交上作出了一系列明智的决策,为英国赢得了胜利。②

该篇文尾有伍蠡甫的附注介绍作者:

> Landor(1775—1864)是英国文坛的奇才,和Byron、Shelley一样,不愿恪守英国的习俗,他一生几乎全在意大利。他幼年议婚,偶有不合,便终身不娶。活到八十九岁,治学亦至老不衰。他少用解释,非有相当学识者不愿念他的作品。《想象对话》是他的杰作,假设希腊、罗马、埃及,以迄中世,意大利和当代大人物间的谈吐,处处都表露着它对人生尖利深澈的了解,以及嫉俗

---

① 参见上海辞书出版社编《外国人名辞典》,页143;赵子鹤:《威廉·皮特与七年战争》,广西师范大学硕士论文,2014年。

② 程西筠:"乔治·坎宁",朱庭光主编:《外国历史名人传(近代部分)》,中国社会科学出版社,1982年,页29—35。英文名字George Canning中误写为"Caning"。

者的讽刺。希腊的 Lucian 亦有《死者对话》之作(见《世界文学》创刊号)Lucian 盖引而伸之。他一生孤独,临死有诗一首:我不想抢夺什么——因为世上没有什么值得抢夺的,/我爱自然,其次爱艺术,/我在人生火焰前,烘热了双手;/火焰快熄了,我也准备着分手。——F·W

032-32 大鼓

《大鼓》,英国吉尔哈第(M. Gerhuande)著,伍光建译,载《经理月刊》1935 年第 1 卷第 1 期,①页 228—232。

小说以一个女性的第一人称作为叙事者。该女子是一个女性味十足的女人,其男友奥托(Otto)是铜乐器军乐队的鼓手。她感到不满的是奥托好像是鞋匠徒弟出身,瘦长的个子,打鼓不是正经的职业,显然只是一个小角色,她担心嫁给他,似乎世人就会忘记了她。但是奥托自信已经打了十二年的大鼓,虽算不上是一个好汉,自己非常投入,是真正喜欢当鼓手。乐队有一次演奏斯特劳斯音乐集中的杂曲,演奏得如同一篇有声响的进行曲,奥托的鼓声一路领先,好像有一场大欢乐走进了全体听众的生活。军乐队的鼓声感染了大家。奥托在女性的心中几乎成了出类拔萃的人物,成了一个英雄,是众人心中的领袖。

033-33 村学究所说的故事

《村学究所说的故事》,英国伽尔和第(Jahn Gahuarthy)著,伍光

---

① 《经理月刊》创刊于 1935 年 7 月,1940 年 9 月停刊,系国民政府军事委员会委员长行营经理研究会编辑的月刊,完整的刊名为《专门研究军需的经理月刊》。主编为蒋用宏(字道薄,江西人,清代乾隆年间戏曲家、文学家蒋士铨的第五代孙),其早年曾任职于江西萍乡文氏学校,20 世纪 30、40 年代辗转于上海、重庆等地。创刊号上刊有蒋介石、张学良等造像,开篇为张学良的《我所理想的经理刊物》。该刊发表有丰子恺的许多漫画,主题无一例外都与抗战有关,如《愚公》《地理教师》《大中华》《正义之矢》《醉卧沙场君莫笑》《和平之神》《行行重行行,会当绝凌顶》等。该刊末尾辟有"文艺"栏目,刊登一些小说或随笔。参见"全国报刊索引",https://baike.baidu.com/item/=ge_ala,查检日期 2022 年 11 月 2 日。

建译,载《经理月刊》1935年第1卷第3期,页171—179。

整篇小说分四回,以校长为第一人称展开叙述。第一回讲述第木斯(Thams)河畔一个小乡村年近50岁的校长,驼背,高度近视眼,自然无法应征去服军役。尽管天气很好,乡间很有光彩,但随着可怕战火的逐渐发展,千百万人要去送死,可爱的夏天之美景却与杀人之事携手而行。第一次世界大战初的八月,英德双方在比利时境内的孟司(Muns)交战。大战的消息已经传到第木斯(Thams)的小乡村,校长在乡村的小路上遇到了之前的一对年仅十六岁的男女学生吉米和贝提,看起来他们似乎在恋爱。女生贝提敏捷、自足,两只黑眼睛,一个好看的小脸;男生吉米是一个好孩子,脸上有雀斑,头略小,头发略带红色,一双蓝眼直直地看人。吉米主动过来和校长告别,说是准备去投军,校长说虽然嘉奖他的志气,但他毕竟还不到十八。第二回讲述1915年9月,校长在课堂上给学生讲述帝国的新闻,吉米来和校长告别,称部队要起程去法国,并说自己已经与贝提结婚,尽管他们尚未成年。第三回,战争仍然没有结束,贝提来给校长看三四封吉米的来信,不久贝提怀孕,接着要分娩了。吉米回来探望贝提,但他没有得到军队的许可,于是被警员追查,吉米挣脱了贝提的搂抱,跟着抓捕他的卫队走了。第四回叙述随营的牧师给校长来了一封信,告知吉米被枪毙的噩耗,军事裁判所给定吉米的是弃军潜逃罪。

034-34 孤女飘零记

《孤女飘零记》(*Jane Eyre*,今译《简·爱》),英国夏罗德·布伦忒著,① 商务印书馆1935年12月初版,1936年2月再版,收入《万有

---

① 夏罗德·布伦忒(Charlotte Bronte,1816—1855,今译夏洛蒂·勃朗特)的《简·爱》(*Jane Eyre*)通常被认为是第一部真正的现代小说。这部小说采用半自传体形式,于1847年出版,署以男性笔名"柯勒·贝尔"。1925年,周瘦鹃最早将《简·爱》译成一个轻松愉快的故事。1935年,伍光建出版节译本《孤女飘零记》,扩大了小说的知名度。1936年,李霁野翻译并出版了《简·爱》的完整译本。时至今日,《简·爱》在中国仍然受到读者的欢迎和追捧。译者将主人公的姓氏Eyre翻译成"爱"也暗合了小说中(转下页)

文库》;1948 年 6 月七版,("外国文学"分册,页 71)1974 年台湾商务印书馆重印。另有 1977 年台湾"人人文库"版,2013 年吉林时代文艺出版社 2013 年新印本,上海三联书店 2018 年版(民国世界文学经典译著·文献版)。

(接上页)暗恋、婚姻的主题。伍译《孤女飘零记》翻译风格的特点不是全译,而是对原作进行了必要的删节,一些地方在不影响原文大意的情况下删略成分很多,伍译的删减仍是以不影响读者感受原作精髓为前提的。在字数上与同期出版的李霁野译本《简爱自传》比较,便可显见其删减的程度。或认为删、减是伍译本较之其他译本最大的特点,其在语言特色上,既具时代特征,又受到了其个人经历的深刻影响,尤其是他从政的经历,这些经历在一定程度上为其译作的个性、语言风格的形成提供了基础。尽管伍光建译本删节的内容很多,但是文章的语言、文脉的逻辑处处可体现译者的谨慎与仔细。从全书来看,译者还给每章添加了个标题,足见伍氏为读者花费的心思。在简洁的伍译本中,译者也并不是一味的删减,在一些人物个性的刻画方面,伍译本也有一些增补,如"简"说对当下"求婚"等话题不屑时,伍译用了"不过是献媚求亲(courtshi)"一词,这样的翻译充分体现了主人公"简"直率的性格,真实且不媚俗。这些灵活的意译,处处体现了译者以读者出发点来考虑的特点[参见刘伽《〈简·爱〉中译本评介:译作与经典名著的建构》,《湖南科技大学学报》(社会科学版)2010 年 9 月第 13 卷第 5 期]。或以为:伍译在动作翻译的处理上谨守时序原则,按照时间顺序排列两个简单的动作,改写成中文动词优势的句子,因此伍译相当符合中文认知原则,也符合大众语"听得懂,看得下"的要求。反观李译则大致按照原文顺序不加调整,有时只觉冗长,有时则有时序混乱的问题。李译大多照原文顺序,偶尔是可以接受的,但大多数都违反中文的语感,也就造成翻译腔。李霁野译本的连接词也比伍译多,以全书计算,伍译共出现 327 次"因为",李译出现 517 次;除以总字数(伍译全书字数 258 661 字,李译 321 988 字),伍译每 791 字出现一次"因为",李译每 623 字就出现一次;伍译明显较少使用"因为"这个连接词,较常利用语序的调整表明因果,因此简洁许多,也因此被茅盾评为"明快"。伍光建改变讯息顺序的情况是很常见的。可以说伍译的归化是表现在语法之上,而不是在用词或成语、典故之上。从 1935 年的分歧点一路走来,到今天各家如出一辙的欧化结构,也许并非读者之福。伍光建的译本的确略有删节,语句也没有原作层次分明(例如简爱舅妈那种上层人士虚假迂回的用语习惯,伍译并没有保留),但他对中英两种语言结构的差异极为敏锐,使得他的译作自然流畅,研究伍译不但可以更加了解中英语言认知结构的差异,在翻译教学上也多有启发。[参见谢美彬《〈简·爱〉两种译本的分歧点分析研究》,《湖北经济学院学报》(人文社会科学版)2013 年 12 月第 10 卷第 12 期]李今《伍光建对〈简爱〉的通俗化改写》(《中国现代文学研究丛刊》2014 年第 2 期)一文通过对读与辨析伍光建汉译本《孤女飘零记》之于原文本的缺失和改写,集中探讨了译者对于自然风景和人物描写的"节缩"是否如茅盾所说,原作全本的精神和面目是完全保存的问题。作者认为《简爱》深得《圣经》"比喻叙事"的精髓,其"自然风景"不仅隐喻神国,也隐喻小说人物及其命运。《简爱》以自传体形式叙说的不仅仅是一个爱情故事,更是"上帝之爱"的故事。由此为中国现代文学与汉译文学研究,提供了一个澄明经典化与通俗化翻译之根本区别的个案,以及有待开掘的通俗文学研究的一个新领域。

该书被认为是《简爱》最早的中文节译本。① 小说主人公 Jane Eyre 被译为"真亚尔"(书中简称"柘晤")。原著共 38 章,40 余万字,伍氏节译的文字共 32 万余字。有趣的是,伍氏采用的是章回体,亦是 38 回,每回且有标题,均用两字概括内容,依次为约翰、锁禁、病榻、泄愤、义学、海林、受屈、辩诬、死别、思迁、保姆、路遇、初见、谈心、救火、动情、炎凉、戏谜、算命、米申、姊妹、回家、订婚、驾驭、凶兆、变卦、生离、漂流、收留、栖身、村塾、探密、分财、拒婚、同感、横祸、感应、团圆。

书前有伍氏署以笔名"君朔"写的"译者序"云:

> 布伦忒(Bronte)氏有才女三人,长曰夏罗德(Charlotte),次曰某,又次曰某,皆能文。夏罗德最有名之作曰《孤女飘零记》[原名真亚耳(Jane Fyre)书中简称"柘晤"]即今所译者是也。初姊妹三人曾刊行诗集,而不见赏于时,仅售出二册。于是改撰小说,夏罗德最初所撰者曰《教授》(The Professor)投稿屡矣,而皆不售,最后则投稿某书肆,某君读之,知其必传,告以太短,不便刊行。时夏罗德已著《孤女飘零记》,属稿将半,及书成,仍投稿于此书店,某君更为赞赏,穷一日一夜之力,几废寝食,毕读其稿,毅然刊行之,果震动一时。世人始知有向不出名之大小说家出现,莫不争以先读

---

① 周瘦鹃的《简爱》缩写本《重光记》收入 1925 年 7 月上海大东书局出版的周氏翻译小说集《心弦》,而该译本又是周瘦鹃主编的丛书"我们的情侣"之四,其出版是周瘦鹃大规模策划"言情"系列的产物。这套丛书在最后一册《心弦》的版权页上署名"吴门周瘦鹃"编辑,致使有的研究者错认他是丛书全四册的当然编辑者,实际上,丛书第二种《恋歌》由傅绍先编辑,他辑录了胡适、刘大白、郭沫若、闻一多等 34 位新文学家描写两性爱情的抒情诗及少量的译诗。其余三种均为周瘦鹃编,第一种《情话》,内容主要选自朱彝尊、蒲松龄、王士禛、夏完淳、赵怀玉等明清文人,间采元代及近代的爱情词曲;第三种《爱丝》,为周瘦鹃从传奇、笔记、史书、府志等杂书中辑录的爱情轶事传说;第四种《心弦》,就是周瘦鹃缩译的西方爱情小说集。可见,周瘦鹃意在把中外有关两性爱情的文字辑录于"我们的情侣"之一炉。伍光建汉译的删节本《孤女飘零记》,1935 年 9 月由商务印书馆出版。李霁野汉译的《简爱自传》,1935 年 8 月 20 日在《世界文库》第四册上开始连载,但直至 1936 年 4 月 20 日第十二册续完,1936 年 9 月才由生活书店结集印行。鉴于前两种译品都是节译,李霁野本可以说是《简爱》在中国的第一个全译本,而非第一个译本。李今:《周瘦鹃对〈简爱〉的言情化改写及其言情观》,《文学评论》2013 年 1 期。

为快。美国人尤好其书,书肆且有乐出重赀,争先恐后预购其陆续所出之作。此作不依傍前人,独出心裁,描写女子性情,其写女子之爱情,尤为深透,非男著作家所可及。盖男人写女人爱情,虽淋漓尽致,似能鞭辟入里,其实不过得其粗浅,往往为女作家所窃笑。且其写爱情,仍不免落前人窠臼。此书于描写女子爱情之中,同时并写其富贵不能淫,贫贱不能移,威武不能屈气概,为女子立最高人格。是故此书一出,识者皆视为得未曾有,不胫而走,及知名之后,文人名士贵族,无不甘拜下风,争欲一识其面。惜乎文名既显,享年不永,嫁后未及一年而死,时年三十九岁,死后文人争为之作传,又立会收辑其遗文,片纸只字,皆视同至宝。其为世所敬仰,有如此者。民国十六年立夏日伍光建记。①

或以为伍译西方小说中的"译者注",主要有三种情况:第一,解释原语文化词,阐述其语言风格和叙事方法;第二,介绍小说背景、分析情节或人物形象;第三,挖掘小说的思想,做出价值判断,抒发作者感想。作为一种伴生文本,译者主要以读者的期待视野和主流意识形态为导向,这种导向有可能会对译文读者理解原作内容和作者意图产生一定影响。② 1937年1月16日,茅盾在《译文》2卷5期上发表了《真亚耳(Jane Eyre)的两个译本》一文,比较了伍译和李霁野《简爱自传》两种译本,认为李霁野"字对字"的翻译和伍译有选择的删节各有千秋,认为伍译的特点有三条:一是伍译《孤女飘零记》不是所谓"意译",而是忠实的直译者,他用自己尖利的眼光判断出原著中哪些是表现人物性格的,哪些不是的,于是进行缩小和节略的处理;二是景物描写和心理描写,往往加以缩减;三是与结构和人物个性无多大关系的文句,乃至西洋典故,往往加以删削。他称赞道:"伍先生的译作,我几乎全部读过;我常觉得伍译在人物个性方面总是好的,又在紧张的动作

---

① 《孤女飘零记》"君朔"译者序,商务印书馆"世界文学名著",页1—2。
② 肖娴:《翻译的文化资本运作——近代翻译家伍光建研究》,载《北京第二外国语学院学报》2016年第3期。

方面也总是好的。而对话部分，尤其常有传神之笔。"①

035 - 35 圣水

《圣水》(Dr. Heidegger's Experiment，今译《海德哥医生的试验》)，美国霍桑著，伍光建译，载《艺风》1940 年第 8 期，②页 144—153。

该小说描述了一场三位白头发、白胡子的老头子，分别是从一个富商沦落为穷光蛋的米特邦、喜欢寻欢作乐的陆军大佐克力古、破产的政客格士柯，另外一位是年轻时极为艳丽的老寡妇维雪理太太，饮用回春泉水后变作少年少女，实现时光倒流的实验。三个男人的举动如醉如狂，一边追求美丽的寡妇，一边设想自己未来的发财计划，其主导者、被视为"异人"的亥特格（今译海德格）医生自始至终展现出一副智者的姿态。结果四个人浑身打颤，慢慢恢复了原样，脸上的皱纹又回来了。他们经过此次试验，却打定主意要去北美洲寻找圣泉，并且永远住在那里，不分日夜地喝圣水。如果借用荣格的智慧老人、人格面具及阴影三种原型细读故事，便可以看出亥医生借智慧老人的伪装，逃避真实自我，把自身欲望投射在他人身上的阴暗内心。霍桑的笔调含讽喻的笔致，异常冷隽，读后颇令人回味。霍桑的这部短篇小说向世人指出正视自我、实现个性化的重要性。③《圣水》一篇

---

① 茅盾：《真亚耳(Jane Eyre)的两个译本》，载《译文》2 卷 5 期，1937 年 1 月 16 日。后改题《〈简爱〉的两个译本——对于翻译方法的研究》，收录《茅盾文艺杂论集》，上海文艺出版社，1981 年，页 621—632。徐宁宁的《译者主体性视角下伍光建译〈孤女飘零记〉研究》（山东科技大学英语系硕士论文，2012 年）一文称，建立在运用所谓多元系统理论、目的论、阐释学理论和操控理论的四大理论基础上的译者主体性理论，可以用于分析《孤女飘零记》。

② 《艺风》，1940 年 5 月创刊于上海，月刊。属文学刊物。主编李蒙伽，艺风社出版，先后由上海大兴公司、大地图书公司发行。设有"轻描淡写""青年园地"等栏目，内容涉及小说、散文、文学批评等，属于纯文艺、类似书式的刊物，以选载各杂志报章单行本中最精华的文章为主，自评为"精华中的精华，文库中的文库"。有巴金、茅盾、林语堂、萧红、徐訏等人的作品，国外的译著有高尔基《昆虫》、米切尔《乱世佳人》、莫泊桑《落魄的叔父》、罗曼·罗兰《贝多汶的政见》等。其停刊时间和原因不详。承王天根教授帮助检索，特此鸣谢！该刊《圣水》一篇篇尾注明系转引自《旧欢》。

③ 张诗卉、吴兰香：《在医学实验的背后——霍桑短篇〈海德格医生的实验〉之原型解读》，《世界文学研究》2015 年第 3 卷第 2 期。

另外收入三通书局编辑部编辑的《圣水》,作为"三通小丛书"之一种,出版时间不详。该书还收入爱伦坡原著《长方箱》(吾庐译)、马克·吐温原著《画家之死》(张梦麟译)、奥亨利原著《东方博士的礼物》(塞先艾译)、高贝(Francois Coppee,1842—1908)原著《皇家的圣诞节》(冠生译)。

036‑36　少年维特之烦恼

《少年维特之烦恼》(诗歌),英国苏克雷原著,伍光建译,该译诗首见于天行《追念伍光建(文人小记之一)》,载《中流(上海1948)》1948年第1卷第2期(4月8日),[①]页23。

该文称:

> 晚近的译坛权威,除了严几道之外,就要推伍光建先生了。他逝世虽已有多年,但他所译的《侠隐记》等,译笔明白流畅,国内尚无敌手。……伍光建健于谈,滔滔不绝地能谈到几小时以上。对于日常,很讲究卫生,别人吃过的东西,也照例是不吃的。每逢宴会,中式肴馔必先盛之碗,倘经他人下箸,他便认为不洁而不下口了。他是一位慈祥的老人,很喜欢帮青年的忙,我在二十四岁时,主编《新文学》月刊,向他索稿,他就寄给我译诗四首,可是这个刊物却因发行处的纠葛,从第四期停刊了,那几首译

---

① 《中流(上海1948)》1948年4月10日创刊于上海,刊期不详,每隔一到两个月出版一次,属于综合类刊物。总编辑为罗敦伟(1897—1964,湘潭人。民国经济学家),社址位于上海长治路388号,上海中流出版社印行。该刊广告多有对《新闻报》《和平日报》等报刊,以及国民政府银行的介绍,亦有当时重大事件的摄影,照片以国民政府要人的活动、著名影星、名胜风景以及重大社会活动为主。该刊内容分为三种:论文、译文和文艺作品,各占三分之一。文学类多为都市文学,也刊载学术论文,多是对国内时政的议论,主要有对经济改革的看法、对失去东北的检讨、对教育改良的建议等,设有经济改革专刊。译文主要是对同一时期世界各大事件的报导,如苏联工业、韩国独立问题等,也有一些猎奇性的新闻。其停刊时间和原因不详。参见"全国报刊索引",https://baike.baidu.com/item/=lemma_search-box,查检日期2021年12月26日。

诗,始终还藏在我处,现在我把原诗抄录于后,作为本文的结尾:

(一)维特苦恋雅尔达,绵绵深爱难言说。美人初见魂如痴,面包牛油随手割。

(二)郎君清新莫佻僿,妾已有夫须守法。愿失东方百万金,礼防正路不能越。

(三)忧恼悲愁心恻恻,热情如沸终难遏。血流头破命呜呼,恩爱如斯断藤葛。

(四)美女临轩双目豁,柩车在道近闺阁。步履端庄远嫌疑,面包牛油如旧割。

《少年维特的烦恼》(*The Sorrows of Young Werther*)是一部书信体小说。主人公维特是一个出身市民的青年,他向往自由、平等的生活,希望从事有益的实际工作。但是,围绕他的社会却充满着等级的偏见和鄙陋的习气。保守腐败的官场,庸俗屈从的市民,趋势傲慢的贵族使他和周围的现实不断发生冲突,他自己又陷入毫无希望的爱情之中,最后走上了自杀的道路。维特与社会的冲突,具有反封建的意义,通过维特的悲剧,小说揭露和批判了当时德国社会许多不合理的现实,表达了觉醒的德国青年一代的革命情绪。该书于1774年秋天在莱比锡书籍展览会上面世,并在那里成了畅销书。因此一发表就引起了强烈的反响,形成了一阵维特热,而且很快就流传到欧洲各国,成为第一部发生重大国际影响的文学作品,歌德也因此一夜成名。作者署名天行,或以为"天行"是史济行的笔名。①

---

① 史济行,浙江宁波人。曾用天行、史岩、王喻等笔名,在《幸福》《茶话》《创世》等刊物上发表"作家印象"之类的专栏文章。他曾编辑汉口出版的《人间世》(后改为《西北风》)和上海出版的《新文学》等刊物。在三四十年代文艺界的行骗劣迹,有一些被当时的报刊杂志所揭露。鲁迅曾斥责他为"无耻之尤"。郁达夫则尖锐地指出:"他见了普罗,比普罗还要普罗;见了不普罗,比不普罗还要不普罗。"史济行欺世盗名的许多劣迹,其中包括两次伪造鲁迅早年佚作,并造成了严重后果。参见丁景唐、丁言模《三、四十年代的文氓史济行——对鲁迅、郁达夫等人行骗诬陷的各种劣迹》,《江淮论坛》1989年第2期。此篇有很多内容抄袭赵景深《文人剪影》一书中"伍光建"部分。

037-37　蚂蚁和蚱蜢

《蚂蚁和蚱蜢》，英国毛姆著，①伍光建译，列入台北世界文库社1954年出版的美国萨洛扬等著《与死搏斗》一书，系该社出版的"袖珍世界文库"第一种。

小说以一篇寓言作为题目，文章也是从这篇寓言开始的。蚂蚁一直在为储备冬天的食物而忙碌，而蚱蜢则悠然蹲在草叶上，对着太阳唱歌。冬天来临，蚂蚁食物充足，而蚱蜢饥肠辘辘，只好找蚂蚁来讨要食物。小说中所写的人物则对应着蚂蚁与蚱蜢。乔治就像是寓言中的蚂蚁，兢兢业业，勤勤恳恳，而他的弟弟汤姆，则像是只蚱蜢，游手好闲，贪图享乐。只不过，小说所表达的思想并非寓言本意。"我"则是故事中的讲述者和旁观者。这是毛姆作品的一贯做法，不论是长篇还是短篇，毛姆总喜欢把"我"放入到叙述中。这样的故事显得更加真实，同时也可以自然而然以观察的手法来描述人物，还可以适时对人物进行评论，必要的时候，还可推动情节。乔治是在"我"的观察中出场的，我在饭店遇到他正在吃午饭。我看到的是一个满目愁容的他。本来，兄弟二人都生活得不错，汤姆做着买卖，人们以为他将来会成就一番事业。可是，有一天，他突然就宣布自己不喜欢工作，也不适合结婚，于是决定一个人逍遥自在。毛姆在小说中表现的，其实是一种巧合。人生如戏，人生的方向并不会按照设想的方向

---

① 毛姆(William Somerset Maugham，1874—1965)，英国小说家、剧作家。出生在巴黎，中学毕业后，在德国海德堡大学肄业，1874年取得外科医师资格。1897年发表第一部长篇小说《兰贝斯的丽莎》，1915年发表长篇小说《人生的枷锁》。第一次世界大战期间，毛姆赴法国参加战地急救队，不久进入英国情报部门，在日内瓦收集敌情；后又出使俄国，劝阻俄国退出战争，与临时政府首脑克伦斯基有过接触。1916年，毛姆去南太平洋旅行，此后多次到远东，撰有长篇小说《月亮和六便士》(1919年)。1920年到中国，写了游记《在中国的屏风上》(1922年)，并以中国为背景写了一部长篇小说《面纱》(1925年)。以后又去了拉丁美洲与印度，1928年定居法国地中海滨。第二次世界大战时曾去英、美宣传联合抗德，并撰写长篇小说《刀锋》(1944年)。参见上海辞书出版社编《外国人名辞典》，页55。

去走,跌宕起伏才是常态。付出没有回报很正常,实力不如自己的人获得更高的地位也很正常。每个人的成功与失败都是多种选择和经历综合作用的结果,纯粹或者片面去比较是没有价值的,只会让自己陷入被动与自我怀疑的泥沼。如果选择做一只勤奋的蚂蚁,就做好眼下的事,储存好自己的粮食,心无旁骛,而不要去在意蚱蜢在唱歌还是在挨饿;如果选择做蚱蜢,就享受歌唱与舞蹈,到冬日来临,不要为缺少食物而懊悔。人性是有弱点的,我们很难发自肺腑去为比自己强的人而高兴,但是也不要因别人的生活让自己痛苦。不要羡慕那些其他道路上的幸运者,你不是他,或许不会那么幸运。不为自己的成绩沾沾自喜,不为别人的落魄落井下石,更不要为他人的成功而抱怨不公,如此,才能一生安乐。

该小说集中每篇小说前都有一篇作者的简介,风格确实有些类似伍光建当年《英汉对照名家小说选》的做法。

关于这一篇作者毛姆的介绍,似是伍光建写的:

威廉·毛姆(William Somerset Mangham,1874—),英国小说家和剧作家。出生于巴黎。他在肯德堡(Canterbury)的皇家学校(King's School)和汉达尔堡大学(University of Heidelberg)受完教育,学的是医,后在伦敦圣汤麦斯医院(St. Thomas's Hospital)得到学位,但从来没有实习。他的长篇小说中著名的有《人性的枷锁》(*Of Human Bondage*,曾摄制电影,商译《孽债》)、《月亮和六个便士》(*The Moon and Sixpence*,写法国后期印象派大画家高更的故事)、《酒宴》(*Cakes and Ale*)。短篇小说有《雨》(*Rain*,也曾摄制电影,改名《军中春色》)等。他的作品特色是风格简洁,形式完美,思想精密,具有强烈感人的力量。他为了搜集写作资料,足迹遍全球,一九二二年来华漫游,写了一部《中国见闻记》,里面颇多深刻的观察、沉痛的描写。从西方到东方,集合每个大都市都是他的故事的"发源地"。他的三篇著名短篇,最近在英国拍成电影,片名《再来一次》(*Encue*)。第一个是这里所译所谓《蚂蚁和蚱蜢》,将两个兄弟个性不同,一个极懒,一个工作劳碌不息,而后来弟弟成为富翁,哥哥破产,寓意幽默讽刺。①

038-38 尼姑从军记

《尼姑从军记》(The Spanish Military Nun,今译《西班牙军事修女》),英国德昆西著,②收录《伍光建翻译遗稿》,人民文学出版社1980年,页1—73(下凡收录该书,简称《伍光建翻译遗稿》,仅注页码)。该书中关于作者介绍的若干篇,与伍光建译著中所写的《作者传略》风格类似,编者认为应属伍光建写的旧稿,收录《伍光建翻译遗稿》时该书编者可能略有修改。③

---

① [美]萨洛扬等撰,伍光建等译:《与死搏斗》,台北:世界文库社,1954年,页11。
② 托马斯·德·昆西(Thomas De Quincey, 1785—1859),英国散文家、文学批评家。出身于曼彻斯特一个商人家庭,擅长希腊文和拉丁文。1803年进牛津大学学习英国文学和德国语言、文学,对英国新兴的浪漫主义文学非常向往,对华兹华斯和柯尔律治合写的《抒情歌谣集》(1798年)的革新精神和内容十分欣赏,1807年成为这两位诗人的亲密朋友。1820年,经查尔斯·兰姆介绍,其与《伦敦杂志》的出版人相识。1821年,《伦敦杂志》发表了德·昆西的著名作品《一个英国鸦片服用者的自白》。作者于1804年因治病而服用鸦片而成瘾,这部作品以他的亲身体验和想象,描写了主人公的心理和潜意识活动,预示了20世纪现代派文学题材和写作方法的出现。此后他经常给《伦敦杂志》和《黑檀杂志》投稿。由于和《黑檀杂志》的关系密切,1826年迁居爱丁堡。从1853年起直至去世,德·昆西编辑自己的全集,共14卷,出版于1853—1860年之间。其文章涉及历史、政治经济学、哲学和文艺理论。他把文学分为两大类:"知识的文学"和"力量的文学",前者教育读者,后者感动读者。浪漫主义文学属于后者。在"知识的文学"方面,他写有经济著作《三位法学家的对话》,哲学著作《论康德》,教育著作《致失学青年的信》,历史著作《贞德》(1847年),文学批评著作《论〈麦克白〉剧中的敲门声》(1823年)、《论风格》(1840年)等。在"力量的文学"方面,有《一个英国鸦片服用者的自白》、《自传》(1834—1853)、《来自深处的叹息》(1845年)、《英国邮车》(1849年)和《被看成是一种艺术的谋杀》(1827年)等。其散文富于幻想和感情,注重辞藻和音乐性,有意识地模仿17世纪早期英国散文家的风格,是英国浪漫主义运动的主要文学批评家之一。参见托马斯·德·昆西(Thomas De Quincey)著、李赋宁译《论〈麦克佩斯〉剧中的敲门声》,《世界文学》1979年第2期。
③ 1978年初,文物局一位同志向出版局反映,在上海伍光建的家属(伍光建小女伍季真)上海寓所长乐新村发现了伍光建近300万字的翻译遗稿,主要是历史与传记作品,如上述《英国第二次革命史》等,也有一部分短篇小说。出版局领导对此事很重视,决定派北京人民文学出版社的编辑、女翻译家许磊然(1918—2009)到上海去联系。许磊(转下页)

该篇作者小传中写道:

德昆西(Thomas De Quincey,1785—1859),英国小品文及杂文作家。他曾在牛津大学求学,与当时著名文人兰姆、柯勒律治、华滋华斯相识。德昆西从青年时代即开始吸鸦片,他写的《一个英国抽鸦片者的忏悔》于一八八二年出版后,使他一举成名。他继续为杂志撰稿,写了近两百篇有关文学、哲学、历史、传记的文章及杂文。他的较好的作品有:《鞑靼人的叛乱》《英国邮车》《尼姑从军记》《圣女贞德》等。评论家常将他的自传作品与卢骚并列,并认为他是英国散文大师之一。他的有关同时代人兰姆、柯勒律治、华滋华斯、赫兹力特的文章写得忠实、动人和亲切。

《尼姑从军记》原名为《The Spanish Military Nun》。[1]

(接上页)然专程来沪造访伍蠡甫教授,商请将这部分译稿交由该社出版,获伍光建三子伍蠡甫和小女伍季真的同意,并由蠡甫撰写了《前记》。译稿有一大旅行袋之多,写在当年习字用的扁方格毛边纸上,文笔流畅顺达,字迹一丝不苟,因为保存得好,遗墨如新。许磊然的侄子许慎回忆道:当时许磊然是带了一个人造革的行李袋去取回那些手稿的,而且那次他正好有个出差北京的机会,带着那个行李袋与姑母同一列火车赴京的。许慎写道:"关于《伍光建翻译遗稿》有后续情况:我弟弟(许佶,许磊然之子——编者注)给我电话,他问了张福生先生(1952— ,人民文学出版社外国文学编辑室资深编辑——编者注)。这部书稿原来是没有标点符号的(可能有圈点或非正式的现代标点——编者注),后来人民文学出版社的社长韦君宜(1917—2002)安排了古典文学编辑室的年轻编辑陈新将译稿逐篇标点,若干篇还加上简要注释。由于这部书稿是通过出版局指令安排下来的,伍蠡甫先生也提了不少要求,工作上有难度,但是许磊然处理时格外小心,所有与伍家的联系都由人民文学出版社出面,联系函件全部加盖人民文学出版社公章后发出。这在当时是很罕见的做法。"(微信访谈时间:2020 年 4 月 23 日)1980 年 3 月,《伍光建翻译遗稿》初版,该书收录了伍光建生前未发表的译自英、法、美、荷兰、丹麦作家之短篇小说 19 篇。1979 年 3 月,该书编者许磊然在《伍光建翻译遗稿》"编后记"中写道:当时五六十岁的人,在年轻时候读过商务印书馆出版的"世界文学名著"里,其中不少是伍光建翻译。许磊然在"编后记"交代了她处理伍光建译稿的原则:"为了尊重他的译文风格和习惯用语,除了个别的笔误之外,对他的译文仍保持原来面目。从这里,我们也可以看到几十年来我国翻译工作的演变。"(《伍光建翻译遗稿·编后记》,页 277—278)

[1] 《伍光建翻译遗稿》,页 7。

这是伍译小说较长的一中篇小说，全篇二十六章：一、西班牙添了一个额外讨厌的东西；二、乡绅，且第一等；三、反叛之兆；四、凶兆越聚越多；五、圣西巴顺，我今晚同你告辞啦；六、卡塔林那的第一次露宿与第一次的进行；七、卡塔林那入宫，她放血治病，居然升官；八、好到底；九、怎样选住宿处；十、一件极难处的两难的事，是与非变成左与右的问题；十一、从大海的恶意，到男人与女人的恶意；十二、从绞人架的台阶走下来杀人；十三、从人的恶意转回到风涛的恶意；十四、很亮的日光；十五、浮云蔽日；十六、开特登安狄斯大山；十七、开特独自一个人在安狄斯山顶；十八、开特起首从高山下来；十九、开特的卧室被骑马的人们所闯入；二十、在开特的风潮生活中第二次的风平浪静；二十一、开特又卷在风潮里头；二十二、开特的最后第二次的冒险行为；二十三、开特在秘鲁最后所遇的事的预备；二十四、骑马跳墙；二十五、最后圣西巴顺被阻；二十六、我们同圣西巴顺的女儿告辞啦！

小说描述了1592年在西班牙圣西巴顺的一个武官狄伊洛素的家里将诞生第四个女儿，按照老例，乡绅将这个女儿送进了尼姑庵。庵里的住持对之却极其欢迎，给她行了洗礼，还起了名字卡塔林那（开特）。长到十岁的开特，蛮顽且跋扈，庵里的尼姑很担心她会变成一只母老虎。15岁的开特离开了尼姑庵，她打扮得不男不女，当了一个世家子弟的侍从，并在那里遇到了她的父亲，其父想把她送回尼姑庵，被开特拒绝，而登上了赴秘鲁的给驻防军运送军用物资的海舶，然后再爬上装满了西班牙新练兵队的大船，在智利与秘鲁两处与土人开战，夺回了失去的西班牙军旗，于是被升为旗官。她的马死了，逃兵也死了，但她却站到了安第斯山顶，受尽世界的折磨使她变成一个无情的人，她不怕死，屡次杀人。1624年历经17年的磨难和艰险，最终回到了西班牙的圣西巴顺尼姑庵，1625年她又从西班牙马德里迁往罗马，西班牙国王和罗马教王给这位云游世界的女儿以最高的礼遇，西班牙、葡萄牙和意大利都在传诵她的诸多奇遇。小说译本中多处有译者标注的"中略""下略"等，可见伍译中有大量的删节。

039-39　同母异父兄弟

《同母异父兄弟》,英国盖斯卡尔夫人(Elizabeth Cleghom Gaskell,1810—1865,又译格士克夫人、伊丽莎白·盖斯凯尔·格司基史)著,收录《伍光建翻译遗稿》,页 74—88。

小说完成于 1859 年,采用第一人称的叙事手法,讲述了一个乡村家庭中爱与救赎的故事。主人翁在家里是一个受到百般呵护的孩子,而较之主人翁大三岁的同母异父的兄弟格列哥里却遭人白眼,自己的生父尤其讨厌他,没想到后来在大雪的冬夜是同母异父的兄弟格列哥里以牺牲自己的生命拯救了主人翁,为此父亲深感后悔。该篇作者介绍中写道:

> 盖斯卡尔夫人(Elizabeth C. Gaskell,1810—1865),英国女作家。她的父亲是牧师,颇有文化修养。她与曼切斯特唯一神教会的副主持盖斯尔结婚后,到曼切斯特居住。曼切斯特是当时英国生产棉织品的一个重要城市,也是工人运动的一个中心。在这里,她有充分的机会去观察那些有一定阶级觉悟的产业工人,并且与教区的穷苦人民保持较密切的联系,为她描写工人生活的小说积累了材料。
>
> 她最好的小说有:《玛丽·巴顿》《南与北》《露丝》《克兰弗德》《妻子与女儿》《夏绿特·勃朗特传》和许多中短篇小说。

《同父异母的兄弟》原名为《The Half-Brothers》。

040-40　买旧书

《买旧书》(*Christopherson*,今译《布满蛛网的房子》),英国吉辛

(George R. Gissing,1857—1903,今译乔治·吉辛)著,①收录《伍光建翻译遗稿》,页 89—108。

小说描写了一个有藏书癖的穷文人克利福生,带着生病的妻子住到乡间休养。村舍的房东不接受他大量的旧书,无奈之下,他只好登广告售卖自己收藏多年的书。最后,书卖掉了,他只留下一小箱的书来陪伴自己。这篇小说依然沿袭了吉辛最擅长的"贫穷影响小人物"的主题,小说生动地描绘了一个藏书癖患者被治愈的过程。在霍布鲁克的《藏书癖的剖析》中称吉辛的这篇小说被作为治疗藏书癖的经典案例。该篇作者介绍中写道:

> 吉辛(George R. Gissing, 1857—1903),英国评论家、散文家、小说家。他写的《评论狄更斯》,证明了他在评论方面的成就。他的小说《塞尔查》《新格拉布街》及《在流放中出生》使他成名。他最初师承狄更斯,但他在描写中下阶层的贫穷及其残酷影响的小说里所采用的自然主义手法,在英国小说方面独辟蹊径。他的小说《旋涡》几乎可称为英国的《包华利夫人》。
>
> 《买旧书》原名为《Christopherson》。

041-41 维提克尔归隐

《维提克尔归隐》(*Mr. Whittaker's Retirement*,又译《卫推克君的退股》),英国威廉·黑尔·怀特(William H. Whyte,1831—1913)著,收录《伍光建翻译遗稿》,页 109—122。

---

① 吉辛(George Robert Gissing,1857—1903,今译乔治·吉辛),英国小说家、散文家。出生于约克郡的威克维尔特,以优异成绩毕业于伍斯特郡的公谊会教派寄宿学校及曼彻斯特的欧文斯学院。1876 年因偷钱救助一个妓女犯了罪,被判处短期徒刑。后在朋友的帮助下,被遣送往美国教语言课数月,在芝加哥过着穷困潦倒的生活,几濒于绝境。曾写过一些短篇小说投稿于《论坛报》。代表作有《新寒士街》(*New Crub Street*,1891年)、《在流放中诞生》(*Born in Exile*,1892年)和《古怪的女人》(*The Odd Woman*,1893年)。参见上海辞书出版社编《外国人名辞典》,页 150。

小说描绘了一间药材批发行的大股东、总理维提克尔,由于夫人因病去世,自己也病重,渐渐把自己的权力下放给两位下属,结果发现被架空。为了收回失去的权力,强逼下属尊重自己糊涂的决定,最后导致药材号倒闭,于是不得不退休。到乡间后又开始觉得归隐的生活非常无聊,先是想通过谈恋爱来摆脱这种无聊,后又想进行股票投机,结果一败涂地。作者似乎想通过维提克尔的归隐写出人们生存的苦境和绝望。该篇作者介绍中写道:

怀特(William H. Whyte,1831—1913),笔名马克·路瑟福德,英国小说家。著名作品有《马克·路瑟福德自传》、续集《马克·路瑟福德演讲》及《泰纳的巷里的革命》,这些作品是一个在理论上不属于任何教派的人,对不信奉国教的英国所作的描绘。《维提克尔归隐》原名为《Mr. Whittaker's Retirement》。

042‑42　素第的新娘子

《素第的新娘子》(Mr. Soday's Bride),英国格伦维尔·默里(Grenville Murray,1824—1881)著,收录《伍光建翻译遗稿》,页123—132。

美秀的姑娘维妮羡慕热闹的伦敦社会,于是跟着爱狄吉尔夫人来到伦敦。这位富有和有地位的女人,实际上是一个媒婆,她把维妮介绍给了一个在澳大利亚发了财的半老的粗俗人,可怜的维妮不愿意嫁给这个名叫素第的丑陋男子,结果他们设计使维妮欠下债务,最后逼迫维妮成为素第的新娘。该篇作者介绍中写道:

默里(Grenville Murray,1824—1881),英国新闻记者、作家。曾任英国驻维也纳和君士坦丁堡外交使节随员,后任驻敖德萨总领事。他的新闻体的写作方法为反映社会上里巷杂谈开创了一条新路。他的作品有:《流浪的英国人》《法国新闻出版史》及《小布朗》等。

这里所收的三个短篇,《素第的新娘子》原名《Mr. Soday's Bride》;《好贵的一吻》原名《An Expensive Kiss》;《当金刚钻》原名《A Popping of Diamonds》。

043-43 好贵的一吻

《好贵的一吻》(An Expensive Kiss),英国格伦维尔·默里著,收录《伍光建翻译遗稿》,页 133—141。

故事讲述一个英国乡下的一群男孩和几位女孩,互相嬉戏,男孩之中有一位名叫妥木·塔特司的男孩在男孩们的煽动下强吻了秀美的女孩吉布司·贝特西。这本来是一平常的、很快活的游戏,不巧被路过的当地牧师康特尔见到,吉布司为了表示自己是一个正经女孩,谎称是遇到了妥木的强暴,不会自我辩护的妥木被当地的官役抓捕,并被本区的裁判官判罚监禁十八个月兼做苦工。妥木因为吻了吉布司小姐,竟然得到了这样惨重的代价。

044-44 当金刚钻

《当金刚钻》(A Popping of Diamonds),英国格伦维尔·默里著,收录《伍光建翻译遗稿》,页 142—149。

贵族洛利摩尔因为赌博输掉了自己的产业,于是他想当掉自己夫人的金刚钻来抵债,没想到开当铺的特利波称自己曾受惠于其父老洛利摩尔,当年荒唐恶劣的特利波曾被老洛利摩尔所拯救而变成了一个良民。特利波没有接受青年贵族的金刚钻,而主动借给了他五千英镑。结果洛利摩尔又因赛马和打牌输掉了钱物。洛利摩尔想出了一个馊主意,就是用假金刚钻换走夫人的真金刚钻,特利波接受了金刚钻并给了洛利摩尔九千英镑。好花钱的洛利摩尔夫人发现自己不在伦敦时,丈夫曾拿走了她的珍宝,现在又还回来的很可能是假货。于是,洛利摩尔夫人到特利波这里来验证,特利波告诉她是真货,并买下了这批假货,一星期后她收到了一套金刚钻,她仍认为是假货。之后洛利摩尔夫妇改邪归正,但都悔恨将家传的珍宝变卖了,每逢洛利摩尔夫人穿戴金刚钻时,夫妻俩都觉得特利波利用他们的不幸,夺走了他们传家珍宝。其实他们的孩子们终将明白他们的珍宝箱子里并无假金刚钻。

045－45　一个舍不得死的国王

《一个舍不得死的国王》(*The King is Dead*, *Long Live the King*,或译《一个舍不得死的国王梦魇》),英国玛丽·柯勒律治(Mary Coleridge, 1861—1903)著,收录《伍光建翻译遗稿》,页150—159。

The King is Dead, Long Live the King,可以译为"国王已死,浩气长存"。这是个欧洲中古俗语,意谓上一任君主驾崩,拥护新君主的登基。作者借这句话讲述了一临终前的国王,在一片奇异的、快乐的寂静和黑暗中,面对医生、美貌少年王后时的所思所想,他虽心力已瘁,但仍聚集自己全数的力量作激烈抵抗。他自以为当过一个好君主,日夜为他的人民作事,他想废除死刑,但他最后竟然发现年轻的王后经常通过秘密通道和其情人幽会。该篇作者介绍中写道:

> 玛丽·柯勒律治(Mary E. Coleridge, 1861—1903),英国女诗人、小说家、评论家、传记作家及教师。很早就开始写作与绘画。她爱好勃朗宁及列·托尔斯泰的作品,受后者的影响颇深。她曾在家中为贫苦女孩教英国文学,并在劳动妇女学院执教。她的诗有《范茜的随从》《范茜的奖赏》,小说有《以弗所人的七个睡眠者》《双面国王》《如火的黎明》及《墙上的影子》等。

《一个舍不得死的国王》原名为《The King is Dead, Long Live the King》。

046-46　隐士

《隐士》(*The Hermit*)，法国莫泊桑著，①收录《伍光建翻译遗稿》，页 160—169。

本篇小说首次发表于 1886 年 1 月 26 日的《吉尔·布拉斯报》，同年收入中短篇小说集《小洛克》。小说描述了在甘尼（今译戛纳）和拉纳普之间一片广袤的大平原，"我"和几位友人一起去访问一个老隐士。这些隐士蛰居在一片大树覆盖下的昔日的坟滩上，有男隐士，也有女隐士，这是一群离群索居的怪人。作者尝试探讨造成这种现象的心理上的原因，试图弄清是什么样的忧烦把这些人推向了孤独。该篇作者传略写道：

> 莫泊桑(Guy de. Maupassant，1850—1893)，法国著名小说家。他的短篇小说在文学史上占有很突出的地位。一八七〇年普法战争刚爆发，他应征入伍。战后复员，长期在军政部门任职员。这些经历为他的文学创作提供了丰富的素材。
>
> 他的作品比较广泛而深刻地反映了十九世纪后半期的法国社会现实，对资产阶级上层社会的腐败，特别对其道德风尚的丑恶，给以无情的揭露和嘲讽，而他同情和表彰的往往是下层社会的"小人物"。他的长篇小说有《一生》《漂亮朋友》等。短篇小说三百余篇，其中《羊脂球》《项链》等已经成为世界文

---

① 莫泊桑(Guy de Maupassant，1850—1893)，19 世纪后半叶法国优秀的批判现实主义作家、自然主义文学流派的杰出代表。出生于诺曼底一破落贵族家庭，13 岁进入伊维托的神学校，但却没有培养起宗教感情。后来进入卢安中学，师承诗人路易·维优，之后又成了法国著名作家福楼拜的忘年交。一生创作了 6 部长篇小说，350 多篇中短篇小说和 3 部游记。文学成就以短篇小说最为突出，被誉为"短篇小说之王"，与契诃夫和欧·亨利并称世界三大短篇小说大师。主要短篇有《羊脂球》《项链》等，长篇有《一生》《漂亮朋友》等。谢位鼎：《莫泊三研究》，《小说月报》1924 年第 15 卷第 2 号；杨周翰等主编：《欧洲文学史》（下），人民文学出版社，1981 年，页 264—266；上海辞书出版社编：《外国人名辞典》，页 426。

学的瑰宝。

这里所收的《隐士》，英译名为《The Hermit》；《暴发户》的英译名为《The Upstart》；《瞎子》的英译名为《The Blind Man》；《有利可图的事》英译名为《Profitable Business》；《不祥的马夫》的英译名为《The Ill-omened Groom》。

047-47 暴发户

《暴发户》(*The Upstart*)，法国莫泊桑著，收录《伍光建翻译遗稿》，页170—174。

小说刻画了一个名叫杜邦特尔的肥胖而好脾气的快乐汉子，他是有着几百万家产的暴发户。他常常研究如何穿得好看，从那些目空一切的提倡时髦派头的家伙那里学习如何说俏皮话，仿效他们所戴的帽子，把他们所说的故事和笑话牢记在心，到了小聚会的时候再转述出来。在恋爱中杜邦特尔花了钱，结果又晓得那些女子是完全骗他的，他在联欢社碰到了一位赛马会会友的女儿特雷西，一个月后他们就结婚了，不过特雷西很快发现自己的丈夫是一个好笑的傀儡。于是，她不独要使他成为一个笑柄，而且忘记了她还应该为他守贞。不久杜邦特尔收到了匿名信，并带着警官去捉奸，由此他也成为警官的嘲笑对象。

048-48 瞎子

《瞎子》(*The Blind Man*)，法国莫泊桑著，收录《伍光建翻译遗稿》，页175—179。

本篇讲述了一个双目失明的乡下人连饿带冻，被逼去讨饭，死在冬天的故事。父母在世时还能照看他，可两老一去世，他姐夫就把他那份遗产夺到自己手里，连汤也舍不得给他多喝。他是不是有智力、有思想甚至有感觉，是不是对自己的生活有清醒的认识？谁也没想过这样的问题。由于他的失明，人们便想到用残忍的恶作剧来捉弄他，尤其是在他吃东西的时候，人们把小猫、小狗放到他的食盆边，让小狗、小猫和他抢食，或者故意给他塞瓶塞子、木屑、树叶甚至垃圾，然后在一边哈哈大笑。在一个下着大雪的冬天，他被他的姐夫一早带到很远很远的一条大路上去乞讨，并最终被冻死。

049‑49　有利可图的事

《有利可图的事》（Profitable Business），法国莫泊桑著，收录《伍光建翻译遗稿》，页 180—185。

小说讲述一个自以为很有道德感的男子，他有一句喜欢的名言："我的生平给我以权利同我自己拉手。"他不进妓院，但对街上走过的仙女则充满兴趣，他假设她们是经常丧失工作的女工、不幸的寡妇，或是改装的时髦寡妇，总之她们是喜欢他本人。他喜欢站在半开半关窗子背后的人脸，这会让他想象是同初次与所爱的姘妇相见一般。他带着满肚子的浪漫观念走进一位卖身女人的房子，发现都是加布力克酸（carbolicacid，石碳酸、苯酚、消毒剂——编者注）的气味，一个小铁床上躺着一具女尸，他转身想离开，卖身女人说死去的女人是她的朋友，哀求他给十个法郎。他请女人为死去的女人买一束鲜花，然后又加了十个法郎。于是他带着一个顾廉耻人的安静良心离开了，心里想到：我应该得此享受，因为我做了一件好事。

050‑50　不祥的马夫

《不祥的马夫》（The Ill-omened Groom），法国莫泊桑著，收录《伍光建翻译遗稿》，页 186—192。

奥地利银行家的卧室被盗，警察到来，银行家却支支吾吾未说实话，仆人怕被拘捕，称银行家曾与一位名叫赛西莉亚·卡的美貌女子幽会，警察命令立即拘捕赛西莉亚，结果发现她已经离开了京都。因为赔了情人又折财,银行家知晓后顿时暴怒,派了许多侦探去寻找赛西莉亚。这时伦敦出现了一位有钱的贵妇苏小姐,她想雇一位马夫,许多人都来应聘,她认定一位名叫拉左司的少年男子,并将之作为自己最得宠的姘夫。在双方亲密交往的过程中,有一次苏小姐把黑色假发扯下来,变作一个可爱的淡黄色头发的女人,拉左司很留心地看她却并不诧异。半夜,两个警察来到她床边,以法律的名义来拘捕她,并告知她拉左司是一个侦探。

051‑51 点头

《点头》(The Nod),荷兰玛尔登著,①收录《伍光建翻译遗稿》,页193—211。

小说讲述一对互相爱慕的少年男女,男生名叫巴尔特,女生名叫卡特林。卡特林以及巴尔特的母亲都希望巴尔特去争取本教区的牧师席位,而这一教区牧师位置的考试要经过主管这一教区五千人生活的霸道长老裴力克的同意,而考试的主要内容就是要熟悉长老矫揉造作的神学及玄学的幻想。卡特林的父亲与长老裴力克已经谈妥,要将卡特林许配给长老贪杯好饮的侄子展·展生。巴尔特的母亲——一个寡妇,为了帮助儿子实现自己的愿望,不惜冒着屈辱去找自己少女时代被始乱终弃过的长老,她要求裴长老点头同意帮忙,但寡妇的要求被拒绝。于是她斥责长老:"点你这个天谴的头,天使们对着你的点头大笑——或大哭;我要你坐在那里点头,我要你这个匪类点头像中国的土偶一般!"在教区牧师考试的场合,寡妇当众揭发长老的侄子展·展生其实是裴力克的私生子,而其母亲就是自己,消息震惊了教堂里所有的人,巴尔特倒在教堂的垫子上,卡特林当着众人的面搂住了他的脖子。

---

① 伍光建在该篇作者传略中写道:"玛尔登(Maarten Maartens,1858—1915),荷兰小说家。他用英文写作,然后译成荷兰文。著有《乔斯特·爱维林》《各有所好》《上帝的愚人》《更大的荣誉》等及独幕剧《囚犯》。《点头》的英译名为 The Nod。"

052-52　野天鹅

《野天鹅》(The Wild Swans)，丹麦安徒生著，①收录《伍光建翻译遗稿》，页212—230。

小说首次发表于1838年，讲述了一场善与恶的斗争。主人公艾丽莎是个柔弱的女子，但她却战胜了比她强大得多、有权有势的王后和主教，救出了被王后的魔法变成天鹅的11位哥哥。她可以成功靠的是她的勇气、决心和毅力，面对荨麻的刺痛和一年不能说话的痛苦，这需要多大的勇气啊！面对主教对她的诬陷和作为惩罚将她烧死的威吓，她也没有放弃，一直坚持到了最后一分钟，终于完成了她的工作。该小说表达出只要有勇气和毅力，就一定能成为最后的胜利者。该篇作者传略写道：

> 安徒生(Hans C. Andersen, 1805—1875)，丹麦诗人和小说家，世界著名的童话作家。他是一个贫苦的鞋匠的儿子，十四岁单身去哥本哈根，想当一个演员，但是理想破灭。由于他的刻苦努力，他从一个文盲变成有文化的人。最初写了一部诗剧。他的第一部童话名叫《讲给孩子们听的童话故事》。他的语言朴素，但充满了丰富的想象。他的每篇故事的结构都非常自然、朴

---

① 汉斯·克里斯汀·安徒生(Hans Christian Andersen, 1805—1875)，19世纪丹麦童话作家，被誉为"世界儿童文学的太阳"。代表作有《坚定的锡兵》《海的女儿》《拇指姑娘》《卖火柴的小女孩》《丑小鸭》《皇帝的新装》等。参见上海辞书出版社编《外国人名辞典》，页187。王泉根主编《中国安徒生研究一百年》(中国和平出版社，2005年)这部论文集汇集了从20世纪初叶以来，中国学者研究安徒生的重要论文33篇，另有解读安徒生《海的女儿》等经典作品的专题论文以及"安徒生童话的中文翻译研究""走进安徒生"两个专辑。李红叶《安徒生童话的中国阐释》(中国和平出版社，2005年)一书集合了比较文学"影响——接受"研究、跨学科研究及文化研究及文化研究的优势，不但以极为丰富的史料严谨实证地展现了近百年来中国人对安徒生童话的翻译、研究之路，而且以独到的观察和思考勾勒出了不同历史语境中安徒生的中国形象，被誉为是国内第一本系统研究安徒生童话的接受历史的专著。可惜王泉根和李红叶两书都没有注意到伍光建译述的《野天鹅》和《影子》这两篇安徒生童话。

素,同时又极其生动。他的《皇帝的新装》《卖火柴的小女孩》《丑小鸭》等都是人们喜爱和熟悉的。

这里所收的《野天鹅》英译名为《The Wild Swans》;《影子》英译名为《The Shadow》。

053-53 影子

《影子》(The Shadow),丹麦安徒生著,收录《伍光建翻译遗稿》,页 231—245。

1846 年安徒生创作了《影子》,这是安徒生中期的作品,风格由早期的浪漫乐观转为冷静沉郁,带有很强的思辨色彩和现实主义批判精神。作品讲述的是一个学者的影子消失了,几年后影子发迹,反过来要求这学者做他的影子。他们遇到一个公主,影子以绅士的形象赢得公主的好感,公主想进一步检验影子的学识,遂向影子提问。影子对公主说,这个问题非常简单,连他的影子都能回答。学者面对公主侃侃而谈,公主心想,有这样一个聪明的影子的人,一定不是普通人。因此,公主决定选影子做自己的丈夫。影子警告学者,你得让大家把你叫做影子,同时永远不准说你曾经是一个人。学者说,这未免做得太过火了,我不能接受,我要把一切事情讲出来,我是人,你是影子,你不过打扮得像一个人罢了。于是,影子对公主说,我的影子疯了,他幻想自己变成了一个人,他以为我是他的影子。于是,公主建议把学者监禁起来,最后当公主和影子走向露台让人们观看喝彩时,学者已经被正法了。

054-54 蒙面牧师

《蒙面牧师》(The Minister's Black Veil),美国霍桑著,收录《伍光建翻译遗稿》,页 246—261。

这篇八千多字的中篇小说写了胡普尔牧师的一生,"黑面纱"不只是一个道具，且直接推动并影响了故事中所有人的生活和信仰认知。胡普尔现年约三十岁，仍是一个未娶妻的人，穿宗教礼服穿得整齐，好像有一位小心的夫人浆过他的领带，掸过他星期日穿的衣服的尘土。令人注意的是他的头上扎了一件垂下的东西，是一条黑色的面纱，常被呼吸所吹动。走近细看，原来是双层的绉纱，把他整个脸罩住了，只露口与下颌，也许并不妨碍他观看东西，不过令景物及静物都变作黑暗一团。胡普尔因脸上戴了这个黑色面罩，行走变得缓慢而安静，他的背微驼，两眼看地，似乎一副深思的模样，却仍然很和蔼地同在教堂门廊等候的人点头，但这些人却因诧异而不曾对他点头回礼。

在小说中，"黑面纱"从出现在胡普尔牧师脸上起，就引起众人的恐慌。第一次出现黑面纱，是在米尔福礼拜堂，牧师和平时一样装扮，浑身上下只有一样东西刺眼，这就是箍住额头，低垂盖脸，随呼吸颤动的那块黑面纱。面纱近看似有两层，除了嘴和下巴，一张脸给遮得严严实实。众人吃惊、不解，感到莫名其妙的害怕。因为黑面纱，教堂的布道更是蒙上了一层忧郁。牧师主持一位年轻姑娘的葬礼，朝棺材俯下身去，向他死去的教民作最后告别。村里最漂亮的一对人儿要举行婚礼，牧师戴着黑面纱致辞，主题涉及隐秘的罪孽，及那些我们对最亲近的人、对自己的良心都想隐藏的秘密，甚至忘记全能的上帝洞察一切，有种难以捉摸的力量渗透了他的字字句句。全体教友无不感到躲在可怕面纱后面的牧师正悄悄逼近，发现了他们思想与行为中深藏的罪恶。许多人双手交叉紧握，按住胸膛，吓得发抖，莫名的悲怆与畏惧结伴而来。借助于这神秘的标记，胡普尔对因罪过而受苦的灵魂具有特殊的威慑力。在他感召下，皈依的人们对他尤为害怕。濒死的罪人大声呼唤胡普尔牧师，他不到场就不肯咽气，黑面纱如此可怕，连死神露面也威风不减。陌生人远道而来，只为一睹他的身影。度过了漫长的一生，牧师因衰老死去，临终前由教区的一位年轻牧师为他做祷告，并准备为他揭去黑面纱，但是老牧师奋力挣扎，按住了面纱，于是他戴着面纱死去且被埋入坟墓。人们猜测牧师究竟有何不可告人的秘密,可是直到小说结尾才发现最大的秘密就是没有秘密。作为虔诚的信徒,他也许给自己一个默默的誓言,期望有一天,朋友之间、爱人之间能够坦诚相见,不再妄想逃开造物主的目光,掩藏自己的罪孽。可惜直到死,牧师看见的每一个人,脸上都有一块遮掩罪恶的黑面纱。牧师临终时说:"你们哪一个面上不蒙着一块黑面纱呀!""黑面纱"在这部小说中象征着人心中隐藏的罪恶。

055-55 新年旧年

《新年旧年》(*The Sister Years*),美国霍桑著,收录《伍光建翻译遗稿》,页262—269。

作者把"旧年"和"新年"比喻成一对姐妹,都是时间的孙女。两人虽然相差一年,但旧年劳倦,在政治上陷入无理争论,旧年解释了自己在市政建设方面的种种成就;而新年面露希望,是一种写不出来的希望。霍桑的短篇小说经常用意象来表达,这是很典型的一篇。

056-56 梦外缘

《梦外缘》(*David Swan*,今译《戴维·斯旺》),美国霍桑著,收录《伍光建翻译遗稿》,页270—276。

出生良家、受过平常教育的大卫·斯万,在等候驿车时进入校枫树林酣睡,梦中有步行者、骑马人、各色各样的马车,以及向他喷毒的坏蛋、迷人的寡妇、美秀的少女、匪徒等。他们走进无知无觉的大卫梦里,在他酣睡的一点钟里,财神、爱神、死神几乎要演成种种怪事,但有造化安排,我们的生活仍然有恒有序。斯万苏醒后爬上了迅速驶向波士顿的车子,感到欢快而平稳,对梦幻般变化的清泉都没有好好瞥上告别的一眼。他既不了解曾把金光投到泉上的财神化身,也不知道曾一度对着汩汩流淌的水流低声叹息的爱神化身,更不清楚曾企图以他的鲜血染红泉水的死神化身——所有这一切,都发生在他躺下来睡觉的短短一个钟头之内。作家以自己独特的构思,在真实的世界和虚幻的世界中找到现实与想象相契合的"中间地带"。小说短小精悍,喻义极深,运用了象征手法,作者将抽象的人生亲情、爱情、财富以故事的形式具体化,给读者留下了深刻的印象和想象的空间。睡梦中的大卫对亲情、财富、爱情、死亡的象征一无所知,而读者置身故事之外却又为故事的主人公紧张、忧伤、焦急,为各自人生中的重要人物、重要节点浮想联翩。在这则短篇小说里,读者感受到了作家独具魅力的写作风格。作者凭借对人类情感事实和道德深度的洞察力,以及对宗教和超自然力量的戏剧性改编创造,借助梦境的意象,深刻地探索并揭露了人类深层次的道德问题。在人生道路上,尽管会有一些料想不到的事件不断地突然横在我们面前,但是总会有足够的可供遵循的规律预示着事件即将发生,足以说明有主宰一切的天意的存在。

057-57 一个王后的秘密

《一个王后的秘密》(*The Secret of a Queen*),英国爱德华·奥本海姆著,①伍光建译,湖南人民出版社1982年版,中国文史出版社2020年再版。

这是一部充满传奇色彩的推理小说。夜深人静,一个青年男子死在马车上,谁是凶手?各路专业抑或业余的侦探抽丝剥茧,目光渐

---

① 爱德华·菲利普·奥本海默(Edward Phillips Oppenheim, 1866—1946),英国著名小说家,以写间谍小说和惊悚小说著称于世,是世界上最早写作"间谍小说"的作家之一,独创了冒险惊悚文学中的"痞侠派"。一生著有《大秘密》《盲者之国》《坏人》《以假乱真》等150多部长篇小说,其中大部分为悬疑类小说,也有一些浪漫传奇、喜剧等,这些作品广受读者追捧,因成就卓著,影响巨大。1927年9月荣登美国《时代》杂志的封面。代表作有《盲者之国》(*Kingdom of the Blind*)、《双面叛徒》(*The Double Traitor*)等,其作品在20世纪前期风靡西方影坛的程度堪与当代的007系列、史蒂芬·金的作品相提并论。或有作品曾30余次被改编为电影,名作《化装大师》更是前后四次被搬上银幕。参见爱德华·菲利普·奥本海默著、孟军译《大秘密·译序》,重庆大学出版社,2015年。

渐聚焦在一个神秘女子身上。在她的背后,究竟隐藏着怎样的故事?这本小说的基本事实原很简单,但到作者手中却被处理得神秘离奇,令人惊疑,使人一读就不忍释手。小说分四十二回:

第一回　一个神秘的客人　　　　第二回　马车里的惨事
第三回　讨论这次杀人的事　　　第四回　在云雾之中
第五回　打电话　　　　　　　　第六回　一千镑赏格
第七回　大佐的小姐　　　　　　第八回　男爵夫人从中干预
第九回　阿罕伯拉戏院的一个包厢　第十回　无家可归的人
第十一回　假情　　　　　　　　第十二回　从好望角来的消息
第十三回　搜房子　　　　　　　第十四回　死人的兄弟
第十五回　律师的条陈　　　　　第十六回　在士特兰街吃大餐
第十七回　供认恋爱　　　　　　第十八回　一个未入行的侦探
第十九回　拼命地求亲　　　　　第二十回　刀刺心部
第二十一回　路易士逃走　　　　第二十二回　圣爱塔尔堡寨
第二十三回　远道来的爱情火热的瞻拜人
第二十四回　赴宴
第二十五回　穿黄靴的人　　　　第二十六回　法拉班夫人
第二十七回　奸细　　　　　　　第二十八回　大路上的光景
第二十九回　一个有体质的鬼　　第三十回　墨素尼亚国王后
第三十一回　从坟墓里回来　　　第三十二回　在士普狄林饭店
第三十三回　有她一份　　　　　第三十四回　不相称的一对
第三十五回　他的夫人　　　　　第三十六回　死者所遗下的东西
第三十七回　寡妇的哀的美敦　　第三十八回　无效的求亲
第三十九回　大佐的使命　　　　第四十回　勒诈
第四十一回　大佐说话　　　　　第四十二回　只剩爱情

伍光建生前很得意于这本译作,对原书的评价也很高,他在译序中说:"奥本海姆是有名的小说家,他的著作很多,《一个王后的秘密》

是他几本杰作之一。这本小说的基本事实原很简单,是一个枯窘题,可一到他手中,却变作离奇神秘,令人惊疑,使人一读就不忍释手。"他盛赞作者的写作手法,说作者"善于叙事,善于穿插,尤其善于布局,善于想象",才能有这样"化腐臭为神奇"的鬼斧神工,并推荐说:"这本小说的确是有志作小说者的津梁。"

058-58 续侠隐记

《续侠隐记》校注本,大仲马原著,伍光建译,马丹等校注,湖南人民出版社、岳麓书社1982年。

《续侠隐记》校注本茅盾仅做标点而没有译注,校注是后来由马丹等完成的。

英汉对照小说

059-01　维克斐牧师传译注（英汉对照）

《维克斐牧师传译注（英汉对照）》(The Vicar of Wakefield Translated and Annotated)，英国哥德斯密著，伍光建译注，商务印书馆1929年11月初版，1933年国难后一版。①

该书每页左面英文，右面中文，后面录有平海澜等翻译的《隐士吟》等汉译英诗。《申报》1930年5月8日第1页：

> 维克斐牧师传译注（THE VICAR OF WAKEFIELD TRANSLATED AND ANNOTATED），伍光建译，硬纸面本，四四八页，定价二元五角，邮费二分半。歌士米（Oliver Goldsmith）所著《维克斐牧师传》，阔冷，命意高达，而存心恺悌，以人类之舟摇着漂，一归于天性，久为欧美人士所爱。大文豪葛特（Goethe）、司葛德（Scott）等推崇备至。本书由新会伍光建先生用语体文译，华英对照。凡书中所引典故及成语单字之不易解者，均择要加注。事极精采处，并加批语，以资读者之玩味。②

杨家骆称："《维克斐牧师传译注》，伍光建译注。即前书（指林纾译《双鸳侣》，The Vicar of Wakefield）之异译，以为是世界史合群之生长，调停兼容个人自由，及各国自由，此本原文与译文对照排列，所引典故及成语单字之不易解者，均由译者择尤加注。"③

---

① 国难后第一版后面录有平海澜译《痴犬之挽歌》《隐士吟》等汉译英诗。
② 《申报》1930年5月8日，第1页。
③ 杨家骆：《民国以来出版新书总目提要》，页484。

060－02 悲惨世界

《悲惨世界》,法国雨果著,①黎明书局1933年6月初版。("语言文字"分册,页247)

《悲惨世界》分五大卷,故事的主线围绕主人公土伦苦刑犯冉·阿让(Jean Valjean)的个人经历,融进了法国的历史、革命、战争、道德哲学、法律、正义、宗教信仰。冉·阿让因偷窃罪被判刑入狱五年,由于越狱而被加刑至十九年,刑满释放后历经心酸,无以为生,幸得一位主教收容,并宽恕了他偷盗银器的行为,使冉·阿让深受感动,相信世上有真正的善人。于是他决定重新做人,报答这位好主教。本书是长篇小说几个片段英汉对照的选译本,内收四章:一、《船犯希昂发尔乡》(Jean Valgean, Galley-slave),二、《老伯伯马得莱恩》(Father Madeleine),三、《一个被追逐者》(A Hunted Man),四、《超过义务的东西》(Something Higher than Duty)。该书编入"英汉对照西洋文学名著译丛"。书前有伍蠡甫的序言《关于悲惨世界》,介绍本书及作者。序言中针对冉·阿让的偷窃行为,评说道:

> 人的历史是动的,生存方式也跟着起变化。生存工具既能在由石到铁的期间,给祖先造成若干野心的份子,当然也能在蒸汽机应用之后,生产一些不再袖手旁观的人,要打破野心者的垄断。新历史的曙光正照着现世纪的人,使前此伦理或法律的意识不得不随那已在动摇的生存方式而渐渐消灭了。所以,一朝没有私产制,偷取

---

① 维克多·雨果(Victor Hugo,1802—1885,又译嚣俄),法国19世纪前期积极浪漫主义文学的代表作家,生于法国贝桑松,13岁时与兄长进入寄读学校就学,兄弟均成为学生领袖。16岁时已能创作杰出的诗句,21岁时出版诗集,声名大噪。1845年法王路易·菲利普授予雨果上议院议员职位,自此专心从政。1848年法国二月革命爆发,法王路易被逊位。此时期他四处奔走宣传革命,为人民贡献良多,赢得新共和政体的尊敬,晋封伯爵,并当选国民代表及国会议员。三年后,拿破仑三世称帝,雨对此大加攻击,因此被放逐国外。此后20年间漂泊各处,完成小说《悲惨世界》。代表作还有长篇小说《巴黎圣母院》《九三年》等。参见上海辞书出版社编《外国人名辞典》,页296。

便非必要,也不再是人间的罪恶;它永属历史的一个名称了。①

陈思和《雨果及其作品在中国》一文篇幅不长,但专门提及1933年6月黎明书局出版的伍光建所编译的英汉对照《悲惨世界》的小册子,并称:"这本小册子值得重视的倒是前面有伍蠡甫写的长序。从历史发展的角度,既肯定了雨果对社会的抨击,又指出了雨果所塑造的冉·阿让这个人物的局限性。这篇论文比茅盾的论文(1935年发表在《中学生》杂志上,题为《雨果和哀史》)早两年,也许是第一篇有质量的雨果专文。"②

061-03 二京记

《二京记》(A Tale of Two Cities,今译《双城记》),英国查理·迭更斯(C. Dickens,1812—1870,今译狄更斯)著,商务印书馆1934年5月初版,1934年6月再版,收入"英汉对照名家小说选"第一集,1947年2月新一版。("语言文字"分册,页244)

《二京记》是描述法国大革命的长篇历史小说,是公认的世界文学经典名著。法国巴黎医生曼尼特看到伊华利孟侯爵兄弟杀害了一对夫妻,于是写信向国王告发,这封信不幸落到侯爵兄弟手中。于是曼尼特以政治犯身份被关进巴士底监狱,两年后妻子忧郁以终,女儿洛雪被好友罗尔里(Lorry)接到伦敦抚养。十八年后,曼尼特出狱,被他以前的仆人狄花治收留。洛雪得知消息后,接父亲到英国伦敦居住,路上遇到侯爵的儿子查理搭尔尼。查理搭尔尼和英国人息特尼卡尔敦外貌相似,但性格却完全不同,两人都爱上了洛雪。洛雪倾心于查理搭尔尼,两人在曼尼特医生同意后结婚。法国大革命爆发,巴黎人民攻陷巴士底狱,已经继承家业的查理搭尔尼为保护管家,冒险赶回时局纷乱的巴黎,甫一达到就被捕入狱。曼尼特医生利用其

---

① 伍蠡甫:《关于悲惨世界——序》,《悲惨世界》(伍光建译),黎明书局,1933年。
② 陈思和:《雨果及其作品在中国》,《中国比较文学》1997年第4期。

老政治犯的威望拯救查理搭尔尼，但重获自由的他很快又被检举重新入狱，检举人竟然是曾经帮助过曼尼特医生的狄花治夫人，一位坚定的女革命者。狄花治夫人在法庭上递交了曼尼特医生在狱中检举伊华利孟家族丑闻的血书，使查理搭尔尼被判处死刑。息特尼卡尔敦闻讯赶到巴黎，为了帮助心上人的爱人，他买通狱卒，潜入监狱，代替查理搭尔尼接受死刑，使查理搭尔尼一家得以逃出法国，抵达伦敦。伍光建在"译者注"中写道："本书所写的息特尼卡尔敦，就是他的意中的一个光明磊落与舍己大英雄，文学里头，历史里头，无有更比卡尔敦可爱的，更比他伟大的人物。"（页 46）《二京记》在刻画人物性格方面逼肖自然，贫民不全是正直善良的，富人也不尽是残忍无道的，人性之深，一如革命之错综复杂。伍光建选译该书的第一卷第五回《酒铺》、第六回《鞋匠》，第三卷第九回《搭尔尼二次入狱》、第十回《医师在狱里所写的血书》（伍光建注明原著题为"影响的体质"）、第十二回《卡尔顿入酒铺》、第二十五回《卡尔顿替死》。

书前有伍光建《二京记作者传略》写道：

> 作者是一八一二至一八七〇年间人，生于英国的波兹木 Portsmouth。他父亲是海军的一个小官吏，他是八兄弟姐妹之一。一八二一年他父亲迁居伦敦，越闹越穷，住在极污秽的地方，不久就因欠债入狱。那时候查理迭更士不过十岁，他有两年很艰于谋食，在一个大货仓里头，替人在黑靴油瓶子上粘招牌纸。后来他每提及他少年艰苦事，无一次不滴泪。他好在伦敦的小街小巷走，却总躲避那几处地方，不忍再见。好在那几年的阅历供给他撰小说的极好材料。他大约是在一八二四年等年在一个学校里读过两三年书。随后他当报馆的议院访员，他学减写，遇有空闲，走去图书馆读书。他当状师的学徒，又当过八九年伦敦几个报馆的访员，吃尽种种辛苦。他自己却说他后来当了一个小说家，粗有战就，端赖从前好几年所吃的辛苦。从一八三三年起，他就撰小说，到了一八三六年三月一日他的第一期"披克维克纪事录"（*Pickwick*

Papers) 出来，立刻享大名，收入始丰。此后他撰了很多小说，很有几部杰作。一八六九年他常当众说书，收入更丰，他为的是好作事不肯闲下来，并不是因为贪财；说书却是很费精力的，大约这就是他致死的一个原因。他最好走路；无论到什么地方，又无论寒暑阴晴，常是走路；他夜行受寒，左手左脚及头部得了毛病，这又是致死的一个原因。他是个温和，诚实，聪明，果决，光明磊落人。他的小说居多主持人道主义，教人爱人。这部《二京记》是一八五九年出版的；在他的著作中，是很特别的：一、比他的别部小说短得多，；二、全无令人发笑的人物；三、以关目情节为重。他自己说道："我要写一篇活现如画的故事，人物要逼肖自然，不用各人的说话而用各人的行事，发表各人的性情。"他又说道。"我生平所写的故事，以这一篇为最好。"这部小说是写法国大革命的英京伦敦及法京巴黎几个人物所做的事，所以称为《二京记》（这部小说的名称，凡易数次，才定为二京记的——译者注），却得力于喀莱尔 (Carlyle) 的《法兰西大革命史》不少。约翰福士达 (John Forster) 说："这部小说的长处不在于善于概念人物，却在乎表现他有善著杜撰故事的能力，其实是一部奇书。"民国二十二年癸酉霜降日伍光建记。①

062-04　末了的摩希干人

《末了的摩希干人》(The Last of the Mohicans，又名《最后的莫希干人》)，美国库柏著，②商务印书馆 1934 年 5 月初版，1934 年 6 月再版，收入"英汉对照名家小说选"。（"语言文字"分册，页 240）该书是库柏小说

---

① ［英］查理·迭更斯著，伍光建译：《二京记》，商务印书馆，1934 年，页 1—2。
② 詹姆斯·费尼莫·库柏 (James Fenimore Cooper, 1789—1851)，美国民族文学的奠基人之一。生于新泽西州。2 岁时，全家迁移至纽约州的库柏斯敦。附近的湖泊森林以及有关印第安人的传说，都深深吸引着他。1806 年到商船上学习航海，后在安大略湖畔一海军基地参加造船工作，曾被任命为海军上尉。他开创了以《皮袜子故事集》为代表的边疆传奇小说，包括《拓荒者》《大草原》《探路者》《杀鹿的人》等，其中《最后一个莫希干人》是最重要的一部作品，库柏也因此被尊为"西部小说之父"。参见黄禄善：《美国通俗小说史》，译林出版社，2003 年，页 66—67；上海辞书出版社编：《外国人名辞典》，页 259。

在华译出的第一个中文节译本，1987年上海译文出版社有宋兆霖译本。

1755年英法两国在北美洲争夺土地，各自利用当地土著互相征战，法军利用胡伦人的酋长马伽，英军有安伽斯——即所谓"末了一个摩希干人"相助。英军炮台被围，无援兵救助，台官孟洛战败而逃，途遇马伽的狙击，被掳走爱女柯拉尔和阿立斯。安伽斯和绰号"鹰眼"的英军探子一起追寻两女的下落，与劫持者开始了惊心动魄的追逃"游戏"。依靠安伽斯及其子、部下等摩希干人的勇敢智慧和丛林经验，孟洛等人最终查到了法军的踪迹。双方展开了血腥厮杀，安伽斯与柯拉尔不幸殒命，众人为他们举行了一场庄严而神圣的葬礼。在追踪、战斗的背后，隐藏的是作者对白种人和印第安土著关系的看法。无论孟洛如何表示"不论白色或黑色，同聚在上帝殿的左右"，也无论"鹰眼"与安伽斯如何英雄相惜，文章末尾的一段话明白无误地表达了作者对两种族平等相处的悲观意见：白人是世界的主人翁，红人的时机还未再来。至此，作者点明了全书的主旨，当白人踏上这片土地，印第安人的灾难就开始了，他们不复有宁静的、独立的生活。安伽斯的死使摩希干人失去了最后一个战士，这个隐喻表达的是他们民族的精髓已彻底失去。

该小说原章节无标题，均以数字排列，共三十三章。译本则从第二十一回"追纵"开始，开篇有译者注："英法两国争北美土地，各利用土酋帮助；法人利用胡伦人（Hurons）的酋长马伽（Magua），英军有安伽斯（Uncas，即所谓"末了一个摩希干人"）相助。英军炮台被围，军长不派兵来援，台官孟洛（Munro）力尽约降，挈两女逃避，被马伽的狙击，马伽捉两女。英军探子绰号'鹰眼'（Hawkeye）与安伽斯等追寻两女的下落。"

伍光建在作者《传略》中写道：

库柏（Cooper）生于美国的纽佐尔细（New Jersey），是一七八九至一八五一年间人。他的父亲是英国的朋友会中人，他的母亲是瑞典人的后裔。他在耶鲁大学三年，因事出校，这就同好几个在他之前及在他之后的有名的文学家一样，都是忽然离开大学的。他入海军供职四年。后来做田舍翁，颇研究边境上土人的生活,及殖民地时代的历史。他游历英国、德国、瑞士国,当过法国里昂(Lyons)领事。他死于一八五一年,濒临死嘱咐家里,不必搜辑材料,为他作传。他有三十多种著作,出名的有十种八种小说,尤以今所选译《末了的摩希干人》为最出名。这部小说叙一七五五年英法两国争北美洲土地的事,地点在哈得孙(hudson)河源与附近诸湖之间,以土酋安伽斯及当探子的英国人绰号"鹰眼"为主要人物。作者有的颇犯文法的规则;马可特威英(Mark Twain)说撰小说有撰小说的规则,库柏却十犯其八九。鲁安波里教授说,可惜库柏到了第三年就出学——这就好像是说耶鲁或其他大学曾帮助过一个有天才的人撰小说!其实他的小说以材料胜,他状物叙事又最能在引人入胜,令人不忍释手。他的小说在欧洲三十处大城市出版,几乎与司各脱(Scott)及摆伦(Byron)齐名。巴尔札克(Balzac)也是一个好犯撰小说规则的人,却恭维库柏,说他的闳壮肃穆只有司各脱能及,可谓推崇到极点了。民国二十二年癸酉处暑日伍光建记。

该书在读书界颇受欢迎,多家出版社曾不断再版此书。

063－05 财阀

《财阀》(The Moneychangers),美国沁克雷著,[1]商务印书馆

---

[1] 沁克雷(Upton Sinclair,1878—1968,今译厄普顿·辛克莱),美国作家,出生于马里兰州的巴尔的摩市。祖上是名门贵族,后家境败落,父亲以卖酒为生,收入微薄,全家迁居纽约。他边工作边求学,先后在纽约市立学院和哥伦比亚大学读书。15岁开始给一些通俗出版物写文章,靠稿费维持生活。1902年参加美国社会党。曾对芝加哥的劳工情况进行调查,并据而写成长篇小说《屠场》(The Jungle,1906年),揭露芝加哥肉类加工厂恶劣的劳动条件,描写立陶宛移民约吉斯·路德库斯一家在美国定居后的悲惨遭遇,出版后反应强烈,不久就被译成十余种文字,成为20世纪初期美国文艺界"揭发黑幕运动"的第一部小说。以后30年间,他继续创作揭露社会黑暗面的长篇小说,《财阀》(1908年)揭露华尔街的金融体制,《煤炭大王》(1917年)描写科罗拉多州煤矿工人罢工事件,《石油》(1927年)抨击垄断资本家的剥削恶行并被改编成电影《黑金企业》,《波士顿》(1928年)揭露政治腐败和警察暴行。有关纳粹兴起的《龙齿》(1942年)荣获普利策小说奖。参见黄禄善《美国通俗小说史》,译林出版社,2003年,页165—168。

1934年5月初版。后列入"英汉对照名家小说选"。("语言文字"分册,页240)该书是厄普顿·辛克莱"黑幕小说"三部曲(《有产业的人》《骑虎》《出租》)在华出版的第一个中文节译本。

沁克雷是美国小说家、剧作家,被认为是美国文坛最初引导出"普罗精神"的左翼文学的急先锋。因其"左倾"思想,其作品在中国现代翻译界颇受欢迎,一度成为20世纪三四十年代文坛的畅销书。辛克莱作品的汉译主要集中在1928—1937年,即左翼十年,其作品呈迅猛的势头向中国涌入,光单行本就多达近30部。① 伍光建在《财阀作者传略》中写道:

> 沁克雷是一个并世的大作家。他是一个极端的改革派,一个社会党。他初时原以诗人自命,不能得名。他就研究其故,才窥见世界上有种种不平的事。于是竭他过人的精力著书,揭露社会及实业界的种种黑幕。他以为凡是一个人,都应该见义勇为,攻打世上不平的事,不使其留存于人间,为什么要等他人负责。他与萧伯纳同一鼻孔出气,都以为世界上触目都是痛苦与饥饿,既是无人有心肠,无人有本领,肯出来为这样无告的人民奋斗,只好大作家出来,替人民打不平。所以他遇着或晓得不平的事,就自己动手,用一片血诚,直捷痛快,不留余地的,迎头痛击;著了许多小说与经济学及社会科学的论说,攻击报界、教士、大学、财阀、欧战,等等,敢言人所不敢言。好在他所揭露的事实及黑幕,都是确有其事,不能否认,不能掩饰的。被攻击的阶段,自然群起反对他,不料他们越反对他,他越发怒,他的文章越做得好,反成了他的名。他因为人们反对,无人肯同他印刷,无人肯同他出版,他就没法自己兼任这两件事。他笔墨极其深刻尖利,一针见血,其锋不可当。他以他所著的《野兽世界》

---

① 葛中俊:《厄普敦·辛克莱对中国左翼文学的影响》,《中国比较文学》1994年第1期;葛中俊:《厄普敦·辛克莱在中国的翻译及其理由——辛克莱和翻译文学系列研究之三》,《苏州大学学报》(哲学社会科学版)1996年第3期。

(The Jungle)得名。(此书与祁贝林的《野兽世界》书名略同,用意却大不相同,祁贝林意在主张帝国主义,沁克雷是攻击屠宰场压制工人,不以人类相待。)今选译一九二六年出版的《财阀》中几回。这部书说豪富们奢侈横行,互相倾陷,一九〇七年纽约市恒街的大恐慌是怎样惨淡经营造出来的,以报私怨,以倾陷同业,以强逼政府取消严禁专利的命令。其中描写极热烈的爱情,实写大规模的扰乱金融,有世人所不知的种种秘密。在最末一段,孟德古说道:"我要找着补救方法才肯罢手,我要如政界,我尝试教导国人。"这就是作者著书的本意。伍光建记。①

伍译为原书的第五回、第十八回、第二十回、第二十一回、第二十二回、第二十三回。或以为伍译是该书第一个中文节译本。该书笔墨极为深刻尖利,一针见血,锐不可当。泰罗太太(Mrs. Taylor)名洛雪,是一个22岁有钱的美貌小寡妇。她来到纽约,找她的旧邻居孟德古兄弟照应。遇到一个大色鬼、大资本家、银行界的大头目丹·滑突曼,邀请她到其家观画,并到其游船玩耍。孟德古之前与洛雪约好见面商量要事,等了很久都不见她来,便来到滑突曼的游船上找洛雪。幸好及时赶到,将洛雪从滑突曼的魔掌下救出。滑突曼为了将洛雪的情人赖特尔陷于死地,不惜掀起一场金融危机。他与其他几个大金融家将政府的钱揽入自己的银行却不纳息,借贷于人民却要取息。当发生挤兑风潮时,他们将取自政府的钱还给政府,摇身一变成为"民族英雄"。在这个过程中,报纸也被滑特曼等金融家们操纵,隐藏消息,一味地欺瞒观众。伍光建在"译者注"中特别指出当时的报纸"早已不知主持公道及言论自由为何物了"。② 最后,赖特尔走投无路,结束了自己的生命。洛雪闻讯后,也于几日之后在旅馆中服毒自尽。小说描写了热烈的爱情,实写了富豪扰乱金融、以报私怨的行为,揭露了1907年纽约华尔街

---

① [美]沁克雷著,伍光建译:《财阀》,商务印书馆,1934年,页1—2。
② 同上书,页7。

大恐慌背后的秘密。在小说最末一段,作者借孟德古所言:"我要等到找着补救方法,我才肯罢手。""我要入政界,我尝试教导国人。"伍光建在译者注里称"此是作者自命,所以先著这部小说"。①

064-06 坠楼记

《坠楼记》(*Kenil Worth*,或译《坎尼尔华斯》),英国司各脱著,②商务印书馆1934年6月初版,编入"英汉对照名家小说选"。("语言文字"分册,页244)

《坠楼记》刻画了英国女王依丽萨伯最宠任的一个大臣勒司德,他权力欲极强,想与女王结婚进而掌握国家大权。无奈已经娶了一个爵士的女儿爱梅·洛白沙特小姐为妻,为了欺瞒女王,对外宣称爱梅是他的侍从瓦尔尼的妻子。女王有心下嫁勒司德,又恐有失身份。另一方面,勒司德也舍不得他的夫人。而侍从瓦尔尼并非一个简单的人物,他狡诈奸猾,心狠手辣,要名实相副,遭到勒司德的反对后居然设计陷害爱梅,使她从高楼坠下,死得极为惨烈。事情败露,女王取消了与勒司德的婚约,但也严厉惩治了瓦尔尼,算得上公正有义。依丽萨伯女王在历史上确有其人,不过这个故事是否属实就有待商榷了。伍光建将如此一部长篇巨著节译为薄薄一本小书,但将女王对勒司德的真情、勒司德的虚荣,以及瓦

---

① [美]沁克雷著,伍光建译:《财阀》,页52。
② 司各脱(Sir W. Scott,1771—1832,今译瓦尔特·司各特),英国著名历史小说家、诗人。生于苏格兰的爱丁堡市,自幼患有小儿麻痹症。爱丁堡大学法律系毕业后,当过副郡长,他以苏格兰为背景创作的诗歌十分有名,后转行开始写作历史小说,成为英语历史文学的一代鼻祖。所著取材于英国和欧洲历史的小说《艾凡赫》(*Ivanhoe*,1819年),林琴南将之译为《撒克逊劫后英雄略》,生动地表现了12世纪英国"狮心王"理查在位时复杂的阶级矛盾和民族矛盾,揭露了诺曼贵族的骄横残暴和撒克逊劳动人民的苦难。此书曾对法国的雨果、巴尔扎克、梅里美、司汤达产生过直接或间接的影响,德国的歌德、意大利的孟佐尼、俄国的普希金也都受到过此书不同程度的影响。茅盾谈到他所喜爱的外国文学时讲:"我喜欢规模宏大、文笔恣肆绚烂的作品。"1924年他在为林译此书校注时,写了十分详细的《司各特评传》与《司各特著作编年录》,以后他在自己的作品中,多次提到这部小说。许多研究者认为《子夜》的总结构受到了此书的启示。参见邹振环《影响中国近代社会的一百种译作(增订本)》,江苏教育出版社,2008年,页194—196。

尔尼的巧舌如簧,都能通过译本妙惟肖地再现于读者眼前,实属不易。伍光建选译了该书中的第七回《瓦尔尼》、第八回《特列西林述往事》、第十四回《和尔特洛里(Walter Raleigh)》、第十六回《依丽萨伯的手段》、第十七回《洛里的一句诗》、第四十回《女王与勒司德伯爵》、第四十一回《坠楼》。译本中有大段的译者注,有时一页内竟然有三处之多。①

在《坠楼记》作者传略中写道:

> 司各脱是苏格兰人,生于一七七一年。他是古时酋长之后。他少时有病,右足不良于行;十六岁时患过吐血病。他在大学读书,学法律,名为当律师有十余年。但是他好读古史、稗史、小说、古时文牍、档案、私人字乘,及有名的惨剧及战纪。他少时在海边用石头、壳子、及种子演阵势。他卧病在床的时候,还在床边挂了一面镜子,以便看外边军队操演。他从三十岁起,撰过好几篇诗歌。一八〇五年他起首撰小说,屡作屡辍,到了一八一四年,刊行他的第一部小说。以后陆续撰小说,他的小说收入每年有一万五千镑,可惜他不善理财,反同更不善簿记的人开书店,开出版店,结果就是大破产,账目辗辘不清,共欠十一万七千镑。他又好替人作保,又往往寅吃卯粮,所以他的债台堆得很高。他却是最顾面子的,依然力疾著书,还债,五六年间居然偿还六万三千镑的债,他的身体由是更受伤。死于一八三二年。一八一八年他受封小男爵。他共总撰了三十二部小说。他的绝大本领在乎给幻想的人物以真实的人性,使历史的枯骨变作活人,所以至今还有许多人爱读。今所摘译的《坠楼记》(原为 Kenil worth,是各碉堡)记英国女主依利萨伯所最宠任的一个有大志的伯爵,偷娶一个爵士的小姐的故事。这个伯爵却想同女主结婚,恐怕善妒的女主晓得他已经结婚,外面只说是他的侍从娶的。女主向下嫁他,恐怕失身份,却又舍不得他;伯爵却舍不得他所偷娶的

---

① [英]司各脱著,伍光建译:《坠楼记》,商务印书馆,1934年,页36。

夫人,他的侍从却从中使毒计,要名实相副,于是演出许多故事来。这部书是司各脱几种杰作中的一种,在一八二一年出版。民国二十二年癸酉秋分日伍光建记。①

----

① 伍光建对司各特的作品情有独钟,1905年他拜访林纾。林纾在《撒克逊劫后英雄略》译序中写道:

> 伍昭扆太守至京师,访余于春觉斋,相见道故,纵论英伦文家,则盛推司各德,以为可侪吾国之史迁。顾司氏出语隽妙,凡史莫之或逮矣。余适译述此篇,即司氏书也,故叩太守以所云隽妙者安指,太守曰:"吾稔读《吕贝珈传》,中叙壳漫黑司得善射,乃高于养叔,吾已撅拾其事入英文课本矣。"余大笑,立检此稿示太守,自侈与太守见合。太守亦大喜,翻叩余以是书隽妙所在,趣余述之。余曰:"纾不通西文,然每听述者叙传中事,往往于伏线、接笋、变调、过脉处,大类吾古文家言。若但以是书论,盖有数妙:古人为书,能积至十二万言之多,则其日月必绵久,事实必繁夥,人物必层出;乃此篇为人不过十五,为日同之,而变幻离合,令读者若历十余稔之久,此一妙也。吾闻有苏五其人者,能为盲弹词,于广场中以相者囊琵琶至,词中遇越人则越语,吴人、楚人则又变为吴、楚语,无论晋、豫、燕、齐,一一皆肖,听者倾靡。此书亦然,述英雄语,肖英雄也;述盗贼语,肖盗贼也;述顽固语,肖顽固也。虽每人出话,恒至千数百言,人亦无病其累复者,此又一妙也。书中主义,与天主教人为难,描写太姆不拉壮士,英姿飒爽,所向无敌,顾见色即靡,遇智而涎,攻剽椎埋,靡所不有;其雅有文采者,又谵容诡笑,以媚妇人;穷其丑态,至于无可托足,此又一妙也。《汉书·东方曼倩传》叙曼倩对侏儒语及拔剑割肉事,孟坚文章,火色浓于史公,在余穿旧人眼中观之,似西文必无是诙诡矣。顾司氏述弄儿汪霸,往往以简语泄天趣,令人捧腹。文心之幻,不亚孟坚,此又一妙也。且犹太人之见唾于欧人久矣,狗斥而奴贱之,吮其财而尽其家,欧人顾乃不怜,转以为天道公理之应尔。然国家有急,又往往假资于其族,春温秋肃之容,于假资还资时,斗变其气候。犹太人之寓欧,较羁鸟为危,顾乃知有家,而不知有国;抱金自殉,至死不知国为何物。此书果令黄种人读之,亦足生其畏惕之心,此又一妙也。包本王裔之于拿破仑,漆身吞炭,百死无恤,又日为秦廷之哭。英、俄怜之,挟与普、奥之怒,因得复辟。虽为祚弗修,其复仇念国之心,可取也。今书中叙撒克逊王孙,乃嗜炙慕色,形如土偶,遂令垂老亡国之英雄,激发其哀历之音。愚智有形,妍媸对待,令人悲笑交作,此又一妙也。吕贝珈者,犹太女郎也,洞明大义,垂青英雄,又能以坚果之力,峻斥豪暴,在犹太中,未必果有其人。然司氏既恶天主教人,特高犹太人以摧践之,文心奇幻,此又一妙也。华德马者,合贾充、成济为一手者也,其劝喻诸将,虽有狡诈者,亦将为之动容。天下以义感人,人固易动,从未闻用篡窃之语宣之广众,竟似节节可听者,则司氏词令之美,吾不测其所至矣,此又一妙也。"综是数妙,太守乃大题余论。惜余年已五十有四,不能抱书从学生之后,请业于西师之门;凡诸译著,均恃耳而屏目,则真吾生之大不幸矣。西国文章大老,在法吾知仲马父子,在英吾知司各德、哈葛德两先生,而司氏之书,涂术尤别。顾以中西文异,虽欲私淑,亦莫得所从。嗟夫!青年学生,安可不以余老悖为鉴哉!光绪三十一年七月六夕,闽县林纾畏庐甫叙于春觉斋。

(转下页)

065-07 阿当贝特

《阿当贝特》(*Adam Bede*，或译《亚当·比德》)，英国佐治·爱略脱著，①商务印书馆 1934 年 6 月初版，同年已发行至第三版，收入"英汉对照名家小说选"。("语言文字"分册，页 244) 该书是《亚当·比德》在华的第一个节译本。②

作者根据其姑母所讲的真实故事创作的。小说叙述马丁裴沙尔太太有两个青春美丽的外甥女，分别是亥提和狄娜。亥提活泼可爱，狄娜沉静内敛，是一个虔诚的基督教徒。秉性高贵的乡村木匠阿当贝特爱上了亥提，但亥提却爱慕虚荣的乡绅家少爷亚搭尔；有一天阿

(接上页)林纾向伍光建请教该书之"隽妙者安指"，伍光建称已经将其中"叙壳漫黑司得善射，乃高于养叔"的"吕贝珈传""撷拾其事入英文课本矣"，即在《帝国英文读本》中选入了相关片段。二人畅谈英国文学，认为在"英伦文家"中应该"盛推"司各德，林纾非常高兴他与伍光建之文心所见略同。林纾称司各德擅长处理线条错综、矛盾多重的交叉历史画面，"往往于伏线、接笋、变调、过脉处，大类吾古文家言"，指出司各特有将幻想和真实相结合的独到手法与细腻的人物性格刻画得独特手法，称此书有"数妙"，首先是事实、人物变幻离合，惟妙惟肖；其次是人物的性格刻画细致鲜明，如太姆不拉壮士既"英姿飒爽，所向无敌"，又"见色即靡，遇财而涎"，与伍光建都认为司各德"文心之幻，不亚于司马迁、班固"。[英]司各德著，林纾、魏易译：《撒克逊劫后英雄略·译序》，商务印书馆，1905 年）

① 佐治·爱略脱（George Eliot, 1819—1880, 今译乔治·艾略特），英国维多利亚时代著名女作家之一，原名玛丽·安·伊万斯（Mary Ann Evans），出身于华威郡一个中产阶级商人家庭，其父是一处大庄园的代理人。由于曾在两所宗教气息浓厚的学校就读，她受宗教影响颇深，平日最喜研究语言，拉丁文、法文、德文、意大利文、希伯来文、希腊文皆能通晓。一生笃信宗教，却依然极富怀疑精神。从小比较熟悉英国农村的风土人情，因此其小说清新优美，极富田园生活的大自然的气息，早年作品都流露出了对英国乡村生活的亲身体验。她用较多的篇幅歌颂英国农民在宗法制社会中怡然自得的乐趣，表达了对田园生活的向往和对宗法制社会的留恋。1859 年发表第一部长篇小说《亚当·比德》，一年内再版了八次，颇受读书界欢迎，之后发表了《织工马南传》与《弗洛斯河上的磨坊》，奠定了在英国文坛的地位，成为 19 世纪维多利亚时代与萨克雷、狄更斯、勃朗特姐妹等齐名的杰出作家。其文章诙谐有趣，文字又极其简洁明了，不但擅于描摹 19 世纪英国的风土人情，还是心理派小说的先导，伟大的心理派小说家亨利·詹姆斯和乔治·梅瑞狄斯皆传承其衣钵。参见上海辞书出版社编《外国人名辞典》，页 444。

② 叶新在《英国 19 世纪著名作家的代表作中译本出版分析》中称《亚当·比德》最早的中译本的出版时间是 1950 年，显然漏记了伍光建的节译本（爱略脱著，伍光建译：《阿当贝特》，商务印书馆，1934 年）。参见氏著《简·奥斯丁在中国》，清华大学出版社，2020 年，页 6—7。

当贝特偶然发现了亥提跟亚搭尔在树林里幽会,便逼迫原本好朋友的亚搭尔跟他决斗。但亚搭尔实际上并没有与地位悬殊的亥提结婚的打算。阿当发现后心有不平,他不想看到亥提被骗,于是要求亚搭尔写信如实相告。得知真相的亥提终日愁苦,无奈之下只得嫁给阿当。不料婚期快到的时候,她突然发现自己怀有身孕,于是托故出门找寻亚搭尔。而亚搭尔写了一封信给亥提,表示跟她断绝关系,然后便随其部队离开了。亥提寻人未果,又不敢回家,绝望中将婴儿抛弃在森林里。警察发现后,以杀婴之死罪将她投入监狱。狄娜在亥提行刑前赶来相劝,以上帝的真义感化亥提。在阿当等人的协力救助下,亥提获蒙特赦,免于一死,减刑改判流放。幸好她过去的恋人亚搭尔在最后时刻到达。在外漂泊受苦的阿当,历经世事归于平静后与善良的狄娜结为夫妻。阿当贝特之兄原本也爱着狄娜,见狄娜爱的不是自己便退避了。书中狄娜的原型即给作者讲述这个故事的姑母伊丽莎白·伊文思,而阿当贝特的原型就是作者的父亲罗伯特·伊文思。

该小说问世后一年内再版了八次,颇受读者欢迎。在译者的删削下,宁静的乡村生活、曲折的恋爱经历与末尾狄娜的真诚劝诫成为重头戏,而小说中有关亥提怀孕逃走、埋葬婴儿等情节却只有寥寥几笔带过。

译本从第六回《荷尔田舍》开篇,译者注写道:"据现在看来,这所田舍的历史是显明的了。有过一度是乡绅的住宅,很许是这一家的人口慢慢减少了,只剩了一个不出阁的闺女,就失了本来的名称,与唐尼托安(Donnithorne)地名,混而为一。从前有过一度,是地主的第宅,现在是荷尔(译义是地主的第宅,译音是荷尔——译者注)田舍。"① 伍光建在《作者传略》中写道:

作者的名姓是玛理安伊文斯(Mary Ann Evans),佐治·爱略脱(George Eliot)是假名姓。她是一八一九至一八八〇年间人,她生于英国的中原。她的父亲是个木匠及营造人,很有办事

---

① [英]爱略脱著,伍光建译:《阿当贝特》,商务印书馆,1934年,页1。

才干。他是个保守派,他的宗教见解和政治见解是很谨严的。她的母亲生于中等人家,是个聪明女人。作者的心中有她父母的很深印象。她所受的教育在当时算是很好的,却不算是最高等的,她却很有机会读书及反省。她很得益于布雷斯(Brays)一家人,与一个哲学家留埃斯(G. H. Lewes),这个人是英文及德文的文学家,又是批判家,由是她的宗教见解和人生见解扩充许多。她最初在报馆撰文,同时兼译德文著作。一八五八年她的杰作《阿当贝特》出版,立享大名,销路极畅,她先后得了一千两百镑。有人恭维她这部书,说自从莎士比亚以来,以这部小说为最好。此外她尚有几部名作。她的文章有谐趣,她写风景风俗写得最翔实。她的文字浅白清洁,自从哥德斯米特(Goldsmith)以来,以她的文字为最清洁。她又是心理派小说家的先导,她的心理是非常的准确,有两个最伟大的心理派小说家詹木斯(Henry James)及佐治梅列笛斯(George Meregith)传她的衣钵。她貌寝不像女人;斯宾塞尔(Herbert Spencer)曾想娶她,因嫌她貌丑,不曾提婚。那个批判家留埃斯反不重美貌,与她同居。他死于一八七八年,其后她嫁与克洛斯(Cross),嫁后不久就死了。民国二十二年癸酉处暑日伍光建记。①

066-08 妥木琐耶尔的冒险事

《妥木琐耶尔的冒险事》(The Adventures of Tom Sawyer,今译《汤姆·索耶历险记》),美国克勒门兹著,②商务印书馆 1934 年 6 月

---

① 文中提及的哲学家留埃斯(George Henry Lewes,1817—1878),今译乔治·亨利·路易斯,英国维多利亚时代的哲学家、文学和戏剧评论家。犹太人,乔治·艾略特的朋友。著有《哲学史人物传》(A Biographical History of Philosophy)等。
② 克勒门兹(Samuel L. Clemens,1835—1910),马克·吐温(Mark Twain)真名。"马克·吐温"原是密西西比河水手使用的表示在航道上所测水的深度的术语。他 12 岁时父亲去世,只好停学,到工厂当小工,曾做过密西西比河的领航员、矿工及新闻记者工作。渐渐创作了一些有趣的小说,开始了自己的写作生涯。一生写了大量作品,体裁(转下页)

初版,收入"英汉对照名家小说选"。("语言文字"分册,页240)

　　克勒门兹是美国著名作家马克·吐温的真名,现通译为萨缪尔·朗赫恩·克利门斯。17岁开始他在密西西比河上当了四年轮船领港,积累了不少阅历。根据这些阅历,先后撰写了《密西西比河上的生活》和《妥木琐耶尔的冒险事》。《妥木琐耶尔的冒险事》围绕妥木和他的朋友哈克展开,妥木是一个贪玩好斗、极其淘气的孩子,却主意很多,又慷慨勇敢;哈克是一个无父无母、无家可归的孩子,不做正经事,白天随便偷点东西填饱肚子,晚上则在街头的大木桶里睡觉,却能见义勇为,光明磊落,敝屣富贵。译者选取了原书的三段历险,从第二十九回"哈克救寡妇"开始,开篇有一段译者注:"哈克Huck与妥木Tom两人约好某天晚上去找藏镪(成串的钱——编者注),适值妥木及裁判官的小女儿贝克Becky赴野餐会,随同几个好事的孩子们,入山洞玩耍,迷失路途。那天晚上哈克就等妥木不来,夜深在路上盘桓,看见两个形迹可疑的人,就发生在二十九回的事。"接着讲述哈克偶然跟随印真佐奥,发现他预备劫杀寡妇德格拉斯的阴谋,立即向老惠尔斯人通风报信,使寡妇幸免于难。此举不但改变了哈克在当地居民心中的形象,也使哈克在夜晚辗转反侧,开始考虑人生的方向。第二段历险是妥木与青梅竹马的贝克野餐时在山洞里探险,却不幸迷路,最终凭借妥木的细心与勇敢,终于走出山洞。第三段历险是全书的重头戏,妥木与哈克前往山洞寻找宝藏,却意外看到杀死鲁宾逊医生的凶手印真佐奥。利用印真佐奥的贪财心理,他们将之骗入山洞中,然后飞奔回城,向警官报告消息。最后,不但使

(接上页)涉及小说、剧本、散文、诗歌等各方面。代表作有小说《百万英镑》《汤姆·索亚历险记》《哈克贝利·费恩历险记》等。其作品批判了社会的不合理现象和人性的丑恶之处,表达了其当过排字工人和水手的作家强烈的正义感和对普通人民的关心,幽默和讽刺的风格是其写作特点。参见上海辞书出版社编《外国人名辞典》,页20。张友松在《我选译马克·吐温小说名著的历程》一文中称,1949年前不曾有人系统地介绍过马克·吐温的作品,只有李兰在鲁迅的鼓励下译过一篇《夏娃日记》,这篇小说字数有限,思想性较差,没有代表性。此外该书还有书名《汤姆·莎耶》两种译本,译文质量都很差(《中国比较文学》1991年第2期)。很显然张友松未见过伍译《妥木琐耶尔的冒险事》。

杀人犯伏法,还找到了海盗埋藏的金币。小说情节起伏跌宕,忽而从谐剧跳到惨剧,忽而从动情的辞令跳到令人大笑不止的反语,俚语和俗语的运用更增添了小说的生动性、趣味性。文中对人们贪婪、保守和成见的表现,使小说不仅是一部儿童历险记,更是警醒成人的讽喻之作。

伍光建在《作者传略》中写道:

> 马可特威英是作者的假名姓,他的真名姓是撒木耳克勒门兹(Samuel L. Clemens),是一八三五至一九一○年间人。他当小孩子的时候游手好闲,很淘气。他十二岁丧父,就不读书了,说不到入大学了。他当印刷店的学徒以自给,当了三年。他的哥哥买了一个报馆,他在那里帮忙写笑话。他十七岁当密士失必河(Mississippi)上的轮船领港,当了四年。他得了许多阅历,就拿来做两三部书的材料,他后来说:"我在这个辛苦的学校里头为日虽不久,我却亲身熟习各式各样人的性情;在小说里头,古传记里头,及古历史里头的人物,也不过是这样的人物。"他酷好共和,最恨君主制,他有几部书很讽刺君主制的仪文。他的杰作有好几种,今所摘译的《妥木琐耶尔的冒险事》,即是其中很有名的一种。这部小说里头就有哈克(Huck)的事,他后来还著两部书说妥木,一部书说哈克。妥木是一个极其淘气的小孩子,却主意很多,又慷慨勇敢;哈克是一个无父无母无家可归的孩子,不做正经事,日间随便偷点东西吃了,晚间在街头巷尾的大桶里睡,却能见义勇为,光明磊落,敝屣富贵,非辛苦得来的则不食。据说哈克实有其人;妥木却是代表三个孩子,作者居其多数。马可特威英是美国的最伟大的饶有谐趣的作家。他的笔墨变化得快,忽然会从谐剧跳到惨剧,忽然从动情的辞令跳到令人大笑不止的反衬。本书有许多俚语及字音不正的说话不是当地人不能尽解,却是极有趣味的。孩子们读这部书固然觉得有趣,成年人读这部书觉得更有趣。　年　月　日伍光建记。①

---

① [美]克勒门兹著,伍光建译:《妥木琐耶尔的冒险事》,商务印书馆,1934年,页1—2。

067-09 妥木宗斯

《妥木宗斯》(The History of Tom Jones,今译《弃儿汤姆·琼斯的历史》),英国亨利·斐勒丁(Henry Fielding,1707—1754,今译菲尔丁)著,商务印书馆1934年7月初版,同年8月再版,10月三版,收入"英汉对照名家小说选"。("语言文字"分册,页244)

小说描写了一个少年妥木宗斯的爱憎和得失。主人翁是一个弃婴,被乡绅阿尔和特收养,与他一起成长的有阿尔和特的女儿素菲亚,以及阿尔和特妹妹的儿子比菲尔。小说前半部分讲三人的成长故事,穿插了假道学方先生言行不一的丑态。在比菲尔的污蔑和陷害下,妥木宗斯被阿尔和特赶出家门,不愿嫁给比菲尔的素菲亚乘机离家出走,踏上了寻找宗斯的艰险道路。小说的后半部分讲述两人在路上遇到的各色人等和离奇经历。素菲亚的表姐贝拉士屯夫人蛊惑妥木宗斯,并妄图阻扰素菲亚与妥木宗斯的相遇,最终没有得逞。两个年轻人冲破重重艰难险阻,最终踏上了幸福的红地毯。宗斯的身世也得以浮出水面,原来他是比列吉与阿尔和特小姐的私生子,即阿尔和特的外甥。小说在人物塑造方面尤为成功,将一个天性善良、光明磊落,但又摇摆在情感与欲望之间的复杂人物描摹得生动传神。妥木宗斯并不是道德的完美典范,但他知错就改、勇敢慷慨的性格昭示了人性的光芒。译本侧重于小说的前半部分,对后半部分删节较多。

伍光建在《斐勒丁传略》中称:

> 斐勒丁(Henry Fielding)是一七〇七至一七五四年间人,原是贵族的后裔,在伊吞(Eton)学校及来丁(Leyden)学校读书,曾学法律。初时以制剧为生,并不行时。到了一七三六年他制了几本戏,毫不客气的简直批评当时政界的贿赂公行,却很行时。一七三七年,政府颁行检查剧本条例,同时并限制戏园数目,斐勒丁从此

不制剧了，只好撰小说。他的《约翰安德鲁传》(*Joseph Andrews*)，是一七四二年出版的，他的《大伟人威立特》(*Jonathan Wild the Great*)是一七四三年出版的。一七四九年他的《妥木宗斯》(*Tom Jones*)出版，越二年他的《亚米利亚》(*Amelia*)出版，以《妥木宗斯》为最出名，《亚米利亚》次之；这两部都是很长的小说，译出汉文每种总有好几十万字。他为人慈祥慷慨，深知人情世故，他劳于著书，好酒食征逐，往往熬夜，遂不永其年。他所著的《亚米利亚》颇有很深的潜力及于萨克莱(Thackeray)。

我今选译《妥木宗斯》，哥尔利治(Coleridge)说，以关目论以"Oedipus Tyrannus, The Alcheymist"及《妥木宗斯》最为完备。拉穆(Lamb)说《妥木宗斯》的由心坎里发出来的哄堂大笑，能扫清沉闷的空气。黑因(Hearne)说英国文学始终未有胜过斐勒丁的最好著作。大历史学家吉本(Gibbon)恭维《妥木宗斯》恭维得很有趣："他叙他自己的世系，连类说及他人的世系。他说世上以孔夫子的世泽为最源远流长，何止俎豆千秋，欧罗巴以哈布斯堡(Hapsburg)族为最高贵，追溯其有名的远祖，也不过八万二千年，这一族有两支，荣枯很不同，有一支的后裔做到日耳曼帝及西班牙王（指查理第五——译者注）。有一支分到英国，有一个后裔就是斐勒丁（近代有人说他不是这一支的后裔）。查理第五是个大皇帝，很可以藐视在英国的远支兄弟们，但是等到亚斯古拉(Escural)宫及奥地利帝国灭亡之后，斐勒丁的《妥木宗斯》还是长存于世的。"

《妥木宗斯》专写一个少年人的错误，他的得失，他的爱憎，他的苦乐；他是个荡子，好酒好赌，堕落到当一个半老徐娘的姘夫，很无耻的受她的津贴，受她的豢养；他却是勇敢慷慨，光明磊落，真是一个男子汉，知过能改，又是一个极有良心的人。这部小说里头有许多人物，最要紧的就是男英雄妥木宗斯、女英雄素斐亚(Sophia)、伪君子比菲尔(Blifil)、特华康(Thwackum)牧师、假道学方先生(Sguare)，还有很有趣的威士托晤(Western)

乡绅。可惜这样一部好小说当日只卖了七百镑。中华民国二十二年癸酉大暑日伍光建记。①

王立荣在《解构译者伍光建》一文中以解构主义翻译理论为基础对伍译《妥木宗斯》进行研究，指出伍光建半文半白的译语，使他在近代中国古文向白话文转型的过程中起了关键作用，并将伍译的"译者注"归纳为四类：解释地理或历史背景、介绍人物身份、交代前文情节以及说明原著风格。②

068‐10　罗马英雄里因济

《罗马英雄里因济》(*Rienzi*)，英国李敦著，③商务印书馆1934年7月初版，1934年8月再版，收入"英汉对照名家小说选"。（"语言文字"分册，页244）

该书译出的是原书的第十卷共九回：第二回《莽特拉尔在罗——你怎样接待安极乐维兰奈》、第三回《莽特拉尔的宴会》、第四回《莽特拉尔的罪名》、第五回《揭露真相》、第六回《停顿》、第七回《抽税》、第八回《事变将发生的时候》、第九回《里因济之死》。第一回前有译者注，称14世纪的罗马，久已无皇帝，教皇远在亚威农，群龙无首，当地只有几个大族（本书称诸侯）鱼肉百姓，又常发生寻仇械斗。罗马人里因济是个书生，好读古籍，仰慕古时英雄，毅然以恢复共和为己任。他因其小兄弟死于大族的械斗，于是乘机号召市民反正，居

---

① ［英］亨利·斐勒丁著，伍光建译：《妥木宗斯》，商务印书馆，1934年，页1—2。
② 王立荣：《解构译者伍光建》，河北师范大学硕士学位论文，2008年。
③ 李敦(Edward Bulwer Lytton，1803—1873，今译利顿)，英国政治家、诗人、小说家和文学批评家。毕业于剑桥大学。1831年任国会议员，1841年因反对废止《谷物法》而退出国会，后转而支持保守党。1852年以保守党身份重返国会。1828年发表小说《派勒姆》。后发表一系列历史小说，著名的有《庞贝城的末日》和《撒克逊末代国王哈罗德》。长篇小说《卡克斯顿家族》则以现实主义的笔触描写当时的英国社会。部分作品关注犯罪现象和社会下层。另有多卷诗集和一部诗体讽刺小说问世。参见上海辞书出版社编《外国人名辞典》，页244。

然将诸侯驱逐出境,后被举为护民,威令大行,诸侯屏息,不敢妄动。其后被逐出教,流离在外,被禁在亚威农。其时有红衣大主教,及一个当强盗的公爵莽特拉尔,都利用他,以各遂其私,居然借钱派兵,送他回罗马,立他为总督。他又驱逐诸侯出境,并用兵包围他们。① 在多方势力的牵制和迫害下,里因济如履薄冰,一步一步地战胜政敌,最终当上了罗马的总督。然而,故事到此并未结束,为了练兵他不得不向人们征收盐税,此举激起了民众的愤怒。在仇敌的儿子安吉乐的煽动和串通下,群众冲向政事厅,一把大火烧毁了房屋,也埋葬了他们的领袖。里因济是一位充满悲剧色彩的英雄,他一心想要实现共和制,为罗马及子民带来平稳、幸福的生活,但实际上他并不知道新制度该如何推行。在统治过程中招来民众的不满,再加上人心叵测,遭到最信任的侍从安吉乐的背叛,身心交瘁的里因济最终走向末路。

李敦的作品题材广泛,包括神话、历史小说、爱情小说和科幻小说,作者擅长描写鬼魅或其他超乎自然的怪事,常令读者感到恐慌。欧洲此类文章,无人能出其右。其作品辞藻华丽、叙述风格繁复,并不符现代人的口味。《罗马英雄里因济》一书中讲罗马政坛的派系斗争,有对共和制的过度美化,而民众却无知善变,经历过清末民初政治变化的伍光建特别选译此书还是有其深意所在。除了伍光建这一译本外,很长时期里此书不为中国文学界注意,至今在中国鲜见重译,也乏人关注。

伍光建在《作者传略》中写道:

> 李敦(Ed. Bellwer Lytton,后称 Lord Lytton)生于一八〇三年(有人说是一八〇〇年);在剑桥大学读书,一八三一年他当议员;一八五八至一八五九年他当理藩部大臣。他二十四岁起首撰小说;三十二岁封小男爵;一八六六年封男爵。他死于一八七

---

① [英]李敦著,伍光建译:《罗马英雄里因济》,商务印书馆,1934年,页1。

三年。他多才多艺，既是一个好政治家，又是一个制剧家，尤其是一个好小说家。他的文章极其灿烂，却有司各脱所无的迷人的美，有益于发展一种新散文，他又喜写第十八世纪的浅白散文。他最善谈鬼与超越自然的怪事，能令读者恐慌，欧洲此类文章，殆无其匹。他撰过几部历史小说，都是很有名的。今所摘译的《里因济》就是其中的一部，一八三五年出版。这部小说写第十四世纪时罗马情形，写得有声有色。他写那个以恢复古罗马的光荣自任，及善于演说的里因济，写得最好，其余的人物，如他的夫人奈拿、他的朋友阿得里安、诡诈黩武的红衣大主教，尤其是公爵而当大盗的莽特拉尔，虽不写得跃跃纸上，如见其人。里因济的见解和政策是要统一义大利，以罗马为中心点，那时候自然是办不到，我们却不能怪他，只能怪卑鄙好利不配享受共和的恶劣罗马人。里因济的壮举虽未能酬，却做了后来复国英雄们的先导；再过几百年，马志尼(Mazzini)、卡和尔(Cavour)及加里波底(Caribaldi)辈出，才把里因济的一场好梦变成事实。

年　月伍光建记。

069－11　显理埃斯曼特

《显理埃斯曼特》(*The History of Henry Esmond*，今译《亨利·埃斯蒙德》，1852 年)，英国萨克莱著，①商务印书馆 1934 年 7 月初版，1934 年 8 月再版，收入"英汉对照名家小说选"。("语言文字"分册，页 244)

萨克莱与狄更斯同为英国维多利亚时代重要的小说家，自 1848 年《浮华世界》发表后，他的创作才能受到肯定和重视，从此一直活跃在文坛，发表了许多畅销作品。《显理埃斯曼特》是一部历史小说，以

---

① 萨克莱(William Makepeace Thackeray, 1811—1863，今译威廉·梅克比斯·萨克雷)，英国作家。参见《浮华世界》作者介绍。上海辞书出版社编：《外国人名辞典》，页 474。

18世纪初英国对外战争和保王党的复辟活动为背景。作者自以为是其最好的著作，批评家也视之为无可匹敌的杰作。小说以第一和第三人称，用回忆录的方式追述了显理埃斯曼特的上校生涯。故事发生的背景是1686—1714年间的英国朝野变局，显理埃斯曼特是名门之后，本可以袭爵，但为了不使卡斯和特子爵夫人为难，同时也想创立功名，便烧毁了可以证明身份的凭据，加入到拥护斯图亚特王朝复辟的行动中。由于亲王软弱无能并且大势已去最终失败，不得不接受新教已成为英国国教。他本来迷恋贵妇贝阿特理，待看清其骄傲任性、追逐名利的真面目后，便与她的继母卡斯和特夫人结婚。故事也于1718年夫妻二人移居弗吉尼亚结束。乔治·艾略特称此书的"不合常理"超乎想象，因为这位英雄在整本书中都与"女儿"陷入爱河，但结果却与"母亲"结婚。由于删节，译本情节不太完整，但并不妨碍对英国历史和宫廷斗争的了解。萨克莱尝试摆脱司各特历史小说的浪漫主义传统，采用了现实主义的创作方法，刻意模仿18世纪的文体，并对一些历史人物作了忠实的描绘。《显理埃斯曼特》的续篇题为《弗吉尼亚人》（1857—1859），是写埃斯曼特的后代在新大陆的命运。

伍光建在该书《作者传略》中写道：

> 萨克莱是一八一一至一八六三年间人。他生于印度；他的父母都是英国人；他的父亲在印度做官。他一八一七年回国，先入查尔特郝斯（Chartuhouse）学校，后入剑桥大学，不曾取学位。其后学法律，又学绘画。他曾游历德、法两国，曾两次赴美国。他在英国以卖文为生，为几家杂志撰谐趣文，初时并不知名。等到一八四七至一八四八年他《浮华世界》出现，始享大名。他本来是中上人家，常与英国贵族往来，所以善于描写贵族。他撰了五六部很出名的小说，以《浮华世界》和《显理埃斯曼特》（一八五二年出版）为最出名。有几个批评家，以后一种为最好。这部小说时先费了很多心血，经过很劳苦的惨淡经营，把全书都布置

好,打成一片,然后下笔的。他的思想繁富,文词美丽,句语浅白,从容,自然,无不达的意思。况且这部书人物的言语举动确是当时的人物,尤其为难能可贵。作者也说这是他的最好著作,其他都不及。这部小说其实是一部最伟大的历史小说,批评家位置他在很少数的最高等的小说家之列,却不是多数人所能领略的。这部小说所说的是一八八六至一七一四年间的英国朝局,描写许多人物。本书的英雄就是显理埃斯曼特,女英雄就是卡斯和特子爵夫人母女二人。埃斯曼特拥立失败之后,往美国维吉尼亚(Virginia),住在先王所赏的土地,撰这部书,作为他的自传。民国二十二年冬至日伍光建记。①

070－12　安维洛尼伽

《安维洛尼伽》(Ann Veronica),英国威尔士著,②商务印书馆1934年7月初版,1934年8月再版,收入"英汉对照名家小说选"。("语言文字"分册,页244)

这部小说塑造了一个摩登独立的叛逆女性。安维洛尼伽执意要参加美术系学生的舞会,面对父亲的强硬阻挠,毅然离家出走。初到伦敦,人生地不熟的她只得依靠旧日邻居拉梅治。没想到拉梅治表面给予帮助,内心实另有所图。诡计被拆穿后,安维洛尼伽再次选择离开。后因加入女权会随众人冲入下议院被捕入狱,无奈之下只好写信给父亲悔过求助。出狱后,安维洛尼伽再次进入大学研究生物学。在与教授开普士的朝夕相处中,她爱上了这位中年男子。开普士曾经离过婚,并且还是她的教师,这件事在当时引发了轩然大波。

---

① ［英］萨克莱著,伍光建译:《显理埃斯曼特》,商务印书馆,1934年,页1—2。
② 威尔士(Herbert George Wells,1866—1946,今译威尔斯、韦尔斯),英国现实主义作家,早年在一家布店当学徒,后来发愤图强,成为米德赫斯文法学校的助教。他一生的写作生涯漫长,被誉为"科幻小说之父"。其科幻小说大多完成于1895—1905年间,著名的有《莫洛博士岛》《隐形人》《世界之战》《神的食物》《现代乌托邦》等,参见［英］亚当·罗伯茨著、马小悟译《科幻小说史》,北京大学出版社,2010年,页154—166。

但安维洛尼伽不顾他人的非议,和未婚夫曼宁解除了婚约,开普士也为了二人的未来放弃了在学校的教职。他们携手离开伦敦,来到安宁、僻静的瑞士山区,不理会所谓的道德、习惯及法律,只专心过自己渴想的生活。此书有多处涉及性描写,被认为是淫秽小说,在英国也曾被列为禁书。

该书节译仅仅是原小说中的第4、5、7、9、11、14、16回。书中记录了安维洛尼伽和开普士交谈中的许多激进的言辞,不少观点在那个年代堪称骇人听闻。伍光建将这些观点悉数译出,选译该书中的这些观点,表明伍氏还是比较认同安维洛尼伽的许多激进的见解,尽管这些观点在那个年代不见容于俗世,却能令读者猛发深省,对于伦理习俗可以获得正确的观念,因而会有功于世道人心。

伍光建在该书"作者传略"中称:

人虽为万物之灵,却还是万物之一;他有天赋的兽性,处世却要受人为的伦纪所束缚。他若是禀赋异常的,兽性有时会沸腾到不能抑压,他就要破坏伦纪,作惊世骇俗的事,小则为社会所摒弃,大则造刑戮,其实都是他的不幸。在人类的兽性里头,尤以色欲为最烈,干犯伦纪的事无日不有,等到登了报章,或闹到法庭,我们才晓得,其实我们不晓得的还多着啦。这部小说的就是赤条条一丝不挂的把这种事实描写出来。最初刊行时未免惊世骇俗。但是世风变得很快,到了今日,变得平淡无奇了。威尔士(Wells)是一个并世的作者;他生于一八六六年。他说他的祖父是一个贵族的园丁头目,他的父亲在伦敦郊外开一间小铺子,善打球,兼靠此谋生。他说他的母亲曾当过女仆,他十三岁的时候她在大户人家当管家婆。他就是这一年无书读;他先当一位化学家的学徒,随后当一个布商的学徒。他却酷好读书。他努力用功,取得津贴,在伦敦大学得了科学学位。他教过两三年生物学。后来他因卖文比教书收入更丰,又因他酷好动笔,所以当了记者。他初时撰文学论说,随后他取材于新时代的科学小说，有几部很畅销，从此以后他就专心致志于文学。他还著了许多社会小说及研究社会学的著作。欧战之后他撰几部小说发挥战时人们的心理。他还讨论宗教政治等问题，最著名的自然是他的《世界史大纲》，极力主张联合天下万国为一个世界国。今所译的是他的《安维洛尼伽》(Ann Veronica，一九〇九年出版)，这部书说一个忤逆女子。前半部写她因为要自由要独立，就抛弃父亲，抛弃家庭，一个人跑出来混；后半部写她的爱情发动，甘与一个有妻的，半老的，憔悴的，当生物学先生作伴，做夫妇。她说道："我什么都不顾，我只要你。"两个人说了许多骇人听闻的话，却全是无可隐讳的事实。这部书，能令读者猛发深省，对于伦纪可以得着正确的观念，是一部有功于世道人心之作。民国　年　日伍光建记。①

071-13　普的短篇小说

《普的短篇小说》(Poe's Tales)，美国普著，②商务印书馆 1934 年 7 月初版，1934 年 8 月再版，收入"英汉对照名家小说选"。("语言文字"分册，页 240)

普仅仅活了三十九年，留下了几十个短篇小说，其中包括描写一

---

① ［英］威尔士著，伍光建译：《安维洛尼伽》，商务印书馆，1934 年，页 1—2。
② 普(Edgar Allan Poe，1809—1849，今译爱伦坡)，19 世纪美国诗人、小说家和文学评论家，生于马萨诸塞州的波士顿。幼时父母双亡，随即被弗吉尼亚州里士满的约翰和弗朗西丝斯·爱伦夫妇收养。在弗吉尼亚大学就读了短暂的一段时间后辍学，之后从军，离开了爱伦夫妇，并开始了他的写作生涯，匿名出版了诗集《帖木儿及其他诗》。1826 年进入威廉玛丽大学，古典语言及现代语言成绩出众。1830 年 5 月入西点军校。语言学识过人，因写讽刺军官们的滑稽诗而在学员中深得人心。1838 年《阿瑟·戈登·皮姆的故事》出版并受到广泛关注。1839 年夏爱伦·坡成为《伯顿绅士杂志》(Burton's Gentleman's Magazine)的助理编辑。期间他发表了随笔、小说和评论，1839 年出版《怪异故事集》上下卷。他一生写了六七十篇短篇小说，其中有四五篇为推理小说，对后世影响很大。代表作《莫格街谋杀案》《玛丽·罗歇谜案》《失窃的信》与《金甲虫》都被奉为侦探和推理小说的鼻祖。黄禄善、刘培骧主编：《英美通俗小说概述》，上海大学出版社，1997 年，页 101—103。

瞬间心理和感情变化的纯粹的短篇,以及惊险恐怖的故事和科学分析的短篇侦探故事,都是美国文学史上不曾出现过的,他所采用的独创手法,至今为后人仿效。伍光建在该书中选译了普的三篇短篇小说,分别是《会揭露秘密的心脏》《深坑与钟摆》和《失窃的信》。

第一篇《会揭露秘密的心脏》以第一人称叙事,"我"因讨厌邻居老人秃鹫似的眼睛,便处心积虑杀了他,把尸首斩作几块,藏在地板下。从此之后,"我"一直听到老人的心跳声,越听越响,最后实在受不了这声响的折磨,大叫着向警察自首。

《深坑与钟摆》描写了一个异教徒在宗教裁判所遭受的精神和肉体的双重折磨。起初牢里一片黑暗,"我"什么也看不见,直到摔了一跤,才发现牢里有一个深坑。侥幸躲过之后,牢里出现了一线硫黄光,"我"发觉自己被绑在床上,上方是一把缓慢下坠的钢刀。"我"利用老鼠咬断束缚的绳子,躲过钢刀。此时铁壁烧红,不断向"我"挤压。正当"我"没有退路准备跳入深坑时,法兰西将军抓住了"我"。原来,宗教法庭被法兰西军占领,"我"因此而得救。

《失窃的信》被公认是作者最优秀的推理小说,精神分析处处显现。在皇宫里,王后收到一封很重要的信,而此时国王恰好进来,于是王后便把这封信放在桌子上,避免了国王的怀疑。但随后而来的狄大臣却恰巧注意到王后的惊慌表情,发现了这封信,于是他用外表相像的另一封假信从王后的眼皮底下把信窃走。信件失窃后,王后派警察长吉先生搜寻。吉先生利用狄大臣整宿不在家,偷入其办公室进行地毯式搜索,却一无所获,决定请侦探杜平帮忙。杜平采取相同的伎俩,又从狄大臣的眼皮底下用假信换回了失窃的信。作者借此说明了一个心理学上的道理:离得越近,反而越看不清。

伍光建在《传略》中写道:

普(Edgar Allan Poe)是美国人,以一八〇九年生于波士顿。他的父母都是跑码头的戏子,他的父母死后,无家可归。一八一一年有一个当烟叶商的苏格兰人名约翰·阿兰(John Allan)收他为义子,所以他又姓阿兰普。这家人姑息他,他就变作一个不能受约束的孩子。一八一五年义父带他到英国读书;一八二六年他入维基尼阿(Virginia)大学,他的义父不以他的行为为然,他就出了大学。一八二九年他入美国陆军;一八三〇年他入美国陆军大学,明年出学。一八三三年他撰了一篇短篇小说,得了一百元奖赏。一八三五年他当一个报馆的副主笔。一八三六年他与他的表妹结婚。此后他都是在报馆里撰文。他是一个文学批评家,一个诗人,又是一个小说家。他的批评严厉透辟,只有他的文学批评是创生于美国的。他的诗歌虽瑕瑜互见,却有极雅驯的著作,非任何其他美国诗人所能及。他又是短篇小说的创造人。他的短篇小说,据他自己说(约在一八四四年)有七十二篇,今选译三篇。他的小说最能令读者恐怖,大约是他的心境使然。他伉俪最笃。他的夫人因为唱歌炸了血管,他为此悲痛欲绝。其后她的血管又炸过几次。他的夫人越病他越爱她。他因为一面盼望她能活,一面又恐怕她必死,使他更愁苦。他自己本来就是一个神经衰弱的人,因此就得了神经病——得了疯病。他说他不疯的时候更愁苦。于是他饮酒吃雅片,藉此解愁。他说他的仇人说他是饮酒饮到变作一个疯子,他们只该说他是因为疯了才饮酒。他的夫人死于一八四七年,他的身体变作更衰弱,一八四九年他自己也死了。其实他是穷愁到冻饿而死的,野蛮的美国人却讳莫如深,不肯说实话,方且忽略他,故意的误会他,幸而英国人、法国人救护他的名誉,到了今日,公论推他是美国的最伟大的富于天才的文学家。民国二十二年癸酉霜降日伍光建记。

叶灵凤认为爱伦坡的"小说文字晦奥而艰涩,正与阴郁凄暗的内容相仿,所以你始终也聚精会神的去细细咀嚼,因而性情也特别的紧张,无形中加浓了他的小说给与读者的特有的气氛"。[1] 其作品素来

---

[1] 叶灵凤:《读书随笔》一集,三联书店,1988年,页57。

笼罩着一种强烈的忧郁和恐怖气氛,主题多与凶杀、死亡和轮回等主题有关。虽然在爱默生、马克·吐温等人的眼里,他的作品不值得一读,但艾略特、福克纳、纪德等作家却对他的作品大加推崇。

072-14 置产人

《置产人》(The Man of Property,今译《有产业的人》),英国伽尔和提著,①商务印书馆1934年8月初版,1934年9月再版,编入"英汉对照名家小说选"。("语言文字"分册,页243)

该书讲述19世纪后半期一个中产阶级家庭的盛衰起落和思想变迁,作者以一种严正不苟的眼光观察工业革命之后英国社会的种种变化和弊病,将制度、风俗和人情的全貌囊括进书中。《置产人》摘译自《符氏家乘》(今译作《福尔赛世家》)中的第一部,描写了19世纪后半期一个中产阶级家庭中三代成员的故事。符氏家族唯利是图,只知有世道,不知有伦纪,视娶妻如置产,父子相待如股票,兄弟之间更无所谓手足感情,小说主人公素木士是其中的"翘楚"。他把一切东西都看作商品,在其人生字典里,"产业"二字包括妻子、财产、田地,以及健康等。在作者略带嘲讽的笔墨下,素木士的功利形象跃然纸上:他将美貌的妻子视作炫耀的资产,与亲生儿子保持利益上的合作关系。译文的前半部分描写了符氏家族这一中产家庭内部相互提防,又保持一定亲密距离的微妙关系;后半部分主要讲素木士与妻子爱里尼、爱里尼的爱人葆辛尼三人的故事。素木士对于爱里尼并无感情,在他的眼里她不过是自己的所有品,而忽略了她是一个有思想、有灵魂的独立个体。当他得知爱里尼背叛他,爱上了建筑师葆辛

---

① 伽尔和提(John Galsworthy,1867—1933,今译约翰·高尔斯华绥),英国小说家、剧作家。出生于伦敦,曾在牛津大学读法律。20世纪初英国现实主义文学的代表作家,代表作有《福尔赛世家》三部曲(《有产业的人》《骑虎》《出租》),以及《现代喜剧》三部曲(《白猿》《银匙》《天鹅曲》)。长篇小说《有产业的人》为他赢得杰出小说家声誉,1932年荣膺该年度诺贝尔文学奖。参见上海辞书出版社编《外国人名辞典》,页450。

尼之后立刻勃然大怒,因为葆辛尼侵犯了他的财产,使其名誉蒙受了损失。译文删去了后半段素木士对葆辛尼的报复,使他倾家荡产、走投无路,最终在精神恍惚之下被汽车撞死,而在爱里尼找寻到真爱后小说戛然而止,将爱里尼如春日阳光般热情洋溢的形象和素木士如秋日落叶般凄凉孤单的境况,形成鲜明的对比。

该书选译了第一回"老佐利安受贺"、第五回"一个符氏的家庭"、第六回"素木士",以及第二部若干篇。伍光建在篇首《作者传略》中称:

加尔和提是一个并世的伟大作家,生于一八六七年,在牛津大学读书。他当律师,他的外貌与心性都是一个律师。他为人审慎、庄重,有涵养,文如其人,他对于人生的痛苦,表无限同情,颇被人世的不平所激动,他却常是镇静的、持平的,即使是他所最不表同情的事体或人物,他都要认真研究明白。他的感觉是精细的,他的睿知是锋利的,他的心地是高贵的,他的思想是勇敢的,他用极其明亮与勇敢的心灵解剖社会,他又是一个完备的美术家,所以能著许多极能感人、极有功于世道人心的小说。他著书的宗旨要发表情感的冲动与才智政策作对。他的提议是很积极的,往往是很大胆的,他揭露人世的疾苦,指示疗治方法。他痛斥不平的法律,曾要求解放婚律的束缚。他极其反对无限制的购置田地或财产。他的英文清洁美丽,却纯是本色。他写景物与写灵魂,简直是一个诗人。他的杰作很多,以《符氏家乘》(The Forsyte Saga)为最宏伟。他称道这部极大极长的小说为《符氏英雄记》,他说英雄记三个字原是示讽刺意思。这是三篇长小说、两篇短小说构成的。若译成中文约有五十六七万字。今所摘译的是其中的第一篇长小说为《置产人》(The Man of Property)。这部长著作说的是第十九世纪后半世的一个上中人家三代的事。那时候这样人家,即是当代的主人翁,即是当代的财阀,与坐拥田产的乡绅打成一片,将用于保留他们的财产的全数势力都把持在手,用他们的自私自利的纪律,用他们的武力,强制爱情、美术、思想、少年及变革。符氏家族惟利是图,只知有市道,不知有伦纪,视娶妻如置产,父子相待如股票,兄弟之间更无手足感情。这部大书的结果就是我们现在这个推翻一切、事事都要请问的时局,产业变作人人的产业,不是一个人的产业,专务置产的人如书中的素木士(Soames)只好孤零一人站在一堆传统的坍塌瓦砾中,变糊涂了,不知所措了。这部大著作是当代的一件美备的、发异彩的宝贝,可以代表一部小规模的通史。民国二十三年八月伍光建记。①

073-15 费利沙海滩

《费利沙海滩》(The Beach of Fulesa),英国 R. L. Stevenson(今译斯蒂文森)著,②商务印书馆 1934 年 8 月初版,编入"英汉对照名家小说选"第一集。("语言文字"分册,页 244)

史蒂文森长于撰写惊险、浪漫的探险故事,最出名的当为《金银岛》和独具风格的中篇小说《化身博士》。1889 年史蒂文森移居太平洋的沙摩亚岛养病,根据身边的真实故事撰写了《费利沙海滩》。当时,很多白人来到南洋群岛做生意,其中有一个很聪明又很有学问者名叫开斯,专用阴谋陷害同业,使一些人破产离去。维尔沙尔也来此做买卖,生意初始就发现处处受当地土人抵制。经过一番调查,他发现正是开斯暗中用种种诡诈手段号召土人不买自己的东西。不久一位英国传教士来到小岛,开斯又阻挠维尔沙尔同教士见面,两人对打起来,从此势不两立。维尔沙尔协同其他受开斯陷害的商人,设计了

---

① [英]伽尔提和提著,伍光建译:《置产人》,商务印书馆,1934 年,页 1—2。
② 斯蒂文森(R. L. Stevenson,1850—1894,又译史蒂文森),英国随笔作家、诗人、小说家。出生于苏格兰爱丁堡,早年就读于爱丁堡大学。从学生时代起即酷爱文学,一生多病,但有旺盛的创作力。作品题材繁多,构思精巧,其探险小说和惊险小说更是富于独创性和戏剧性力量,代表作有《金银岛》《化身博士》《诱拐》等,在读者中获得巨大声望。参见上海辞书出版社编《外国人名辞典》,页 517。

一个绝妙的计谋引开斯上钩。贪财心切的开斯冲进了黑暗、恐怖的森林,中了维尔沙尔等人的埋伏,在惊惧和恐慌中逃离了小岛。小说状物、写景、叙事无不传神,被后人称赞为辞约旨丰。故事发生的背景正是英美等西方国家强迫东方世界"现代化"的年代,作者告诉人们在白人走向"未开化"地区的过程中,他们与土著之间,他们自己之间,都发生了错综复杂的冲突和联合。在小说结尾,维尔沙尔得了几个半黑半白的混血女儿,他不想把她们嫁给土人,却也找不到合适的白人来娶她们。作者意在表达文化的交融处于怎样尴尬的境地。

伍光建在该书《作者传略》中写道:

> 他是一八五〇至一八九四年间人,生于苏格兰都会爱丁堡。他的祖父与父亲都是有名的建筑师,善造灯塔。他在学校得不着什么益处。他初时学工程,随后学法律,都不得益。他自小就好文学,好游历,好冒险,慕罗滨孙为人。他到了二十五岁改行,当文学家,竟享大名。他自小就得了肺病,常时咳嗽;他为健康起见,到处游历,最后以一八九一年住在太平洋中沙摩亚岛(Samoa)的瓦伊利马(Vailima)。一八九四年有一天傍晚他正在同他的夫人谈得很高兴,忽然倒地就死了。他有古怪脾气;有一次他头戴一顶女人的皮帽,插一大堆鲜花,在大街上走,朋友们看见他都不敢同他招呼。他有天生的勇敢与兴致,为人和蔼,所以他虽然有病,还能够写许多书,而且写得很好。他多才多艺,他的著作有浪漫的游记,讲道德的故事与寓言,第十六、七世纪的神怪故事,及金堤故事,还有历史、列传、诗歌、戏剧,又有经论、祈祷文、政治论说;他所撰的小说,有冒险瞎说、人格小说,与叙事小说。他又最勤劳:他说在十四年里头无日是健康的,早上起来就觉得不舒服,晚上上床是很疲倦的,却还是一样的动笔,无论吐血或咳嗽,他还是写书。他作文是很句斟字酌,不苟下笔,都是很雕琢过的。他说他的文章有时凡七八次易稿,有时费了三星期只写了二十四页。他的英文清洁显明,确切光滑,可

以作这样英文的标准,是当时的至美尽善的英文。他写了好几篇短小说,都是杰作,今所摘译的《费利沙海滩》就是很有名的,英文这样的小说无有胜过他的,即法文亦无。这篇短小说写在该处做生意的白人,其中有一个很聪明又很有学问的名开斯,专用阴谋陷害同业,害了几个人。后来有一个名维尔沙尔也来做生意,一到就受抵制,逐渐才看破他,晓得他的诡计,杀了他为地方除害。这篇小说状物写景叙事无不绝妙,所以有人称赞他,说他这样的小说有提净的清洁与美备。民国二十二年癸酉冬至日伍光建记。①

074-16 白菜与帝王

《白菜与帝王》(Cabbage and Kings),美国奥显理著,②商务印书馆 1934 年 8 月初版,1934 年 9 月再版,编入"英汉对照名家小说选"第一集。("语言文字"分册,页 240)

出身平民的奥显理未受过高等教育,但其清新幽默、结局意外的短篇小说,使人不得不承认他是天生的小说家。他虽然依靠写作跻身名流,但始终保持着对普罗大众的观察和亲近,《白菜与帝王》就是建立在他日常的生活经验之上。《白菜与帝王》这一译名为后来翻译欧·亨利作品最多的译家王永年的《欧·亨利小说全集》(人民文学出版社,2005 年 1 月)一书所沿用。其他译者或译"白菜与皇帝",或译"白菜与国王",Cabbages and Kings 这个集子从头至尾既没有白

---

① [英] R. L. Stevenson(今译斯蒂文森)著,伍光建译:《费利沙海滩》,商务印书馆,1934 年,页 1—2。

② 奥显理(O. Henry, 1867—1910,今译欧·亨利),美国短篇小说家。原名威廉·西德尼·波特(William Sydney Porter),生于美国北卡罗莱纳州格林斯伯勒,曾当过银行职员、药剂师等。1896 年 2 月,欧·亨利因受到盗用公款的指控入狱,后逃亡洪都拉斯。1902 年移居纽约,成为职业作家。代表作有《麦琪的礼物》《警察与赞美诗》《最后一片叶子》《二十年后》等,还有长篇小说《白菜与国王》。曾被评论界誉为曼哈顿桂冠散文作家、美国现代短篇小说之父,与契诃夫和莫泊桑并列世界三大短篇小说巨匠。参见上海辞书出版社编《外国人名辞典》,页 303。

菜,也没有国王或皇帝。①

全书共有 19 篇短篇小说组成,分为两部分:前半部分借中美洲一个共和国卷逃的大总统为线索,后半部分以一个卖国的大总统作线索,描写几个平常人物(即所谓的"白菜")与前后两三任大总统(即所谓的"帝王")的故事,语言风趣幽默,令人读之不忍释手。这是一部结构松散的短篇政治讽刺小说集,内容主要写美国财团对某虚拟的中美洲国家的百般控制与残酷掠夺。奥显理的其他短篇小说集中,各篇相互独立,毫无联系。唯独这个集子不同,19 篇都描写发生在一个虚构的南美岛国的事,或涉及这个岛国的诸多政治变迁,或涉及居住在这个岛国各色人物的个人经历。在一篇小说中出现的人物又会在另一篇或几篇中出现,但相互间的关联却非常松散,大不同于常见的长篇或中篇小说前后连贯,情节有序,构成一个完整的故事。在前半段故事中,美国领事约翰爱特和特来到柯拉利奥,他玩弄伎俩,迫使一向不穿鞋的镇上居民买鞋子,从中大赚了一笔,然后逃之夭夭。在后半段故事中,鲁达沙大总统和一群显贵来到这个海滨小镇度假,在欢迎仪式上,国内最有威望的披拉尔将军发表演说,突然提出九年前好总统奥利瓦尔被杀一事,并指出凶手就是现任总统鲁达沙。此话一出,立刻迎来了民众的认可,于是鲁达沙被捕,奥利瓦尔的儿子雷门接任总统,一场换朝政变犹如闹剧般结束了,令人瞠目结舌。在小说末尾,作者解释政变的原因是,鲁达沙向美国果品公司提出增加香蕉出口税,果品公司便将流亡在美国的雷门找回来,导演了这出戏,采取了一种最为"快速、简短"的道路解决增税。小说的后

---

① Cabbages 离不开"白菜",Kings 离不开"帝"或"王"。"白菜与皇帝"语出《爱丽丝漫游仙境》(Alice's Adventures in Wonderland)的作者英国刘易斯·卡罗尔(Lewis Carroll, 1832—1898)一首名叫《海象和木匠》(The Walrus and the Carpenter)的诗中,意谓侃大山的内容,堪称"东拉西扯"的同义词,隐含有随便聊聊之意。在到处都可见的富有形象特征和象征意义的漫画长卷——"白菜"与"皇帝"的寓言世界里,作家要告诉我们:"白菜"即使先天不足,也充满了人性美和人情味,因而它才这样的幼弱、鲜嫩、可口好吃,才世世代代为"皇帝"提供美味的就餐之菜。反映的正是 19 世纪末拉美殖民地的真实历史,从而为长篇小说典型的漫画人物提供了一个典型的寓言环境。这种"白菜"与"皇帝"人性善恶的鲜明对比,正表达了作家强烈的爱憎之情。

半段曝光了政坛黑幕,民众的无主见和易煽动性跃然纸上,使人对政府更迭的意义产生了深深的质疑。这部名著并非按照长篇小说的规格、模式来谋篇布局的,且不受这种体裁的约束,而是按照"生活的本来面目"来进行创作的。正如作家自己宣称的,这是一出"七拼八凑的喜剧",一场"热带杂耍的戏目单"。① 伍光建选译了该书的第十二回《鞋子》、第十三回《船》、第十四回《大画师》、第十六回《红与黑》。全书有单词的脚注解释,也有一些译者注,如解释克鲁宁的香蕉公司:"一个香蕉公司就能够废一个政府,另立一个新政府,说来好像并不费力的,令人听了不能不惊恐。"②

书前有伍光建写的作者传略:

> 奥显理原名颇尔陀(William Sydney Porter,今译威廉·西特尼·波特——编者),是一八六七至一九一〇年间人,其先原是美国南部的一个旧家。他十五岁才入他的姨母所办的学堂读书,随后在药店当书记。他自小就好读书,读过非常多的英文名作;他酷好丁尼生(Tennyson)的诗歌和雷因(Lano)所译的《天方夜谭》。后来他在一个土地局当会计。一八九一年他当银行的收支员。一八九四至一八九五年他买了一个星期报,改名《滚石》;他说一年后这个报当真"滚走了"。一八九五至一八九六年他当报馆访员。一八九六年他被控侵吞银行款项。他逃走,逃到浑都剌斯(Houduras,今译洪都拉斯——编者)国,曾游历南美洲的几国。一八九七年他回国投案,被监禁在奥海奥(Ohio)的迁善所。后来出狱,好像表明他是无辜的。有人说假使他不逃走是不会下狱的。他入狱在一八九八年四月,出狱在一九〇一年七月。他好像就在当时改名为奥显理的。他在监里的医院当夜班狱卒,长夜无聊,他写短篇小说登在各杂志上。所以他一

---

① 阮温凌:《欧·亨利热带杂耍的魔杖——〈白菜与皇帝〉创作风格艺术探赏》,《名作欣赏》1993年第3期,页45—46。
② [美]奥显理著,伍光建译:《白菜与帝王》,商务印书馆,1934年,页46。

出狱就许多人酷好他的小说。自一九〇二年起他住在纽约写许多小说。他享年不永,却写了不下二百多短篇小说,最为社会所欢迎。他是一个天生的小说家。他无论什么故事都能写,凄惨的、神秘的、荒诞的、浪漫的及平常琐事,一经他写出来都极能迷人。无人能创造他所写的故事,亦无人能写得他那样动听。可惜他太过喜欢用俚语,有人认为是退化文章,如戏剧中的一种有跳舞有歌唱的活泼短促小戏。他所著的《白菜与帝王》(一九〇五年出版)比较的俚语较少。这部书也是短篇小说性质;不过前半部借中美洲的一个共和国的一个卷逃大总统作线索,后半部借一个卖国的大总统作线索,描写几个平常人物(殆即所谓"白菜"),与前后任两三个大总统(殆即所谓"帝王"),描写得极其有趣,令人读之不忍释手。看他一路写来,文从字顺,毫不费力,这就表示他是一个大作家。民国二十三年谷雨日伍光建记。

075-17 大街

《大街》(Main Street),美国留伊斯著,①商务印书馆 1934 年 8 月初版,1934 年 9 月再版,编入"英汉对照名家小说选"。("语言文

---

① 留伊斯(S. Lewis,1885—1951,今译辛克莱·刘易斯),美国作家。生于明尼苏达州的索克中心镇,童年是在痛苦和孤独中度过的,被认为是个古怪的孩子,成为同伴们玩弄和嘲笑的对象。这段经历使他对小镇庸俗偏狭的生活深恶痛绝。17 岁远离家乡到外地求学,经过半年预科学习,考入耶鲁大学。一度曾离开学校,去过厄普顿·辛克莱创办的社会主义居民试验区的生活,还游历了纽约、巴拿马等地,后又重返学校。1908 年大学毕业后在几家出版公司靠打杂糊口,并开始创作,又到纽约做编辑工作。1914 年第一部长篇小说《我们的雷恩先生》问世。1916 年辞去编辑工作,专门从事写作。一生创作了 20 多部作品,早期的 5 部长篇是具有浪漫气息的通俗小说,是其创作生涯中的一段学徒插曲。20 年代以《大街》一举成名后,又推出《巴比特》(1922 年)和《阿罗史密斯》(1925 年)。这三部作品被认为是其最优秀之作,其中《巴比特》被公认为其代表作,《阿罗史密斯》曾获 1926 年普利策文学奖。此后又写了《艾尔麦·甘特利》(1927 年)、《多兹沃思》(1929 年)等长篇小说。1930 年,"由于其描述的刚健有力,栩栩如生和以机智幽默创造新型性格的才能",成为美国第一位获得诺贝尔文学奖的作家。参见上海辞书出版社编《外国人名辞典》,页 183。

字"分册,页240)

1920年,留伊斯撰写了一部以他熟悉的美国中西部小镇生活为背景的长篇小说《大街》,轰动了整个美国。卡禄尔毕业后嫁给了甘尼喀·维尔医生,并随丈夫来到美国西部,住在一个乡下小镇。初来乍到的卡禄尔觉得这个小镇的居民愚昧、无知,便很想做些什么来改变他们。但小镇人自命不凡,认为这个小镇是美国最文明、最开通的地方,他们则是美国最有知识、最文雅的公民。一些家境富裕的太太还组织所谓的"快活十七岁会",装模作样地研究文学,实则聚在一堂谈论家长里短。她们对于卡禄尔的劝诫和改革不以为然,反而在背后对这位城里来的"贵妇"议论纷纷。伍光建选译了原著的第四回第四章、第五回第五章、第七回第四章、第八回第二章,着重叙述了卡禄尔与小镇居民的分歧和斗争,对于她后来在朋友出嫁离去、丈夫冷淡疏远的孤独处境下,与一位瑞典裁缝相爱,将他作为自己的知己,而最后两夫妇还是重归于好的情节却只用一句话简单交代,向读者展示了西方社会城市与乡村的差异,也对美国的民主和政治进行了酣畅淋漓的嘲讽。这部小说虽然写的都是极平常的琐事,却写得极其细密准确,令人信服。开篇有译者注:"卡禄尔(Carol)是一个最容易受影响的摩登女子,在闹市受过很多的教育,嫁与一个姓甘尼喀(Kennicott)名维尔(Will)的医师,夫妇往美国西方中部,住在一个乡下的大街,她见这里的人无知识无进步,语言无味,无事不域于故步,她就大不满意,毅意以改进自任,乡下人不受,反对她。这一回先讲乡下人开会,欢迎她这个新嫁娘。"①

伍光建在《作者传略》中写道:

> 留伊斯是美国最有名的一个并世大作家,他此时还在盛年,将来还有许多发展。他生长于一个小乡村。那时候乡村的第三

---

① [美]留伊斯著,伍光建译:《大街》,商务印书馆,1934年,页1。

四等人物开辟美国西部的中区，因此致富，就骄寒自满，自以为文明达极点，凡是他们所不懂的与所不赞成的，都是不值得懂的，不该考虑的，考虑就是罪过；且以为不能再发展，亦不求再发展；其实他们是自满于毫无生机的安逸，以有生机的活动为多事，崇拜消极为积极美德，崇拜无生趣的顽固为上帝；作者造一个名词，称这种行为与思想为中了乡下毒。他所著的最出名的小说《大街》，就是带着愤怒，讽刺这许多人。他描写大街的各色各样人物，有特写个人的，有总写若干人的，互相反应，所写的都是极平常的琐事，平平淡淡，并不过火的，却写得极其细密准确，很能令读者相信，尤妙在能令许多读者很享受其中的讽刺，方且以为是讽刺他人，讽刺隔壁的某甲某乙，并非讽刺读者自己，其实他所说的虽然是美国西部中区的一个村子，即是说几千个村子，不独说这里的大街是这样，别处的大街也是这样，不独这一州是这样，别一州也是这样。从前英国的小说大家司各脱(Sir Walter Scott)曾说过，大叫大喊与大吹大擂，他自己优为之，至于实写日常琐事，使其饶有兴趣，则敬谢不敏；可见这样的笔墨是很不容易的，只要写得来逼真，写得来有趣，就可以名世。这部小说以卡禄尔(Carol)及她的丈夫为枢纽。她是一个很受过教育的女子，嫁与一个医生，来住在大街。作者就从她眼中所见的大街的人们，与他们眼中所见的她，为这些人们写照，成为一部绝妙小说，为美国文学史开一新纪元，且介绍新趋势与新指示，不愧称为名作。民国二十三年清明日伍光建记。

076-18 红字记

《红字记》(*The Scarlet Letter*)，美国何桑(Nathaniel Hawthorne, 1804—1864，今译霍桑)著，商务印书馆1934年9月初版，1934年10月再版，编入"英汉对照名家小说选"第一集。("语言文字"分册，页239)

该书为《红字》最早的中文节译本。小说以17世纪中期尚属英殖民地的美国加尔文派统治下的波士顿为背景,赫斯特尔是驼背医生罗哲尔的妻子,两人的年龄差距足可以父女相称。在其丈夫罗哲尔被俘虏后,她与年轻的牧师丁木士德相识,并真诚地相爱了,他们隐秘地维系爱情。赫斯特尔怀孕了,人们以通奸罪告发了她。按照当时的教规,赫斯特尔只有交代奸夫的姓名才能获得赦免,然而执行审讯任务的正是丁木士德。赫斯特尔选择了独自接受惩罚,无论人们怎样非难指责,她都紧闭双唇,被迫终身穿着一件胸前印有红色"A"字(英文通奸 Adultery 开首字母)的白衣。最终生下私生女,而她始终严守秘密,因其不贞以至于她始终受世人敌对、唾弃。在长达七年里,赫斯特尔一直活在耻辱之中,她胸前的红色字母"A"是她耻辱的象征。赫斯特尔已经用善良的品行感化了众人,在他们的眼中 A 代表"能力"(able),表示她是一个力量强健的伟大女性。她不断地消解着红字的负面意义,赋予其新的内涵,最后人们对她的看法也随之而改变。而丁木士德在他即将升为主教前夕,在布道众人集聚之时承认了自己就是生父,并在赫斯特尔的怀中去世。最后赫斯特尔以善良正直的品性获得社会的认可并去世后葬在丁木士德墓旁。书中对人性的观察尖刻犀利,直指人心,灵魂如何消解欲望之火的煎熬而进入安宁,是超越时代的人类困境。

伍光建在该书《作者传略》中写道:

  何桑是一八〇四至一八六四年间人,生于美国马萨诸塞州。他的父亲是一个船主。他少孤,深得母亲的性格。他自少好学,等到他入波敦(Bowdoin)大学的时候,他必定是一个读过最多书的学生。他毕业后就致力于文学。他在海关办事几年;在英国的利物浦当过四五年领事;在义大利住了两年。自一八二五年至一八三七年他独居,只与他的书本及他的思想为伍,撰了好几篇短小说。他所撰的长篇小说都很有名,以今所译的《红字记》为最。他自从一八四七年起每天必撰文章,习以为常。一八四九年另是一党执政,他出了海关,没得事做,他的夫人鼓励他正好趁机会写一部书,当天下午他就起首动笔写《红字记》。那时候他家贫母死,穷困尤甚,幸得友人及时资助,乃得成书。书一出版人争购读,此后他可以泰然著书了。在他的几种小说里头,以这一种为想得最透,写小说的本事又最完全。本书有三个主角。一个老年驼背医生,他强逼一个美貌少女嫁他,她同一个牧师私通;老医生自己晓得,且自己承认,害了她。少妇与牧师也晓得犯了罪害了医生。作者的本事在乎撇开原始的罪过不加判断,以全副精神去写这件罪过所及于这三个人的效果。少妇当众出丑,受尽痛苦,受了好几年。牧师是一个极有学问声誉日隆的人,怯懦诈伪,心里却受更利害的痛苦。医生是一个有学问、心存济世的人,为怨毒所逼偏要牧师不死,偏要他活着,以受心里的痛苦,可谓刻毒到了极点。何桑必定要舍原罪不论,不然就要声明一句极其为难的外示无理而其实深藏至理的话,世人由犯罪而得救。他的这部书的意思是说世人所谓罪过也许不是罪过,还许是美德;众人所称赞的美德,也许可以并不是美德,而是罪恶。有些情节至少也是这样。本书的牧师及少妇后来都变作可以入圣域的人,那个报仇的医生反变作魔鬼。牧师和少妇都住在侨居于美洲的新英吉利地的清洁派的社会里头。这一派人岸然道貌,龌龊苛刻,当初诚然不如旧英吉利人那样守旧,但是他们一旦侨居此地却变本加厉,守旧更甚,日以窘逐异己为事。那两个人却太过维新,实行数百年后的主张,个人有享受欢乐的权利,祈愿自然法律,不顾社会法律。作者虽是一个清洁派,又生长于清洁派的社会中,心里却极不以他们为然,所以撰出这一部绝妙的小说,题目是新奇的,是深奥的,有普遍的适用,并不限于时与地。美国人所撰的小说甚多,今日公论推这部《红字记》为第一。民国二十三年雨水月伍光建记。①

---

① [美]何桑著,伍光建译:《红字记》,商务印书馆,1934年,页1—2。

077-19 希尔和特

《希尔和特》(Hereward the Wake，又译《赫里沃德》《痕迹》)，英国查理·金斯黎著，①商务印书馆1934年9月初版、再版，11月三版，编入"英汉对照名家小说选"。("语言文字"分册，页245)

19世纪英国小说家查理·金斯黎对历史的兴趣，体现在几部享有盛名的历史小说，曾著两部历史小说称赞斯堪的纳维亚人的性格，其中一部书名《希尔和特》，系音译而来，Hereward代表是源于古英语元素这里的"军队"或"守卫"两个意思。希尔和特是一个真实人物，但他确切的生平经历记载不多，再加上后人的添加附会，更显得扑朔迷离。小说叙述了11世纪被放逐者和反叛者抵抗诺曼底人的故事，出版于1865年，深受儿童的喜爱。斯堪的纳维亚人在英国历史上起着举足轻重的作用，长久以来英国人以有其血统、有其人格为荣。在《希尔和特》这部小说中，金斯利称希尔和特(Hereward)为最后的"英吉利人"，他本是一个英勇善战的将帅，后因沉迷于阿甫禄大的美色，最终被法国人收买，抛弃妻子，叛变国家。但是归附法国后的日子并不好过，从前的妻子、属下远离他，法国人带着民族傲慢看不起他，两方都想置他于死地。这样提心吊胆的生活没有持续多久，法国人的进攻就已来到城下。这一次希尔和特选择了坚守，他与法国军队拼杀到最后，至死没有屈服。小说以个人经历反射了英国亡国之惨痛，《圣经·创世纪》是贯穿其中的关键线，如用"无论什么人流过他人的血的，将来也有人流他的血"，预示希尔和特最终的结局。

---

① 查理·金斯黎(Charles Kingsley, 1819—1875，今译查理·金斯利)，英国作家。其童年大半在英国西部沿岸的渔村度过。1843年以优等成绩毕业于剑桥大学。毕业后曾参与发起基督教社会主义改革运动，同情宪章运动，后任剑桥大学现代史教授。他写了多部揭露英国小工场中残酷剥削工人的小说，主张对现实社会进行改良。所著长篇小说《酵母》和《阿尔顿·洛克》，描写雇农和手工业者的困苦处境。还著有历史小说《向西方》和儿童读物《水孩子》等。参见蒋风主编《世界儿童文学事典》，希望出版社，1992年，页250。

译文语言极其明净雅健,后世画家不少作品都取材于这部小说。伍光建仅选译了该长篇历史小说原著的第三十一回《在阿尔特里再战》、第三十二回《威廉怎样用一个教士的诡计》、第三十六回《阿甫禄大怎样写信给希尔和特》,以及第四十一回。

伍光建在《希尔和特作者传略》中写道:

> 查理·金斯黎是一八一九至一八七五年间人。他的祖父,他的父亲,与他自己,都当宗教师。他在剑桥大学读书,出校之后在爱和斯黎(Eversley)当总牧师。他得过几个优差;他当过女主的牧师,韦斯敏斯德(Westminster)大教堂的一个牧师,当过牛津大学的摩登历史教授。他的职务很烦重,却还辛苦的著了许多书,大概就是因为这个原因不曾享大寿。他不独是一个历史家,而且是一个诗人,一个小说家,他却以小说家得名,并不以历史家得名。他是一个基督教社会党,却与其他基督教社会党如拉斯金(Ruskin)及托尔斯泰(Tolstey)不尽相同。惟拉斯金说过,人生在世不努力做事就是罪过,金斯黎却也这样主张;所以当时报界戏称这种主义为"筋肉基督教"(Muscular Christianty)。他著了三部小说维持这样主义;此外他还有一部小说叙英国海军大破西班牙海军的故事,又有一部说古希腊的英雄,词浅意深,最饶诗意;但是有许多人更赏识他的历史小说。当第十九世纪中叶,英国历史家起首研究其在本国历史里头的斯干的那维亚(Scandinavia)元素,英吉利人以有其血统有其人格为荣。他著了两部历史小说很表扬斯干的那维亚人性格。今所译《希尔和特》(Hereward)就是其中一种。他称希尔和特为最后的英吉利人。这个英雄虽然是东部盎格罗萨克森人(Anglo-Saxon),其实有最大部分是丹马血裔。这个英雄当少年时横行无忌。父母不以为子,请命于王,驱逐他出境。他在英吉利他部、爱尔兰,及法兰德斯做了许多事,打过许多仗,颇以忠勇著名。他专用他的气力和勇敢锄强扶弱,接连为扶持正

义而奋斗；当他在法兰德斯时娶一个聪明智勇有学问的美貌女子名陀甫利大(Torfrida)为妻，她很能规正他少年时代的恶习。后来希尔和特同英吉利，与破灭其国家的法兰西人威廉打仗，要恢复英国，恢复他父亲的土地，大败法兰西人，威廉受箭伤而逃，希尔和特的威名大著。不幸他种了法兰西人的美人计，贪已许婚他人的阿甫禄大(Alftrudn)美色，娶以为妻，而弃陀甫利大。他不久就后悔，可惜来不及了，终被法兰西人所暗算，他却奋斗而死，死得很体面。这是金斯黎的一部杰作，文章极其明净雅健；有许多画师取材于这部小说作画。民国二十三年雨水日伍光建记。①

078－20　野兽世界第二集

《野兽世界第二集》(*The Second Jungle Book*)，英国祁贝林著，②商务印书馆1934年9月初版，编入"英汉对照名家小说选"。("语言文字"分册，页245)这是《野兽世界》在华出版的第一个中文节译本。

《野兽世界》(或译《丛林之书》)创作于19世纪90年代，分为上下两集，由15个故事组成，其中8篇为莫格里的冒险故事。莫格里

---

① ［英］查理·金斯黎著，伍光建译：《希尔和特》，商务印书馆，1934年，页1—2。
② 鲁德亚德·吉卜林(Joseph Rudyard Kipling, 1865—1936, 今译约瑟夫·罗德亚德·吉卜林)，英国著名诗人、散文家、小说家。出生于印度孟买，其作品简洁凝练，充满异国情调，在20世纪初世界文坛产生了很大的影响。吉卜林是一个多产的作家，作品既有反映其印度生活现实的小说《山中故事》(*Plain Tales From The Hills*)，也有儿童读物的经典童话著作《丛林故事》[也译为《丛林之书》(含续篇)，*The Jungle Books*]和《如此故事》(*Just So Stories*)。为儿童创作的充满神奇色彩的小说《基姆》(*Kim*)、游记《从大海到大海》、诗集《营房谣》(*Gunga Din*)、短篇《如果》(*If*—)以及许多脍炙人口的短篇小说。所著《丛林之书》里的动物故事，已被译成数十种语言，传遍了全世界。他以丰富的知识、奇妙的想象力、幽默的文笔创造了一个充满奇思妙想的童话世界，被公认为世界上最受孩子喜爱的故事之一。吉卜林的"观察的能力、新颖的想象、雄浑的思想和杰出的叙事才能"，使他于1907年获得诺贝尔文学奖，成为英国第一位获此奖的作家，也是至今诺贝尔文学奖最年轻的获得者。参见汪兆骞《文学即人学：诺贝尔文学奖百年群星闪耀时》，现代出版社，2018年，页466—469。

的故事前后连续12年,但8个故事并不按时间顺序出现,而是穿插在15个故事中,剩下的7个故事皆为动物故事,只有一篇《修行僧珀鲁恩》例外。由于战争、丧子和伤病的影响,祁贝林的创作生涯坎坷波折。第一次世界大战期间,他认同白人使异教黑人开化的使命等帝国主义观念,造成了战后的声誉下降,也使他在非英美国家中籍籍无名。如果读者从寓意的角度解释丛林的故事,便能从中窥见作者特有的政治观点和隐藏的说教意味。吉卜林以动物来暗示人类生活,企图将野兽的法则运用到人类社会中去。

伍光建选译《野兽世界第二集》其中的三篇,分别是《害怕是怎样来的》《普朗巴伽特的奇迹》和《国王的珠宝镶嵌的刺棍》。① 开篇有伍光建的译者注:"禽兽世界的法律——这是世界上最古老的法律——特为凡是可以发生于禽兽的种种事体,几乎全筹备好了。到了如今这部法典是很完备的了,一如日久与习惯所能造到的那样完备。你若是读过毛格理(Mowgli,这是一个间于人兽之间的一个怪物的名,他是一群狼所抚养大的。译者注)的其他诸多故事(指《禽兽世界》第一集。译者注),你就会记得,他在西安尼(Seeonee)狼群过大半世的生活。"②在《国王的珠宝镶嵌的刺棍》开篇也有一段"译者注":"毛格理同蟒蛇做好朋友,有一天他们同去探有毒的白蛇的洞穴,看见许多珍宝。毛格理都不稀罕,看见一条二尺长的驱象棍,像舟人用的钩篙,篙头是整块红宝石,棍身是象牙的,镶了许多珍宝,头上却有尖的钩,是钢身嵌金的。毛格理晓得毒蛇是国王的守库官,问他取来,毒蛇再三嘱咐他小心,不要被这件东西害了他自己,要他记得,这是致死的利器;这件东西是够杀全数城邑的人。"③

书前有伍光建所写的《作者传略》:

---

① 《野兽世界第二集》未找到伍译所依据的原本,内容提要依据:Rudyard Kipling, *The Second Jungle Book*, Wordsworth Editions Ltd, 1998. 参见毕晓燕《近代文献翻译史上的"伍译"——以伍光建译"英汉对照名家小说选"为个案分析》,复旦大学硕士论文,2010年。
② [英]祁贝林著,伍光建译:《野兽世界第二集》,商务印书馆,1934年,页1。
③ 同上书,页39。

祁贝林以一八六五年生于印度之孟买。他有英吉利、苏格兰及爱尔兰血统。他的父亲在印度政府手下当一个博物院院长，又是一个有名的美术教授。祁贝林却并未受过大学教育。他少时回英国读书，十八岁回印度；随后当记者。一八八八年刊行他的诗集。一八九〇年英国人才起首承认他是一个大作家。他的著作多，至一九一八年刊行他的最后著作。他主持帝国主义甚力，初时不过微露其意，逐渐变作很显露；他以为强胜弱败，原是天意。在英国与在他处，有许多人都说旧约的宗教，及基督的宗教都是主张武力得胜的，他同他们一样，而且与他们同反对知识主义。他很小心的研究过最好的法国小说家。他好用熟语与俚语，又最善用字。他所描写的不是个人，居多都是某种路数人的代表。他给读者以所见、所闻、所嗅、所尝的感觉。惟对于灵魂，却未尝深入。他是最好的英文实写家，但是他的著作里头，亦有许多浪漫感情。他所著的约有一百篇短小说，可以代表他的最好著作；其中以《野兽世界》第一、二集为最好，所说的都是野兽故事，今所选译的，是第二集里头的三篇。一个作者执笔，要写死物或禽兽说话，要说得很自然的，如真人说话一样的有意味，只有极伟大的天才能够做得到，如《伊索寓言》《安德生神仙故事》及歌德的《狐之神通》就是好榜样；若本领稍差的，写来就全变了胡说啦。祁贝林这两篇短小说，有千百万孩子读过；亦有许多大人与学者都好读。孩子们读过自然觉得有趣，平常的一个成年的人读过，觉得更有趣；学者读过，尤其觉得有味；惟伟大的学者，与伟大的哲学家，最能享受这样的著作里头的深妙意义。二十三年八月二十四日伍光建记。

079-21 旅客所说的故事

《旅客所说的故事》(Tales of A Traveller，又译《旅人述异》)，

美国伊尔文著,①商务印书馆 1934 年 9 月初版,1934 年 10 月再版,编入"英汉对照名家小说选"第一集。("语言文字"分册,页 239)②

  欧文是美国第一位享有世界声誉的作家,被誉为"美国文学之父"。小说取材于欧文 1822—1823 年的欧洲旅行,共分为四个部分:第一章是神经质先生讲述欧洲关于几幅画像的离奇故事,分为"伟大的隐名作家""狩猎晚宴""我伯母的奇遇""勇敢的龙骑兵""德国学生的奇遇""神秘肖像的奇遇""神秘陌生人的奇遇""一位意大利年轻人的故事"等;第二章描写了伦敦文学界的生活圈子,分为"文学生涯""文学晚宴""怪人俱乐部""可怜的穷鬼作家""巴克桑,有名有望、继承大笔遗产的年轻人""失意人的墓地追忆""傻瓜乡绅""四处讨生活的戏班班主"等,其中既有潦倒落魄的穷文人,也有去戏班子体验生活的爱冒险的诗人;第三章讲述了意大利强盗对旅客的骚扰,分为"波普金斯一家的奇遇""画家的奇遇""强盗头子的故事""年轻匪徒的故事"等,通过几个旅人的不同遭遇,描写了强盗的可恨及可怜之处;第四章是欧文借自己虚构的人物尼古博克讲述的故事,分为"掘金者""鬼门关""海盗基德""魔鬼和汤姆·沃克""沃尔夫特·韦伯,又名黄金梦""黑人渔夫山姆的奇遇",其中有魔鬼和贪财人的纠葛,有在自己家门口一夜暴富的滑稽庄园主挖宝奇遇。通篇突出欧洲情调,充满了荒诞奇怪又颇为幽默的气氛,讲述多瑙河畔悬崖峭壁上的座座城堡、群山峻峰中茹毛饮血的猎人森林中的精灵传说等。伍光建删掉了原著大部分内容,仅选译了其中第一章的"我姨母(或伯母)所遇的奇遇",第三章的"特拉吉那(Terracina)客店""身材短小的考

---

① 伊尔文(W. Irving,1783—1859,今译华盛顿·欧文),出生于纽约一个富商家庭。少年时代起就喜爱阅读英国作家司各特、拜伦和彭斯等人的作品。年轻时曾赴欧洲旅游,期间他留意地方风土人情,收集民间故事传说。第一部重要作品是《纽约外史》。1819 年其《见闻札记》出版,引起欧洲和美国文学界的重视,其中《李普·凡·温克尔》《睡谷传奇》笔调幽默、妙趣横生,奠定了欧文在美国文学史上的地位。参见黄禄善、刘培襄主编《英美通俗小说概述》,页 195、266—267。

② 未找到伍译《旅客所说的故事》所据的原本,内容提要依据 2015 年中国友谊出版公司推出的孙昌坤《旅人述异》,参见 Washington Irving, *Tales of A Traveller*, BiblioBazaar, LLC, 2010。

古家的奇遇""迟到的旅客们"四篇。书中亦有译者注,如开篇称:"有几个人冬夜围炉闲谈,先有一个人说他的姨丈(或伯父)的故事,随后就有一个人接着说他的姨母所遇的奇事。"①最后一篇伍光建特别提出:"读者宜注意原文是对仗很工的偶句,用老将的谋反衬少年的勇。"②

伍光建在《作者传略》中写道:

> 伊尔文以一七八三年生于纽约。他的父亲是长老会的一个教士;他的母亲是一个和蔼人,是一个有知识人。他只是在家读英文及拉丁文,他所读过的书却是很多的。一八〇二年他当一个律师的书记。他因为体弱游览过许多地方。一八〇四年他渡海游览法兰西、义大利、荷兰,与英吉利。一八〇六年他回国,入律师公会。一八〇二年他初以著作登报。一八〇七年他与他的哥哥及一个朋友刊行《Salmagun》报,他所作的文章颇仿 Addison 与 Goldsmith。一八〇九至一八一五年他做过好几件事;他有意无意的当了几时政客,他看见政客们那样卑污狡诈,不久他就不当了;他当过一个杂志的主笔,当过纽约州长的军事秘书,也当得不久。一八一五年他又到英国,于是在外十七年,一八一九年他的 Sketch Book 第一期出版。一八二〇至一八二六年他游历德、法两国,又刊行两部著作。一八二六年他游西班牙三年,注重于史学,撰了三部书。一八二九年他回英国,当美国使署的秘书;得文学会的宝星,与牛津大学的文学博士。一八三二年他回美国,又著了好几部书。一八四二至一八四六年他当西班牙公使;一八五五至一八五九年他的《华盛顿传》出版。他终身不娶,死于一八五九年。他为人和蔼诚实,是一个最可爱的人;他的人格颇流露于他的著作里头。他很有机会可以当纽

---

① [美]伊尔文著,伍光建译:《旅客所说的故事》,商务印书馆,1934年,页1。
② 同上书,页50。

约市长、国会议员,及大总统的阁员,他因为不喜欢政界生活,他都不就。他的著作并不讨论什么哲学问题,与深奥问题,他以欢乐、忠诚、高贵做他的哲学的基本元素。他的文章显明雅健,音节谐和,最善用字与比喻,有谐趣而无毒螫,善引人入胜而不污秽。今所译的《旅客所说的故事》(Tales of A Traveller)是一八二四年出版的,叙事极有精神,又极其雍容大雅,据他自己说,及批评家说,这里头有他的最好文章。当他游历义大利的时候,他乘舟往 Genoa 往 Sicily 被海盗所劫,强盗们是有声有势的,手执大刀,腰间插小刀与手枪,他们好像是很诙谐的,抢了东西之后,还写一章收条交与船主,另外写一封信给 Messina 的英国领事,请他们照单偿还船主。作者所写的义大利强盗故事,大约是由这次阅历得来的。伍光建记。

080-22 泰丕

《泰丕》(Typee),美国米勒维著,①商务印书馆 1934 年 9 月初版,1934 年 10 月再版,编入"英汉对照名家小说选"。

美国浪漫主义小说家米勒维的一生是与海洋和捕鲸船紧紧地联

---

① 米勒维(Herman Melville,1819—1891,今译梅尔维尔),出身于纽约市一个有名望的家庭。其祖父参加过美国独立战争;外祖父是一名将领,参与了波士顿的倾茶事件。年幼时家境富裕,受到良好教育,养成博览群书的习惯。12 岁时父亲因破产而忧虑成疾,不久便去世,于是米勒维不得不辍学做工,以帮助养家,先后当过银行小职员、农场工人、皮货店小伙计、农村教师等。家庭的不幸与环境的骤然变化使作者感到被生活所遗弃,形成了其复杂深沉的性格。为了摆脱穷困,19 岁的米勒维到一艘开往英国的货轮上当差,航海生涯开阔了其视野。在捕鲸船"阿古莱耐"号上当水手的经历,使他发觉船是一个崭新的世界。当船抵达目的地英国工业城市利物浦时,他看到肮脏的贫民窟和衣衫褴褛、面黄肌瘦的人群,资本主义的丑恶现实使他深感震惊。坎坷的经历、丰富的生活和强烈的思想构成了以后写作生涯的基础。除了根据在南太平洋岛屿上的经历写成《泰丕》等游记体小说外,1851 年还完成了一部内容博大精深、形式丰富多样的航海小说《白鲸》,其中既有海上生活描写和捕鲸百科知识,也有人物心理刻画和生命哲理探索;既是一部小说,也是戏剧和史诗,被认为是美国的《哈姆莱特》,与福克纳的《熊》、海明威的《老人与海》并称为美国文学史上的三大动物史诗。参见刘东黎《鲸落十里,万物重生》,《解放日报》2022 年 7 月 30 日第 6 版。

系在一起，1844年，米勒维以他在南太平洋的冒险经历为原型创作了《泰丕》，该书描写了他在马克萨斯群岛上令人胆战心惊的生活。作者以第一人称展开故事：本来在一条捕鲸船上当水手，跟随船队在南太平洋走了六个月，东西都吃光了，船主又虐待他们，于是他与同伴拓比密谋，趁船停靠在努古希瓦湾之时，弃船逃走。在荒岛上，他们遇到了食人族泰丕族。但泰丕族待他俩十分友善，安排他住在一个名为玛尔海育的土著家里，并派仆人专门服侍。他在那里过着世外桃源般的生活，每天在湖光山色中沉醉，与当地女子嬉水游玩，甚至与姑娘花雅薇（Fayaway）互生爱恋，真可谓传奇般的经历。泰丕族的生活，让他逐渐发现所谓的"野蛮"部落，却有着西方社会不具备的文明性，如尊重女性，岛内不发生内讧。虽然表面一派安宁，但他还是无法消除恐惧心理，同时土著人的诡计也逐渐显露。于是在土人玛尔海育、柯里柯里以及花雅薇的帮助下，他逃离荒岛，搭上了一艘路过的船只，返回家乡。

  伍光建选译了原著的第五回《逃入山里》、第六回《山峡与瀑布》、第九回《看见两个土人，欢迎到一个土人家里》、第十回《花雅薇》、第二十六回《土人的互助精神》、第三十一回《可怕的揭露》、第三十三回《逃走》。后篇《拓比的故事》也有一段译者注："我的同伴与我分手的那天早上，有一大群的土人陪伴他，有好几个挑着鲜果及猪，以便出卖，因为他们得了消息，有几船到了海湾。拓比经过许多艰险，在哈帕尔人所住的地方遇着一个斑白头发的老水手，人称吉米（Jimmy），我同拓比都认得他，他娶了几个本土的女人，住在一个土王牟万那家里，过游手好闲的日子，他献策领拓比到海边；拓比不肯，必定要与同伴妥木一齐走。后来无法，只好随吉米摆布。吉米领他到家，请他饮本地的烧酒，提他的精神。"[①] 伍光建在书中所做的一些译者注，是为了帮助读者了解故事的前因后果，如开篇写道："我在一头打大头鲸的船上当水手，在赤道下的太平洋

[①]　[美] 米勒维著，伍光建译：《泰丕》，商务印书馆，1934年，页52。

走了六个月,无论什么东西都几乎吃光了,船主又虐待我们,我与同伴拓比(Toby)两人密谋,一到了玛尔克沙(Marquesas)群岛的努古希瓦(Naknheva)湾就逃走。后来船到了海湾,船主说了一番好话让我们上岸,心里却是不愿意的。"①主人公对西方人标榜文明代言人行为的反思,对中国读者而言颇具启发意义,通过选译该书,译者想让中国读者了解文明与野蛮之间无法轻易划清界限,文明也并非某个种族特有的标签。

伍光建在《作者传略》中写道:

> 米勒维是一八一九至一八九一年间人,生于美国纽约市。他是良家子弟,有荷兰人与英吉利人血统。他父亲死后,他依靠他的叔伯度日;他却有志,宁愿航海当上等客舱的侍役不肯重累他人。他回家后当过几时教员。他二十二岁在打鲸鱼船上当海员,在太平洋巡驶。他在船上一年半,因船主虐待,他在玛吉沙斯诸岛(Marquesas)逃走,被吃人的野人(即泰丕 Typee)拘留四个月。他逃走,被一条澳洲船的船员所救。今所译《泰丕》(一八四六年出版)即记载这件事。这部书善于用字与造句,墨笔条畅,无暗晦语;他所写的画景,与所叙的韵事辄能令人神往,深得美术精神,在同类著作中别开生面。他遇救后,就在船上当船员;二年后回到纽约,此后长在美国专攻文学,中间却有十九年在纽约海关当巡视员,与何桑(Hawthorne)做密友。他的著作很多,有小说,有游记,有诗歌。他又善于以个人的浪漫阅历输入他的著作中。在他当关员前就好哲学,好幽深的思辨。他后来所撰的几种书完全与实写所见分道扬镳。当美国南北纷争的时候,他著过好几篇爱国诗歌,有几篇传诵至今。民国二十三年夏至日伍光建记。

---

① [美]米勒维著,伍光建译:《泰丕》,页1。

081-23 伽利华游记

《伽利华游记》(Gulliver's travels，今译《格列佛游记》)，英国士维甫特著，①商务印书馆1934年出版，编入"英汉对照名家小说选"。("语言文字"分册，页242)

该书叙述了医生伽利华(Gulliver，今译格列佛)的四次航海冒险。伍译本以1726年的英文本为原本，选译了伽利华在小人国、大人国、飞岛国和慧马国的四段经历，且每段经历中都进行了有选择的节略。这是一部影射现实的小说，伽利华在小人国的见闻是当时英国的缩影，通过两个小人国之间的矛盾争斗，讽刺英国国内托利党和辉格党不过就是高鞋跟和低鞋跟之差，本质上都是在为一些无关国计民生的小事勾心斗角，甚至引发战争。他借大人国国王之口抨击英国的选举制度、议会制度和种种政教措施。在飞岛国，伽利华参观大学，与教授谈论历史、哲学问题，嘲讽英国脱离实际、沉溺于幻想的科学家和荒诞不经、颠倒黑白的历史家与评论家。在最后一段经历中，伽利华做了一匹马的奴隶，在与马的问答中，揭露了战争的嗜血本质、法律的虚伪不公和买卖官爵的社会现实。小说行文犀利，或直接表示鄙薄，或用反语传达嘲讽。在大力介绍西方议会制度的中国，将议会制的反面剖示给读者，可谓是文坛的一个异声。译本中伍光建有不少总评，如第一卷正文前有译者注："小人国是形容有人形的渺小的可怜虫，居然要做大事，大人国是形容大怪物忙于做小事。第一卷书居多是讽刺人物，第二卷书居多是讽刺制度。小人国以一寸

---

① 士维甫特(J. Swift，1667—1745，今译乔纳森·斯威夫特)，18世纪英国著名文学家、讽刺作家、政治家，被高尔基誉为"世界伟大文学创造者"。出生在都柏林的一个律师之家，1688年毕业于三一学院，1720—1725年完成了寓言小说《在世界遥远国度的游记》(今译《格列佛游记》)，该书中的小人国、大人国、飞岛国和慧马国的四段经历，展示了18世纪的殖民、剥削和财产侵夺、蓄奴和死亡，以抨击英国殖民主义政策，颇受读者的欢迎。参见[美]鲁宾斯坦著、陈安全等校译《从莎士比亚到奥斯丁》，页267—302；[英]亚当·罗伯茨著，马小悟译：《科幻小说史》，页78—82。

当一尺,大人国以一尺当一寸。"①一方面总结第一卷《小人国游记》,同时也作为第二卷《大人国游记》的回前总评。②

全书前有伍光建的"迦利华游记作者传略",称:

> 士维甫特(Swift)是一六六七至一七四五年间人,父母是英国人,他生于爱尔兰(Irland),在都柏林(Dublin)之特林尼替(Trinity)大学读书,其后得过牛津学位。他想在教育里得高位。当时改进党和保守党互争政权,颇重文人,最借重他的文章,以攻击彼党,他替两党都做过文章。当他最得意的时候,他居然以才子词人,做白衣卿相,蔑视公侯,不可一世。他有一次当宰相是个小跑,打发他去下议院告诉一个大臣说:"倘着他大餐吃得迟,我就不同他吃了。"又有一次他到一个新婚的伯爵府里,他对伯爵的新夫人说道:"我听说你会唱,你唱给我听。"夫人见他这样无礼,不肯唱。他说道:"她得唱给我听,不然的话,他就要逼她唱——夫人,我叫你唱,你就得唱。"伯爵大笑,他的夫人大哭,走开。下次他见着她,说道:"夫人,你现在还是如我初次见你的时候那样骄傲,那样脾气不好?"夫人答道:"牧师先生,我并不骄傲,你若喜欢我唱,我就唱。"他曾写信给他的爱人,说道:"我在别处不摆架子,惟在官廷摆架子,我当一个贵族,如同我的一个最下等的朋友。"可惜他扬眉吐气不过三年,又未得过什么厚报,不过做到监督大教堂的牧师。他却善与人交,是一个极好的同伴,最靠得住的朋友,又是当代最富于天才的文学家。他犯了几年脑病才死的。他的文章峭丽雄健,简洁明白,英文无有如他那样锋利、那样直接的。他的字句,其利如刀,直刺心胸,却无一个多余的字。他的著作很多,有几种都是杰作,《伽利华游记》就是其中之一。有人批评这部游记,说道:"有一种人

---

① [英]士维甫特著,伍光建译:《伽利华游记》,商务印书馆,1934年,页19。
② 赖慈芸:《亦译亦批:伍光建的译者批注与评点传统》,《编译论丛》2012年第五卷第二期,页1—29。

读这部书,不如读鲁滨孙的漂流记,及史蒂芬孙的《金银岛》(Stevenson's Treasure Island)。另外一种人,却见得这部书是描摹世情,用不假装饰的浅近文章,说深奥的道理,欺世的伪君子,读了会很难过的。又有人说父母买这本书给孩子们读,原望他们读奇怪的故事,殊不知作者是为孩子们的父母说法。"坊间的本子,每多删节,今选译翻印的一七二六年原本。民国二十二年癸酉大暑日新会伍光建记。"①

最后这一版本的表述在同时期的译者中并不多见,为后人的研究提供了可贵的信息。书中也有大量译者注,如译者对小说关于大人国的描述有此评价:"作者借题发挥,把当时的秕政及恶习说得淋漓尽致,文章是锋利无比。"

082-24 甘地特

《甘地特》(Candide,今译"老实人",或译作"天真汉",徐志摩译为"赣第德"),法国福尔特耳著,②商务印书馆 1935 年 12 月初版,编入"英汉对照名家小说选"第二集。("语言文字"分册,页 247)

法国启蒙主义文学家、哲学家福尔特耳,著作极多,创作有五六十种剧本,虽以诙谐取胜,但也不乏打动人心的悲剧。其散文著作,以《甘地特》最为出名。在该书中作者攻击哲学的及宗教的享乐主

---

① [英]士维甫特著,伍光建译:《伽利华游记》,页 1—2。
② 福尔特耳(Voltaire,1694—1778,今译伏尔泰),原名弗朗索瓦-马利·阿鲁埃(法文:François-Marie Arouet),伏尔泰是其笔名,18 世纪法国启蒙思想家、文学家、哲学家,法国资产阶级启蒙运动的泰斗,被誉为"法兰西思想之王""法兰西最优秀的诗人""最足代表十八世纪者"。著作甚丰,全集多达 70 卷,书札多达一万余通,代表作有《哲学通信》《路易十四时代》《老实人》等。参见吴宓为陈钧君译著所写的编者识语《福禄特尔与法国文学》,载《学衡》1923 年 6 月第 18 期;又见吴宓《世界文学史大纲》,商务印书馆,2020 年,页 490—501;上海辞书出版社编:《外国人名辞典》,页 173。

义,用浅显的文字庄严地说讽刺话。福尔特耳不仅文学上卓有成就,在哲学上推崇唯物主义,著有《哲学书简》,还曾为《百科全书》撰稿,在历史上少有能与他比肩之人。《甘地特》是一部将哲学内核包蕴在故事外衣下的小说。甘地特经历丰富,少年时住在维非利阿的古堡里,因爱上男爵的女儿古尼刚狄而被男爵赶出城堡,从此开始了他离奇、惊险的流浪生涯。他莫名其妙地被拉入布戛利阿军队中,遭受毒打,逃出后遇到男爵的家庭教师彭格罗,得知伯爵一家受到布戛利阿兵的劫掠,古尼刚狄也不知下落。甘地特与他的侍从卡卡布偶然来到一个产金国——爱尔多拉杜国,该国宝石遍地,却被国人弃如敝屣。国内居民友爱安乐,全然不知晓这些财富有何意义。甘地特与卡卡布满载宝石离开此地,踏上寻找古尼刚狄的道路。他们分头行动,卡卡布音信全无,甘地特自己也被人骗去财产。所幸他们最终还是相逢了,并且找到了已经不再美丽的古尼刚狄。甘地特为男爵、彭格罗等人赎了身,他们共同居住在一片田野之上,衣食无忧却烦闷、厌倦,不知生活的意义。直至他们遇到一个老农夫,看到他过着自给自足的农耕生活,无比自足与快乐,才恍然大悟:当初上帝把人放在伊登(Eden,今译伊甸——编者注)花园的时候,是为了让他们培植花园,人天生就不是游手好闲的。于是他们分工劳作,各司其职,每个人都感到简单所带来的富足和幸福。作者想象力丰富,构画了一幅奇谲的冒险图,有无畏的战争,有宗教冲突,也有遍地黄金的世外桃源,更有在一间旅社邂逅六位皇子的奇异经历。作者通过曲折多变的故事及其平静的生活结局相对照,使读者彻悟:财富、荣誉、地位与幸福无涉,讲经论道、悠闲自在也不能真正抚慰人心,惟有回归纯朴、简单的生活才是人生的要义。

伍光建在该书《作者传略》中写道:

> 福耳特耳是一六九四至一七七八年间人。他上几代居多是中等生意人家。他十岁入大路易学校。其后他奉父命读律,其实他偏好文学。一七一六年,他作文讥刺摄政,被逐。赦后,他撰两

篇更激烈的讥刺文章,一七一七年,他被拘入巴斯狄(Bastile)大监,明年出狱。当时贵族横行,骑士罗罕(Rohan)因口角衔福耳特耳;一日在一位公爵席上,拖他出来,亲自监视其所雇的恶棍在大街上当众杖他足跖。三个月后,福耳特耳约罗罕决斗,罗罕愿如约,及期,福耳特耳被拘,又幽禁于巴斯狄大监。二星期后他往英国,结交其文人;一七二九年回国。一七三三年他住在西里(Cirey)地方查特礼(Châtelet)侯爵夫人的堡里,从此得更专心于文学。一七五一年,他应普鲁斯王大腓特烈函聘,赴柏林。大王好诗,左右常多诗人,大王却好侮辱人,好取笑人,诗人皆能甘受,惟福耳特耳不能。他此来专为润饰大王的诗,后来他对人说,不愿再"洗脏衣服",大王也厌他不逊,曾对人说"吮干了橘子就摔橘子皮"。他与大王的大臣作文互相诟詈,大王监禁他,不久两人又言归于好。一七五三年,福耳特耳力求归国,大王允准,他行至佛兰福特(Frankfort),与其侄女被拘,受严密监禁。他被释后,住在日内瓦(Geneva)。那时候法国闹教祸,他见义勇为,多所救护。官吏诬一个耶稣教徒卡拉斯(Calas)杀子以阻其奉天主教,车裂以殉;其亲族逃依福耳特耳,才得免受酷刑。耶稣教徒西尔文(Sirwen)亦被人诬告杀女,亦依福耳特耳得免。拉巴尔(La Barre)被诬侮圣与毁坏十字架,监督示意,要先割其舌,断其右臂,随后架火活活烧死;一七七六年,巴黎法院治以死罪。福耳特耳费好几年工夫,为此数人伸冤,要恢复他们的名誉;他用叙事文、剖辩文、长文、短文、动人的文章、论理的文章,惊动全个世界,大臣、贵妇、律师、文人,都不能不为所动。有一个法官恐负永远洗刷不清的恶名,说许多话恐赫他。他引用中国历史答称:昔日中国有一个暴君对史官说,我不许你再记我的事。史官执笔疾书。暴君问,你写什么。史官答称,我记陛下刚才所发的禁令。福耳特耳由是义声震天下。他的著作极多,有五六十种剧本,虽以诙谐胜,颇有极能感人的惨剧。其中有一种名《中国孤儿》,演中国元曲的《赵氏孤儿》事,以一七五五年初次在巴黎公演。他撰有长短诗歌；他撰有物理学、哲学，百科全书里头有他的好几篇撰述；他有历史著作；他有许多书牍；他的散文著作，以今所选译的《甘地特》(Candide)为最出名。他在这部书里头，攻击哲学的及宗教的乐观主义，用极显明文字，很庄严的说讽刺话。法兰西(Anatole France)说，福耳特耳作讥刺文章，一面写一面大笑。立特尔(Philip Littel)说，今年发生许多"主义"，日新月异，《甘地特》或者能够激发后起之秀（惟有他们能够激发）执笔试作第十八世纪轻松文章，讨论这许多新主义。其实福耳特耳的文学艺术包孕既多，且臻完善，既无胜过他的人，亦无敌手。民国二十三年甲戌寒露日伍光建记。①

083‐25 海上的劳工

《海上的劳工》(The Toilers of the Sea)，法国嚣俄著，②商务印书馆 1935 年 12 月初版，1936 年 1 月再版，编入"英汉对照名家小说选"第二集。（"语言文字"分册，页 247）

《海上的劳工》前半部分是吉利阿历经许多艰难困苦，终于用单桅船把杜兰第轮船上的机器拖回来，停泊在利提尔利公事房的窗外。利提尔利看到朝思暮想的轮船再次回来，欣喜若狂，在码头上摇钟通告乡里。为了感谢吉利阿的功劳，利提尔利决定将自己的女儿狄禄赛特嫁给他。可是，吉利阿爱慕的狄禄赛特却心有他属，她心爱的是柯特利。悲伤的吉利阿不想强人所爱，他反而帮助柯特利与狄禄赛特举行婚礼，将他们送上去往伦敦的"克什米尔"号船，还把母亲遗交给新娘的衣服赠予狄禄赛特。看着"克什米尔"渐渐走远，吉利阿也缓缓走入海中，直到消失。一位与大海搏斗的勇敢水手，将爱人送入她渴求的幸福殿堂，不求任何回报地离开。看着与他梦想极不相符

---

① ［法］福尔特耳著，伍光建译：《甘地特》，商务印书馆，1935 年，页 1—2。
② 嚣俄（英文名：Victor Hugo，1802—1885，今译维克多·雨果），法国 19 世纪前期积极浪漫主义文学的代表作家。参见上海辞书出版社编《外国人名辞典》，页 296。

的结局，心中升腾起难言的幻灭感：愿意为之牺牲生命的追寻，到头来却发现并不属于自己；曾经是他仇敌的狂乱大海，最终竟成为他的归宿，安静地包容他的悲哀。这是法国浪漫主义作家嚣俄的代表作之一，小说中对大海诡谲状态的描写，使读者身临其境，语言的多彩和传神也成为该书流芳后世的原因。

伍光建选译的是原著的第二部第三卷第五回《吉利阿要决定去留》、第三部第一卷第二回《码头大钟又响啦》、第三部第二卷第一回《快乐与痛苦混杂》、第三部第三卷第二回《绝望与绝望面面相对》、第三部第三卷第五回《大坟》。全书亦有大量的译者注，其中最长的是全书开篇的一段：

> 狄禄赛特（Déruchette）是船行东家利提尔利（Lethierry）的美貌侄女；圣诞早上，她在雪地写一个字；随即有一个男子为吉利阿（Gilliatt）走来，看见她所写的是他的名字，从此他就爱上了她，却不敢近她。只在她的窗外吹笛唱曲示意。那个时候初兴轮船。利提尔利首先创造一条轮船为杜兰第（Durande）往来运货，很发财；不料被他下一个船员骗了七万五千佛郎。船主为克洛丙（Clubin）却劫了那个船员的七万五千佛郎，推他落水，驾船出海，故意在杜伏岛（Douvres）碰石沉船，又故意打发其他船员驾舢板逃生，独留船上不去，以示他是忠实人，肯牺牲自己。利提尔利得信，对众人说，有能捞取轮船引擎（即机器）回来的，愿以侄女嫁他，侄女狄禄赛特赞成这句话。吉利阿于是驾一单桅船前去打捞。他到了杜伏岛冒了不知多少次性命危险，才找着住宿处，安置炉锤，修理梁柱，割截铁条，以打造锯凿及长钉等物，造起重架，又费了许多事才把两架明轮及全部机器放在单桅船上。他一个人兼做水手、木匠、铁匠，及机器匠的手艺。正在要预备回程出海的时候，大风快要来，他打造木栅以御风潮。①

---

① ［法］嚣俄著，伍光建译：《海上的劳工》，商务印书馆，1935年，页1。

伍光建在《作者传略》中写道：

这个伟大诗人，这个戏曲及小说大家嚣俄是一八〇二至一八八五年间人。他父亲是拿破仑手下的一个名将，嚣俄是他的少子。他先在西班牙后在法兰西读书。他母亲死后，他见得难以卖文为活，只好住在人家的三角顶楼，饱尝贫窭滋味。好在他的著作不久即被众人所欢迎，他就能够于二十一岁娶亲，享十年伉俪欢乐。其后他迷恋一个女戏子，相处五十年。他二十二岁刊行他的歌谣，就现出他是一个大诗人，是创制新歌曲的巨子。他三十八岁入法兰西学院当学士。一八四六年他在路易腓烈的贵族院演说，第一次是替波兰说话，其后替被贬逐的拿破仑家族说话。他是一个热烈的共和党，及拿破仑第三以阴谋及屠杀篡位称帝，他只好出亡，扮作工人，逃亡比国都城，随后侨寓英国海峡的诸岛。普法之战，西丹一役法军大败，拿破仑第三出奔，嚣俄才回法国，计被逐出境几二十年。他撰过几本戏剧，论者称惟有莎士比亚可与比肩。他撰几部极有名的小说，如《巴黎的我后教堂》《悲惨世界》《海上的劳工》，及《九三年》（原文为《九十三》——编者）等等。今所选译的就是他的《海上劳工》，以一八六五年出版，写其所侨居的岛上的故事。这部书一出，世人几乎停止日常工作要读一个老实船员与他怎样在海上无时无刻不为性命争须臾以保全破船的机器。其中几乎有半部状不能状的风云雷雨海潮变态，及实写打捞破船的种种冒险工作，与《鲁滨孙漂流记》相比，有过之无不及。英国诗人司文播安（Swinburne，今译斯温伯恩，1837—1909，编者注）最好此作，称赞他的笔墨与想象并皆宏丽，且极能动人，叙事与状物得高超的真实，非作者其他著作所能超过；又称嚣俄为莎士比亚死后惟一的伟大人物。他出殡的时候，有一百多万人肃立街旁致敬于这个大文豪。民国二十三年甲戌秋分日伍光建记。

084‐26　蒙提喀列斯突伯爵

《蒙提喀列斯突伯爵》(*The Count of Monte Cristo*，今译《基度山恩仇记》，或译《基督山伯爵》)，法国大仲马(A. Dumas，1802—1870)著，商务印书馆 1935 年 12 月初版，1936 年 1 月再版，编入"英汉对照名家小说选"第二集。("语言文字"分册，页 247)

大仲马是世界闻名的浪漫主义小说家，他的译作在 19 世纪末 20 世纪初的中国就已广受关注，其名作《蒙提喀列斯突伯爵》《侠隐记》，在民国初期不断重译再版，极为畅销。虽然在法国文学史上，其地位不能与巴尔扎克、雨果等文学大师相抗衡，但《基督山伯爵》俨然已成为全世界通俗小说的扛鼎之作。该书译本开篇有伍光建译者注，实际上是一个提要，讲述一八一五年二月底，法老号大副爱特曼·唐提(Edmond Dantes)驾驶摩拉尔船行的船，驶回玛尔塞(Marseilles)。翌日，他与他的爱人摩西第(Mercedes)正在庆贺订婚礼的时候，被官拘拿。幽禁在船的同事名珰伽拉(Danglars)，是个管货员，要夺他的船主地位；一个是福尔南(Fernand)，要夺与他订婚的美貌女子摩西第；另外一个陷害他的是当地的检察官维富特。爱特曼所在的那条船快要经过爱尔巴(Elba)岛之时，船主病重濒死，哀求大副爱特曼唐提替他送一信与拿破仑，且替拿破仑送一信往巴黎。爱特曼原是一个不知世故的 19 岁少年，就答应船主照办。船主死了，他权代船主。珰伽拉晓得这件事后写信告密，由福尔南寄与检察官，同时爱特曼的邻居卡特禄预闻秘密却不曾劝阻。检察官先前原是一个拿破仑党，后已叛了本党，改名换姓投入王党。他得了告密信后，立即拘拿爱特曼，搜出那封信，晓得拿破仑党的秘密，当着爱特曼面毁了信，按着他的心说不久就释放他。谁知检察官为了自己的安全，勾结王党，设法永远监禁爱特曼。爱特曼入狱的第四年，有一天听见地板有摸索声。再过几天，地板陷入，看见一个老犯人从地洞出来。这个老犯人原是一个老牧师(伍译为"方丈")，名花利亚，因为要谋义大利统一，被当道所拘,幽禁在这里已有八年之久。他设法挖通地洞,以为可以越狱逃脱,不料仅仅只是挖通了另一个监牢。两个人自然成为好朋友,情同父子,协力挖地道。老方丈把生平的学问传授与爱特曼,且把他一生的阅历告诉他,帮助他分析事情的原委,提醒他平日的朋友或许就是他的仇人。爱特曼得到了老方丈的传授,不独变作一个很有学问的人,而且成为一个深知人情世故的人。到了爱特曼入狱的第十四年老方丈病,将死,把蒙提喀列斯突藏锸所在的地方告诉爱特曼。不久老方丈死了,爱特曼把自己的衣服替方丈穿上,把尸身背到自己的牢里,自己换上老方丈的衣服,伪装成死者,监卒误将之抛入大海,爱特曼用老方丈在牢里历年所制成的刀子,割袋逃生。他屡次化装,化作一个方丈先找着旧邻居卡特禄,打听他入狱后亲友们的下落(事见原书第二十七回,译者注),又从一个监狱检察官口里打听为何把他永远监禁的情形(见原书第二十八回,译者注),于是恩怨分明,首先报恩(事见原书第二十九回,译者注)。① 假名蒙提喀列斯突伯爵的爱特曼,越狱后找到了宝藏,成为巨富。重返法国巴黎的他,首先找到昔日旧邻卡特禄,在金钱的诱惑下卡特禄交代出垱伽拉和福尔南是谋害他的人,并且在他入狱之后靠骗钱发了大财。狡猾奸诈的福尔南还逼死了他的父亲,抢走了他的妻子。埃及王号船长摩拉尔在爱特曼遇难后,为了救他四处奔走,还于危难时向爱特曼的父亲伸出援手。既悲且愤的爱特曼决定在报仇之前先报恩,他替破产的摩拉尔偿还了巨额债务,还送给他一艘新的埃及王号。在报答了曾给予他无私帮助的人之后,爱特曼开始一步步实施自己的复仇计划。

　　该书篇幅巨大,伍译本约为十万字,仅选译了爱特曼出狱即报恩等情节,以"现在请报仇的神,把权力让给我,以惩罚恶人"作为结束,突出了小说善的一面。小说传达了"善有善报,恶有恶报;不是不报,时候未到"的思想,译者虽删去了复仇部分,但小说仍然情节紧凑,保

---

① ［法］大仲马著,伍光建译:《蒙提喀列斯突伯爵》,商务印书馆,1935年,页1。

留了故事情节曲折、语言生动等特点,译本并未让原本失色,伍光建以"译者注"来提醒读者留意原作者出神入化的描写手法。

伍光建在该书作者《传略》中写道:

> 大仲马是一八〇二与一八七〇年间人,他的祖父是一个法兰西伯爵,他的祖母是一个西印度的本地黑人。他的父亲当法国大革命初起时,投军当兵,升官却升得很快,征西班牙时当陆军大统领;后来因为同拿破仑闹意见,死后很萧条。大仲马家贫,受教育于一个慈爱的教士。他随后学法律。他因为酷好著作,到巴黎写小剧本为生。他写了几年剧本,以他的《显理第三》为最出名。他随后撰短篇小说,又其后才撰长篇小说,以《侠隐记》三种及这部《蒙提喀列斯突》为最有名。从此以后相继刊行的小说既多且快;他的著作总共有二百七十五册。他曾告诉拿破仑第三,说他写了一千二百本书。据说他的小说,自然有许多是他自己著的,亦有许多是与他人合作的,又有许多全是他人作的,却出他的名;人家常以此批评他,他却毫不理会。他不吸烟,不吃酒,不赌博,卖文的收入很丰,他却往往入不敷出,常时欠债。这是因为他好吃,好客,座上食客常满,很像中国小说的小孟尝,常有不知姓名的人,走来同他坐下饮食;他又无条理,同是一笔债,还过之后,失了收条,又得再还,往往还五六次之多。这部《蒙提喀列斯突》与《侠隐记》齐名,欧美人几乎无不读过;可惜太长,译出中文约有八十万字。书分上下册,以上册为最好,有几篇极好的文章,如唐提出狱及报恩等回皆是。《侠隐记》要依附历史事实,未免受拘束,这一部却不然,他丝毫不受羁勒,任意幻造境地与人物,写得尤为淋漓尽致;其所以不及《侠隐记》,只在缺少谐趣,但是其独到的地方,却是《侠隐记》所无的。民国廿四年十月伍光建记。①

---

① [法]大仲马著,伍光建译:《蒙提喀列斯突伯爵》,页1。

085－27 罪恶与刑罚

《罪恶与刑罚》(Crime and Punishment)，俄国杜退夫斯基著，①商务印书馆1935年12月初版，1936年1月再版，编入"英汉对照名家小说选"第二集。（"语言文字"分册，页245）

陀思妥耶夫斯基是俄国文学史上最复杂、最矛盾的作家。或说托尔斯泰代表了俄国文学的广度，陀思妥耶夫斯基则代表了俄国文学的深度。《罪恶与刑罚》（今译《罪与罚》）是他的代表作，被誉为近代推理小说的鼻祖。小说包罗万象，可怕与可怜的，以及人道主义与高超思想都包蕴其中。书中刻画一个贫穷的大学生拉柯尼柯，赁居在彼得堡一个窄小的房间，这位长期罹患忧郁症的青年，由于情绪的紧张、焦躁，终于和外界失去调和，一步一步走向犯罪之路。他原想为社会大众的幸福，以及帮助母亲和妹妹摆脱生活的困境，用斧头砍死了放高利贷的老太婆，结识了拥有圣洁灵魂的少女玛梅拉多——一个为了家族，不幸沦落风尘的女子。玛梅拉多成为他走向重生之路的曙光，最终拉柯尼柯供认了罪行，被派往西伯利亚做苦工七年。

伍译本对拉柯尼柯杀人前后行动、心理的翻译丝丝入扣。结尾一章借拉柯尼柯之口说出了"平常人"与"非常人"的区别，主人翁虽然认为"非常人"为了历史的进步有权杀人，但并不认为自己是一个"非常人"。

---

① 杜退夫斯基(F. Dostoevsky, 1821—1881，今译陀思妥耶夫斯基)，出身在俄罗斯一个不富裕的医生家庭，童年患有癫痫病，9岁首次发病，之后间或发作并伴其一生。后就读于彼得堡高等军事工程学校，期间他涉猎了莎士比亚、帕斯卡尔、维克多·雨果等人的文学作品，特别喜欢果戈里的作品。1843年毕业于高等军事工程学校，将巴尔扎克的小说《欧也妮·葛朗台》译成俄文，1861年发表了第一部长篇小说《被侮辱与被损害的人》。1866年其代表作《罪与罚》出版，为作者赢得了世界性的声誉。以后又完成了以拿破仑和1812年的卫国战争为重要背景题材的《白痴》；1880年发表了《卡拉马佐夫兄弟》，这是他后期最重要的作品。参见沈雁冰《陀斯妥以夫斯基的思想》，《小说月报》1922年第13卷第1号；郑振铎：《俄国文学史略》，商务印书馆，1924年；李春林：《陀思妥耶夫斯基其人其作》，安徽文艺出版社，1999年。

伍光建在该书《作者传略》中写道：

> 杜退夫斯基是一个外科医生的儿子，以一八二一年生于他父亲所住在的莫斯科医院里。当他十八岁的时候他父亲被受虐待的田奴杀死，他从此得了痫病。一八四四年他撰他的第一部小说名《贫民》。他曾办了一个社会主义讨论会，一八四九年四月他与其他会友四十三人同时被捕，定了死罪；是年十二月他与其他二十一被绑赴市曹，登了杀人台，第一批三个人已经被捆在柱，用巾遮眼，正要枪毙，忽然有军官驰来宣读赦书，改为发往西比利亚作苦工，三人中有一人已经失了本性变作疯子；他在第二批，与其余被赦的人多少都得了神经病。他在西比利亚四年多，常在想象中构造一部小说，以一八六六年刊行，就是所选译的《罪恶与刑罚》，销路甚广；此外他还撰了几部很有名的小说。他虽以著作闻名，却常贫窘，有时挨饿，有时连外衣也当了，后来曾因欠债逃走。他出狱后当过军官，娶过妻，妻死再娶。他死于一八八一年，送葬的有四万俄罗斯人。他相信现在的九千万俄罗斯人及此后所生长的将来有一天全会受教育，全会进化，全会享受欢乐；他更坚信世人全变作文明是绝不会有害的。托尔斯泰与他殊途同归，两人素未谋面，向来亦无直接关系；托尔斯泰却引他为同志，他一死，托尔斯泰如失左右手。据称尼采亦颇受此书的潜力所移。这部小说包孕甚富，可怕的、可怜的，及人道主义，与高超思想都散布书中。本书的英雄拉柯尼柯(Raskoluikov)是个杀人凶手，并不是出于妒忌报仇，或谋财，全是出于悲愤，后来毅然自首，不害他人。他这部书最能动人怜悯，令人恐怖，非他书所能及。Poe 的短篇小说与此相比，未免太吃力；Hoffman 的著作与此相比未免太过矫揉造作；Stevenson 的变作烛光放在阳光里；杜退夫斯基真不愧为俄国文学界三大巨头之一。民国二十四年伍光建记。①

---

① ［俄］杜退夫斯基著，伍光建译：《罪恶与刑罚》，商务印书馆，1935年，页1—2。

086‑28　克罗狄阿

《克罗狄阿》(*Claudia*)，德国阿诺·斯维治著，①商务印书馆1935年12月初版，编入"英汉对照名家小说选"第二集。（"语言文字"分册，页248）这是阿诺德·茨威格作品在华出版的第一个中文节译本。

阿诺德·茨威格并不如奥地利作家斯蒂芬·茨威格（1881—1942）那样著名，但他的历史功底和文学修养却毫不逊色，曾获得多项文学大奖。亲历一战的他是一位坚定的和平主义者，撰写了多部反战小说。不过，伍光建选译的《克罗狄阿》却是一部关于婚姻生活的现实小说。主人公克罗狄阿是一位出身高贵、感觉极其灵敏、心地又极其高洁的小姐，她与博士洛贺梅彼此倾慕，相携步入婚姻的殿堂。两个心思单纯的人在结婚之后，才真正开始认识充满烟火气息的凡俗生活。然而这并不是一段容易的过程，在洛贺梅坦白了年轻时的几件糊涂、荒唐事后，克罗狄阿一时错愕，继而愤怒，完全不能接受。经过彻夜的心理斗争，克罗狄阿设身处地地站在洛贺梅的位置思考，最终接纳了完整但不完美的丈夫。这段反思也是全书的精华所在，这一场思想的转变使克罗狄阿脱胎换骨，从一个住在无瑕的水晶王国的小女孩蜕变为一个成熟达理的妻子。小说借此告诉读者只看到优点的爱是轻松的，但不是真实的，正是包容使爱成其为爱。在

---

① 阿诺·斯维治（Arnord Zweig，1887—1968，今译阿诺德·茨威格），德国作家。生于犹太人小资产阶级家庭。曾在慕尼黑、柏林、哥廷根、罗斯托克等大学学习语言文学、哲学、艺术史、心理学、社会学和经济学。纳粹上台后，流亡国外，在巴勒斯坦从事反法西斯文化工作。第一次世界大战后，转为批评资本主义社会制度，走上现实主义创作道路。1927年发表《格里沙中士案件》，作品以德国军事法庭判处越狱逃跑的在押俄国战俘格里沙中士死刑为背景，描写许多不同阶层的人出于各种不同动机对这件事的态度。作者因此一作品获得世界性声誉。著名三部曲《1914年的青年妇女》《凡尔登的教育》《国王登位》合称《白种人大战》，《停火》《时机成熟》两部是《白种人大战》的延续。这五部小说构成一部编年史式作品，揭示了第一次世界大战的政治和社会根源。1933年流亡国外，1948年回德意志民主共和国担任科学艺术院院长，1958年获苏联列宁和平奖。参见上海辞书出版社编《外国人名辞典》，页360。

译者看来，作者用极其曲折的笔墨描写两人的心事，致使其从俗常的爱情小说中脱颖而出。

伍光建在《作者传略》中写道：

> 德国作家阿诺·斯维治(Arnord Zweig)以一八八七年生于Silesia。他在Berlin，Mnnich，Heidelberg诸大学读书。他专攻哲学、语言文字学、日耳曼文等各种研究，及英、法两国文学，意在当教员。他晓得莎士比亚及Elizabeth时期的文学，及摩登作家如Meredith及Hardy诸家著作，那时候德国人还不甚晓得这几个英国的大作家。他译过许多书，其中有Poe的诗歌及Kipling的军营歌。一九一〇年他刊行他的第一册短篇小说。一九一三年他撰一本戏剧，在德、奥两国演过，观者甚众。从一九一五年起以至世界大战终止他在德国的劳工队当军人，到过好几处战场，又在Verdun十三个月，随后调往东方大营。后来他刊行几册短篇小说及社会论说与政治论说。一九二七年他的长篇小说 Sergeant Grischa (*The Case of Sergeant Grischa*，今译《格里沙中士案件》——编者注) 刊行于德国，初时原是一本戏，但是当时国内的风气不能容纳这本戏的示意，他只好改作小说，因此得享大名。他还撰了其他两部小说，与前一部成为一系。今所摘译的《克罗狄阿》(*Claudia*) 以一九三〇年出版；描写一个上等阶级人家的一位感觉极其灵敏、心地又极其高洁的小姐；当她正在有一个男子向她求婚及他们初结婚的时候，才逐渐明白人生。这个男子唯恐她不晓他是个什么路数人，把他自己所做的不堪告人的事和盘托出告诉她，她却善于观人必于其微，反因此重他，爱他。作者用极其曲折的笔墨描写两人心事，与平常写爱情的小说不同。民国二十四年十一月伍光建记。①

---

① ［德］阿诺·斯维治著，伍光建译：《克罗狄阿》，商务印书馆，1935年。

087-29 维廉迈斯特

《维廉迈斯特》(*Wilhelm Meister*，今译《威廉·麦斯特》)，德国哥德(今译歌德)著，商务印书馆1936年1月初版，编入"英汉对照名家小说选"第二集。("语言文字"分册，页248)

歌德是18世纪中叶到19世纪初德国和欧洲最重要的剧作家、诗人，晚年他费了许多时光与心血创作了两部著名作品，第一部是《浮士德》，第二部是《维廉·麦斯特》，后者包括《威廉·麦斯特的学习年代》和《威廉·麦斯特的漫游年代》，该书描述富商之子维廉·麦斯特自幼喜欢文学和戏剧，厌恶小市民庸俗鄙陋的生活环境，企图通过戏剧活动来改造社会，以摆脱狭隘的生活圈子，走向自由的境界。父亲命他去讨债，他却加入一个流浪剧团。该书从1774年开始撰写，中间或作或辍，1829年大功告成。该书初时意在写一部戏剧史，后来逐渐演变作一部涉世史。① 伍译本依据的是英国作家喀莱尔的英译本，选译了原书第六卷中的《一个女圣贤的自状》。全篇采用第一人称的叙述手法，出生于中产阶级家庭的"我"，从小便受到了良好的教育，阅读了许多书籍，也听了很多故事。渐渐长大之后，"我"对教义的执着和虔诚不但引来周遭亲人的不解和非议，也使自己面对爱情时一再遭受心灵的挫折和煎熬。因为未婚夫那尔西斯要求"我"同其他女子一般理家，还要改变"我"的见解，引起了"我"的不满。在上帝的指引下，"我"拒绝了与那尔西斯的婚姻。之后，"我"常去听人讲经，接触了倡导与世隔绝地生活的"贺伦哈特"教派，但依然得不着安慰。"我"与叔父常常探讨人生和宗教，引导"我"走近无形的、唯一的忠实朋

---

① 同一个小说的另一个节译本是由其子伍蠡甫完成的，父子所据均为英译本。1930—1935年伍蠡甫为黎明书局主编了一套"英汉对照西洋文学名著译丛"，其中收录伍蠡甫所译题为《威廉的修业时代》，由黎明书店1933年出版。1935年第1卷第5期的《世界文学》有此译本的广告："这是歌德的一部长篇小说，主人翁威廉的旅行和修业都是描写人生的历程，本书虽是节译本，但原书大意完全抓住无遗。"

友——上帝。伍译本对女圣贤的经历着墨较少,但对于她与叔父的交流,以及其思想的变化,则写得非常详细。译文中的基督教义若没有相关背景知识,理解起来会非常困难。伍光建《作者传略》中写道:多读才能够领略其意味,并说明"今择译前半部里头的一个篇名'一个女圣贤的自状'",显然指原书上半部的"一个淑女的自白"。①

伍光建在该书《作者传略》中写道:

> 哥德是德国的诗人、制剧家、哲学家,生于一七四九年,家于佛朗克堡(Frankfort),他的父亲学法律,哥德是他的长子。哥德十七岁入来比锡(Leipzig)大学,这时候他爱过一个酒商的女儿。他因得了吐血症回家休养。一七七〇年他的父亲强他入斯脱拉斯堡(Strassburg)大学学法律,他却注意于诗歌美术及哲学,他恋爱一个小姐,不能如愿以偿几乎想自杀,他所撰的《威特尔的愁怀》(The Sorrow of Werther,今译《少年维特之烦恼》——编者注)使他这次恋爱事永垂不朽。当他在这里的时候遇着一个朋友名哈尔特尔(Herder),这个思想家大他五岁,教他研究建筑,观察自然的单简,及熟读莎士比尔,他从此更热心研究文学及美术。一七七五年冬他应威玛尔(Weimar)公爵之召来见,公爵任以国事,他此

---

① 参见卫茂平《德语文学汉译史考辨:晚清和民国时期》,上海外语教育出版社,2004年,页70。与威廉所在流浪剧团同在一处演出的还有一个杂技团,维廉有一天在杂技团看到一个壮汉用鞭子无情抽打一个弱小的孩子,便向那男子扑去,大声怒喝:"放下你的鞭子,放开这孩子,要不我就和你拼了!"被维廉掐住喉咙的壮汉放开那孩子,这时敢怒而不敢言的围观群众也都拢来痛骂那汉子。维廉用30个塔勒银币赎出了孩子,这孩子就是迷娘,她原本是一位意大利侯爵的弟弟在不知情的情况下与自己亲妹妹所生的孩子,从小便被人拐卖到德国。恢复自由后这位12岁的小姑娘便跟定了维廉·迈斯特。她对维廉极为感恩的同时,又怀有情人之情、父女之情。迷娘为维廉唱出了千古名曲《迷娘曲》。迷娘的故事出现在《威廉·麦斯特的学习年代》第四章。小说中的《迷娘曲》深深打动了田汉,早在南国社时期他便奋笔疾书,写出了独幕剧《媚娘》。受到启发,将杂耍汉子和迷娘变成父女两人,因日军烧杀而家破才出来卖艺。这既是天才的模仿,也是天才的创造。它将命运播弄的主题转换成承托家国命运的戏剧,那么流畅,那么自然,像是天造地设一般。参见张治《中西因缘:近现代文学视野中的西方"经典"》,上海社会科学院出版社,2012年,页230。

后就以威玛尔为家。他又爱上了一个贵族夫人,她比他大七岁,又是七子之母,却是一个能文兼很有学问的女人,她操纵他十二年。有人计过歌德生平的恋爱有过十八次,无一次不留印象于他性情及著作中。一七八六年他游览义大利,得了许多新印象,这是他生平一件很要紧的事。一七九一年他奉公爵命当国立戏园总裁,一连当了二十二年。一七八八年他初与席勒尔(Schiller)为文字交,相得益彰。一八〇五年哥德与席勒尔两人同时得病,两人自以为必死;是年五月席勒尔死,哥德大恸,和其友言:"我也死了一半啦,我的日记全是空白,如同我的生活一般。"伊尔富特(Erfort)之会,那破仑召见哥德,一见就说:"你是个人。"两人谈了一点钟,及哥德出,那破仑又对其左右说道:"他是个人。"哥德死于一八三二年。哥德多才多艺能文章,善制剧,会绘画、塑像,译过几种外国有名的著作,他又研究自然科学、殖物学及光学都有过新发明;他又是天演说的几个最先发明家之一。他费了许多时光及心血著两种很有名的书,第一种名《浮士德》(Faust),第二种名《维廉迈斯特》(Wilhelm Meister),从一七七四年起撰,中间或作或辍,大功告成在一八二九年。他这部著作初时意在写一部戏剧史,后来逐渐推变作一部涉世史,很有潜力及于日耳曼文字。这部名著经英国大作家喀莱尔(Carlyle)译成英文。今择译前半部里头的一篇名《一个女圣贤的自状》(The Confessions of the Fair Saint);文章是很雍容大雅的,意思是很深远的,多读才能够领略其意味。民国二十四年十一月伍光建记。①

088-30 疯侠

《疯侠》(*Don Quixote*),西班牙施尔万提著,②商务印书馆1936

---

① [德]哥德著,伍光建译:《维廉迈斯特》,商务印书馆,1936年,页1—2。
② 施尔万提(西班牙语:Miguel de Cervantes Saavedra,1547—1616,今译塞万提斯),西班牙小说家、剧作家、诗人。出生于马德里附近的埃纳雷斯堡,被誉为是西班牙 (转下页)

年1月初版,编入"英汉对照名家小说选"第二集。("语言文字"分册,页249)

施尔万提是文艺复兴时期西班牙诗人、小说家、剧作家,《疯侠》(今译作《堂吉诃德》)被公认为是文学史上的第一部现代小说,是世界文学的瑰宝。伍光建节选本《疯侠》,无下卷,计51章。该书从第一部第八回《唐奎素提(今译堂吉诃德——编者注)攻打风磨,及值得传与后来的故事》开始。开篇有长篇类似译者注的介绍:

> 第十六世纪有许多人撰许多侠义小说,说得离奇怪诞,极端的言过其实,西班牙人却很好读这样的书。有一个人名奎沙达(Quixada)几乎倾家荡产买这许多书来读,读到变成一个疯子,满肚都是魔术、争斗、挑战、恋爱、巨人、堡砦、被掳的姑娘、英勇的援救,与许多绝不可能的勇敢事,他全当作是真确的。只要他碰见一个店主东他就以为是伟大人物;碰见一个赶骡子的他就以为是一个侠士;碰见一个女人,他就以为是他所应该拯救的美貌姑娘,他就找人封他做侠士,改名为拉曼查地方的姓奎素提的侠士(Don Quixate de la Manoha)。他是一个瘦长条子,瘦的脸发死白色,骑上一匹有骨无肉的马,腰带长刀,手执长矛,身披祖上遗传的生锈甲,头戴一顶用纸朴及铁片糊补的盔,带着一个潘沙珊哥(Sancho Panza,亦作 Panca,今译桑乔——编者注)做侍从(凡是侠士必有侍从。译者注);这个侍从是一个无知无识的乡下人,是个短胖子,腰部很长,肚子很大,背着一个包袱及一个皮水瓶,骑着一匹小驴名大普尔(Dapple),主仆两人出外拯救唐奎素提所梦见的美貌姑娘,他称她为陀布素地方的杜辛那(Dulcinea del Toboso)。珊哥本来不肯去的,主人说,将来他自己做了皇帝,就派

(接上页)文学世界里最伟大的作家。其作品《唐·吉诃德》达到了西班牙古典艺术的高峰,标志着欧洲近代现实主义小说的创作进入了一个新的阶段。评论家们称他的小说《唐·吉诃德》是欧洲文学史上的第一部现代小说,同时也是世界文学的瑰宝之一。参见上海辞书出版社编《外国人名辞典》,页563。

他做一个海岛的总督,他才肯死心塌地同他去。

伍光建在《作者传略》中写道:

施尔万提(Cervantes)以一五四七年生于西班牙都城附近的一个旧市镇。他是一个有名的旧世家的后裔,却是很穷的。他很小的时候就喜欢读书,在街上走过,看见贴在墙上撕丢一半的碎纸他也要读。他尤其喜欢读诗,少时就能够辨别好诗,凡是他读过的好诗都记得。他当过军人,身临前敌,胸部与左手受伤,左手从此永远残废;他在军中五年,正在二十二岁至二十七八岁的时候。他同许多西班牙达官贵人回国,被海盗所掠,他人愁苦不堪,他却作诗演剧以慰他们;他做了五年半的俘房。一五八四年他娶亲,刊行他的第一部牧童歌。此后他起首撰有系统的著作,撰了二三十出戏,每出只得二百佛郎,不够养家。他著了三年书,去做小官三年,后来做收税官,因为被人所欺,账目不符被监禁,不久出狱。一六一三年他刊行他的《示范小说》(Exemplary Novels),全是短篇小说,很有创造能力,富于情节,善写人情,可称描写真实生活小说的鼻祖。当他入狱的时候他起首撰《唐奎素提》(Don Quixote,今简称《疯侠》。译者注)。一六〇五年刊行第一部,上至王公下至村农牧竖无不读这部书,有时读了大笑,有时读了大哭。一六一六年第二部出版,用意与第一部不同,读第一部的人笑其疯癫,读第二部的人赞其高贵,他即死于一六一六年。他一生的际遇都很不好,他却还是很勇敢的、很高兴的忍受。这部《疯侠》有十五六国文字的译本,流行甚广,只亚于《圣经》;他自己说孩子们要读这部书,少年人爱读,中年人明白这部书,老年人称赞这部书。这部书虽名为贬斥荒唐怪诞的游侠小说,其实是描写世人,贵贱贤愚无不描写到家;其迷人之处在平笔墨浅现、忠实,而富于知识,不只饶于谐趣,其实是关于人类与人性的尖利观察。书中有两个主要人物:一个就是珊哥,他是一个富于常识、无理想、无想象、最粗鄙近利的人。一个就是疯侠唐奎素提,全是想象,全是道德观念,毫无常识,却是一个极高贵的人。两人合并为一,就是一个知识完备的人。珊哥显然是作者所喜欢的创造;他说唐奎素提是世上最有知识的疯子,又是最疯的明理人。唐奎素提其实是满腔悲天悯人,世人反以为他为疯;世人皆醉我独醒,醒的当然会吃大亏。这部小说英文亦不止一个译本,今所用的是 Ozell 校定的 Motteux 译本。民国二十四年十一月伍光建记。①

译者指出这部小说的"迷人之处在乎笔墨浅现、忠实而富于知识,不只饶于谐趣,其实是关乎人类与人性的尖利观察"。在民国时期该小说先后有林纾、贺玉波、蒋瑞清、汪倜然、温志达、傅东华、范泉、桂慈等人的译本,其倍受推崇可见一斑。唐奎素提为了拯救梦中所见的美貌姑娘杜辛那,带领侍从潘沙珊哥踏上了游侠的道路。两人一路上做了很多好笑的奇怪事情,自己却毫无察觉。一天他们遇见一个无名公爵和他的夫人,这两个人见他们易欺,命仆人改扮成奇形异状的男女及妖人,骗唐奎素提说有年轻女子被妖怪所围,请他前去营救。主仆二人同骑一匹能飞天的木马奔赴现场,不料马尾着火,烧着许多引火物件,使他们失去了方向感。待到落地时,发现地上有一张纸条,说他们破了妖术,大功告成。珊哥借此要求公爵给予报答,公爵便安排他做一个海盗的总督,实则有意戏弄他。于是,唐奎素提继续他的路途,珊哥则留下做总督。在一些人的恶作剧之下,珊哥洋相出尽,感到自己不适合做总督,便提出离开。随身只带了半块奶酪,在医生、总管的不舍中,骑马挥别此地。他回去之后,又同唐奎素提做了几件游侠的事,却始终找不到杜辛那。最后,唐奎素提害热病,睡了几个钟头清醒过来后恍然大悟:他一向是个疯子,做了许多疯事。给侄女留下一份遗嘱后,他就离世了。在伍译本中,前半部分

---

① [西班牙] 施尔万提著,伍光建译:《疯侠》,商务印书馆,1936年,页1—2。

的主角是唐奎素提,后半部分则为珊哥,两人的形象活灵活现,平分秋色。唐奎素提满腔悲天悯人的盲信和乐观,世人皆以为他是疯子,其实可谓世人皆醉我独醒。

089-31 红百合花

《红百合花》(*The Red Lily*),法国安那图勒·法兰西著,①商务印书馆 1936 年 1 月初版,编入"英汉对照名家小说选"第二集。("语言文字"分册,页 248)

法国作家、文学评论家和社会活动家安那图勒·法兰西的《红百合花》,对于爱情带给人们的欢乐和痛苦的描绘,几乎无人能出其右,作者杰出的文学才华来自他丰富的人生阅历。作者结识卡亚菲夫人并狂热地爱上了她,为此与妻子离婚,这位卡亚菲夫人就是小说中特利斯夫人的原型。小说中特利斯夫人是一个风姿绰约的魅力女子,她与画家狄沙尔特陷入了疯狂的爱情冲动中,这种感情就像一条拉得紧紧的线,因为特利斯昔日情人曼尼勒的再次出现而加剧了其中的张力,牵扯两颗心痛到无以复加。狄沙尔特的占有欲要求特利斯除他之外不能再有爱人,哪怕是在遇到他之前存在、遇到他之后名存实亡的曼尼勒。但是特利斯是结了婚的,她的丈夫在其生活中仿佛根本不值得一提,他只看重世俗的荣耀与享乐,根本无暇理会特利斯的感受。特利斯被人热烈地追逐、崇敬过,但最后狄沙尔特和曼尼勒都选择了放手,使她一个人"走入人生与世事的可怕的无限里头"。小说并没有停留在仅仅讲述一个动人心扉的故事,它借人物之口传达作者的人生哲学,前往亚西西修行的朱列特对特利斯说:"全数道

---

① 安那图勒·法兰西(Anatole France,1844—1924,今译阿纳托尔·法朗士),法国作家、文学评论家、社会活动家。生于巴黎一个书商家庭,少年时期经常替父亲编写书目、图书简介等,置身于书海之中。1873 年出版第一本诗集《金色诗篇》,1881 年出版《波纳尔之罪》,在文坛上声名大噪。以后写了一系列的历史题材小说,其作品均流露出历史循环论、社会改造徒劳无益论的悲观情绪,但更多的是充满对社会丑恶的嘲讽和抨击,1921 年获诺贝尔文学奖。参见上海辞书出版社编《外国人名辞典》,页 349。

德上的美,原是那种不能明白的智慧的结果。"还有街口的老鞋匠,不探究,不责问,犹如躲在幕后观看世事的上帝,简单的回答仿佛告诉读者命中注定的终将发生,一切劝解都是无效。叶灵凤称该书"像是一间新油漆的客厅,辉煌得使人目眩,但是并不使你感到亲切"。①

伍光建在该书《作者传略》中写道:

安那图勒·法兰西(Anatole France)是法国人,生于一八四四年。他的真名姓是查克·安那图勒·狄坡特(Jacques Anatole Thibault)。他是一个精于版本开书店人的独子。他的父亲当过查理第十的侍卫,是一个热心的王党与天主教徒。法兰西在一个贵族化的耶稣耶军教士的学校读书。他自己说他得益于辛纳(今译塞纳——编者注)河边的旧书铺,多过于大学的教授们。一八六七年他刊行两篇诗于一个杂志上,发挥他的政治见解,拖累这个杂志被封。一八七〇年他投军,以读味吉尔(Virgil)及吹箫消遣。一八八一年他的第一部小说 The Crime of Sylvester Bonand 得了学院的奖赏。后来他却不喜欢这部著作,说是"最烦冗无味"。他赋性懒惰,一八八三年遇见玛当开拉维(Madame Caillavet),她鞭策他著书,还替他撰过一篇短小说。他撰《红百合花》及《求乐派的花园》,对于人生与世界发表他的怀疑反省。自一八九〇年至一九〇一年他写了许多无关目的的记事与谈话,以讽刺陆军、教士、贵族、及政客等等,成为《并世历史》。自一九〇六年起,他的著作译成英文,销路很畅。他陆续撰《贞德(Joan of Arc)传》,前后费了二十年工夫,以一九〇八年出版。一九一〇年玛当开拉维死,他觉得孤寂,一病数月,不能动笔。一九一四年欧战发生,他写一封长信,力劝同胞们以人道主义为先。他很自由的发表他的非战见解,颇指斥克利曼苏与普安卡利。一九一九年他赴南美洲演讲。一九二〇年,他七十六岁,才

---

① 叶灵凤:《读书随笔》一集,页52。

与爱玛拉普利和(Emma Laprevotte)行结婚礼,两人同作他的孙子的保护人。一九二一年(原文为一八二一年——编者)他得诺毕勒(Nobel,今译诺贝尔——编者注)文学奖金,亲往瑞典都城领奖。他领奖的时候有一篇演说辞,指斥瓦尔塞和约,说"这不是和约,其实是拖长大战"。一九二二年教王政府禁他的著作;有几处图书馆排斥他的几种著作好几年。他不自认为哲学家,以为自己是一个改革家。他奉蒙唐(Montaigne)、福耳特耳(Voltaire),及雷能(Renan)为师,著作讥刺文章,笔墨极其朗润。他晚年好谈美术与宗教,不相信历史的基督,又不相信人死会复活。他死于一九二四年,年八十岁。出殡日法国大总统与政府诸人为之执绋。他死后有人解剖他的脑,却是异常的小。他是欧洲文学界一个巨子,法国后起之秀却不以他为然,以为他是一个可厌的老头子。今所译的小说中曾叙吃冰吉林用的一把作红百合花形的小匙,故以名书。民国二十三年甲戌立秋日伍光建记。①

090-32 金奈

《金奈》(Jenny,今译作《珍妮》),挪威安赛特著,②商务印书馆1936年1月初版,1936年2月再版,编入"英汉对照名家小说选"第二集。("语言文字"分册,页249)

---

① [法]安那图勒·法兰西著,伍光建译:《红百合花》,商务印书馆,1936年,页1—2。
② 安赛特(Sigrid Undset,1882—1949,今译西格丽德·温塞特),挪威女小说家。出生在丹麦的凯隆堡,父亲是考古学家。大学毕业后进入一家法律事务所,开始进行小说创作。1907年,她的第一部作品《马尔塔·埃乌里夫人》问世,而《金奈》(1911年)则让她闻名于世。她早年到欧洲游历,在罗马遇见了挪威画家斯瓦斯塔,立刻坠入情网。婚后的温塞特完成了早期的几部现实主义小说和短篇小说集。她还是一位社会活动家,热衷于公共辩论,如妇女解放、伦理和道德问题。她最著名的作品是长篇小说《新娘·主人·十字架》三部曲。代表作还有三卷本的《克里斯汀·拉夫朗的女儿》、四卷本的《马湾的主人》和自传体小说《十一年》。1928年获诺贝尔文学奖。自30年代初她就强烈反对希特勒和纳粹主义,德国入侵挪威后逃到瑞典。参见上海辞书出版社编《外国人名辞典》,页540。

安赛特成名作《金奈》是一部心理小说，描绘一个少女在梦想获得一对父子的爱情时的复杂心理和悲剧性结局。这部作品确定了她在北欧文学史上的地位，正是这部小说打动了诺贝尔文学奖的评委，1928年她获奖理由是"对中世纪北国生活的有力描绘"。安赛特一生致力于探讨妇女问题，从长篇小说《金奈》开始，温赛特便在自己的一些中长篇小说中描写年轻妇女的现实生活。《金奈》将一个少女面对爱情时的迷惘、悲痛以至绝望的心理描摹得入木三分。金奈与海尔治及其父格拉木、甘纳尔希艮等人同在罗马学习美术，她本来与海尔治恋爱，但在海尔治家中遇到其父老格拉木后，又与后者擦出了爱情火花。金奈为了带给对方欢乐，刻意隐藏真实的自己，在格拉木父子面前尽力做出他们所期望的样子。但她并未得到快乐，孤寂而无处诉说，只好将所有生的希望都寄托在腹中的婴孩身上（老格拉木的孩子）。不幸的是，婴儿出生六个月就夭折了，这个沉重的打击使金奈摔倒在地，不复能够站起来。意志消沉的金奈来到了甘纳尔希艮的身边，他全然接受金奈的过去，并给予她温柔而坚定的支持。可是金奈没想到她竟又与海尔治相逢，这一次她依然屈服于他。金奈痛恨自己的软弱，决定自杀。在将死的前一刻，她突然想到希艮，渴求他的帮助，渴求他的救赎，然而一切都已太晚了，最终只留下甘纳尔希艮在金奈墓前怅惘徘徊的身影。小说以悲剧收场，却并非作者刻意为之，而是女性在现实生活中真实的遭遇。对于渴求自由的女子，摆脱了家庭的束缚是一种自由，若摆脱不了内心的束缚就仍不是真正的自由，心灵的枷锁是比外在环境力量更强大的枷锁，小说是一帖使她们冷静下来的良药。

伍光建在该书《作者传略》中写道：

> 安赛特是有名的挪威国女作家，以一八八二年生于丹马。姊妹三人，她居长。他的父亲是个考古家，有两部著作；她的母亲是丹马人。她的父亲到过全个欧洲考查，在挪威的都城的大学教书。她随父到挪威，却喜欢与母亲同住，因为有一个姨妈告

诉她许多奇怪故事;她从小就爱故事,长大的时候很勤力读故事。她帮父亲考古,读过许多中古时代的历史宗教等等,与上古时代的英雄记。她十一岁丧父;她在都城的商业学校毕业后就得自谋生计;她的父亲有一个老朋友当律师,她就在他的公事房当秘书;她却一面梦想做一个文学家,在晚上及放假日学作文。一九〇七年她的第一部小说出版,说的是不欢的结婚;一九〇八年第二部小说名《欢乐时代》出版。今所译的《金奈》(Jenny)一九一一年出版,写一个勇敢女子尝试调停美术与人生,竟以自杀结局。这部小说很能动人,再版好几次,作者从此享大名。她好研究女人心理;她的女英雄居多是少年女子,在不浪漫的空气中生长,不得不从事于无味的工作,以帮助家用;她们好美术好学问;所遇的男子们都不能及她们所梦想的人格,结婚之后才如梦初醒,往往惨死。此后她撰了几部中古时代小说,《金奈》却是写摩登社会的。她嫁与一个有名的画师,一九二五年两人善意的离婚。一九二八年她得了诺布尔(Nobal)的文学奖金,女作家得这样奖金的以她为第三个。民国二十四年乙亥日伍光建记。①

091-33 巴尔沙克的短篇小说

《巴尔沙克的短篇小说》(*Short Stories*),法国巴尔沙克著,②商

---

① [挪威]安赛特著,伍光建译:《金奈》,商务印书馆,1936年,页1。
② 巴尔扎克(H. de. Balzac,1799—1850,今译巴尔扎克),法国小说家,被称为"现代法国小说之父",生于法国中部图尔城一个中产者家庭。1816年入法律学校学习,毕业后不顾父母反对,毅然走上文学创作道路,但是第一部作品五幕诗体悲剧《克伦威尔》被认为是失败之作。而后他与人合作从事滑稽小说和神怪小说的创作,曾一度弃文从商经营企业,出版名著丛书等,开办印刷厂,均告失败。商业和企业上的失败使他债台高筑,拖累终身,但也为他日后的创作打下了厚实的生活基础。1829年发表长篇小说《朱安党人》,迈出了现实主义创作的第一步。1831年出版《驴皮记》,使其声名大振。1834年完成《高老头》,这是其最优秀的作品之一。他一生创作甚丰,写出了96部长篇和中、短篇小说,分为"风俗研究""哲学研究"和"分析研究"三部分,合称《人间喜剧》,被誉为"资本主义社会的百科全书"。参见杨周翰等主编《欧洲文学史》(下),人民文学出版社,1981年,页125—138。

务印书馆1936年2月初版,编入"英汉对照名家小说选"第二集。("语言文字"分册,页248)

巴尔沙克是欧洲批判现实主义文学的奠基人和杰出代表,他的小说人物众多、情节生动。伍光建选译了三篇小说,分别是《玛当狄第最后一次的聚会》《罚他独生》和《不信教的人听教士念经》,卷首有作者传略。第一篇《玛当狄第最后一次的聚会》讲述一个贵族遗孀,接到其子从监狱寄来的信,信中表示他将从监狱逃走,三天内改装来见她;倘若三天内不来的话,就是与她永诀了。遗孀艰难地度过第三个晚上,等来的却是一个陌生男子。当晚,她死在房里,而其子也同时被枪决了。第二篇《罚他独生》,利甘尼侯爵一家与英国人相通,袭杀了法国军队。卷土重来的法军要对他们一家进行惩罚,侯爵知道在劫难逃,只请求让其子活下来。于是,长子朱安尼图充当刽子手,亲手杀了全家,全家亦死得无所畏惧。朱安尼图活在孤独的重压下,唯一的希望是生个儿子延续血统。小说表达了西班牙人与其死在敌人手下,更愿意死于亲人之手。第三篇《不信教的人听教士念经》以一个医生的自白为主线,讲述了他依靠车水工布尔沙的无私帮助,在贫穷中完成了学业。待到他功成名就之时,布尔沙已溘然离去。从此他这个无神派每年四次出钱请教堂的人为其恩人念经,用行动凸显了基督教的真髓:不望报酬,以行善为乐。伍光建翻译的这三部小说都是擅于铺设悬念,环环相扣,使人不忍释卷,精细入微、生动逼真的描写也为中国读者再现了法国社会的风貌。

伍光建在该书《作者传略》中写道:

> 巴尔沙克(Balzac)生于一七九九年。在法国大革命之先,他的父亲原是一个律师。当巴尔沙克出世的时候,他父亲在军需处当差。他七岁入学校读书,读了七年,并无特别表现,随后入私塾读两年,最后入Sorbonne大学听讲,学法律,当过三年律师的学徒。他父亲要他当律师,他不肯,愿当文人。他只得着家里

不多的供给；他住在巴黎，住在一间小阁楼几乎有十年。在一八二二至一八二九年间他起首得名，这时候他撰了许多小说，只有十种包括在他的"世人的谐剧"内。他得不着多少收入，却得了许多阅历。他既浪费，又好做生意，却无做生意的阅历，欠了十万佛郎的债，只好靠写书还债，写了十年才还清。他很勤力，每天居多都是在午后五、六点钟稍进食物，随即睡到半夜，起来喝浓咖啡，就起首动笔，往往一口气写十六点钟的书。他的第一次草稿是永远不会完备的，等到送印稿来，他就大加剪裁修改与增加，至少要增加原稿四分之一。他同一个波兰贵族玛当汉斯喀（Hanska）要好，常有书信往来，有时他不惜奔走半个欧洲去见她；他等候十四年，到了一八五〇年三月才同她结婚，他死于是年八月，享寿不过五十岁。他要写人心历史与社会历史，把人生当谐剧看，分作好几部分：私人生活、省会生活、巴黎生活、政治生活、军营生活、农村生活、哲学研究、解析研究，共成一百三十三册，却有许多不曾写，这样的伟大著作原非一个人的精力所能办到的。他是写实主义的创造家，他所要的是实事，他不好浪漫主义，却始终不能摆脱。他有时沉于幻想就不求事实；据说他曾自出心裁，制图交人盖房子，不许丝毫更动；及房子盖成才晓得有楼无梯，其实他有一部分是个写实家，有一部分是个浪漫家。他却不见得有什么冲突。他的规模伟大，如同一座大建筑，后来有许多小说家挪他一块石头做他们的规模较小的小说基础。他又是短篇小说的大作家。他的短篇小说也有长篇的活现和显明，结构既精，写琐事又极其准确，足以证实他的思想新鲜，本能敏捷，观察尖利，且有心理学及生理学的准确知识。试读他的短篇小说就足以解说巴尔沙克凭什么据了世界最伟大作家的一席。二十五年二月伍光建记。①

---

① ［法］巴尔沙克著，伍光建译：《巴尔沙克短篇小说》，商务印书馆，1936年，页1—2。

092-34 在山上

《在山上》(On the Heights),德国奥尔巴哈著,①商务印书馆 1936 年 2 月初版,编入"英汉对照名家小说选"第二集。("语言文字"分册,页 248)这是在华译刊的特霍尔德·奥尔巴赫作品的第一个中文节译本。

主人翁和尔普尔格是一名乡下少妇,奉召入宫作太子的乳娘。宫中有一个女伯爵叫伊尔玛,年轻貌美,常常看望太子。君主与伊尔玛惺惺相惜,从知己逐渐产生爱慕之情,不断书信来往,传达心意。两人的情事被人发现,传到伊尔玛父亲这里,刚正不阿的伯爵无法接受这一事实,一时气急身亡。父亲死后,伊尔玛内心愧疚,在给女王留下一封表达赎罪之情的长信之后,离开了城堡意欲寻死。她跳下悬崖,摔在湖边的石头上,被和尔普尔格夫妇救起。得救之后,伊尔玛改名为伊尔伽特,跟随和尔普尔格夫妇在山上生活,远离尘嚣,只靠雕木过活。这样度过了三年之后,伊尔玛在山上曾撰写日记,作为自己的反省。三年后伊尔玛决定再次入世。在去往国都的路上,她看到君主为了纪念她而竖起的墓碑,许多人都前来参拜。不久回到家,一日伊尔玛正在山坡上休息,居然听到了君主打猎的声音。意外的相逢提醒了伊尔玛自己曾犯下的过错,使她一病不起。在弥留之际,君主与王后及时赶来,伊尔玛得到了王后的宽恕,君主也与王后打开了心结。伊尔玛在安宁中离去,脸上带着和蔼的微笑。作者以乡下人和尔普尔格的视角,观察宫中

---

① 奥尔巴哈(Berthold Auerbach,1812—1882,今译贝特霍尔德·奥尔巴赫),德国诗人、作家,生于贫困的犹太人家庭,大学时攻读法学、哲学和历史,因参加学生运动被判处监禁。曾为《莱因报》撰稿。19 世纪 30 年代初开始文学创作,早期以犹太人生活为题材的小说喜欢描写德国乡间的有趣生活。1865 年《在山上》的出版使他声名大振,不仅仅因为书中对人们生活的如实刻画,也在于其中贯穿的哲学反思和美学风味。作者生平可参见 Gulielmetti, *Berthold Auerbach and the German nation: educating the male citizen*, Thesis (Ph. D.) — Washington University, 1999. Dept. of Germanic Languages and Literatures, Includes bibliographical references. 伍光建译介德国奥尔巴哈《在山上》(*On the Heights*)的事迹,未见于卫茂平《德语文学汉译史考辨:晚清和民国时期》一书。

生活,不但描写得生动传神,也包含了深刻的反思。伍光建译出了原书的第十三、十四、十八、四十二、四十三、四十九、五十一、六十七、七十一、七十二、七十三、一百○四、一百十五、一百十六(误写为九十六)、一百十九、一百二十回。文中参插有"译者注"。

伍光建在《作者传略》中写道:

> 德国小说家奥尔巴哈生于一八一二年。他的父母是犹太人。他入 Tülingun, Munich, Heidieberg 诸大学研究哲学,受业于斯特劳斯(Strauss)及舍林(Scheling)。他的父母原想他当教士,他却好读斯宾诺萨(Spinoza,今译斯宾诺莎——编者)的著作,与犹太正教乖离,他于是致力于文学。一八三七年他用斯宾诺萨生平事迹著一部小说,写得极有意味,又与事实相符,读者既可以当一部小说读,又可以当一篇本传读。一八四一年他译行斯宾诺萨的著作。后来他著了许多书,书写南日耳曼的农村生活。一八六五年他的最有名的小说《在山上》(*On the Heights*)出版,这是一部绝妙的小说,书中详写宫廷生活及农村生活,用一个乡下少妇奉召入宫哺乳太子作穿插。乡下人看见宫廷生活自然会有种种反省;宫廷的贵人看见农村生活亦然,作者一一写出,所以很有趣味。作者享大名即由于这样的哲学反省及浪漫主义。巴尔沙克(Balzac)写法兰西村农专写他们的卑劣,奥尔巴哈写南日耳曼的村农专写他们的高贵,尤其是这部名作。一八八二年他死在法兰西。坊间所刊行他的著作有二十余册。民国二十四年乙亥伍光建记。

093 - 35 革命故事

《革命故事》(*The Tales of the Revolution*),俄国阿戚巴瑟夫(Michael Artzibashef, 1878—1927,今译阿尔志跋绥夫)著,商务印书馆 1936 年 2 月出版,编入"英汉对照名家小说选"第二集。("语言文字"分册,页 246)

《Tales of the Revolution》有 tr. Percy Pinkerton（Secker, London；Huebsch, N.Y）英译本。① 伍光建当年很有可能也是以此英译本为底本的。在阿戚巴瑟夫的一生中，期刊插画、商业美术占据了大部分的时间和精力；他的绘画风格强烈，富于冲击力。在他的文学作品中，探索了人类心理和情感的变化性和极端性。在帝俄的解体过程中，他站在白俄罗斯的一边，这种对于革命和共和的消极态度在《革命故事》中也有所体现。该书是《晨影》《医师》两篇小说部分章节的选译。前半部分《晨影》围绕一群大学生的校园生活和人生追求而展开。利沙·朱玛柯华（Lisa Tchumakova）是一个单纯活泼的女孩子，她与少尉沙维诺甫订婚，在家里过着无忧无虑的生活，可是她的追求却并不满足于此。小说的第一、二回，讲述了在邻居帕沙·亚番西甫的鼓动下，她与帕沙、犹太女孩多拉·巴尔开雅一同前往圣彼得堡学习医学。她们修读的专业与小说第二部分《医师》有某种契合。伍光建不但选取了少人关注的这一小说文本，并且将两部小说合二为一，自创书名《革命故事》统摄全书。虽然在《晨影》结尾，多拉等人的计划失败，当初一起走入大学立志救国的年轻学子全都以各种各样的方式献出了生命。可是医师对俄国统治者的放手不救却说明他们的革命举动并非一无所获，至少他们感化了一位医生，而这位医生又决定了总巡官的性命。医师最后的毅然离去，为如利沙、多拉一般的年轻人投入革命点燃了希望。如果说《晨影》侧重对革命的反思和追问，那么《医师》则展示了反抗的意义和价值。全书除了单词的脚注解释外，还另有译者注，如说明利沙："原是一个快活的家庭，她又是一个活泼、淘气的女子。"②

伍光建在《作者阿戚巴瑟夫传略》中写道：

作者姓阿戚巴瑟夫，名米开尔（Michael），以一八七八年生于

---

① 1934年2月20日鲁迅致姚克信，《鲁迅全集》第十二卷"书信"，人民文学出版社，1991年，页339—341。
② ［俄］阿戚巴瑟夫著，伍光建译：《革命故事》，商务印书馆，1936年，页4。

南俄,他的父亲是一个小乡绅,曾入陆军,后来归隐。阿戚巴瑟夫氏原是鞑靼族,以十二世纪入俄国,米开尔的母亲是有名的波兰大将及政治家阿苏斯科(Kosciusko)的侄孙女。米开尔三岁丧母,他父亲要他入陆军,他却要学绘画。他十六岁起首作诗登本地的报章,同时在美术学校学绘画。他二十岁结婚;不久就往俄都,入帝国大学研究美术,这时候他还相信他是一个绘画师。俄国第一次革命,他以一九〇五与一九〇六年间撰他的《革命故事》,写得有声有色,如同活现,所写的居多是事实;这时候他的文名,几乎盖过安得伊甫(Andreev)。一九〇七年,他的《山宁》出版。一九〇九至一九一二年,他又撰几部小说,因其中有无政府党的思想,被拘入狱数月。他出狱后,更无忌惮的撰剧本,学斯特林堡(Strindbury)的自然派。当欧洲大战的时候,他最享大名。他此时刊行一个星期报,专论文学。苏俄成立,恨他不附和,严禁他的著作;他既无收入,又恐被禁,只好逃亡 Warsaw。他身体孱弱,患肺病,死于一九二七年,年四十八岁。他说他颇被 Hugo, Gothe, Tolstoy, Chekov,及尼采之师 Stirun 所潜移。民国廿三年甲戌暑日伍光建记。

094-36 洛士柴尔特的提琴

《洛士柴尔特的提琴》(Rothschild's Fiddle),俄国吉柯甫著,[①]商

---

① 吉柯甫(A. Chekhov,1860—1904,今译契诃夫),俄国作家、剧作家。1879 年进入莫斯科大学医学系。1884 年获得医学博士学位,并在兹威尼哥罗德等地行医,并开始文学创作。1880—1884 年,发表了 300 多篇文章,其中包括《变色龙》《外科手术》等。1890 年 4—12 月,契诃夫不辞长途跋涉,去沙皇政府安置苦役犯和流刑犯的库页岛游历,对那里的居民进行调查。库页岛之行提高了他的思想觉悟和创作意绪,使他创作出表现重大社会课题的作品。1890—1900 年,他曾去米兰、威尼斯、维也纳和巴黎等地疗养和游览。代表作有《第六病室》《草原》《海鸥》《万尼亚舅舅》《樱桃园》等。1935 年 4 月《新中华》第 3 卷第 9 期有一个"短篇小说研究特辑",刊有艾芜的《屠格涅夫与契诃夫的短篇小说》、周楞伽《契诃夫的短篇小说》、伍蠡甫《契诃夫的短篇小说》。伍蠡甫认为契诃夫为印象主义的代表。1935 年 1 卷 4 期《中苏季刊》还推出"柴霍甫(逝世)二十一周年纪念特辑"。参见刘研《契诃夫与中国现代文学》(上海社会科学院出版社,2006 年)、陈建华主编《中国俄苏文学研究史论》第三卷(重庆出版社,2007 年)。

务印书馆1936年2月初版,编入"英汉对照名家小说选"第二集。("语言文字"分册,页245)

契诃夫前期的作品都是短篇小说,托尔斯泰对他的短篇小说极为赞赏。这本短篇小说集收入了《洛士柴尔特的提琴》《一个放荡的女子》和《老年》三篇小说。《洛士柴尔特的提琴》讲述了一个把钱视为至高无上的拉琴人洛士柴尔特,他每天必做的事情便是在一个本子上记录当天的收入和支出,如果支出超过收入,他便会心情烦闷,甚至迁怒于陪伴了自己多年的妻子。有一天,妻子突然病重,洛士柴尔特匆忙将她送往医院。医生看着这个病入膏肓的人,不愿为其治疗。妻子的离去并没有对洛士柴尔特带来太大的触动,他关心的是葬礼的花销。葬礼结束后,洛士柴尔特独坐河边,脑中居然回闪以往生活的点点滴滴,仿佛被一个重力击中,心突然变得很沉重。回家之后,洛士柴尔特也生了重病,在离世之前他将自己的提琴送给了琴队里的一个犹太人,虽然素来对这个犹太人心生厌烦,但却是他在弥留之际唯一能够想到的人。《一个放荡的女子》叙述了一个女子在婚姻中的矛盾和挣扎,起初在平淡的生活下她对丈夫的坚贞在逐渐消失,而对婚姻的背叛又在丈夫身亡后幡然醒悟,真实地描写了一个女子在爱情中的迷惘和摇摆。《老年》揭露了一个阴谋,大律师年轻时为有权势的一方辩护,在牺牲弱者利益的基础上逐步攀升。等到垂暮之年回到家乡,再次询问起当年遭受不公判决的那位女士,得知她从此之后陷入低谷,一直活得很不如意之时,坐在人力车上的律师久久不语,愧疚、惆怅的复杂感情涌上心底。吉柯甫的小说语言流畅,贴近生活,但又不仅仅停留在叙述故事,而是将现实主义形象升华为富有哲理的象征。吉柯甫注重展示人物内心世界,不但采取白描手法细致交代人物的内心活动,更从人物的言行举止反射其内心的变化。①

---

① 刘研以博士论文为基础完成的《契诃夫与中国现代文学》附录一有一份翔实的"契诃夫研究资料的选目",可惜未提及伍光建所译契诃夫《洛士柴尔特的提琴》《一个放荡的女子》和《老年》三篇小说;陈建华主编《中国俄苏文学研究史论》第三卷同样没有著录伍译这三篇小说。

伍光建在《作者传略》中写道：

> 吉柯甫是一八六〇至一九〇四年间人。他的父亲是一个田奴的儿子，是个(作)[做]小生意的人。吉柯甫以一八七九年入莫斯科大学学医，一八八四年领文凭，他却很少得挂牌行医。当他做学生的时候就起首研究文学，不久就变作几家谐报的投稿人。一八八六年他曾刊行一本短篇小说，销路很广。一八八七年他的第一本戏剧出版。一八九〇年他旅行到囚禁罪犯的沙克林(Sagkalin)，结果就是他所写的一本书名《沙克林》，颇有力量使罪犯所受的痛苦得以减轻。在一八九一与一八九七年间他同母亲住在莫斯科郊外他所置的房屋。一八九七年后他犯肺病，几乎要大半年住在 Crimea 及国外。一八九六及一九〇四年他撰了好几本戏。一九〇一年他曾娶一个女戏子。他以一九〇四年死于德国。他较早的著作，至一八八六年止，居多都是谐趣之作，并无什么特别目的，不过要读者大笑罢了。此后他才有余暇，才能独立，给他的想象的阅历以有定的发表，所以他的腔调变作严肃得多，他的谐趣都含有深意。有人说他的美术是心理的，不过他的心理是不管个人的。他最好写人的心境，写世人受了许多无形的与无穷的小不如意事，心境怎样随之而变。他所写的人物是神经很敏感的，受了许多不如意事的痛苦，以作煽动读者的同情。他的短篇小说是流动的，又是确切的；大多数都是富于弦外音，用低调作结局，是呜咽，不是扑咚一声的大响。他的著作在本国无甚效力，在英国却很有潜力，批评家几乎众口一词，或说他是近代的最伟大的俄国作者、最伟大的小说家及制造剧家。民国二十五年一月伍光建记。①

---

① [俄]吉柯甫著，伍光建译：《洛士柴尔特的提琴》，商务印书馆，1936年，页1—2。

095‑37　死的得胜

《死的得胜》(*The Triumph of the Death* 今译《死的胜利》)，意大利但农吉奥著，①商务印书馆 1936 年 3 月初版，编入"英汉对照名家小说选"第二集。("语言文字"分册，页 249)

意大利小说家、诗人和戏剧家但农吉奥，同时也是一位政治家，他对于意大利法西斯运动起着至关重要的作用，甚至被人称为墨索里尼的引导者。但农吉奥在文学史上的名声受到其法西斯行为的影响，被过度渲染上了政治色彩，致使他的不少作品湮没于历史的长河中，几乎消失在现代人的视野中。其作品涉及小说、戏剧、诗歌和自传，在欧美许多国家被列为禁书，在中国也几乎无人译介，这与他的政治立场不无关系。但农吉奥的作品影响了几代意大利作家，也传播至整个欧洲大陆。《死的得胜》是一部爱情小说，讲述主人翁希普利提与一有夫之妇佐治本发生了恋爱，女人想脱离丈夫陪伴男主人翁去海边隐居，结果强烈的占有欲使佐治对这份感情充满了不安全感。最终，她感动于歌剧中特立斯旦与伊苏尔特双双殉情的做法，强行将希普利提推下悬崖，自己也随后了结了性命。全篇具有浓厚的宗教意味，中间穿插了几章描写歌剧的奇幻情景，文字华丽典雅。但农吉奥取法印象派，喜欢运用富含暴力的历史典故和刻画人类非理性的情感面貌。本书节译全书第一卷"已往"第一、二回，第二卷"在父母家里"第二回，第三卷"长胜"第一、二回。伍光建在书末译者注中指出全书主旨："男女相爱到极点居多会生疑心会生忌妒，惟有同

---

① 但农吉奥(D'Annunzio, 1863—1938，又译丹农雪乌，今译加布里埃尔·邓南遮)，意大利唯美主义作家，19 世纪末 20 世纪初欧洲最有影响的诗人之一，徐志摩把他译为丹农雪乌。著有长篇小说《死的胜利》等。肄业于罗马大学，第一次世界大战爆发后成为民族主义者，鼓吹帝国主义战争，并志愿入伍去前线作战，深受墨索里尼的宠爱，获得"亲王"称号；墨索里尼还曾悬赏征求他的传记(见 1930 年 3 月《萌芽月刊》第 1 卷第 3 期《国内外文坛消息》)。著有诗集《新歌》、剧本《琪琊康陶》、小说《佩斯卡拉故事》。参见上海辞书出版社编《外国人名辞典》，页 61。

死能够打胜疑心与忌妒。"① 这种过于极端的感情对于深受中庸思想影响的中国读者而言,是难以想象和理解的。实际上,即便是西方读者对他的评价也不离"恶魔""自私""腐化"等词语,联系作者在政治上的狂热冲动,能够帮助理解他笔下的人物。

伍光建在《作者传略》中写道:

> 但农吉奥以一八六三年生于贝斯伽拉(Pescara)。他的父亲是一位富翁,当过该处的市长。他在多斯干尼(Tuscony)学校和罗马大学读书;一八八〇年他未出学校就刊行一册诗。他二十岁又刊行五册诗,使国人惊愕;批评家说他是公德之敌。他自一八八九年起,接连撰几部小说;一八九四年他的《死的胜利》出版。一九〇〇年他刊行一部小说,说他自己的恋爱事,这时候他撰他最好的诗。他又撰过几本剧本,与一部航空小说。欧战发生的时候,他因为经济困难,住在法兰西;一九一五年他回国。他由文学家变作一个实行家与政治家;他先后投入马队、步队、海军,与航空队。他曾在枪林弹雨中航空好几次,一只手腕中枪,一目失明;一九一八年,他领航空队在维也纳发散传单,由是享国际大名。欧战告终,他痛恨威尔逊(Wilson)待义大利太不公,不以停战条款为然,写过许多文章痛斥这个和事老。先是义大利驻兵于费乌米(Fiume),因为反对法西斯,驻兵滋事,义大利政府撤回大部分的军队。但农吉奥大愤,统领不多的溜弹队及其他军队,向该处进发,以一九一九年九月间据其地,创立一个新国,自称执政,在位十五个月,欧洲各国骇然,只是瞪眼看他,奈何他不得。妙在农民、市民全听他的号召,奉命唯谨;当时的军队、帝王、小王、小侯、教王、红衣主教等等所做不到的事,这个面貌寝陋,身高不及五尺,奢侈好色的诗人居然做到了。后来义大利政府为履行条约,不能不召回军队,逼这个大胆负隅的诗人出境。他只好服从政府,以一九二一年九月出境。他是一个热心的法西斯

---

① [意]但农吉奥著,伍光建译:《死的得胜》,商务印书馆,1936年,页53。

提。一九二四义大利王封他为 Montenevoso 王,以酬他巩固义大利的东方新边陲的大功。一九二七年政府担任刊行他的全集。他这部小说写一个男人爱一个女人,因怀疑而妒忌,要使恋爱完全美满,他抱住这个女人双双投水死。爱情浓烈到极点,往往会得这样结果。因为男女相爱,他虽然晓得她在他之前未曾爱过他人;他自己却往往会疑心他自己很许不是她的美备的爱人;世人的阅历,以此为最普遍。这篇恋爱历史,是每双男女恋爱的历史,无论他们的恋爱局面是多么小;事体是同类的,不过烈度不同罢了。摩登作者描写爱情,以这部书为最伟大。民国二十三年甲戌白露日伍光建记。

徐志摩对邓南遮作品评价极高,认为《死的胜利》(徐志摩译为《死城》)中有许多可爱的段落,称《死城》是无双的杰作:"是纯粹的力与热,是生命的诗歌与死的赞美的合奏。谐音在太空中回荡着;是神灵的显示,不可比况的现象。文字中有锦绣,有金玉,有美丽的火焰;有高山的庄严与巍峨;有如大海的涛声,在寂寞的空灵中啸吼着无穷的奥义;有如云,包卷大地,蔽暗长空的云,掩塞光明,产育风涛;有如风、狂风、暴风、飓风,起因在秋枝上的片叶,一微弱的颤栗,终于溃决大河,剖断冈岭。"①

096-38 十日谈

《十日谈》(*The Decameron*),意大利卜克吉奥著,②商务印书馆1936年3月初版,编入"英汉对照名家小说选"第二集。("语言文字"

---

① 徐志摩:《丹农雪乌》,连载于北京《晨报·文学旬刊》1925年5月8、11、13、19、21、22日。
② 卜克吉奥(G. Boccaccio, 1313—1375,今译乔万尼·薄伽丘,又译卜伽丘),意大利文艺复兴运动的杰出代表,人文主义杰出作家。与诗人但丁、彼特拉克并称为佛罗伦萨文学"三杰"。其代表作《十日谈》是欧洲文学史上第一部现实主义作品。它批判宗教守旧思想,主张"幸福在人间",被视为文艺复兴的宣言。见上海辞书出版社编《外国人名辞典》,页589。

分册,页 249)

《十日谈》未找到伍译所据的原本,他读的原文很有可能是由 Angelo Ottolini 编订的"欧伯利"(Ulrico Hoepli)经典文库本,该文库在二战前后二十多年间几次重印。该英译本是 J. M. Rigg 在 20 世纪初完成的。19 世纪英国绅士的《十日谈》译本多有节略,尤其第三日第十话与第九日第十话两篇多未译出,因为这两篇是一直以淫亵不雅而著称的故事,第九日第十话虽然更为露骨,但在文学表现力上并不出色,而第三日第十话的不雅段落未译成汉语。这一译本在早期的那些英文版中是最为贴近原文的,且字句对应也较为忠实,特别具有叛逆及讽刺的效果。M. Rigg 英译本很可能是伍光建选用的最佳参考书。《十日谈》将人文主义和现实主义结合起来,讲述 1348 年意大利佛罗伦萨流行一种可怕的瘟疫,作者在介绍文中称:我们不晓得是因为行星的潜力,抑或是上帝降灾,惩罚我们的罪孽,凡是瘟疫所过之地,人们全遭了令人不能相信的惨祸,凡是医术与人的先见所能提议的全数方法,犹如打扫城市不留秽物,及禁止犯染疫嫌疑的人们不许入城等等,无不用尽;又曾屡次商议还要做其他应做的什么事;又曾屡次作宗教的列队旅行以祈祷上帝;人们虽做了许多事,到了旧年春天,瘟疫起首出现,情形是很凄惨与奇异的;……有些人主张结伴群居,杜门不出,不与其余的世界通往来。① 于是十名男女在乡村一所别墅里避疫,他们终日游玩欢宴,每人每天讲一个故事,共住了十天,讲述了一百个故事。这些故事不仅题材广泛,生动有趣,而且人物形象生动形象,其中既有寡廉鲜耻的贵族、僧侣和商人,也有善良正直的青年、农民和手工业者。故事着力批判天主教会,嘲笑教会传授黑暗和罪恶,赞美爱情是才华和高尚情操的源泉,谴责禁欲主义,无情暴露和鞭挞封建贵族的堕落和腐败,体现了人文主义思想。这些具有不同社会背景和性格特征的人物形象给读者留下了深刻的印象。②

---

① 《作者的介绍文》,见[意]卜克吉奥著、伍光建译《十日谈》,商务印书馆,1936 年,页 i—ii。
② [意]薄伽丘著,王永年译:《十日谈》,人民文学出版社,1994 年。

伍光建在该书《作者传略》中写道:

> 卜克吉奥是佛罗稜萨(Florence)人,生于一三一三年,死于一三七五年。他父亲是个商人,他是个私生子。他好文学,七岁就起首作诗。他父亲要他学宗教法律,又要他在店里管账,他都不肯。他在繁华的那不勒斯(Naples)住过几年。一三五〇年他丧父,回来佛罗稜萨,做这个共和国的官,曾出使几次办重要的事。他有一天走入有名的大寺的藏书室,看见和尚们在那里拆很宝贵的钞本,逐页卖给人作治鬼的符。他原是一个热心学者,于是搜罗钞本,有的亲手抄写,鼓励人读希腊文,颇有功于文学中兴。今日世人还是同从前那么野蛮,(还)[或]许比从前更野蛮,不过今日只管有人作野蛮举动,一面却有人出重价买古籍,今昔不同在此。当卜克吉奥在那不勒斯的时候,曾恋爱一位公主,公主也恋爱他,他所撰的最有名的《十日谈》(Decameron),有大部分是公主要他写的。这部著作里头什么都有,有极好笑的笑话,有极其悲哀动人的故事;有几篇还是小品文章;有好几篇稍涉秽亵,不便刊登家庭杂志上,却有一个法庭曾很巧妙的说过,那几篇故事不见得比莎士比尔或《旧约》的几篇更秽亵。这部书里头有若干篇是他自己创造的,有几篇是向来很通行的,有几篇取材于法兰西旧小说;不过一经他的手增减裁减,就有点缀成金的巧妙,英国有好几个诗人,(莎士比尔在内)都曾借用这部书的材料。这部《十日谈》撰于一三四四与一三五〇年间,刊行于一三五三年,一六二四年有一个英文译本,曾称这部书"聪明,诙谐,妙于辞令,可以作会谈的模特儿"。又有人称赞他的文章简括,伸缩自如,他的势力还通行于今日,又称他为义大利散文的鼻祖;还有许多批评家称赞他是短篇小说的无与为比的大作家。他曾撰过许多诗,他的诗名却被他的无与伦比的《十日谈》所掩。民国二十三年甲戌大雪前三日伍光建记。①

---

① [意]卜克吉奥著,伍光建译:《十日谈》,页1—2。

097-39 甘特巴尔利的圣妥玛

《甘特巴尔利的圣妥玛》(*The Saint*),瑞士迈尔著,①商务印书馆1936年3月初版,编入"英汉对照名家小说选"第二集。("语言文字"分册,页249)

这篇小说讲述一位日耳曼人约翰以善制作弓弩闻名欧洲,曾服务于英王显理(Henry)第二的宫廷,一日他在瑞士收账,遇到素所相识老牧师。天寒大雪,老牧师请约翰喝酒,要求他说显理第二和宰相妥玛·贝克特(Thomas Becket)君臣二人怎样善始不能善终的情节。② 君王掳走了贝克特的女儿,使她意外死亡。贝克特内心痛恨,但现实的利益却将他与君王紧紧地联系在一起,他的忠诚并不因女儿之死发生改变,可他没有料到君王竟然设计要他赎罪。因此,当君王任命贝克特为大主教后,贝克特仿佛一夜之间换了一个人。他不穿大主教的华丽衣服,只是粗衣恶食,满目憔悴,混迹于一群乞丐之中,甚至还带领乞丐入宫见君主。贝克特不听君王的命令,胡作非为使君王勃然大怒,终于被君王送上断头台。贝克特死后,君王陷入了后悔与自责当中。约翰夹在两人当中,虽有为难但始终尽力站在有德的一方。伍光建选译了该书中"显理藏娇的结局""宰相当了大主教""监督长妥玛遇害""显理的忏悔"几节,在译述过程中将有关宗教冲突的内容尽量简化,避免读者掉入杂乱如麻

---

① 迈尔(Conrad Ferdinand Meyer,1825—1898,今译康拉德·斐迪南德·迈耶尔),瑞士作家,用德语写作。早年曾在苏黎世大学攻读法律,不久辍学,自学历史和语言学。先后游历法国、德国和意大利,深受文艺复兴时代文化的影响。作品多于1848年革命失败后写成,基调低沉,常以悲剧收尾。有诗集《一个瑞士人的二十首叙事谣曲》、长篇叙事诗《胡腾的末日》,还有不少历史小说,主要有长篇小说《于尔格·耶纳奇》,中篇小说《护身符》《圣徒》《普劳图斯修道院》《女法官》和《培斯卡拉的诱惑》等。参见上海辞书出版社编《外国人名辞典》,页157。伍光建译介瑞士迈尔德语文学作品《甘特巴尔利的圣妥玛》的事迹未见之卫茂平《德语文学汉译史考辨:晚清和民国时期》一书提及。

② 《译者注》,[瑞士]迈尔著,伍光建译:《甘特巴尔利的圣妥玛》,商务印书馆,1936年,页1。

的宗教纠纷中,突出君臣二人的语言和行动,反映了人与人之间的对抗和争斗。

伍光建在《作者传略》中写道:

迈尔以一八二五年生于瑞士之素利克(Zurich,今译苏黎世——编者注)。他的父母都是贵族之后。他们却不是席丰履厚,游荡过日的,他们居多都是很勤俭的,或在本地做官,或办公益,或操有学问的行业。他的父亲早死。他们的家风和他的母亲,都要他学法律。他入素利克大学读书,少时并无异于众。他不好法律,只好文学,尤其好历史。他好图画,好吟诗,有时译历史或其他著作。他有许多拿不定主意作画师,抑或作诗人。他冬天好溜冰,夏天好弄船或凫水,或流连奇伟风景,尤好夜游。他毫无目的,混了许多年,到了成年还是靠他的守寡母亲过活,他的零用钱和他的雪茄烟全要他的母亲供给。一八五六年,他的母亲溺水死,他虽然大受震动,还是不能振刷精神,努力作有用的事,亲友无不轻视他。有一个亲友死后却遗赠他多少钱,他就遨游巴黎和罗马。他撰了些很好的诗歌,却无人理会,他撰戏剧又不能出色。等到他五十岁左右,他的几种历史小说出现,他才起首得名,最初刊行时在一八七三年及一八九一年之间。他的几种小说在日耳曼文的历史小说中,颇得显著地位。他熟读许多历史,又深知心理学,却不轻易以言之成理的答复,解决人为的谜。他的文章作得很慢,却极注重于美术工作。他的小说有很快的戏剧动作,有很严肃的美丽,却惜墨如金,只用不多的几句话就能叙述情景如在目前,描写人物如同石像,须眉毕现。他曾熟读诺曼人征服英国的历史,就注意于妥玛贝克特(Thomas Becket),他想了许久,到了一八七八年才动手写这部《甘特巴尔利的圣妥玛》,这就是他的很有名的历史小说中的一种。民国二十四年甲戌小寒日伍光建记。

098-40 托尔斯泰短篇小说

《托尔斯泰短篇小说》(*Short Stories*),俄国列·托尔斯泰著,①商务印书馆 1936 年 3 月初版,编入"英汉对照名家小说选"第二集。("语言文字"分册,页 246)

早在托尔斯泰生前的 1907 年,香港礼贤会出版了线装本《托氏的宗教小说》。此书根据英国尼斯比特·贝恩翻译的《托尔斯泰小说集》转译的,译者是德人叶道胜牧师和中国人麦梅生。② 所收为以宗教题材为主的 12 篇民间故事,即《主奴论》《论人需土几何》《小鬼如何领功》《爱在上帝亦在》《以善胜恶论》《火勿火胜论》《二老者论》《人所凭生论》《论上帝鉴观不爽》《论蛋大之麦》《三耆老论》《善担保论》。该书在日本横滨印刷,在香港和内地发行。书前有托尔斯泰的照片,叶道胜写有英文前言,王炳堃和叶道胜两人写有序文。③ 本书收录《冤狱》《在高加索的一个俘房》《小鬼和干面包皮》《工作、死亡和疾病》4 篇。书前有作者传略。《托尔斯泰短篇小说》未找到伍译原本,

---

① 托尔斯泰(L. Tolstoy,1828—1910),俄国作家,参见《故事(两则):一.两个问题、二.阿立比》作者介绍。《托尔斯泰短篇小说》一书为复旦大学外文系外国文学研究室编《列夫·托尔斯泰著作中文译本及有关研究索引》所漏收。上海译文出版社编:《托尔斯泰研究论文集》,上海译文出版社,1983 年,页 709—773。
② 叶道胜(Immanuel Gottlieb Genaehr,1856—1937),德国牧师,叶纳清(Ferdinand Genähr,1823—1864)牧师之子。1882 年叶道胜被德国礼贤会派往香港传教,1890—1927 年在东莞传教,并有王谦如相助,东莞遂发展成礼贤会在广东的布道中心。麦梅生(1870—1943),广东东莞人,幼时修文艺,学八股,暇则习武,又研读佛经,涉猎堪舆、占卜、医相。1898 年信奉耶稣,由牧师叶道胜和王谦如领洗。1905 年被叶道胜牧师聘助译《新约土话圣经》,1909 年被推举为香港礼贤会长老。李梦玲:《从〈托氏宗教小说〉看近代岭南西方传教士翻译小说的特色》,《广府文化》2021 年第 2 辑。
③ 戈宝权:《托尔斯泰和中国》,上海译文出版社编:《托尔斯泰研究论文集》,页 1—26。戈氏一未注意到伍光建的这一译本。王炳堃(1847—1907),字谦如,广东东莞人,华人传教士王元深次子,随其父信仰基督,与传教士叶纳清、花之安等人有师承关系,在东莞、桥头、虎门等地传道,与叶道胜牧师为同工。除帮助西牧传授神学、译述之外,还独立撰写了《宅墓诠真》《真理课选》等书。李梦玲:《从〈托氏宗教小说〉看近代岭南西方传教士翻译小说的特色》,《广府文化》2021 年第 2 辑。

内容提要依据:《托尔斯泰短篇小说》,华文出版社1991年版。

托尔斯泰的思想充满着矛盾,这种矛盾正是俄国社会错综复杂状况的反映,是在这样的背景下内心清醒与迷惘、奋斗与彷徨、呼喊与苦闷的生动写照。《冤狱》是小说《上帝晓得真情,却要等候》中的"冤狱"部分,讲述了阿西诺甫被人诬陷投入监狱,待凶手良心发现供认罪行之时,阿西诺甫早已不在乎,因为他的妻子、女儿都已离世。就在释放前夜,他也在狱中安静地死去。《在高加索的一个俘虏》是俄国文学经典,在托尔斯泰的小说版本之前,还有普希金的诗歌版本。小说讲述了一个可怜的俄罗斯人,在高加索做了俘虏,却意外得到了少女切尔克斯的爱情。少女坦率、真挚的爱情没有打动俘虏麻木的心灵,他一心所想的只是对自由的渴慕。终于,他听到了战争的号令,高加索人都涌下山坡加入战斗。少女为他解开镣铐,但在跟随他逃亡的过程中,溺毙河中。《小鬼与干面包皮》是托尔斯泰的一篇童话故事,叙述了小鬼是如何引诱一个老实的农民犯错。小鬼教农民种地,使他的粮食收成逃过天灾的打击,盈余很多。然后,小鬼又教他用剩下的粮食酿酒喝,结果三杯酒下肚,农民身上的野性复苏,变成一个吝啬、凶狠的人。说明了人内心的黑暗,在贫穷时反不显露,到有了余钱又喝酒之后便暴露出来。《工作、死亡与疾病》是南美洲印第安人的传说,上帝先后将工作、死亡和疾病放入人间,希望他的子民能够和平相处、快乐生活,但上帝的计划却一次次失败。最后,心灰意冷的上帝将苦难丢给了世间,少数人慢慢地开始懂得:工作应该是快乐的,而且要积极主动;面对死亡,大家要在团结和友爱中度过每分每秒;当病魔来临时,互相关怀比彼此分离要更加有效。

伍光建在该书《作者传略》中写道:

俄罗斯的大文豪、大改革家,梦想家托尔斯泰生于一八二八年。他们几代都是田主。他在喀珊(Kazan)大学读书。其后他投军。一八五五至一八五六年间,西华图普(Sevastopol)之役,他亲历行间。后来他撰一部书,就名《西华图普》,实写他身临前敌的阅历,凡是当欧洲大战时在法国打过仗的人们都说同他们自己的阅历非常相像。后来他不当军人,在日耳曼与意大利游历后,以一八六二年娶亲,在家里著书,一面致力于改良他手下农人们的待遇。他所撰的有许多长篇、中篇,及短篇小说,及关于哲学、宗教、文学,及社会的著作,初时专着重美术不甚得名,后来兼及政治及社会,就流通于全个世界,颇有潜力及人,由是享世界大名。他又撰了许多剧本,在俄国里头算是最好的;以他的全体著作计,无人能与比肩。他到了七十多岁写最后一部小说,发挥他对于人生诸多问题的见解。他的见解是很特别的,世人自然不能尽与他表同意,他却是不管的。他撰一本书名《什么是美术》(What is Art?),其中有一段说道:"将来的美术家会晓得撰一篇神话,制一篇动人的小曲,一段引人乐的笑话等等,或画一幅意笔画,使千百年或千百万孩子与成人们快乐,这就比撰一部长篇小说或制一篇交响曲,或绘一幅工笔画只使有钱人不过快乐一时就忘记了的好得多。这样能够激发最单简感情的美术所及最广,现在几乎无人踏步入这个区域。"他又说美术的符号要有个性,篇幅要短,要说得显明,要出于至诚,所以他写了许多极好的短篇小说及神话。今所选译的《冤狱》(一八七二年写的)及《在高加索的一个俘房》(一八七〇年写的)是他自己所最喜欢。《小鬼与干面包皮》(一八八六年写的)及《工作、死亡与疾病》(一九〇三年写的)都是绝妙的很短的小说。倘若他所定的美术标准是正确的,这几篇小说在近代文学头里,几乎达到尽善尽美的程度啦;不独少年人好读,且得大作家及批评家称颂。他约在一八八六年,就决计把他的田地给他的夫人与家族,自己过农人生活。后来他果然离家独居,过孤寂日子,要在孤寂地方以终天年。独出远行,竟以一九一〇年死于一个小车站。民国二十三年伍光建记。①

---

① [俄]托尔斯泰著,伍光建译:《托尔斯泰短篇小说》,商务印书馆,1936年,页1—2。

099-41 尼勒斯莱尼

《尼勒斯莱尼》(Neils Lyhne,今译《尼尔斯·伦内》),丹麦雅各生著,①商务印书馆 1936 年 3 月初版,编入"英汉对照名家小说选"第二集。("语言文字"分册,页 248)这是在华译刊的雅各布森作品的第一个中文节译本。

雅各生与其他知识分子不同,他对政治没有丝毫兴趣,终其一生都在科学和信仰之间摇摆。虽有人推崇他为丹麦最伟大的散文家,但他在英语世界却不甚出名,其作品共有七部,但翻译成英文的不过三部,《尼勒斯莱尼》便是其中一部,创作于 1880 年。小说讲述一个年轻的理想主义诗人尼勒斯莱尼在现实世界的悲惨命运,寄托了作者自己年少时的梦想,书里的每一个人物都充满了理想主义色彩。小说讲述尼勒斯莱尼受母亲影响,自小便是一个喜欢幻想、追求完美的人。这是一位梦想破灭的诗人和一个爱而不得的情种,年少时,他爱慕着伊狄尔姑母,享受着这种卑微如信仰般的迷恋。姑母去世后,莱尼结识了坡伊太太。在这位经历丰富、感慨良多的女子那里,尼勒斯莱尼初次体会到了爱情的沉迷和痛苦。坡伊太太最终嫁给了别人,心灰意冷的尼勒斯莱尼黯然离开。接着他与朋友伊力克的妻子芬尼摩尔交往日频,二人如同两小无猜的孩童一般彼此欣赏和珍惜。然而,伊力克的意外身亡使这段美好、简单的感情承受了巨大的压力,芬尼摩尔无法原谅自己,在羞愧和悔恨中与莱尼分手。此后,莱

---

① 雅各生(Jens Peter Jacobsen,1847—1885,今译雅阔布森、雅各布森),丹麦诗人、小说家。出生于丹麦日德兰半岛北部的齐斯特兹,其父是船主和店主。1863 年前往哥本哈根学习,翻译了达尔文的《物种起源》《人类起源及性的选择》等,向丹麦读者介绍达尔文学说,同时也使自己成为具有自然科学世界观的现实主义作家。在文学思想方面,受勃兰兑斯的影响较深,其处女作短篇小说《莫恩斯》(1872 年)、成名作《玛丽亚·格鲁卜夫人》(1876 年)和《尼勒斯莱尼》(1880 年),都在勃兰兑斯影响下创作。后两部作品中现实主义有进一步的发展,《尼勒斯莱尼》在读者中影响更大。此外,还有短篇小说《贝加莫的瘟疫》《两个世界》和传记《芬斯夫人》,其抒情诗作收入《诗歌与初稿》(1886 年)。曾影响过里尔克与托马斯·曼等德语作家。参见上海辞书出版社编《外国人名辞典》,页 501。

尼出外游历数年,回家娶亲,第二年生子,第三年妻子得病,不久去世。此时恰有战事发生,尼勒斯莱尼投入义勇队,因肺部中弹他被安置在了战地医院里,痛楚"无情地变得越来越鲜明"。由于失忆和先前频繁地辗转奔波,他在炎症扩散时唯一能够宽慰自己的方式,就是任由自己陷入神志不清的状态,不住地胡言乱语。他没有临死时的"顿悟",也没有活下去的希望,终于结束了自己命途多舛的一生。译者将尼勒斯莱尼波澜不惊的后半生简略交代,只译出他感情激荡的前半生,以免过于无味的平凡生活冲淡这个人物的戏剧性和梦幻力。尼勒斯莱尼曾拥有诗人般的生活,尽管没有荣耀的功绩和物质的收获,却做到了忠于自己,一生为心中"最伟大的功业"而奋斗。小说讲述了一位无神论者在现实世界的悲惨命运,其一生由于不信教而充满了悲剧和打击,直到在一场战争中身亡时,主人公虽领悟到他悲剧的缘由,却仍不向宗教妥协。

伍光建在该书《作者传略》中写道:

> 丹国的想象派大作家雅各生(J. P. Jacobsen)生于一八四七年。他的父亲是个富商,有子五人,他居长。他的母亲富有浪漫精神,过了一世庸俗生活,却很恳切的要她这个儿子做一个诗人。一八六八年他入可奔海艮(Copenbagon,今译哥本哈根——编者注)大学读书,他从小就好科学,尤其好植物学,有一个科学会派他往某某两岛研究花卉。这个时候达尔文的新发明,起首引他注意,他把达尔文所著的《物种原始及人类世系》译成丹国文。一八七二年他在某泽地采植物标本,得了肺病;这一病使他不能研究科学,他只好致力于文学。他虽然是个有名的科学家,少年时却很自命为一个诗人。享世界大名的批评家佐治·卜兰底斯(George Brandes)看见他的文章雄健,很诧异,他在这个批评家的潜力之下,遂于一八七三年起首撰一部历史小说。他作文是很句斟字酌,不轻易下笔的;他"崇拜字句",以为全世界里只有一个字或一句话能够准确的发表他的意思,所以这部历史

小说迟至一八七六年年底出版。一八七九年他病重不能执笔，到了一八八〇年他的病势见好，今所译的他的第二部小说《尼勒斯·莱尼》(Neils Lyhne)脱稿，费了他四年工夫。一八八二年他刊行六篇短小说，其中的大部分还是前几年写的；以后就无什么著作了。他享过夫妇之乐，可惜享得不久，一八八五年他死于他母亲家里。这部《尼勒斯莱尼》(H. A. Larson 英文译本)写他少年时代的梦想及理想，书里的人物几乎无一个不作梦，几乎无一页无几个梦字。书里的爱情故事却全是杜撰的，他本人却是很端方的，绝不肯做可以损害他人的事。有人很早就认得他是丹国的最伟大的散文作家。有人比他作法国的佛罗波尔特(Flanbert)，英国的狄·昆西(De Quincey)及裴尔特(Pater)，这是说他的文章富有个性，且说他很注意于色彩形状，及音节。他的潜力在北方颇能及远。自从一八八〇年以来，挪威及丹马的惨淡经营作者们，无不被他的潜力所移。民国二十四年乙亥伍光建记。①

100-42 结了婚

《结了婚》(Married and Miss Julie)，瑞典斯特林堡著，②商务印

---

① [丹麦]雅各生著，伍光建译：《尼勒斯莱尼》，商务印书馆，1936年，页1—2。
② 斯特林堡(August Strindberg，1849—1912)，瑞典作家、戏剧家。生于斯德哥尔摩一个破产的商人家庭。1867年考入乌普萨拉大学，当过小学教师、报社记者，后在皇家图书馆当管理员。大学时期开始写作剧本，其中反映冰岛神话时期父女二人在宗教信仰上发生冲突的剧本《被放逐者》，得到国王卡尔十五世的赞赏，受到召见，并获得赏赐。早期写过不少反映社会问题的作品，如长篇小说《红房子》(1879年)、《新国家》(1882年)，较为深刻地揭露了瑞典上层社会的保守、欺诈和冷酷无情。后受当时流行的叔本华、尼采和弗洛伊德学说的影响，用反理性的哲学观点观察世界，许多作品有神秘主义倾向。剧本《父亲》(1887年)、《朱丽小姐》(1888年)、《伴侣》(1890年)、《死的舞蹈》(1901年)等，描写变态的社会关系，把人生描写成本能和欲望的冲突，充分反映了作者的自然主义主张。一生共写过60多个剧本，以及大量的小说、诗歌，他的语言研究对瑞典文学和语言的发展也作出了重大贡献。参见上海辞书出版社编《外国人名辞典》，页516。李之义译有《斯特林堡文集》(全五册)，人民文学出版社，2005年。

书馆 1936 年 3 月初版,编入"英汉对照名家小说选"第二集。("语言文字"分册,页 249)

斯特林堡的作品带有自然主义和表现主义风格,或认为他是瑞典乃至整个斯堪的纳维亚半岛上最有影响力的作家。《结了婚》(今译作《结婚集》)是一部短篇小说集,收有《恋爱与面包》《不自然的选择》《多子》《决斗》。《恋爱与面包》是作者不幸婚姻生活的写照,路德维西与老少校结了婚,但是婚后的奢华生活和他一再拖延的工作,使他们负债累累。孩子出世后,更是被人收走了房子。他们只能努力工作以还清贷款。结婚之初的甜蜜幸福似乎是以之后的繁重劳动为代价的。该篇对易卜生的《玩偶之家》持嘲笑态度,而且还因其中一段关于圣餐的描述受到法庭控告,作者虽被判处无罪,但精神上所受的打击却十分沉重。《不自然的选择》也反映了斯特林堡的真实生活,人类的生活仅仅是一场梦,让斯特林堡别无选择,只有在梦中行走,梦境、创作与现实对斯特林堡来说实际上是一回事。该小说集被认为明显地表现出他对妇女的歧视。①

伍光建在该书《作者传略》中写道:

> 斯特林堡(A. Strindberg)是瑞典国的一个制剧家、小说家、诗人。他以一八四九年生于瑞典国都。他的父亲是一个有学殖的商人,他的母亲是一个女仆,家道酷贫,环境极不欢乐。他酷好科学,入乌普沙拉(Uppsala)大学学医,因贫辍业,当小学教员。后来有一个很有钱的医生很关切他,担任完成他的医学教育。他说学校是筹备少年入地狱的,不是筹备他们处世的。他不务本业,最初以制剧为立足地。一八七〇年他撰一本独幕剧,曾在戏院演过。他在国都当过戏子,又当过报馆记者一两年。一八七四年起他在国立图书馆当过八年馆员;他学中国文以便

---

① 该书未找到伍译所据的原本,内容提要依据:August Strindberg, *Miss Julie*, Dover Publications Inc., 1992;毕晓燕:《近代文献翻译史上的"伍译"——以伍光建译"英汉对照名家小说选"为个案分析》。

为图书馆撰许多中文钞本的目录,又撰过一篇法文著作,专论瑞典与远东的关系。其后数年他完成几篇大剧。一八八二年至一八八三年他撰几篇短小说为"瑞典人的惨运及冒险事",由是得名。一八七五年他恋爱一个军人的女人,她与丈夫离婚,他娶她为妻,一两期后夫妇变作仇敌。一八七九年他所著的《红屋》表示他憎恶女人。一八八四至一八八六年他刊行在瑞士所撰的第一批十二篇短小说为《结婚》,发挥他对于结婚的见解。被人控告,他回国对簿,法官宣布他无罪。此后他又游历数国。此时又刊行第二批短篇小说,比第一批更激烈。一八八七至一八八八年他的《父亲》及朱理亚(Julia)剧本先后出版,在欧洲的实写主义历史中成为一个重要标记;此时又撰几部小说,都是他生平的杰作。一八九一年他同他的夫人离婚;他说她是一个美貌妖精,吸尽他的心血,该实他害怕及憎恶女人是应该的。这时候他的景况极困难,愁苦到几乎发狂。他却不能痛定思痛,他第二次娶妻,结果比第一次更惨,一八九六年离婚;他撰好几部剧本写他这几年的惨运。后来他心境平复,回过头来撰历史剧本(一九〇〇年),都是富于创解、笔墨雄厚的著作。一九〇一年他第三次娶妻,娶的是一个女戏子,不久又离婚,他们夫妇所过的生活往往发露于他这个时期的散文著作中。他死于一九一二年。他的文章浓厚、乖僻,又不匀称,我行我法,不管什么派别。他是瑞典的最伟大摩登作者,有极深远的潜力及于欧洲的小说与戏剧。瑞典所刊行他的著作共五十五册。民国二十四年伍光建记。[1]

101-43 启示录的四骑士

《启示录的四骑士》(*The Four Horsemen of the Apocalypse*),

---

[1] [瑞典]斯特林堡著,伍光建译:《结了婚》,商务印书馆,1936年,页1—2。

西班牙伊巴尼斯著,①商务印书馆1936年初版,编入"英汉对照名家小说选"第二集。("语言文字"分册,页249)这是伊巴涅斯作品在华译刊的第一个中文节译本。

该书发表于1916年,是一部站在人道主义立场的非战小说,暴露了德国军国主义的狰狞面目,受到当时英、美各国一般读者的欢迎。这部小说取名于《新约》最末后一部书,名《圣约翰启示录》,是《新约》里头最离奇恢诡的部分。在小说的前半部分,朱里奥是一个追逐享乐的纨绔子弟,他自私自利,不顾及他人感受,不在意自己的行为给他人带来的伤害。情人玛吉列为了照顾受伤的丈夫而离开他,朱里奥也选择了参军。小说的后半部分,借唐马西洛与拉古尔的探视,描述了战场上两军大炮相向的场景。两位父亲都看到了迅速强壮、勇猛的儿子。在寻找玛吉列的过程中,朱里奥看到许多伤兵,作者借此将战争的残酷展现于读者眼前,也为下文朱里奥的转变埋下了伏笔。此书的重点在朱里奥投军之后的转变,他不是因爱情而成熟,而是因为战争才明白自己的责任。在作者看来,一方面战争给人们的身体带来了伤害,以及亲人的分离与永别;另一方面,他认为战争激发了人们的责任感,在同一个战壕中并肩作战,是非常宝贵的情谊。孱弱的人褪去了苍白的面色,纤弱的人格变得坚强,追逐享乐的心灵开始有悲悯情怀。译者一方面删节,一方面通过译者注交代之前省略的内容。如该书从第三回《狄诺耶家庭》开始,开篇有一段译者注:"有一个西班牙人在南美洲开垦与畜牧,先后有一个法兰西人姓狄诺耶(Desnoyers)名马西洛(Marcelo)及一个日耳曼人姓哈特

---

① 伊巴尼斯(V. B. Ibanez,1867—1928,今译维森特・布拉斯科・伊巴涅斯),西班牙近代作家和政治家。早年学习过法律,16岁到马德里一家出版社当抄写员。他积极参加政治活动,担任民主共和运动的带头人,数次当选为巴伦西亚的议会代表。1889—1891年流亡国外,回国后一度被捕。1903年到南美旅游,1914年迁居巴黎,主动帮助协约国。1916年接受法国政府授予的"荣誉军团骑士"勋章。1920年访问美国时,接受乔治・华盛顿大学名誉博士学位。1921年回国,因反对当局的统治,又被迫流亡法国。代表作有《女人的敌人》《启示录的四骑士》和《我们的海》等。参见林焕文、张凤:《世界著名文史学家辞典》,黑龙江朝鲜民族出版社,1985年,页184。

洛(Hartrott)名喀尔(Karl)在他手下办事,他发了大财,把大女儿路易沙(Luisa)嫁与这个法国人。二女儿伊理纳(Elena)嫁与这个德国人。两个人都生有子女,这个大富翁所最喜欢是长女的儿子名朱理奥(Julio),因为这个孩子长得很好看,分许多财产给他。富翁死后,两个女婿各拥厚赀回归本国。不久一九一四年欧洲大战爆发生,朱理奥游手好闲,最好渔色,有一天狄诺耶(这里指朱理奥)在一个议员拉古尔(Lacour)家中遇到罗利耶(Laurier)夫妇。"

伍光建在该书《作者传略》中写道:

伊巴尼斯(V. B. Ibanez)以一八六七年生于西班牙,以一九二八年死于法兰西。他父亲是一个布匹商,他在西班牙大学读书,得过法律学位。他一进大学就犯规,他不过十八岁就第一次入狱,这是因为他作了一首短诗反对政府。此后他屡次入狱,有时亡命于巴黎及义大利。他屡次反抗政府,有一次他抗议政府压制古巴叛乱。他发起一张《共和报》,自己当主笔、访员,及批评员。他又开一间出版店,输入欧洲文学的大著作,用贱价出售。他要西班牙追随他国同入摩登思想潮流,有时甘冒性命危险做这件事。他曾被举入议院当他那一党的党魁。他撰过几部小说,居多描写乡村生活,与他所熟习的那一路人物。他不独好描写人物,凡是他的小说都有目的。他最好学苏拉(Zola)实写,往往逾越范围令读者不欢,惟有这部《启示录的四骑士》却是世人所最爱读的。他这部小说取名于《新约》最末后一部书。这部书名《圣约翰启示录》是《新约》里头最离奇恢诡的。书中第六章说第一个是骑白马的人,手执一弓;第二个是骑其红如火的马,手执大刀;第三个骑黑马,手执天平;第四个骑淡白色马,手执一刀。这四个骑马人代表瘟疫、战争、饥馑、死亡。这部小说就是实写一九一四年欧洲大战的这四件惨事。此书一出,风行各国,美国德敦公司(E. P. Dutten & Co.)自一九一八年七月译行,以至一九一九年六月,再版凡一百八十次,他国所译行的不计,可见这部书是最通行的一部欧战小说。他的笔墨浓丽,善于实写,叙事画人无不富于意味;通篇却无一暗晦语。他所尤为注意描写的是一个轻佻失检妇人因丈夫临阵身受重伤,被其所感,变为贞洁,及一个浮荡纨袴子弟被这个妇人所感,由懦夫变作奋不顾身视死如归的英雄,在小说中别开生面,尤为有益于世道人心。民国二十三年伍光建记。[①]

[①] [西班牙]伊巴尼斯著,伍光建译:《启示录的四骑士》,商务印书馆,1936年,页1。

历史·传记

102‑01　西史纪要(第一编)

《西史纪要》(英文书名：Outlines of General History)第一编，伍光建编纂，商务印书馆1910年11月初版，1913年7月第二版。广陵书社2017年有"近代世界史文献丛编"本(第一册)。

《西史纪要序》中称：

> 人有血气心知之性，则不能无争。故自草昧以迄今，皆人与人争，群与群争，国与国争之世界。智欺愚，强凌弱，众暴寡之事，无日无之。圣贤之君作，莫不制刑教，崇礼教，以为安内攘外之具，得其道者多治，失其道者多乱，此天下各国史记之所同也。欧洲与我，国异政，家殊俗，其法治德化，剂分损益之间，不能与我尽同，其历史因而亦与我异，至近世而尤甚。俗趋侈靡，贫富尤显其不均，法网虽密，不禁豪富。蒿目忧世者，方以仁义澌绝为患；其有治国之责者，因势而为资，务开疆殖民，竞为富强，不得不捐礼让而贵战争，以兼并为能事，杀人之具愈工，灭国之术愈巧。是故立国于今日，其道盖益难矣！虽然变贫弱为富强，曷尝不本于道德，为之有故，行之有道。记载具在，颇有可观。今不揣谫陋，采摭西籍，于诸国治乱之迹，强弱之由，举其宏纲，撮其大要，编译成书，聊备治国闻者观览焉。①

伍光建表明自己编译这一西方历史著述是为了给统治者提供域外"治乱之迹，强弱之由"的历史参照和借鉴。据《西史纪要》"凡例"亦可见伍光建编纂这一"西史"的基本宗旨，有作统治者的资鉴之需。虽题名"西

---

① 伍光建：《西史纪要序》，《西史纪要》第一编，商务印书馆，1910年。

史",实际并非仅仅是"西方历史"或"西洋历史",还是从古代东方,主要是西亚阿拉伯伊斯兰世界和埃及及其非洲开始叙述,可以视为是一部包括东方世界(不包括东亚)在内的外国历史,与周维翰的《西史纲目》略同。

《西史纪要》全书分为三个时期,第一期自开辟至耶稣纪元四百七十六年西罗马灭亡,为古代史,是第一编的内容。第一编"卷首"和"开端"外,分六卷。卷首二章:第一章《世界原始》、第二章《人类之分》。卷一"东方史",共七章:第一章《加尔底亚》、第二章《亚西利亚》、第三章《巴比伦尼亚》、第四章《埃及》、第五章《腓尼基》、第六章《来底亚》、第七章《波斯》。第一至第七章是讨论东方历史,包括非洲史,没有涉及东亚。卷二"希腊史",共八章:第一章《希腊总说》、第二章《斯巴达》、第三章《雅典》、第四章《希腊波斯之争》、第五章《雅典斯巴达之争》、第六章《马其顿》、第七章《亚历山大帝国之分裂》。卷三"罗马史一"(君主立国时代),共一章,即《罗马之兴》。卷四"罗马史二"(民主时代):第一章《罗马新制》、第二章《罗马开疆》、第三章《变法内乱》、第四章《藩镇专政》。卷五"罗马史三"(帝国时代),共六章。第一章《奥陀维至韦达理》、第二章《基督教之兴》(附犹太灭亡)、第三章《符拉维朝》、第四章《罗马极盛之世》、第五章《篡弑之祸》、第六章《罗马分合》。卷六"罗马史四"(罗马分东西),共三章,第一章《君士坦丁之治迹》、第二章《基督教之分派》、第三章《君士坦萨至西罗马灭亡》。作者在《凡例》中交代:"编中有一节而包举数代之事者,与一事而分立数节者,固因渊流遂往,详略异闻,亦以提要钩元,不能不删繁补略也。"鉴于地名、人名发音清浊异声,今昔不同,最易纷乱,所以后附"中西名称表"。该书"地名译音,另手所编,大抵以《世界新舆图》等书为准"。《世界新舆图》为商务印书馆出版的谢洪赉的著述。伍光建也老老实实地承认该书的不足,如"考核年月,最为不易。今查所采各书,年月间有不符(叙阿拉伯事相差一二年,叙蒙古事有差至五六年者),深愧未能剖断"。[①] 不难见出,这是那一时代出版的一套容易读懂的历史读物,其

---

① 伍光建:《西史纪要·凡例》,《西史纪要》第一编。

中尽量避免一般通史的冗长,没有低俗的传说而力求回归历史的立体真实空间,大凡重大的经济变革、历史事件、著名战争、科学技术、哲学宗教、文化艺术以及伟大人物,多摘其精粹,予以介绍。

该书采用的不是完全按照时间顺序的编年史叙史体例:"编中有一节而包举数代之事者;有一事而分列数节者;固因渊流遂往,详略异闻,亦以提要勾元,不能不删繁补略也。"由于以往西方史家多不重视亚洲与欧洲之间的交流,因此《西史纪要》中"亚欧两洲之交涉,如回教之兴、蒙古西征等事,通行西史,或并不论列,或语焉不详。今博采专家著述,以补其阙。"[1]可见尽管伍光建大量采撷西方史家的作品,但他并不完全信奉西方史家以西方为中心的叙述法。如卷首"开端"第一章《世界原始》:

> 加尔底亚古砖载世界原始曰:当上覆无天下载无地之时,冯翼洞灟,浩荡混滑,洪水浡溢,是为洪荒之世。其时虽已包孕生物胚胎,而昏昧未举,百物不能畅育;其时并无诸神,无管领世事者,其后先有诸神与天地,再后有日,于是阿诺(华言天)(中缺)置神宫(指十二宿),布众星,定年月,列五曜,使无失轨,然后置己之宫与毕尔(华言主)、伊爱(华言海,又言地)之宫,大开天门,乃命难那(华言月)吐光,使之掌夜,定其时位,以度昼夜,以时出没,毋或错乱。又一古砖载诸神创造动物之事,至于创造人类,则古砖破碎,无砖文可考。惟英国博物馆藏有圆筒一具,为巴比伦最古之物,刻有一图,中作一树,有叶有实,男女各一,分左右坐,各作伸手摘果之状。女像之后,复有一蛇,与《旧约·创世记》所载颇合。

接着伍光建通过各个不同文明对世界起源的记述,如波斯人《新达维斯特经》、印度人曼努律及芬晤人、斯干底纳维亚人和希腊人的传说等,来分析上述材料:

---

[1] 伍光建:《西史纪要·凡例》,《西史纪要》第一编。

上文见于加尔底亚古砖,为《旧约·创世纪》所本,今附录各种人古籍所载之说,以知其宗教所本。波斯人《新达维斯特经》曰:有永远常存之神,造为两神,一曰光明王,忠于常存之神;一曰黑暗王,为众恶之始祖。常存之神,欲灭黑暗,故遣光明王造世界,此世界一万二千年乃灭。光明王造天地,自居于山顶,其高摩天,继造日月众星,以与黑暗相战,其造世界,分为六期,最后一期造人。印度人曼努(或作马弩)律曰:当世界黑暗时,孛拉麻(华言力,或作婆罗摩)不现己形,驱逐黑暗,先造水使流,置种子于水中,是生金卵。其卵生时,光芒千道,金卵生孛拉麻,孛拉麻破卵而出。卵分量半,一半为天,一半为地,复造诸小神与聪明人、诸神人等。造一切动物及恶鬼山川。诸动物踏肩相接,以负大地。象足最长,下临无极,故分置大象于四隅,以负大地及地上各动物。芬晤人亦以为破卵以造天地。卵之上半为天,卵黄为地,卵白为环绕大地之水。斯干底纳维亚人之说曰:世界原始,其中洞然,上无天,下无地,无海,无草木;南有大火,北寒而暗,其冰南流,大火北行,冰遇之而融。长人伊穆出焉。伊穆甚恶,是生霜怪,冰与火遇,生一牝牛。舐石而生一男子,貌美而多力。美男子生一子,子生三孙,长曰倭丁,三孙共杀伊穆,以其肉造地,以其骨造山,以其血造海,以其发造树,以其头造天,以其脑造云,以其眉造长城,围绕大地,以御伊穆之子。于是以南方之火屑,造日月星辰,地受日热而生草木,日月星辰,乱行失道,三神正其轨,倭丁授日神夜神以车马,使游行于天,天之尽出有鹰神,两翼翕张而生风。希腊人之说曰:世界之始,广莫无形,地神生焉,名曰吉雅。地下有暗淡神,名曰塔塔拉。又生爱神,名曰伊罗。广莫无形,复生夜,夜生日,地生乌兰那(华言天)与山川。吉雅与乌拉那为夫妇,而生诸仙(半神之称)与人类。①

---

① 伍光建:《西史纪要》第一编,页1—3。

夏敬观的《伍光建传》中称其"译述《西史纪要》,文笔效左氏,又创为语体"。① 书中除了正文前有大量图版外,叙述中另有不少插图,其中有地图和风俗图。如《波斯故宫图》《来底亚、迷迭亚、巴比伦尼亚三国图(西元前五百五十年)》《波斯帝国图》《波斯纪功碑(在贝希斯敦山)》《希腊地图(西元前第五世纪)》《亚历山大帝国地图(西元前三百二十三年)》《地中海各国地图(罗马加尔察奇第二次战争之时)》《罗马帝国地图(西元前一百三十四年)》《罗马帝国地图(西元六十九年)》《君士坦丁堡图》等,第一编卷一有《冥鞫图》,描绘埃及人信轮回之说,描绘阴间有神人和四十二判官,审判其生时之善恶。② 另有《古字母图》,列举希伯来文、腓尼基文、古希腊文、后来希腊文、英吉利文和希伯来货币文的对照表,③这些图版使读者通过此书仿佛综览了古代东西方世界的百科万象。作为通史,此书虽体小而面广,语少而思精。追求叙写历史事件的生动性,呈现较强的科学性和权威性。至于各时代的科苑名人,更有专节详说。

该书虽用文言,但写得简明易懂,读者称便,当时即引起强烈反响。民国初年茅盾的母亲到商务印书馆发行所,除了买林译小说外,就是买了四大编的《西洋通史》以及二卷本的《西史纪要》,且前后买了两套,将其中一套送给了茅盾的弟弟沈泽民,希望他尽管将来要做工程师,"但也不能不懂世界历史和中国历史"。④ 20世纪三四十年代,国内影响较大的罗马史著作主要是张乃燕所著的《罗马史》,⑤该

---

① 夏敬观:《伍光建传》,《国史馆馆刊·国史拟传》第一卷第一号(1948年),页95—96。
② 伍光建:《西史纪要》第一编,页20。
③ 同上书,页23。
④ 茅盾:《我所走过的道路》(上),人民文学出版社,1981年,页121。
⑤ 张乃燕(1894—1958),字君谋,浙江湖州人,张静江之侄。1913年赴欧洲留学,先后在英国伯明翰大学、伦敦皇家理工大学、瑞士日内瓦大学研习化学,1919年获日内瓦大学理学博士学位,同年返国。先后任北京大学、浙江大学教授。著有《有机染料科学》《药用有机砒化合物》《欧战中之军用化学》等。他在史学方面亦颇有研究,著有《世界大战全史》《希腊史》《罗马史》等。曾任国立第四中山大学、国立江苏大学及中央大学校长。抗战时期隐居上海。参见吴宓著、吴雪昭整理注释《吴宓日记(1925—1927)》第三卷,三联书店,1998年,页379注释2。

书史料丰富,所参考的著作主要是贝尔罕的《罗马史大纲》、波次福特的《罗马史》、约翰斯顿的《罗马人之私人生活》、迈尔士的《世界史》、阿希来的《欧洲古代文化史》以及伍光建的《西史纪要》。①

103-02 耶稣事略

《耶稣事略》(A Life Sketch of Jesus),伍光建编著,上海中华基督教青年会组合(发行),②民新社印刷公司印刷,1914 年出版,初版月份不详,同年 8 月再版。

该书分为耶稣事略、花拉氏论、莱能氏论、西利氏论四个部分。除介绍耶稣的生平事迹外,还介绍了近世关于耶稣的研究,主要分析了美国的花拉(E. G. White,或译怀爱伦,1827—1915)、法国的莱能(Renan, Joseph Ernest, 或译勒南,1823—1892)和美国西利(W. B. Hill,或译希耳、海尔)的三种耶稣传记以及关于耶稣的研究。

谢洪赉按语:"花拉为英国著名道学家,著有《基督传》一书行世,前篇中所称希则尔即德国唯心论哲学大家黑智尔氏,又倭尔达即福禄达尔氏;罗索即卢梭氏,《民约论》之著者也。福禄达尔、卢梭、穆勒

---

① 张乃燕:《罗马史》,商务印书馆,1929 年,页 138。
② 中华基督教青年会,简称青年会,设有德育、智育、体育部,其活动内容主要不是宗教性的,而是面向社会为男女青年和成人开展文教、娱乐、体育和交谊活动。20 世纪前 20 年,在谢洪赉的倡导下,基督教青年会注重通过出版书刊来影响、教育青年学生。所编《德育故事》《名牧遗徽》《免劳神方》等,曾风行一时,被誉为"当时唯一伟大之基督徒作家"。在青年会书报部大部分经费还依靠北美青年会的情况下,由"中国干事经营一切",虽"有争权之嫌",但终究为中国基督教文字争得了一席重要之地。基督教本土化是基督教继续生存和发展的捷径,它必须体现和表达中华民族的精神思想和情感,否则不能植根于中华民族的土壤中,也就没有了生命力。作为基督教最本土化团体的基督教青年会,早在 1915 年就有中国人王正廷任总干事,继任余日章总干事长达 20 年的本土化努力更使它带有强烈的世俗化和社会化特征,协会书局正是青年会最早由中国人主持的部门。三位主持人,即谢洪赉(1903—1916 年主持)、胡贻谷(1917—1932 年主持)和吴耀宗(1932—1955 年主持)均为有中西文化功底,对中国教会和神学有思考,翻译创作了大量基督教著作之人,使协会书局的"思想与事工"显示出浓厚的"中国色营"。(《中华基督教青年会第十次全国大会全国协会报告书》,页 53。转引自赵晓阳《青年协会书局与中国基督教文字事业》,载《中西文化研究》2005 年 1 期)。

约翰,均为尊疑派中领袖人物,排斥教会不遗余力,然对于耶稣,则无不表其景仰,耶稣之人格可以见矣。"花拉的耶稣传记曾被译为《基督实录引义》或《人类的救星》。

美国西利的《基督传》(The Life of Christ)包括了《巴力斯在耶稣时代之情形》《犹太人的宗教思想》《耶稣的诞生》《拿撒勒时代》《施洗约翰》《耶稣受洗》等十九章。作者还有记述耶稣十二门徒传道事迹的《使徒时代》等著述,西利的神学著述在西方世界有相当影响。谢洪赉按语称:"西利,英国历史学家也,生于一八三四年,卒于一八九五年。与莱能并时历主江桥大学等讲席,著《耶稣之人格与事业》一书。以二位拉丁字署其名,译言即视此人也。其论基督之德性与其所设施之天国,纯用历史的眼光批评之精细入扣,出版之后大为士林所重,至今五十余载流传不绝。"

莱能是法国著名的历史学家、哲学家和散文家,他曾以东方学家闻名,1850 年被聘为政府调查团前往叙利亚研究腓尼基文明。在巴勒斯坦旅行期间,他写出著名的《耶稣生平》,后来把这部著作献给了他的姐姐,因为她曾陪他旅行,并死于比布勒斯。1863 年《耶稣生平》的出版,为他在欧洲赢得了声誉,以后他陆续完成《基督教起源史》《使徒》《圣保罗》等。《耶稣生平》(The Life of Jesus)一书充满了东方气氛,显示出作者熟悉《圣经》和神学,并熟悉叙利亚铭文、墓刻、字版和山水,但算不上是一部伟大学者的著述。莱能的著述很受伍光建重视,《西史纪要》中列入了莱能(或译勒南)的《耶稣生平》一书的英文版。谢洪赉按语:"莱能氏,法人,生于一八二三年,卒于一八九二年,以东方学及文词著世,所谓东方学者,即欧美士林以通突厥、天方、埃及、近东诸国之语言掌故,为东方学也。莱能氏初尝奉罗马教,继而背之。以自由思想鸣于时,任法国大学教授终其身。平生著作甚富,以《耶稣传》一书为最著名。伍氏此篇,即由该书末章总论耶稣之品性与事功所撷采也。莱能氏不信神异,故其论耶稣也,惟视为登峰造极之人格而已。"

伍光建在《耶稣事略》一书的扉页上署"A Chinese Non-Christian

Scholar",即"一个非基督徒的中国学者"。可见伍光建虽非基督徒,但从编译此书来看,他对基督教以及《圣经》有过较为深入的了解。只是此书用文言写成,完全采取学者的考证法,一边叙述一边陈述学界的不同记述,不是把耶稣当作一个神,而是当作一个历史人物。

该书开篇写道:

> 耶稣(希腊文、希伯来文作约书亚,或耶和华,言救主,或救施自耶和华),后称基督(希腊文华言传油,希伯来文则称弥赛亚),生于阿格士达之世。或云以罗马纪元七五一年生。或云在七四九年,亦有作七四八、七五〇、七五六、七五四年者,其后五百余年,有东方之基督教僧爱施,以耶稣纪元定耶稣生年在罗马纪元之七百五十三年(后人推算以为错误四年,然沿用不改)。耶稣诞生于犹太加利利之伯利恒(或云生于拿撒勒)。木工约瑟聘妻马利亚未昏感圣神而孕,生耶稣。少尝避难于埃及,十二岁时约瑟马利亚携耶稣初至耶路撒冷守犹太古教之逾越节。事毕将归,而失耶稣所在,求之三日始得之于耶路撒冷大庙中,从法师听经。其后屡至耶路撒冷,先是有约翰者,世为祭司,先耶稣六月而生于希伯兰,其母与马利亚为表姊妹……耶稣初时设教,首在戒贪,凡愿为门徒者,须先货其产以所得赈贫乏,尝曰:"勿积财于地,其处蠹蚀锈坏,盗穴而窃之,惟积财于天,其处不蚀不坏,盗不穴而窃之,盖尔财所在,尔心亦在焉。"又曰:"悉鬻所有以济贫,则将有财于天。"又曰:"有财者入上帝国,难矣。驼穿针孔较富者入上帝国犹移也。"耶稣尝谓天国为孩提与类于孩提者而设,为犯有罪恶之人。[①]

前有谢洪赉序言:

> 近世士君子习闻耶稣基督,欲考其言行者,颇不乏人,恒苦

[①] 伍光建编著:《耶稣事略》,中华基督教青年会组合,1914年再版,页3。

《新约》全书繁重，不愿问津。不佞久思取耶稣在世之大事，辑成小册，以备有志者之观览。近读新会伍昭扆先生《西史纪要》中有耶稣事略，一首记耶稣一生已具要领，而文词简洁，甚便读者，因请于商务印书馆主任，得其许可，摘印单行本问世。夫编西史者不止一家矣，而伍先生独以为基督之一生关于世界人事者实巨，故详其事迹，以供考索，其识见可谓加人一等，篇后附以名人议论，益足昭基督教自有真，不佞细读一过，钦佩无已。惟于原译未详处，间加按语申明其义，无非冀读者益能明了耳。伍先生非基督徒，述基督之事详尽如是，可征基督之一生固为一般学者所当研究也。读者如以此编为嚆引，继此而进求诸四福音，则所得当更多也。民国三年三月古越谢洪赉识。

104-03　西史纪要(第二编)

《西史纪要》(英文书名：*Outlines of General History*)第二编，伍光建编纂，商务印书馆1918年3月初版，1919年再版。

第二编是第二期，从公元四百七十六年至一千四百五十三年，即西罗马灭亡至土耳其灭东罗马止，为"中代史"。全书共计十四卷、二百三十四节。

卷一"条顿种扰乱欧洲"，第一章《条顿种之割据》分成"东哥德人灭罗马""西哥德人据西班牙布根底人据哥罗""万达人据北非洲""法朗人之兴""朗霸人灭意大利""萨逊人灭不列颠""萨逊人立国之制""罗马疆域外之种人"八节。第二章《条顿种奉基督教》，分出"哥德人奉基督教""法朗人奉基督教""英吉利人奉基督教""日耳曼本土人奉基督教""传教之术"五节。第三章《条顿种之语言法律》分出"语言文字之变""条顿法律""条顿人折狱之怪法"三节。

卷二"东罗马中兴"，第一章《查士丁尼在位》，分出"东罗马帝""狄后预政""绿衣党蓝衣党""东罗马灭非洲""平意大利""贝利萨""查士丁尼修罗马律""查士丁尼之性格""查士丁尼兴蚕桑"九节。第二章《东罗马与波斯争雄》，分出"波斯内哄""波斯败东罗马""波斯王柯斯罗第一""波斯与东罗马之争""突厥攻波斯""阿华之强""柯斯罗第二平内乱""波斯灭叙利亚耶路撒冷埃及""东罗马大败波斯""波斯之衰"十节。

卷三"阿剌伯之兴"，第一章《摩诃末》，分出"阿剌伯原起""摩诃末""摩诃末出奔""摩诃末克默伽""摩诃末之死""可兰经"六节。第二章《阿剌伯开疆》，分出"阿剌伯克耶路撒冷""阿剌伯灭波斯""安留焚书"三节。第三章《阿剌伯内哄》，分出"哈里发之争""哈信之惨死"二节。第四章《奥米雅朝》，分出"哈白派之哈里发""末换之杀""阿搭米""华列""苏利曼""奥玛第二""穆萨灭西班牙""阿剌伯治西班牙""阿剌伯围君士坦丁""耶锡第二""希善""阿剌伯征法兰西""华列第二""末换第二"十四节。

卷四"阿剌伯帝国之分裂"，第一章《波斯之阿拔斯朝》分出"哈里发三分之势""阿拔斯朝开基数主""兄弟争国""麻蒙""阿拔斯朝之文治""穆太铣"六节。第二章《西班牙之哈里发》分出"阿特勒王西班牙""哈干第一""阿特勒第二至阿特勒第三""哈干第二""西班牙内乱""西班牙分裂""那锡尔族王格拉那达""格拉那达之亡"八节。第三章《北非洲之哈里发》分出"诸朝兴发""花狄玛朝之武功""花狄玛朝之亡"三节。

卷五"大查理帝国"，第一章《阿那符族之兴》分出"查理玛特""伽洛曼为僧""裴平为法朗王""裴平助教王""法朗与朗霸之争"五节。第二章《大查理建帝国》分出"利奥第三毁神像""教王之势位""大查理之兴""大查理灭朗霸""大查理以意大利之地授教王""大查理征服萨逊人""大查理灭东欧部落""大查理征西班牙""大查理为西罗马帝""大查理之性格"十节。第三章《法朗帝国之分裂》，分出"法朗帝国之分裂上""法朗帝国之分裂下""九世纪之东罗马帝国"三节。第四章《封建之制》，分出"封建之制""保护与职役""封建世之诸侯""侠士会""封建之废"五节。

卷六"那斯曼之兴"，第一章《北方海寇》，分出"海寇横行""丹马灭英""那斯曼犯法朗帝国"三节。第二章《那曼人据南意大利及英国》，分出"那曼人之强""那曼人据南意大利""威廉灭英"三节。

卷七"英吉利列朝"，第一章《那曼治英》，分出"威廉治英""威廉第二至显理第一"二节。第二章《英国安如朝》分出"显理第二（附贝克之死）""约翰与教士诸侯之争""约翰之大法典""显理第三""爱都华第一""爱都华第二""爱都华第三""理查第二""显理第四第五""显理第六"十节。第三章《英国红白玫瑰之战》分出"红玫瑰白玫瑰两党之争上""红玫瑰白玫瑰两党之争下""理查第三之篡弑"三节。

卷八"法兰西列朝"，第一章分"法国喀毕朝""喀毕王法国""腓烈第二"三节。第二章《法国制教王》，分出"路易第九""腓烈第三""腓烈第四""国会之制""路易第十等三朝"五节。第三章《英法百年之战》，分出"维罗朝第一主腓烈第六""法国内乱""查理第五""查理第六上""查理第六下""查理第七""女将达克柔安""查理第七之中兴"八节。第四章《王室制诸侯》，分出"路易第十一之兼并上""路易第十一之兼并下""查理第八取不列他尼""查理第八侵意大利"四节。

卷九"德帝与教王权力之消长"，第一章《德国之两朝兴废》，分出"萨逊公显理及大奥图""大奥图求为罗马帝""生教王鞠死教王""教王之废置""奥图第二至显理第二""孔拉第二削诸侯之权""显理第三废教王""教王辱显理第四"八节。第二章《皇帝与教主争权》，分出"教王权力之盛衰""伪托文据""教王利奥第九整饬教规""红衣主教之设""教王喀利格第七之威权"五节。第三章《德之浩汉陶芬朝》，分出"德之浩汉陶芬朝""腓特烈第一""显理第六""腓特烈第二""腓特烈第二与教王之争""浩汉陶芬朝之亡"六节。第四章《日耳曼内乱》，分出"日耳曼破碎之祸""日耳曼无主之乱"两节。第五章《哈布斯堡朝之兴》，分出"卢多福""拿骚朝之阿多发""显理第七""两帝之争""选侯之会""查理第四立宪法""文塞勒卢波两朝""瑞士之独立""君士坦士之宗教大会"九节。第六章《哈布斯堡族之强大》，分出"阿博德第二""腓特烈第三"两节。

卷十"欧洲之自治城邑",第一章《意大利各邦地方自治分出》,分"意大利城邑自治之制""米兰之强大""委尼斯(或作威内萨)之独立""委尼斯之强""委尼斯与热那亚之争""佛罗棱萨""佛罗棱萨商民之争""佛罗棱萨商业""第十四世纪之罗马""黎恩锡之行为""黎恩锡之败"十一节。第二章《法英二国地方自治》,分出"法国之自治城邑""英国商民之自治"两节。

卷十一"十字军",第一章《萨勒育突厥之兴亡》,分出"突厥""征东罗马""麻力沙""四子争位""萨勒育部支派之盛衰"五节。第二章《十字军》,分出"十字军""第一次十字军""第二次十字军""第三次十字军""第四次十字军""童子军""小十字军"七节。

卷十二"蒙古之兴",第一章《成吉思汗事业》,分出"帖木真灭蒙古诸部""成吉思汗克西域诸部上""成吉思汗克西域诸部下""哲别速不台征俄""成吉思汗之崩"五节。

卷十三"术赤旭烈兀后王事迹",第一章《术赤后王事迹》,分出"蒙古诸王征俄""蒙古诸王征波兰马加""俄国诸王朝贡""伯勒克与旭烈兀之争""忙哥帖木儿至脱脱""乌斯比杀俄国诸王""札涅比"六节。第二章《旭烈兀后王事迹》,分出"旭烈兀平木刺夷""旭烈兀灭波斯""旭烈兀征叙利亚""旭烈兀征罗晤印度""阿八哈与毕巴尔争雄""阿哈蔑阿鲁浑""凯喀图贝都""合赞汗""乌勒载图汗""不赛因汗""西域蒙古之亡"十一节。

卷十四"帖木儿",第一章《帖木儿事业》,分出"帖木儿之兴""帖木儿征波斯""帖木儿与托达密什争雄""帖木儿征印度""土耳其之兴""帖木儿大败土耳其"六节。第二章《帖木儿后王事迹》,分出"帖木儿后王兴废""巴布尔灭印度"两节。第三章《土耳其灭东罗马》,分出"谟哈木第一""穆拉第二""土耳其灭东罗马"三节。第四章《文学中兴》,分出"学究派""阿剌伯之学术入欧洲""文学中兴"三节。

在《西史纪要》(第一编)第二章"人类之分"中,伍光建写道:

人类初祖,生于何时,居于何地,不得而知。生齿繁衍,则播迁分散,迁徙之后,阅年既久,滋生复繁,生计渐难,又有再分迁者……大约在耶稣纪元前三千年之前,人类分迁之后,因天时地土而变,于是面色、状貌、体格、性情、语言文字,无不随之而变。以面色、状貌而言,人类可分三大种:一曰阿尔泰种(俗称黄种,又称蒙古种,或称图兰种),二曰高加索种(又称白种),三曰尼加洛种(又称黑种)。

伍光建在该书中以民族学和人类学的方法将全球三大人种以分类列表的形式表述为:(一)阿尔泰种包括中国、日本、缅甸等国人、巫来由族太平洋岛族人,亚洲中部、北部及俄罗斯东部诸游牧之族,欧洲之突厥马加(即匈牙利人)、芬晤(即芬兰人)拉普巴斯克诸族,美洲土人、北冰洋人;(二)高加索种包括哈密特族(埃及人等)、色密特族(加尔底亚人、亚西里亚人、巴比伦人、腓尼基人、希伯来人、阿拉伯人等)、亚利安族(印度人、波斯人、希腊人、罗马人、不列颠人、日耳曼人等)、斯拉窝尼派(俄罗斯人、波兰等国人);(三)尼加洛种包括南非洲诸族、中非洲诸族人和巴普安人、澳大利亚洲诸族等。①

105-04　西史纪要(二卷合本)

《西史纪要》(英文书名:Outlines of General History)(二卷合本),伍光建编纂,傅运森修订,②1918年由商务印书馆初版,1919年再

---

① 伍光建:《西史纪要》第一编,页3—5。
② 傅运森(1874—1953),又名傅勤家,字韫生,一字纬平,湖南宁乡人。光绪癸巳年(1893)湖南乡试恩科中式第四十九名举人。1897年考入南洋公学师范班第一期,学习科目有英文、日文等,该校总办(校长)即张元济,由此埋下了傅氏后来在商务印书馆辛勤耕耘数十年的伏笔。1902年离校,应陆尔奎、吴稚晖之邀赴广州武备学堂(黄埔军校前身)任教习。1909年入商务印书馆编译所国文部任编辑,又先后到词典部、史地部、百科全书委员会等处任职。他的工作内容归纳起来主要有以下四个方面:一、参与编写教科书。二、参与编纂辞典,如《新字典》《中国古今地名大辞典》和特别值得一提的《辞源》。《辞源》由陆尔奎、傅运森、方毅等编纂,1915年出版正编,1931年出版续编,1939年又出版正续编合印本,是我国第一部大型综合性词典。方毅《辞源续编说例》(转下页)

版,分为两编,合为一书。"第一编"为上编,"第二编"为下编,全书分为20卷。广陵书社2017年有"近代世界史文献丛编"本(第一册)。①

《西史纪要》全书拟分为三个时期,第一编为第一期,自开辟至耶稣纪元四百七十六年西罗马灭亡,为"古代史"。第二编是第二期,从公元四百七十六年至一千四百五十三年,即西罗马灭亡至土耳其灭东罗马止,为"中代史"。《西史纪要》第一、二卷即第一、第二编,从所附的"引用书目"可见,伍光建参考的中外一手材料和二手论著非常广泛,英文版的有一般的《大英百科全书》(Encyclopeaedia Britannica),也有《世界历史学家的历史》(Historians' History of the World)、《民族的故事》(The Story of the Nations)等。第一编重要的参考书有英国学者艾伦的《基督教制度》(Christian Institation),② 迈尔(Myers)的《古代史》(Ancient History),③ P.史密斯的《古代东方

(接上页)称:"傅运森先生尤能始终相助,拾遗订误,获益最多。"三、从1936年起与王云五共同主编《中国文化史丛书》,凡两集40种,在学界影响深巨。四、其他编校工作,如校勘《水经注疏》,校订向达编《高丽现代史》、伍光建编《西史纪要》、卢绍稷著《史学概要》等。1922年转到编译所史地部任职。1923年又参加《新学制教科书》的编写工作。1924年调到百科全书书委员会史地系任主任。译有"史地小丛书"本《康居粟特考》(原著日本白鸟库吉)、"汉译世界名著"本《腓特烈大王》(原著英国麦考莱),又有和董之学合译的英人柏尔著《西藏志》。楼培:《"学术史上的失踪者"傅勤家》,《文汇报》2021年3月29日。

① 《西史纪要》第三期是尚未最后完成出版的第三编,从土耳其灭东罗马至英国南非洲之役止,为"近代史"。第三编遗稿待查。
② 艾伦(Grant Allen,1848—1899),英国美学家、生物学家和哲学家。出生于加拿大,初在美国与加拿大受教育,回英国后入伯明翰英王爱德华学院,后又入牛津大学默尔顿学院,继承了斯宾塞的艺术游戏说,通过多种实验研究发展了他的理论,从生理学角度对美与美感进行了探讨。著有《生物学的美学》《一般进化论者》《上帝观念的演进》等。参见商务印书馆编辑部编《近代现代外国哲学社会科学人名资料汇编》,商务印书馆,1978年,页43。
③ [美]菲利普·范·N.迈尔(Philip. Van. N. Myers,1846—1937),美国历史学家,辛辛那提大学历史学与政治经济学教授。所获很多历史材料,均来源自其亲身考察,因此,其历史著作很受读者欢迎。著有《希腊历史中的文学分析》《罗马人简史》《古代史》《道德的历史》等。该书是一部世界历史教材,叙述自古代东方社会至十九世纪世界历史的进程。参见[美]迈尔著、黄佐廷口译、张在新笔述、夏曾佑校阅《迈尔通史》,河南人民出版社,2016年。该书系山西大学堂译书院本,上海美华书局代印,1905年旧译重印,旧译在清末民初时期是具有代表性的西洋史书。

史》(The Ancient History of the East),①英国民俗学家克洛德的《宗教的童年》(The Childhood of Religious),②W. 史密斯的《简明希腊史》(Smaller History of Greece)和《简明罗马史》(Smaller History of Rome),③Marindin 的《希腊史学生读本》(The Student's History of Greece),英国历史学家梅里威耳的《罗马通史》(General History of Rome),④德国历史学家蒙森的《罗马史节本》(History of Rome, abridged),⑤英国历史学家佩勒姆的《罗马史纲》(Outlines of

---

① P. 史密斯(Henry Preserved Smith, 1847—1927),美国教育家,曾留学于德国柏林和莱比锡,出任过神学院旧约文学和宗教史教授,著有《圣经与伊斯兰教》《古东方史》等。参见《近代现代外国哲学社会科学人名资料汇编》,页 2194。

② 克洛德(Edward Clodd, 1840—1930,今译克老特氏),英国民俗学家、银行家,1895—1896 年担任英国民俗学会主席,著有《幼年的世界:早期人类简述》《神话语幻想》等多种通俗著作。参见《近代现代外国哲学社会科学人名资料汇编》,页 496。

③ 威廉·史密斯爵士(Sir William Smith, 1813—1893),英国辞书编纂家。出生于恩菲尔德(Enfield)的新教徒家庭。曾就读于位于哈克尼(Hackney)的马德拉斯私塾(Madras House School)。最初从事神学事业,担任初级律师。业余时间自学古典学,并进入伦敦大学学院学习希腊语与拉丁语。1830 年进入格雷学院(Gray's Inn),但为了在大学学院学校(University College School)的教职而放弃法学学业,开始在古典学主题方面的写作。1842 年完成《希腊罗马古迹辞典》大部分工作;参与了 1849 年的《希腊罗马传记与神话辞典》和 1857 年的《希腊罗马地理学辞典》等大量工作。1867 年担任《评论季刊》(Quarterly Review)的编辑,1892 年被封爵。参见《近代现代外国哲学社会科学人名资料汇编》,页 2196。

④ 梅里威耳(Charles Merivale, 1808—1893),英国历史学家,1826 年毕业于剑桥大学圣约翰学院,然后继续学神学,1833 年担任英国圣公会神职,著有多种罗马史的著述。参见《近代现代外国哲学社会科学人名资料汇编》,页 1609。

⑤ 蒙森(Theodor Mommsen, 1817—1903),德国著名历史学家。1902 年获诺贝尔文学奖。其对罗马法和债法的研究对德国民法典有着重大的影响,关于罗马历史的作品对当代的研究仍十分重要。他还是一个突出的政治家,曾是普鲁士和德国的国会会员。1854—1885 年所著《罗马史》以政治史为主线,旁及经济、法律、宗教、文化、艺术等专题的探讨。这部分占有相当的篇幅,表现出蒙森历史学识和视野的广博。《罗马史》全书共五卷,主要描述了罗马风云时期的动荡年代:公元前 6 世纪的罗马,有了最原始的王政——选举产生的国王、所有家主组成的元老院、公民大会三位一体。正是这样的政权奠定了后来罗马的基本原则:行政长官具有绝对的号令权。而元老院作为国家的最高权威,每一项重大决议都必须经过全体公民的同意。6 世纪末,罗马推翻了这样的王政,建立起了以执政官、元老院、百人团公民大会组成的贵族制共和国。废除旧王政建立新政体在当时是个普遍现象,它代表了一种限制个人专权的改革趋势。该书准确的笔法、蓬勃的活力,以及人物形象的鲜明色彩给读者留下了不可磨灭的印象。参见[英]古奇著,耿淡如译《十九世纪历史学与历史学家》下,商务印书馆,1997 年,页 764—791;《近代现代外国哲学社会科学人名资料汇编》,页 1661—1663。

Roman History),①爱尔兰历史学家、古典学者、拜占庭文化研究专家和语文学专家伯里的《罗马帝国学生读本》,②英国历史学家吉本的《罗马帝国》(Roman Empire),③英国圣经学家普鲁麦的《教会始祖》(The Church of the Early Fathers,1887 年),④法国历史学家勒南⑤的《耶稣事略》(The Life of Jesus)和《使徒传记》(The Apostles),英国历史学家费劳德《恺撒概要》(Caesar: a sketch),⑥以

---

① 佩勒姆(Henry Francis Pelham,1846—1907),英国历史学家。毕业于牛津大学三一学院。1869—1890 年任职于艾克赛特学院,教授上古史。1892 年担任博德里图书馆馆长。1897 年担任三一学院院长。1886 年负责撰写《大英百科全书》第九版的"罗马史"词条,并在此基础上完成《罗马史纲》(Outlines of Roman History)。参见《近代现代外国哲学社会科学人名资料汇编》,页 1838。
② 柏立(John Bagnell Bury,1861—1927,或译伯里),出身于爱尔兰的一个牧师家庭,从小跟父亲学习古典学术。就读于都柏林三一学院,后留学德国,掌握了希伯来语、希腊文、拉丁文和古斯拉夫语等多种语言文字,为研究古典文学和历史准备了极其有利的条件。1902 年获任剑桥大学钦定近代史讲座教授。曾涉足多个领域的研究,包括古代希腊、古代罗马、19 世纪教皇史、西方思想史等,而尤以晚期罗马帝国史和拜占庭史见长。著有《后期罗马帝国:从阿卡狄乌斯到爱里尼》(1889 年)、《东罗马帝国史:802—867》(1912 年)、《希腊历史学家》(1909 年)、《思想自由史》(1914 年)、《进步的观念》(1920 年)、《晚期罗马帝国史:从提奥多西一世之死到查士丁尼之死》(1923 年)、《19 世纪教皇史(1864—1878)》(1930 年)等,并曾为吉本《罗马帝国衰亡史》做校勘和注释。《后期罗马帝国史》被称为当时最深刻、最扎实的罗马史著作,该书叙述从公元 395—800 年罗马帝国的史事。参见《近代现代外国哲学社会科学人名资料汇编》,页 375—376。
③ 爱德华·吉本(Edward Gibbon,1737—1794,伍光建译吉朋),近代英国杰出的历史学家。出生于英国望族,童年时期身体虚弱,贪书无厌,大量阅读古典和历史著作。1752 年进入牛津大学深造,中途退学,留学于瑞士洛桑。青年时代开始著述,所著《罗马帝国衰亡史》影响深远,为 18 世纪欧洲启蒙时代史学的卓越代表,有英国启蒙时代文史学之父之称。[美]汤普森著,谢德风译:《历史著作史》下卷,商务印书馆,1996 年,第三分册页 102—122。
④ 普鲁麦(Plummer,Alfred,1841—1926),曾就读于牛津大学埃塞克特学院,1865—1875 年在三一学院做公费研究生。1874—1902 年担任达拉姆学院院长。有多种圣经研究的著述,所著《英国教会史》《十八世纪的英国教会》等影响较大。参见《近代现代外国哲学社会科学人名资料汇编》,页 1878—1879。
⑤ 勒南(Joseph Ernest Renan,1823—1892,或译莱能),法国历史学家,曾就读于神学院,有过希伯来文、阿拉伯文和叙利亚文的训练,著有《宗教史研究》《基督教起源史》等。参见《近代现代外国哲学社会科学人名资料汇编》,页 1972—1975。
⑥ 夫鲁德(James Anthony Froude,1818—1894,又译弗劳德),英国历史学家,牛津学派的代表之一。就读于牛津大学奥里尔学院。1844 年受教会执事职。1860 年起历任《弗雷泽杂志》编辑、圣安德鲁斯大学校长,1892 年任牛津大学教授。代表作为《英国(转下页)

及斯克利(Sceley)的《基督教受难画》(*Ecce Homo*)、Gwatkin 的《亚洲问题论战》(*The Arian Controversy*)等,引用著作多达 21 种。另有中文版参考书 3 种,圣书公会本的《四福音》和《使徒行传》、《杨氏景教碑文纪事考》。第二编中外参考书共计 27 种,英文版参考书除该书第一编的若干种外,还有迈尔的《中世纪和现代史》,①英国历史学家霍季金的《查理大帝传》(*Life of Charles the Great*),②美国的历史学家艾默顿的《中世纪的欧洲》(*Medieval Europe*, 814—1300),③英国历史学家布赖斯的《神圣罗马帝国》(*Holy Roman Empire*),④英国历史学家加德纳的《简明英格兰史》(*Student's History of England*),⑤英国历史学家克赖顿编辑的《英国历史的纪

(接上页)史》(12 卷),记述 1529—1588 年之间宗教改革的历史。文笔畅达,但疏于考证,后人多用"弗劳德病"讥讽史家的粗疏作风。另著有《十八世纪爱尔兰的英国人》《十八世纪英国史》《我与卡莱尔的关系》等,其中《凯撒》一书是在蒙森著作影响下的产物。[美]汤普森著,谢德风译:《历史著作史》下卷,第三分册页 414—422。

① [美]菲利普·范·N. 迈尔(Philip, Van. N. Myers, 1846—1937),美国历史学家,辛辛那提大学历史学与政治经济学教授。他获得的很多历史材料都来源于其亲身考察,因此,他的历史著作很受读者欢迎。著有《希腊历史中的文学分析》《罗马人简史》《古代史》《道德的历史》等。该书是一部世界历史教材,叙述自古代东方社会至 19 世纪世界历史的进程。参见[美]迈尔著、黄佐廷口译、张在新笔述、夏曾佑校阅《迈尔通史》。此列举黑暗时代记、中兴时代记、宗教改革时代记、国政改革时代记等。

② 霍季金(Thomas Hodgkin, 1831—1913),英国历史学家,曾在牛津大学获得艺术学学士,后在银行任职多年,业余研究历史,著有《英格兰史》《查理大帝传》等。参见《近代现代外国哲学社会科学人名资料汇编》,页 1093。

③ 艾默顿(Ephraim Emerton, 1851—1935),美国的历史学家。在德国莱比锡大学获博士学位,专业研究偏重文艺复兴和宗教改革领域。回国后在哈佛大学开设"历史文献研究与运用的实践"课程,在课堂上指导学生们研习中世纪时期英格兰和德意志的法律史材料。通过教科书编撰,他不仅为美国的中世纪研究设立了较高的起点,还开创了美国中世纪史学界重视教材编写的传统。参见李腾《中世纪研究在美国的建立及其早期风格》,载《史学史研究》2021 年第 1 期。

④ 布赖斯(James Bryce, 1838—1922),英国历史学家。曾就读于英国格拉斯哥大学和三一学院,获文学士学位,1870—1893 年任牛津大学法学教授。著有《美利坚共和国》《美国民主制度》《神圣罗马帝国》等。参见《近代现代外国哲学社会科学人名资料汇编》,页 347—348。

⑤ 加德纳(Samuel Rawson Gardiner, 1829—1902),英国历史学家。曾就读于牛津大学基督教堂学院,对英国史有系统的研究,文笔清晰质朴,著有《简明英格兰史》等。参见《近代现代外国哲学社会科学人名资料汇编》,页 836—837。

元》(*Epochs of English History*),①赛义德·阿米尔·阿里(Ameer Ali)的《撒拉逊人的历史》,②Sismondi 著、③Boulting 编辑的《意大利共和史》,Lewis《德国史》(*The History of German*),以及英国历史学家蒙塔古(Francies Charies Montague,1858—1935)《英国宪法史精要》(*Elements of English Constitutional History*),Jervis 的《法国史》(*The History of France*),英国历史学家布朗(Brown, Rawdon Lubbock,1803—1883)的《威尼斯共和国》(*The Venetian Republic*),Ockley 的《撒拉逊及其征服史》,英国地理学家、旅行家马克姆(Clements Markham,1830—1916)的《Rersia 的历史》,④英国皇家考古学会会长豪沃思(Henry Hoyle Howorth,1842—1926,又译霍渥士)的《蒙古人的历史》(*History of the Mongls*)等,中文参考书有《旧唐书》《元史》《元秘史》《蒙古源流考》《元史译文证补》。

　　伍光建提出的编纂引书的原则:"西史繁富,不患材料之不丰,而患无所适从。同叙一事,往往情节不尽相同,甚至相抵牾。有聚讼纷

---

① 克赖顿(Mandell Creighton,1843—1901),英国历史学家。曾就读于牛津大学默尔顿学院,被选为剑桥大学教会史讲座教授,著有《伊丽莎白时代》《英国初期的文艺复兴》等,编辑有《英国历史的纪元》等。参见《近代现代外国哲学社会科学人名资料汇编》,页 546。
② 赛义德·埃米尔·阿里(Sayyid Ameer Ali,1849—1928,又译赛义德·阿米尔·阿里),印度穆斯林法官、史学家,"全国伊斯兰教协会"创始人之一。生于奥里萨的库塔克县,其祖先信奉伊斯兰教,属什叶派,随波斯国王纳迪尔·沙来到印度。早年在钦苏拉的胡格利学院受教育,毕业于加尔各答大学,专攻艺术与法学,是第一位在印度获得硕士学位的穆斯林。后赴英国深造,1873 年在伦敦内殿法学院获得律师资格。回国后,在加尔各答管区学院执教伊斯兰法,后擢任加尔各答大学法律系主任。1890—1894 年任加尔各答高等法院法官,是第一个印度穆斯林法官。1904 年退休后迁居伦敦。1909 年任枢密院司法委员会成员。精通法律和穆斯林历史,著有《穆罕默德法》《伊斯兰精神》《伊斯兰伦理道德》《穆罕默德生平和教义的批判研究》和《撒拉逊人的历史》等。参见黄心川主编《南亚大辞典》,四川人民出版社,1998 年,页 15。
③ 让·沙尔·列奥纳尔·西蒙·德·西斯蒙第(Jean Charles Leonard Simond de Sismondi,1773—1842),生于瑞士日内瓦,有着意大利血统,是一位在历史方面多产的经济学家,著有《论商业财富》(1803 年)、《政治经济学研究》(1837 年)等。所著十六卷的《意大利史》以及三十一卷的《法国史》,是其历史学方面代表作。参见林骧华主编《外国学术名著精华辞典》(1),上海人民出版社,1989 年,页 844。
④ 参见《近代现代外国哲学社会科学人名资料汇编》,页 1546。

纭,至今莫衷一是者。今只录其近是者而已,未能遍列诸说也。"指出"西史与中史,最不同之处,在宗教之争,关系最大,不能兼收并列,抑扬褒贬,一本原书,无事隐讳也"。① 书中尽力运用新的史料,尤其是作者所处时代前不久的历史学界和考古与文物学界的新发现,算是尽力吸取最近的各研究领域的新成果。不过伍光建在"凡例"中还是谦虚地说明:"上下数千年,纵横数十国,取材百数十家之书,疏紊抵牾,在所不免,匡其不逮,是所望于读者。"②

《申报》1918年4月有二卷本《西史纪要》的广告:

> 伍光建先生著《西史纪要》第一编一元,第二编一元六角。是书第一编为"古代史",分为六卷。第二编为"中代史",分为十四卷。两编共二十余万言。搜罗美备,叙述详尽,为向来译籍所不及。书中并插彩色地图数幅,及插画数十幅。卷末并附有中西名称表,尤便于参考之用。③

该书的影响力至少持续到20世纪20年代后半期,当时有包罗多评《爱国女儿》一文称所放映的德国名片《爱国女儿》,其中"所用译名者皆根据伍光建《西史纪要》第二篇者"。④ 商务印书馆1929年出版的张乃燕的《罗马史》,以政体的演变为其编写线索,所参考的著作除了贝尔罕的《罗马史大纲》、波次福特的《罗马史》、约翰斯顿的《罗马人之私人生活》、迈尔士的《世界史》、阿希来的《欧洲古代文化史》外,引用的唯一一本中国人写的外国史著作就是伍光建的《西史纪要》。伍蠡甫在《一六四〇年英国革命史》一书的中译本序言中称:"清朝末年,夏曾佑和先父分别写出《中国历史》和《西史纪要》,商务印书馆总编辑张元济认为二书乃国内第一部的中国和西洋通史,即

---

① 伍光建:《凡例》,《西史纪要》第一编。
② 同上。
③ 《申报》1918年4月23日,第1页。
④ 《申报》1925年11月1日,第19页。

予出版,流行极广,引起当时史学界的高度重视。"①

106-05 法国大革命史

《法国大革命史》(*The Frenchi Revolution*),法国马德楞著,②由商务印书馆1928年12月初版,1933年2月国难后一版,1936年3月编入"万有文库"第二集"汉译世界名著"。("历史·传记·考古·地理"分册,页412)2014年分别有时代文艺出版社和人民日报出版社的新印本,翻印过程对其中的章节标题和部分译词有改动,后者尤其严重。

《法国大革命史》从当时法国国内外的历史大背景出发,讲述了法国三个等级之间的矛盾以及由此引发的法国大革命,革命期间君主立宪派、吉伦特派、雅各宾派、反法联盟、热月党人、督政府、拿破仑等各个党派势力之间的反复争斗,制宪议会、立法会议、国民公会等立法机构和巴黎人民三次大起义,热月政变、雾月政变等剧变之后的权力更迭,详细介绍了扫荡欧洲封建势力、标志19世纪文明开始的法国大革命,让读者清楚地认识了它的历史地位和作用。

全书分《译者序》《作者原序》,卷首"介绍文"和四卷四十九章、结论组成。介绍文凡五章:

第一章　乱象　　　　　　第二章　知识进步
第三章　三阶级 危机　　　第四章　一七八九年之政府
第五章　选举及申诉书

---

① 伍蠡甫:《中译本序》,[法]基佐著,伍光建译:《一六四〇年英国革命史》,商务印书馆,1985年,页4。
② 路易·马德楞(Louis Madelin, 1871—1956,或译路易·马德林),为法国大历史家索勒尔(Georges Sorel, 1847—1922,今译乔治·索雷尔)入室弟子,曾获法国哥柏尔奖赏(Gobert Prize)。一生致力于法国大革命史和法兰西帝国史的研究,在历史写作方面才华横溢。除了《法国大革命史》之外,还著有《富歇传》《丹东传》《塔列朗传》《拉萨尔将军传》等。参见时代文艺出版社2014年版《法国革命史》作者简介。

第一卷"议宪会"分十四章：

第一章　议会（一七八九年五月至六月）
第二章　七月十四
第三章　法国之瓦解
第四章　八月初四晚及公布（一七八九年七月至十月）
第五章　一七八九年十月　　第六章　议会俱乐部及宪法
第七章　没教产为国产　　　第八章　兵变及同盟
第九章　和耶战耶　　　　　第十章　官制
第十一章　革命之危机（一七九〇年十二月至一七九一年五月）
第十二章　路易十六出奔发棱
第十三章　大校场的排枪声　　第十四章　议会之末日

第二卷"立法议会"：

第十五章　罗马议会　　　　第十六章　那旁与战争
第十七章　罗兰内阁及宣战　第十八章　六月二十日倒阁
第十九章　废君问题　　　　第二十章　君位之倾覆
第二十一章　丹敦 外兵入犯乱杀
第二十二章　瓦尔美之捷

第三卷"特别国会"：

第二十三章　大议会　　　　　第二十四章　吉伦特党之进攻
第二十五章　杀君主　　　　　第二十六章　度穆累之叛
第二十七章　吉伦特党之倒
第二十八章　外省之反对（一八九三年六月至七月）
第二十九章　公安会政府
第三十章　　第一次恐怖（一七九三年七月至十二月）

第三十一章　罗伯斯庇尔及私党
第三十二章　私党之倒
第三十三章　尚德时代（一七九四年三月至七月）
第三十四章　新七月
第三十五章　雅科俾党之倒（一七九四年七月至九月）
第三十六章　共和三年之法国
第三十七章　捱饿的肚子反对腐败的肚子（一七九四年九月至一七九五年九月）
第三十八章　新九月十三日

第四卷"指挥府"：

第三十九章　指挥府与全国之关系
第四十章　　巴剌斯　巴倍夫　拿破仑（一七九五年九月至一七九六年五月）
第四十一章　拿破仑登场（一七九六年五月至一七九七年三月）
第四十二章　两院与指挥府之争（一七九七年三月至八月）
第四十三章　新八月之大政变（一七九六年八月至九月）
第四十四章　指挥制时代之社会
第四十五章　拿破仑与指挥府（一七九七年九月至一七九八年五月）
第四十六章　新四月　指挥府与乱党（一七九七年五月至一八九七年五月）
第四十七章　新五月　雅科俾党的最后奋斗（一七九八年五月至一七九九年七月）
第四十八章　请军人干预（一七九九年七月至九月）
第四十九章　拿破仑之降临

最后是"结论"和附注。

《作者原序》中称该书既非教科书,亦非专门学问家的著作,作者声明自己尚未钻研过汗牛充栋的档案。但他发现近五十年间刊行的供学者研究的著作和文牍非常之多,且有专门研究法国大革命问题的学会和杂志,既有若干大厚册者,亦有篇幅极短者,关于革命时代的记载、日记、尺牍、偶录等类,都是当日亲眼目睹者执笔记载的,记述有来自各个党派,亦有外国驻扎在法国的记者,有来自穷乡僻壤的种地人,亦有恐怖时代的节度使(高级官员)。该书引用了他人的研究专著,如索勒尔(Sorel)的《大革命时代的外交史》、求魁(M. A. Chuquet)的军事史、哥西(M. Pierr de Gorce)的宗教史和奥拉德(M. Aulard)《革命时代的政见史》等。书中采用尺牍的材料最多,认为书札的价值很高。作者自称论人论事极力持平,无不出于公允,革命时代无时无刻不是危机,所有一国罪大恶极的人,都一起浮出水面。作者引用大历史学家凡德尔(Vandal)的话:"白沫也浮在上面,红沫也浮在上面,所有深藏于内的穷凶极恶的情性,一齐发露,是以做许多罪大恶极的惨事。"①结论指出:法国革命的两大特点:1. 法国革命是由真正纯粹的民众热狂而生,他们有他们的要求,有他们的灵魂;他们不要领袖来宰制,不要凭着政客的阴谋来进行。他们是纯洁的革命分子。2. 法国革命时的人物,固然各有弱点,但他们都是赤心以全生命来从事革命。"法国的大革命如同火山炸裂,喷出许多熔石;其中也有许多无价的宝石,也有许多极难看的渣滓灰烬,不分玉石好丑,一齐都滚在山脚下,日久渐渐凝固了。未冷结之前,不知毁坏了多少东西。现在凝成一块大花刚石,石质是极好的,可以作为建筑新民国的原料。一七八九年冬天,弥拉波所搅动喷出的熔石;一七九九年秋天,拿破仑所降服的熔石,就是法国帝制时代,及其后百年,即今日之法国所用以建筑的原料"。②

伍光建在《译者序》中写道:

---

① [法]马德楞著,伍光建译:《法国大革命史》,商务印书馆1936年"万有文库"第二集六册本,第一册页1—7。
② 同上书,页827—840。

路易马德楞(Louis Madelin)为法国大历史家索勒尔(Sorel)入室弟子,而与凡德尔(Vandal)齐名,有良史才,善属文,他人以千言叙一事,写一人者,路易马德楞能以百言了之,尤能深印于读者心中,通篇无不警策之句,宜其为法国学会列为第一,得哥柏尔奖赏(Gobert Prize)矣。英国译行之,附以介绍文,是布特理(Bodley)所著,自第一卷起皆原作也。今所译者,为一九二五年四月第五版,法国大革命之人物及其事迹,法国读者已知其大概,原作往往不复详叙,中国读者或患其太略,译者今搜采提爱(Thiers,即《普法战纪》之爹亚,曾著《法国大革命史》,其事实议论,有可采者)、迦莱尔(Carlyle 是大文学家、哲学家、历史家,观事论人,有其特见,其著《法国大革命历史》在一八三七年,议论往往与路易暗合)、贝洛克(Belloc,是文学家与历史家)、理诺(Lenotre 关于法国大革命之特种反面著作甚多,如专论革命法庭,即其一也)、诸家之作,及《大英百科全书》作为附注,亦有未加注者,则限于行箧书籍不多,无从取材于此。著此书之宗旨,具见原序,不复赘。民国十六年五月伍光建序。①

1929 年 5 月 28 日,胡适在致伍光建的信函中写道:"昭扆先生:谢谢你送我的《法国大革命史》,我昨天一气读完了。原书固然很好,你的译笔也真能传神达意,读下去竟像读小说一样,叫人不肯放手。我一定要写一篇介绍的书评。这封信只是道谢而已。胡适敬上。十八,五,廿八。"②1929 年 7 月《申报》上有商务印书馆有关《法国大革命史》的出版广告:

本书为法国大史家路易马德楞(Louig Madelin)的精心杰

---

① [法]马德楞著,伍光建译:《法国大革命史》,页 1。
② 一棹碧涛:《伍家·伍昭扆》,"涛哥所言吉事",2020 年 9 月 24 日。

作,计分四卷共四十八章。用公正态度将法国大革命的经过及当时各种事物的进步以致所有过火的举动,尽情描写,陈述无遗。兹由伍先生译以流畅而多诙谐之笔。关于大革命中之人物及事迹为原著所未详者,复能旁搜博引一一缀以附注,使读者更易明了其中的因果关系,可谓双美,并具相得益彰。①

1970年代董桥与胡金铨(1932—1997)一起逛大英博物院斜对面的一家旧书店,该店专卖中外关于中国的旧书,他说自己和金铨去过好几次:"有一次他还在一部蒋彝的老书里捡到半页霉烂的毛笔字中文信,信上提到'爱榴室'和《西史纪要》。'那是伍光建的室名',金铨兴奋极了:'翻译高手,译过《浮华世界》,译过《堂·吉柯德》!'那天我凑巧还在画册架子上找到几张零散的老笺纸,溥心畬山水、齐白石石榴都有,印得很清淡。回到图书馆,金铨找出伍光建翻译的《法国大革命史》要我借回家读,说是少年时代他读过,很好看。我花了两个晚上读完那本书,中文凝练里不失韵致,文白之间调度又很得体。"难怪胡适1929年收到赠书之后给伍光建写信表示赞赏。董桥还写道:"我十三、四岁读的《简爱》也是伍光建的中译本,当时南洋小城开明书局的老板还塞了好几本'爱榴室'的译著给我,竖起大拇指说伍先生的翻译最不艰涩最好看。前几天我收到上海一家拍卖行的古籍善本图录,里头竟然有胡适致伍昭扆信札六通二十二页,用的都是中华教育基金编委会的信纸,信上说的也都是翻译西书的事。"②

107-06 泰西进步概论

《泰西进步概论》(The Living Past: Western Progress),英国马

---

① 《申报》1929年7月16日,第4页。
② 董桥:《爱榴室》,《新民晚报》2008年3月31日。

尔文著。① 原著初版于 1913 年，1915 年二版，1917 年三版，1920 年四版，商务印书馆 1929 年 7 月初版，列入"历史丛书"。台湾商务印书馆 1966 年有新印本。

该书包括回顾、人类孩提时代、古时帝国时代、希腊（纪元前一千年至纪元后一百年）、罗马人（纪元前八百年至纪元后四百年）、中古时代（纪元后四百年至一千三百年）、艺术中兴及新世界（纪元后一三〇〇年至一六〇〇年）、新科学之发起（纪元后一六〇〇年至一七〇〇年）、实业革命（一七〇〇年至一八三〇年）、社会革命政治革命、革命后之进步、纵观前程，凡 12 章，论述了从古代至十九世纪的欧洲文明史。《申报》1933 年 5 月 6 日第 4 页有商务印书馆广告：

《泰西进步概论》"历史丛书"（一版），一册一元八角。F. S. Marvin 著，伍光建译，内容共合计十二章：前三章讨论石器时代及埃及巴比伦之进化；次五章分论希腊与罗马、中古时代、艺术复兴及新世界之发露、新科学之兴起；第九、第十章所论为实业革命、社会革命，及政治革命；第十一章讨论一八一五年打倒拿破仑以来之进步，及大战后所发生之效果；第十二章预期此后发展。

该译本无译者序言，但有作者原序四篇。
第一版序：

众人之注意历史，显然日渐其增加；然而其有效果之研究历史，则有其为难，且亦日见其增加，不独人类之思想及其动作，常常积累材料，以为新历史所取资，且有探勘世界所得之往古知识

---

① 马尔文（Francis Sydney Marvin，1863—1943，今译弗朗西斯·马尔文），英国历史学家、演讲家，剑桥大学圣约翰学院高级学者，著有《西方文明的统一》（*The Unity of Western Civilization*）等。参见［英］弗朗西斯·马尔文著、屈伯文译《西方文明的统一》，大象出版社，2013 年。

新发露之文件，加以吾人对于历史之眼界之扩充。由是所得之往古之知识，变作较为繁复；诚恐今日注意于历史者，不患其材料之不足，而患其过多，又不能消纳之患也。

是以研究历史，必要有一引线，若以英国而论，因其习惯之教授法，及考试之所需，往往不能一览历史全局。是以学者后来研究此项大学问，则往往兴望洋之叹，是以英国学者，尤应有研究历史之引线也。是以教历史者，欲推广其知识，及改良其教授法，则见其为难，若不设法以为应付，则年久日深，将更见其为难，此则不独英国为然也。拙著追随之引线，并非是一新揭露。康德及第十八世纪之哲学家，则首先有见及此。今试言康德世界史之学说，以为是世界合群之生长，调停兼容个人自由，及各国自由，期成人类全体之公共目的；加以自康德以来，笼罩一切之日见其盛之科学势力。此势力有聚集联络人类之能，学者于此，则得有极有力之引线。若再有必需之资格，则历史之有如是之引导，亦如第十七世纪天象力学之有牛顿之吸力例，以为之向导也。学者所宜服膺勿失者，即是共有之人道主义之生长；然而若不以有组织之知识，以推用于社会为目的，充实历史之体，则人道主义云云，亦不过空泛无结束之议论而已。

作者致力于此书有两三年，及将脱稿之时，于一九一三年四月三日，白赍士贵族（Low Bryce）为研究历史国际学会会长，有开会之演说，作者聆其演说，则更为努力以成此书。其演说有多数要点，与作者之见，不谋而合。今请略引数言，白赍士贵族之言曰：世界变而为一，此则指另一新意义而言，欧洲各民族之势力，今日已几乎能控制全球。其第一步，则自四百余年前新发见美洲始。……吾人因而可以操纵之科学之力，则已能缩小世界……政治、经济、思想之举动，各在其本范围中，有较为缜密之交互组织。……在地球某一部分，若有事发生，则全球其他各部分，无不受其影响。……世界多国历史之趋势，变为一历史。……历史范围之推广，亦由于吾人之历史意想扩充，因有考古之学以为之助。今日则能使学者于暗淡之中,窥见旧世界人类之一种慢步,而且有时受阻碍之发展手续之轮廓。以时代而论,则其慢步发展所需之每时代,比于自有历史以来以至于今日为尤长云云。

以短制的讨论如是之大问题,作者亦自知其必有不可胜计之错误,今只求读者一件徇情之原谅,读者读此作之全体毋论,读者有何偏好毋论,读者审评之本能如何锋利,若见其中有某要点,未经讨论者,则请读者作为是作者限于篇幅,有不能不只示意于墨里行间者,或有不能不撇开者。

此作虽是短篇,而范围则甚广,非有多数之朋友以启悟之,教导之,则亦不能成书。(以下是感谢朋友相助之言,略而不译。)一九一三年五月二十日,马尔文叙。

第二版原序:

因第十一章与时事有关,则加以修正,其余各章,则略有修改,此则由于报章或私函之友谊审评而修改者。(下略)

第十一章之期望,因战事发生,而不能副,则有较多修正之必要,然而预期之普通论纲,或其终极之真理,则不受若何影响也。作者虽为当日较好之国际交谊之欺人外观所误(为所误者多矣),然而仍深信文化合一,是一实在而日见其生长之事;今日之战祸只能阻滞,而不能打倒多数时代以来之目的,及人类之性情也。

此版加一年代附表,使与开卷之目录相辅而行,人名及大事,皆有年表,庶不至于每章有不衔接之弊。一九一五年一月五日,马尔文叙。

第三版原叙:

此第三版之修改之多寡，与第二版略同。此版之修改，则大多数由于见好之读者提议加添较多数之人名，或对于某问题，加以较为充分之讨论。今已略照所提议而修改之，同时则又不能过为添加，诚恐人名及事实加多，则不免不接气之患也。（下略）惟是本年本月，是庆祝创制对数之纳披尔三百年纪念之期，将来若刊行第四版，则应加入其名于第八章。一九一七年十月十七日。马尔文叙。

第四版原叙：

吾人之盼望太平，犹如司晨者之盼望破晓。现在已宣布和平，天下从此复睹太平矣。因是而第十一章，又有修正之必要。而战事之潮流，及如何底定，则未论及。此作之普通均势，似乎不宜更改，只要指明关于较早之效果之信其必然之期望，不为战事所反证而已。作者与大多数之同国之人，热心希望，平心静气，研究往古所发生之意想，得以逐渐实现，且努力以助其实现。一九二〇年十月二十一日。马尔文叙。（伍光建已用新式标点，编者录入时标点有所改动）①

108-07　列宁与甘地

《列宁与甘地》(Lenin & Gandhi)，奥地利作家孚勒普密勒著，②

---

① 台湾商务印书馆1966年有王云五主编"人人文库"的该书盗印本，署名孙本文著，1972年有新版，则改署名为伍光建译。
② 孚勒普密勒(Rene Fulop-Miller, 1891—1963，今译菲利普·穆勒)，在流亡期间曾使用过菲利普·雅各布·米勒和勒内·米勒的假名。勒·F·米勒德真名菲利普·穆勒，是奥地利的文化历史学家和作家。父母来自阿尔萨斯，父亲是奥地利 Grenzerregiments Caransebes的一个药剂师。密勒出生在奥地利的 Karansebesch(Banat)，1939年移居美国新罕布什尔州汉诺威(Hanover, New Hampshire)。17岁就读于维也纳大学，学习化学。1909—1912年先后钻研药剂学、解剖学和精神病学，辗转于柏林和巴黎的大学，最后在洛桑完成其学业，弗洛伊德还是其老师。毕业后曾在其父开办的药房里（转下页）

华通书局1930年6月初版,1931年6月再版,1932年7月三版。("历史·传记·考古·地理"分册,页671)

这是两篇独立的列宁和甘地的传记,列宁和甘地是个性完全不同的两个人物,但是两人有一个共同点,即都是斗士,都是人们心中诚挚和真理的象征。密勒将两人放在一书,以为两位有同有异,有比较的意义。传记前分别有列宁和甘地两人的相片各一。①

《列宁》分20章,选录列宁从西比利亚和出亡在外时致友人的书牍,包括1898年9月2日致普拉特索夫书、1899年4月27日致普拉特索夫书、1902年7月28日致巴拉克诺夫、1902年8月8日致巴拉克诺夫、1902年8月19日致亚西勒特书、1902年12月19日致巴拉克诺夫、1903年1月10日致巴拉克诺夫、1903年1月28日致巴拉

(接上页)实习。第二次世界大战期间结识了著名的布达佩斯歌剧院歌手Bendiner,并与她结婚。在她陪伴下,他游历了整个欧洲,并作为一个记者,长期在俄罗斯、美国和小亚细亚等地考察,发表各种报道,由此成为一个成功的学者和传记作家。从莫斯科到布达佩斯、从巴黎到柏林巡回演讲,参与德语世界著名报纸和杂志的写作。在魏玛共和国时期,成为一个受人尊敬的作家,与弗洛伊德、罗伯特·诺伊曼、罗曼·罗兰、厄普顿·辛克莱都是笔友或朋友。1950—1954年间,曾任教于达特茅斯学院,教授俄罗斯文化和社会学。1954年移居纽约市亨特学院,1962年秋返回达特茅斯学院任讲师。一生著作甚多。1927年,36岁的密勒一口气出版了四本书,其中有《拉斯普京:神圣的魔鬼》(*Rasputin: the holy devil*)、《布尔什维主义的思想和外貌:苏联文化生活的一个考察》(*The mind and face of bolshevism: an examination of cultural life in soviet Russia*)、《俄罗斯剧院:其性质和革命时期的历史》(*The Russian theatre: its character and history with especial reference to the revolutionary period*),以及《列宁与甘地》(*Lenin and Gandhi*)。一生大部分的作品都与俄罗斯有关,如《陀斯妥耶夫斯基妻子的日记》(1928年)、《俄罗斯秘密警察》(1930年)、《陀思妥耶夫斯基的思想、信仰和预言》(1950年)。《列宁与甘地》被译成六种语言,有F. S. Flint, D. F. Tait的英译本,2011年由Literary Licensing, LLC出版。他是托尔泰和陀思妥耶夫斯基价值的发现者和重要文献的编撰者,曾主编过《托尔斯泰:非回忆录性质的文学片段》,收集了托尔斯泰最后几年的账目,显示出米勒有着相当丰富的鉴别文献价值的能力;另一部重要的文献是《等待淑女:沙皇伊丽莎白的回忆录》(1931年);《布尔什维主义的思想和外貌:苏联文化生活的一个考察》被认为是西方"苏维埃学"的早期代表。感谢陆玲玲女士帮助查检和翻译,特此致谢!

① 该书至今仍为研究者所引用,参见彭树智《甘地思想的整体性和独特性》,《历史研究》1985年第6期,页154—170;戴家墨、尚劝余《甘地与凯末尔的经济思想之比较》,《海南师范学报》(社会科学版)1999年第3期总第十二卷第45期,页67—74。

克诺夫、1903年2月5日致巴拉克诺夫、1903年3月2日致某某、1903年3月15日致某某、1903年4月10日致某某、1902年8月8日致诺斯柯夫、1902年12月14日致巴拉克诺夫、1902年12月19日致巴拉克诺夫、1908年1月9日致马克沁戈尔奇、1908年1月15日致马克沁戈尔奇、1908年2月13日致马克沁戈尔奇、1908年3月16日致马克沁戈尔奇、1908年4月16日致马克沁戈尔奇、1908年4月19日致马克沁戈尔奇书、1911年1月3日致马克沁戈尔奇书、1912年8月1日致马克沁戈尔奇书、致马克沁戈尔奇四书(年月日未详)、1913年7月25日致马克沁戈尔奇书、1913年9月30日致马克沁戈尔奇书、致马克沁戈尔奇两书(年月日未详)、1917年9月27日致司米勒格书。

《甘地》分23章,后附录甘地从狱中致友人书。包括1922年3月17日致安得禄书、1922年4月14日致哈金治书、1923年5月1日致伊洛特中央监狱的管理官书、1923年11月12日致伊洛特中央监狱的管理官书。

《甘地传》同样也不是采用平铺直叙的方式。开篇写道:"无论什么时候,甘地坐最下等的火车经过市镇,或穿了乞丐衣服,手执棍子,赤着脚,从这个市镇到那个市镇,或从这个村子到那个村子,总有成群结队的人,往往是千万的人,包围他,跟随他,很耐烦地等甘夫子开口说一句话,不然他们等他照着印度'达尔珊'(Dharsan)习惯,许他们看他的脸。"①第二章的开篇是对甘地外貌的描写:

> 国人奉之若神明的玛哈玛甘地,身材短小,面貌并不动人。鲁意,是一个英国官吏,曾拘捕甘地的,说他是很瘦小的。他的脸并不美,尖瘦而带病容。他的头很怪,两耳颇大,剪短头发,额角带斑白,眉头绉得很深,两只大眼发光;上唇细薄,小胡子遮着一半。他挨饿患病,把他的脆薄身体,弄得屏弱无力;所以当他

---

① 《甘地传》,页1。

要对众人演说的时候,众人要请他坐在高椅上,围着他;他坐下来,同衰弱老人一样,同徒党们说话。①

第三章亦提到:

他的眼神,他的面目,他的全个态度,都四面射出一种奇异的安宁,这是一个人不复为在外的诸多事变所动的所射出的快乐安宁。他的安详的欢乐尤其有特色;全数他的制传家,都着重他的能迷人的像孩子的微笑。②

《列宁与甘地》"译者序"写道:

第二十世纪一开幕,就有两个大人物登场,作惊天动地的事,要改变同数千万人有关系的生活;还许冲出范围,闹到邻邦里去。这两位大人物,就是列宁和甘地。他们的见解办法,却绝对的不同。列宁要用西欧改变俄国,着急到了不得,恨不得同变戏法一样的,一夜工夫就要把俄国变作美国的超支加哥,遍地盖几十层的高大房子。国里无论什么地方,不管是穷乡僻壤,都要用电气,用机器。见得深透的人们说,列宁还是俄国彼得大帝的功臣,彼得大帝开其端,列宁竟其绪。故此,他虽恨极俄国诸帝,却极崇敬彼得大帝。他一来为报兄仇,二来为要立刻办到欧化,所以把什么帝制资本主义,还有各种社会主义,全打倒了。谁知他的主义行不通,他向来都是顶执拗的,到了这个时候,却立刻改变过来,掉转面目,变本加厉的,实行资本主义所用的方法。后来会不会再变,变得好,或变得坏,我们却不敢说了。

甘地却恨极了欧化,尤其恨的是机器,看得比洪水猛兽还要

---

① 《甘地传》,页9。
② 同上书,页15。

利害得多。他样样都要复古,家家户户,不问男女大小,都要实行手机织布。他每日要凑出工夫织布,在监狱里也织布。列宁办这件大事,本心虽不好杀人,却敢于杀人,他还说利剑在手,不肯杀人,是会受天谴的。甘地却极力反对武力抗拒,还到处劝人戒杀。他一味用空和手段,用唾面自干态度,在印度却办得如火如荼,声势浩荡。使哲学家尼采听了,又不知要说些什么。印度种族既多,教派又杂,甘地却能够打成一片,这里头却有许多可贵的消息。甘地却并不想破坏资本主义,只想改变其形相。最奇怪的是,列宁虽痛恨宗教,谁知他一死之后,就生出许多神话来,乡下人都相信他未曾死,相信他将来不久要复活,我不晓得,假使列宁有知,当作什么样的感想。甘地一出场,国人就相信他或是一位神人,或是一位使徒。罗曼罗兰说他是一位只见十字架的基督。列宁本来是一位哲学家,作者制传,居多当他是一位哲学家,后来他忽然折回资本主义的办法时候,却称他有大政治家的手腕。甘地却很近一个宗教家,但是从经济学方面看来,作者却许他是一位较为伟大、较能实行的经济家,有过于列宁。甘地虽用和平手段,却屡次对国人说过,我们若不预备见死不怕,我们还是不能完全自由。他又极力主持政教不分离,他说,政治之才,与道德分离,就是各国政治退化诸多原因之一。他的政治眼光,是不错的。好在作者所下的断语,都是引这两位伟人的同志们朋友们的话,还不失为公道。(列宁所用的阴谋秘计,却绝少道及,也许是因为这时候还不能打听出来!)我们中国既不是印度,不必样样复古,又不是俄国,不必要立刻变作美国的超支加哥。留心天下大势,世界新潮流的诸君子,或者于读过这两篇传之后,另找出一条出路来,也未可知。民国十九年五月伍光建序。

译序中强调中国既非印度,不必样样复古;又非俄国,不必要立刻变作美国的超级芝加哥。伍光建希望中国探寻世界新潮流的知识人能留心天下大势,在读完列宁、甘地这两篇传记之后,或许有所反省,能为中国另找一条独特的道路。该书译出后在中国产生了广泛的影响，列宁为左翼所选择，而甘地则成为一个文化的国家主义者所信奉。①

1930年7月《申报》有该书广告：

《列宁与甘地》，孚勒普密勒著，伍光建译，华通书局。新世界新思想之最尖端！列宁乎？甘地乎？武力乎？无抵抗乎？谁是奋斗最后的胜利者？新世界的指导者舍此两伟人其谁属？②

1931年陶行知写过一篇《读列宁传》，发表在1931年10月22日《申报·自由谈》，认为该传记对列宁的理论和实践多有歪曲：

孚勒普密勒（Rene Fulop Miller）著的《列宁与甘地》里关于列宁的教育政策有下面一段话："他所定的教育，意在使人不能超过当日政府所许的知识和教育，这样一来无产阶级国里的百姓们便不会受太多的智识所激动的反省的危险。列宁一方面攻打不识字，一方面却压制自由科学。"列宁对于民众求知的自由是不肯放心，天下惟有空气与智识是不可受人限制。我读了这段话，不能没有抗议。当时随手写了几句不平鸣，现在给他发表出来吧："民愚不可用，大声发其聋；将明惧难制，忽欲闭其聪；好比乡下亲家婆，又要送礼又眼红。"③

1933年9月9日第7页《申报》称《列宁与甘地》为：

现代思想界之二大高峰，列宁乎？甘地乎？列宁由"愤恨"出发，而实握苏俄霸权，甘地以"泛爱"为根据，罢欲救印度三亿

---

① 刘聪：《梁实秋新月时代的另类文学活动》，《湖南人文科技学院学报》2009年第6期。
② 《申报》1930年7月20日，第4页。
③ 《申报》1931年10月22日，第11页，收入《陶行知全集》第二卷（四川教育出版社，1991年）。

之民众。列宁赞美机械而欲建设物质文明之理想，甘地把经过机械而欲实现精神文化之极乐园。本书列举二伟人一切之思想与行动比较研究，欲了解现代思想之最尖端者，请读本书。①

109-08　俾斯麦

《俾斯麦》(Bismarck)，德国卢特维喜著，②商务印书馆1931年4月初版，1933年国难后一版，1936年3月编入"万有文库"第二集第632种"汉译世界名著"。（"历史·传记·考古·地理"分册，页680）。知识产权出版社2015年有改题为《俾斯麦传》的"民国文存"的新印本。

书前有《原序》和《年谱》，全书分五卷：第一卷"1815—1851　散人"、第二卷"1852—1862　志士"、第三卷"1862—1871　功臣"、第四卷"1872—1888　执政"、第五卷"1888—1898　逐臣"。每卷都以一名人名言开篇。该书用大量史料记述俾斯麦领导德国完成统一后的生活与从政经历，作者通过心理学视角的传记写法，展现了一个有血

---

① 《申报》1933年9月9日，第7页。
② 卢特维喜(Emil Ludwig，1881—1848，今译埃米尔·路德维希)，德国作家，以撰写通俗传记而享有国际声誉。所写传记强调人物个性，被称为"新传记派"，是20世纪最伟大的传记作家之一。1881年生于德国布雷斯劳（今属波兰）。他在大学的专业是法学，却选择了作家和记者生涯。代表作有《拿破仑》《俾斯麦》《歌德》《人之子》《林肯》《兴登堡》《克娄巴特拉：一个女王的故事》《罗斯福：命运和权利的研究》《三幅画像：希特勒、墨索里尼、斯大林》《贝多芬》《奥瑟罗》《蓝色地中海》《青白尼罗河》等。他运用极为广博的参考资料进行深邃的观察和解剖，根据他所描写的人物的日记、书翰和其他文件等，使之与他的生活和内心发展相印证。他不喜落旁人窠臼，用他精辟的解剖，将其笔下的人物之灵魂赤裸裸地暴露出来，以描写人物的心路历程以及性格分析而享有盛名，开创了传记写作的新流派。魏玛共和国时期，路德维希撰写的《俾斯麦传》当时已成为畅销书，同时也受到一批职业历史学家的批评，并引发了传记文学与历史学之间的一场争论，焦点之一是"历史传记"究竟是属于历史学还是文学，也涉及历史研究的专业性与公共性和传播学的冲突。威廉·蒙森列举了路德维希在《俾斯麦传》中的一系列常识错误，批评他没有引用内阁档案，也没有从整个历史与政治背景出发来认识俾斯麦。参见叶灵凤：《读书随笔》一集，页110。

有肉、真实可信的俾斯麦,在他威武、铁血的外表下,骄傲、勇敢、怨恨的性格跃然纸上。原序称《俾斯麦》中的俾斯麦很像荷兰画家伦勃朗所绘的画像,他在世的时候,很少有人爱他,因为他很少爱人;当他死后,人们贬低他,把他变为一座石像,人们还是难以窥见他心里的奥秘。作者称自己尝试把俾斯麦写作一个一肚子是骄傲、勇敢和怨恨的性情,以便呈现出他"精神的历史",用心理学以"描画一个令人不能猜度的性情,以反抗这位铁宰相的稗史……不是尝试雕刻一座华表(石像),而是追寻一个奋斗家的功业"。①

1931年4月23日《申报》有该书出版的广告:

> 《俾斯麦》,卢特维喜著,伍光建译,硬布面,七百页,定价五元,邮费七分半。爱尔南·卢特维喜(Emil Ludwig)著有欧洲名人列传数种,无不脍炙人口,此即其中之一。全书共分五卷:第一卷说俾斯麦从一八一五年至一八五一年的生活,说他是一个"散人",描写他的种种乖僻脾气,他的好勇、斗狠与他的恋爱事。第二卷说他是一个"志士",说一八五二年至一八六二年间俾斯麦的生活,那时候他曾当过两次驻使。第三卷说他是一个"功臣",他在一八六年至一八七年间主张过三次战事,最早是同丹麦战,随后同奥大利战,最后同法兰西战,因是而主统一日耳曼,手创日耳曼帝国。在这一卷里头,详载他的种种外交手段。第四卷的题目是"执政"。自一八七二年起至一八八八年威廉第一死为止,这是俾斯麦威权最盛的时候;他因为要保全日耳曼所已得的地位,曾以两页条约而消除四样危险。第五卷的题目是"逐臣",说的是从一八八八年至一八九八年的事。这一卷写一个少年气盛而无阅历的少年皇帝与一个习惯跋扈的逐臣相。皇帝所用以窘逐这位老臣的,无所不用其极,后来激动全国的公愤,国人都替俾斯麦抱不平;那时候俾斯麦才晓得民气可用,追悔从前

---

① [德]卢特维喜著,伍光建译:《俾斯麦》,商务印书馆,1931年,页1—3。

不该挫折的。结论说到俾斯麦其实是一个不奉基督教的人,是一个真正革命家。全书以俾斯麦的骄傲、勇敢、怨恨三个元素,解说他的一切动作。①

1931年7月7日,胡适在致伍光建的信函中写道:"昭扆先生:前承惠赠《俾斯麦》一巨册,已匆匆读过,感谢。如此大著,先生在如此短时期中译成,真是神速,不胜佩服之至。"②

110-09 拿破仑日记

《拿破仑日记》(The Corsicon: A Diary of Napoleon's Life in His Own Worlds),法国拿破仑·波拿巴(Napoleon B,1769—1821)著,美国钟斯通(R. M. Johnston)英译。商务印书馆1931年10月初版,1934年5月国难后一版,1937年8月国难后三版。("历史·传记·考古·地理"分册,页700)台湾商务印书馆,1971年。2013年由中国言实出版社和时代文艺出版社重印,2020年又由中国文史出版社重印。③

《拿破仑日记》英译者和编辑者是美国人 R. M. Johnston,英文版1910年由 Houghton Mifflin 出版公司出版。最早的中文译本由伍光建1928年译出,商务印书馆1934年国难后一版,该书包括拿破仑1769年8月至1821年5月期间所写的日记。全书收录1769—1795年、1796—1821年的日记。该书全部内容由拿破仑本人书写或口述,在与人的交往中,拿破仑可能很少说实话,但这本日记却是这位世界巨人璀璨一生最完整和比较真实的记录。按时间顺序完整记录了其成长、辉煌,直至最后被流放的一生,向每一个渴望走近他的

---

① 《申报》1931年4月23日,第3页。
② 一棹碧涛:《伍家·伍昭扆》,"涛哥所言吉事",2020年9月24日。胡适致翻译家伍昭扆的信函,2008年曾经拍卖,2019年又出现在拍卖场。
③ 《拿破仑日记》另有萧石忠、许永健译本,由中共党史出版社2007年出版。

读者展示了他鲜为人知的内心世界。附录有"拿破仑朝王公表""拿破仑朝外戚表"。伍光建译序称：

> 拿破仑起自微细，乘法国革命，以战功显，数载而成帝业；当其盛时，欧洲大陆皇帝王公，无不俯首听命，其兵力所及，几遍全欧；方且以为欧洲褊小不足以回旋，惟亚洲可以建大业，其气概可谓雄矣。而其用意，则殊非甘于穷兵黩武者，不过以武力为前驱，而欲置世界于大同，其规模亦宏远矣。是以其功业之传于后世者，不专在乎武功，而尤在乎文治。欧洲诸邦之食其主义之报者，至今弗衰。是以近日有法国大文豪论拿破仑，谓历史有两位最伟大人物，前有耶稣，后有拿破仑；亦言之成理，非故作惊人之论也。第以拿破仑用兵二十年，灭人之国，毁人之家，各国之历史家为之撰纪传者亦多矣，而难免于溢美溢恶，此则毋足怪者。况历史家有言，事过五十年，乃可以作史；事过百年，乃始能有信史；此信史之所以难也，而拿破仑之信史则尤难。美国钟斯通(R. M. Johnston)乃译行拿破仑自撰之日记，其意固欲使读者各自运用其批判之力，以窥见及论断此位历史伟大人物也。昔哲学家陆宰有言，一位哲学家之成为某一宗某一派，则随其人之品格而定，诚哉是言！今此日记之所纪，有可信者，有不可尽信者，然而从其不可尽信者，亦未尝不可以窥见其当时之用心。顾读者之教育、环境、阅历、心理，不能尽同，亦终不无见仁见智之别，其论断以殊难于一致，惟其非得自辗转之耳食，亦不是故作违心之论，则亦可以自慰矣。民国十七年戊辰大暑新会伍光建序于北平东城之爱榴居。

伍译《拿破仑日记》书前还有美国约翰斯顿1910年所写的英译本序言，称英译本对原书有减写，有改易句语及日期地位之处，减写的部分因为太多，所以未能在英译本中作减写记号，因而未能表示出来。改写日期的地方，一是将事件发生后的一两日，则系于事件发生之日；二是圣赫勒拿所说之事件，移置到该事件发生日之下。有的记述数处合为一处，如元老院之演说、对波兰军官的演说，每篇均为结合几次演说而成者。书中将革命新历改为今历，人名和爵位依据实际情况酌情处理，并创制附录加以对照。英译本特别指出："以客观而言，拿破仑极少说实话，甚至于绝不说实话；然而以主观而言，拿破仑又如何能够不说实话？"

《申报》1934年7月有《拿破仑日记》出版广告，称拿破仑"乘法国革命转战而成帝业；其功业传于后世者不专在乎武功，……当年情状，历历如绘"。① 该书长期以来在学界和读书界有着持续的影响力。② 1978年6月侣伦在《苦乐读书》一文中专门提及《拿破仑日记》：

> 离开了我又自动回到我手上的书，只有一本，那是伍光建译的精装本《拿破仑日记》。为着这一"奇迹"，我曾经在归来了的《拿破仑日记》的衬页上写了如下的几行志语：
>
> 这本书在太平洋战争爆发之前已经失踪，我也不知道是谁借去了。战后十年，一次在宴会上同平可兄见面时，他告诉我，他手上保存着我这本书。我这才知道他的下落。事隔一年，他把这本书托人送回我。虽然书的面目有了些残旧，但是经过一场大战，一本旧书还能够存在，而且回到我手中，无论对于书的本身或是对于这件奇迹一般的事情，都是值得珍惜的。③

伍光建的译本至今仍受出版界的重视，新印本的编辑写道：

> 译者颇有一定的文学功底，使个别翻译处骤生文采，尤其是日记中涉及拿破仑写给他的第一任妻子约瑟芬的情书，至今读

---

① 《申报》1934年7月15日，第4页。
② 吴清扬：《〈拿破仑日记〉法政观》，《法制与社会》2018年第20期。
③ 邓久平主编：《谈读书》(上)，大众文艺出版社，2000年，页382。

来,仍能让人感受到其中的灼热之情愫,字里行间,那来自久远年代的一个著名历史人物年轻时的青春冲动以及真挚之深情颇能动人心魂,实不失为锦上添花之文本。总体来说,这还是一个不可多得的译著,译者的语言流畅,尊重原著,比较全面、到位且深刻地抓住了翻译的精髓。①

111-10 债票投机史

《债票投机史》(*A History of Financial Speculation*),英国摩特蓝著,②部分内容刊载于《十日》1931年第2卷第32期,页9—10。单行本由神州国光社1931年7月初版。③ 上海社会科学院出版社2016年有重印本,编入"民国西学要籍汉译文献·经济学"第五辑第10种。

---

① [法]拿破仑·波拿巴著,[英]约翰斯顿英译,伍光建汉译:《拿破仑日记·出版说明》,中国言实出版社,2013年,页1。
② 摩特蓝(Ralph Hale Mottram,1883—1971),英国作家和小说家,其父是格尼银行的首席职员,他的童年是在巴克莱银行大厦(Barclay's Bank)度过的,早年的生活养成了不墨守成规的个性。1953年他从一个银行职员变成了市长。1924年获霍桑登奖。著有《新诗》(1909年)、《老与新》(1930年)等诗歌作品多种,所著《西班牙农场》三部曲(1924年)、《范德林登的罪行》(1926年)、《停战和其他记忆》(1928年)、《失落的圣诞礼物》(1931年)、《城堡岛》(1931年)、《无头猎犬和其他故事》(1931年)、《跛脚狗的迹象》(1933年)、《威斯敏斯特银行》(1836—1936年)、《维多利亚女王的画像》(1936年)、《老英格兰》(1937年)、《英语小姐》(1938年)、《约翰·高尔斯华绥》(1953年)、《解放者》(1958年)、《托马斯·布克斯顿的传记》等小说和文学传记多种。1929年问世的《债券投机史》似乎是其唯一的金融史著述。
③ 神州国光社1901年成立于上海,由邓实等人创办。初期多以珂罗版印制历代书画、碑帖、金石、印谱等,辑为《神州国光集》《神州大观》《美术丛书》等。1928年该社转让给陈铭枢,由黄居素任经理,王礼锡为主编,改出社会科学的书刊。创办《读书杂志》《文化杂志》等,出版"中国社会史论战"与"中国内乱外祸历史丛书"等。上海沦陷后迁往汉口、韶关,1945年抗战胜利后迁回上海,1949年后出版"中国近代史资料丛书",有《太平天国》《义和团》等12种。出版译作有柔石译《浮士德与城》、沈端先译《败北》、赵景深译《芦管》、徐霞村译《绝望女》、戴望舒和徐霞村译《西万提斯的未婚妻》,及张我军译、夏目漱石著《文学论》,以及郭大力、王亚南合译亚当斯密《国富论》,郭大力、王亚南合译李嘉图著《经济及赋税原理》,陈代青译、马扎亚尔著《中国农业经济研究》,张云伏译《英国政府及政治》,陈邦国译《世界经济概论》等。1954年与其他私营出版社合并为新知识出版社。参见边春光主编《出版词典》,页530;姜辉:《出版与救国——神州国光社研究》,山东师范大学硕士论文,2015年。

该书主要论述了18世纪以后欧美诸国各种债票、股票投机事业及世界主要债票证券交易所经历过的重大危机。原著共六章,译本仅译出后四章,即第三章《信用是疑心睡着了》、第四章《黄金时代》、第五章《乌托邦有限公司》、第六章《契约的性质》,另外还译出《原序》和《提要》。作者在《原序》中写道:

> 凡是希望在我这本书里头找巧妙的投机手段,却要大失所望的。我所用的"债票投机"四个字是用广义,意在把人类睿智的一宗广播本能介绍于有意研究这种事业的读者,并不是讨论浅窄的专门职业。所以我很少尝试从曾经多人研究过的记载中,撮取诸多新结论。作者曾在现存的或向来所有过的诸多最重大的机器之一之内,有过二十七年的阅历,这许多机器是专为保存和分配以债票作代表的财富而设的。我就在二十七年的阅历中,考虑更有名的著作家关于这个问题的诸多见解。作者相信这样的一部机器,一面诚然是能够受重新整顿,一定宜于改良;一面却不能有再进步的发展。作者并且相信,这部机器既受上文所说的两层限制,今日却预备供世人以多带睿智的运用,人们的才力正宜一个无限可能的新时代的开端,机器是预备好啦。
>
> 所以我这本历史的用意居多在乎短简和启发,不甚在乎幽深和探求结论。我这本书有许多短缺之处,我却希望并无最不良的固执己见,就是说并不固执经济学的终极结论。

伍光建在《提要》中写道:

> 此是一位有过二十七年阅历的摩特蓝(R. H. Mottram)所著,专论各国各种债票、股票投机事业,世界各重大债票证券交易所所经过的危机,所以发生危机的原因,事后怎么补救的方法,自古时以至于今日为止,对于欧战后各种市面情形,尤为详尽。至于投机两字是用最广义而言,此是理财家不可不读之书。

此书刊于一九二九年十一月,共分六章,第一章研究怎样才叫作投机事业,第二章讨论古时所谓投机,(译者因此两章与近代投机太过不同,无实用价值,故此删去)第三章论十八世纪以来的近代投机事业,第四章论投机事业兴旺时代,第五章论一九一四年以前情形,第六章论一九一四年以至于今日的情形,尤其可以令我国理财家发深省。

1931年第1卷第9期《中国新书月报》上有该书的新书评介——《理财家必读的〈债票投机史〉之原序及其提要》。作为民国时期西学汉译中的一部,至今仍是研究当时社会经济发展的重要参考资料。

112－11　十九世纪欧洲思想史(第一编)

《十九世纪欧洲思想史》(A History of Euro-pean Thought in the Nineteenth Century),德国的英裔学者木尔兹著。[①] 第一编分上下两册,商务印书馆1931年11月初版;台湾商务印书馆,1974年。中央编译出版社2021年有新印本。(北京图书馆编:《民国时期总书目(1911—1949)》"哲学·心理学",书目文献出版社,1987年,页168)

该书有介绍文和第一、第二编两部分,第一编为科学思想,第二编为宗教思想,介绍文分三章,从历史哲学的角度总论述欧洲思想的

---

① 麦尔兹(John Theodore Merz,1840—1922,或译梅尔茨、木尔兹),德国的英裔历史学家、化学家和实业家。出生于英国曼彻斯特,先后在德国海德堡大学、哥廷根大学和波恩大学接受教育。之后他担任1889成立的纽卡斯尔泰恩供电公司的副主席(Vice-Chairman of the Newcastle-upon-Tyne Electric Supply Company),并任杜伦大学(Durham University)校董。毕生的学术工作致力于人类知识的统一,即将科学和艺术这两种文化融合在一起。1896年出版四卷本名著《十九世纪欧洲思想史》,出版以来获得学界广泛好评,被译成世界各种主要文字。新译本作者署名(英)约翰·西奥多·梅尔茨著,周昌忠译,商务印书馆2016年出版。麦氏另著有《莱布尼茨》(1884年)、《宗教和科学》(1915年)、《关于人类心智的片段》(1919年)等。参见许良英、胡文耕《介绍J. T. Merz著"十九世纪欧洲思想史"中的科学思想部分》,载《自然辩证法通讯》1957年第2期,页38—46。

发展。本书为第一编"科学思想",凡十三章:《法国之科学精神》《德国之科学精神》《英国之科学精神》《以天文观研究自然》《以原子观研究自然》《以力学观研究自然》《以物理观研究自然》(以上为上册),《以形构观研究自然》《以化育观研究自然》《以生命观研究自然》《以身心观研究自然》《以统计观研究自然》《第十九世纪算学思想之发展》(以上为下册)。上册书前有第一册原序和译者序。下册书前有第二册原序,书后有跋。《译者序》中,伍光建竭力推荐其科学思想价值:"译者以数十年涉猎科学之阅历,一见此作而知其价值,故不遑计及其浅中弱殖之能否窥见原作之博大深微而译其科学思想部。"书中关于哲学词汇的翻译问题值得注意。1927年冬至,其在《十九世纪欧洲思想史》第二编上册之一《译者序》中云:

> 哲学之诸多为难之一,即是名词之最易发生误会,其字面又有极其丑怪者,往往令人望而生畏,此则有不得不然者,此节已在本书再三论及矣。至以如是之名词之译文而论,则尤其为难,幸而有樊炳清君之《哲学词典》,以资译者取材。至于地名、人名,则用《标准汉译外国人名地名表》。

《申报》1931年11月有该书出版广告:

> 我国科学落后,培植科学思想实为急要之务。《十九世纪欧洲思想史》的第一编专论科学思想,欲繁荣我国将来的科学园地,此书无异最良好之种子。播种的时机已无可再缓,大家努力罢!《十九世纪欧洲思想史》第一编英国 J. T. Merz 著,伍光建译。本书计分两编,分论科学思想与哲学思想。著者谓十九世纪可称为科学世纪,故于本书中先论科学思想,而本馆亦特将上编提先印行。本编开端冠以介绍文;继分十三卷:前三卷分论法、德、英三国之科学精神,自第四卷至第十二卷分别以天学观、原子观、力学观、物理观、形构观、化育观、生命观、身心观、统计观研究自然;最

末一卷阐论十九世纪算学思想之发展。著者凭其亲知目见之知识阅历,驾驭此极纷繁之史实,有条不紊,生气跃然。原书早已风靡欧美各邦,伍君译译文清隽简练,极便国人之阅读。①

张德昌在 1933 年第 5 期《同行月刊》上发表了《伍光建译〈十九世纪欧洲思想史〉》第一编的书评:

<blockquote>
这是近来翻译界中很值得介绍的一部好书。木尔兹(J. T. Merz)的这一部不朽的编述,到现在已成了少数人明其价值的古董,当然在一般人眼里太不时髦。不过,我可以说,这种著述正是要给我们中国学生看的东西。这四厚册的原著是作者三十年研究的结晶。其中不但源源本本地将十九世纪的学术概况介绍给我们,而且探源溯流地将十九世纪以前以至上古的学术文明有头有尾地叙述,虽然内容上大体以英、法、德三国为主,有点不周延,但是试问十九世纪的欧洲思想界,从欧洲以至欧洲以外,实质上是不是全受这几国学术思想的影响?本书的整个系统是着眼在哲学的一贯上;可是没有一篇一章遗忘了"确切的科学"(Exact Science)。显然的,在作者的目光里,哲学和科学同属于一个系统的;他对于科学的涵义,不仅是英法学者一般所认为 Science 的意思,而是袭用德国人的 Wissenschaft 的体系。德文 Wissenschaft,在英法文无相当的字。在德国,凡以确切试验或算学从事于某种问题之研究者,都可名之曰科学的研究。Bentley 或 Gibbon(今译吉本——编者注)等人,在英国并不被人称为大科学家,然在德国则正相反。Fichte(今译费希特——编者注)的学说,同样的,亦列于科学之林。在 Wissenschaft 一字的涵义里,科学非但不与哲学对立,而且包括科学在内。所以木尔兹把哲学和科学合在一起叙述,是有所据的。在这个概念之下,他叙述科学、哲
</blockquote>

---

① 《申报》1931 年 11 月 10 日,第 3 页。

以及"宗教"之嬗变发展。这一部分讨论本世纪的哲学,把思想看作达到某种目的之一种利器,第二部分讨论本世纪的哲学,"即以思想为目的,研究思想本身,阐明思想之由来、思想之律例、思想之真确程度、试验思想之能力"。最后的目的"在求得真确、完备,一贯"(上册六三页)。科学、哲学两者都不能包括的种种思想的表现,如文学之诗词、小说、戏剧等,美术方面的造就,伦理宗教等的呈态;所有这些无规则无界限的知识、理想,作者并不忽视其文化的价值,总括在"宗教"这个名词下分别讲及。

本书全部要提到的方面是人生思想的整个儿,头绪既多,在未读过的人揣想,一定以为要不免挂一漏万,偏此轻彼。但我可以请他们放心:木尔兹这部书的精彩即在其博而约。各方面都提纲挈领的述及,在某一种学术思想主流之外,带有个位的,人的插话。愿意细读的人可于正文之外,再参看每页的附注;有心人更可就作者所举各家之书分别选读。至于以涉略为目的者,就只读本文不必看附注,也一样能得完美的概念。本书原文的文字是极其浅显的,普通大学生对之丝毫不生问题。

现在我再把中文译本介绍一下。伍光建译的只是第一部分,想其他各部不久亦可问世,至少我们这样希望。伍先生的译法是很值得推许的。第一,所有现代翻译界的通病——晦涩,可以说完全免除。第二,我们拿原文和译本对照,可以说很少不忠实的地方。因此,对于不能读原著的读者,这部书是很值得介绍的。

伍译第一编里包括十三章,介绍文和跋在外。这两册里专讲科学思想。头三章分别叙述法、德、英三国的科学精神。其中提及学术界思想界的人物和这种思想所发源的机构、制度;如法国的学院、德国的大学校、英国大学的情形。由第四章到最后一章,分别以各种科学作着眼点,而陈述审度其对于自然的研究、了解、克服的程度,如天学、原子、力学、物理、形构、化育、生命、身心、统计等等方面。读者读完这几章后,再将介绍文同跋一气看了,可以知道那些知识在整个系统中的位置及其意义。

末了，我要再说几句：就是在现在整个译述界里像伍先生这种介绍基本著作的精神是很可佩的。我们觉得现在翻译家有两个通病，除了译法、了解和能力之外，其一是"躐等"的介绍。西洋许多名著，不问它是刊行在若干年前，不问它是否正在西洋出版界风行，只要它本身有特立独存、承先启后之价值的，我们都应当介绍。亚丹斯密虽是资本主义经济学的鼻祖，但要彻底了解新派经济学之为新派，是非照样的读不行的。我们的翻译者忽略了这一步，以为只介绍最近最新的学说便算已足。这不是脚踏实地，从根儿做起。这实是躐等的办法。第二通病是投机。这是有心人共睹之事，毋需多说。我们希望译述界以后的目标要改变。①

杨家骆评论的前半部分基本抄自张德昌的评论，之后有对伍译译文的分析：

《十九世纪欧洲思想史》木尔兹（J. T. Merz）著，伍光建译。这四厚册的原著是作者三十年研究的结晶。其中不但源源本本地将十九世纪的学术概况介绍给我们，而且探源溯流地将十九世纪以前以至上古的学术文明有头有尾地叙述……
……木尔兹这部书的精采即在其博而约，各方面都提纲挈领叙及，在某一种学术思想主流之外，带有个位的，人的插话。愿意细读的人可于正文之外，再参看每页的附注；有心人更可就作者所举各家之书分别选读。至于以涉猎为目的者，就只读本文而不看附注，也一样能得完美的概念。本书原文的文字是极其浅显的，普通大学生对之丝毫不生问题。
现在我再把中文译本介绍一下。伍光建译的只是第一部分，

---

① 张德昌：《伍光建〈十九世纪欧洲思想史〉》，《同行月刊》1933 年第 5 期。文中的 Bentley，可能是指英国学者，1694 年任英国皇家图书馆馆长，1700 年任剑桥大学三一学院院长，曾运用语言学和历史学方法对古代文献进行校勘，著有《论法拉里斯的信件》（1699 年），为现代校勘学的建立奠定了基础。

想其他各部不久亦可问世,至少我们这样希望。伍先生的译法是很值得推许的。第一,所有现代翻译界的通病——晦涩,可以说完全免除。第二,我们拿原文和译本对照,可以说很少不忠实的地方。因此,对于不能读原著的读者,这部书是很值得介绍的。

伍译第一编里包括十三章,介绍文和跋在外。这两册里专讲科学思想。……读者读完这几章后,再将介绍文同跋一气看了,可以知道那些知识在整个系统中的位置及其意义。

末了,我要再说几句:就是在现在中国译述界里,像伍先生这种介绍了基本著作的精神是很可佩的。我们觉得现在翻译家有两个通病,除了译法、了解和能力等之外,其一是"躐等"的介绍。西洋许多名著,不问它是刊行在若干年前,不问它是否正在西洋出版界风行,只要它本身有特立独存、承前启后之价值的,我们都应当介绍,应当吃一点力作系统的介绍。亚丹斯密虽是资本主义经济学的鼻祖,但要澈底了解新派经济学之为新派,是非照样的读不行的。我们的翻译者忽略了这一步,以为只介绍最近最新的学说便算已足。这不是脚踏实地,从根儿做起。这实是躐等的办法。第二个通病是投机。这是有心人共睹之事,毋需多说。我们希望译述界以后的目标要改变。①

113-12 拿破仑论

《拿破仑论》(*Napole'on*),法国艾黎・福耳著,②商务印书馆

---

① 杨家骆:《民国以来出版新书总目提要》,页78—80。
② 福耳(Elie Faure,1873—1937,今译富尔,或艾黎・福尔),法国著名的艺术评论家、文学家、美学家、哲学家和历史学家,最早将艺术与文化进行跨领域研究的法国艺术史学家之一。其父是葡萄园种植者,童年一直在读书和画画,并把大部分时间用在参观巴黎卢浮宫。17岁时被送到巴黎的Lycee Henri IV学习医学,1899年获医学学位,并成为一外科医生。第一次世界大战爆发,他加入了法国军队并担任外科医生,战争结束后继续其艺术生涯。著有《世界艺术史》《文艺复兴时期艺术》《法国人眼中的艺术史:十九至二十世纪初期艺术》等,所著《拿破仑论》出版于1921年,是其颇负盛名的历史传记代表作。[法]艾黎・福尔著,张延风、张泽乾译:《世界艺术史》(第四卷),中国财政经济出版社,2015年。

1932年11月初版。时代文艺出版社2013年有新印本,全书添加有100多张图片。

该书卷首有《译者序》,称译本依据美国J. E. Jeffery英译本转译。① 全书共十四章,依次为《启迪》《反面》《正面》《五金》《模型》《与人交际》《拿破仑同女人的关系》《拿破仑与知识界的关系》《泥土》《他的使命》《他的使徒之职》《錾子》《伯罗米修士》《拿破仑的印象》。《拿破仑论》一书,被认为是最好的拿破仑历史论文集。作者以充满着智慧和激情的语言从拿破仑的性格探索、他与其他人的关系、他的道德品质、法律贡献、军事天才、人物的定性、影响及评价等方面评价了拿破仑的一生。该书是一个崇拜拿破仑的理性主义者对偶像的回顾、描绘与思索,在数以万计的关于拿破仑的书籍中,该书至今仍有独特的地位和价值。作者的激情迸发和感情流露,使该书的语言生动活泼,非常具有感染力,这更增添了它对于读者的吸引力。

伍光建在译序中写道:

> 当拿破仑之世,及其死后百余年间,历史家之论拿破仑者,非溢恶则溢美,溢恶者以道德为归,而溢美者则殊不知其所以美。夫以道德而论断拿破仑,则焉往而不失之。法国文豪福尔尝著《美术史》,读拿破仑之日记及其函牍,以拿破仑曾自称为美术家,其言曰"予之爱权,如音乐家之爱其提琴;我之爱鼓琴,欲使其发音谐和耳"(《拿破仑日记》一八〇〇年四月,译者注)云云。又以其志欲摹世界于大同,于是本此立论,扫除前此一切庸腐之见,而以美术家(此美术二字用最广义,译者注)眼光论拿破仑,颇持惊人之论,而光明锋利,又往往以拿破仑与基督相提并论,且以为其狂不可及,庸夫俗子所不敢逼视。夫圣与狂,皆本

---

① 北京图书馆编:《民国时期总书目(1911—1949)》(历史·传记·考古·地理),书目文献出版社,1987年,页700。

于天授，吾国亦常相提并论，书经已有唯狂克念作圣之言，而后世亦有诗狂草圣之称。凡人有所好，而不至于狂者，则终不能达其所好之极，此则非浅尝辄止者所能体会者也。作者既以狂许拿破仑，于是出其狂肆之文（一篇无韵诗）发表之，命意遣词，引喻比拟，并出乎常轨，与近年欧洲绘画相类，此则风气所趋，有不期然而然者，其中殆有至理存焉。民国十七年戊辰秋分新会伍光建序。

《申报》1932年11月有商务印书馆《拿破仑论》作为"日出新书一种"的广告，不仅引用伍光建序言，称赞伍译译文之妙："法国Faure著，此从Feffery英译本转译，著者别出手眼，以美术的评论，目拿氏为狂为圣，至以奥基督相提并论，拿氏为人与其生平，跃然纸上，译者称其不管为一篇无韵诗，其命意遣词，引喻比仪，并出乎常轨，与近年欧洲绘画相类，为一时风气所趋，得名译家伍君之妙文，自更令人百读不厌。"①

《拿破仑论》(Napoleon)，在学界有相当大的影响。② 毛泽东曾多次提到《拿破仑论》。记者、作家、翻译家萧乾(1910—1999)夫人文洁若(1927—)在其《我与萧乾》和《一生的情缘》两本书里都谈到，毛泽东晚年为了进一步研究拿破仑，想看法国福尔写的《拿破仑论》。此书原本有伍光建的中译本，估计毛泽东曾读过这个译本。有关部门便找到了萧乾，把他从干校调回北京，约了几个人夜以继日地重新赶译新译本。大致一周的时间就出了大字本，送给毛泽东阅读。1970年代，毛泽东当时还嘱咐印过一种两函十七册的线装大字本《拿破仑传》，供领导干部参阅。王以铸(1925—2019)也参与

---

① 《申报》1932年11月25日，第3页。
② 2016年北京大学出版社出版的新版，后者译自钟斯通英译本。至今仍是研究者研究参考拿破仑的主要文献，参见可文《拿破仑哲学思想初探》，载《实事求是》1981年第2期。

了这个译本的翻译。①

114-13　十九世纪欧洲思想史(第二编)

《十九世纪欧洲思想史》(*A History of Euro-pean Thought in the Nineteenth Century*),德国的英裔历史学家麦尔兹著。第二编"哲学思想"分上下两册,商务印书馆1935年10月初版。台湾商务印书馆1974年有新印本。("哲学·心理学"分册,页168)

该书凡十二章,第一章介绍文从总体上论述了哲学思想的发展,以下十一章从不同角度叙述各家哲学的而观点,批判精神之生长及其传播、灵魂、知识、实在、自然、审美、原善、宗教、社会、思想之统一、哲学思想之理性。《申报》广告:

> J. T. Merz著,伍光建译。《十九世纪欧洲思想史》第二编哲学思想。……本书第二部内容论哲学思想,共分十二卷:第一卷为介绍文;第二卷至第十卷分论批判精神、灵魂、知识、实在、自然、审美、原善、宗教、社会;第十一卷论思想之统一;第十二卷论哲学思想之理性。著者对于诸派之异同长短优劣,洞见隐微,

---

① 据粗略统计,1910—1973年,毛泽东提到包括伍译在内的多种版本的《拿破仑传》印次不下40次。毛泽东对拿破仑的熟悉程度,让一些法国人也感到惊讶,担任过法国驻华大使的马纳克曾回忆:"他对波拿巴特别了解,甚至了解那些细节问题。"西方的历史,毛泽东最熟悉的是法国近代史。而在法国近代史中,他最感兴趣的是法国大革命和巴黎公社,最喜欢谈论的历史人物即拿破仑·波拿巴。据逄先知回忆:"有一次,他要看《拿破仑传》,选了几种翻译过来的本子。跟他一起读的同志一本还没有看完,他却三本都看完了。"直到晚年,毛泽东又读了不同版本的《拿破仑传》。1968年6月21日,毛泽东在会见坦桑尼亚总统尼雷尔时,曾这样说过:"我研究法国历史时读过《拿破仑传》,一个俄国人写的。实际上是吹库图佐夫。"这里是指苏联历史学家塔尔列(1875—1955)写的《拿破仑传》。毛泽东评点的这几本书,除了塔尔列的《拿破仑传》外,还有研究法国大革命最权威的法国历史学家马迪厄(1874—1932)的《法国革命史》、英国霍兰·罗斯(1855—1942)的《拿破仑一世传》,都是在中国比较流行的关于法国大革命和拿破仑的权威读本。参见戴文葆《〈拿破仑情书集〉责编的告白》,氏著《寻觅与审视》,中国华侨出版公司,1990年,页596—597。2016年北京大学出版社有萧乾等新译本。

立论颇为公允;其有异中见同、同中见异者,亦无不一一指出,颇为难能可贵。①

115－14　十九世纪欧洲思想史(第一、第二编)

《十九世纪欧洲思想史》(*A History of Euro-pean Thought in the Nineteenth Century*),德国的英裔历史学家麦尔兹著,分"科学思想""哲学思想"两编,十六册本,商务印书馆1936年3月初版,编入"万有文库"第二集第588种"汉译世界名著"。台湾商务印书馆1974年有新印本。

《申报》有商务印书馆新书广告,称该书第一、第二编:

> 《十九世纪欧洲思想史》用生动的文笔写繁复的思想,体系分明,一目了然。J. T. MERZ: *HISTORY OF EUROPEAN THOUGHT IN THE NINETEENTH CENTURY*,伍光建先生译,续出第二编哲学思想。全书出齐。此书共分两大部。第一部论科学思想,伍先生之汉译本,早于二十年冬季,由本馆印行,迄今已重版多次。兹续出第二部,内容专论哲学思想。共分十二卷,第一卷为介绍文,第二卷讨论批判精神,第三卷论灵魂,第四卷论知识,第五卷论实在,第六卷论自然,第七卷审美,第八卷原善,第九卷论宗教,第十卷论社会,第十一卷论思想之统一,第十二卷论哲学思想之理性。
>
> 此论卷中所讨论之问题,比于科学部分,虽理为抽象,然著者对于诸派之异同长短优劣,洞见隐征,立论颇为公允;其有异中有同、同中见异者,亦无不一一指出,颇为难能可贵。故读者于本书中,不但可以得到十九世纪哲学思想内幕之连合观念,即在当时思想界中许多不同之点,及相为对比之占,亦可一目了

---

① 《申报》1936年1月6日,第1页。

然。合本书之科学部分而观之,包罗万象,体系分明,诚近代思想史上之伟者,为研究学术思想者所必读。两编分读固可,全书合读尤佳。①

1941年4月17日《申报》有冯柳堂《经济丛谈》,②称:

中国未始无经济思想也。管仲是经济大思想家,亦为大财政家;其后则如汉之桑弘羊、唐之刘晏、宋之王安石,无一思财政工商业有一番作为。且其理论事实,求之近世,未始非物物交换及统制经济之先河也。余常读《十九世纪欧洲思想史》,谓中国虽有数千年之文化,仅占此书之数页,言中国文化思想无进步,对世界无甚贡献。吾耻之,吾甚耻之,然无以澌洗其辱。但如管仲之学,不为后世曲儒所掩没,吾知中国经济学说,亦必斐然成章,早为世重,惜乎至今犹未有阐发及之也。③

许良英称:④

---

① 《申报》1935年12月3日,第5页。
② 冯柳堂(1892—1945),名贻箴,字柳堂,浙江海宁人。早年就读于浙江高等学堂,后至沪办报,1921年受陈布雷之邀主持《商报》商业新闻。1925年,由张静庐推荐入上海新闻记者联欢会。1927年,上海日报记者公会成立,冯柳堂被推举为委员之一,并负责起草执行委员会办事细则。同年,他与陈布雷、钱新之等共创《建设周刊》,组织学者讨论国事,谋求改革。1930年,商报社易主,在史量才邀请下担任《申报》商业新闻版主编,负责经济类稿件。此外还在上海市农工商局、社会局、上海华商电气公司董事会任过职。抗战爆发,日伪管控《申报》后,他愤而辞职,生计日艰亦不辱其节。廖太燕:《民国报人冯柳堂与〈红楼梦〉》,《中华读书报》2021年7月20日。
③ 《申报》1941年4月17日,第6页。
④ 许良英(1920—2013),浙江省临海市人,1942年毕业于浙江大学,1949年任《科学通报》编辑。中国科学院自然科学史研究所原研究员,因被错划为右派送到地方接受劳动改造,当了20年农民。翻译了《爱因斯坦文集》三卷本,由商务印书馆出版。1978年恢复公职,回到北京任中国科学院自然科学史研究所研究员。

伍光建在三十多年以前就把这部篇幅很大的著作译成中文,确是难能可贵的事。但可惜译文用文言文,很古奥难懂,而且很多地方同原文意义出入很大。大概译时比较忽促("译者序"中说只花了几个月的工夫),错漏的地方常可发见。印刷、校对工作也做得相当马虎,有不少误排之处。译文中的并多科学术语,同目前通用的相差很远,倘使不查对原文或者不从上下文来推敲,有些简直无法猜到它的意义。例如把"理渝"译作(以后用"—"来表示)"理想",原理—公论、定义,定律—例,论文—说帖,特例—别案,影响—潜移,定义—界限,数据—底数,空间—处间,过程—手续,现象—变象,场—界,超距作用—物离力及,概率—决分,算术—数学,等等,这样,也使得译文更加难读了。不管怎样,这部书由于材料比较丰富,至少作为资料看,还是值得一读的。①

116-15 一六四〇年的英国革命史

《一六四〇年的英国革命史》,法国基佐著,②伍光建 1936 年译出初稿,1941 年修订。系根据 1845 年(版权页上标明是 1851 年英国戴维·博格出版社)出版的黑兹利特(W. Hazlitt)的英译本转

---

① 许良英、胡文耕:《介绍 J. T. Merz 著〈十九世纪欧洲思想史〉中的科学思想部分》,载《自然辩证法通讯》1957 年第 2 期。
② 弗朗索瓦·皮埃尔·吉尧姆·基佐(François Pierre Guillaume Guizot, 1787—1874),法国著名的政治家和历史学家。出生于尼姆的一个基督教家庭,其父是著名律师,法国大革命时死于断头台上。他随母亲流亡瑞士,1805 年回到巴黎学习法律,并同反拿破仑的文学团体有往来。1832—1837 年出任教育大臣,提出"基佐法",确立了所有公民均可接受初等教育的原则。在一度任驻英大使(1840 年)后出任外交大臣,此后八年他的外交政策颇为成功。1847 年出任首相,1848 年的法国革命结束了基佐的政治生涯。著有《欧洲代议制起源史》(1822 年)、《法国史概论》(1823 年)、《有关英国革命回忆录集》(1823 年)、《英王查理一世、查理二世在位时期英国革命史》(1827—1828 年)、《欧洲文明史》(1828 年)和《法国文明史》(1829—1832)等。参见《近代现代外国哲学社会科学人名资料汇编》,页 952—956。

译的,①该书的全名为《一六四〇年的英国革命史:从查理一世即位到他的死亡》(History of the English Revolution of 1640: From the Accession of Charles I to His Death)。另有商务印书馆 1985 年版,上海三联书店 2011 年改书名为《1640 年英国革命史》重印。

1983 年由靳文瀚②、陈仁炳③根据 1851 年英国戴维·博格出版社出版的黑兹利特英译本进行了校订,并说明英译本中没有索引,校订者改制了一个"译名表"附在校订本之后。校订本除《出版前言》外还有伍蠡甫所写的《中译本序》。原书之英译者是否译出全本,英译本未见说明。附录十五篇,多半为文件,伍光建未译出。英译本中有许多注脚说明史料出处的,如引自《议会历史资料》、某人致某人信件等,均未译出。有些译出的解释性的注脚,出自英译者还是原作者,伍光建亦未注明。伍光建仅仅注明自己所注的

---

① 黑兹利特(William Hazlitt, 1778—1830,今译威廉·赫兹里特),英国散文家、评论家、画家。生于肯特郡的梅德斯通,其父是唯一神教派的牧师,曾公开支持美国独立战争。黑兹里特于 1793—1796 年间就读于哈克尼的神学院,在校期间开始撰写哲学和政治著作。1799—1804 年主要创作肖像画。1804 年起则以写作为生。先后结识诗人塞缪尔·泰勒·柯勒律治、威廉·华兹华斯,在柯勒律治的鼓励下写出《论人的行为准则》,随后又写了更多的散文作品。后因对法国大革命的见解不同而与他们决裂。1812 年在伦敦当记者,并为《爱丁堡评论》撰稿。从其作品来看,他热衷于争论,擅长撰写警句、谩骂和讽刺性的文字,所著《席间闲谈》《时代精神》确立了他批评家和散文家的地位。参见上海辞书出版社编《外国人名辞典》,页 571。

② 靳文瀚(1913—2005),或作靳文翰,河南开封人。父既擅书法,兼工诗词,他自幼耳濡目染,为终生之好。1935 年毕业于清华学堂政治学系,同年进入研究生院。1937 年肄业于清华大学研究院,赴加拿大留学,1943 年获加拿大多伦多大学法学硕士学位。1947 年回国任清华大学研究院研究员、东吴大学教授。1949 年后历任圣约翰大学教授、复旦大学历史系世界史教研室主任、中国世界现代史研究会理事长、中国美国史研究会理事。与郭圣铭、孙道天合编《美国历史词典》(上海辞书出版社,1985 年)。

③ 陈仁炳(1909—1990),湖北武昌人,基督教人士陈崇桂之子。1925 年就读于基督教美以美会(美国差会)创办的北京汇文中学,1928 年入读上海基督教美北浸礼会和美南浸信会联合创办的沪江大学,后赴美留学,1937 年获美国密执安大学社会学博士。回国后曾任上海圣约翰大学教授兼文学院院长。1947 年与民盟盟员共同创办《展望》杂志。1949 年后曾任上海市政协副秘书长,民盟中央委员,民盟上海市支部第一、二届委员,民盟上海市委员会第三届běi委员、副主任委员兼秘书长,复旦大学历史系教授。王增藩:《复旦大学教授录》,复旦大学出版社,1992 年,页 550。

内容。①

全书分八卷,第一卷1625—1629年,第二卷1629—1640年,第三卷1640—1642年,第四卷1642—1643年,第五卷1643—1645年,第六卷1645—1646年,第七卷1646—1647年,第八卷1646—1649年。前有黑兹利特的说明、第一版著者前言、1841年版著者序。在该书第一版前言中,基佐概括地阐述了自己的历史观,认为欧洲的历史就是一部从野蛮到文明的历史,但他所说的文明,既非制度亦非物质,而是原则,例如自由、平等和理性等。这些原则构成的文明本身是历史的动力,因为原则要求人们为之奋斗。一部欧洲文明史,就是上述这些原则出现并取得最终胜利的历史。将历史解释为原则的自我实现,这个观点看起来与黑格尔的"绝对精神"很类似,但两者却存在着本质的不同。在黑格尔看来,"绝对精神"是自在自为的,不依赖于时空,相反,时空则是真理自我展开的结果;而在基佐看来,原则是根植于历史的,是人类的良善在历史上的呈现。因此原则来源于人类自身,而不外在于人类,原则是人类良善的展现,因此是有价值的。它一旦出现,就会被人们牢牢铭记,并且通过人们的实践最终推动历史的进步。革命前的欧洲历史向我们展示了原则是如何出现的,如封建时代的自由、教权时代的理性,以及君权时代的平等,那么,革命的历史就是这些原则最终全部得到实现的历史。基佐的文明史观认为英法两个革命的趋向和起源是相同的,两国革命是同一个战争的胜利。他说:"如果第二个革命不曾在历史上发生,那么我们就无法彻底了解第一个革命。"两国革命的愿望、努力,都指向同一个目标。它们都为争取自由而反对绝对权力,为争取平等而反对特权,为争取进步和普遍利益而反对居高位者的个人利益。简言之,它们的目标是:人民主权、自由、平等和博爱。英国的资产阶级革命可谓声名远播,基佐指出英国革命仅仅是一个朦胧的影子,并未完成自己的全部使命,可以说是一个失败的革命。

---

① 《一六四〇年英国革命史》,商务印书馆,1985年。

该书从 1625 年开始，此时距离 1215 年《大宪章》签署已经过去了四百多年，英国一个新国王登基了，举国上下都表现出了欣喜和对未来的乐观。查理国王以谦逊端正、朴素好学、毫无放荡、庄重而不傲慢闻名于世，但是他出访法国和西班牙，见识了他国皇家的威仪不可侵犯以后，又开始了他追求独裁统治的努力。几经战败、逃跑和谈判，查理国王最后被审判并斩首。以东方传统道德的角度看，国王查理可以说是一个"极为方正的人"，满足了封建传统文化里对于一个帝王在道德方面的全部期待。但是查理一世以一种高傲的"君授神权"的姿态出现，竟然解散议会，这是国王和议会在财政问题和宗教问题上矛盾不断上升的结果。双方在财政问题上斗争激烈，但最终确立不经议会同意不可征税的原则，而在宗教问题上，国王专横，企图恢复罗马天主教的信仰形式，大肆迫害清教徒，引起人民的不满，苏格兰起义因此成了革命爆发的导火线。在革命中崛起的克伦威尔成功地掌握了一支有力的军队，训练出的铁军在内战中发挥了决定性的作用，从他身上我们或许也能看出英国革命的曲折和复杂。英国革命主要有两个特点：一是以传统为武器，这个武器就是自由，这是英国长久以来就存在的传统；第二是妥协，英国革命最后是以妥协结束，以妥协而成功。英国革命中形成的冲突中的融合模式对英国后来的历史产生了深远的影响。

该书突出的特色就是生动翔实，作者写这本书的目的是为解决法国现实政治问题寻找历史依据，希望法国也建立英国式代议制政体。从基佐的历史地位来看，他主张用阶级斗争的方法来认识社会，他的研究也达到了法国复辟时代历史学家阶级斗争思想的最高峰，影响了马克思和托克维尔等一大批学者和思想家，因此他的历史研究至今仍然有着重要的价值。

哲学·伦理·政治

117-01　欧洲政治略论

《欧洲政治略论》,伍光建述,载《国闻汇编》1897年12月8日第1册。①

欧洲是近代西方政治的主要发源地。在政治制度方面,无论是民主制、共和制、君主立宪制(内阁制)等均源自欧洲,世界各国普遍受到欧洲政治发展的影响。以宗教改革为标志,欧洲在16世纪之后经历了其古今精神上的一次巨大断裂,导致了上百年的混乱和无序。该篇是伍光建早期政论最早的一篇,侧重讨论欧洲古代至近世政治演进的过程,尝试把握欧洲政治体制发展的统一性和多样性之间的关系,表述了作者对欧洲政治发展的时代特征和普遍性的观点,提出欧洲不同群体和不同党派对其政治体制的某些认识的不同理解。

作者认为:天之生物各有心知之性,有生之最灵者也。飞禽走兽,生无所于德,死无所于怨,乐安而恶劳,就利而避害,善则合,怒则斗,是血气之性,人与禽兽并无区别。惟有人有独受于天的心知之性,有言语以逮其志,运智慧以役夫物,这是人类成为最灵者也。人的心知之能,知物接而异同,好恶之见生。于是也清楚不群则不足以胜,物群有贤愚强弱之不齐,则争人,与人争,群与群争,因而有强与强力者,其才足以服众,而止争者为一群之长,这是君主制的起源,同时也有法制禁令之诞生。"有生莫不有保其生,有产则莫不有保其产。民聚而成国,又莫不欲保其国,其国保是三者,君若民之共职

---

① 1897年10月26日,由王修植和严复两人共同出资,在天津创刊《国闻报》。《国闻报》分为日报和旬刊两种:日报分八个版面,用毛边纸单面印刷,四号铅字排印,每日文字量约万字,从创刊至1899年4月29日,共出了533期;旬刊于1897年12月8日创刊,十日印一册,约计三万言,用三号铅字排印,名曰《国闻汇编》,共刊出6期。此文取自上海图书馆保存的胶片,胶片对焦不准,因此有不少字符辨认困难。感谢黄嬿婉女史的帮助,特此鸣谢!

也"。有此三者,"然后国民大安,国民大安,然后有余力有余财,余力余财者,富之始也,富者太平之基也"。制度定上下之仪,开市肆以通,设学校以为教,"凡百庶政渐以咸熙,一君之聪明不足以独治也,则立殷辅以辅弼之。绝国殊俗,有方连以抚绥之,主治者量能授事,受职者陈力受职,礼教行政由是大备,大抵皆保民保国富而教之之事也。然而人存政举,久治则乱,其规模宏远者,历数十世犹可支"。"政,草木也;民智,土也,国之民,不皆智治待人而后行,君不皆圣民,血气之情胜,则政教有所不行故也。夫血气之动也,其来不能止,其去不能御,其禁之愈周,其发也愈烈,况有心知之性,以助其欺诈争夺者乎!饥寒至身不同,不问廉耻,况其他乎?故为政之本,在于无私而顺民,夫人莫不私,惟无私者,乃有以遂天下之大私也,物久则变民情,纵之顺民者,所以制变者"。伍光建认为:"欧罗巴广延三亚之一出,俄罗斯左转而为德、法,皆平衍,无极高之山,无甚大之水,……田土膏腴,物产丰溢,气候均平,冬不严寒,夏不酷热,是以民多自奋其力而不假力于外,喜自由适己不服禁縻。为之君者,非顺民无以自立,非无私无以服民。此张衡所谓牵夫天系夫地者欤!欧罗巴讲政学者多矣,约而通之,大抵皆顺民无私为本而已。希腊有雅里大德,①其后意大利有墨加维理,②英有赫伯斯、③洛克、伯拉斯顿,④近世则满达士古乌(今译孟德斯鸠)等,罗汗德、⑤

---

① 今译亚里士多德(Aristotle,公元前384—前322),柏拉图的学生,亚历山大的老师。古希腊哲学家、科学家和教育家,堪称希腊哲学的集大成者。
② 今译马基雅弗利(1469—1527),意大利政治思想家和历史学家。
③ 今译托马斯·霍布斯(Thomas Hobbes,1588—1679),英国政治家、哲学家。
④ 今译亨利·约翰·坦普尔·帕麦斯顿(Henry John Temple Palmerston,1784—1865,一译巴麦尊),英格兰第二帝国时期最著名的政治家,英国首相(1855—1858,1859—1865)。原为托利党人,后成为辉格党人。三度担任外交大臣(1830—1834,1835—1841,1846—1851)。奉行内部保守、对外扩张政策。两次发动侵略中国的鸦片战争并镇压太平天国革命;挑起克里米亚战争,与俄国争夺地盘;镇压印度民族起义;美国南北战争时,支持南方奴隶主集团。
⑤ 伊曼努尔·康德(德文:Immanuel Kant,1724—1804),德国哲学家、作家,德国古典哲学创始人,其学说深深影响近代西方哲学,并开启了德国古典哲学和康德主义等诸多流派。他调和了勒内·笛卡儿的理性主义与弗朗西斯·培根的经验主义,被认为是继苏格拉底、柏拉图和亚里士多德后,西方最具影响力的思想家之一。

班丹、①美晤、②柏捷特、③穆勒、斯宾塞、赫胥黎,其职志也,诸家言治之意,今得以次略述其诸治国,闻者有取于是欤!"(标点为编者所加)

这是伍光建参与清政府外交活动,在驻日工作结束后完成的第一部著述。从上述提及的一系列西方哲学、政治学学者的名单,可见伍光建对欧美政治学发展的线索有着颇为系统的了解。

118-02　政群源流考

《政群源流考》,二卷一本,美国韦尔生撰,④与李维格合译,⑤南洋公学译书院,1902年。

---

① Jean Bodin,1530—1596,今译博丹、布丹,法国政治思想家,法学家,近代资产阶级主权学说的创始人,近代西方最著名的宪政专家。出生于法国,年轻时在大学攻读法律,毕业留校任讲师,后在巴黎任律师。16世纪70年代任王室检察官,被聘为宫廷法律顾问。一生除致力于政治学和法学的研究外,对古希腊哲学、占星学、地理学及物理、医学均有较深造诣。
② 疑为"梅里叶"(Jean Meslier 1664—1729),法国的空想社会主义者,待查——编者注。
③ 沃尔特·白芝浩(Walter Bagehot,1826—1877),英国经济学家,曾获律师资格,长期担任《经济学家》主编直到辞世,著有《伦巴第街》《英国宪法》等。
④ 伍德罗·威尔逊(Woodrow Wilson,1856—1924),生于美国弗吉尼亚州的斯汤顿镇(Staunton)。16岁进入北卡罗来纳州戴维森学院(Davidson College),后因病辍学。1875—1879年在普林斯顿大学学习文学和政治学。毕业后进入弗吉尼亚大学(University of Virginia)法学院学习法律,后即因健康原因不得不退学。1882年同友人合伙在亚特兰大开设了律师事务所,1883年进入约翰·霍普金斯大学研究所研究历史和政治学,1886年取得哲学博士学位。先后任教于宾夕法尼亚州布林·玛尔女子学院(Bryn Mawr College)和康涅狄格州威斯里安大学(Wesleyan University),讲授历史和政治等课程。1890年受聘普林斯顿大学,担任法学和政治经济学教授,并于1902—1910年出任校长,曾担任美国政治学会会长(1909—1910)。1910年当选新泽西州州长,1912年当选美国第28任总统,1916年成功连任。参见孙宏云《威尔逊的政治学著作〈国家〉在近代东亚的翻译》,《史林》2016年第2期。
⑤ 李维格(1867—1918?/1929?),字一琴,江苏吴县人。曾到英国学习英文和法文,后又到日本和美国学习"政教技业"(即技术科学知识),"戊戌变法"后回到上海,任江南制造局提调兼南洋公学教授。盛宣怀接办汉阳铁厂,改汉阳铁厂官办为官督商办,聘其为总翻译。李维格是中国钢铁冶金界的先驱、中国近代钢铁专家、汉阳铁厂的主要开拓者。宣统元年(1909)与伍光建同被清廷赏给游学毕业进士荣誉。参见上海图书馆编《汪康年书札》(一),李维格(8),上海古籍出版社,1986年,页582;吴晓东:《李维格——一位鲜为人知的近代科技教育先驱》,南开大学出版社,2013年。

该书卷一即原书第一章《原治》，分 42 节，考察种族、家族、社会风俗的起源及其与政治演变的关系；卷二即原书第二章《希腊政体》，自 43—159 节，主要研讨希腊古代社会的都制、宗教、殖民地与奴隶制度。卷二末尾注"卷三以下续出"，但是否有续译，尚不清楚。或推测此书由威尔逊的英文原著翻译而来。① 沈兆祎《新学书目提要》卷一"法制类"著录称：

> 第一卷泛言建国立法之由，第二卷多考希腊古代之事，篇中自云以下两卷论列希腊、罗马初治尤详，则其为书固不止此，盖未经全译而有待于续出者也。其立说之旨略谓，一国之成其初出于父权家族之制而以亲亲之义联之，及族制变为都制，亲亲流为尚贤，而渐至于今日，又据希腊等国之政体沿革以考欧美治体，此其大意之所寄也。按西人著书考古，或以历史之事迹相衡，或以一己之私见为断，征文、凭臆两者相兼，初不若中国考据家言，必示人以其可信者，是书之体亦即此类，今取其说之近理者。如谓古时国群不守疆域，其以疆域为国者自废游牧而兴耕稼始，以拘法守城之习为初群时之所胚胎，以东方自封、西俗善变为地势便[使]之而然，以初群迁徙必有过人之才能服其众而变古维新，于是亲亲废而尚贤兴，此皆具有精识。至推求希腊古制所云有都之始族重都轻，及家治之制行于是都重族轻，如子出于母而反胜之，其取譬良然，惟揣悬宗老失柄之故则所见尚浅，窃疑族分为都则占地必愈广，孳生亦愈众，而族制以亲亲之故重于法祖。（此用本书之论）其条教之文、约束之法又无所更改，土地、人民日益增殖则旧日法简而不足以为治。于是宗老失柄而家治之制以衰，此虽无当哲理，亦附是篇之说，或亦可比六朝人所谓又一通也。所记希腊旧事、雅典故闻乃真有合于近俗，可占

---

① 威尔逊 1902 年前的主要著作有《联邦议会政治》(*Congressional Government*, 1885)、《国家》(*The State*, 1889)，可能是两书中若干章节的选译。参见孙宏云《威尔逊的政治学著作〈国家〉在近代东亚的翻译》，《史林》2016 年第 2 期。

西政之先河，较近日所译西史各书尤具要领，即今琐事遗俗亦皆详雅可据，于希腊属地公治之制，于雅典之索朗变法、毕西士治国、克赖锡尼当国三朝之事，参以辨论，皆能益人神智。记希腊所设特尔费会一节，以同教一端为希腊人所恃以合众，据此可知古代之为政者有必不能不合于教之理，言史事者可以此意求之。译者附注各条征引甚备，附列所引书目考尤便钩稽，以"靼靶"二字为波斯古史陀氏之"陀"，亦合于声转之说。然间有失检者，第一卷第六节所注当改附第七节"一妇多夫"句下，第二卷第九十四节"帝乌敦"三字当为之注明。第一百零三节有斯巴达地震"死者二万人"一语，此自本于西史，然此书正文乃云斯巴达之众始终未逾一万五千人，故其治独尚武功，则注中所言乃与本书悬异，似亦当有订核也。①

这是伍光建合作编译的第一部西方政治名著。

119－03　英国宪法论

《英国宪法论》，伍光建著，刊载于《政艺通报》丙午第 16、17 号（1906 年 9 月 18、10 月 2 日）的"政学文编"，②分上下两期。又载《山东国文报》1906 年第 20 期，③页 15—18。

---

① 熊月之主编：《晚清新学书目提要》，上海书店出版社，2007 年，页 416—417。
② 《政艺通报》，清光绪二十八年正月十五日（1902 年 2 月 24 日）在上海创刊，半月刊，邓实、马叙伦先后任主编。以总结中外历史治乱和国家兴衰为职志，提倡研究学术以达开通民智、普及政治思想之目的。以介绍西方文化、振兴国学为主要内容。设上下篇，上篇言政，下篇言艺。从第十二期起一度增设中篇，专言历史，记载当时重要的历史事件和诗学理论，艺篇主要汇编有关工商技艺的文章。三十四年正月改月刊，仅出两期即停刊，共出 146 期。该刊每年按内容分类，汇编出版《政艺丛书》。参见王桧林、朱汉国主编《中国报刊辞典（1815—1949）》，书海出版社，1992 年，页 20。
③ 《山东国文报》，原名《国文报》，1906 年 3 月创办于济南，旬刊，每期一册。内容分为议论、序跋、考古、公牍、书札、讲义等，后改名，共出 28 期。参见王桧林、朱汉国主编《中国报刊辞典（1815—1949）》，页 32。

作者写道：

　　自最古西文载籍观之，希腊、义大利、条顿三种人之政治组织，同一根源。人分三等，曰贵族、曰良民、曰奴隶，其来甚古，而最尊最贵者，莫如王。王子尊贵，神圣不可侵犯，非贵族可比。古时埃及人，国有灾异，牺牲其大臣，以平天帝之怒。古时之瑞典人则不然，遇有灾异，则以王为牺牲。自此两事观之，似用意各不同，其实不然，埃及人以王为最尊最贵，故不以之为牺牲；瑞典人亦以王为最尊最贵，非牺牲其最尊最贵之王，则不足以平天帝之怒也。王子尊贵，亦以其为众部之长，贵族为一部之长，领本部之兵，良民为兵，奴隶则俘虏与罪犯也。

伍光建认为：

　　英国宪制，可分两时代，英之有宪制，其来甚古，发源于条顿人。三等之分，见于旧籍，其时即有公会、贵族、良民，俱能预会，会时皆持兵器。众人不以为然者，则喧哗；以为然者，则以兵器触地有声。……自条顿种人入主英国，而会议之制遂传于英。其时国会曰"智者会"，其制不甚可考。大抵良民皆得预会，小事决于贵族，大事则贵族、良民共决之。此时国会之权已甚重，举二事以证之。一、凡关于性命财产之法律，非国会认可则不能行；二、国会有立君废君之权，国君死则国会公立嗣位者，此非有名无实之权也。以英历史观之，九百年终废君之事凡六见，国会之权，可谓重矣。

　　及诺曼人征服英国，国会不废，年会三次。诺曼公之加冕时，尤行国会公举之礼。其时有一次大会预会之贵族、平民，其数至六万人云。其时国政掌于贵族，及主教是为内阁，以为国会，代表名为国会行政，实则内阁行政。其后诺曼人颇虐待英人，英人大怨。

亨利一世(Henry Ⅰ，1068—1135)在位时，首颁《大宪章》以除虐政，而认可民权。约翰一世(John Ⅰ，1166—1216)在位，又与贵族及主教为难，暴虐聚敛，屡兴兵攻法，战败而归。贵族率国人群起与之为难，另订《自由大宪章》，要求约翰王签署，王被迫允之，是为《约翰大宪章》。其最重要的规定是"良民无罪者，不得擅拘禁，亦不得擅没其财产。凡有税捐，未经国人允准者，不得擅征收"。伍光建认为亨利《大宪章》出自亨利的旨意，且语多囫囵，而约翰《大宪章》为"众所要挟，语多斩截，铸成英国民权之铁案。国人复恐王之背约，乃举贵族念五人监之，授以战权"。但是亨利三世(Henry Ⅲ，1207—1272)在位后，"为政暴虐，颇背《大宪章》，时欲废之。又好任用外国人，盘踞显要，横行无忌。贵族屡以为言，王不听，贵族联兵以攻之，举伯爵赛门为之长。王使太子御之，王师先胜，贵族离散，伦敦人助赛门[①]，获王，太子亦降。赛门乃改旧制，大权仍归于王，而以内阁大臣九人同理国政，内阁未议决者，事不得行，而国会中除贵族、主教而外，并于每州每县各选二人，同议国事，……盖前此虽有代表议事之举，其所议者不外乎本州本县之事，即偶有为国会代表，亦只议及征税，余事并不预闻。至赛门改制，始以州县为代表之分区，国政皆得预议，不限于征税。平民之有代表自此始。时在一二六五年，为英国宪政历史最要旨期"。亨利第三死，太子即位，为爱德华一世(Edward Ⅰ，1239—1307)。他汇聚国中三等代表，同议国事，其组织规模形式为后来议院之祖。爱德华第三晚年国用浩繁，需款甚巨，议院供给之。1339年开始分上下两院，贵族主教为上院，州县代表为下院，1376年议院始实行劾退大臣之权，1407年始定财用，"诸政须由下议院发起。前此国王尚有暂停法律之权，至是则两院之权充足，王不能暂停

---

① 赛门(Simon de Montfort, 1208—1265, 今译西蒙·德·蒙德福特、西门·孟德福)，法国裔英国中世纪贵族领袖。在第二次伯爵战争(1263—1264)中，率领贵族反抗亨利三世的统治，成为英格兰事实上的统治者。在统治期间，1265年召开了一次直接选举产生的议会，这在中世纪的欧洲还是第一次，是为英国国会的开端，因此西蒙被视为现代议会制的创始人之一。参见上海辞书出版社编《外国人名辞典》，页164。

已定之律"。以上为立宪成立时代，可见民权不易得，争之而后方能得。伍光建以英法两国比较，称其时法王路易十一（Louis Ⅺ，1423—1483）在位，善政流行，国民悦服，治人者与受治者相忘，无所谓民权也。善乎斐理门之言曰：欲赢得民权，保守勿替者，须遇昏庸暴虐之君，斯言真可耐人寻味。

第二期为以立宪行专制时代。自1406年起贵族零落，下议院孤掌难鸣，王权独盛。亨利七世（Henry Ⅶ，1457—1509）在位廿四年，召开议院仅七次，最后三十三年中，只召集一次，即有集议，亦只为征敛之事，不及其他也。亨利八世（Henry Ⅷ，1491—1547）在位，专制更甚，1515—1523年无议院，1523—1529年亦然。1529年正当路德（Martin Luther，1483—1546）改革，因有战事，乃复开议院。亨利八世利用议员以行虐政，颇夺教中权力，此次议院议事至七年之久。初亨利八世多内宠，废后立后者屡矣。至是又欲废后而另有所立，请于教王（克雷芒七世，Pope Clement Ⅶ，1478—1534），教王不许。则利用议院，议院许之。由是亨利八世与教王翻脸，"当此三十余年中，贵族不振，不复能为议院之领袖，王用议院为专制之利器，其最犯宪章之事，为擅逮国事犯于狱"。其时有奥利弗·克伦威尔（Oliver Cromwell，1599—1658）当国，专以争主权为事。首兴诏狱，以去异己，其后因事忤王，死于诏狱。爱德华六世（Edward Ⅵ，1537—1553）在位，新设州县二十余区，俾选举议员以助己。玛丽一世（Mary Ⅰ，1516—1558）之世，又增十余区，其时公举之事，多为政府所授意。且有径派某人为议员者，议员渐失议政自由之权，且有因言论而被系者。1558年女王伊丽莎白一世（Elizabeth Ⅰ，1533—1603）在位，设新县六十余处，以抵反对之议员，且有监禁议员之事。1603年詹姆斯一世（James Ⅰ，1566—1625）即位，"下议院之员始分两党，即政府党与反对党也。是时以公举有弊，下议院与法司相争，其后调停了事。然自是而后，凡判断公举之案，权归下议院矣。又有议员，因债被拘，议院以为违章，议员卒得释。乃定为律不得擅拘议员。凡有被拘者，议院有释放之权。其后王行专制，囚议员四人于狱，而停议院凡七年"。1620年，议院复开，劾退其当国大臣、格物家崇拜之培根。1625年，查理第一（Charles Ⅰ，1600—1649）在位，枉法苛敛，无所不至，议院上民权书有所要挟，王需款正急，允之。至1640年，"苏格兰举兵入犯，国用不足，复开议院，议员之反对更甚，始定议员三年为一任。又劾大臣某而戮之。其余大臣或逃或囚，尽除当时苛政。又定制，凡议院未经议员允准解散者，不得擅解散。王见议员势盛，则阴与苏格兰与爱尔兰两国约谋大举入犯，以压制议院。事觉，国民大愤，旋因宗教之事，议员相水火，下议院请逐主教，上议院之教党阻之，并以甲士围议院，王不发兵保护，且欲得下议院之反抗者五人而甘心焉。王率卫士至议院捕之，而五人者已逸，王知事急，弃伦敦而逃，召集大兵以讨议院，兵败，奔苏格兰。其贵族某索贿四十万镑，献王于英，其时克朗维尔掌兵柄，恶王之反复，以王为得罪于国，鞫而杀之，时一六四九年也。其后百四十余年，法王路易十六（Louis ⅩⅥ，1754—1793）亦因召外兵入犯，为国人所杀"。克伦威尔自立为护国主，其子继之，后为国人所逐，迎立查理第二（Charles Ⅱ，1630—1685），"至是始有完备之内阁，以总理国政，为后来内阁之祖。其时两院定法律，使奉天主教者，不得据权要。时有王子为海军大臣者，因是退位。又欲定律，使奉天主教者不得为英王。而不果，其后又定为律，凡议院所劾之大臣，王无赦宥之权。一六七九年定身体自由律，人之无罪者，不得擅拘其身。民权至是充足。一六八五年，撼晤士第二登位，颇向天主教，其后崇奉该教，而无子，国人将俟王子以天年终，而立其崇奉耶稣教者。其后王子生，国人不欲其继位，两院乃迎荷兰国主人登大位"。奉新教的维廉第三（威廉三世，Willem Ⅲ，1650—1702）即位后，两院与之要约，并将要约之条制定为法律，曰权限律，其最要之条曰：

一、王无暂停法律之权；二、未经议院允准，不能筹款；三、无战事时，未经议院允准，不能设常备军；四、耶稣教人许带合例、兵器；五、公举议员，应得自由；六、在议院内得自由议政，王不干预；七、讼事致具保，费不得过重，罚款亦然；八、须常开议院，不得久停；九、凡奉天主教者，或娶奉此教者，皆不得为英国主。

此为第二期以立宪行专制之结局。至是议院之组织完备，国王及两院之权限基本确立。伍光建作出的结论："以英国历史观之，可见国欲立宪，有必不可行之事三。其必不可行为何？曰：一、民气既伸，不可力压；二、不可借外援以压国民；三、既欲与民以应享之权，不可阳与而阴夺之。"

该文亦可视为 1905 年伍光建随戴鸿慈出使英国的考察报告之一，也是伍光建生平少数几篇著述文献中较早的一篇。① 伍光建在该文中称"英之有宪制，其来甚古"，并以编年形式，罗列此后的一系列事件，从而呈现出英国宪法制订的渐进过程。其中虽包括英王查理一世"为国人所杀"，与康有为一样，也视该事件为反面意象，意在警醒清廷，应顺势而为。正如伍光建在该文最后所强调的，以英国宪政发展的历史观之，有必不可行之事三，"一民气既伸，不可力压；二不可借外援以压国民；三既欲与民以应享之权，不可阳与而阴夺之"。英国君主立宪的发展，确有渊源可寻，非一蹴而就，17 世纪革命无疑至关重要。但就伍光建的政治认识来看，英国君主立宪史却是没有革命参与的渐进演化史，即便谈到革命，也极力将其淡化。从中可见这种渐进说的英国君主立宪史的构造要素和逻辑，一是借助英国宪法逐步制订的历时性的特质，强调君主立宪制同样是经过长期渐进演化而来；二是消解 17 世纪英国革命的作用，认为这场革命只是压制民权后的惨祸而非促进变革的积极因素，甚至不少地方故意淡化革命的存在。渐进说推崇英国君主立宪史，显然是为了配合清廷渐进改革的立宪政治主张。

---

① 或以为伍光建"一生只译不著"（肖娴：《翻译家伍光建译介考论》，《上海翻译》2017 年第 1 期），这一说法明显不确，准确的说法是，伍光建一生的译作大大多于著作。

120‑04　中华民国承认问题

《中华民国承认问题》(Recognition of the Republic of China)，英文本连载于《大陆报》(China Press)1912年5月2日至4日，①中文本署名伍光建著，署名杏子译出，连载《太平洋报》(The Pacific Times)1912年5月3日至5日。②

欧洲各国代表在海牙秘密开会，讨论中华民国承认问题，议决称中国如能按照条件办理，各国不难承认，否则断难通过。其条件如下：(一) 中国须设法统一消除南北意见；(二) 中国在前清时代与各国所订各项条约，一律继续履行；(三) 满洲、蒙古、西藏问题须从速解决；(四) 中国全体人民须有独立自营生活之能力；(五) 中国人民须有自治之能力。以上五条件已由中国驻荷公使电告北京政府。针对这一列强承认问题，伍光建在该文开篇指出，数日前风闻列强曾秘密会议，以为承认中华民国，需要给予列强特别的权利和报酬，如推广上海的公共租界，他认为这一问题完全没有根据，属于满人故意捏造，意在挑拨华人对于列强发生恶感，有利于新成立的民国政府与外人之冲突，造作这一说法以便从中获渔翁之利。撰写此文是期望以历史上的革命事实与目下吾华大局对照，以诏邦人诸友。试读美利坚革命史，则知美人当日与母国竞争，独立之时，法人实时为之臂助，凡美国人有所需求，无不如响斯应，自英将波古义败于萨拉多，后法

---

① 《大陆报》，清宣统三年六月二十六日(1911年8月20日)试刊，九天后正式出版，日报。创办人为美商密勒、费莱熙、劳合等人，中方投资者有原驻美国大臣伍廷芳、沪宁铁路总办钟文跃等。费莱熙任经理，密勒任主笔，劳合任广告部主任。1917年售于英籍犹太人爱资拉。1930年转而由孔祥熙集团所控制。1949年停刊。参见王桧林、朱汉国主编《中国报刊辞典(1815—1949)》，页50。

② 《太平洋报》，1912年4月1日在上海创刊，同年10月18日停刊。日出三大张，系同盟会同人所办，经费由沪军都督陈其美拨给。由宋教仁、姚雨平创办。社长姚雨平，经理朱少屏，总编辑叶楚伧。柳亚子、苏曼殊、李叔同等担任编辑。宣传资产阶级民主政治，反对袁世凯封建专制，该报于1912年10月18日停刊。参见王桧林、朱汉国主编《中国报刊辞典(1815—1949)》，页52。

国且以大队战舰,为美人之援师。继而美利坚共和国成立。列邦共同承认,法人未尝有丝毫特别报酬要求。盖救困扶危,人类之天职。爱共和、爱自由之法兰西人,固深明此道也。今吾中华以脱离专制,恢复自由,而兴革命之军,其兴我西半球伟大友邦之八年血战,固同一目的者。法兰西人既知尊重人道于一世纪以前,为何今日我之革命,列强并未有所赞助,而反欲索特别之权利,以为报酬。列强对于我革命战争之态度,吾人固犹忆之常战事进行时,共同一战始终坚守中立,皇党与民党为同等之对待,今伪朝既倒,民国绍兴,何所瞻顾而犹豫不决?吾国革命之地点均在国内,其行动范围不出于中国本部以外,于世界列强之地位固无丝毫之影响。外国商人、教士之侨居战地附近者,尽力保护,或有意外之事,猝然发生,然此属无心之举,吾友爱之列邦当亦深喻此意。革命之关系于外人利益者,惟前清政府所签订之各项条约,及所负之债务,吾人应该切实声明,遵守现存之种种条约,为新政府之第一责任。新成立的民国与列强有商业上无穷之利益,海道即开,外人通商于吾国者,所获利固已不薄,但吾华在专制政体下,华商受种种之束缚限制,实业凋敝,经济窘迫,而彼此牵系致外国商人而以无形之影响。今则民国告成,将废除种种苛训,使商业上开一新动力。总之,吾中华之革命,吾人及世界列强两方面,彼此以披诚相与之态度,系吾人梦想之新机会。

121－05 霸术

《霸术》(*The Prince*,今译《君主论》),意大利马加维里著,[①]伍光

---

① 马加维里(N. Machiavelli, 1469—1527,今译尼科洛·马基雅维利),文艺复兴时期佛罗伦萨著名的政治家、外交家、军事家、政治思想家、历史学家和喜剧作家。代表作有《君主论》、《论提图斯·李维著〈罗马史〉前十卷》(简称《李维史论》或《论李维》)、《用兵之道》(又称《战争的艺术》《兵法》)、《佛罗伦萨史》和《曼陀罗》。此外还留下了大量的诗歌、剧作、出使通讯、政务札记和私人书信等。因马氏的巨大名声往往是和所谓的"马基雅维利主义"联系在一起的。早在 1905 年,梁启超便在《开明专制论》中论及马氏(他称为"麦加比里")的思想,并称他与商韩六虱五蠹之论"不谋而合"。参见林骧华主编《外国学术名著精华辞典》(1),上海人民出版社,1989 年,页 569—575。

建译,商务印书馆 1925 年 11 月初版,1927 年 1 月再版;1935 年 3 月国难后一版。

该书系马基雅弗利《君主论》最早的中文节译本,凡 26 章,全书目录(伍译与今译本对照):尼科洛·马基雅维利写给洛伦佐·美第奇殿下的献辞。现代译本分七篇,即第一篇"君主国的国体",第二篇"论君主国的获取",第三篇"论国民与教会政治",第四篇"论军队与国防",第五篇"论暴政与仁政",第六篇"论君主的自身形象",第七篇"论当权人"。伍译未分篇:第一章《国制》(今译"关于世上的王国种类及诞生方式",译者注:分界不清晰不译)、第二章《世袭国》(今译"关于世袭君主国")、第三章《非世袭国》(今译"关于混合君主国")、第四章《国灭而不反叛之故》(今译"关于亚历山大征服大流士及其他")、第五章《受治于自定法律之国灭而保之之法》(今译"如何统治在被征服前习惯于在各自法律和自由下生活的被占领国")、第六章《以武力得国者》(今译"凭借自身的力量与才智而取得的新领地")、第七章《因他人兵力或凭幸福以得国者》(今译"关于凭借他人之力或者因为机运而获取的新君主国")、第八章《多行不义以得国者》(今译"关于以邪恶手段获得君主权位者")、第九章《以巧取国》(今译"关于市民君主国")、第十章《量国力》(今译"如何评估所有君主国的力量",译者注:与今日时势不合不译)、第十一章《教王政权》(今译"关于教会君主国")、第十二章《兵籍》(今译"关于各种军队及雇佣军")、第十三章《雇兵外兵之祸》(今译"关于客军、混合军和本国军")、第十四章《国君宜知兵》(今译"关于君主在军事方面的责任")、第十五章《毁誉》(今译"关于世人尤其是君主受到赞扬或责难的缘由")、第十六章《疏财与鄙吝之利害》(今译"关于慷慨与吝啬")、第十七章《仁与暴爱与畏》(今译"关于残暴与仁慈,为人所爱与为人所惧")、第十八章《国君不妨失信》(今译"关于君主应当如何守信")、第十九章《避藐视远怨恨》(今译"关于君主必须避免受到蔑视与憎恨")、第二十章《保国恃台垒不如恃民心》(今译"关于建筑城堡的利弊,兼论君主日常事务")、第二十一章《国君应求令名》(今译"君主如何行事以赢得声望"）、第二十二章《择良臣》（今译"关于君主怎样对待自己的大臣们"）、第二十三章《远佞人》（今译"关于如何避开奉承者"）、第二十四章《意大利诸侯失国之因》（今译"关于意大利的君主们丧失国家的根本原因"）、第二十五章《命运》（今译"命运如何影响世事及如何与之抗争"）、第二十六章《多难兴邦》（今译"关于怎样解放蛮族手中的意大利"）。

  伍译《霸术》中略去了英文本原书的第 1 章"How many kinds of principalities there are, and in what manner they are acquired"，主要是讨论君主国的种类及获得君主国的手段，马基雅维利认为所有统治人民的国家和政权无非共和制（republic）和君主制（principalities）两类，君主制可以是世袭的，也可以是推举的，如该章提及的 Francesco Sforza（1401—1466）是一出身于平民的雇佣军队长，因娶米兰公爵的私生女为妻，1450 年被拥立为米兰公爵，获得了这一君主国的统治权。君主获得统治权的方法，或借用武力，或因为机遇和才能智慧。对于国人来说"世袭制"比较好理解，而属于推举的"共和制"（republic）对于熟悉改朝换代的国人实在很难理解，极易与宪政时代的"共和制"（republic）相混淆。这一章篇幅很短，伍光建认为该章"分界不清晰"，原因是马基雅维利实际上并没有讲清楚什么是"共和制"，与后来所讲的"共和制"并非一回事，因为在中国历史上从未见过"共和制"的君主国。或以为伍光建在《霸术》中略去了第一章，是因为他"根本搞不清楚是怎么回事"。这里恐怕是矮化了译者，伍光建留学英国，写过《英国宪政论》，清末立宪运动时期还出访欧美，考察过那里的政治制度，编写过《西史纪要》。伍光建认为这一章很难准确地翻译，共和制（republic）和君主制（principalities）也确实"分界不清晰"，译出来反而会引起不必要的概念混乱，[①]所以进行了删节。且全书均未使用"共和"一词来译"republic"。

  伍光建在该书序言对《君主论》作了正负两方面的评价，称"其书

[①] 或将《君主论》第一章的"共和制（republic）"译为"新君主国"。参见林骧华主编《外国学术名著精华辞典》(1)，页 573。

尚武力,进权谋,不以弃信为耻,为后世所诟病"。正面的评价是:"然其本归于爱民,其武力权谋,仅治标之术耳。以意大利城市邱墟,人民涂炭,异族横行,不复能制,非治标无以救国,无以统一。观此书之本章,其悲愤爱国,情见乎辞,不啻一字一泪,岂可以其惨酷而少之哉。"伍光建最后指出今日立国何尝不重武力而弃道德,在国际上自第一次世界大战之后,也是有强权而无公理,因此译此书可供爱国爱民者参考。有向封建统治者献策,说明如何统治人民,如何称霸于世。主张博采史籍,崇尚武力和权谋。《霸术》"序"亦有革故鼎新的现实观照:"观此书之本章,其悲愤爱国,情见乎辞,不啻一字一泪,岂可以其惨酷而少之哉。今日立国于全球之上者众矣,何尝不重武力而弃道德。且自欧战而后,两国缔交,有强权无公理,更大暴于天下。虽至今日,此书不为无价值也,故译其大要以问世,当亦忧国忧民者所取乎。"①这一书的译名很特别,伍蠡甫讲这是伍光建首创的:"先父曾对我说:一般读者认为马氏之书是讲资产阶级国家学说,却没有看出作者对权术的重视,因此给它换上了这个名称。"②1926年3月22日《申报》载商务印书馆广告称:"此书尚武力重权谋,计分十六章,阐明雄霸之术,而蹯本于爱国救民,书虽成于多年以前,而其价值至今未减。"③

122-06 伦理学

《伦理学》(Ethics),荷兰斯宾挪莎著,④伍光建译,商务印书馆

---

① 伍译《霸术》是《君主论》第一个中译节译本,第二个译本是曾纪蔚译《横霸政治论》(麦克维利著,上海光华大学政学社,无出版日期,潘汉典先生确定为1930年出版),第三个译本题名为《君》(马嘉佛利著,张左企、陈汝衡译,中国文化学会印行,1934年)。这些译本应该都是根据英译本转译的。此外,20世纪30年代,商务印书馆发行政治学经典著作英文本选读若干种,其中即有钱端升注的《君主论》。
② 伍蠡甫:《伍光建与商务印书馆》,商务印书馆编:《商务印书馆九十年(1897—1987)——我和商务印书馆》,页76—82。
③ 《申报》1926年3月22日,第3页。
④ 斯宾挪莎(Baruch de Spinoza,1632—1677,今译巴鲁赫·德·斯宾诺莎),荷兰哲学家,犹太人,与笛卡尔和莱布尼茨齐名,是近代西方哲学的三大理性主义者之一。(转下页)

1929年10月初版,编入"万有文库"第1集第90种,1933年8月编入商务印书馆"汉译世界名著"。

该书共五卷,分为三册。原著用拉丁文写成,题为《用"几何学的方法"作论证的伦理学》,伍译梳理了译本的版本关系,指出汉译本参考了以怀特(W. Hale White)和波义尔(A. J. Boyle)的英译本,且以怀特的译本为准,也采波义尔之说,怀特的译本没有题目,伍译中加入标题。所谓标题,就是命题内容,第一卷36题,第二卷49题,第三卷59题,第四卷73题,第五卷42题。命题悉数在第一册列出,目录长达45页。①

译本亦分五卷,第一卷"论神上帝",下列界说八条、公理七条,有三十六题加附论。先提出"界说",对关键概念进行定义,使所用的词语具体清晰,便于读者知晓讨论的范围,不致于对同一个词语因涵义理解偏差而"鸡同鸭讲",这就如同建房前在地面标好建筑的平面线条;也就是对实体、对客观世界的考察(斯宾诺莎是无神论者,其所论的上帝乃是指实体、自然界)。

第二卷"论心之生性及心之原始",下列界说七条、公理五条,有四十九题。指出人心与观念的紧密联系,这里的观念并非人心对客观对象的被动反映,要强调的是人心的主动。人心与身体相关,身体活动越多,越独立,心灵就越透彻、优秀。人的认识必须基于现实,脱离现实,只凭情感和想象,是不能正确认识世界的。上述两卷谈论的内容颇为抽象。

第三卷"论情之原始及生性",下列界说三条、公定五条,有五十九题。主要讨论人类各种情感的特性,以及人们痛苦与快乐,同情与

(接上页)出生于阿姆斯特丹的一个犹太家庭,父辈从西班牙逃往荷兰。斯宾诺莎年轻时进入培养拉比的宗教学校,在艰难的生活条件下,仍坚持哲学和科学的研究,最早提出"政治的目的是自由",为启蒙运动的拓展奠定了思想理论基础。其思想通过通信方式传播到欧洲各地,赢得人们的尊重。著有《伦理学》、《笛卡尔哲学原理》(1663年)、《神学政治论》(1670年)、《知性改进论》(未刊稿)等。参见上海辞书出版社编《外国人名辞典》,页516;林骧华主编:《外国学术名著精华辞典》(1),页758—768。

① [荷]斯宾挪莎著,伍光建译:《伦理学》,商务印书馆,1929年"万有文库"本。

不同情的根源，比如人之所为，益于他人者，我们爱之，可称为好感；人有害人者，我们恶之，可称为忿怒。于己有关，则有自高与惭愧；对于他人，则有可怜与嫉妒。就这样，爱、恨、勇、惧，各种情感权衡与消长，可以从个人推演到群体，甚至国族。认为欲望、快乐、痛苦是三种原始情绪，其他一切情绪都和它们相关联，诸如爱、恨、怜悯、同情、勇敢、恐惧、希望等。关于莎士比亚在《奥瑟罗》中的嫉妒，斯宾诺莎认为一个人不会嫉妒德行乃属于与他完全不相同的人，而只嫉妒一个地位与他相等、性质与他相同的人。所以有文人相轻，但文人不会嫉妒科学家。

第四卷"论人之束缚或感情之力"，下列界说八条、公理一条、七十三题，附篇三十二条。该卷聚焦伦理学的核心话题：善与恶。斯宾诺莎认为，对善恶的认识，即便正确，也只是知识，并不能禁制感情，只有当这种认识转化成为感情，才能禁制不良的感情。观念是重要的，人如果被错误的观念所驱使，那么即便行为与德相符，也不能说有德。只有在理性的指导下，才可以说特定的行为合乎德。他把"奴役"定义为人在控制和克制情感上的软弱无力，讨论了善恶、社会、国家等问题，认为人是对人最有益的。这一卷的诸多理论详细而有趣，比如除了鼓励"知足"，斯宾诺莎对"求生欲"也满满都是肯定——保全自身即是有德。这一卷还指出快乐与痛苦在善恶方面的辩证变化：快乐通常是善，但快乐过多，限制其他感情，则变为恶；痛苦常为恶，但痛苦可以遏制过分的快乐，故也可以是善。

第五卷"论知性之权力或人之自由"，下列公理二条，有四十二题。引用解剖学中人脑松子腺（松果腺）的知识辅助论说，合乎本卷对"智识"的提倡：在人心自由方面，智者远强于愚者。最后一个命题是：幸福不是德性的报酬，而是德性自身；并不是因为我们克制情欲，我们才享有幸福，反之，乃是因为我们享有幸福，所以我们能够克制情欲。第五卷道出什么是人心最高努力、最高之德，那就是以直观知识（第三种知识）了解事物，也就是正确认识神的特定属性。神既不爱人，亦不恶人，神不为激情所制，但是对神的爱和了解，可帮助人快乐自由，因为通过认识神，可以正确认识事物的本质——与第一卷呼应。每卷有界说（第五卷除外）、公则、命题、证明等。所谓命题，不妨看作是斯宾诺莎所要表达的思想，而证明则是解释说明。我们将之与贺麟译本比较，第一部分：论神；第二部分：论心灵的性质和起源；第三部分：论情感的起源和性质；第四部分：论人的奴役或情感的力量；第五部分：论理智的力量或人的自由。

《申报》1933 年 7 月 21 日称：

> 今日《伦理学》（汉译世界名著），Spinoza 著，伍光建译。一册二元二角七分半。本书内容系以定理、公理和命题之形式，说明伦理学体系。全书体例悉如欧几里得几何学一样。德国大哲学家如歌德、谢林、黑智儿辈咸服其思想之诚笃与有力，其价值可以想见。原本为拉丁文，本书系以怀特氏英译本为底本，并参照波义尔氏英译本译出，译笔力求近是与达意。①

方仪力在《被磨制的斯宾诺莎镜像》（《读书》2020 年第 3 期）一文中称：直到 1928 年，斯宾诺莎进入中国三十年之后，伍光建才为中国学界译出了第一本"斯学"著作。

写于 1928 年的"译者序"中介绍"斯宾挪莎"的生平：

> 斯宾挪莎所著之《以几何次序而证明之伦理学》，原本用拉丁文，其始不为哲学家所注意，及德国之勒新、雅科俾、歌德、谢林、黑智尔（Lessing, Jacobi, Goethe, Schilling, Hegel）诸巨子，服其思想之有力，及其思想之诚笃，于是渐有译本矣，德文译本尤多。英文则向怀特（W. Hale White）之译本为最谨严。而波义尔（A. J. Boyle）译本，则有其较为显明之处。今以怀特译本为准，而兼采波义尔之说。怀特本无题目，今照波义尔译本加入，

---

① 《申报》1933 年 7 月 21 日，第 3 页。

以便读者。拉丁文原本，骑墙之语，不一而足。是以诸家译本，不能尽同。斯宾挪莎又往往沿用经院派名词，与今日之意义异。幸而其屡在书中（例如第三卷诸感之界说第二十条）警告读者，切勿泥于名词之字面，或通俗意义而惟其所规定之界说是从。以其界说原是规定事物之性质者也。今从英文译华文，则各词颇有为难。伦理学原是我国所固有，然而时至今日，若大用新名词，则无以见中外学说之异，惟是用新名词，有时则有诡异之嫌，用旧名词，有时则又难免于附会。亦惟有取其近是及能达者而已。至于斯宾挪莎之哲学，则幽渺难晓，怀特自称其不能尽晓，且谓无人能尽晓。而以第五卷下半部为尤胜。是以后世之哲学家之论斯宾挪莎者，见仁见智，不能尽同。今姑举数说以为读者之助。斯宾挪莎之学说，其原出于笛卡尔（Descartes），推笛卡尔之学说，至于至极。则得斯宾挪莎之学说，自其显著者言之，散达雅那（Santayana）则谓斯宾挪莎否认第一因意志自由、道德责任，而承认人之幸福在乎知天，在乎爱天，自其幽渺者言之。韦柏（Weber）则谓本质是其自己之因，而是无限者。是故本质无所依，而无物不依赖于本质。神是宇宙之因，是世界之内在因，其为因也，如乳之为白之因，而不如父之为子之因也。本质是绝对之无限，属性则是相对之无限。而斯宾挪莎所谓"拘定即是取消"一语，其实应解作限制即是取消也。至于思想与物质之别，则在乎不能以物质及动解说思想。而物质则不是思想产生之物，延长之变态，即是动及静思之变态，即是知性及意志。且谓斯宾挪莎之哲学系统，其最难之点，则在于延长之不能分，而怀特以为其最难之点，在乎心之永恒。霍夫丁（Höffding）谓斯宾挪莎之系统，以心及身为同此本质，或本质之同此变态。宗教不以真实为基础，而以虔诚为基础。且谓其思想有三种元素，其属于宗教者，则在第十七世纪之末。有维持其学说者；其属于观念主义者，则在第十八世纪之末，有哲学家以维持之；其属于实在者，则有第十九世纪之末，及今日之科学家以维持之。又谓斯宾挪莎之本质神，自然之概念同度，惟神之概念则计价值。霍夫丁谓以逻辑而论，不应有多数之始基概念，只宜有本质之概念也。而其特长之一，则尤在乎发起心内之天演。留埃斯（G. H. Lewes）则以为斯宾挪莎之所谓同一性者，并不谓其相同，而谓是一本两枝，如人是身心之同一，水是轻气养气之同一也。且以为斯宾挪莎之意，谓主观的观念，即是客观（对象）之完全及实现之心象，亚微那利厄（Avenarius）谓斯宾挪莎之本质神，自然，同交于一点。揆耳德（E. Caird）谓陆克（Locke）及莱布尼兹（Leibnitz）所断言者，是个体性与分异，而笛卡尔及斯宾挪莎所断言者，则是普遍惟及合一。照斯宾挪莎之意，延长不能分，但论样态则能分，其概念本质也，只有两相反之不同。一、概念本质并无有限者之属性，二、概念万物之绝对整个之性为一个合一，第一层是其逻辑之实现效果，第二层是其所概念之逻辑效果，其伦理学亦然。有两相反对之思潮，处于无可和解之矛盾地位，即谓第一则由于其所欲奉行之积极方法，其二由于其实行之抽象或消极方法。读者当于第五卷之三十六题及他卷之诸题见之。斯宾挪莎之逻辑虽不完备，然而其内见则完备矣云云。后世之论斯宾挪莎之学说者，虽有不同，然而论其为人，则几乎无异议。斯宾挪莎其先本西班牙之犹太人，因避天主教罗织锻炼之狱，迁于荷兰。好学深思，有独立精神，绝不附和犹太教之说。教会诸长老患之，先试赂之，使不持异议，不听，则使人刺杀之，不中。斯宾挪莎则迁居以避之，志在求学，他无所好。善磨天文镜，因赖以自给。一身之外无长物，可谓得自由之精神者。观其解说自由二字（见第四卷第四十六及六十六题，及第五卷第四十一题），则与今日之所谓自由者异矣。民国十七年戊辰夏至新会伍光建序。（译者序原文仅有圈点，标点为编者所加）

"译者序"陈述了哲学翻译的名词的难题：从英文译华文，则各词颇有为难。伦理学尽管系中土之固有,但时至今日,如果广泛使用新名词,读者无法了解中外学说之异;如不使用旧名词,亦无法见出中外学说之同。而仅仅使用新名词,有时则有诡异之嫌;仅仅使用旧名词,则又难免于附会,所以译者强调"惟有取其近是及能达者而已"。①

伍光建翻译文学作品,用的大多是白话,文风是这样的:

> 素菲亚既镇定之后,对女仆微笑,说道:"你必定恋爱这个少年。"她答道:"小姐,我恋爱吗!小姐,我老实说;小姐,你相信我的话;小姐,我的确不是恋爱。"她的女主人说道:"假使你恋爱他,我不晓得你有什么理由,为什么引以为耻;因为他其实是一个美少年。"女仆答道:"小姐,可不是,他是个美少年;我生平所见的以他为最美。他其实是美,诚如小姐所说,他的阶级虽然比我高,我为什么以恋爱他为耻。"②

而《伦理学》一书中伍光建所用文字则近似文言,且不用标点,采用句读。比如第一卷中这一段:

> 凡此全数之格言,则证明各人之判断事物,是按照各人之脑海之结构。且与其谓人悟解事物,毋宁谓人想象事物也。假令众人而真悟解事物,则有如算学所证明,我之理论,虽不牵引众人,众人至少亦当坚信我之理论。(此后二句,怀特译文与波义尔译文颇不相同,今采波义尔译文。译者注)③

1958年商务印书馆出版了贺麟翻译的《伦理学》,贺麟是使用现

---

① 方仪力:《被磨制的斯宾诺莎镜像》,《读书》2020年第3期。
② 伍光建选译:《妥木宗斯》,商务印书馆,1934年,页20。
③ 伍译:《伦理学》第一卷,商务印书馆,1929年,页57。

代汉语译完的。以上述同一段文字来做对照:

> 诸如此类的谚语,最足以表示人们评判事物,只以其心理上的状态为准,他们对于事物宁愿单凭想象,而不愿加以理智的了解。假如人们果能理智地了解事物,则他们对于我的理论,应视如数学证明,纵然不觉其有趣味,至少也当认为可信服。①

语体和文言体两个版本在术语、用词、造句方面,差异都很大,相比而言,较之贺麟的白话文译文,伍译显得略微艰涩。不过伍译《伦理学》也有一些有趣之处:如与一般喜欢"隐身"的译者不同,伍光建很享受"现身"的愉悦,正如伍译小说常在句末以括号的形式加上"译者注",《伦理学》的正文中亦是如此。或作名词解释:"本质由其生性,是先于其情。(即特别现象。译者注)"(第一卷,第4页);或解释句子的意思:"今有一事物,或是在其自身而有,或是在其他一事物而有。(霍夫丁之解释,似谓凡一事物,必有其原因,或在其自身,或在其他事物。译者注)"(第一卷,第3页)或交代自己翻译的依据,如上面那段提及怀特译文与波义尔译文的注;或插入自己的联想或评论:"换而言之,本质之概念,并不依赖其他一事物之概念,此其他一事物,是本质之概念必由以成者。(侯官严氏批点老子《道德经》,谓朴即本质。译者注)"(第一卷,第2页)

伍光建颇具比较意识,比如由原文的"本质"之说联想到老子。又如"译者序"谈到书名"伦理学",伍光建想到的是"中国固有",于是希望在翻译中既体现"中外学说之异",又要表现"中外学说之同"。"译者序"还概括了斯宾诺莎的学说承认人之幸福在乎"知天"和"爱天"。"天"是伍光建个人的阐释;而在译文中,伍译依原文用的是"神",本来斯宾诺莎的"神"就有自然本质和规律等意思,将"天"等同

---

① 贺麟译:《伦理学》,商务印书馆,1997年,页43。

于"神",翻译算是比较到位。① 不过伍译本为后人诟病亦甚多,如马君武就认为该书"几乎错误到不能读,与胡仁源所译《理性批评》同为没有能力译而强译"。②

123-07 人之悟性论

《人之悟性论》(An Enquiry Concerning Human Understanding,今译《人类理解研究》),英国休谟著,③商务印书馆 1930 年 4 月初版,编入

---

① 参见韦锦泽《自由与力量——〈伦理学〉推介》,谢天振比较文学译介学资料中心,2019 年 10 月 24 日。王太庆对比伍译和贺译,对伍译有尖锐的批评:30 年代伍光建的斯宾诺莎的《伦理学》译本完全读不下去,而 50 年代的贺麟译本已经基本上正确且具有可读性。这两个译本比较,突出的例子表现在以下几种情况:(1) "信"的翻译也可以同时不"达",(2) "信"的翻译可以不"达",(3) "信"的翻译也可以"达"。此外也表明了一个要点:不"达"的翻译不管"信"不"信",都读不下去,用严复的话来说,就是"译犹未译",即等于不译。不过不"达"的译文中"信"者究竟与不"信"者不同,前者可以仔细分析,对照原文读,经过弯路然后纠正,得以理解原意;不"信"的译文即使通达,也只会以讹传讹。我们愿意从这些例子来研究研究怎样提高质量的问题。虽然伍光建是知名之士,是著名的文学翻译家,从来没有见过他的哲学文章。但是从译文可以看出,他是不懂哲学和哲学史的。伍译虽然在文学上有造诣,但在翻译《伦理学》所用的方法是字字对译,反而毫无意译痕迹。由于缺乏对原著的起码知识,就只有从文字、语法着眼,一句一句照描,译出的文字当然读不懂,不但是某字某句不懂,而且是整个不懂。参见王太庆《论翻译之为再创造(初稿)》,选自王太庆著《柏拉图对话集》,商务印书馆,2019 年。

② 黄昆山:《马君武博士其人其事》,载《马君武先生文集》,国民党党史编辑委员会 1984 年。袁斌业:《马君武》,方梦之、庄智象主编:《中国翻译家研究(民国卷)》,上海外语教育出版社,2017 年,页 207—250/228。

③ 大卫·休谟(David Hume,1711—1776),苏格兰不可知论哲学家、经济学家、历史学家,被视为是苏格兰启蒙运动以及西方哲学历史中最重要的人物之一。他的父亲在宁威尔区(Ninewells)担任律师,休谟 12 岁时就被家里送到爱丁堡大学就读。最初休谟打算从事法律职业,但不久后他发现自己有"一种对于学习哲学和知识以外所有事物的极度厌烦感"。虽然现代学者对于休谟的著作研究仅聚焦于其哲学思想上,但他最先是以历史学家的身份成名,他所著的《英格兰史》一书在当时成为英格兰历史学界的权威著作长达六七十年之久。休谟的哲学受到经验主义者约翰·洛克和乔治·贝克莱的深刻影响,也受到法国一些作家的影响,他吸收了英格兰各种知识分子如艾萨克·牛顿、法兰西斯·哈奇森、亚当·斯密等人的理论。代表作有《人性论》(1739—1740 年)、《人类理解研究》(1748 年)、《道德原理研究》(1751 年)、《自然宗教对话录》(1779 年)等。参见[英] 罗素著、马元德译《西方哲学史》(下卷),商务印书馆,1981 年,页 196—212;上海辞书出版社编:《外国人名辞典》,页 173。

"万有文库"第一集第 99 种,1933 年 10 月编入"汉译世界名著"丛书。(北京图书馆编:《民国时期总书目(1911—1949)》"哲学·心理学",书目文献出版社,1987 年,页 179)

  全书分十二章,论各派哲学、观念的来源、联想及反对悟性之中的怀疑、怀疑的解决、必然观念、自由与必然性、怀疑派哲学等,第一章为序论,表述"人性科学"的主张;第二章简述基本理论,论述观念的起源;第三章论观念联想三原则;第四章至第七章论因果观念;第八章论自由与必然;第九章论动物之理性;第十章论奇迹;第十一章论一宗特别摄理及一宗将来之情状,旨在批判神学理论;第十二章论怀疑派哲学,提出了一系列怀疑,从而构成了一个怀疑论的理论体系。该书中附有补篇《论知识》(原著第一卷第三部分论知识及谅必性)等,选译了《人性论》中有关章节。书前有《译者序》《出版人序》《休谟自传》。1734 年,在于布里斯托经商数个月之后,休谟前往法国安茹的拉弗莱舍(La Flèche)旅游,在那里休谟经常与来自 Prytanée 军事学校的耶稣会学生进行哲学讨论,勒奈·笛卡尔也是这所学校的毕业生。在那里定居的四年,休谟为自己订下了生涯计划,决心要"过着极其简朴的生活以应付我那有限的财产,以此确保我的独立自主性,并且不用考虑任何除了增进我的文学天分以外的事物"。这期间他完成了自己第一部也是最重要的著作《人性论》,当时他年仅 26 岁。虽然现代的学者们大多将《人性论》一书视为休谟最重要的一本著作,同时也是哲学历史上最重要的著作之一,但此书刚出版时并没有获得多少重视。休谟认为"多半由于叙述不当,而不完全是由于意见的不妥",于是休谟就将《人性论》第一部分重新改写为《人类理解研究》并在都灵出版。休谟从英格兰、法国及德国的学术刊物上看到了书评,为此他写了一篇回复《一部新近出版的著作之摘要;书名,人性论;该书的主要论点在此得到进一步的阐发与解释》(*An Abstract of a Book lately Published*;*Entituled*,*A Treatise of Human Nature*,*&c. Wherein The Chief Argument of that Book is farther Illustrated and Explained*)。1740 年,这篇摘要以不具名小册子的形式得到出版,该书对知识所提出的论述,犹如打开了一个潘多拉之盒,它引出了后续哲学的一系列问题,有着深刻而广泛的意义。《人类理解研究》的主要内容是经验主义的认识论,包括观念理论、因果关系和怀疑主义,还包括"神迹、天意和来世"等思想。休谟将自己的哲学称为"人的科学",指的是与自然科学相对的对人的本性的研究,因此,休谟又称这门科学为"人性科学"。这里所谓的人性具有广泛的含义,它包括了与人的认识、情感、趣味、道德和礼会行为等有关的方面。"人性科学"的提法是与近代启蒙思潮的兴起、人性的崇尚和重视相适应的,同时也是理论哲学即将与自然科学"分手"这一趋势的反映。

伍光建在该书《译者序》中写道:

> 休谟之哲学,辨析精微,实开康德批判主义之先,此是近日哲学界之公论也。其所发明之原理,实有发前人之所未发者,其谓吾人之阅历式推理,不过亦是一种本能,亦可谓敢于昌言其心得者矣。休谟又能文章,赫胥黎曾为之制传,列入英国文苑汇传中。今所谓译者奥本可特出版公司(The Open Count Publishing Company)之本,于休谟手定之《人之悟性论》十二章之外,采入其所著之《人性论》若干篇(今称补篇),读者由是可以窥见休谟哲学之全豹矣。民国十六年戊辰清明日伍光建序。

书前还有《出版人序》,称该书未加注释,是因为1777年的版本附有休谟自撰的《自传》及亚丹斯密的信,此两种文献向来是附于休谟的《英国史》简编,有此两种,则休谟的生平已备,今只要以数语略表休谟的哲学之重要即可。出版人认为休谟是康德精神的先驱,堪称罗伯特生(Robertson)和吉本的劲敌。伍光建通过译者注表示,1896年纽约出版的韦柏(A. Weber)《哲学史》称,作为哲学家的休谟盖过了作为历史学家的休谟。近代哲学可以通过休谟而窥见康德的面貌,近代哲学由此而演变为批判的、积极的,变为一种知识史学说。休谟排斥旧的假伪者,及掺假的玄学,而代之以一种根据推理和阅历为坚固基础的真正玄学。休谟的怀疑主义反对陈旧的本体论,与康德之理论的哲学精神完全同一。该书所采用的部分,一是包含其数章之论因果之发挥其短作之因果说者,学者可以选读其第七章之后面部分;二是数章有关休谟的建筑哲学之要素,读者可以先行选读其第十二章之数段。①

124-08 饭后哲学

《饭后哲学》(After-Dinner Philosophy),②英国哲学家娇德③和斯特拉琪④合著,商务印书馆1931年1月初版,1933年1月国难后一版。台湾商务印书馆,1969年。

该书汇集1925年秋冬之间娇德与斯特拉琪之间的一组哲学问答,包括"勇敢不过是一种畏葸""无论哪一本书并不见得比任何其他一本书好""进步的意义""人不见得比猴子好""真就是美美就是真"

---

① [英]休谟著,伍光建译:《人之悟性论》,商务印书馆,1930年,页1。
② After-Dinner Philosophy [《饭后哲学》(with John Strachey)], London: Routledge & Sons, 1926.
③ 娇德(Cyril Edwin Mitehinson Joad,1891—1953,今译周德、若特、乔德),英国哲学家、教育家,出生于英国达拉姆城(Durham)。毕业于牛津大学,本科在读期间钦佩萧伯纳,并转向社会主义,一生都是一个坚定的和平主义者。一度担任公务员,1930年被任命为伯克贝克学院(伦敦大学)哲学系主任。作为一个多产的作家和自然资源保护主义者,1939—1942年因加入英国广播公司的广播节目"智囊团"(一种谜语节目)而一举成名。1936年他撰写有关于印度文明的书,崇拜甘地并编有甘地的散文集等,将东方哲学视为西方现代性的解毒剂。著有《常识哲学随笔》《常识伦理学》《常识神学》《现代哲学导论》《心与物:现代科学的哲学导论》《现代政治理论导论》《文明的故事》等。参见《近代现代外国哲学社会科学家人名资料汇编》,页1193。
④ 约翰·斯特拉琪(John Strachey,1901—1963,今译斯特拉彻),英国著名学者和工党政治家。父亲是《旁观者》杂志的主编和发行人,是历史传记作家李顿·斯特拉彻(Lytton Strachey)的堂兄。他先后毕业于伊顿公学和牛津大学。1923年加入工党,1924年担任该党刊物《社会主义评论》的编辑,1929年进入议会。第二次世界大战中担任过空袭民防队员、新闻发布员、无线电广播评论员和空军联队指挥官。1945年任工党新政府的空军次长,1946年任粮食大臣,1950—1951年任陆军大臣。著有《即将到来的争夺权力的斗争》《资本主义危机的性质》《社会主义的理论与实践》《我们将怎么办》《进步计划》《当代资本主义》《帝国的终结》和《论防止战争》等。参见《近代现代外国哲学社会科学家人名资料汇编》,页2269—2270。

"你不能作你不要作的事也不要作你所不能作的事""物无存在惟有你想物则有存在""物品是永远不变的""逻辑的迷"等。全书的表述亦庄亦谐。书前有《译者序》《原著者序》。① 这组问答原是1925年秋冬之间,每两周一次的无线电广播。因为无线电是人们茶余饭后的娱乐品,所采取的方式不能过于沉闷。两位作者的对话,并非真正的哲学,而是小品,是开拓心胸的酒。大英广播公司总局收到很多信函,其中表示"很喜欢咀嚼思想骨头的滋味"。蔡元培评:"此书用有趣味的谈话,表示哲学的需要,是人人可读的书。"1931年《申报》有《饭后哲学》的出版广告,称该书"以问答讨论哲学重要问题,语浅而意深,能以妙文达难达之意,有时以谐语助警策。其先原以无线电广播于众,其后汇辑印行,以广其传"。②

杨家骆称赞:

> 《饭后哲学》After-Dinner Philosophy,英国 C. E. M. Joad 及 J. Strachey 著,伍光建译。此书以问答讨论哲学重要问题,语浅而意深,能以妙文达难达之意,有时以谐语助警策。其先原以无线电广播于众,其后汇辑印行,以广其传。第一章论勇敢是一种畏缩;第二章论此一物不见得比一物好;第三章论进步并论人不见得比猴子好;第四章论意志;第五章论无;第六章论变;第七章论美即是真,真即是美之谬;第八章逻辑的迷(论不接连及因果)。此书篇幅虽短而能透彻发挥哲学诸重要问题。③

---

① 北京图书馆编:《民国时期总书目(1911—1949)》(哲学·心理学),书目文献出版社,1987年,页7。
② 《申报》1931年6月20日,第1页。
③ 杨家骆:《民国以来出版新书总目提要》,页72—73。

科学读本

125-01 格致读本

《格致读本》，英国莫尔显（或作穆尔显）著，伍光建与李维格合译，光绪二十八年（1902）六月南洋公学译书院出版。

该书是采用英国少年佛勒、唯连兄弟俩与其妹妹娜赖对话的形式展开的，第一课有："英国童子佛勒、唯连者，兄弟也，皆聪颖好学，暮归自塾，辄以所学告其妹娜赖，津津不倦，妹甚乐听之，入夜，三人相嬉戏，每围炉坐，作师弟晤对状，以日间所学相问答焉。"关于水的知识是在对话中进行传授的："一夕佛勒谓娜赖曰，师尝论水，取一盘，积木屑其中，使之成堆，更取他盘以水倾入，欲其亦如木屑之堆积，而水入盘中，即成平面，益之则满，且泛滥，终不能使之成堆也。娜赖曰：水流而就下，自然之性也。唯连曰：水又能成滴如雨。佛勒曰：吾为演之，乃浸刷于水，洋特洒之，着桌幂果成圆满矣。"课文最后得出结论："水聚则成平面，不能堆之使高，水能散成滴，又能流动，流必向下。"课文与课文之间是靠三人的对话进行衔接的，如第二课"水属流质"："越数日，三人又聚语形耳。师又倾水入方盒，问如前，娜赖遽曰：吾知之矣，水形成方矣。佛赖曰：然。师复以盒水倾入杯。佛勒曰：前论水理，娜赖尚记之否？娜赖曰：记之。水性就下，能融合，聚之则成平面，不似木屑之可堆积，散则成滴，滴聚复融合为平面也。佛勒曰：然吾今难汝，水为何形，汝知之乎？师亦以此问我侪，皆茫然莫知所对也。师乃取一圆盘相示，倾以水，问水何形，我侪答曰：水似盘，属圆，自杯而罐，自罐而瓶，每易辄变，随器成形。妹知尚有他物，同于水者乎？娜赖曰：若牛乳、若油、若醋、若茶与酒，皆如是。佛勒曰：然此类各物，有一定名，吾今语汝，汝毋忘之。师云：此类名为流质，流质者，性常流动，散之成点滴，聚之成平满，因

器成形,不能积之成堆,如木屑者也。"最后得出进一步的结论为:
"水为流质,水无形,因器成形,牛乳、油、醋、茶、酒,皆属流质。"①顾燮光《译书经眼录》"理化第十一"称该书二卷:"计四十课,述英国童子佛勒、唯(诺)[连]偕有妹娜赖问答之辞,于动植物各学言其大略,语其浅显。"②

126 - 02　最新中学物理教科书

《最新中学物理教科书》,英文书名为: Commercial Press New Text Book Series Elementary Treatise on Physics for the Use of College and Schools,伍光建编译,商务印书馆1904—1906年。期间该书出版过多种版本,有单行本,也有合订本。

1904年的合订本分为十卷,共1304页,分上下两册,上册收录卷一、卷二"力学"(上、下),卷三"水学",卷四"气学",卷八"磁学",卷六"热学",卷五"声学";下册卷七"光学",卷九"静电学",卷十"动电学"。该合订本1906—1907年前后多次再版。③ 该书蓝本可能即乔治·何德赉的《简明物理学教程》(A Brief Course in General Physics Experimental and Applied),与商务印书馆教材出版有很深渊源关系的胡先骕《留学问题与吾国高等教育之方针》(《东方杂志》1925年22卷第9号,页15—26)一文中提及:"以吾所知,仅昔年伍光建曾译'Ganot'之《物理学》一种,然此书虽在商务印书馆出版,销场极为有限。以故书馆不愿承印高深书籍;能著作翻译高深书籍之人,以其

---

① 伍光建第一部正式出版的译作,是1902年他在南洋公学任教期间与李维格合译的教科书《格致读本》,参见邹振环《中国近代翻译史上的严复与伍光建》,氏著《疏通知译史:中国近代的翻译出版》,上海人民出版社,2011年,页258。

② 熊月之主编:《晚清新学书目提要》,页296。上海时中书局另有该书第三卷排印本,题为时中书局编译所译。"全书列课六十,附图七十九,第一课至第二十二课则论水雪空、淡炭养各气,二十三至四十七则论动物,四十八至六十则论植物,其佛勒、唯连问答以仍南洋公学所译卷一、卷二体例"(页296)。

③ 该书有多种单行本记录,参见王友朋主编《中国近代中小学教科书总目》,上海辞书出版社,2010年,页688—690。

书无市场之故,亦鲜愿为劳而无功之举。"胡先骕提出这一说法时,伍光建尚健在,《东方杂志》又是伍氏不会遗漏阅读的杂志,他未就此提出异议,可见是默认了胡先骕的说法。既有的研究表明《物理学》的英文底本为迦诺《基础物理学》英译第 16 版,该文指出《物理学》热学分册大部分内容取自该书"热学卷",只有热机知识部分译自乔治·何德赍(G. Hoadley,1848—1936)的《简明物理学教程》。法国迦诺(Adolphe Ganot,1804—1887)曾出版过两部物理学教科书,分别是 *Traité élémentaire de Physique Expérimentale et Appliquée*(《基础物理学》,1851 年,Imprimeur De J.Claye)和 *Cours de Physique Puremient Expérimentale et Sans Mathématiques*(《纯粹物理实验》,1859 年,Imprimeur De J. Claye),两书都有英译本。① 除上述两种外,宝苏雅拉等经过细致的比对认为,伍氏《物理学》至少使用和参考了七部外文底本,其中"力学卷"和"气学卷"标注的是 A Treatise on Physics,另外六册标注的是 Elementary Treatise on Physics,而且《物理学》八册书的英文书名下面均标有 For the Use of Colleges and Schools。1863 年,阿特金森(Edmund Atkinson,1831—1900)首次翻译出版迦诺的《基础物理学》英译本(*Elementary Treatise on Physics*),获得良好的社会反响,*School World*(《学校世界》)杂志评论道:"至 19 世纪末,阿特金森的教科书已为英国的每一位科学教师和学生所熟知。"(By the end of the century, Atkinson's textbooks were well known to every science teacher and student in England.)可见《基础物理学》在英国的影响力已覆盖英国大部分地区。通过编排顺序的调整、内容的改编等,基本可以确定伍译《物理学》,无论从整体框架,还是从内容及配图来看,"译"的核心成分主要来自阿特金森编译的迦诺的《基础物理学》。两书的卷次划分完全一致,且各卷次中的章目录以《基础物理学》的章

---

① 冯珊珊、郭世荣:《迦诺的〈基础物理学〉及其在晚清的译介》,《西北大学学报》(自然科学版)2019 年第 2 期。

目录为主干;在内容和配图方面,译自《基础物理学》的比重约占70%。同时也指出,在已明确的七个底本中,只有何德赉的《简明物理学教程》的实验编排形式与伍光建的《物理学》最为接近,推断伍光建采纳了何德赉《简明物理学教程》的实验编排形式。① 伍光建的译本继承了英国阿特金森物理学教科书中部分实验和仪器,在编排形式上进行了适当调整。伍光建的最新物理学教科书在实验描述的编译方面表现出如下一些特点:教科书中保留了演示实验,但翻译中原本数据的完整度和精度都有所降低;删除了部分测量仪器的描述,以及与测量仪器相关的测量功能和技能等。可见,伍光建物理学教材中的实验概念窄化,经过编译,物理学知识掌握的标准被降低,从原来对科学方法价值的追求,演变为纯粹的教学手段,没有很好地考虑学生科学思维能力的训练。

　　第一、二卷为"力学",商务印书馆光绪三十年(1904)9月初版,②三十一年(1905)第二版,光绪三十二年(1906)三版。全书上下共二十章凡164节。第一卷十二章:第一章《发端》、第二章《物性(物之公性、物之异性),介绍反向的和力偶》、第三章《本源么匿》、第四章《直动》、第五章《奈端动例》、第六章《合力》、第七章《合动》、第八章《奈端吸力通例》、第九章《地心吸力(爱德和坠物器)》、第十章《时摆》、第十一章《坠物》、第十二章《抛物之动路》。第二卷从十三章开始:第十三章《相称之力》、第十四章《助力器》、第十五章《重心》、第十六章《物之僻性》、第十七章《简谐动》、第十八章《直碰》、第十九章《斜碰》、第二十章《功能》。第一卷《发端》也可以视为全书的序言,如第一节称:"格物之学,所以考察物之变象也。其考察生物之变象,则谓之生物学;考察顽物之变,而其变及乎原尘者,则曰化学;考察顽物之变,而其变不关乎原尘者,则曰格物之学。"这两卷主要介绍自由落

---

① 宝苏雅拉、姜红军:《伍光建〈物理学〉成书形式辨析》,《内蒙古师范大学学报》(教育科学版)2021年第1期。
② 顾燮光《译书经眼录》卷八《本国人辑著书》收录"力学"(商务印书馆洋装本),转引自熊月之主编《晚清新学书目提要》,页361。

体运动、上抛、下抛、斜抛和斜面上的运动等。圆周运动介绍向心加速度、向心力、圆周运动周期和频率等的公式,导出变速圆周运动的切向和反向加速度公式,之后是介绍能量。一些基本概念的表达,如重力、万有引力、惯性(惰性)、摩擦,"奈端动例"介绍的就是牛顿运动定律,包括牛顿运动的第一定律、牛顿运动第二定律、牛顿运动第三定律。所谓"奈端吸力通例"即牛顿万有引力。《最新中学教科书·力学》一书中将 moment 译为"矩"。此翻译符合严复的译词原则,"矩"是一个古字且是单音节词。后附课题,即给学生使用的练习题。

第三卷"水学",商务印书馆光绪三十二年(1906)第二版,86 页。"水学"分五章凡 78 节,第一章《压力试验:重率、密率》、第二章《压力演算:压力心、直压力、平安点》、第三章《求重率发》、第四章《细管吸力:面牵力、交渗、交流》、第五章《流水力学、水力机器》,后附课题。

第四卷"气学"商务印书馆光绪三十二年(1906)六月初版。分五章凡 70 节:第一章《气质之性:空气、空气表》、第二章《气质涨力:波勒例、压力表、多尔顿例》、第三章《空气浮力:气球》、第四章《抽气机、抽水机》、第五章《空气表求高法、气涨图、流动质过管压力》,后附课题。

第五卷"声学",商务印书馆光绪三十二年(1906)三月初版,118 页①。全书分七章:第一章《震动、声浪、声之速率》、第二章《回射、折射、震动次数》、第三章《弦管》、第四章《条片之震动、直震动、横震动、薄片之震动》、第五章《以光显声浪、写声机、留声》、第六章《感声》、第七章《音律、中国古音律解、中西音律比较》,共计 97 节,附课题。

第六卷"热学",商务印书馆光绪三十年(1904)初版,②128 页,光绪三十二年(1906)三版。分十三章凡 128 节:第一章《涨缩略论、寒暑表》、第二章《实质涨率》、第三章《流质涨率》、第四章《气质涨率》、第五章《变质、蒸气》、第六章《燥湿》、第七章《引热之理》、第八章《热

---

① 《申报》1906 年 5 月 27 日,第 4 页。
② 顾燮光《译书经眼录》卷八《本国人辑著书》收录"力学"(商务印书馆洋装本),转引自熊月之主编:《晚清新学书目提要》,页 361。

之传射》、第九章《热量、隐热》、第十章《寒热之源》、第十一章《动热相生之数》、第十二章《汽机》、第十三章《原热》，后附课题。主要介绍固体面胀、体胀的计算和液体热胀的计算，其中包含了吕萨克定律、查理定律、绝对温度以及气体定律公式，介绍热传导现象和介绍热传导的计算和导热系数。

第七卷"光学"，商务印书馆光绪三十四年（1908）八月初版，195页。全书分十章凡167节：第一章《像、影、光之速率、光浓率》、第二章《返射、返光镜》、第三章《但射镜、离角、限角、折射指数》、第四章《透光镜、演算》、第五章《光带、色差》、第六章《色虹、磷光、弗光》、第七章《光器》、第八章《视官、欺眼法、眼镜》、第九章《光浪、光浪生克、折射》、第十章《双折射、极光、晶颗色环》。主要介绍光的直进，介绍牛顿的微粒说和惠更斯的波动说，引用波前概念和惠更斯原理，并用来解释反射和折射现象。介绍透光镜成像后，推导出厚透镜公式；介绍色散现象，并讨论了透镜的色像差，以晶颗色环说明入射线与出射线的夹角，用波动说定性来说明干涉、绕射等现象。后附课题。

第八卷"磁学"，初版于光绪三十一年（1905）四月二十日，82页。封面为《最新中学教科书·磁学》。页眉为"物理教科书·磁学"。全书分六章凡89节：第一章《磁性》、第二章《赋磁性》、第三章《磁力例》、第四章《地磁》、第五章《钢铁磁性》、第六章《磁性物》。介绍磁现象后，给出库仑磁力定律，讨论磁极强度单位和磁场强度的概念和单位（高斯）。该书开篇介绍什么叫"磁"，什么叫"磁力"："吸铁之物曰磁，其吸铁之力曰磁力。天生之物，磁性最著者曰磁铁，又曰磁石，又曰天生磁。即铁三养四，以小亚细亚所产者为最多。"[①]后附课题。

第九卷"静电学"，商务印书馆光绪三十年（1904年9月）初版，三十一年（1905年7月）再版，1906年三版，164页。分十一章凡166节：第一章《电之推吸》、第二章《电力例》、第三章《感电、电之分布》、第四章《发电机》、第五章《蓄电器》、第六章《电平、电力》、第七章《量

---

① 伍光建编：《最新中学教科书·磁学》，商务印书馆，1905年，页1。

电表》、第八章《电量、通感系数》、第九章《放电之效、电能》、第十章《空际之电》、第十一章《电源》。后附课题。

第十卷"动电学",商务印书馆光绪三十二年(1906)初版,266页。1906年《申报》刊载署名"颠""赠十志谢":"昨承商务印书赠以《动电学》一册,为新会伍光建所编辑,图说详明,为物理教科书之佳者。"①全书分十四章凡216节:第一章《电池》、第二章《流电表》、第三章《阿穆例》、第四章《流电量法》、第五章《电溜生热》、第六章《热电》、第七章《流电动学》、第八章《电磁、量安表、电报》、第九章《流电化功、副电池、电镀》、第十章《电磁发感、电磁自感系数》、第十一章《总论么匿》、第十二章《德律风、感电圈、负极光、朗根光、镭光》、第十三章《代那模、模托、调平器》、第十四章《电浪、无线电报》。第九、第十卷都是属于电学部分,介绍静电现象并给出库仑静电定律、电量的静电单位和实用单位;带电球体的电场中的场强公式和电位公式;电池介绍了极化作用和局部作用,各种不同电池的化学反应式;推导电阻的串、并联公式,电流的化学效应,介绍法拉第电解定律和电量计;电流的磁效应,以及电磁波和无线通信等。后附课题。在第十卷最后有"光绪三十二年岁次丙午孟夏月初版,光绪三十三岁次丁未季春月再版",可见该书1907年又再版。该套教材有若干种印有第四版。②

1906年《申报》刊有署名"望"收到《气学》《水学》两书的"赠书言

---

① 《申报》1906年7月30日,第4页。
② 中国科技大学人文学院科学技术史系王广超教授在2022年4月14日在中国科技大学作了题为"伍光建编《最新中学教科书·物理学》新探"的演讲,称20世纪初,伍光建所编《最新中学教科书·物理学》,是当时最大部头的中文物理教科书。从一定意义上说,这套书重新定义了中国物理教科书的知识结构和表述形式,使得中国物理教科书走出了一条不同于英译和日译的道路。学界对这套书的研究大多集中于底本与译本的关系、所介绍的新知识等方面。伍氏所编教科书主要以加诺的《基础物理学》为参照,此书在当时的欧美教育界极负盛誉,以知识全面和图片新颖别致而著称。在译编过程中,伍光建对一些知识点有一定的取舍和修改,尤其体现在牛顿运动定律的表述和对一些新知识的介绍上。伍光建《物理学》中的名词术语别具一格,体现了一种摆脱日译新名词的取向。尽管大多未得流传,但有些词比如"矩""功"和"能"等物理学核心术语,却成为后世标准译名。

谢"："顷蒙商务印书馆惠赠严几道先生《政治讲义》一册，无意不新，无理不显。去年在青年会讲演时，记者末座旁听，亦曾心醉其说，今该馆出版问世，价值之高，无待赘述。又新会伍光建新编《气学》《水学》教科书各一册，新理发明，较旧译之《气学须知》《水学须知》，尤为奇闻，合书道谢。"①1933年王哲甫的《中国新文学运动史》称伍光建"为我国翻译界之圣手"。"伍氏最初的著作，为物理学九种，由商务印书馆出版，此书程度甚高，问题极夥，当时学校多采为教科书，今已绝版"。②

127‐03 最新理科教科书·高等小学用

《最新理科教科书·高等小学用》，伍光建编，商务印书馆，1907年。

该套教材分为力学、水学、气学、热学、声学、光学、磁学、静电学、动电学，被认为较之同时期其他物理学教材，"文字叙述更简明直观、浅显易懂"。③毕苑指出，商务印书馆及其"最新教科书"以其超群的影响力开启了中国学生的"教科书时代"，是塑造现代中国人的重要起点，甚至成为"西方世界观察中国的重要窗口"。④

128‐04 中学物理教科书

《中学物理教科书》，伍光建编，商务印书馆，1913年9月初版。

全书分为力学、水学、气学、热学、声学、光学、磁学、静电学、动电

---

① 《申报》1906年3月31日，第4页。
② 王哲甫：《中国新文学运动史》，北平杰成印书局，1933年，页339—340。
③ 参见高俊梅《晚清译著〈力学课编〉研究》，内蒙古师范大学科学技术史硕士论文，2011年，页41。
④ 毕苑：《建造常识：教科书与近代中国文化转型》，福建教育出版社，2010年，页108。

学,1 650 页,有图版,精装。①

129－05　植物学大词典·序言

《植物大词典》由伍光建、蔡元培、祁天锡和杜亚泉四人作序,郑孝胥题签。编辑者按笔画顺序列出孔庆莱、吴德亮、李祥麟、杜亚泉、杜就田、周越然、周藩、陈学郢、莫叔略、许家庆、黄以仁、凌昌焕和严保诚十三位撰述人。② 商务印书馆,1918 年。

该词典自 1907 年开始编撰,1918 年出版,历时 12 年,1934 年再版。此书收载中国植物名称术语 8 980 条,西文学名术语 5 880 条,日本假名标音植物名称 4 170 条,附植物图 1 002 幅,全书 1 700 多页,300 余万字。全书共 250 余万字,所收录的动物名称术语,每条均附注英、德、拉丁和日文,图文并茂,正编前有动物分布图、动物界之概略等,正编后附有西文索引、日本假名索引和四角号码索引。逐条还注有拉丁文名称,这是现代植物学分类的科学标志。编书人特别说明,之所以标明日文和附加日文假名索引,因为我国学者多从日文资料里获取新知识。

该书序一由伍光建撰写,伍氏以极为典雅的文言写下了一千五百余字,堪称一篇学术论著,使进士出身的张元济也十分钦佩。序言称:

> 稻麦蔬果之可食,谷(木名)之可为纸,纑之可为布,卮茜之可以染,楩楠、梓楼之为良才,柴胡、桔梗之能疗疾,夫人而知之矣。大地之上,怀子植物十二万数千种,隐花者,其数尚过于是;中国地大物博,今日所已知者,一万数千种;显花者,九千余种,其为我国之特有者亦众矣。深山穷谷,人迹初至,乃始求得之

---

① 北京图书馆、人民教育出版社图书馆合编:《民国时期总书目(1911—1949)》(中小学教材),书目文献出版社,1995 年,页 274。
② 参见王云五《商务印书馆与新教育年谱》,台湾商务印书馆,1973 年,页 93—94。

者,尚时有所闻。古谚云:"百岁老农,不识谷(小米)种。"吾国草木品汇之庑,可谓至矣。计此一万数千植物,其名见于古籍者,不过一千数百种。有有其名而不能指其物者,有睹其物而尚无以名之者。其数实繁,名物之辨,既如是其难矣。至若详察体质结构,因以施人功广封殖而宏民用,则更无暇及焉,又何怪乎农功之无进步哉!夫随天下大势为转移之种植,原不能责诸无知之农夫。若诘以布帛菽粟,则彼方且有词以自解。今试执老农而责以稼穑之不进,则曰:吾祖若父,亩获若干石,今吾亦获若干石,吾何以不及,甚矣其安常处顺,蠢然终日而无所用心也。今有一亩之田,其高下燥湿肥硗同,以之种薯,或亩获千五百斤焉,或亩获二千一百斤焉,其所获最丰者,一亩且七千八百斤焉。一亩之地,以植蔬果,每年所获,四万一千七百余斤。凡此皆有征之事实,非好为惊人之论也。报施之厚,吾国向称小米,故古谚曰:谷(小米)三千,麦六十,言获谷之多也。近日欧人之善种麦者,一粒收八千余颗,报施之厚为何如哉。或曰:此天时地利为之也。殊不知近日科学大明,无所谓燥湿、寒暑、肥硗,随在无不可以救其偏而补其阙。倭斯哲(德、法两国间石山,近数年血战之场也)、泰罗尔,顽石童山也,可粉以为土壤。比利时之北,濒海皆沙也,可聚可为田。所谓调燥湿,和阴晴,其术固不难行也。今农夫不知研究,他人更无暇及此,而树艺不进,匪独不进,而又日退焉。食,仰给予人;衣,仰给于人。吾国食糖十,而仰给于人者七;吾国植蓝,原仅供吾国之用,今国中终月行,而不见有蓝焉者,已二十年矣。因物施教,藏富于民之为何?夫千畦姜韭,其人且与千户侯等,今乃熙熙攘攘,群趋逐末,岂贱农夫之事而不为欤?抑亦植物学之不讲欤?山虞、林衡、司稼、掌染,隶于地官。庶氏除毒蛊,翦氏去蠹物,皆载于《周礼》。圣人因地裕民,立法亦详且备矣,而后世无闻。昔陆玑疏《诗》,郭璞注《尔雅》,以通经而旁及草木;魏晋以来,损益《神农》《本草》,独详疗治;贾思勰著《齐民要术》,则讲树艺;宋元以来,有《农书》,然或语焉不详,或无图以证,或胶滞纠缠,无所据以批导。学者且未能的别名实,苟非老农、老圃,亦或不免于橙柚不分,黍稷不辨。诵其名而眯其物者,甚至以食笋而煮床脚,明李时珍著《本草纲目》,乃集本草之大成。清康熙间有《广群芳谱》,右文之世,独重词章,撼扯风月之词,而不甚究草木之用。道光间,吴其濬、陆应谷撰《植物名实图考》,绘图备说,论列一千七百余种,根据于目验者甚多,可谓空前所有,谓一时杰作矣,志切济时,不以多识草木之名自诩,中外学者,至今赖之。顾分科别属,研究结构功能,与夫杀虫除霉,择种留良诸术,在今日已成专门之学,远出乎昔贤研究之外。杜君亚泉、黄君以仁等,有鉴于此,殚十余年之力,广搜博取,先成《植物辞典》一书,是非疑似,厘别审定,条例整然。全书附图一千零零二幅,系说四千一百七十余条,诚可为后学先导,为将来农功开一隙之明矣。惟植物品汇蕃庶,而近日学术所造尤深,今虽有辞典略开其端,尤望继起者,急起直追以竟其续,然后养民裕国之道,乃可得而言也。且不观夫今日之欧战乎?杀人之利器,可谓至精且酷,而不足以胜;纵横捭阖之术,可谓至巧,而不足以胜;倾公私之盖藏以济军,而不足以胜;驱举国之老弱于疆场,而不足以胜。而胜败乃将决以民食之盈缺,与飞刍挽粟之迟速,识者逆知此后农功之猛进,必且远过于从前,于是进者进矣,而退者日退,布帛菽粟,无不仰给于人。众庶求为牛马而不可得,不亦难乎其为国哉!民国六年十月新会伍光建序。①

伍光建认为科学的植物学在国外已成专门的学问,远远出乎我国古贤的研究之外。"今农夫不知研究,他人更无暇及此,而树艺不进,匪独不进,而又日退焉。食,仰给于人;衣,仰给于人。……因物施教,藏

---

① 伍光建:《植物学大词典·序一》,杜亚泉主编:《植物学大词典》,商务印书馆,1918年,页 1—4。

富于民之谓何？夫千畦姜韭,其人且与千户侯等。今乃熙熙攘攘,群趋逐末,岂贱农圃之事而不为欤？抑或植物学之不讲欤？"他结合尚在进行中的第一次世界大战,认为战争的胜负固然取决于"利器",然尤取决于"倾公私之尽藏以济军"。最终,"胜败乃将决于民食之盈缺"。

除伍光建外,作序者还有蔡元培、祁天锡和杜亚泉。蔡元培序言称自古我国有博物学,"惟自然科学一门,素未发展……欧化输入,而始有植物学之名。各学校有博物教科,各杂志有关乎博物学之记载。而植物学之名词及术语,始杂出于吾国之印刷品。于是自学校师生以至普通爱读书报者,始有感于植物学辞典之需要。而商务印书馆乃有此植物学大辞典之计画。集十三人之力,历十二年之久,而成此一千七百有余面之巨帙。吾国近出科学辞典,详博无逾于此者"。① 该书有凡例八条:

---

① 孟悦在《反译现代符号系统:早期商务印书馆的编译、考证学与文化政治》(《清华大学学报》(哲学社会科学版)2008 年第 6 期)一文认为:《植物学大辞典》作为世纪之交最早出现的科学百科全书中的一部,似乎旨在奠立植物名称的文化史内容。实际上,这种努力在很大程度上瓦解了貌似世界一统的现代植物学知识体系,从而显示了植物学知识的多中心起源。和《辞源》不同,《植物学大辞典》与植物学这个"现代科学"的特定领域有关。它是一部植物学术语的三语词典,主要包括植物的中文名称、拉丁文名即"学名"以及日文名。编译者投入大量时间精力编纂《植物学大辞典》,是因为他们把植物学作为进入符号现代性的关键领域。对植物的系统命名和辨认本身是"植物学"作为一门"自然科学"区别于一般的植物研究的重要标志。在西方语境中,植物的名称具有非常特殊的重要性,这至少可以追溯到 18 世纪瑞典人卡尔·林奈(Carl Linnaeus, 1707—1778)。作为一个神学家,林奈试图用植物研究来展现《创世纪》中上帝的秩序。(Sten Lindroth, Gunnar Eriksson. Linnaeus, *the Man and His Work*, Edited by Tore Frngsmyr, Berkeley: University of California, 1983, pp.1 - 62, pp.63 - 109.)林奈研究了世界各地的数千种植物,并以拉丁文为它们进行了系统的(重新)命名。根据他的命名法,为了避免混淆,每种植物只能有一个专名,而这个专名是拉丁词形。他进而将植物划分为不同的科和属,每个植物都规定有科和属的合名:"由一个属名词和一个描述性形容词组成,二者都是拉丁文词形。"(D. Gledhill, *The Names of Plants*, Cambridge: Cambridge University Press 1989, 11.)结果,他的植物分类法以一种从体系和结构上来说非历史、非本地的语言预设了所有的词和科属,不管它们存在与否。所以不通晓整个体系就不能研究任何一种植物。福柯对这一原则有个概括,称人类的命名行为反倒成了"自然"的创造者:"自然只是通过命名的网格才能得到安置"并"只在完全用语言测量时才得以显现"。(Michel Foucault, *The Order of Things: An Archaeology of the Human Sciences*, New York: Vintage Books, 1970, p.160.)

是书收罗植物名称及术语,以吾国文字为主,与东西文对照。植物名称,多为吾国之普通名,已经考订学名者。间有日本之普通名,用汉字或可译为汉字、类似吾国之普通名,其学名已考订者,一并收采。至植物学术语,概为日本植物学家,从英、德文译成汉文,可以适用于吾国者。间有日本译语,不能适用于吾国另有通用之译语者,亦一并收采。

吾国植物,同物异名者甚多,所谓别名是也。此种别名,为便于检查起见,亦分别收采。但仅注为某种植物之别名。其科属形态等,均详于普通名之下。至日本普通名,可以适用于吾国,而吾国别有普通名者,其收采之例,与别名同。

植物名称之下,所附西文,概为学名,即腊丁文也。植物学术语之下,所附西文,为英、德文。惟德文用斜体字母以别之。

植物名称之下,除列西文学名外,附载日本用假名连缀之普通名。此种普通名,所缀假名,往往歧出。苟有所见,悉收录之。至植物学术语,日本概译为汉文。用假名连缀者甚稀,故不复列。

植物名之下,所附注释,以现时植物家所考定者为主,旧说可采者酌量加入。注释中于我国普通名下加——,于别名下加""",于日本普通名加'',以免混淆。

重要植物,于注释之外,均有附图,概从《植物名实图考》及外国植物专家著作中采揭。

术语之解释,以近时较新之学说为据,但同人见闻狭陋,未能博考诸家学说,抉择异同。据一家之说,与他家著作,容有参差之处,阅者谅之。

是书于植物名称,收罗甚为致力,普通种类,略已备具。至植物学术语,浩如烟海,非立有统系,定有范围,不能尽行收录。同人于编纂专门词典,未有经验,挂漏在所不免,理而董之,当俟诸异日。

民国六年八月编者志

从《诗经》开篇"参差荇菜,左右流之"到周王的《救荒本草》,再到《植物名实图考》和《中国植物志》,该词典系统整理了国人记录、辨识、考证植物的两个传统,一是受到西学影响而日趋精准的科学传统,一是保存有形神兼具的传统诗化人文传统。

英语读本
(包括编纂和校订的英汉词典和汉英词典)

130‑01 帝国英文读本

《帝国英文读本》(1—5 卷)，伍光建编纂，商务印书馆 1905—1907 年出版，学部审定本，英文书名为：*The Empire English Readers*，宣统三年(1911)第十五版。①

全书分五卷，全英文，没有中文解释。第一卷从字母开始，共 80 课，第二卷 100 课，第三卷 100 课，第四卷 151 课。内容大多取自西方文学作品，如《鲁滨逊漂流记》的节选，节选自《伊索寓言》的若干篇如《狼和羊》《狐狸与山羊》《母牛与公牛》等。该书第二至第四卷前有英文前言，伍光建在前言中指出，虽然当时已经有了一大批供学堂教授英语用的英语读本，但这些英语读本并非严格意义上的教科书，因为这些读本没有区分读者对象是教授英语的教师还是学生，因此，他认为当时读书界非常需要一系列专门为学习英语的学生使用的教材，而《帝国英文读本》的编写正式为了适应这样的需要。《帝国英文读本》有两个特点：1. 不载诗歌，多采小说；2. 课文短小、有趣。该套教科书课文简短，尤其注意知识性与趣味性相结合，如序言所说："该套读本适合那些比英国在校学生学习英语要晚几年的中国学生开始学习英语时的心智发展。但是，该套读本也考虑了一般学生们所熟悉事物的描写，比如说动物等等。"以《帝国英文读本》第一卷为例，该卷共有 80 篇课文。② 扉页中该套读本的标题、作者名称和出版社几

---

① 王友朋主编：《中国近代中小学教科书总目》，上海辞书出版社，2010 年，页 530。
② 全书课文安排由易而难，第一册 80 课内容如下：The Wild Boar, and The Fox, The Boy and the Nettles, The Lion and the three Bulls, The Miser, The Man and his two Sweethearts, Trees, Mice and their Nests, The Silly Fish, The Hawk, the Kite, and the Pigeons, The As and the Grasshopper, The Wolf and the Crane, The Dog and the Shadow, What we can never Catch, The Ears of Grain, Birds, The Air, The （转下页）

个字是从右往左排列的,以满足当时国人的阅读习惯。但是标题的英文书写顺序确是按照从左往右的顺序,以符合英语阅读的习惯。该书课文内容主要包括四个方面:科普类文章、寓言、故事和哲理性文章,例如该书第十八课"The Bear and Fly"(熊和苍蝇):"曾经有一只熊和一个人是朋友。那人躺在地上休息,因为总有一只苍蝇在他脸上飞来飞去,所以他总也休息不好。熊想:'我应该为我的朋友帮一下忙,我要帮他杀死那只烦扰他的苍蝇。'于是,他举起他那只巨大的、厚厚的手掌,一下把那只苍蝇消灭了,但是它同时也打烂了那人的脸。所以,请注意,我们应该用合适的方式来做一些善良的举动。"该课以故事的方式告诉学生善良的举动要通过合适的方式来表达。①

《帝国英文读本》陆续出版的过程中,《申报》《中外日报》等有连篇累牍的报道。如《申报》1906 年 3 月有相关广告称:

> 《中学帝国英文读本》卷首,每本大洋一角,卷一每本大洋二角五分,卷二每本大洋四角。以甲国之人习乙国之文,程度不同,途径异我国学制,中学堂始习外国文字,然商埠都会大都,权

(接上页)Bat, The Bear and the Fly, The two Goats, The Thirsty Pigeon, The Dog in the Manger, The Oxen and the Axle-trees, The two Bags, The Soldier and the Horse, Tell the Truth, The Dog with the Lnntern, The Hen and her Chickens, The Sparrow, Growing Corn, The Bat, the Beasts, and the Birds, The Elephant and his Friends, The Fly and the Honey, The Pomegranate, Apple-tree, and Brainlile, The two Pots, The Crab and its Mother, Chalk (I.), Chalk (II.), Paper, Brave little Kate, Rabbits, The Prince and the Prisoners, The Just King, The Deer, Doctor Franklin's Sugar Bowl, The King and the Ant, The Tiger, The Fox and the Grahes, The Boy Bathing, The Quack Frog, The Wolf, The Thrush's Nest, The Husbandman and the Stork, Mills, Soap, The Seal, Cotton, The Boy and the Nuts, The Mountain in Labour, The Man and his Goose, Good for Foil, King Porus and his Elephant, The Dog and the Tarts, The Ass, The Traveller and his Dog, The Mole and his Mother, The Spider, The Strength of a Kind Word, The Owl, The Right uso of Knowledge, The Dogs and the Fox, The Trumpeter taden Prisoner, The Ass in the Lions Skin, The Fox, The Blind Rat and his Frecnd, Work and Play, The Harvest-mouse, Leonidas and his Three Hundred, The Nightingalis Nest, The Lion, The Three Sluggards.

① 吴驰:《从〈英话注解〉到〈帝国英文读本〉——清末自编英语教科书之兴起》,《湖南师范大学教育科学学报》2013 年第 3 期。

宜特设,而尤以英文为多。新会伍昭扆先生为严又陵先生入室弟子,游学英国伦敦大学,数年邃于彼国文学,慨然于初学英文无一善本,特为本馆编纂此书,采辑彼国名家著作凡百余种,别具手眼,撷其菁华,浅深难易,纯为吾国生徒说法,取而读之,贯通自易,而根柢亦复不同。他日游学欧美,欲厕身于彼部都上流社会,正不可不以此为之先导也。①

光绪三十二年十月二十三日(1906年12月8日)《中外日报》有"中学帝国英文读本"卷三、卷四、卷五出版广告:

> 卷三每册五角五分,卷四每册一元,卷五每册一元五角。教科书籍必合学者性情程度与他书不同,故各国无不各有己国之教科书,近年来我国亟亟编纂学堂课本为事,独英文读本仍沿用他国书籍,未能自撰。吾国子弟从事英文既迟于彼国,而人民之性情、社会之情形,又复不同,彼国读本之不合吾用不待言矣。新会伍昭扆先生留学伦敦大学有年,邃于科学,且得英国语言文字三昧,慨然于初学英文无一善本,特为本馆编纂是书。曾出卷首、卷一、卷二三册,深受学界欢迎,兹续出卷三、卷四、卷五三册。采辑英美名著百余种,别具手眼,撷其菁华,浅深难易悉合吾国学者程度,取而读之,不特可得西国文学门径,尤可觇知彼国人民之习性,诚初学英文之津梁也。上海商务印书馆有限公司京师、奉天、天津、汉口、广州、福州、成都、重庆、开封分馆同启。
>
> 学部评语:是书优胜之处在适合中国学生之用。全书不载英文诗歌一首,尤见著者深识。盖今日吾国人之学西文必以能西文科学书为目的。诗歌文法颠倒,初学所难又与读科学书之目的不合,缺而不载,可免学生多费脑力,其善一。取材多名人小说,如《伊索寓言》《鲁滨孙漂流记》之类,其文简短平易有兴

---

① 《申报》1906年3月12日,第14页。

味,而在英文界又为上乘文学,就中所采寓言尤能补助修身教育所不及,其善二。此书程度实中学堂用书,但高等小学英文读本,现在尚无出版者,暂取其卷首、卷一供高等小学前二年用,其卷二供后二年用,俟将来高等小学英文读本有出版者,则此书仍供中学为宜。①

另外《申报》1906年年底还有较为详细的分卷介绍:

《中学帝国英文读本》,卷三每册五角五分,卷四每册一元,卷五每册一元五角。读本仍沿用他国书籍,教科书籍必合学者性情程度,与他书不同,故各国无不各有己国之教科书。近年来我国亟亟编纂学堂课本为事,独未能自撰。吾国子弟从事英文既迟,于彼国人民之性情、社会之情形又复不同,彼国读本之不合吾用不待言矣。新会伍昭扆先生留学伦敦大学有年,邃于科学,且得英国语言文字三昧,慨然于初学英文无一善本,特为本馆编纂。是书曾出卷首、卷一、卷二三册,深受学界欢迎。兹续出卷三、卷四、卷五三册,采辑英美名著百余种,别具手眼,撷其菁华,浅深难易,悉合吾国学者程度,取而读之,不特可得西国文学门径,尤可觇知彼国人民之习性,诚初学英文之津梁也。②

《申报》1907年9月有该书出版广告称:

《帝国英文读本》三册,学部提要:是书优胜之处有适合中国学生之用,全书不载英文诗歌一首,尤见著者深识。盖今日吾国人之学西文,必以能读西文科学书为目的,诗歌文法颠倒,与读科学书之目的不合,缺而不载,可免学生多费脑力。其善一,

---

① 商务印书馆编:《商务印书馆书目提要》,1910年。
② 《申报》1906年12月22日,第12页。

取材多名人小说,如《伊索寓言》《鲁宾孙漂流记》之类,其文简短平易,有兴味,而在英文又为上乘文字,就中所采寓言,尤能补助修身教育所不及;其善二,论其程度实中学堂用书,但高等小学英文读本,现尚无出版者,暂取卷首、卷一供高等小学前二年之用,其卷二供后二年用。俟将来高等小学英文读本有出版者,则此书仍以供中学堂用为宜。①

《帝国英文读本》当时在读书界有着很大的影响,宣统三年(1911)六月已发行第十四版。1911年9月7日《申报》刊载有"学部审定商务印书馆教科书广告",刊有经过学部审定的"中学堂用书"共计54种,其中含有英文教科书14种,而《帝国英文读本》位于所有英语教科书之首。读者也赞扬"伍君邃于英文,为我国伟人,是编系英文读本中之最善者"。② 有一位署名"客"的读者在读了《帝国英文读本》后写道:

> 新会伍昭扆太守,为我国新学界巨子,以近时各学堂所用英文读本于今日中国学者程度未能吻合,特编辑《帝国英文读本》一书,以饷后学。昨承商务印书馆以卷四一之见贻,披阅书中所选各课,词旨渊雅,体格新颖,洵称善本。至取择特精,搜罗之富,尚其余事。学者得此潜心研究,不独能谙习英国文字,且得藉以通晓西国政俗,获益岂浅鲜哉!③

1911年2月26日,《吴宓日记》记有:"晨,阅《帝国英文读本》卷二。"④可见在当年的学生中,该书是比较通行的读本。由鹿传霖创办于1895年12月22日的重庆中西学堂出版有《帝国英文读

---

① 《申报》1907年9月19日,第5页。
② 《志谢赠书》,《申报》1906年8月6日,第4页。
③ 《谢赠英文读本》,《申报》1906年8月27日,第4页。
④ 吴宓著,吴雪昭整理注释:《吴宓日记(1910—1915)》第一卷,三联书店,1998年,页27。

本卷一译本》,①由潼川中学堂学生译述,闻喜李蒇园鉴定。其中第一课 The Wild Boar, and The Fox, 由吴明德译为"野彘及狐";第二课 The Boy and the Nettles, 由唐绍尧译为"小孩及苎麻";第三课 The Lion and the three Bulls, 译为"狮与三牡牛"。②

131-02 英文范纲要

《英文范纲要》,伍光建编纂,商务印书馆 1908 年初版,1923 年第九版。英文书名为: *Outlines of English Grammar for the use of Chinese Students of that Language*。

该书详细解说文法和分析句法,伍光建在该书序中称:

> 近吾国习英文者日众,苦其文法繁乱难通。夫所谓文法者,大抵皆博取古今号称能文之士,措字遣辞之法著为典则,第法随意造。有时或不能雷同,益以阅世递变不无升降之异,嗜奇者因先之成迹而后从,而为之解说,有失于穿凿而文法遂因以繁乱。况近年沿用之书,其始本非专为吾国学者说法,无怪乎望洋兴叹矣!虽然国有诸家所大同而未随世运为升降沿革不迁就离畔之法在。秒年不揣固陋,采集通行善本,删繁省略,提要钩元,辑为一编,名曰《英文范纲要》,以便初学。然恐其囿于见闻,浅尝辄止也。务复博综诸书,沿流讨源,曲径旁引以成《英文范详解》一书,若能循序渐进,先从事于《纲要》以为基础,而后再求之《详

---

① 鹿传霖上奏光绪皇帝陈述创办中西学堂的缘由:"讲求西学,兴设学堂,实为今日力图富强之基。川省僻在西南,囿于闻见,尤宜创兴学习,以开风气。"他详细奏报了四川中西学堂师资等办学条件基本到位,房舍正在修建并将在 8 个月内完工,并且已经借馆招收 30 名学生开始试办的具体情况。请求光绪皇帝"仰悬天恩敕下总理衙门立案,议定章程,饬行遵照"。首任校长是由四川洋务总局委派的刚刚年届 40 的何维棣担任,是著名文学家、书画家、教育家何绍基的孙子。参见杨中清《四川大学故事汇》2016 年第 1 期,四川大学计算机学院出版。

② 李蒇园,闻喜人,是重庆中西学堂首批在校的 48 位内外堂学生之一。参见杨中清《四川大学故事汇》2016 年第 1 期。

解》，以为会通，或于吾国之习英国语言文字者，不无小补欤！①

伍光建在该书《例言》中称：

> 是书博采诸名家之说，而以马氏（C. P. Mason）、纳氏（J. C. Nesfield）、德氏（C. Duxbury）为依归。书分四卷，第一卷正书，第二卷字论，第三卷句法，造句通例、析辞点顿附焉，第四卷习问，造句之题附焉。

关于文法的沿革和字义的异同，全书中以小字来表述。第四卷中的部分习问的散句大多采自《帝国英文读本》，可能编者以这种方式使这本英文文法书与自己编的教科书之间互有联系。编者在书中不仅提出自己的一家之说，也罗列各家解说，称："诸家析辞之法，各有不同，今并录之，以便学者采择。"对于已经过实践检验，富有效果的，不管是英文原版文法书还是中国学者编纂的英文文法书，也都尽量吸收，如《纳氏文法》书所采用的"以挈合字（Conjunction，今译连接词）之分类置于析词之间，深得教授之诀，是书仿之"，而"比拟揭示之句，最忌古奥难晓。是书则采自中国英文读本者居多，务期浅显易明"。对于不合文法的错误之句是否要举例解说呢？学者看法不同，"有胪列不合文法之句以作习问者"，而德氏（C. Duxbury）认为不宜给学生错误的例句进行练习，伍光建同意德氏的看法，他认为："若教授者仍欲得此种句语，不妨使初学者试为造句，而使其同学者改正之。"这样效果会更好，因为"盖不合文法之处，英人与华人不同，尤宜以华人不合文法之句为习问"。②

---

① 伍光建戊申年（1908）三月序，《英文范纲要》（中学用），商务印书馆，1923 年。
② 《例言》，伍光建：《英文范纲要》（中学用），商务印书馆，1923 年。引文中的"马氏"系 Charles Peter Mason,（1820—1900），英国语言学家，著有《英语语法练习》（*English Grammar Exercise*, Toronto: A. Miller, 1879）《英语语法纲要：供预科使用的教材》（*Outline of English Grammar for the Use of Junior Classes*, Toronto, A. Miller, 1879）、《英语语法分析》（*English Grammar Including Grammatical Analysis*，（转下页）

光绪三十四年戊申五月二十二日(1908年6月20日)《中外日报》刊有商务印书馆出版《英文范纲要》,称:

广东新会伍昭扆先生现充学部二等咨议官,曾留学英国伦敦大学有年,深得彼国文学三昧,历任北洋水师学堂教习及上海南洋公学教务,于教授英文尤有心得。前著《帝国英文读本》一

(接上页)Toronto,W. J. Gage,1881)、《英语语法》(English Grammar, London:Bell & Sons,1886)。参见 http://troy.lib.sfu.ca:2082,可能即严复《英文汉诂·叙》中提到的"英人马孙"。"纳氏"指英国学者纳斯斐尔德(J. C. Newfield, M. A.),生卒年不详,英国语言学家,曾获文科硕士学位,在印度从事过教育活动,主要以研究实用英语和作文文法等见长,他的大多数著作都是为非英语国家的英语学习者撰写的,曾著有《成语、文法与综合》(Idiom, Grammar, and Synthesis, 1895)、《英语语法与作文手册》(Manual of English Grammar and Composition, 1898)、《英语语法的过去和现在》(English Grammar, Past and Present, 1898)、《英语作文的错误》(Errors in English Composition, 1903)、《历史上的英语和起源》(Historical English and Derivation)等等。他所著的一些英语教科书颇富生命力,不少教科书半个世纪后还在再版,如《英语语法与作文手册》1964年由 F. T. Wood 出版改订本,《英语作文的错误》1961年有 R. A. Auty 的改订出版简编版。他的不少英语教科书内容有重复之处,其中以1898年出版的《英语语法的过去和现在》一书最具特色。该书第一部分为《现代英语语法》,第二部分为《成语与结构》,第三部分为《历史上的英语:词的构成与派生》。(参见[日]佐佐木达、木原研三编集:《英语学人名辞典》,该书刊有纳氏本人的相片,东京株式会社研究社,1995年,页250)所谓《纳氏文法》,又称《纳氏英文法》,是指20世纪上半叶在中国通商口岸很流行的一套英文文法书,全四卷。遗憾的是尽管纳氏为我们留下了很多生命力长久的英语教科书,但是有关他的生平至今在所有的英语类、日语类和中文类的百科全书中都遍寻不得,只有简略的生平与作品的介绍,(参见[日]大村喜吉等编集《英语教育史资料》第五卷"英语教育事典·年表",东京法令出版株式会社1980年,页169—170)可惜生卒年仍不详。关于《纳氏文法》在华的传播与影响,参见邹振环《〈纳氏文法〉在近代中国的流传及其文化影响》,载《辅仁历史学报》第十八期(2006年12月)。"德氏"(C. Duxbury,今译达克斯伯里),英国语言学家,生卒年不详。1873年著有《约翰棉花厂或莱德厂的成功:一个新的兰开夏人节制生活的故事》(John Cotton or the Successful Factory Lad: A New Temperance Tale of Lancashire Life),1884年曾出版有《学校语法之高级文法:构词、推导、句子分析、语言的历史》(The Advanced Grammar of School-Grammar: with word-building, derivation, composition, analysis of sentences, and history of the language),1886年又编刊有《学校语法之新英语文法:结构、推导、句子分析、语言的历史,包括为考试准备的大量练习》(A New English Grammar of School Grammar: with composition, derivation, analysis of sentences, and history of the language; also copious exercise and questions for examination)。

书经学部审定,一时学英文者无不奉为圭臬。兹复辑成是书,与《帝国英文读本》相辅而行,且专就华人习英文难处着想,尤为蹊径独辟。读此于英文文法头头是道,绝无繁乱难通之弊,实为初学津梁。尚有《英文范详解》一书系继是书而作,程度较深,不日当出版。

132-03 英文范详解

《英文范详解》,伍光建编纂,商务印书馆1909年。英文书名:Higher English Grammar for the use of Chinese Students of that Language。

商务印书馆广告称:

> 是书分四卷,第一卷正书,第二卷字论,第三卷句法,造句通例、析辞点顿附焉,第四卷习问,造句之题附焉。博采诸名家之说,而以马氏、德氏、纳氏为依归,其它材取径颇与《英文范纲要》不同,盖《纲要》删繁就简,此书则援引略博也。①

伍光建在该书序中称:

> 余所编《英文范纲要》,既已序而行之矣。其书意在删繁就简,避难趋易,以便初学。然文法之繁难,有非趋避所能绕越者,必部署得宜,批导有法,穷源溯流,究其沿革,然后其纷错异同,乃得而理。此《英文范详解》之所由作也。其厎材取径,颇与前书异。举凡升降沿革之变,与夫聚讼纷纭之说,至是乃不能不援引一二,以资参考,以广见闻。世之能文之士,其措字遣辞,固有出于文法之外者。学者往往狃于一家之言,辄据其所学,诋为不

---

① 《商务印书馆书目提要》,宣统元年(1909)十月改订八版;周振鹤编:《晚清营业书目》。

合文法。夫号称能文之士，原不免有时草率，然学者之所指摘，往往误在学者，而非能文者之过。盖习见则为法，不能以常例范围之也。至于嗜奇穿凿之说，如颜氏(Prof. Earle)以云谓字(verb)之以-ing 收声者，为无定式之云谓(Infinitive Mood)，则不录焉。戊申年小春新会伍光建。①

该书分四卷，第一卷论八部，第二卷论八部之分类，第三卷论八部之变形，而指部指类分职通变之法(Parting)分辨各卷，第四卷论析辞造句。所谓通变分职之法第一卷和第二卷不过略见一斑，详细的讨论是在第三卷之中。伍光建认为"马氏(C. P. Mason)谓文法之八部原宜按照通例依次论列，惟名物字(Noun)、云谓字(Verb)为句中之主题，宜先另学者通晓其维系相驱之情及主名(Subject)、受事(Object)之区别。今师其说，教授时宜，以第三卷之第一百六节及第一百十一节与第一卷之第四、五两节同读"。②

全书分四卷，首篇《发凡》(Introduction)是关于英文文法的四条原则，第一卷"正书"(Orthography)分四小节，分别讨论英语字母表、元音、辅音、英文字母表辨异、音节、重音、拼写规则、大写字母。第二卷"字论"(Etymology)，分二十小节：引语部分、名词、形容词、代词、动词、副词、介词、连接词、感叹词、同一词使用在不同引语中、分解图、分解模型、混合词、第一派生词、第二派生词、拉丁文后缀、希腊文后缀、来自拉丁文后缀的派生、来自希腊文后缀的派生、借自其他外语的杂词。第三卷"句法"(Syntax)分十二小节：句子、句子的主要构成、句子的另一些成分、句子的分类、复合句、句法规则提要、句子分析、词的位置、引语部分的省略和重复、直接叙述和间接叙述、标点法。第四卷"练习"(Exercise)分一节：主语和精选词索引。《中外日报》光绪三十四年(戊申)五月二十二日(1908 年 6 月 20 日)刊有"恭

---

① 伍光建：《英文范详解》小春序，《英文范详解》，商务印书馆，1909 年。
② 《例言》，伍光建：《英文范详解》，商务印书馆，1909 年。

祝学习英文与教授英文诸君之前途"为题的商务印书馆新书出版广告,其中称"《英文范详解》一书系继《英文范纲要》而作,程度较深"。

133‐04　中国英文读本

《中国英文读本》(The Republish English Readers),民国元年(1912)初版,1913年6月第三版。①

全书六册,注明"原名帝国英文读本",又称"订正中国英文读本",内容源自《帝国英文读本》,也是从字母发音和书写开始,逐渐加深,直到英国文学作品选读。书封面上部有"教育部审订中国英文读本",下方有一个括号,标识"原名帝国英文读本",版权页也有同样标识。②《申报》1913年5月有"中国英文读本"一书广告。同年6月8日第9页称:"《中国英文读本》中学校通用,六册出全,卷首一角,卷一二角二,卷二五角五,卷三四角,卷四一元,卷五一元半。首、一、二审定,余在审查中。"③《申报》1916年7月3日第1页有订正《中国英文读本》出版广告。《申报》1917年2月列有该书的价格:"教育部拟定《订正中国英文读本》卷首一角,卷一二角五分,卷二四角,卷三三角五分,卷四一元,卷五一元五角。"④1922年7月《申报》有"江苏省立第一农业学校招考简章",称"本校现招高级中学第一班生,以五十名为限",规定:"入学资格凡具有中学二年级以上之程度,经考试及格者皆得入学。"考试科目(三)英文,包括默书、读书、造句、讲解等,讲解"以《中国英文读本》第二册、《纳氏英文文法》第二册之

---

① 邹振环:《提供英文之钥:伍光建及其编纂的英语读本》,郑炜明执行主编:《饶学与国学——饶宗颐与华学暨香港大学饶宗颐学术馆成立十周年庆典国际学术研讨会论文集》(下),上海辞书出版社,2016年,页699—712。
② 吴驰:《我国儿童英语教科书的发展历史与特点及其启示》,《学前教育研究》2016年第6期。
③ 《申报》1913年5月17日,第1页。
④ 《申报》1917年2月24日,第1页。

程度为准标"。① 1924 年 8 月 28 日第 3 页有《中国英文读本》售书广告："共和国教科书：《中国英文读本》，全册四，(1) 五角，(2) 六角半，(3) 八角，(4) 九角。"该书售书广告最晚出现在《申报》的时间为 1933 年。

134 - 05 英文范纲要(修订版)

《英文范纲要》(修订版)，载商务印书馆出版的《英文杂志》1916 年第 2 卷作为附录连载。② 伍光建、沈伯甫、③蒋正谊合作改订。

《英文杂志》第 2 卷第 1 期刊载"Outlines of English Grammar：Part Ⅰ The Parts of Speech"(页 13—20)；第 3 期刊载有"Chapter Ⅳ 代名字"(页 75—76)，由伍光建、沈伯甫合作改订；第 4 期刊载"Chapter Ⅶ 字类"(页 105—106)；第 4 期有"Chapter Ⅷ 辨类"(页 106—111)；第 5 期有"Chapter Ⅺ 代名字"(页 133—137)；第 6 期有"Part Ⅱ Subdivision of the Parts of Speech：Chapter Ⅹ 名物字"(页 167—170)和"Chapter Ⅻ 区别字"(页 171—174)，由伍光

---

① 《申报》1922 年 7 月 11 日，第 11 页
② 《英文杂志》1915 年 1 月创刊于上海，英文名为 The English Student，月刊，属于教育类刊物。吴继杲、胡哲谋等曾先后担任主编。初由上海商务印书馆发行，最后一期为 1927 年 12 月 1 日第十三卷第十二号，具体停刊原因不详。所刊内容十分丰富，有英文作文、英文文法研究、英语学习体会、学习方法、英语练习题、英语短文、英语知识介绍等。有关翻译部分的内容既有英译汉也有汉译英，其题材以文学、时论以及小说为主，一般都为中英文对照，以便于读者阅读与学习。英译汉对照译文，汉文部分既有文言也有白话，译文中出现的专有名词附有详细解释。该刊还有许多与英语学习有关的书籍和杂志的广告等。参见师卓《民国初中期出版文化管窥——以〈英文杂志〉中广告为中心的考察》，《宁夏大学学报》(人文社会科学版)2016 年第 1 期；《〈英文杂志〉(1915—1927)：商务印书馆英语学习类杂志的嚆矢》，《长江丛刊》2021 年第 26 期。
③ 沈伯甫(？—1916)，苏州人，家境贫寒，1901 年春从教会办的苏州长春巷英华学校转入东吴大学，青年会会员。1907 年毕业于东吴大学，和奚若(伯绶)同为甲班生，班上共有 14 位学生，东吴大学首届毕业生之一。(王国平、熊月之：《最早的中国大学学报——东吴学报创刊号〈学桴〉解读》，《苏州大学学报》2006 年第 3 期)毕业后返校在附中任教多年，东吴第二任校长葛赉恩称他"是一个极富才华的人"。后任职于上海商务印书馆编辑部。吴竞：《沈伯甫其人——记东吴大学首位毕业生》，《苏州大学报》2014 年 4 月 30 日(总第 619 期)第 4 版。

建改订;第 7 期有"Answers to Previous Exercises(Continued,页 199—204)";第 8 期刊载"第十三章:状字"(页 235—237)、"第十四章:动字"(页 237—239)、"第十五章:补辞、直接与间接受事"(页 239—242)和"第十六章:区别动字与实用动字"(页 242—244),由伍光建、蒋正谊(商务印书馆早期英文部编辑)合作改订;第 9 期有"Chapter XVIII (Continued):代名字辨类法"(页 263—266);第 10 期有"第十七章:覆习"(页 295—297);第 11 期有"Chapter XVIII (Continued)"(页 325—333);第 12 期有"第十九章:辨类法杂注:名物字作状字之用法"(页 359)、"第十九课:辨类法杂注:区别字无名物字之用法"(页 359—360)、"第十九章:辨类法杂注:区别字用作名物字"(页 360)、"第十九章:辨类法杂注:区别动字"(页 360)、"第十九课:辨类法杂注:直接受事与间接受事"、"第十九课:辨类法杂注:实用动字"、"第十九课:辨类法杂注:直接受事与间接受事"(页 361)和"第二十章:总举例"(页 362—363)、"第二十一章:字类用法撮要"(页 363—368)、"Chapter IV 代名字"(页 363—368),由伍光建、蒋正谊合作改订。

135-06 英汉双解英文成语辞典

《英汉双解英文成语辞典》(*Glossary of English Phrases with Chinese Translation*),伍光建编译校订,1917 年 1 月初版,5 月即再版。

编者在序言中首先高度评价了邝其照编辑《英文成语字典》的贡献,[1]说明自己的增补是在邝氏基础上进行的:

---

[1] 邝其照(1836?—1891),字蓉阶,或写成容阶,广东台山人。英文名字 KWONG KI CHIU,显然来自粤语的发音。据邝光宁所编的《古邝国丛谈》"清时先知先觉之邝其照"估计,邝其照约生于道光年间,系新宁县冲云堡顺和村人,但早期生活情况不详。(参见邝光宁《古邝国丛谈》,香港篁斋图书室,1967 年,页 252—253)家居广州西关附近的杨巷,宅名"积厚堂"。台山是粤省北美移民最多的"侨乡"。或以为其出生于道 (转下页)

昔邝氏辑英文成语字典(Dictionary of English Phrases)，搜罗繁富，用力甚劳，最合华人读英文者之用。其后日本增田藤之助译邝氏书，略有增改，按字母排列，不复分类，颇便检查。今仍其书次序，译以华文。其有改邝氏原书英文以求合于日人口吻者，今复改从邝氏，以求合于我华人口吻。原书解释，有未尽合者，及有未备者，引布鲁华(Brewer)及韦伯斯达(Webster)诸书，以译之补之。间有专门名词，未尽通用者，及字句之关于文法者，概行删除。其有原书所未及收入者，则从布鲁华(Brewer)、摩理(Murray)及日人所编诸书，选择列入。补辑计将三千条。其采自摩理(Murray)之书者，大抵古希腊、拉丁，及法、德、西、意之通用成语，为英文所常引用者；不以其非英文而弃之也。向者中国学者习英文，每多限于读本。读本成语不多见，无所用于词典。近年学者愈多，求学愈殷。读本而外，浏览所及，不问其为子史，为说部，不终页

(接上页)光十六年，即 1836 年，或有道光二十三年(1843)和道光二十五年(1845)的不同说法，笔者认为出生于 1836 年一说比较可靠，故采 1836 年说。邝其照在离开美国前曾接受美国历史学家班克罗夫特(Hubert Howe Bancroft)的采访，称自己生于 1836 年。祖籍新宁县(现台山)三八镇冲云村，所居在广州芳村聚龙村，家中排行第五。15 岁时他希望学习英语，并在兄长邝其安在珠江南岸的一家商店中帮助经营丝绸、亚麻和驼绒生意。大约在 19 世纪 50 年代末或 60 年代初就读于香港官办的香港中央书院(Hong Kong's Central School)，在那里他打下了坚实的英语基础。期间，著名的英汉辞典的编纂家罗存德于 1857 年 5 月 12 日被任命为香港政府的视学官(government inspector of school)，或以为邝氏可能有机会结识罗存德，并在英汉词典的编纂方面受过后者的影响。之后邝其照在香港开了数年药店，并赴澳大利亚经营草药的运输生意。五年后他不仅赚了一大笔钱，且精通了英语。后进入清政府的民政部门担任官职，曾经两次官派环游全球旅行。所编纂《字典集成》(A Small English and Chinese Lexicon)、《英文成语字典》、《英语汇腋初集》、《英语汇腋二集》、《应酬宝笈》、《英学初阶》等英汉读本，在近代中国学界影响甚大。邝其照的中文著述不多，有收录在《小方壶斋舆地丛钞》中的《台湾番社考》等若干种。光绪元年(1875)绘有《地球五大洲全图》一幅，列出五大洲各国丁口清册、五大洲各国丁方道里表、五大洲舆地荟萃表、五大洲各国土产纪要、五大洲地名表、经纬赤道表、英公司法公司轮船来往路程表、轮船往来各埠行期约计表、北京至各省城并南京盛京路程表。图之下部画两圆形地球，以示地球如圆球体。参见邹振环《晚清西学东渐史上的邝其照》，载王宏志主编《翻译史研究》，复旦大学出版社，2013 年 12 月，页 208—246。

而成语数见,报章尤甚,读者苦之。此固不独华人为然也。即英人遇此,亦不能人人尽解;亦必资助于词典。试以布鲁华所著而论,今所刊行者,以达数十版,其书不胫而走。英人尚如此,我国之学英文者,又当何如? 此汉译英文成语词典之作,在今日为不可缓也。书成,序而行之,且以表邝氏编辑之劳焉。新会伍光建序。①

《英汉双解英文成语辞典·例言》中说明,书中的成语"悉依邝氏之书,间有缺漏者则参诸 Brewer, Webster, Murray 等书以补足之"。成语词典中的词目排列一般采用两种方法:一是按照字母顺序,一种按照中心词排列。《英汉双解英文成语辞典》是按照字母排列,以便检查。该辞典收录包括英语的书面成语、口语成语、俚语成语、生活中常用的短语和复合词,还有常用谚语等,所有的"解释"都是"英汉并列",《英汉双解英文成语辞典·例言》中说明凡是"一而有数意者,均一一列出。且每一解释,系以例句,使学者知其用法"。先英文,后中文。如 Put up, to——1. To place in a package. 2. To put in its proper place. 3. To lodge,——followed by at. 4. To incite,——followed by to. 5. To overlook; to endure,——follow by with;(一)放在包裹内,(二)安置合宜地方,(三)寓,(四)煽动,(五)不留意,忍受。② 如 Out of 一词罗列出九种解释:(一)由来、所自,(二)结果(指用意或理由),(三)模仿、引用,(四)救、释放,(五)摒弃、斥退、离开、不在,(六)放弃、应留心而不留心,(七)歧趣,不由正道或常道,(八)出界限,(九)失、竭。③《申报》1917 年 6 月 24 日所载上海商务印书馆发行"英汉双解英文成语辞典广告"称该书"定价一元五角,特价八角,六年六月底止。是书为伍光建先生近作,参考

---

① 伍光建编:《英汉双解英文成语辞典》(Glossary of English Phrases with Chinese Translation),商务印书馆,1917 年,页Ⅰ—Ⅱ。
② 同上书,页459。
③ 同上书,页415。

成语辞典多种,阙者补之,误者正之。所有解释英汉并列,凡一语有数义者,均一一胪列。每一解释,必系以例句,使读者知共用法。此外如拉丁、法、意以及英美之成语、俗谚,凡所常用者均为增入,可谓搜罗详备,其体裁按字母排列,与欧西旧时所编成语辞典不同,洵为教员、学生不可不备之良参考书也"。①

136-07 汉英新辞典

《汉英新辞典》(A New Chinese-English Dictionary Comprising about 10,000 Words and 50,000 Phrases),李玉汶著,校订者:伍光建、李维格、杜就田、美国施勃里、徐铣、张玉昆、张世鎏、蒋梦麐、美国乐提摩、邝富灼,1918年4月商务印书馆初版,1919年9月四版,1927年7月八版。1933年9月缩版初版,1939年4月缩版七版。(《民国时期总书目·语言文字分册》,书目文献出版社,1986年,页201)1944年9月赣县第一版。

李玉汶在1914年写道:

> 华英字典之作,始于英人马利生Morrison。著作七载,以一八二二告竣,售稿于东印度公司,得六万元之报酬。同时坊间所出汉英字典,亦有五六种,然皆鲁鱼亥豕,今且湮没无闻。又数十年而有Williams, Stent, Mateer, Giles, Baller, MacGillivray等之著作。汉英字典,至是始渐臻完备,惟以出自外人之手,其内容非考究汉学,即习练俗语,未能适于吾国士子之用也。且价值昂贵,购置维艰,学者苦之。

于是,因为"武汉起义辍学归里"的李玉汶"闭户执笔,广集名

---

① 邹振环:《伍光建译校的〈英汉双解英文成语辞典〉与〈汉英新辞典〉》,《东方翻译》2013年第4期。

家之辞书,详考名词之源流,旁搜博采,务求精当。三阅寒暑,乃成是书"。①

李玉汶1917年1月2日"自荐,以所译稿示"。但这部分译稿被认为"功夫尚浅,不可恃"。② 1917年8月15日李玉汶再次提供了《汉英新辞典》部分稿本,张元济读后非常满意,告诉伍光建:"《汉英辞典》比'斋尔司'所著已较高,将来能更编一种,必大有销路。"③全书先后参考了汉英词典和英汉词典、和英词典与英和词典,以及英语、汉语和日语词典,以及各类专门词典和术语词典多达80余种,参考的各类图书亦有40多种。全书收录约10 000个汉字,全部单词以商务印书馆《新字典》为标准,按照汉字部首编排,收录的"专门语、术语、俗语、成语、格言箴言,以及数字缀成之普通语句"约50 000个,分列在各本字之下。解释字义部分,"以各字译音为主体,凡为同音之字,均照部首次序,分列其下"。④ 各版附有笔画索引,以笔画多少为先后,凡是笔画相同之字,均照部首次序排列。缩本另外还附有四角号码索引。

该书书前有英文序言,中文第一序由伍光建撰,第二序为李玉汶撰,第三序为张世鎏撰。伍光建在序言中指出:

> 吾国与英国,地之相去也数万里。治化之起也,先后相间数千年。礼俗风尚不同,历史学术之趋向不同,器械不同,文字多寡之数、结构之法、运用之方亦各不同。而欲通译其文言,使恰合而无出入,吾见其难。道光间重刊颁行之《康熙字典》,商务印书馆最晚出之辞典。凡天地鬼神、草木鸟兽、杂物奇怪、王制礼

---

① 李玉汶编:《汉英新辞典》,商务印书馆1918年4月初版,1944年9月赣县缩本第一版,序二。
② 张人凤整理:《张元济日记》(上),河北教育出版社,2001年,页198。
③ 同上书,页352。"斋尔司"可能是指翟理斯(Herbert Allen Giles, 1845—1935),历任英国驻天津、宁波、汉口、广州、汕头、厦门、福州、上海、淡水等地领事馆翻译、代理事、领事等职,在华居住长达25年。1897年出任剑桥大学第二任汉学教授。所编《汉英字典》(A Chinese-English Dictionary)1892年在上海初版,1912年出版第二版。该辞典在欧美汉学界影响甚大。
④ 李玉汶编:《汉英新辞典·例言》。

仪、世间人事，莫不毕载。其解释字义，博采幽远，大抵以《尔雅》《说文》经典注疏为根据。试以礼而论，三代损益，世远经残，其详不可得闻，欲就晚近之心思耳目，而求往古之制度文教，专经之士，犹或难之，而况以今日他国之礼俗，解释吾国数千年前之礼俗哉！此生于礼俗之难也。群经子史之用字，于声音字形，原有四通六辟之妙，而有时可通，有时不可尽通。如盧蟒即蚱蟒，如国作或，域作或，蛔当为蜮，蜮有从国。又如箐、蔟、拵、揭四字，形虽异而音义有时皆同，然征诸字典，已不能尽合。至如叉、蚤、爪、搔四字，则有同义之用，有不同义之用，如《礼记·曲礼》"不蚤翦"；《丧大礼》"小臣足"及"小臣爪手翦须"，蚤、爪同义，谓除手足也。《内则》"疾痛苛痒而敬抑搔之"，搔，摩也，手爬也。注疏字典，解释甚明，则不蚤翦之不能为不搔首也明矣。此生于文字之一难也。若术语界说，与夫名物之辨，则非有专门之学，不能优为之也。夫字失确义，而必强为之解，或原有确义，以为未安而别立创解，则易犯向壁虚造，望文生义，强今合古诸病。于是穿凿傅会，益诬增妄，莫可究诘。又不如其已也。李君玉汶，年富好学，勇于著述，撰辑汉英辞典。商务印书馆得李君一琴为之校自子至未八集，予校其余四集。向之所谓难，知之最熟，莫撰者校者若矣！译释之难，果能尽排乎？易犯之病，果能尽免乎？学者当能辨之。书将刊行，故为之序，以就正于四方学者。民国七年四月新会伍光建。①

李玉汶编写的《汉英新辞典》，亦是中国引入新式教育，度过以传教士为主的阶段以后，国人编撰系统外语词典的阶段性作品。②

---

① 李玉汶编：《汉英新辞典·例言》。
② 参加李玉汶《汉英新辞典》校对工作的校订人只有乐提摩（David Lattimore）、施勃里为英语母语者，他俩和张玉崑当时都是北洋大学的教师，李玉汶也毕业于北洋预科。虽然综合张元济等的说法，校订工作可能主要由伍光建和李维格完成，但作为老师辈的乐提摩当在编纂中有指导、顾问作用。

遗 稿
（未刊）①

---

① 遗稿的作者和书名的主要信息，除脚注注明外，均来自伍季真女士提供的未刊译稿，原著的英文标注均依据伍季真女士提供的原稿照录。其中部分目前收藏于海盐张元济图书馆。抗战时期蒋复璁曾受民国政府教育部与中英庚款董事会的委托，自重庆潜赴香港、上海，在沦陷区暗中搜购已经流出古籍和可能流出的私人藏书等文献。因此，伍译遗稿应该还有一些收藏在港台等地区，希望这些遗稿还能早期与大陆收藏的部分团圆，特此说明。

(一) 历史·传记·政治·经济

137-01 后罗马史

吉朋(今译吉本)《后罗马史》(Gibbon's Decline and Fall of the Roman Empire,今译《罗马帝国衰亡全史》),一册。

伍译吉本的《后罗马史》共71章,170万字,是胡适主持的中华教育文化基金会编译委员会译书中部头最大的一种。伍光建费时三年全部译完,但由于他"目力不能读小注",所以注释皆未翻译。编译会决定找人选译原注及诸家注文,进行补充,因而最终未能正式完成出版。① 1931年3月7日,胡适代表中华教育文化基金会编译委员会,以专用笺写信给居住在上海霞飞路葆仁里(由法商设计师赉安在上海设计的第一个里弄住宅区,竣工于1924年)19号的伍光建,称所寄呈的《罗马帝国衰亡全史》译稿可能分为大字本《后马踢史》(?疑为《罗马帝国衰亡全史》的前半部分)八大册和小字本《后罗马史》六小册二种,以及《后罗马史》人名、地名一册,胡适称"都收到了"。② 1931

---

① 参见《中华教育文化基金董事会第九次报告》,1934年12月刊行,华东师范大学馆藏,页17;郑逸梅:《世说人语》,载《郑逸梅经典文集》,北方文艺出版社,2019年,页278—285。或以为可能是伍光建的学养不足以将吉本这部文笔优美、史料丰赡、思想深刻的杰作转化为可靠的中文。张治:《中西因缘》,上海社会科学院出版社,2012年,页51—52;张书依据的是作为伍译稿审校者梁实秋后来的回忆,梁实秋在《读马译〈世说新语〉》(1980年)称伍译吉本《罗马帝国衰亡史》:"书是第一等好书,不但是历史名著,也是文学名著,其散文风格之美,实在是很少见。译者也是有名于时的大家。全书卷帙浩繁,我细心校阅了前几章,实在无法再继续看下去。译文优美,无懈可击,读起来确乎不像是翻译,可是与原文核对之下,大段大段的优美的原文都被省略了。优美的原文即是最难翻译的所在。如此避重就轻的翻译,虽然读起来不像是翻译,能说是最好的翻译么?"陈子善编,梁实秋:《雅舍谈书》,页476。
② 西泠网拍·十月大拍 | 近现代名人手迹与影像艺术,外国名人手迹精选,西泠拍卖,2019年10月21日。

年7月24日胡适致伍光建信笺一通三页,中华教育文化基金会编译委员会专用笺,讨论《后罗马史》的翻译问题。全文如下:

昭扆先生:

　　谢谢先生廿,七,十九日的信,我的狂妄之见,承先生不加罪责,反加奖许,愧谢之至。第一、二册,先生不愿收回自改,自当遵从尊旨,由此间托人重校。请先生便中将第一卷原稿仍赐还付抄为盼。人名、地名,有一对照表最佳。我前校第一卷,未敢改动地名、人名,仅将前后不一致之译名改了一二处,此外只有Ptolemy因旧译多禄某似颇流行,故改了,不知可用否?又先生喜用"啦"字代"了"字;鄙意以为凡全用北京语的文字,应用"啦"字,但普通白话文既不全用北京语调,似宜仍用"了"字。先生以为何如?天气酷热,尚乞先生实行休假之预定计划,俟秋凉时再继续工作。匆匆,敬问起居。胡适敬上。廿,七,廿四。①

138－02　英国第二次革命史

马可烈著《英国第二次革命史》,②三厚册。

目前仅仅发现伍光建为在该书译本写有"译者序"和"介绍文"。译者序称:

　　此是马可烈著名英国历史里头的一重要部分,说的是一六八八年英国二次革命。当时出头的重要人物是十九为神奸巨猾不知廉耻为何物,且无不丧尽天良,设与此辈过从,能不凛凛警

---

① 西泠印社2022年秋季拍卖会"中外名人手迹与影像艺术专场"。
② 马可烈(Thomas Babington Macaulay,1800—1859,今译托马斯·巴宾顿·麦考莱),英国维多利亚时代早期辉格派历史学家、政治家。出生于勒塞斯特郡苏格兰贵族之家,1822年曾在剑桥大学研习法律,显示出他具有超人的记忆力。1830年被选为议会议员,1847年在爱丁堡竞选失败退出政界。著有五卷本《詹姆斯二世即位以来的英国史》《史论》等。参见[英]古奇著、耿淡如译《十九世纪历史学与历史学家》下,页483—503。

备？读此与法国革命史另是一个境界。

介绍文写道：

　　英国人杀了国王查理第一后就成为一个无王的民国。以参议院治理国事，参政院由议院公举，现在无上议院，只有下议院。下议院的议员不过一百多人，由若干从军打仗，有若干被军人驱逐了。民国一年克林威尔出征爱尔兰，杀了许多爱尔兰人。第二年克林威尔征苏格兰，这是因为他们立查理第一之子查理第二为王。一六五一年克林威尔有乌斯特（Worcester）之捷，查理第二逃亡大陆，自是终克林威尔之世，爱尔兰与苏格兰皆不敢动。一六五三年克林威尔因为议院好徇私，乃命军人驱逐议员，闭议院大门，且加上锁。他曾对人说议员们被驱逐出院，连狗也不敢吠。克林威尔与军官们请若干人来商议此后该怎么办法，其中有一人名贝尔布晤（Barebore），所以人们称此会议为贝尔布晤议院。于是称克林威尔为护国主，无国王之名，而有国王之实，行一院制，议院一开会，就反对克林威尔专制。克林威尔解散议院，实行专制，他在位的时候，允许清洁派自由祈祷，因为他晓得他们要迎少主回来。克林威尔与法兰西联盟，攻打西班牙，打胜仗得丹克尔（Dunkirk）作酬劳。英国海军亦打胜西班牙。克林威尔虽立战功而不为英国所喜。他解散议院，重人民以供军用，国人更恨。克林威尔召集第二次议会，他们劝克林威尔做英国的君主，添设上议院，不要排除已经被选的平民代表们，克林威尔惟不敢做君主，其余皆依议，等到议员们开会的时候，他觉得更窘，下议院不敬上议院，又不肯办事，克林威尔又解散了这个议院。一六五八年九月克林威尔死。他的长子理查得（Richard）继位为护国主。他是一个好人，却毫无治国才，军人要自举军长，理查得不许，他们逐理查得与其议院，召集好几年前的旧议员，这些议员又不服军人指挥，军人又解散他们。国人不纳税，军人又召回旧议员。苏格兰原有孟克所统的英吉利军，于是南下，入伦敦，宣布召集议院，旧议员们只有解散，新议员立少主，称查理第二。

查理第二以一六六〇年登位。他专好下等娱乐，不理国事，国人称他为快活君主。他们晓得人民好自由，由得他们自由，这一层他比他父亲聪明得多，他尤其不注意于宗教。他私奉天主教，他死的时候声明他奉天主教，但是他在位的时候公然说他是一个耶稣教徒，国人最不喜欢军人，他就遣散克林威尔的军人，于是杀其开堂审判查理第一的裁判官们，戮克林威尔及其他两人的尸。于是召集议院，凡是不附和先王的都不得入选，所以人们称为保王党的议院。国人所最不喜欢的就是清洁派，于是恢复监督制，仍用国教的礼拜形式，定了几条法律，使清洁派不能出头，凡是不愿用祈祷文的教士们都要逐出教区，Cla 不许他们在校教堂或私宅里诵经，凡是被驱逐的清洁派不许走进离市镇五里地。这个时候称清洁派为异端，封亥德（Hade）为克林登（Clarenden）伯爵命为首相。这个时候荷兰与英吉利俱称雄于海上，一六六四年两国因争海权而战，一六六五年伦敦大疫，死人甚多。明年伦敦大火，三日不熄，一面荷、英两国在海上大战，尚不甚分胜负。议院投票议决筹饷供给海军，议员们都起首疑心君主侵吞军饷以供私人快乐。于是在荷兰议和，快要成议啦。查理第二以为必不会再打仗，就遣散军队，以军饷自娱，不料荷兰舰队驶入泰晤士河（Thames），英人无军队抵御，荷兰人焚英舰三艘，夺去一艘封锁海江，伦敦人不能得煤。查理第二只好让步于荷兰，立和约。一六六七年和议既成后数个星期，克林威尔退位。继他而起的有五个大臣，成为五人政府。当是时法兰西王路易第十四在位，国富兵强，英吉利人唯恐法兰西王取天主教徒以反对耶苏教徒。查理第二与路易第十四原是表兄弟，况且当他出亡的时候，住在法国日久，他竟不知羞耻求路易帮他钱，使他不必求议院。先是查理第二曾与荷兰及瑞典同盟，即三国同盟,与他订杜瓦尔(Dover)之约,查理应允帮同路易攻打荷兰,查理若压制人民,不使抗拒,路易答应派兵入英国助他。这原是一个秘密条约,只有两个大国晓得这个秘密,查理不敢宣布他是一个天主教徒,但是在一六七二年他竟和荷兰宣战,同时又颁优容异教徒谕旨,反对天主教徒和异教徒的法律一概禁止施行,议院大怒,查理只好收回成命,国人决计不使天主教徒揽权,于是定试验为法令,凡是奉派为海陆军官或文官的,必要从国教的牧师手上受圣餐,要声明不信天主教的最要紧信条,这样一来就可以试出这个人是天主教徒抑或是耶稣教徒?这条试验令一行,五大臣政府就倒下了。这个时候国人很怕天主教人当权,因为君主的兄弟拓木士(James)将继位为王,已经变了一个天主教徒,现时是丹贝(Danby)伯爵执政,他的内政不容天主教或异教,他的外交部助路易第十四,不久他就同荷兰讲和,查理且答应与荷兰连姻。这件事发生最重要的效果,查理第二无子,只有两个女儿,玛利与安娜,后来都做了女主,却都是奉耶稣教徒的,查理第二愿意亲上作亲,嫁玛利与奥兰治(Orange)王爵威廉,王爵是查理第二的姐姐的儿子,约克公爵拓木士及查理第二的女儿继位之后,就让威廉做英吉利王,现时威廉是荷兰共和国的主席,当是时欧洲有几国反对路易第十四,共推威廉为盟主,丹贝主张这样的联姻,原为的是查理与其弟死后,要新登位的女主也选择一个耶稣教人做她的丈夫,且不要他同法兰西王做朋友。平民代表们都不愿同法兰西打仗,因为他们惟恐查理一旦有大军在手及战事告终之后或许用以反对议院。

正在国人疑心君主的时候,忽有一个不相干的人名奥提士(Oates)自称原是天主教徒,后来改奉耶稣教,他出来告密说有许多天主教徒谋杀君主,于是派某裁判官审问他,不久裁判官被杀,人们传说是天主教徒杀他的,于是议院及国人发狂怒,凡是耶稣教徒无不相信奥提士所说的话是真的。不久谣言更多,初时不过说天主教徒要杀君主,后来就说天主教徒要毁灭了耶苏教徒,且要杀万千个无辜的耶苏教徒,于是枉杀了许多无辜的人,说他们要谋害耶苏教徒,不然,就是说他们同谋暗杀裁判官。

　　保王党议院一任十七年半之后,以一六七九年解散,丹贝政府告终。此后三年之内,开过三次短期议院,每次都是沙甫巴利(Shaftesbury)的朋友党居大多数,他们要竭力拦住约克公爵(即后来登位之拓木士第二)继位为王,他们提出一个议案,称为废立令。凡是天主教徒都不能继位为国王。第一次短期议院被君主所解散,因为平民代表们不肯抛弃废立令。第二次短期议院通过这条法令,哈利花克(Halifax)在贵族院反对这个提案。他这个人很有才,不肯附定某一党,只要看见甲党有,势力足以为恶,他就脱离甲党,投入乙党;若乙党变得更有势力,他再投入甲党。他不独反对废除令,他很晓得沙甫巴利要立查理第二的私生子孟麻特(Monmouth, James)公爵继位为王,所以哈利花克宁愿一个天主教徒在位几年,所以他劝贵族院听他的条陈,贵族院果然不通过废立议案。第三次短期议院事在牛津开的,沙甫巴利的朋友们皆手执兵器以自卫,他们一定要通过废立议案,所以查理又解散议院。

　　到了这个时候,这两党都有了绰号啦,这一党称为挥伊格(Whig,又称维新党,或自由党),那一党称为托尔利(Tory,又称守旧党,或保守党)。挥伊格原是苏格兰字,解作酸牛奶,初时以此称叛党,托尔利原是爱尔兰字,爱尔兰人称强盗为托尔利。初时这两个都不是好字眼,后来党人忘其所以,竟以此自夸。自从一六八一年解散第三次短期议院以后,守旧党得势,维新党有几时也颇有力,因为只有不多的英吉利人愿以天主教徒当君主,但是人们一般晓得维新党执械赴会,要强逼君主,惟恐又酿内乱,所以宁愿容忍一个天主教徒作君主,也不愿意又有一个清洁的军队统治英吉利,所以现在反轮到维新党受威吓。沙甫巴利逃往荷兰,于是有若干维新党阴谋在黑麻室杀君主与王弟,被人揭破,或逃走,或被杀。其实预谋的都是无名之辈,守旧党却要打倒维新党的领袖们。于是审讯他们,爱克西士伯爵在狱里自杀,罗骚贵族及西特尼正法。

查理第二久已不召集议员,哈利花克因为维新党太过激烈,已经投入守旧党,又觉得他的新党友又过于激烈,他力劝查理召集议会,查理未能决定,就病了,他濒死时承认是一个天主教徒。他死于一六八五年二月六日。

139-03 古希腊英雄记

金斯莱《古希腊英雄记》(The Heroes),①一厚册。

140-04 俄皇大彼德本纪

俄国斯梯芬·格兰汉姆②著《俄皇大彼德本纪》(或称《俄皇大帝彼得本记》),③一厚册。历史类传记小说。本书以17—18世纪欧洲与俄国的宏伟历史为背景,详尽地叙述了彼得大帝非凡的一生,将他从一个小男孩蜕变为传奇人物过程中的诸多事件娓娓道来,生动地展示了他如何凭借自己强烈的好奇心、旺盛的精力和强大的意志力,通过西化改革拓展国家版图,使国家脱离黑暗,走向现代化,进入文明的新时代,一跃成为欧洲强国。作者以高超的叙事技巧和小说式

---

① 查理·金斯莱(Charles Kingsley, 1819—1875),19世纪英国作家、诗人。童年大半在英国西部沿岸的渔村度过。1843年以优等成绩毕业于剑桥大学。毕业后当了牧师,曾参与发起基督教社会主义改革运动,后任剑桥大学现代史教授。著有多部揭露英国小工场中残酷剥削工人的小说。沈雅雯、韦苇:《世界儿童文学事典》,希望出版社,1992年,页250;参见伍蠡甫《中译本序》,[法]基佐著,伍光建译,靳文瀚、陈仁炳校订:《一六四〇年英国革命史》。下凡引用此篇简称《一六四〇年英国革命史》序言。
② 斯梯芬·格兰汉姆(今译史蒂芬·葛莱汉姆),京华出版社2010年有作者的"大人物丛书"于东来译本,书名《彼得大帝》。
③ 《一六四〇年英国革命史》序言。

的笔法串联起繁杂的史实,重现了那段辉煌的历史,立体地塑造了彼得大帝复杂的人物形象:冲动又固执、慷慨又残暴、温柔又无情。

141－05　西史纪要(第三编)

《西史纪要》第三编。①

142－06　英国史——查理一世

麦考来(即马可烈)著《英国史——查理一世》。

143－07　英法两宫秘史

汉密尔顿②著《英法两宫秘史》(或译《英法两宫艳史》),③一厚册。

144－08　拿破仑

德国卢特维喜(或译卢特维希)《拿破仑》。④

---

① 《西史纪要》全书拟分为三个时期:第一编为第一期,自开辟至耶稣纪元四百七十六年西罗马灭亡,为"古代史";第二编为第二期,从公元四百七十六年至一千四百五十三年,即西罗马灭亡至土耳其灭东罗马止,为"中代史"。《西史纪要》第一、二卷即第一、二编,第三期是尚未最后完成的《西史纪要》的第三编,从土耳其灭东罗马至英国南非洲之役止,为"近代史"。第三编遗稿待查。
② 汉密尔顿(Philip Gilbert Hamilton, 1834—1894),英国评论家和记者,出生于英国,后与法国妇女结婚,移居法国,死于法国布伦。著有《法国人和英国人》《古典主义衰落后的法国绘画》等。《近代现代外国哲学社会科学人名资料汇编》,页980。
③ 《一六四〇年英国革命史》序言。
④ 《拿破仑传》,德国埃米尔·路德维希著。该书讲述了拿破仑不仅是一个杰出的军事家,而且也是欧洲史上最伟大的人物之一,他不仅创造了法国历史,而且也创造了所有欧洲各国的历史。他于1804年加冕为法兰西皇帝,从此他的名字就和无数战争的胜利联系在一起。为了废黜这个巨人,1815年6月18日,欧洲列强不得不在滑铁卢战场联合起来对付他。

145－09 约瑟伏西

《约瑟伏西》,二厚册。

146－10 第一次欧战的缘起

《第一次欧战的缘起》(或称《第一次欧战的起源》),由严复、马相伯与伍光建根据当时外国报纸翻译整理编辑,并以《欧战缘起》一书进呈。① 所述译呈《欧战缘起》,即供袁世凯阅读的《居仁日览》。② 伍

---

① 王栻主编:《严复集》(三),中华书局,1986年,页621。
② 严璩《侯官严先生年谱》称:"自欧战发生后,府君于战时新闻,每摘要论述,送总统府备览,积年余,不下数万言,俱谓留稿。"王栻抗战前曾在北京旧书铺中买到过几本,1949年后夏鼐也在旧书铺买到过一册《欧战缘起》。《编后记》,王栻主编:《严复集》(五),页1482。严复等译呈的《居仁日览》共有七篇,均未署名。其中《严复合集》(台湾法人辜公亮文教基金会,1998年)第五册收入中国社会科学院近代史研究所藏三篇。北大图书馆藏有三篇,其篇目如下:1.《泰晤士今战史——欧战缘起第一》(由黄克武先生在上海图书馆发现);2.《日耳曼开战兵略第二》(《严复合集》第五册已刊);3.《〈伦敦时报〉书〈布来斯审查会报告书〉后》(北大图书馆收藏);4.《英国军械大臣来德佐治在满哲沙劝谕工人演说》(北大图书馆收藏);5.《英人狄仑论今战财政》(北大图书馆收藏);6.《希腊前相文尼芝禄上希腊王书》(《严复合集》第五册已刊);7.《美人宣告德国近情》(《严复合集》第五册已刊)。北大图书馆保存的三篇《居仁日览》,文前都有一行"中华民国四年严复译呈",文后留有袁世凯手批"阅"字样。参见欧阳哲生《严复评传》(百花洲文艺出版社,2015年,页211—213)。黄克武先生通过检索台北"中研院"近代史所的电子数据库《泰晤士报》《纽约时报》,发现上述文章的出处:第一、二篇原作出自 The Times Illustrated History of the War (今译《泰晤士报战争图史》),为该书的第一、二章。1914年8月25日《泰晤士报》刊出第一部分,即第一、二章。第三篇出自1915年5月13日第9版《泰晤士报》的 A Record of Infamy (《一个邪恶的纪录》)。第四篇出自1915年6月4日《泰晤士报》的 A Workshop War, The Crying Need for Shells, Plain Words Emocracy from Mr. Lloyd George, and Compulsion。第六篇出自1915年4月21日伦敦《每日记事报》(The Daily Chronicle)的 Venizelous's Statement to King Constantine。文章原刊自英文报纸,这些文章基本上反映了英国的立场,时间范围约在1915年4—6月。严复选译这些文章,一如过去他翻译西方经典一样,都有其明确的用意。《泰晤士今战史——欧战缘起第一》《日耳曼开战兵略第二》两篇是介绍第一次世界大战发生的历史原因和开战之初德军猛烈推进的进程。《〈伦敦时报〉书〈布来斯审查会报告书〉后》一文系揭露德军侵入比利时残酷杀戮的暴虐行径,明显带有谴责德军之意。《英人狄仑论今战财政》一文较长,共有十二节:德人之金战、法人财政之见绌、俄人之仓遽、三国协助 (转下页)

译另有题为《第一次欧战的缘起》的遗稿(July 14, by Emil Ludwig, Blue Rubbon Books),一厚册。

147－11　福煦

斯梯芬·茨威格①著《福煦》。②

148－12　七月十四

德国卢特维喜《七月十四》。③

149－13　洛约翰传

英国吴德著《洛约翰传》(Life of John Law of Lauriston, by J. P. Wood),一函。

150－14　近代政治学说

若德著《近代政治学说》(Introduction to Modern Political

(接上页)财政于巴黎、俄之酒禁、俄国禁酒之效果、巴黎三国财政协商之决议、英法之所以助俄、俄之谷麦能输出乎、俄与瑞典之兵费、勃牙力与其政府、德人何故而助勃,这篇文章有助人们了解战争各方财力及其相互关系。严复分析一战参战各国,颇为注重各国的资源、财力比较,这是他分析战况的重要依据,此文足资参考。《希腊前相文尼芝禄上希腊王书》一文则可能借文尼芝禄上书要求放弃中立,对德、奥盟国塞尔维亚宣战一事,暗示中国应取法此举。(参见黄克武《严复与〈居仁日览〉》,收录黄瑞霖主编《严复思想与中国现代化》,海峡文艺出版社,2008年,页166—176)上述七篇,除2、6、7收录《严复合集》外,其他几篇很有可能是马相伯、伍光建参与翻译,究竟哪些篇可能出自伍光建之手,尚待进一步考订。严复负责的《居仁日览》似乎还有印本,如上海市档案馆译《颜惠庆日记》1915年8月26日称自己曾受到过《居仁日览》(中国档案出版社,1996年,页269)

① 斯蒂芬·茨威格(Stefan Zweig,1881—1942),奥地利小说家、诗人、剧作家、传记作家。代表作有中篇小说《一个陌生女人的来信》和《象棋的故事》等。
② 《一六四〇年英国革命史》序言。
③ 《一六四〇年英国革命史》序言。

Theory, by C. E. M. Joad),一册。①

151‐15　中国人致英国人书

英国独根生著《中国人致英国人书》(*Letters from John Chinaman*, by Dickenson)。②

152‐16　英国地方自治纪略

《英国地方自治纪略》。

153‐17　英伦银行纪略

《英伦银行纪略》(清稿)。

154‐18　丹巴尔银行志

《丹巴尔银行志》。

155‐19　荷法美英德银行志

《荷法美英德银行志》(附《钞业实解》),三册。

---

① 娇德(Cyril Edwin Mitehinson Joad,1891—1953,今译周德、若特、乔德),英国哲学家、教育家。参见《近代现代外国哲学社会科学人名资料汇编》,页1193。
② 独根生,即英国历史学家迪金逊(Goldsworthy Lowes Dickinson,1862—1932),其《希腊人的生活观》1896年出版后,作为历史学家被聘为国王学院终身研究员。19世纪末20世纪初,他开始对中国发生兴趣,以虚拟中国人的角度,撰写了《约翰中国佬信札》(*Letters from John Chinaman*),1913年曾到中国的广州、上海、北京等地旅行,会见过孙中山,引起比较广泛的关注。《约翰中国佬信札》中的"约翰",是西方对普通人的称谓,该书出版于1901年,今译《"中国佬"信札:西方文明之东方观》,南京出版社2008年有中译本,编入"西方人看中国"文化游记丛书第一辑。参见叶向阳《从〈约翰中国佬信札〉看"东方信札"体裁作品与中国主题之关系》,载乐黛云主编《跨文化对话》第29辑2012年第1期,页427—443。

156‑20　中国人致英国人书

辜鸿铭《中国人致英国人书》，一册。①

该书前有伍光建撰写的辜鸿铭简要生平："辜鸿铭（1857—1928），福建同安人，名汤生，自号汉滨读易者，留学英、法、德等国，精通数国语文，曾为张之洞幕僚，清末官外务部左丞。辛亥革命后任教于北京大学。政治态度极为保守，推崇孔子学说，宣扬封建思想，反对新文化。作有《读易堂文集》。译有《痴汉骑马歌》，又以西文介绍儒家经籍，撰有《春秋大义》《论语》《中庸》等译本。"书末注明该书译出的时间是 1935 年 8 月 23 日。

157‑21　论画书

《论画书》（题未定）（*The Practice and Science of Drawing*，by

---

① 辜鸿铭(1857—1928)，名汤生，字鸿铭，号立诚，自称慵人、东西南北人，又别署为汉滨读易者、冬烘先生，英文名字 Tomson。祖籍福建省惠安县，出生于南洋英属马来西亚槟榔屿。精通英、法、德、拉丁、希腊、马来西亚等 9 种语言，学博中西，号称"清末怪杰"。著有《中国的牛津运动》(原名《清流传》)和《中国人的精神》(原名《春秋大义》)等英文书，曾与严复、伍光建等被清廷"钦赐文科进士出身"。伍光建对辜鸿铭的译作极为推崇，认为其所译《痴汉骑马歌》是近代用传统中国诗的形式译西洋诗中颇有代表性的典范，该诗是英国诗人威廉·科柏(William Cowper, 1731—1800)的代表作，全称《布贩约翰·基尔平的趣事》(The Diverting History of John Gilpin, Linen Draper)。对辜鸿铭以五言古体诗译出的《痴汉骑马歌》之遣词造句上的功力和妙处非常推崇，称其"把诗人的风趣和诗中主角布贩子的天真烂漫，特别是他的那股'痴''呆'味儿，都译出了，读来十分亲切"。还教授五个孩子在家读私塾，教材就是辜鸿铭自费刊行的《蒙养弦歌》，该书收入五言和七言古诗百余首，给孩子亲自讲授，反复强调，借此要求孩子多背古诗，以使文章朗朗上口。(伍蠡甫:《前记》,《伍光建翻译遗稿》, 人民文学出版社, 1980 年, 页 3—4)张元济曾将在福州英国人佛来遮((William John Bainbridge Fletcher, 1871—1933)的唐诗英译本《英译唐诗选》(*Gems of Chinese Verse*, 1918)及《英译唐诗选续集》(*More Gems of Chinese Poetry*, 1919)两书, 请伍光建审阅, 伍谦称不能胜任, 建议请辜鸿铭审读为宜, 于是张元济转请辜氏审阅。吴钧陶:《唐诗英译的开山祖师》,载《文汇读书周报》2011 年 1 月 28 日第 5 版"特稿"。

Harold Speed),①一册。

(二) 文　　学

158‑22　失落的密码

英国维曼著《失落的密码》(The Lost Cipher, by Stanley Weyman)。②

159‑23　破尔西的制时钟工人

英国维曼著《破尔西的制时钟工人》(The Clock Making Poissy, by Stanley Weyman)。

160‑24　网球

英国维曼著《网球》(The Tennis Balls, by Stanley Weyman)。

161‑25　包办税款

英国维曼著《包办税款》(Farming the Taxes, by Stanley Weyman)。

---

① 哈罗德·斯皮德(Harold Speed, 1872—1957，又译哈罗德·速度)，出生于伦敦，是建筑师爱德华·斯皮德(Edward Speed)之子，入皇家艺术学院(Royal College of Art)学习建筑学，转而开始从事绘画。1891—1896 年间在皇家学院学习，并于 1893 年获得金质奖章和旅行奖学金。1896 年被选为皇家肖像画家协会的成员。成为从事肖像、人物和历史题材油画和水彩画的英国画家。所著《绘画的实践与科学》(The Practice and Science of Drawing, 1913 年)可能即伍译依据的原本。参见[英]哈罗德·斯皮德著，康林花、谢彬彬译《七天提升绘画技巧》，天津教育出版社，2012 年。

② 维曼(Weyman Stanley, 1855—1928，今译惠曼)，英国的历史小说家，最为流行的大众作家。1883 年在《孔希尔》杂志上开始发表小说，一生著作甚多。[日]千叶龟雄著，鲁迅译：《一九二八年世界文艺界概观》，载《朝花旬刊》第一卷第三期(1929 年 6 月 21 日)。

162 – 26　在方旦卜禄

英国维曼著《在方旦卜禄》(*At Fontaine Blean*，by Stanley Weyman)。

163 – 27　伊西安登天

英国狄雷利《伊西安登天》(*Jxion in Heaven*，by B. Dissaics)，Dissaics World's Classic。

164 – 28　素不相识的人

新西兰曼司斐《素不相识的人》(*The Stranger*，by Katheine Manthfield, March, 1927)。[①]

165 – 29　伯爵夫人的马车

瓦特生《伯爵夫人的马车》(*The Countess's Carriage*，by H. B. Manniot Watson)。

166 – 30　一个公主的宗教

英国模尔立《一个公主的宗教》(*A Princess's Religion*，by E. C. Grenuille Murray Cruit 1ˢᵗ Series)。

---

① 曼司斐(Katherine Manthfield, 1888—1923，今译凯瑟琳·曼斯菲尔德)，英国女作家。生于新西兰，19 岁回国，在伦敦上大学，著有《幸福》《园会》等短篇小说，是著名的文化女性主义者，新西兰文学的奠基人。参见上海辞书出版社编《外国人名辞典》，页 481。

167－31　灰袍将军

美国霍桑《灰袍将军》(*The Grey Champion*, by Hawthorne Juice Told Jales)。①

168－32　吉卜拉

法国李沙季《吉卜拉》(*Gil Blas*),②一函。

169－33　朱理罗曼

法国莫泊桑《朱理罗曼》(*Julie Romain*, by Maupassant, 88 more shies by Maupassant Cassell)。

170－34　义子

法国莫泊桑《义子》(*The Adopted Son*, by Maupassant, Little Blue Book, No.920)。

171－35　阿布大拉的国

邦特《阿布大拉的国》(*The Kingdom of Abdulla*, by Stephin

---

① 书稿中有伍光建的译注："我中国人好谈显圣事,尤相信俗尚之关帝显圣,此篇故事颇与显圣相类,故译之。"
② 李沙季((Alain Rene Lesage, 1668—1747,今译阿兰·勒内·勒萨日),法国18世纪初期的讽刺剧作家,著有《吉尔·布拉斯》《瘸腿魔鬼》《杜卡莱先生》。《吉尔·布拉斯》以16世纪末至17世纪中期的西班牙为历史背景,用西班牙流浪汉小说那种朴素、生动的笔触,通过吉尔·布拉斯一生的遭遇,真实地反映了朝廷腐败、贵族荒唐、金钱和权势统治一切的行将崩溃的封建社会的面貌。2018年人民文学出版社有杨绛的译本《吉尔·布拉斯》。译稿的文尾有伍光建的译注："此是我译小说的处女作。"该书"第一、二卷作于1715年,第三卷作于1724年,第四卷作于1735年,本件是第一、二卷英译稿"。

Band, Angozy' March, 1927),一函。

172 - 36 梦魇

俄国吉柯甫（今译契诃夫）《梦魇》(*The Incubus*, by Anton Chekhov),一函。

173 - 37 侯爵夫人

《侯爵夫人》。

174 - 38 一只小猎狗

《一只小猎狗》。

175 - 39 伯林之围

《伯林之围》。

176 - 40 大红宝石

《大红宝石》。

177 - 41 停妻

《停妻》。

178 - 42 奇梦

《奇梦》。

179－43　买党奇闻

《买党奇闻》。

180－44　弃

《弃》。

181－45　怀特查普尔

《怀特查普尔》。

182－46　第十一号房

《第十一号房》。

183－47　隐士弃儿

《隐士弃儿》。

184－48　冒充医生

《冒充医生》。

附录一　伍光建著译出版年代分类统计表

首刊年代	文学(小说、剧本、诗歌、札记等)	英汉对照小说	历史、传记	哲学、伦理、政治	科学教材	英语读本(编纂和校订的英汉词典等)	遗稿(未刊)	合计
1897				1				1
1902				1	1			2
1904					1			1
1905						1		1
1906				1				1
1907	5				1			6
1908	2					1		3
1909						1		1
1910			1					1
1912				1		1		2
1913					1			1
1914			1					1
1916						1		1
1917						1		1
1918			2		1	1		4

续　表

首刊年代	文学(小说、剧本、诗歌、札记等)	英汉对照小说	历史、传记	哲学、伦理、政治	科学教材	英语读本(编纂和校订的英汉词典等)	遗稿(未刊)	合计
1924	1							1
1925	1			1				2
1926	4							4
1927	1							1
1928	2		1					3
1929	3	1	1	1				6
1930	3		1	1				5
1931	1		5	1				7
1932	1		1					2
1933	1	1						2
1934	3	21						24
1935	6	5	1					12
1936		15						15
1940	1							1
1948	1							1
1954	1							1
1980	19							19
1982	2							2
2001			1					1
未刊								48
总计	58	43	15	8	5	7	48	184

附录二 引用文献

（以著者姓氏英文字母顺序排列）

A

Alexandre Dumas，*The Three Musketeers*，Translated and with an introduction by Lord Sudley，T. and A. Constable Ltd，Edinburgh，1852，pp.21-22.

［德］阿诺·斯维治著，伍光建译：《克罗狄阿》，上海：商务印书馆，1935年。

［俄］阿戚巴瑟夫著，伍光建译：《革命故事》，上海：商务印书馆，1936年。

［法］艾黎·福尔著，张延风、张泽乾译：《世界艺术史（第四卷）》，北京：中国财政经济出版社，2015年。

［英］爱德华·菲利普·奥本海默著，孟军译：《大秘密》，重庆：重庆大学出版社，2015年。

［英］爱略脱著，伍光建译：《阿当贝特》，上海：商务印书馆，1934年。

［法］安那图勒·法兰西著，伍光建译：《红百合花》，上海：商务印书馆，1936年。

［挪威］安赛特著，伍光建译：《金奈》，上海：商务印书馆，1936年。

［美］奥显理著，伍光建译：《白菜与帝王》，上海：商务印书馆，1934年。

B

［法］巴尔沙克著，伍光建译：《巴尔沙克短篇小说》，上海：商务印书

馆,1936年。

宝苏雅拉、姜红军:《伍光建〈物理学〉成书形式辨析》,《内蒙古师范大学学报(教育科学版)》2021年第1期。

北京图书馆编:《民国时期总书目(1911—1949)·历史·传记·考古·地理》,北京:书目文献出版社,1987年。

北京图书馆编:《民国时期总书目(1911—1949)·外国文学》,北京:书目文献出版社,1987年。

北京图书馆编:《民国时期总书目(1911—1949)·哲学·心理学》,北京:书目文献出版社,1987年。

北京图书馆、人民教育出版社图书馆合编:《民国时期总书目(1911—1949)·中小学教材》,北京:书目文献出版社,1995年。

毕晓燕:《近代文献翻译史上的"伍译"——以伍光建译"英汉对照名家小说选"为个案分析》,上海:复旦大学历史学硕士论文,2010年4月。

边春光主编:《出版词典》,上海:上海辞书出版社,1992年。

[意]卜克吉奥著,伍光建译:《十日谈》,上海:商务印书馆,1936年。

C

[英]查理·迭更斯著,伍光建译:《二京记》,上海:商务印书馆,1934年。

陈国华、胡岑卉:《从朗德〈一位老哲人的临终遗言〉诗的汉译看诗歌翻译中的变通》,载《亚太跨学科翻译研究》2021年(第十一辑),页78—97。

陈建华主编:《中国俄苏文学研究史论》第三卷,重庆:重庆出版社,2007年。

陈平原:《二十世纪中国小说史》,北京:北京大学出版社,1998年。

陈思和:《雨果及其作品在中国》,《中国比较文学》1997年第4期。

陈袁菁:"伍光建",载林煌天主编《中国翻译词典》,湖北教育出版社,1997年,页738—739。

D

〔日〕大村喜吉等编集:《英语教育史资料》第五卷"英语教育事典·年表",东京法令出版株式会社,1980年。

〔法〕大仲马著,伍光建译:《蒙提喀列斯突伯爵》,上海:商务印书馆,1935年。

〔法〕大仲马著,伍光建译述,沈德鸿校注:《侠隐记》,上海:商务印书馆,1924年。

戴家墨、尚劝余:《甘地与凯末尔的经济思想之比较》,《海南师范学报》(社会科学版)1999年第3期总第12卷第45期。

戴文葆:《〈拿破仑情书集〉责编的告白》,氏著:《寻觅与审视》,北京:中国华侨出版公司,1990年,页596—597。

〔意〕但农吉奥著,伍光建译:《死的得胜》,上海:商务印书馆,1936年。

邓久平主编:《谈读书》(上),北京:大众文艺出版社,2000年。

邓世还:《伍光建生平及主要译著年表》,《新文学史料》2010年第1期。

〔俄〕杜退夫斯基著,伍光建译:《罪恶与刑罚》,上海:商务印书馆,1935年。

F

方仪力:《被磨的斯宾诺莎镜像》,《读书》2020年第3期。

〔英〕斐勒丁著,伍光建译:《妥木宗斯》,上海:商务印书馆,1934年。

冯柳堂:《经济丛谈》,载《申报》1941年4月17日,第6页。

冯茜:《英国的石楠花在中国——勃朗特姐妹作品在中国的流布及影响》,北京:中国社会科学出版社,2008年。

冯珊珊、郭世荣:《迦诺的〈基础物理学〉及其在晚清的译介》,《西北大学学报(自然科学版)》2019年第2期。

〔英〕弗朗西斯·马尔文著,屈伯文译:《西方文明的统一》,郑州:大象出版社,2013年。

［法］福尔特耳著，伍光建译：《甘地特》，上海：商务印书馆，1935年。

G

Gulielmetti, *Berthold Auerbach and the German nation: educating the male citizen.* Thesis (Ph. D.) — Washington University, 1999. Dept. of Germanic Languages and Literatures. Includes bibliographical references.

［英］高尔斯密著，伍光建译：《诡姻缘》，上海：新月书店，1929年。

高俊梅：《晚清译著〈力学课编〉研究》，呼和浩特：内蒙古师范大学科学技术史硕士论文，2011年。

［英］哥德斯密著，伍光建译注：《维克斐牧师传译注（英汉对照）》，上海：商务印书馆，1929年。

［德］哥德著，伍光建译：《维廉迈斯特》，上海：商务印书馆，1936年。

［德］歌德著，君朔译：《狐之神通》，上海：商务印书馆，1926年。

［英］歌士米著，伍光建译：《维克斐牧师传》，上海：商务印书馆，1925年。

［英］格士克夫人原著，伍光建译：《克阑弗》，上海：商务印书馆，1927年。

葛中俊：《厄普顿·辛克莱对中国左翼文学的影响》，《中国比较文学》1994年第1期。

葛中俊：《厄普顿·辛克莱在中国的翻译及其理由左翼文学的影响》，《苏州大学学报》（哲学社会科学版）1996年第3期。

［英］乔治·皮博迪·古奇著，耿淡如译，谭英华校注：《十九世纪历史学与历史学家》，北京：商务印书馆，1997年。

H

［英］哈罗德·斯皮德著，康林花、谢彬彬译：《七天提升绘画技巧》，天津：天津教育出版社，2012年。

浩然（夏康农）：《两种〈造谣学校〉的译本的比较》，《新月》1929年第2卷第6—7期。

［美］何桑著，伍光建译：《红字记》，上海：商务印书馆，1934年。

胡从经：《〈沙宁〉书话》，《中国新文学丛刊》1986年第1期，页271—276。

胡先骕：《留学问题与吾国高等教育之方针》，《东方杂志》1925年22卷第9号。

黄克武：《严复与〈居仁日览〉》，黄瑞霖主编：《严复思想与中国现代化》，福州：海峡文艺出版社，2008年，页166—176。

黄禄善、刘培骧主编：《英美通俗小说概述》，上海：上海大学出版社，1997年。

黄禄善：《美国通俗小说史》，南京：译林出版社，2003年。

黄心川主编：《南亚大辞典》，成都：四川人民出版社，1998年。

黄艳群、项凝霜：《论译者注之阐释功能——以伍光建英译〈英汉对照名家小说选〉为例》，《西华大学学报》（哲学社会科学版）2016年第1期。

J

［英］伽尔和提著，伍光建译：《置产人》，上海：商务印书馆，1934年。

［法］基佐著，伍光建译，靳文瀚、陈仁炳校订：《一六四〇年英国革命史》，北京：商务印书馆，1985年。

［俄］吉柯甫著，伍光建译：《洛士柴尔特的提琴》，上海：商务印书馆，1936年。

纪念苏兆龙先生诞辰一百周年编委会：《纪念苏兆龙先生诞辰一百周年1907—2007》，长沙：2007年刊本。

姜辉：《出版与救国——神州国光社研究》，山东师范大学硕士论文，2015年。

［英］金斯黎著，伍光建译：《希尔和特》，上海：商务印书馆，1934年。

金庸、［日］池田大作：《探求一个灿烂的世纪：金庸/池田大作对话录》，台北：远流出版事业股份有限公司，1998年。

K

柯彦玢:《〈艰难时世〉与〈劳苦世界〉:从"诗"到"史"的演变》,《外国文学》2013年第4期。

可文:《拿破仑哲学思想初探》,《实事求是》1981年第2期。

[美]克勒门兹著,伍光建译:《妥木琐耶尔的冒险事》,上海:商务印书馆,1934年。

L

赖慈芸:《埋名异乡五十载——大陆译作在台湾》,《东方翻译》2013年第1期。

赖慈芸:《亦译亦批:伍光建的译者批注与评点传统》,《编译论丛》2012年第五卷第二期,页1—29。

赖慈芸译:《啸风山庄》,台北:台湾远流,2020年繁体版。

李春林:《复调世界:陀思妥耶夫斯基其人其作》,合肥:安徽文艺出版社,1999年。

李霁野译:《简爱自传》,《世界文库》1935年8月20日第四册上开始连载,至1936年4月20日第十二册续完,1936年9月生活书店有单行本。

李今:《伍光建对〈简爱〉的通俗化改写》,《中国现代文学研究丛刊》2014年第2期。

李今:《周瘦鹃对〈简爱〉的言情化改写及其言情观》,《文学评论》2013年第1期。

李梦玲:《从〈托氏宗教小说〉看近代岭南西方传教士翻译小说的特色》,《广府文化》2021年第2辑。

《梁实秋文集》编辑委员会:《梁实秋文集》第二卷,厦门:鹭江出版社,2002年。

梁实秋著,陈子善编:《雅舍谈书》,济南:山东画报出版社,2006年。

林焕文、张凤:《世界著名文史学家辞典》,牡丹江:黑龙江朝鲜民族出版社,1985年。

林煌天主编:《中国翻译词典》,武汉:湖北教育出版社,1997年。

林骧华主编:《外国学术名著精华辞典》(1),上海:上海人民出版社,1989年。

刘聪:《梁实秋新月时代的另类文学活动》,《湖南人文科技学院学报》2009年第6期。

刘伽:《〈简·爱〉中译本评介:译作与经典名著的建构》,《湖南科技大学学报》(社会科学版)2010年9月第13卷第5期。

刘研:《契诃夫与中国现代文学》,上海:上海社会科学院出版社,2006年。

[美]留伊斯著,伍光建译:《大街》,上海:商务印书馆,1934年。

[古罗马]琉善著,罗念生、陈洪文、王焕生、冯文华译:《琉善哲学文选》,北京:商务印书馆,1980年。

[德]卢特维喜著,伍光建译:《俾斯麦》,上海:商务印书馆,1931年。

[美]鲁宾斯坦著,陈安全等译校:《从莎士比亚到奥斯丁》,上海:上海译文出版社,1987年。

鲁迅全集编委会:《鲁迅全集》第12卷"书信",北京:人民文学出版社,1991年。

[法]路易·马德林著,伍光建译:《法国大革命史》,长春:时代文艺出版社,2014年。

吕帆:《关于伍光健〈浮华世界〉序的翻译批评》,《大家》2011年第12期。

罗乐:《从〈浮华世界〉到〈名利场〉》,《时代经贸》(学术版)2008年第6期。

[英]罗素著,马元德译:《西方哲学史》(下卷),北京:商务印书馆,1981年。

罗选民主编:《外国文学翻译在中国》,合肥:安徽文艺出版社,2003年。

M

Michel Foucault, *The Order of Things*; *An Archaeology of the Human Sciences*, New York: Vintage Books, 1970.

[法]马德楞著,伍光建译:《法国大革命史:关于法国革命进程的总记录》,北京:人民日报出版社,2014年。

马祖毅:《中国翻译简史:五四以前部分》,北京:中国对外翻译出版公司,1984年。

[瑞士]迈尔著,伍光建译:《甘特巴尔利的圣妥玛》,上海:商务印书馆,1936年。

[英]麦尔兹(John Theodore Merz,或译梅尔茨、木尔兹)著,伍光建译:《十九世纪欧洲思想史》("科学思想""哲学思想"两编),十六册本,上海:商务印书馆,1936年3月初版,编入"万有文库"第二集第588种"汉译世界名著"。

茅盾:《爱读的书》,转引自叶子铭编《茅盾文艺杂论集》(下集),上海:上海文艺出版社,1981年,页1002—1006。

茅盾:《我所走过的道路》(上),北京:人民文学出版社,1981年。

茅盾:《伍译的〈侠隐记〉与〈浮华世界〉》,《文学》1934年第2卷第3期。转引自叶子铭编《茅盾文艺杂论集》(上集),上海:上海文艺出版社,1981年,页416—423。

茅盾:《真亚耳(Jane Eyre)的两个译本》,载《译文》2卷5期,1937年1月16日。后改题《〈简爱〉的两个译本——对于翻译方法的研究》,收入叶子铭编《茅盾文艺杂论集》(上集),上海:上海文艺出版社,1981年,页621—632。

孟悦:《反译现代符号系统:早期商务印书馆的编译、考证学与文化政治》,《清华大学学报》(哲学社会科学版)2008年第6期。

[美]米勒维著,伍光建译:《泰丕》,上海:商务印书馆,1934年。

N

[法]拿破仑·波拿巴著,[英]约翰斯顿英译,伍光建汉译:《拿破仑日记》,北京:中国言实出版社,2013年。

倪蕊琴:《托尔斯泰生活和创作简表》,上海译文出版社编:《托尔斯泰研究论文集》,上海:上海译文出版社,1983年,页525—560。

P

彭树智：《甘地思想的整体性和独特性》,《历史研究》1985 年第 6 期。

Q

[英]祁贝林著,伍光建译:《野兽世界第二集》,上海：商务印书馆，1934 年。

[日]千叶龟雄著,鲁迅译:《一九二八年世界文艺界概观》,《朝花旬刊》1929 年 6 月 21 日第一卷第三期。

邱捷：《有一本书改变了我的命运》,《羊城晚报》2021 年 11 月 21 日。

R

[美] R. M. Johnston 英译,伍光建汉译：《拿破仑日记》,上海：商务印书馆,1928 年。

[美] R. M. Johnston 英译,伍光建汉译：《拿破仑日记》,长春：时代文艺出版社,2013 年重印。

[美] R. M. Johnston 英译,伍光建汉译：《拿破仑日记》,北京：中国文史出版社,2020 年重印。

阮温凌：《欧·亨利热带杂耍的魔杖——〈白菜与皇帝〉创作风格艺术探赏》,《名作欣赏》1993 年第 3 期。

S

Sten Lindroth, Gunnar Eriksson. *Linnaeus, the Man and His Work*, Edited by Tore Frngsmyr, Berkeley：University of California, 1983.

[英] Stevenson, R. L. (今译斯蒂文森)著,伍光建译：《费利沙海滩》,上海：商务印书馆,1934 年。

蒋风主编：《世界儿童文学事典》,太原：希望出版社,1992 年。

[英]萨克莱著,伍光建译：《显理埃斯曼特》,上海：商务印书馆，1934 年。

商务印书馆编辑部编：《近代现代外国哲学社会科学人名资料汇编》，北京：商务印书馆，1978年。

商务印书馆编：《商务印书馆书目提要》，上海：商务印书馆，1910年。

商务印书馆编：《商务印书馆书目提要》，宣统元年（1909）十月改订八版。收入周振鹤编：《晚清营业书目》，上海：上海书店出版社，2005年。

商务印书馆编：《英文杂志》1916年第2卷第1—12期。

上海辞书出版社编：《外国人名辞典》，上海：上海辞书出版社，1988年。

上海市档案馆译：《颜惠庆日记》，北京：中国档案出版社，1996年。

申报馆：《申报》1906—1946年。

沈雁冰：《陀斯妥以夫斯基的思想》，《小说月报》1922年第13卷第1号。

[西班牙]施尔万提著，伍光建译：《疯侠》，上海：商务印书馆，1936年。

师卓：《民国初中期出版文化管窥——以〈英文杂志〉中广告为中心的考察》，《宁夏大学学报》（人文社会科学版）2016年第1期。

师卓：《〈英文杂志〉(1915—1927)：商务印书馆英语学习类杂志的嚆矢》，《长江丛刊》2021年第26期。

石晶：《民国时期〈艺风〉月刊考略》，《图书馆学研究》2017年第13期。

[英]士维甫特著，伍光建译：《伽利华游记》，上海：商务印书馆，1934年。

[英]司各脱著，伍光建译：《坠楼记》，上海：商务印书馆，1934年。

[荷兰]斯宾诺莎著，贺麟译：《伦理学》，北京：商务印书馆，1997年。

[荷兰]斯宾诺莎著，伍光建译：《伦理学》，上海：商务印书馆，1929年。

[瑞典]斯特林堡著，伍光建译：《结了婚》，上海：商务印书馆，1936年。

孙宏云：《威尔逊的政治学著作〈国家〉在近代东亚的翻译》，《史林》2016年第2期。

T

［美］J. W. 汤普森著，谢德风译：《历史著作史》（上下卷），北京：商务印书馆，1996年。

［俄］托尔斯泰著，伍光建译：《托尔斯泰短篇小说》，上海：商务印书馆，1936年。

［英］托马斯·德·昆西（Thomas De Quincey）著，李赋宁译：《论〈麦克佩斯〉剧中的敲门声》，《世界文学》1979年第2期。

W

Washington Irving, *Tales of A Traveller*, BiblioBazaar, LLC, 2010.

汪杨文：《伍光建对勃朗特姐妹作品的译介及其译本的传播》,《宿州学院学报》2015年第7期。

汪杨文：《〈伍光建生平及主要译著年表〉修正与补遗》,《新文学史料》2019年第4期。

王国平、熊月之：《最早的中国大学学报——东吴学报创刊号〈学桴〉解读》,《苏州大学学报》2006年第3期。

王桧林、朱汉国主编：《中国报刊辞典（1815—1949）》，太原：书海出版社，1992年。

王建开：《伍光建》，方梦之、庄智象主编：《中国翻译家研究（民国卷）》，上海：上海外语教育出版社，2017年，页1—24。

王立荣：《解构译者伍光建》，石家庄：河北师范大学硕士学位论文，2008年。

王森然：《近代二十家评传》，北京：书目文献出版社，1987年。

王太庆：《论翻译之为再创造（初稿）》，选自王太庆译《柏拉图对话集》，北京：商务印书馆，2019年。

王友朋主编：《中国近代中小学教科书总目》，上海：上海辞书出版社，2010年。

王云五：《商务印书馆与新教育年谱》，台北：台湾商务印书馆，

1973年。

王增藩：《复旦大学教授录》，上海：复旦大学出版社，1992年。

王哲甫：《中国新文学运动史》，北平：杰成印书局，1933年。

[英]威尔士著，伍光建译：《安维洛尼伽》，上海：商务印书馆，1934年。

韦锦泽：《自由与力量——〈伦理学〉推介》，谢天振比较文学译介学资料中心，2019年10月24日。

卫茂平：《德语文学汉译史考辨：晚清和民国时期》，上海：上海外语教育出版社，2004年。

[英]无名氏著，伍光建译：《杜巴利伯爵夫人外传》，上海：商务印书馆，1928年。

吴驰：《从〈英话注解〉到〈帝国英文读本〉——清末自编英语教科书之兴起》，《湖南师范大学（教育科学）学报》2013年第3期。

吴驰：《我国儿童英语教科书的发展历史与特点及其启示》，《学前教育研究》2016年第6期。

吴竞：《沈伯甫其人——记东吴大学首位毕业生》，《苏州大学报》2014年4月30日（总第619期）第4版。

吴宓：《福禄特尔与法国文学》，《学衡》1923年6月第18期。

吴宓：《世界文学史大纲》，北京：商务印书馆，2020年。

吴宓著，吴雪昭整理注释：《吴宓日记（1910—1915）》第一卷、第三卷，北京：三联书店，1998年。

吴清扬：《〈拿破仑日记〉法政观》，《法制与社会》2018年第20期。

吴晓东：《李维格——一位鲜为人知的近代科技教育先驱》，天津：南开大学出版社，2013年。

伍光建编：《英汉双解英文成语辞典》（Glossary of English Phrases with Chinese Translation），上海：商务印书馆，1917年。

伍光建编：《英文范纲要》（中学用），上海：商务印书馆，1923年。

伍光建编：《英文范详解》，上海：商务印书馆，1909年。

伍光建编：《最新中学教科书·磁学》，上海：商务印书馆，1905年。

伍光建等译，［美］萨洛扬等：《与死搏斗》，台北：世界文库社，1954年。

伍光建、沈伯甫、蒋正谊合作改订：《英文范纲要》，《英文杂志》1916年第2卷第1—12期，作为附录连载。

伍光建述：《欧洲政治略论》，《国闻汇编》1897年12月8日第1册。

伍光建选译：《〈秘密结婚〉及其他短篇实事小说七篇》，上海：金马书堂，1930年。

伍光建选译：《妥木宗斯》，上海：商务印书馆，1934年。

伍光建：《耶稣事略》，上海：中华基督教青年会组合1914年再版。

伍光建译：《孤女飘零记》，上海：商务印书馆，1935年。

伍光建译：《约瑟安特路传》，北京：作家出版社，1954年重印本。

伍光建：《植物大词典·序一》，杜亚泉主编：《植物学大词典》，上海：商务印书馆，1918年，页1—4。

伍季真口述，邹振环整理：《回忆前辈翻译家、先父伍光建》，《上海文史资料选辑》第六十九辑，上海文史资料编辑部，1992年，页84—89。

伍蠡甫编：《伍光建翻译遗稿》，北京：人民文学出版社，1980年。

伍蠡甫：《关于悲惨世界——序》，伍光建译：《悲惨世界》（英汉对照），上海：黎明书局，1933年。

伍蠡甫：《伍光建与商务印书馆》，商务印书馆编：《1897—1987商务印书馆九十年——我和商务印书馆》，北京：商务印书馆，1987年，页76—82。

X

萧石忠、许永健译：《拿破仑日记》，北京：中共党史出版社，2007年。

［法］嚣俄著，伍光建译：《海上的劳工》，上海：商务印书馆，1935年。

肖娴：《翻译的文化资本运作——近代翻译家伍光建研究》，《北京第二外国语学院学报》2016年第3期。

肖娴：《翻译家伍光建译介考论》，《上海翻译》2017年第1期。

谢美彬:《〈简·爱〉两种译本的分歧点分析研究》,《湖北经济学院学报》(人文社会科学版)2013年12月第10卷第12期。

谢天振、查明建主编:《中国现代翻译文学史》,上海外语教育出版社,2004年。

谢位鼎:《莫泊三研究》,《小说月报》1924年第15卷第2号。

[英]休谟著,伍光建译:《人之悟性论》,上海:商务印书馆,1930年。

徐宁宁:《译者主体性视角下伍光建译〈孤女飘零记〉研究》,济南:山东科技大学英语系硕士论文,2012年。

徐志摩:《丹农雪乌》,连载于北京《晨报·文学旬刊》1925年5月8、11、13、19、21、22日。

许钧、谢天振编,伍光建译:《伍光建译作选》,北京:商务印书馆,2019年。

许良英、胡文耕:《介绍J. T. Merz著"十九世纪欧洲思想史"中的科学思想部分》,《自然辩证法通讯》1957年第2期。

许祖华:《翻译梁实秋》,台北:秀威资讯股份有限公司,2014年。

Y

[丹麦]雅各生著,伍光建译:《尼勒斯莱尼》,上海:商务印书馆,1936年。

[英]亚当·罗伯茨著,马小悟译:《科幻小说史》,北京:北京大学出版社,2010年。

杨家骆:《民国以来出版新书总目提要》,台北:李文斋,1971年。

杨中清:《四川大学故事汇》2016年第1期。

杨周翰等主编:《欧洲文学史》(下),北京:人民文学出版社,1981年。

叶灵凤:《读书随笔》一集,北京:三联书店,1988年。

叶维:《伍光建译约瑟·安特路传》,《图书评论》1934年第2卷第11期,页11—26。

叶维:《再评伍光建译洛雪小姐游学记》,《图书评论》1933年第2卷第 3 期,页 40—53。

叶向阳:《从〈约翰中国佬信札〉看"东方信札"体裁作品与中国主题之关系》,乐黛云主编:《跨文化对话》第 29 辑 2012 年第 1 期,页 427—443。

叶新:《简·奥斯丁在中国》,北京:清华大学出版社,2020 年。

[西班牙]伊巴尼斯著,伍光建译:《启示录的四骑士》,上海:商务印书馆,1936 年。

[美]伊尔文著,伍光建译:《旅客所说的故事》,上海:商务印书馆,1934 年。

袁斌业:《马君武》,方梦之、庄智象主编:《中国翻译家研究(民国卷)》,上海:上海外语教育出版社,2017 年,页 207—250。

[英]约翰·西奥多·梅尔茨著,周昌忠译:《十九世纪欧洲思想史》,北京:商务印书馆,2016 年。

Z

泽民:《阿采巴希甫与〈沙宁〉》,《东方杂志》1920 年第 17 卷第 11 号。

张德昌:《伍光建译〈十九世纪欧洲思想史〉》,《同行月刊》1933 年第 5 期,页 19—20。

张莉、李凌子:《误译 漏译 多译——小评〈浮华世界序〉伍光建先生中译本》,《北方文学(下半月)》2011 年第 1 期。

张乃燕:《罗马简史》,上海:商务印书馆,1929 年。

张人凤:《智民之师·张元济》,济南:山东画报出版社,1998 年。

张瑞:《译作〈浮华世界〉中〈作者自序〉之翻译策略探析》,《文学界》(理论版)2012 年第 7 期。

张闻天:《托尔斯泰的艺术观》,《小说月报》1921 年第 12 卷号外"俄罗斯文学研究"。

张旭、肖志兵编:《中华翻译家代表性译文库·伍光建卷》,杭州:浙江大学出版社,2021 年。

张友松:《我选译马克·吐温小说名著的历程》,《中国比较文学》

1991年第2期。

张治：《中西因缘：近现代文学视野中的西方"经典"》，上海：上海社会科学院出版社，2012年。

赵晓阳：《青年协会书局与中国基督教文字事业》，《中西文化研究》2005年第1期。

赵子鹤：《威廉·皮特与七年战争》，广西师范大学硕士论文，2014年。

郑逸梅：《世说人语》，《郑逸梅经典文集》，哈尔滨：北方文艺出版社，2019年。

郑逸梅：《郑逸梅全集》（第四卷），哈尔滨：黑龙江人民出版社，1991年。

郑振铎：《俄国文学史略》，上海：商务印书馆，1924年。

中华教育文化基金董事会：《中华教育文化基金董事会第九次报告》，1934年12月刊行，华东师范大学馆藏。

朱荣荣：《伍光建先生译文评析——以〈浮华世界〉为例》，《新校园》（理论版）2015年第6期。

朱庭光主编：《外国历史名人传（近代部分）》，北京：中国社会科学出版社，1982年。

邹振环：《老当益壮伍光建》，邢建榕主编：《民国文坛名流归宿》，上海：上海书店出版社，1999年，页299—303。

邹振环：《李石曾与〈朝鲜学典〉的编纂》，石源华主编：《二十七年血与火的战斗》，北京：人民教育出版社，1999年，页361—380。

邹振环：《〈纳氏文法〉在近代中国的流传及其文化影响》，台湾《辅仁历史学报》第十八期（2006年12月）。

邹振环：《晚清西学东渐史上的邝其照》，王宏志主编：《翻译史研究》（2013），上海：复旦大学出版社，2013年，页208—246。

邹振环：《提供英文之钥：伍光建及其编纂的英语读本》，郑炜明执行主编：《饶学与国学——饶宗颐与华学暨香港大学饶宗颐学术馆成立十周年庆典国际学术研讨会论文集》（下），上海：上海辞书出版社，2016年，页699—712。

邹振环:《我两次拜见翻译家伍蠡甫先生》,《世纪》2020年第3期。

邹振环:《伍光建译〈侠隐记〉与茅盾的校注本——兼谈西学译本校注之副文本》,《澳门理工学报》(人文社会科学版)2017年第2期。

邹振环:《伍光建译校的〈英汉双解英文成语辞典〉与〈汉英新辞典〉》,《东方翻译》2013年第4期。

邹振环:《影响中国近代社会的一百种译作(增订本)》,南京:江苏教育出版社,2008年。

邹振环:《中国近代翻译史上的严复与伍光建》,收入耿龙明、何寅主编《中国文化与世界》第三辑,上海外语教育出版社,1995年4月,第295—314页;氏著:《疏通知译史:中国近代的翻译出版》,上海:上海人民出版社,2012年。

邹振环:《中国近代留学教育史上的伍光建》,《史林》2018年第4期。

[日]佐佐木达、木原研三编集:《英语学人名辞典》,东京:东京株式会社研究社,1995年。

后　　记

"著译提要"是研究译家学者译作著述的重要基础，完善的"著译提要"，具有重要的文献检索功能，是切入研究译家和学者最具学术价值的一种治学方法。通过一个译家和学者的作品，研讨其生活经历、教育与学术活动、阅读情况、著述出版和个人交友等，可以提供所在时代丰富的学术史和文化史演变的线索，以译家或学者的著译活动为中心，复原当时社会文坛译界复杂的网络结构，即通过一个译家的著译来观照一个时代的文化交流。

伍光建在晚清民国历史坐标中不是那种在暗夜的幕布上发出耀眼火花转瞬即逝的一颗流星。他在俗世的"事功"虽不显赫，但"译业"绵长，在翻译界、教育界留下了丰满而厚重的荣光，堪称是一位"重量级"的译家和学者。遗憾的是既有的宏大历史叙事中，伍光建的名字却隐而不彰，至今没有一部年谱、一本传记，也缺乏一部著译提要。伍光建与晚清民国的翻译史存在的诸多交集之处，或可为研究中国近现代翻译史、文化史互为参考、补充、辨析。编者将伍光建放入其所处的时代语境和翻译史演变的发展脉络之中，完成对伍光建著译的收集、整理、分析和考订，由此不仅能管窥其所处时代的流变，也为译者与文化关系史的研究提供珍贵而有力的史料支撑。编者相信本著译提要的完成，可以为进一步编纂伍光建的年谱长编和撰写《伍光建评传》打下基础，进而也为编纂《伍光建全集》提供线索。

本著译提要在我的研究序列中，原是放入退休后的研究计划。2022年年初，65岁的我又被复旦大学历史系延聘了。2022年3月初，新冠疫情将上海拖入一个令人窒息的历史时刻，学校突然进入半封闭状态,接着上海分浦东和浦西进入全面静域管理,自己居住的小区也开始了足不出户的全封闭管控。留在学校办公室的资料一时无法获取,原来的一些写作计划也不得不暂时搁置。于是,我在电脑里找出了《伍光建著译提要》这一半成品,利用家里收藏的伍光建著译资料,重新进入编纂环节。困居斗室前后年余,起初那种时刻担心被转运方舱的恐惧感,在疫情管控突然放开后,又渐渐转换为所见或所闻不少友人或同事不幸离世之噩耗所震惊和困扰。感谢学校、历史系的领导,感谢亲友、同事,以及各地的朋友和学生们的关心,感谢统战部、文史馆、复旦校友会以及小女和学生惠赐的大礼包,他们让我这一有基础病的患者,能够幸运地从封闭的环境中平安走出来。这里要特别感谢我指导的研究生毕晓燕不怕困难,多年前承担起伍译"英汉对照名家小说选"的研究任务,其完成的硕士论文为我提供了大量的文献线索;黄嬿婉女史不厌其烦地帮忙在上海图书馆查阅和拍摄伍光建的篇文;李春博博士在上海高温肆虐的日子里,在复旦图书馆帮助拍摄《世界文学》的译文,让我在疫情封控期间得以在家顺利工作;友人张人凤先生、许慎先生帮助核查,王天根教授、杨华波博士亦提供相关信息。谨此一并致谢!

  伍氏译家的主要译书活动都集中在属于江南的上海,本书亦属本人主持的复旦大学人文社会学科传世之作学术精品项目"明清江南专题文献研究"(2021CSJP003)的阶段性成果之一。在这一项目申请过程中,承蒙本校葛兆光、陈尚君、黄洋教授,以及校外专家李伯重、黄兴涛、陈宝良、徐茂明、谭树林教授鼎力推荐,特此鸣谢!

  1941年12月8日太平洋战争爆发后,伍老先生困居在上海杜美新村。日军占领上海租界,"孤岛"消失,尽管这位著名的译家在此前后还是翻译了不少译著,但直至去世,他也没有拿出来一部交给沦陷区的出版机构刊行,他不想让自己被敌占区所谓的"文化繁荣"所利用,这是伍老先生晚年人生的遗憾,但老人有自己的原则和坚守。他一辈子在传送新知与光明,却死在黑暗之中。1943年6月10日午时,伍光建因突发心脏病,在贫病中于上海杜美路(Route Doumer,

今东湖路)杜美新村11号寓所逝世,最终没有看到上海的光复。伍光建生前特别欣赏英国哲学家、艺术评论家约翰·拉斯金(John Ruskin,又译作约翰·罗斯金,1819—1900)的一句话:"人生在世不努力做事就是罪过。"伍译《希尔和特作者传略》中还引用当时报界曾戏称这种坚持不懈、勉励奋进的精神为"筋肉基督教"(Muscular Christianity)。没有这种以出世的精神来从事入世的学问,很多艰巨而无功利价值的劳作是很难完成的。在这凡俗的烟火里,晨昏相依,四季轮回,趁还做得动,就应不断前行,以告慰先人,这也是伍光建留给我们的遗训。

著译提要稿通过不断的修改和增补,到完稿已是2022、2023年之交了,感谢上海古籍出版社编辑张祎琛的热情邀稿,并建议我在书名上添加"研究"二字,以区别与一般的"提要"式著述。2022年,正逢伍蠡甫先生与世长辞30周年;而交付定稿的2023年,又是伍光建先生仙逝80周年的纪念,请允许我将《伍光建著译提要与研究》作为献给中国译坛双子星座的一份礼物。

邹振环
2022年12月31日初稿于香阁丽苑寓所
2023年3月18日修改于复旦大学光华西楼